BASTEI
LÜBBE

Von Beverley Harper sind bei Bastei Lübbe Taschenbücher lieferbar:

15 079 Sonne über dunklem Land
15 237 Sturm über verschlungenen Pfaden
15 325 Heller Mond in schwarzer Nacht
15 486 Im letzten Schein der Sterne

Über die Autorin:

Beverley Harper wurde in New South Wales, Australien, geboren. Im Alter von 26 Jahren reiste sie nach Afrika, wo sie ein Jahr verbringen wollte – doch sie blieb fast 20 Jahre. Im englischsprachigen Raum sind ihre Bücher sehr erfolgreich. Weitere Romane der Autorin in der Verlagsgruppe Lübbe sind in Vorbereitung.

BEVERLEY HARPER

Das Flüstern des Windes

ROMAN

Ins Deutsche übertragen von
Barbara Ritterbach

BASTEI
LÜBBE

BASTEI LÜBBE TASCHENBUCH
Band 15 640

1. Auflage: März 2007

Dieser Roman ist ein fiktionales Werk. Namen und Figuren sind das Ergebnis der Fantasie der Autorin oder sind fiktiv gebraucht. Jegliche Ähnlichkeit zu realen Personen, lebend oder verstorben, ist rein zufällig.

Vollständige Taschenbuchausgabe

Bastei Lübbe Taschenbücher in der Verlagsgruppe Lübbe

Deutsche Erstveröffentlichung
Titel der Originalausgabe: *Footprints of Lion*

Published by arrangement with Robert Harper
Dieses Werk wurde vermittelt durch
die Literarische Agentur Thomas Schlück GmbH, 30827 Garbsen.

Karte: Reinhard Borner
Titelillustration: Corbis/zefa/G. Staebler
Einbandgestaltung: Gisela Kullowatz
Satz: SatzKonzept, Düsseldorf
Druck und Verarbeitung: GGP Media GmbH, Pößneck
Printed in Germany
ISBN: 978-3-404-15640-5

Das Flüstern des Windes

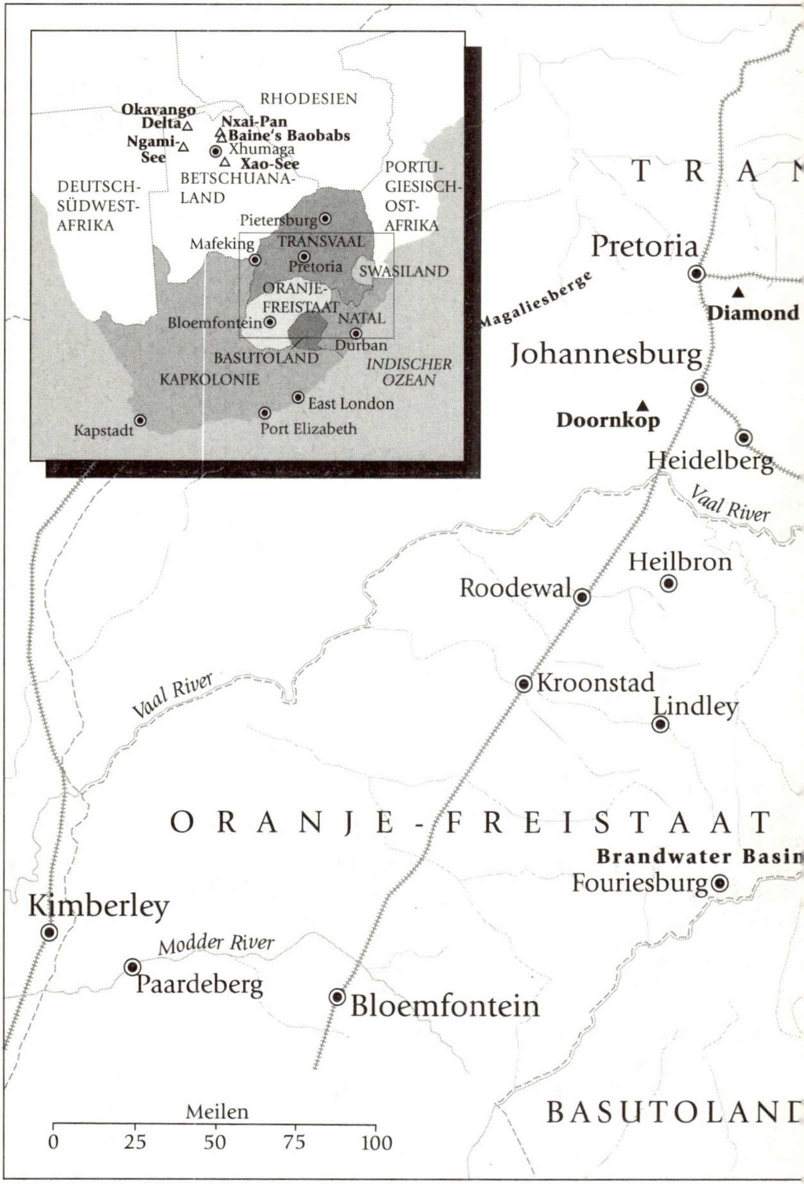

RHODESIEN
Okavango Delta
Nxai-Pan
Baine's Baobabs
Ngami-See
Xhumaga
Xao-See
DEUTSCH-SÜDWEST-AFRIKA
BETSCHUANA-LAND
PORTU-GIESISCH-OST-AFRIKA
Pietersburg
Mafeking
TRANSVAAL
Pretoria
SWASILAND
ORANJE-FREISTAAT
NATAL
Bloemfontein
Durban
BASUTOLAND
INDISCHER OZEAN
KAPKOLONIE
East London
Kapstadt
Port Elizabeth
T R A N
Pretoria
Magaliesberge
Diamond
Johannesburg
Doornkop
Heidelberg
Vaal River
Heilbron
Roodewal
Kroonstad
Lindley
Vaal River
O R A N J E - F R E I S T A A T
Brandwater Basin
Fouriesburg
Kimberley
Modder River
Paardeberg
Bloemfontein
BASUTOLAND
Meilen
0
25
50
75
100

PORTU-
GIESISCH-
OSTAFRIKA
Lembombo Hills
Sabi River
Sabi Bridge
Crocodile River
VAAL
Ressano Garcia
Komatipoort
Machadodorp
Middelburg
Piggs Peak
Lourenço
Marques
Delagoa-
Bucht
SWASILAND
Standerton
Nsoko
Volksrust
Drakensberge
Newcastle
Talana
Dundee
Glencoe
rrismith
ZULULAND
Kingsway
Ladysmith
Spien Kop
Colenso
Chieveley
Nkwalini
Empangeni
Mhlathuze River
Mhlathuze-
Lagune
Frere
Eshowe
Morningside
Estcourt
Thukela River
Greytown
NATAL
Wakefield
Howick
Dargle
Umdhloti
Mngeni River
Pietermaritzburg
Durban
N
W
O
S

1

Dichter Staub wirbelte auf, als das schweißnasse Pferd dem fliehenden Ochsen gnadenlos hinterherjagte. Der Zebu schlug verzweifelt Haken, um zu entkommen, aber er war seinem Verfolger nicht gewachsen. Mühelos machte das Pferd jeden Ausbruchsversuch zunichte und holte das Tier ein. Sekunden später rutschte der Reiter aus seinem Sattel und warf sich auf den Ochsen. Mit gespreizten Beinen umklammerte er den massigen Körper, dann packte er die kleinen Hörner, drehte sie und zog heftig daran. Die Adern an seinem Hals und seinen Armen schwollen vor Anstrengung an, als sich das Tier beharrlich wehrte. Ganz langsam wandte der Zebu den Kopf zur Seite, doch der Druck blieb. Schließlich verlor der Ochse das Gleichgewicht, geriet ins Straucheln und riss seinen Bezwinger mit sich zu Boden.

»Verfluchter Mist!« Das Knacken war nicht zu überhören gewesen – trotz des Gebrülls anderer verstörter Tiere. »Ich hab mir mein verdammtes Bein gebrochen.«

Ängstliche Augen richteten sich auf den Mann, der mit schmerzverzerrtem Gesicht am Boden lag. Der Ochse rappelte sich mühsam auf und floh; in seiner Panik trampelte er über den Gestürzten.

»Hol Hilfe!« Die Worte drangen undeutlich zwischen den zusammengebissenen Zähnen des verletzten Mannes hervor.

Er hörte ein Pferd davongaloppieren. Dann wurde alles um ihn herum schwarz.

Die breite Veranda führte ganz um das niedrige Haus aus solidem Stein herum und bot willkommenen Schatten vor der sengenden Nachmittagssonne. Es war Ende April, doch der herannahende Winter hatte außer einer leichten Abkühlung nachts und am frühen Morgen bisher noch nicht viel Erleichterung gebracht. Die Tage blieben heiß, nur die Feuchtigkeit war verschwunden und damit die Gefahr für Infektionen, die Mensch und Tier niederstreckten. Krankheiten übertragende Insekten waren noch immer aktiv, aber bei weitem nicht mehr so extrem wie während des Sommers. Alles in allem war dies meist eine angenehme Jahreszeit, eine viermonatige Erholungspause von der Normalität, eine Gelegenheit zum Aufatmen, zum Anlegen von Vorräten, zum Erledigen all der Arbeiten, für die sonst im Jahr keine Zeit blieb.

Der Mann, der auf der vorderen Veranda auf einem Rohrstuhl saß, legte die zerfledderte Ausgabe von *König Solomons Minen* zur Seite und fragte sich, ob die Figur des Helden – Allan Quatermain – wirklich nach dem Vorbild seines alten Freundes Fred Selous entstanden war. Er nahm sich vor, ihn bei Gelegenheit danach zu fragen, und betrachtete missmutig sein linkes Bein, das vor ihm auf einen Schemel gebettet war. Eine schmuddelige Gipsschiene, die einmal weiß gewesen war, drückte sich in das geflochtene Lederpolster, auf dem sie ruhte. Er konnte es kaum noch erwarten, bis das verdammte Ding endlich entfernt wurde. Die Schiene war schwer und hinderlich, die Haut darunter juckte wie verrückt, und die erzwungene Ruhepause langweilte ihn fürchterlich.

Sechs Wochen. Es war ein glatter Bruch gewesen, zum Glück. Der Gips würde am kommenden Tag entfernt werden, und trotz der Mahnungen seines Arztes, sich zunächst noch zu schonen, brannte Robert Granger-Acheson darauf, sich endlich wieder ungehindert bewegen zu können.

»Sie können von Glück reden, dass Sie körperlich in so guter Verfassung sind«, hatte der Arzt ihm gesagt. »Bei einem Patienten in Ihrem Alter heilt ein Bruch normalerweise nicht so schnell.«

Robert hatte den Mann finster angeschaut. Er war Ende vierzig und mochte es gar nicht, wenn man ihn an sein fortschreitendes Alter erinnerte. Die Farm hielt ihn beschäftigt, und er war in der Lage, ebenso hart zu arbeiten wie seine Söhne. Das Alter hatte, zumindest was sein Gewicht anging, kaum Spuren hinterlassen – er hatte seine gute Figur gehalten. Trotz einzelner grauer Strähnen war sein dunkles, lockiges Haar glänzend und voll. Seine klaren Augen blitzten noch immer, wenn er sich amüsierte, oder glühten vor Leidenschaft für die einzige Frau, die er je geliebt hatte: seine Frau Lorna. Winzige Lachfältchen zierten seine Augenwinkel, darüber, auf der Stirn, verliefen zwei horizontale Linien – bisher die einzigen richtigen Falten in seinem sonnengebräunten Gesicht. Kein Zwicken und Zwacken hielt ihn davon ab, sich bei einem Tennismatch oder einem rasanten Pferderennen mit seinen Kindern zu messen. Die Tatsache, dass er sich das Bein gebrochen hatte, weil er seinem ältesten Sohn beweisen wollte, dass er es noch immer mit einem jungen Ochsen aufnehmen und ihn zum Brandmarken niederzwingen konnte, war Pech gewesen, sonst nichts.

Lorna trat auf die Veranda hinaus. »Ich dachte, du hättest vielleicht Lust, deinen Tee hier draußen zu trinken. Das Haus ist ein Glutofen.«

Robert hielt den Atem an. Noch immer hatte sie diese Wirkung auf ihn, selbst nach all den Jahren. Die Sonne fiel auf ihr honigblondes Haar, das seidig schimmerte, wenn sie es offen trug. Meistens allerdings, so auch heute, steckte sie es auf, und nur ein paar Locken fielen ihr ins Gesicht. Ihr Haar war früher hellblond gewesen, mit zunehmendem Alter hatte es einen wärmeren Farbton angenommen. Lorna war nun Mitte vierzig. Sechs Kinder hatten ihre Hüften ein wenig rundlicher gemacht – sehr zu ihrem Verdruss –, aber der Rest ihres Körpers war noch genauso schlank wie der des Mädchens, mit dem Robert damals in Edinburgh aufgewachsen war. Die leicht gebräunte Haut war faltenlos, auch wenn sich in den letzten Jahren einige hauchzarte Linien abzuzeichnen begannen. Das Kornblumenblau ihrer Augen hatte nichts von seinem Glanz verloren. Robert liebte Lorna noch wie eh und je.

Die Bewegungsunfähigkeit der vergangenen sechs Wochen hatte ihn zur Untätigkeit verdammt. Die Zahl der Bücher, die man lesen konnte, war begrenzt, und das Briefeschreiben hatte ihn auch schnell gelangweilt. Selbst die Buchführung der Farm war längst auf dem neuesten Stand. Irgendwann hatte er sich dabei ertappt, dass er auf sein Leben zurückgeblickt hatte, auf seine erste Zeit in Zululand und die Umstände, die ihn hierhergeführt hatten. Mehrfach hatte Lorna ihn aufgezogen, er würde zu viel grübeln. Jetzt tat sie es wieder.

»Das tue ich gar nicht«, widersprach Robert. »Ich erinnere mich nur.«

Sie lächelte, beugte sich vor und küsste ihn aufs Haar, dann ging sie wieder ins Haus, um ihn seinen Gedanken zu überlassen.

Er war einundzwanzig gewesen, als ihn die Umstände gezwungen hatten, Schottland zu verlassen. Die Gründe verursachten Robert – damals Lord Acheson – noch immer Gewissensbisse. Er war jung gewesen, neugierig auf das Leben und alles, was es zu bieten hatte – und das war Lady Alison de Iongh nicht entgangen. Sie war Lornas Mutter, und ihre Affäre war zu einem abrupten Ende gekommen, als ihr Mann, Lornas Vater, sie und Robert in flagranti erwischt hatte. Um ihren eigenen Ruf nicht zu schädigen, hatte Alison Robert beschuldigt, ihr Gewalt angetan zu haben, sodass Lord de Iongh keine andere Wahl geblieben war, als den jungen Mann öffentlich der Vergewaltigung zu bezichtigen. Robert hatte zwei Möglichkeiten gehabt: zu bleiben und möglicherweise gehängt zu werden oder zu fliehen. Er entschied sich für die Flucht, änderte gezwungenermaßen seinen Namen in Robert Granger, verließ Großbritannien und landete schließlich in Afrika.

Als sei das Vermächtnis, das er hinterließ, nicht schlimm genug, hatte Lorna seine Beziehung zu Alison de Iongh noch komplizierter gemacht. Robert hatte sich in das Mädchen verliebt, aber die Umstände verbaten es den beiden jungen Menschen, an eine Heirat zu denken. Als vierter Sohn des Earls und der Comtesse von Dalrymple hatte Robert nichts, was er einer jungen Lady von höherem Stande hätte bieten können. Lorna, die in dieser Angelegenheit keinerlei eigene Entscheidungsbefugnis besaß, wurde mit dem Marquis von Dumfries verlobt, einem Mann, der älter war als ihr eigener Vater.

Solange Lorna zurückdenken konnte, hatte sie Robert vergöttert. Auch wenn sie sich einer Zukunft ohne ihn beugte, war sie fest entschlossen, dass der Marquis nicht der erste Mann sein sollte, der sie besitzen würde. Einige Monate nach ihrem siebzehnten Geburtstag gestand sie Robert ihre Zuneigung. Der junge Mann, der ihre Gefühle erwiderte, konnte nicht anders: Sie wurden ein Liebespaar.

Robert wusste, dass das, was sie taten, falsch war. Immer wieder versuchte er, die Affäre mit Lornas Mutter zu beenden, aber der älteren Frau gelang es jedes Mal, ihn umzustimmen. Zwei Monate lang traf er sich mit beiden Frauen. Er befand sich in einer äußerst prekären Lage, und es war nur eine Frage der Zeit, bis Roberts Doppelleben aufflog. Als es so weit war, erwartete Lorna ein Kind von ihm.

Robert bewegte sein Bein in eine angenehmere Position und dachte an die Verzweiflung, die er empfunden hatte, als er Schottland – und vor allem Lorna – verlassen musste. Er war davon überzeugt gewesen, dass er sie nie wiedersehen würde.

In dem Versuch, sie zu vergessen, stürzte Robert sich an Bord des Schiffes, das ihn nach Afrika brachte, in eine kurze leidenschaftliche Liaison mit einer Dänin. Jette Petersen wusste einige Bedürfnisse Roberts durchaus zu befriedigen, aber sie war nicht Lorna. Als Jette in Marokko vom Schiff verschwand, zusammen mit wertvollem Schmuck aus Roberts Besitz, überkam ihn große Verzweiflung: Seine Mutter, Lady Dalrymple, hatte ihm kurz vor seiner überstürzten Abreise aus Schottland gestanden, dass die Juwelen einst seinem leiblichen Vater, einem Mann namens Jonathan Fellowes gehört hatten. Auch wenn Robert Lord Dalrymple, den er immer als seinen Vater angesehen hatte, liebte und respektierte, schmerzte es ihn, mit dem Schmuck die einzige Verbindung zu seinem Erzeuger verloren zu haben.

Als Robert Durban erreichte, war er praktisch mittellos. Er wusste, dass er sich Arbeit suchen musste, und zwar rasch. Also schloss er sich zwei Männern an, dem reisenden Händler Will Green und dem Elefantenjäger Logan Burton. Sie waren im Tal des Thukela-Flusses unterwegs, wo sie mit den Zulu handelten und Elefanten jagten, um ihr Elfenbein zu erbeuten. Auf ihrer ersten ereignisreichen Reise faszinierte Robert die Kultur der Zulu so sehr, dass er sich bemühte, von seinem Kutscher Mister David so viel wie möglich über ihre Traditionen und Lebensweise zu erfahren.

Unterwegs rettete Robert zwei Reisende, Jack Walsh und seine Tochter Caroline, aus den tosenden Fluten des Mngeni-Flusses. Ihre Kutsche wäre beinahe die Howick Falls hinabgerissen worden. Ein weiteres Mädchen, Sarah, die Nichte von Jack Walsh, blieb allein am Nordufer zurück, und Robert blieb nichts anderes übrig, als dafür zu sorgen, dass Sarah sicher und wohlbehalten zum Haus ihrer Eltern in Colenso gebracht wurde.

Als er fünf Monate später nach Durban zurückkehrte, erfuhr er zu seinem Entsetzen, dass Sarah ihn als Vater des unehelichen Kindes ausgegeben hatte, das sie in sich trug. Ihr cholerischer, nur auf seinen Ruf bedachter Vater William Wilcox verlangte von Robert, seine Tochter zu heiraten. Zunächst weigerte er sich; schließlich hatte er Sarah nicht angerührt. Wilcox jedoch eröffnete Robert, dass er seine wahre Identität kenne und wisse, welche Beschuldigungen man in Schottland gegen ihn erhebe. Er drohte ihm, die Polizei zu verständigen, wenn er nicht eine ehrenwerte Frau aus Sarah mache, und Robert blieb nichts anderes übrig, als sich zu fügen. Doch er konnte Lorna nicht vergessen. Er war verheiratet – aber nur auf dem Papier.

Als Sarah das Kind zur Welt brachte, ließ sich die Wahrheit nicht länger leugnen – der Vater war ein Schwarzer. Um einen Skandal zu vermeiden, wurde das Kind zu seinem Vater geschickt und überall verbreitet, es sei gestorben. Doch Wilcox verweigerte eine Scheidung. Aufgebracht über die Erpressungsversuche, die ihn zu dieser lieblosen Ehe zwangen, zog Robert aus dem gemeinsamen Haus aus und kehrte in die Pension zurück, in der er gewohnt hatte, als er anfangs nach Durban gekommen war.

Zu seiner Überraschung traf er dort Lorna und ihren gemeinsamen Sohn Cameron an. Lornas Mann war inzwischen tot und hatte ihr ein Vermögen hinterlassen. Fest entschlossen, unter allen Umständen mit Robert zusammen zu sein, hatte Lorna sich jeglichen Konventionen widersetzt und war allein nach Afrika gereist, um sich dort auf die Suche nach ihm zu machen. Es gab vieles, was zwischen ihnen stand, aber Lorna wischte alle Bedenken zur Seite. Sie bezog mit Robert ein gemeinsames Haus, in dem sie wie Mann und Frau zusammenlebten.

Als es endlich so aussah, als sei Robert am Ziel angekommen, dräuten bereits neue Wolken am Horizont. Mehr als alles andere auf der Welt wünschte er sich, von Sarah frei zu sein, um Lorna heiraten zu können. Das, so glaubte er, würde sein Glück vervollständigen. Aber leider war das Schicksal noch nicht fertig mit ihm. In Durban traf er unerwartet auf die Diebin Jette, die ihm Torben vorstellte. Er war ebenfalls sein Sohn, die Folge ihrer Liaison an Bord des Schiffes. Jette versicherte Robert jedoch, sie erwarte im Hinblick auf ihren gemeinsamen Sprössling nichts von ihm.

Erstaunlicherweise war sie noch immer im Besitz des gestohlenen Schmuckes und erklärte sich bereit, ihn bis auf ein einziges Stück zurückzugeben. Um das plötzliche Auftauchen der wertvollen Juwelen erklären zu können, musste Robert Lorna die Affäre gestehen. Sie hatte ihm bereits seine Beziehung zu ihrer Mutter sowie seine Heirat mit Sarah verziehen, nun musste sie auch noch hinnehmen, dass er mit einer anderen Frau einen Sohn hatte.

Die Liebe zwischen ihnen war stark genug. Lorna blieb bei ihm. Dann tauchten eines Tages, als Robert unterwegs war, Jette und Torben bei Lorna auf. Sie würde bedroht von einem mächtigen Sultan, sagte die Dänin, für den sie nach ihrer Flucht vom Schiff in Marokko gearbeitet und den sie ebenfalls bestohlen habe. Der Sultan würde vor nichts zurückschrecken, um sich an ihr zu rächen, erzählte Jette weiter, und sie fürchte um das Leben ihres Sohnes. Lorna willigte ein, sich des Jungen anzunehmen, und Torben Petersen wurde Teil der Familie. Das alles war lange her. Und so viel war seither geschehen.

Cetshwayo, der vierte König der Zulu, gewährte Robert und Lorna Nutzungsrecht für ein Stück Land in Zululand. Sowohl Briten als auch Buren hatten ein Auge auf diesen äußerst fruchtbaren Teil Afrikas geworfen. Es kam unweigerlich zu einem Krieg, der Robert zwang, Stellung zu beziehen. Weil er das Land und seine Bewohner so gut kannte, bot sich Robert den Briten als Scout an und kämpfte auf ihrer Seite. Er hatte das nicht gewollt, aber ihm waren die Hände gebunden.

Der Zwang, mit Sarah verheiratet zu bleiben, dauerte an, bis Lornas Mutter im Jahre 1879 an Tuberkulose starb. Lord de Iongh war nun aller moralischen Verpflichtungen gegenüber seiner Frau entbunden und ließ die Anschuldigungen gegen Robert fallen. Sarahs Vater konnte Robert nicht länger erpressen, und nach der Scheidung stand es ihm und Lorna endlich frei zu heiraten.

Obwohl der Zulu-Krieg zu Ende war, konnte die Familie nicht auf ihre Farm zurückkehren. Cetshwayo war gefangen genommen worden, und Großbritannien hatte die Macht über sein Königreich errungen. Anders als in früheren Zeiten, als der König über die Nutzung des Landes verfügt hatte, lag die Entscheidung, wer eine Farm erwerben konnte, nun in den Händen der britischen Verwaltung. Bevorzugt wurden diejenigen behandelt, die sich bereit erklärten, Zuckerrohr anzubauen.

Robert und Lorna sicherten sich zweitausend Hektar Land in Zululand und gründeten ein Anwesen mit dem Namen Morningside. Robert pflanzte auf dem Küstenstreifen Zuckerrohr an, aber sein Hauptinteresse galt der Viehzucht. Der größte Teil der Farm wurde genutzt, um Vieh zu halten, eine kleine, aber wachsende Herde Zebu-Ochsen, die bekannt waren für ihre Widerstandsfähigkeit gegen Krankheiten und Hitze.

Während eines katastrophalen Ausbruchs von Rinderpest im Jahre 1897, bei dem mehr als achtzig Prozent des Viehbestands von Zululand vernichtet wurde, kaufte Robert einen neu entwickelten Impfstoff und errichtete über viele Meilen hinweg Zäune, um seine Tiere zu schützen. Es funktionierte – und trotz dramatischer Schwankungen der Zucker- und Rindfleischpreise wuchs und gedieh die Farm.

Lorna und Robert hatten sechs gemeinsame Kinder, zusammen mit Torben machte das sieben. Cameron, auch Cam genannt, und Torben waren nur wenige Monate auseinander. Inzwischen waren sie siebenundzwanzig, erwachsene Männer, deren Leben sich in völlig unterschiedliche Richtungen entwickelte. Wenn Robert so darüber nachdachte, glich eigentlich keins seiner Kinder dem anderen. Das war vor allem Lornas Verdienst, die immer dafür gesorgt hatte, dass sich jeder nach seinen individuellen Möglichkeiten frei entwickeln konnte. Sie hatte die Mädchen zu Hause unterrichtet; alle vier Jungen waren auf einem Internat in Pietermaritzburg gewesen.

Als Kind war Lorna ein Wildfang gewesen und konnte sich noch gut daran erinnern, wie eingeengt sie sich manchmal gefühlt hatte. Wahrscheinlich war das der Grund, weshalb sie die extrovertierteren Kinder in ihrem Wesen bestärkte und bei den

Stilleren das Bedürfnis nach Ruhe respektierte. Infolgedessen war die Familie bis auf eine einzige Ausnahme harmonisch und zufrieden.

Die Ausnahme war Torben. Er war als Kind ein Eigenbrötler gewesen, als Jugendlicher oft launisch, und als Erwachsener war er verschlossen. Er bereitete Lorna und Robert mehr Sorgen als alle anderen Kinder zusammen. Torben schien etwas Selbstzerstörerisches zu haben. Wenn er die Wahl zwischen zwei Möglichkeiten hatte, konnte man sicher sein, dass er sich für die Alternative entschied, die sonst niemand gewählt hätte. Lorna vermutete, dies läge daran, dass er von seiner Mutter verlassen wurde und sich nun ständig beweisen müsse. Robert sah die Sache wesentlich einfacher – Torben war wie seine leibliche Mutter Jette. Welcher Grund auch immer dahintersteckte, der Junge, und später auch der Mann, tat Dinge, die keinen anderen Zweck zu haben schienen, als den Rest der Familie aufzuregen. Zu anderen Zeiten war es ein Glück, ihn zu haben. Das Problem war nur, dass seine Stimmungsschwankungen ohne jegliche Vorwarnung eintraten.

Lorna kam erneut auf die Veranda, diesmal gefolgt von Mister David, der nun schon seit mehreren Jahren ihr Koch war. Mister David trug ein Silbertablett mit Scones, Butter, Marmelade, selbst gebackenen Keksen und Kuchen, Tee, Zitronenscheiben und, für Robert, einer Auswahl herzhafter Kleinigkeiten.

»Puh! Wann wird es endlich Winter?« Lorna setzte sich und fächelte sich mit einer Serviette Luft zu. Ihr Gesicht war von der Küchenarbeit gerötet. Die Ärmel ihrer Bluse waren hochgerollt, und als Mister David wieder im Haus verschwunden war, lüftete sie ihren Rock auf wenig damenhafte Art, was Robert zu einem spontanen Grinsen verleitete.

»Heute Nachmittag sind wir zwei ganz allein«, sagte sie und blickte auf die Hügelkette vor ihnen. »Selbst Meggie hat uns verlassen.«

Meggie. Ihre Jüngste. Blitzgescheit, der Augapfel ihres Vaters und schon mit siebzehn eine richtige Schönheit. Was sie allerdings weit von sich gewiesen hätte. Meggie war die Tochter, die Lorna am ähnlichsten war – ein Wildfang, eine Rebellin, die kein Blatt vor den Mund nahm und sich nicht im Mindesten darum scherte, eine Frau zu sein. Zu Anfang des Jahres, als sich ihre Brüste endlich zu wölben begannen, hielten ihre Eltern es für angebracht, sie davon zu überzeugen, dass es keine gute Idee war, lediglich mit Roberts alter Weste bekleidet herumzulaufen, auch wenn sie sich nur in der Nähe des Hauses aufhielt.

Meggie schaute an sich hinab. »Ach das meint ihr.« Sie tat das Problem mit einer Handbewegung ab. »Das ist doch nur Fleisch. Außerdem ziehe ich mich ja anständig an, wenn ich ausgehe.«

»Das ist es auch nicht, was mich beunruhigt«, antwortete Robert. Es war ihm sehr unangenehm, die Geschlechtsmerkmale seiner Tochter zu diskutieren, zumal sie sich ihrer Bedeutung so wenig bewusst zu sein schien.

Lorna sprang ihm zu Hilfe. »Ich weiß, Liebes. Aber du wirst nun erwachsen. Ein wenig Anstand kann da nicht schaden.«

Meggie akzeptierte den Rat bereitwillig und hielt sich daran. Halbwegs. Sie lief weiter barfuß durch die Gegend, steckte den Rock in die Unterhose, wenn sie Tennis spielte oder auf dem Rasen herumtollte. Sie war, wie Lorna einmal bemerkte, die unbefangenste Person, die sie kannte.

»Das ist das Problem«, antwortete Robert besorgt. »Es scheint ihr völlig gleichgültig zu sein, wie andere sie sehen. Junge Männer ... nun, werden sie das verstehen, was glaubst du?«

»Das ist doch noch Jahre hin«, antwortete Lorna beschwichtigend.

»Ja, aber ihre Brüder haben häufig Freunde zu Besuch. Man weiß nie, was ...«

»Ich werde mit ihr reden«, versprach Lorna.

Und das tat sie. Ohne Einzelheiten wiederzugeben, erzählte Lorna ihm später, das Gespräch sei sehr offen gewesen. Robert wollte keinen wortgetreuen Bericht, er wollte lediglich sicher sein, dass seine Meggie keine falschen Signale aussandte und ihren Ruf schädigte. Dass dieser Wunsch gerade bei ihm ein wenig heuchlerisch war, war ihm bewusst, kümmerte ihn aber nicht. Es ging schließlich um Meggie.

Ihr Körper war ab sofort vor den Blicken anderer sicher. Das, was sie trug, war vor allem praktisch – sie verschmähte feminine Kleider und bevorzugte stattdessen locker fallende Hemden, zu denen sie meist einen Hosenrock trug, wie ihre Mutter es schon damals im Busch getan hatte. Meggies Entgegenkommen blieb jedoch auf ihre Kleidung beschränkt. Gegen ihr Mundwerk waren ihre Eltern machtlos. Meggie sagte unverhohlen, was sie dachte, und sah keinen Grund, daran etwas zu ändern.

Robert schüttelte den Kopf und widmete sich wieder der Gegenwart. Über dem Meer braute sich ein Gewitter zusammen. Solange das Wetter nicht umschlug, würde der Winter nicht kommen. Er spürte Lornas Hand auf seinem Oberschenkel, warm und liebevoll.

»Morgen«, erinnerte sie ihn. »Nur noch ein Tag.«

»Ich kann es kaum noch erwarten«, antwortete Robert, der sofort wusste, was sie meinte. »Dieses Bein macht mich noch verrückt.«

»Woran hast du gerade gedacht?«

»Ach an dies und das. An uns. An die Anfänge.«

»Nur an die mit mir, hoffe ich.«

»Nur an die mit dir.« Als er Lornas ungläubigen Blick sah, fügte er lächelnd hinzu: »Den Rest habe ich überschlagen.«

Sie lachte und tätschelte sein Bein.

Sie waren zusammen älter geworden, und keiner von ihnen hatte es bemerkt. Die Leidenschaft der ersten Jahre war gereift und hatte sich in Liebe, Respekt und Zuneigung verwandelt. Sie waren enge Freunde, Partner, Liebende, und jeder verließ sich bedingungslos auf den anderen. Vielleicht lag es daran, dass sie gemeinsam in Schottland aufgewachsen waren – Lornas Bruder war Roberts bester Freund, seine Schwester Charlotte und Lorna unzertrennlich gewesen. Sie hatten es nicht nötig gehabt, sich gegenseitig zu beeindrucken, und als es ihnen endlich vergönnt gewesen war, als Mann und Frau zusammen zu sein, hatten sie einfach dort weitergemacht, wo sie aufgehört hatten.

Lornas unverblümte Art erfreute Robert immer wieder. Sie hasste falsche Bescheidenheit und warf sie denen, die sie vortäuschten, zurück vor die Füße. Ihre nicht zu verleugnende Herkunft und die Tatsache, dass sie vor ihrer Hochzeit mit Robert die Marquise von Dumfries gewesen war, gestatteten ihr dies. Die Leute waren meist irritiert über ihr Verhalten, brachten ihre Kritik jedoch nur hinter vorgehaltener Hand zum Ausdruck. Die wenigen guten Freunde, die sie hatten, waren naturgemäß ebenso wenig angepasst wie sie. Das war ihnen recht; weder Lorna noch Robert brauchten andere Menschen, um ein erfülltes und zufriedenes Leben zu führen.

Lorna häufte gerade Sahne auf ein großzügig mit Marmelade bestrichenes Scone. »Ich schätze, du machst dich sofort wieder an die Arbeit, sobald du den Gips los bist.«

»Was glaubst du denn? Du hast mich doch sechs Wochen lang erlebt. Ich hasse es, ans Haus gefesselt zu sein.«

»Ich habe es sehr genossen, dich in meiner Nähe zu haben«, antwortete Lorna.

Er nahm ihre Hand. »Trotz meiner schlechten Laune?«

»So schlimm warst du nicht. Ein bisschen nachdenklich vielleicht. Ansonsten hat dir die Pause wahrscheinlich gut getan.«

»Fang nicht wieder davon an. Der Arzt erinnert mich auch ständig an mein Alter. Er behandelt mich wie einen Achtzigjährigen.«

»Du bist nicht mehr so jung.«

»Ende vierzig. Ich bin fit und aktiv. Nur weil ich demnächst fünfzig werde …« Das verbotene Wort rutschte ihm versehentlich über die Lippen. Robert hatte es in den letzten Jahren bewusst vermieden. Für ihn bedeutete es den Anfang einer

Abwärtsspirale, und davor graute ihm. »Wo sind nur all die Jahre geblieben?«, fragte er.

Lorna lächelte schelmisch und entzog ihm ihre Hand. »Dann scheint dein Gedächtnis also auch nachzulassen.«

Er versuchte, sie zu kitzeln, verfluchte sein steifes Bein und sank frustriert auf seinen Stuhl zurück. »Warte nur, bis ich mich wieder richtig bewegen kann«, meinte er mit gespielter Empörung.

»Gut.« Sie klatschte in die Hände, und in ihren Augen blitzte der Schalk. »Heißt das, dass du wieder die Herrschaft im Schlafzimmer übernimmst? Ich habe nämlich keine Lust mehr, die ganze Arbeit zu machen.«

Robert lachte schallend. »Arbeit nennst du das? Du bist eine unverschämte Lady«, scherzte er liebevoll.

Lorna grinste und erhob sich. »Fertig?«

»Mit dem Tee, ja.«

Sie strich ihm sanft über den Kopf. »Wer ist jetzt unverschämt?«

Mister David erschien in der Tür. »Darf ich das Tablett mitnehmen?«

»Ja, bitte.« Lorna wandte sich an Robert. »Ich bin in der Küche. Wir probieren zu Ehren von Torbens Besuch heute Abend etwas Neues aus. Kommst du hier zurecht?«

»Was glaubst du eigentlich, was ich bin?«, brummte er. »Ein Invalide? Außerdem habe ich ja noch Suza. Wir zwei werden uns nett unterhalten.«

Der kriegsversehrte Boxer, der ausgestreckt neben Roberts Stuhl lag, war stocktaub, verfügte aber immer noch über einen ausgezeichneten Geruchssinn. Das war ziemlich überraschend, denn die empörten Reaktionen anderer Familienmitglieder auf seine häufigen und lauten Absonderungen fauliger Luft schienen ihn meist zu überraschen. Suza war auf der Farm geboren. In seinen vierzehn Jahren hatte er viele Auseinandersetzungen mit Früchte stehlenden Pavianen erlebt, gelegentlich sogar mit dem einen oder anderen Leoparden mit einer Schwäche für Hühner. Suza hatte eine Schwester, Saba, aber die war Camerons ständige Begleiterin. Aufmerksame Augen beobachteten, wie der Zulu sich zurückzog. Es war zu heiß für irgendeine andere Regung.

Mister Davids Timing war wie immer unschlagbar. Es gab Gelegenheiten, in denen Robert sich fragte, ob sein langjähriger Freund hinter den Spitzengardinen stand und wartete, dass er abräumen konnte. Mister David gehörte zur Familie, eine Tatsache, die er gern und häufig betonte, wenn sich die Gelegenheit dazu ergab. Er hatte Robert von Anfang an in Afrika begleitet – zunächst als Kutscher bei seinen Handelsreisen den Thukela hinab, dann auf der ersten Farm und nun auf dieser als *induna,* derjenige, der für den gesamten Haushalt verantwortlich war. In den letzten Jahren, als Mister David die harte Arbeit zunehmend schwer gefallen war, hatte Lorna ihn auf seine eigene Bitte zum Koch ausgebildet. Der Zulu kochte, als hätte er von Geburt an nichts anderes getan.

Mister David war auch derjenige gewesen, der Robert so viel über die Kultur und die Sprache der Zulu beigebracht hatte. Als die Kinder kamen, hatte er sie ebenfalls unterrichtet, und so kam es, dass die meisten von ihnen bereits Zulu gesprochen hatten, ehe sie Englisch lernten. Auch hier bildete Torben eine Ausnahme. Er hatte sich standhaft geweigert, eine Sprache zu erlernen, die seiner Meinung nach nur aus dümmlichen Schnalz- und Grunzlauten bestand.

Mister Davids Haar hatte nun erste graue Strähnen, und sein Rücken war vom Alter leicht gebeugt. Aber mit funkelnden Augen verbesserte er noch immer ständig die Aussprache von allen, wenn er einen Fehler bemerkte. Für Robert war der Mann eher ein Freund als ein Angestellter. Wenn früher eines der Kinder krank geworden war, hatte man sich auf Mister David verlassen können. Er zerstampfte und kochte Wurzeln, Blätter, Rinde und Teile, deren Herkunft man besser nicht genau untersuchte, und behandelte den Patienten dann mit dieser traditionellen *muthi*. Häufig war seine Medizin wesentlich besser als alles, was der englische Arzt der Familie verschreiben konnte.

Robert wunderte sich häufig darüber, wie sehr sein heutiges Leben sich von dem unterschied, das ihm ursprünglich vorgegeben gewesen war. Als Lord Acheson hatte er in eine entschieden langweilige Zukunft geblickt. Thomas, der älteste Bruder, hatte alles geerbt – Ländereien und den Titel ihres Vaters. Boyd war zur Armee gegangen; Glendon zur Kirche. Damit war für Robert nichts weiter als sein einfacher Titel übrig geblieben, eine kleine Rente, allerdings eine exzellente Ausbildung. Wäre er in Schottland geblieben, hätten Robert und Lorna nach dem Tode ihres ersten Mannes heiraten können, und er hätte das beträchtliche Anwesen des Marquis führen können. Aber nur so lange, bis Lornas Sohn volljährig gewesen wäre. Cam war zwar in Wahrheit Roberts Kind, aber diese Tatsache war allen anderen unbekannt. Man glaubte, der Marquis habe während des Zeugungsaktes einen Schlaganfall erlitten. In Wahrheit hatte ihn der Tod ereilt, bevor die Ehe vollzogen werden konnte. Somit war Cameron, auch wenn er nicht der natürliche Nachkomme war, berechtigt, den gesamten Besitz des Marquis zu erben. Robert hätte nicht mehr als eine verwaltende Rolle spielen können. Er war zwar bereit, nahezu alles zu tun, um mit Lorna zusammen sein zu können, aber der Gedanke, von ihrem Erbe zu leben, war ihm unerträglich.

Als das Schicksal ihn gezwungen hatte, sein Geburtsland zu verlassen, stellte Robert bald fest, dass das Leben auf dem dunklen Kontinent Afrika ein erfülltes Leben war. Hier wurde ein Mann nach seinen Taten und nicht nach seiner Herkunft beurteilt; jeder hatte eine Chance. Natürlich ebnete Lornas Reichtum Wege, für die andere hart arbeiten mussten. Aber Robert zahlte jeden einzelnen Penny zurück und war nun selbst ein wohlhabender Mann.

Eine plötzlich aufkommende Brise zerzauste sein Haar. Robert warf einen Blick zum Himmel. Das Gewitter war näher gekommen, aber es würde draußen über dem Ozean bleiben. Die kreisenden Möwen, deren weißes Gefieder sich vor den regengrauen Wolken abhob, machten keine Anstalten, an Land Schutz zu suchen. Robert holte tief Luft und atmete den salzigen Geruch des Tangs ein, den das unruhige Meer an den Strand spülte. In sicherer Entfernung zum Wasser graste das Vieh. Robert ließ den Blick weiter über die wogenden Zuckerrohrpflanzen schweifen. Trotz der Vorliebe der britischen Regierung für den Zuckerrohranbau hatte sich die Gegend, in der er lebte, im Laufe der Jahre kaum verändert. Robert hatte kein Interesse an Zuckerrohr. Es war wesentlich anfälliger für Krankheiten und viel witterungsabhängiger als das Vieh.

Er hörte Schritte auf der Veranda. Cameron. Suza merkte nichts, er döste weiter.

»Vater?«

»Hier«, rief Robert.

Zuerst tauchte Saba auf, dann kam Cameron um die Ecke. Groß und blond, tiefblaue Augen, bronzefarbene Haut, ein strahlendes Lächeln. Er war schon als kleiner Junge hübsch gewesen und nun zu einem attraktiven jungen Mann herangewachsen. Jetzt warf er sich auf den freien Stuhl neben seinem Vater.

»Ich habe es getan!« Suza öffnete verschlafen die Augen, als Saba ihrem Bruder etwas ins Ohr zu flüstern schien.

»Und?«

»Sie hat Ja gesagt.«

Robert streckte die Hand aus, und Cameron ergriff sie. Er schüttelte sie fest, mit einem Grinsen, das quer über sein Gesicht verlief.

»Glückwunsch, mein Sohn. Hast du mit ihrem Vater gesprochen?«

»Natürlich.«

»Weiß deine Mutter es schon?«

»Noch nicht.«

»Sie wird sich freuen. So wie ich. Virginia ist genau die Richtige für dich.«

»Ich werde Mutter suchen.« Cameron schlug sich auf die Oberschenkel und stand auf. Er befahl Saba zu bleiben und fügte hinzu: »Ich kann nur hoffen, dass unsere Ehe so glücklich wird wie eure.« Sein Vater lächelte zufrieden.

Virginia Waring-Jones. Robert hätte sich keine bessere Frau für seinen ältesten Sohn wünschen können. Sie war vierundzwanzig, hatte ihre Schulbildung hauptsächlich in England genossen, liebte Zululand und das Leben hier. Sie war sanftmütig und trotzdem durchsetzungsfähig. Virginia hatte Cameron fünf Jahre lang warten lassen, ehe sie Ja gesagt hatte, aber das nahm Robert ihr nicht übel. Cameron stand, was Frauen anging, in dem Ruf, ein wenig unausgeglichen zu sein. Außerdem hatte er etwas Ungezähmtes – seine Beziehung zum Volk der Zulu ließ ihn hin und wieder die Grenzen konventionellen Verhaltens überschreiten.

Cameron war ein intelligenter Mann, der seine zweijährige landwirtschaftliche Ausbildung den Jahren am Hilton College vorgezogen hatte. Er wusste fast alles über die Landwirtschaft, was es zu wissen gab, aber es wäre sinnlos gewesen, ihn zu bitten, Robbie Burns oder Elizabeth Barrett Browning zu rezitieren. Durch seinen Charme gelangen ihm jedoch Dinge, von denen andere nicht einmal träumen konnten.

Virginia und Cameron kannten sich fast ihr ganzes Leben. Wenn irgendwer wusste, was sich hinter seinem sorglosen Gemüt verbarg, dann war sie es. Als Cameron ihr mit Anfang zwanzig den ersten Heiratsantrag gemacht hatte, war ihr klar gewesen, dass er noch viel zu unreif für eine feste Bindung war. Zwei Jahre später sagte sie wieder Nein. Beide Male hatte Cameron sich enttäuscht von ihr zurückgezogen und seine Wunden geleckt. Er hatte Trost in den Armen anderer Frauen gesucht, die nur an einer amüsanten Nacht interessiert waren, oder war zu ausgedehnten Jagdausflügen mit seinen Freunden aufgebrochen. In den letzten Jahren jedoch war Cameron entschieden reifer geworden.

Virginia war eine wunderbare Ergänzung ihrer Familie, da waren sich Lorna und Robert einig. Lorna liebte das Mädchen. Sie war die beste Freundin von Kate gewesen, Roberts und Lornas zweiter Tochter. Wie ihre eigenen Kinder sprach sie fließend Zulu. Sie war nicht makellos schön, aber sie war attraktiv und besaß eine offene, natürliche Ausstrahlung, die sie ganz besonders machte.

Mutter und Sohn kamen Arm in Arm auf die Veranda gelaufen. »Ist das nicht wunderbar?« Lorna strahlte über das ganze Gesicht.

Cameron stand versonnen lächelnd neben ihr. Er sah aus, als könne er sein Glück kaum fassen.

Ja, dachte Robert. Er teilte ihre Freude, wurde aber plötzlich ernst. »Ich hoffe nur, deine Zeit als Schürzenjäger ist damit vorbei, junger Mann. Virginia würde nicht hinnehmen, dass du ihr untreu bist.«

Cameron schüttelte den Kopf. »Das würde ich auch niemals wagen«, protestierte er, als habe er nie in seinem Leben andere Frauen gehabt. »Sie würde mich umbringen.«

Das würde sie – mit Recht, wie Robert fand. Er hoffte, dass Cameron meinte, was er sagte. Mit den Gefühlen einer so besonderen Frau spielte man nicht herum.

Als Cameron schließlich wieder an seine Arbeit gegangen war und Lorna sich erschöpfend über wesentliche Fragen ausgelassen hatte, die den Ring betrafen, die Hochzeit, das Herrichten von Haus und Garten für das Fest, die Frage, wo das junge Paar leben würde und andere typisch weibliche Probleme, die Männern nie in den Sinn kämen, war Robert erneut sich selbst überlassen. Suza hatte sich nicht geregt.

Er stellte sich nun selbst die Frage, die er zuvor an Lorna

gerichtet hatte: Wo sind nur all die Jahre geblieben? Es kam ihm vor, als sei es erst gestern gewesen, als sie ihm Cameron als neun Monate altes Baby vorgestellt hatte. Obwohl er gewusst hatte, dass Lorna schwanger war, als er damals aus Schottland geflohen war, hatte er danach keinerlei Kontakt mehr zu ihr gehabt und angenommen, dass sie ihn wegen seiner Affäre mit ihrer Mutter hasste. Lorna war aus seinem Leben verschwunden, und er hatte versucht, sich damit abzufinden. Das spontane Gefühl von Liebe und Zuneigung, das er verspürt hatte, als er Cameron zum ersten Mal sah, war erfreulicherweise erwidert worden. Robert hatte seinen Sohn instinktiv geliebt, und dieses Gefühl wurde sofort zurückgegeben.

Cameron hatte früh erfahren, dass Robert sein Vater war. Er wusste auch, dass ihm ein Titel und ein großes Anwesen zustanden, wenn er den Marquis von Dumfries als seinen leiblichen Vater anerkannte. Aber als Kind Afrikas war er zu einem Mann dieses Kontinents herangewachsen. Trotz verschiedener Reisen nach Schottland mit seiner Familie konnte Cameron sich nicht an das förmliche Leben, das schlechte Wetter und das in seinen Augen blasierte Gehabe der englischen Oberschicht gewöhnen. Außerdem liebte und respektierte er Robert.

Mit einundzwanzig, als er berechtigt war, sein schottisches Erbe anzutreten, musste Cameron eine Entscheidung treffen. Die einzige Bemerkung, die seine Eltern dazu machten, war die, dass die Entscheidung, ganz gleich wie sie ausfiel, für den Rest seines Lebens gelten würde. Wenn er beschloss, Titel und Vermögen des Marquis anzunehmen, würde er für immer als Sohn dieses Mannes gelten. Wenn nicht, wäre es sinnlos, seine Entscheidung zu einem späteren Zeitpunkt zu bereuen. Obwohl er auf den Namen Cameron Keith Adair Kingholm getauft worden war, benutzte er diesen Nachnamen nie. Er bevorzugte den Namen Granger-Acheson, den Robert und Lorna bei ihrer Eheschließung angenommen hatten.

Wie häufig in einer solchen Situation, suchte Cameron eine

Antwort in der Lehre der Zulu. Die Loyalität eines jungen Mannes galt dort an erster Stelle seinem König, danach seinem Häuptling und an dritter Stelle seinem Vater. Cameron hatte keinen König – Königin Victoria herrschte noch immer über das Britische Empire – und fühlte sich der britischen Monarchie ohnehin nicht verbunden. Das Oberhaupt des schottischen Clans, dem der Marquis angehörte, wäre sicher eine Art Häuptling für ihn gewesen, aber auch hierzu verspürte Cameron keine Bindung. Er wusste nicht einmal, um welchen Clan es sich genau handelte. Das Einzige, was ihm erstmals auffiel, war eine frappierende Ähnlichkeit zwischen den Familienclans Schottlands und den Stammesverbänden der Zulu. Am Ende lief alles darauf hinaus, dass Robert sein Vater blieb. Cameron würde nicht den Sohn eines ihm fremden Mannes mimen, um Eigentum und Titel in einem Land zu erwerben, in dem er nicht leben wollte. Die Familie Granger-Acheson war glücklich und wohlhabend genug, daher war die Aussicht auf größeren Reichtum kaum verlockend. Und was den Titel anging – Cameron war viel zu praktisch veranlagt, um ihn auch nur entfernt erstrebenswert zu finden.

Er benötigte für die Entscheidung zwei Stunden, und das nur, weil er glaubte, seine Eltern würden von ihm erwarten, dass er sie wohlüberlegt traf. Cameron hatte schon vorher genau gewusst, was er wollte.

»Ich bleibe hier«, verkündete er ohne große Umschweife, als er in das Zimmer kam, in dem seine Eltern sich aufhielten. »Mach mit meinem Erbe, was du willst, Mutter. Ich habe kein Interesse daran.«

»Gut.« Sie lächelte ihn an. »Ich werde gleich morgen früh an meine Anwälte schreiben. Charles hat seit drei Jahren ein Auge auf das Land geworfen, seit er sein Anwesen in Perthshire verkauft hat, um die Erbschaftssteuer auf das Land deines Großvaters zu bezahlen. Und da er und Charlotte nun dort leben, macht es Sinn, an sie zu verkaufen.«

Das war nun sechs Jahre her, und Cameron hatte seine Entscheidung nie bereut. Bei den wenigen Gelegenheiten, bei denen er darüber nachgedacht hatte, hatte er jedes Mal das Gefühl gehabt, den richtigen Weg gewählt zu haben. Lorna hatte nicht enttäuscht reagiert, und Robert wusste, dass sie nicht enttäuscht war. Im Gegenteil, ihr Lächeln hatte eher Erleichterung ausgedrückt, so als hätte sie sich vor einer zustimmenden Antwort ihres Sohnes gefürchtet.

Robert hörte das Hufgetrappel von Ponys und das Knirschen von Rädern auf der Kieseinfahrt. Die Kutsche kehrte vom Endbahnhof in Thukela zurück, der gut vierzig Meilen entfernt war. »Lorna«, rief er. »Torben ist da!«

2

Lorna betrat in dem Moment die Veranda, als die Pferde stoppten. »Hallo, ihr zwei«, begrüßte sie Roberts Sohn und die dralle blonde junge Frau an seiner Seite. »Hattet ihr eine gute Reise?«

»Die Straße ist noch genauso schlecht wie eh und je.« Torben sprang vom Kutschbock herunter und sah Lorna an. »Du siehst blendend aus, wenn ich das sagen darf.«

Lorna lachte. »Dein letzter Besuch liegt doch erst wenige Monate zurück. Was hast du erwartet? Eine alte Frau?«

Torben grinste, dann eilte er nach einer scharfen Zurechtweisung seiner Frau zur Kutsche zurück, um ihr herauszuhelfen. Die beiden kamen auf die Veranda und begrüßten Robert und Lorna.

»Hallo, Ma.«

»Gerda, Liebes. Wie gut du aussiehst.«

Robert unterdrückte ein Lächeln. Lorna hasste es, Ma genannt zu werden.

»Was hast du mit deinem Bein angestellt?«, fragte Torben.

»Ich habe es mir gebrochen. Ein verdammter Ochse ist dran schuld.«

»Wo war Cam?«

»Er war dabei«, antwortete Robert lächelnd, auch wenn ihn die unterschwellige Kritik ärgerte. Torben suchte nur allzu gern Fehler bei Cameron. »Ich wollte ihm zeigen, wie man es nicht macht.«

Torben runzelte die Stirn.

»Zum Glück war es ein glatter Bruch«, fuhr Robert fort. »Morgen wird der Gips entfernt.«

Aus dem Augenwinkel sah er, dass seine Schwiegertochter ihn anstarrte. Sie sah aus wie eine Babypuppe. Zu einem gesmokten Kleid mit Puffärmeln trug sie eine alberne Haube. Das Einzige, was fehlte, war ein Milchfläschchen.

»Poppie!« Gerda bückte sich, um Robert auf die Wange zu küssen; dabei fielen ihre fast weißen Kringellocken nach vorn und berührten sein Gesicht.

Robert widerstand dem Verlangen, sie zurückzuschieben. Sosehr er sich bemühte, er mochte Gerda nicht, und fast alles an ihr nervte ihn. Auch Lorna strengte sich jedes Mal aufs Neue an, irgendeinen gemeinsamen Nenner mit dem Mädchen zu finden.

»Wie schön, dass ihr da seid.« Lorna sprach mit dem hohen Tonfall, in den sie immer verfiel, wenn sie jemanden nicht sonderlich mochte, aber freundlich sein musste. »Komm, Gerda, wir haben seit eurem letzten Besuch die Gästezimmer neu hergerichtet. Es wird dir bestimmt gefallen.«

Gerda folgte ihrer Schwiegermutter ins Haus. Wie erwartet hörte Robert das Mädchen zu jeder Neuerung eine Bemerkung machen, dann folgte unweigerlich die Frage: »Was hat das gekostet?« Für Lorna war dies einer der wesentlichen Punkte des Anstoßes. Sie fand diese Frage vulgär.

»Ihr habt Regen gehabt«, stellte Torben fest und setzte sich zu seinem Vater. »Auf den letzten fünf Meilen waren die Wege ziemlich matschig. Wann soll denn die Brücke am Bond's Drift endlich fertig gestellt werden?«

Robert wappnete sich innerlich. Immer wenn Torben einer Frage eine Bemerkung über das Wetter vorausschickte, bedeutete dies, dass er auf etwas völlig anderes hinaus wollte. Das letzte Mal wollte er seinen Vater dazu überreden, in ein haarsträubendes Geschäftsprojekt zu investieren – eine Rosenzucht. Er war keiner Vernunft zugänglich gewesen – das Küstenklima taugte einfach nicht für die Rosenzucht, und die Auseinandersetzung hatte schließlich damit geendet, dass Torben vorzeitig abgereist war.

»Es wird noch mindestens zwei oder drei Jahre dauern, bis die Eisenbahnlinie bis Empangeni ausgebaut ist. Und was den Regen angeht, nun, dem Garten hilft das um diese Jahreszeit ganz sicher nicht mehr.« Robert zeigte auf einige verdorrte Rosensträucher.

Torben ignorierte die Geste, aber Robert blieb hartnäckig.

»Gibt es irgendetwas Neues, dein Projekt betreffend?«

»Nein. Ich bin auf die Nähe eines Marktes angewiesen. Als ich das Potenzial Durbans untersucht habe, wurde klar, dass die Feuchtigkeit zu viele Krankheiten und Schädlinge mit sich bringt. Offen gesagt war es zu riskant. Das Geschäft ist einfach nicht profitabel genug.« Torben ignorierte geflissentlich, dass er genau die Argumente seines Vaters wiederholte. »Aber es gibt da etwas anderes, worüber ich gern mit dir sprechen würde. Vielleicht nach dem Dinner?«

»Natürlich«, murmelte Robert. Ihm graute schon jetzt vor dem Gespräch und dem Streit, der mit Sicherheit folgen würde.

»Perfekt.« Torben entschuldigte sich und stand auf. »Ich werde Gerda ein wenig zur Hand gehen. Danach reite ich vielleicht ein wenig aus, um Cameron und Duncan Hallo zu sagen.«

»Duncan ist auf den Viehmarkt gefahren. Er wird erst in einigen Stunden zurück sein.«

Torben nickte, lächelte, schaute auf seine Taschenuhr, nickte noch einmal und ging ins Haus.

Robert schüttelte den Kopf. Torben war zweifellos der seltsamste Mensch, den er kannte. Er schien verzweifelt um Anerkennung zu ringen. Vielleicht war daran die Tatsache schuld, dass er ein uneheliches Kind war. Es war ihm schwergefallen zu akzeptieren, dass Robert seine leibliche Mutter Jette nicht geheiratet hatte. Erst als sie noch einmal zurückgekommen war – in zweifelhafter Gesellschaft und offenbar vom Glück verlassen –, hatte der Junge begonnen, Lorna wenigstens ein wenig Respekt entgegenzubringen.

Vielleicht waren auch die Umstände, unter denen seine Mutter ums Leben gekommen war, der Grund für seine Fixierung auf Äußerlichkeiten. Er war zu jung gewesen, um sich an seine Mutter zu erinnern, als sie ihn Lornas und Roberts Fürsorge überlassen hatte. Die einzige Erinnerung, die er an sie hatte, war, dass die einst so schöne Frau ein Wrack gewesen war, als sie acht Jahre später ganz unerwartet aufgetaucht war, um ihn zurückzufordern.

Weil er eifersüchtig auf die frühere Beziehung zwischen Jette und Robert und ihre Bindung durch den gemeinsamen Sohn war, hatte der Mann in ihrer Begleitung – Jeremy Hardcastle, ehemals Erster Offizier auf dem Dampfschiff *Marie Clare,* das sie nach Afrika gebracht hatte – den Jungen zurückverlangt. Er wollte seine Mutter auf diese Weise besser unter Kontrolle haben. In dem nachfolgenden Streit wurde Jette von einer Kugel getroffen, die eigentlich für Robert bestimmt gewesen war. Torben war Zeuge dieser grässlichen Szene gewesen.

Robert war sich sicher, dass ein solches Erlebnis einen Menschen prägte. Dazu kam, dass Torben sich seine Mutter schön, reich, klug und ehrenwert vorgestellt hatte. Die Frau, die gekommen war, um ihn abzuholen, besaß keine dieser Eigenschaften. In dem Glauben, Jette sei in Westafrika ums Leben gekommen, hatten Lorna und Robert Torben die Wahrheit immer verschwiegen – nämlich dass seine Mutter in Wirklichkeit keinerlei Skrupel besaß und eine professionelle Diebin war.

Torben hatte mehr mit Jette Petersen gemeinsam, als man auf den ersten Blick vermutete. Nachdem er das College bei der ersten sich bietenden Gelegenheit verlassen hatte, hatte er sich in vermeintlich lukrative Geschäfte gestürzt, die dazu geführt hatten, dass er sich verschuldete. Zu seinem Entsetzen erfuhr Robert, dass Torben es nicht für nötig erachtete, dieses Geld zurückzuzahlen. Er schuldete vielen einflussreichen Personen hohe Summen. Häufig war Robert für seinen Sohn eingesprungen – eine Tatsache, die Torben mittlerweile für selbstverständlich hielt.

Dann war da noch Gerda, eine Burin. Seit die Beziehungen zwischen Briten und Buren aufgrund ihrer Gebietsansprüche in Südafrika von Tag zu Tag schwieriger wurden, waren Mischehen nur noch selten. Gerdas Eltern hatten ihrer Tochter verboten, sich mit Torben zu treffen. Lorna und Robert versuchten ihren Sohn davon zu überzeugen, dass ein Krieg zwischen den Buren und den englisch sprechenden Südafrikanern nicht unwahrscheinlich war und Gerda und ihre Eltern leicht zu Feinden werden konnten. Daraufhin war das junge Paar geflohen und hatte heimlich geheiratet. Torben war damals zweiundzwanzig, Gerda erst sechzehn. Sie wurden von Engländern und Afrikanern gleichermaßen verachtet.

Es waren nicht nur ihre Unreife oder ihre niederländische Herkunft, die den Umgang mit Gerda so schwierig machten, sondern auch ihre Familienverhältnisse. Gerdas Bruder saß wegen Mordes im Gefängnis – er hatte einen vermeintlichen Freund bei einem Streit im betrunkenen Zustand mit einem *sjambok* getroffen und getötet. Einer Schwester sagte man nach, sie verkaufe ihren Körper an Matrosen. Lorna bemühte sich immer wieder zu betonen, dass Gerda nichts für ihre Familie könne. Aber ihre mangelhaften gesellschaftlichen Umgangsformen wurden noch dadurch verschlimmert, dass sie Allüren hatte, die diese Unzulänglichkeit betonten. Lorna äußerte Robert gegenüber einmal die Vermutung, dass Torben Gerda nur deshalb geheiratet hatte, damit er sich überlegen fühlen konnte. Auf merkwürdige Weise ergab das einen Sinn.

Aus unerfindlichen Gründen schien Torben das Benehmen seiner Frau nicht zu bemerken. Er häufte weiter Rechnungen auf, die er nicht bezahlen konnte, und war ständig auf der Suche nach neuen Möglichkeiten, Geld zu verdienen. Die Summe, die seine

Mutter ihm hinterlassen hatte, war längst aufgebraucht, verschwendet für Luxusgüter und riskante Geschäfte. Torben nahm an, sein Vater würde in Zukunft seine Ideen finanzieren. Als Robert ihm die Beteiligung an seinem Rosenzucht-Vorhaben verweigerte, riet er seinem Sohn zugleich, sich nicht mehr auf seine finanzielle Hilfe zu verlassen. Falls er ihm doch noch einmal unter die Arme greifen müsse, würde er dies auf sein Erbe anrechnen. Dabei war es dann geblieben. Und nun war Torben gekommen und hatte vermutlich neue Projekte im Kopf, für die er das Geld seines Vaters benötigte.

Robert war sich sicher, dass es nicht Torbens Absicht war, ihn zu betrügen. Er war einfach nur besessen von der Vorstellung, reich zu werden – was ihm unweigerlich die Augen vor der Realität verschloss. Dazu kam, dass er Arbeit verabscheute. Torben wollte die guten Dinge des Lebens, und er wollte sie jetzt. Und Gerda schien seinen Ehrgeiz zu teilen.

Im Gästezimmer stand Lorna kurz vor einem Nervenzusammenbruch.

»Oh, dieser neue Teppich ist einfach entzückend. Was hat er gekostet? Wo habt ihr ihn gekauft? Wir denken auch daran, uns einen neuen Teppich zuzulegen.« Gerda hielt ein Kleid hoch. »Gefällt es dir? Es hat ein Vermögen gekostet.«

»Passt es dir denn auch?« Ungläubig betrachtete Lorna das verführerische Kleidungsstück. Es hatte ein tiefes Dekolleté und war in der Taille so eng geschnitten, dass ein Mädchen mit Gerdas Proportionen darin kaum Luft bekommen würde.

»Natürlich passt es, Ma. Ich werde es heute Abend tragen. Es passt hervorragend zu dem Saphir-Halsband, das Torben mir geschenkt hat. Hast du es schon gesehen? Ich werde das Halsband ebenfalls tragen. Ich liebe es, mich zum Dinner hübsch zu machen.«

Torben erschien in der Tür, und Lorna ergriff dankbar die Flucht in die Küche zu Mister David. Sie machte einen kurzen Umweg über die Veranda.

»Mach dich auf überraschende Dinge gefasst«, warnte sie ihren Mann. »Gerdas neueste Errungenschaft wird dich völlig verrückt machen.« Sie lachte über seinen Gesichtsausdruck und verschwand dann im Haus.

Mister David brachte gerade einen gefüllten Fressnapf für Suza. Der Hund erhob sich, streckte sich, ließ einen Wind ab und schleppte sich an die Stelle, an der er seine Mahlzeit erwartete.

»Es ist Zeit, ins Haus zu kommen«, sagte Mister David zu Robert. Sein Ton machte deutlich, dass er keinen Widerspruch duldete.

Robert versuchte es trotzdem. »Später.«

»Nein, sofort. Es wird kühl, und Ihr Bein wird es rasch spüren.«

Dieser Logik wusste Robert nichts entgegenzusetzen. »Also gut. Dann hilf mir hoch.«

Mister David ging zu ihm. »Dazu bin ich gekommen«, sagte er nur, legte einen Arm um Robert und zog ihn auf die Füße. »Nehmen Sie Ihren Stock.«

»Tyrann.« Robert konnte die Schroffheit in seiner Stimme nicht verbergen.

Sein Koch und langjähriger Freund hörte es und lächelte. Langsam gingen sie zur Westseite der Veranda. »Sehen Sie die Sonne?«

»Ja.« Robert wusste, was nun kam, aber er hätte Mister David nie das Vergnügen verwehrt, seine einzigartigen Weisheiten zu verbreiten.

»Sie wird ohne Ihre Hilfe untergehen.«

»Ich weiß, alter Freund. Es ist nicht der Stolz, der mich ungeduldig macht. Es ist ... es ist ...«

»Die Kuh ist auf der Weide, aber der Bulle wird im Kraal gehalten. Er weiß, was er gern tun würde, ist aber nicht in der Lage dazu. Sie sind wie dieser Bulle.«

Robert lachte. Frustration war das Wort, nach dem er gesucht hatte. Typisch für Mister David, es so treffend zu formulieren.

Drinnen begegneten sie Gerda. »Poppie!« Sie kam auf ihn zu. »Lass mich dir helfen.«

»Ich komme schon zurecht«, antwortete er knapp. »Mister David weiß, was zu tun ist.«

Gerda warf einen kurzen Blick auf den Zulu. »Aber er ist ein Kaffer.«

Eine derart abschätzige Bemerkung war typisch für eine Burin. Robert presste die Lippen zusammen. Die rücksichtslose Art, mit der Gerda über Mister David oder die anderen Bediensteten sprach, häufig in deren Anwesenheit, machte ihn wütend. Er hatte sie deswegen schon einmal gerügt, aber sie hatte diese Einstellung so verinnerlicht, dass sie nicht anders konnte.

»Es geht schon, Gerda«, sagte er zu ihr. »Vielleicht schaust du, ob du Lorna etwas helfen kannst.«

Nachdem sie sich auf die Suche nach Lorna gemacht hatte, wandte Robert sich mit säuerlichem Lächeln an Mister David. »Wie üblich muss ich mich für meine Schwiegertochter entschuldigen.«

»Ich habe es Ihnen schon oft gesagt, *nkosi*«, antwortete Mister David und führte Robert zu seinem Lehnstuhl. »Wir Zulu haben viel Geduld. Solange wir ein Missverständnis dulden, bleiben wir leer. Leere führt zu Beschimpfungen. Es ist weder die Schuld Ihrer Schwiegertochter noch Ihre. Es ist unsere.«

»Geduld könnte in diesem Fall als Trotz empfunden werden. Das ist schon einmal geschehen«, antwortete Robert und meinte damit den Zulu-Krieg. »Du weißt, wohin das geführt hat.«

»Das ist etwas anderes.«

»Tatsächlich?«

Mister David lächelte. »Wir können sehr geduldig sein. Am Ende werden wir den Respekt aller Weißen gewinnen. Bis dahin müssen wir uns wenigstens selbst respektieren.« Vorsichtig bettete er Roberts Bein auf einen Schemel. »Sie dürfen Master Torbens Frau nicht böse sein. Man kann ihr nur Ignoranz vorwerfen, sonst nichts.«

Das Dinner an diesem Abend war in der Tat ein erstaunliches Erlebnis. Gerda platzte fast aus ihrem aufreizenden blauen Kleid, mit dem sie ebenso gut auf einen Ball hätte gehen können. Das tiefe Dekolleté zierte ein Saphir-Halsband, außerdem hatte sie versucht, ihr Erscheinungsbild mit Ohrringen, Schuhen und einem Schal zu vervollständigen, jedoch in keinem Fall auch nur annähernd den passenden Blauton getroffen. Torben glühte dennoch vor Stolz, als sich seine Frau zu einem Drink im Salon zu ihnen gesellte. »Blau steht dir ganz ausgezeichnet, Darling«, schmeichelte er ihr.

Lorna trug ein schlichtes cremefarbenes Kleid, flache Schuhe aus weichem Leder und einen karamellfarbenen Schal. Als Zugeständnis an ihre Schwiegertochter hatte sie sich in der letzten Minute noch eine kleine Perlenbrosche an den Kragen ihres Kleids und dazu passende tropfenförmige Ohrringe in die Ohren gesteckt. Die Geste wurde nicht gewürdigt.

»Du trägst Perlen, Ma? Das wäre mir viel zu langweilig.«

»Jeder nach seinem Geschmack«, murmelte Lorna und hielt den Kopf gesenkt, damit Gerda ihr spöttisches Lächeln nicht sah.

Die Unterhaltung verlief steif, bis Cameron und Duncan erschienen. Beide hatten sich hastig gewaschen und umgezogen – Cameron tropfte noch immer das Wasser aus den Haaren.

»Nun, kleiner Bruder«, wandte Torben sich an Duncan. »Wo ist denn das junge Fohlen, mit dem du dich beim letzten Mal vergnügt hast?«

Duncan sah stirnrunzelnd in Camerons Richtung. Der zuckte nur mit den Schultern.

»Meine Schuld«, gestand Lorna. »Ich hatte Torben über das neue Sisal-Geschäft der Taylors berichtet, dabei ist es ist mir irgendwie rausgerutscht.«

»Kein Problem«, beruhigte Duncan sie. Er wandte sich an Torben. »Aber ich habe mich nicht mit ihr vergnügt. Tanith ist eine Freundin.«

»So so, eine Freundin? Welche Art Freundschaftsdienste erweist sie dir denn?« Torbens rüde Antwort ließ auf Eifersucht schließen.

Tanith Anita Taylor war eines der hübschesten Mädchen in der Gegend, und ihre Zuneigung zu Duncan war bekannt. Duncan hielt sich mit seinen einundzwanzig Jahren noch für zu jung für eine Bindung, aber wenn er so weit sei, versicherte er stets, würde sie seine Auserwählte sein.

»Wo sind denn die anderen?«, fragte Torben plötzlich gereizt. »Ich komme doch wirklich nicht oft zu Besuch. Da sollte man meinen, sie würden wenigstens kurz Hallo sagen.«

»Ellie ist in Durban, wie du sehr wohl weißt«, antwortete Duncan.

Torben nickte ungeduldig. »Und was ist mit Frazer und Meggie?«

Lorna mischte sich ein. »Frazer holt Vogeleier bei Will Green in Swaziland ab. Wir haben einen Brief von Mr. Selous aus Deutschland erhalten, in dem er uns schrieb, er hätte gern einige Iseme-Eier für seine Sammlung. Will hat sich freundlicherweise angeboten, ihm ein paar zu überlassen.«

Robert hielt davon nicht viel, weil er wusste, dass der riesige Kranichvogel bei den Zulu einen besonderen Stellenwert besaß. Aber da es für die Forschungen seines Freundes war, sagte er nichts. Behutsam wechselte er das Thema.

»Als Fred vor einigen Jahren auf der Suche nach Nyalas hier war, hat er Vogelzeichnungen deines Bruders gesehen. Frazer war zu dieser Zeit im Internat, aber seine Arbeiten hatten Selous so sehr beeindruckt, dass er ihm schrieb. Die beiden stehen seither in ständigem Kontakt. Ich könnte mir vorstellen, dass er Frazer bittet, eines seiner Bücher zu illustrieren.«

Diese Information brachte selbst Torben zum Schweigen. Frederick Courteney Selous war bereits Jahre zuvor zur Legende geworden. Als der kleine Engländer 1871 im Alter von zwanzig Jahren nach Südafrika gekommen war, hatte er als Jäger und Führer gearbeitet, um sich finanziell über Wasser zu halten. Sein Respekt vor den Tieren und Menschen Afrikas holte bald seine Abenteuerlust ein, und seine Interessen richteten sich stärker auf wissenschaftliche Gebiete. Dies jedoch hielt Cecil Rhodes und seine Britische Südafrika-Kompanie nicht davon ab, den jungen Mann zu engagieren, um vierhundert britische Pioniere nach Mashonaland zu führen, angeblich, um dort portugiesische Mädchenhändler zu vertreiben.

Durch seine Bücher finanzierte Selous seine Reisen inzwischen selbst. Er war ein großer Jäger und Naturforscher. Viele Jahre lang hatte er penible Feldforschung betrieben und Informationen über jedes einzelne Tier gesammelt, das ihm unterwegs begegnet war. Er genoss weltweit Anerkennung. Trotz seines Erfolgs bewunderte er die Buschmänner aus Süd- und Zentralafrika für ihre außergewöhnlichen Fähigkeiten – besonders im Spurenlesen. Und auch wenn ihn der Geiz der Matabele störte, verdienten ihr Mut und ihre Fähigkeiten seinen höchsten Respekt.

Die Buren mochte Selous nicht sonderlich – bei einer Gelegenheit schrieb er an seine Mutter, es handele sich um die ignorantesten und dümmsten Weißen überhaupt, die nicht über ein Zehntel der Tapferkeit der Zulu verfügten. Dennoch bewunderte er viele Aspekte ihrer Kultur und kritisierte öffentlich das mangelnde Verständnis Großbritanniens für ihre Interessen. Einmal sagte Selous zu Robert: Wie kann man andere beurteilen, wenn man nicht mit ihnen zusammengelebt hat und ihre Sprache nicht spricht? Es war eine Bemerkung, die Robert nie vergessen hatte.

Die Neuigkeiten erstaunten Torben, der fand, seine eigenen Talente müssten auf ähnliche Weise anerkannt werden. »Braucht Selous vielleicht noch Hilfe beim Schreiben?«, fragte er.

»Ich denke, Fred kommt allein zurecht«, antwortete Robert. »Es ist das, was er am besten kann.«

Torben nickte, auch wenn seine Miene nachdenklich blieb. »Und Meggie?«, fragte er dann, um das Thema zu wechseln.

»Sie kommt morgen früh nach Hause. Tanith veranstaltet eine Pyjama-Party.« Lorna lächelte, als sie Torbens Gesicht sah. »Es ist der neueste Schrei.«

»Was um alles in der Welt soll das sein?« Gerda schüttelte geringschätzig den Kopf.

»Ein Treffen unter Mädchen«, erklärte Lorna. »Sie sitzen zusammen und unterhalten sich. Ich finde, es klingt lustig. Ich wünschte, wir hätten so etwas auch gemacht, als ich in ihrem Alter war.«

»Sie sind die ganze Nacht unterwegs? In ihrer Nachtkleidung?« Gerda war entsetzt.

»Nein, du Dummerchen.« Lorna schüttelte ungeduldig den Kopf. »Die Party findet im Haus der Taylors statt.«

»Trotzdem ziemt es sich einfach nicht, findest du nicht auch, Darling?«

Torben war zu sehr damit beschäftigt, darüber nachzudenken, um sofort zu antworten.

»Warum nicht?«, fragte Lorna herausfordernd.

Robert hielt die Luft an und warf Cameron und Duncan einen kurzen Blick zu.

»Also wirklich«, ereiferte sich Gerda. »In ihrer Nachtkleidung?«

»Pantoffeln, Hausmäntel, Nachthemden vom Hals bis zu den Fußspitzen, Nachthauben«, zählte Lorna auf. »Was hast du nur dagegen, meine Güte? Sie sitzen in Tanith' Zimmer, essen Kuchen und kichern über Dinge, über die sie sonst nirgends sprechen dürfen.«

»Vielleicht gibt es dafür einen guten Grund«, antwortete Gerda spitz. »Manche Dinge werden eben besser nicht ausgesprochen.«

»Unsinn!«, entfuhr es Lorna. Sie warf ihrem Mann einen verzweifelten Blick zu.

Robert war der Sache nicht gewachsen, aber Duncan sprang seiner Mutter zu Hilfe. »Ich denke auch, dass es ganz harmlos ist, Gerda.«

»Das kann ich mir vorstellen. Dich schockiert ja nichts.«

Duncan sagte nichts mehr. Die Wahrheit war, dass er Gerdas erste Liebe gewesen war. Mit fünfzehn hatte sie Duncan gestanden, dass sie Torben zwar gern habe, ihr Herz aber ihm gehöre. Diese Enthüllung hatte ihn völlig entsetzt. Für Duncan war Gerda schon immer eine Heuchlerin voller Vorurteile gewesen. Ganz sicher würde sie sich im Laufe der Jahre zu einem zänkischen Weib entwickeln.

Der Rest der Familie nahm an, die ständigen Streitereien der beiden wären auf ihre Altersgleichheit zurückzuführen. Duncan reagierte jedes Mal äußerst ungeduldig. Erst vor wenigen Monaten hatte Cameron seinen Bruder zur Rede gestellt. »Man könnte fast glauben, ihr zwei wärt verheiratet, so geht ihr miteinander um«, hatte er seinem Bruder vorgeworfen.

»Red keinen Unsinn!«, hatte Duncan geantwortet, wesentlich barscher als beabsichtigt. »Sie bringt mich einfach nur zur Weißglut, das ist alles.«

Cameron hatte über die Reizbarkeit seines Bruders nur den Kopf geschüttelt und war weggegangen. Aber Duncan vergaß die Bemerkung nicht. Er war nun wesentlich vorsichtiger im Umgang mit seiner Schwägerin.

Es war ein Glück, dass Mister David in diesem Moment die Glocke zum Dinner läutete. Da Robert wusste, wie viel Wert auf Äußerlichkeiten seine Schwiegertochter legte, reichte er ihr den Arm. Torben nahm Lornas, und Cameron und Duncan folgten ihnen, Grimassen schneidend und Gerdas schwingendes Hinterteil imitierend. Erst Mister Davids strenger Blick beim Betreten des Speisezimmers sorgte dafür, dass sie damit aufhörten.

Ihre Entrüstung über Meggies Pyjama-Party hielt Gerda nicht davon ab, während des Essens großzügig ihr Dekolleté zu zeigen. Sie beugte sich häufiger als nötig zu Duncan vor, und Robert wartete gespannt, wann eine ihrer Brustwarzen in der Perlhuhnsuppe hing. Wie durch ein Wunder blieben beide, wo sie hingehörten.

Nach dem Dinner zogen sich Gerda und Lorna an den Kamin im Nebenzimmer zurück, während die vier Männer bei Portwein und Zigarren am Tisch sitzen blieben.

»Nun, mein Sohn, was ist es, das du gern besprechen möchtest?« Robert war der Meinung, es sei das Beste, das Thema schnell hinter sich zu bringen.

Torben sah ihn an. Robert spürte, dass er sich unbehaglich fühlte.

»Ich würde lieber unter vier Augen mit dir darüber sprechen, Vater.«

»Es geht uns alle an.« Robert konnte nicht anders, aber Torben reizte ihn zum Widerspruch.

Angesichts drei forschender Augenpaare trat Torben den Rückzug an. »Es kann warten.«

»Das kann es«, stimmte Robert ihm zu. »Aber du wirst dennoch vor uns allen sprechen müssen. Ich habe es dir schon einmal gesagt, mein Sohn, jegliche finanzielle Hilfe von meiner Seite geht auf Kosten deines Erbes. Ich bin keine Bank, verdammt, und ich werde nicht zulassen, dass du mich behandelst, als wäre ich eine.«

»Ich ...«

»Wenn du jetzt nicht darüber sprechen kannst, dann muss ich davon ausgehen, dass du nicht mit dem Herzen bei der Sache bist. Ich bin nicht daran interessiert, eine weitere halb gegorene Idee von dir zu hören. Spuck es aus, Junge, oder schweig. Es liegt an dir.«

Er wusste, dass er Torben unter Druck setzte. Aber sein Hauptanliegen war Fairness gegenüber der restlichen Familie. Der Junge musste lernen, dass auch für ihn das Geld nicht an den Bäumen wuchs.

»Nein ... jetzt ist nicht der richtige Zeitpunkt. Du hast Recht, Vater, ich muss das Ganze noch einmal überdenken. Ich erkenne einige Mängel an meinem Vorhaben.«

Robert registrierte, dass sein Sohn die Taktik änderte. Torben dachte noch immer über Frederick Selous und dessen Bücher nach. Seine nächsten Worte bestätigten es. »Wann wird Frazer zurückerwartet?«

»Ich habe keine Ahnung, aber wenn du das meinst, worüber wir vor dem Dinner gesprochen haben – denk daran, das ist seine Sache.«

»Frazer ist mein Bruder«, protestierte Torben. »Ich möchte ihn gern sehen.«

Cameron war ungewöhnlich schweigsam gewesen, aber jetzt meldete er sich zu Wort. »Wirklich, Torben, das ist zu viel. Du benutzt andere Leute ohne jede Rücksicht. Lass Frazer in Ruhe. Dies könnte ein Erfolg für ihn werden. Freu dich für ihn.«

»Dein Ton missfällt mir«, brauste Torben auf. »Du sitzt hier wie die Made im Speck. Aber was ist mit mir?«

»Was mit dir ist? Du tust nichts anderes, als dich ständig zu beklagen.« Cameron redete sich nun richtig in Rage. »Wir anderen arbeiten wie verrückt.«

»Jungs!« Robert hob beschwichtigend die Hand. »Genug. Können wir denn nicht einmal zusammen sein, ohne dass ihr euch streitet?« In einem Versuch, die Spannung zu lösen, lächelte er Cameron zu. »Hast du Torben eigentlich schon die große Neuigkeit erzählt?«

Aber Cameron war bereits aufgestanden. »Ich glaube nicht, dass meine Verlobung mit Virginia für Torben von irgendeinem Interesse sein wird – schließlich springt für ihn nichts dabei heraus.«

Torben starrte ihn an. »Virginia! Aha. Ich hätte ihr wirklich mehr Vernunft zugetraut.« Habgierige Blicke bohrten sich in die Augen seines Bruders. »Wie bist du an den Ring gekommen?«

»Genau wie du.«

»Welchen hast du ausgesucht?«

Cameron schüttelte bloß den Kopf und verließ den Raum.

»Warum musst du so etwas immer tun?«, fragte Duncan.

»Was tun? Ich habe ihm lediglich eine Frage gestellt.«

»So wie du sie gestellt hast, war es nicht nur eine Frage.«

»Sei nicht albern.«

Robert hatte genug. »Ehrlich gesagt war es ein Ring von mir. Wenn einer von euch nun so gut wäre, mir aufzuhelfen. Ich denke, wir sollten zu eurer Mutter und zu Gerda gehen.«

»Natürlich, Vater.« Torben sah ihn mit blitzenden Augen an. »Sollen doch wie üblich die Frauen in unserer Familie die Konflikte lösen. Eine ausgezeichnete Lösung.«

Gott! Was war nur mit dem Jungen los? Robert hatte keine Erklärung. Das sagte er auch zu Lorna, als sie sich schließlich fertig machten, um ins Bett zu gehen.

»Wir haben schon so häufig darüber gesprochen. Ich habe keine Ahnung«, antwortete Lorna ratlos. »Ich habe auf jeden Fall genug davon, und ich habe auch genug von Gerda. Vielleicht hat Camerons Ring mehr Steine als der, den Torben bekommen hat, aber Gerda hatte ihn sich doch selbst ausgesucht. Dieses ganze Theater geht mir auf die Nerven. Verdammt, Robert, die beiden bringen mich manchmal zur Raserei.«

Er legte die Arme um Lornas Taille und zog sie an sich. »Es fällt mir schwer, es zu sagen, aber das Wichtigste ist doch, dass die beiden glücklich sind.«

»Ja.« Sie atmete seinen Duft ein, den sie so liebte. »Es ist das Einzige, was mich davon abhält, etwas Folgenschweres zu tun.«

»Du?« Er lächelte und küsste sie. »Niemals.«

Sie lachten beide.

Torben hörte sie im Zimmer nebenan. »Hör dir das an«, schimpfte er. »Sie benehmen sich wie frisch Verheiratete.«

»Abscheulich«, stimmte Gerda ihrem Mann zu. »So etwas würden wir nie tun.«

Das war nicht das gewesen, was er gemeint hatte, und ihre Antwort beunruhigte ihn. Aber er schwieg.

3

Meggie schlug die Beine übereinander und machte es sich auf dem Sofa in Tanith Taylors geräumigem Zimmer bequem. Trotz seiner großzügigen Ausmaße schien der Raum mit fünf Mädchen und ihren Siebensachen aus allen Nähten zu platzen. Überall stapelten sich Taschen mit den verschiedensten Nachtcremes, Süßigkeiten, die ihnen sonst verweigert wurden, Zeitschriften mit der neuesten Mode aus London und, Wunder, o Wunder, einem Magazin über Damenfrisuren, das Tanith irgendwo herbekommen hatte.

»Diese hier.« Sie hob eine Abbildung hoch. »Was haltet ihr von der?«

Vier Augenpaare betrachteten die Seite, blickten auf Tanith' perfekt geschnittenes Gesicht und wieder zurück. Alle waren einer Meinung.

»Sieht gut aus. Es würde dir stehen. Aber wer könnte es so schneiden?«

Die Frage war rein rhetorisch. Die Mädchen waren zwischen sechzehn und achtzehn, und noch hatten ihre Mütter das letzte Wort, wenn es um ihr Äußeres ging.

Meggie grinste ihre beste Freundin an. »Du könntest Madame le Penn fragen«, schlug sie vor, und die anderen brachen in wildes Gekicher aus. Besagte Madame le Penn war berüchtigt, eine Mischung aus Friseuse und Lebedame, daher war es in der feinen Gesellschaft verpönt, ihren Namen laut auszusprechen.

Tanith warf ihr volles braunes Haar zurück. »Traut ihr mir das nicht zu?«

Die Antwort erklang im Chor. »Doch.«

Tanith, die Älteste von ihnen, sah betrübt aus. Sie sah sich gern als die Anführerin der Mädchengruppe. Dabei war Meggie, die Jüngste, die schlaueste von allen.

»Gibt es schon einen Termin für deine Einführung in die Gesellschaft, Tanny?«

Dieses Thema beschäftigte sie eine Weile. Ort, Zeit, Kleid, Frisur, Essen, Musik, Männer – alles musste bis ins Detail besprochen werden. Tanith hatte ihren offiziellen Eintritt in die Gesellschaft absichtlich aufgeschoben und ihre Ausbildung – die aufgrund eines Sturzes von einem Pferd um ein Jahr verzögert war – als Grund dafür angegeben. In Wahrheit wollte Tanith, dass Duncan merkte, dass sie kein Interesse daran hatte, sich möglichen anderen Verehrern als heiratswillig zu erklären. Aber nichts schien zu funktionieren. Meggies Bruder schien fest entschlossen, in ihr nicht mehr als eine Freundin zu sehen, und machte unterdessen anderen Mädchen schöne Augen. Also wartete sie in der Gewissheit, dass er sie mochte und respektierte, und hoffte geduldig weiter, dass er am Ende ihr gehören würde.

Tanith hatte ein ganz besonderes Verhältnis zu Meggie. Trotz eines Altersunterschieds von fast zwei Jahren, einer großen Differenz in diesem Alter, fand sie, dass das jüngere Mädchen mehr Verstand in einem Finger hatte als die meisten ihrer Freundinnen im ganzen Körper. Außerdem war Meggie erfrischend offen, eine Eigenart, die Tanith sehr zu schätzen wusste.

Meggie ähnelte ihrer Mutter in vielerlei Hinsicht, doch ihre äußere Erscheinung gehörte nicht dazu. Sie war vielmehr das perfekte Ebenbild ihres Vaters. Das lockige schwarze Haar machte sich gern selbstständig, ganz gleich wie sie es trug. Meggie hatte ein Gesicht, das, als sie noch jünger war, häufig als engelsgleich beschrieben worden war – ein Mund wie eine Rosenknospe, eine kleine gerade Nase und dunkle, fast schwarze Augen, die vor Freude strahlen oder vor Kummer brennen konnten.

Mit zunehmendem Alter hatte sich die Unschuld der Jugend in Grazie verwandelt, aber sie ähnelte noch immer einem jungen Fohlen, langbeinig und jederzeit bereit durchzugehen. Das Ungestüme in ihr war eine von vielen Eigenschaften, die sich allmählich zusammenfügten und ihre Persönlichkeit ausmachten – ein Prozess, der ihre Eltern faszinierte.

Es steckte schon jetzt viel mehr hinter Meggie, als man auf den ersten Blick vermuten konnte. Sie schien durchs Leben zu gehen wie eine der wenigen Privilegierten, die mit Attraktivität, Charme und einem guten Elternhaus gesegnet waren. Aber mit zunehmendem Alter wurde sie ernsthafter, und der Wunsch, anderen zu helfen, beseelte sie. Vielleicht hatte dies etwas mit dem einen großen Schicksalsschlag zu tun, den die Familie erlitten hatte – Kates Tod. Kate war sieben Jahre älter gewesen als Meggie, und ihr Tod hatte ein klaffendes Loch im Leben aller hinterlassen. Meggie hatte es trotz ihres jungen Alters als ihre Aufgabe betrachtet, diese Lücke wenigstens ein Stück zu überbrücken.

Kate stand kurz vor der Einführung in die Gesellschaft. Die sanfte, schöne Kate. Sie konnte keiner Fliege etwas zuleide tun. Der schwarzen Mamba, die sie biss, war das Leben, das sie auslöschte, gleichgültig. Kate war ein Mensch und somit ein Feind: einer, der ihrem Nest zu nah gekommen war. Sie richtete sich drohend auf, als Kate vorbeiging; alles, was Kate spürte, war eine Berührung an der Schulter. Sie war so blitzschnell gewesen, dass sie zunächst glaubte, die Schlange habe sie verpasst – bis die Schmerzen einsetzten. Das rasch wirkende Nervengift hatte über zwei Stunden Zeit zu wirken, ehe Kate in medizinische Behandlung kam. Es war zu spät. Kates Atmung wurde schwächer und brach schließlich ganz zusammen. Sie starb an Herzversagen. Eine tief violette Färbung und eine fast unsichtbare Bissstelle waren der einzige äußere Hinweis auf die besorgte Reptilien-Mutter, die ihr Junges beschützen wollte.

Kate, die immer für alle da gewesen war, war nicht in der

Lage, sich selbst zu helfen. Sie verließ die Welt unter Tränen und mit einem resignierten Lächeln auf dem feuchten, schweißüberströmten Gesicht. Die Familie war untröstlich. Kate war ihr kleiner Engel gewesen – diejenige, zu der sie mit ihren Sorgen gehen konnten; das Mädchen, das zuhörte; die Schwester, der man die größten Geheimnisse anvertrauen konnte; die Tochter, die ihre Eltern mit ganz besonderem Stolz erfüllte.

Kate war es, der Cameron als Erster seine Liebe zu Virginia gestanden hatte. Meggie schmiegte sich häufig an sie und erzählte ihr flüsternd von ihren Mädchenträumen und -hoffnungen. Sie war die Einzige gewesen, die an Torben herankam, wenn er wieder einmal besonders schwierig war. Selbst Lorna verließ sich auf ihre Klugheit und ihren Pragmatismus, und Robert ... nun, da sie praktisch das Spiegelbild Lornas war, konnte Kate in seinen Augen nichts Falsches tun.

Schweren Herzens übernahm Meggie ihre Rolle. Sie war zehn Jahre alt. Irgendwie, niemand wusste wie, gelang es ihr, ein sonniges junges Gemüt zu bewahren, auch wenn sie für ihr Alter ungewöhnlich reif wirkte. Die Familie ließ sie Kates Platz einnehmen, und Meggie blühte unter der unerwarteten und unerwünschten zusätzlichen Verantwortung auf. So kam es, dass sie Tanith Taylor so nahekommen konnte. Sie war ihr geistig ebenbürtig, auch wenn sie ihr körperlich noch nachstand und sich nicht im Geringsten für das andere Geschlecht interessierte. Aber das war etwas, räumte sie ein, das sich jederzeit ändern könne.

Die Pyjama-Party war ein voller Erfolg. Tanith' bevorstehende Einführung in die Gesellschaft war das beherrschende Thema, aber die Mädchen diskutierten auch alle möglichen anderen ansonsten verbotenen Fragen – im Flüsterton, damit Tanith' Eltern es nicht hörten. Meggie und Tanith waren noch hellwach, nachdem ihre drei Freundinnen schon lange schliefen.

»Wird Torben nicht enttäuscht sein, dass du heute Abend nicht zu Hause bist?«

Meggie war einen Moment überrascht. »Er muss sich daran gewöhnen, dass wir nicht jedes Mal springen, wenn er nach uns verlangt. Er behandelt uns, als wären wir ...« Sie streckte die Arme aus. »Ach, ich weiß auch nicht. Manchmal tut er so, als wäre er der Einzige, der etwas zählt.« Sie lächelte entschuldigend. »Ich habe ein schlechtes Gewissen, weil ich nicht zu Hause geblieben bin, aber ich weiß auch, dass ich es bereuen würde, wenn ich nicht hier wäre.«

Tanith lachte. »Arme Meggie.«

Die Bemerkung wurde ernst genommen. »Eigentlich nicht. Ich glaube, man müsste eher sagen: armer Torben. Ich fürchte, dass wir ihn irgendwann alle fallen lassen werden.«

»Fallen lassen?« Tanith war sehr sensibel, nahm jedoch kein Blatt vor den Mund, wenn es um die Kritik an Torben ging. »Deine Familie hat doch nie etwas anderes getan, als ihn aufzufangen.«

»Du weißt, was ich meine. In seinen Augen ist das nicht mehr, als er verdient.«

»Hm. Angestachelt von seiner Frau, keine Frage.« Tanith und Meggie hatten keine Geheimnisse voreinander.

»Sag das nicht. Gerda ist gar nicht so übel. Sie braucht nur ein wenig Ermutigung.« Auf einen zweifelnden Blick ihrer Freundin fügte Meggie lachend hinzu: »Auf möglichst nette Weise natürlich.«

Tanith knabberte an einem Stück Schokolade. »Mir wird gleich schlecht.«

»Dann leg sie weg.«

»Ich kann nicht.«

»Vielfraß.«

Tanith warf ein Kissen nach Meggie, die sich jedoch rechtzeitig duckte.

»Was macht Duncan heute Abend?«

»Er ist zum Dinner zu Hause.«

»Glaubst du ...«

»Ja, das glaube ich, und du weißt es selbst gut genug, um nicht zu fragen.«

Das Thema war gewöhnlich tabu zwischen ihnen. Tanith sehnte sich verzweifelt nach Informationen über die Liebe ihres Lebens. Meggie war es ebenso wichtig, Duncans Privatsphäre zu achten, auch wenn sie großes Verständnis für die Bedürfnisse ihrer Freundin hatte. Die einzige Möglichkeit bestand darin, das Thema zu meiden.

»Manchmal würde ich ihn gern so richtig schütteln«, gestand Tanith und warf ihr Haar nach hinten.

Meggie lächelte nur.

Am nächsten Morgen, als Meggie nach Morningside zurückkehrte, brachten Gerda und Torben ihren Unmut über die Pyjama-Party zum Ausdruck.

»Ich hätte gedacht, dass du mehr Wert auf deinen Ruf legst«, zischte Gerda. »Es ziemt sich nicht für eine von unserem Stand, in Nachtkleidung herumzulaufen.«

Meggie entging nicht, dass Gerda sich mit ihr auf eine Stufe stellte, sagte aber nichts dazu.

Gerda redete ungehemmt weiter. »Was wäre denn gewesen, wenn dich jemand gesehen hätte?«

»Wer denn?«, entgegnete Meggie ruhig. »Wir waren im Haus, in Tanith' Zimmer. Ihre Eltern und ihre Brüder waren auch zu Hause.«

»Hm.« Gerda presste die Lippen aufeinander. »Versuch daran zu denken, dass du nicht die Einzige in dieser Familie bist. Dein Benehmen hat Folgen für uns alle.«

Meggie wäre fast eine böse Antwort herausgerutscht. Als sie ihrer Schwägerin in dem eisgrünen Kleid, das eher zu einem Dinner als zum Frühstück passte, ins Haus zurückstolzieren sah, überkam sie der überwältigende Wunsch, einen von Gerdas hellblonden Zöpfe zu packen und heftig daran zu ziehen.

Torben kam genau in dem Moment auf die Veranda, als Meggie versuchte, sich zu beruhigen. »Ich habe dich gestern Abend vermisst, Kleines«, sagte er und beugte sich vor, um sie zu küssen. »Du kannst doch deinen Bruder nicht einfach so versetzen.«

»Tut mir leid.« Sie konnte nicht anders, aber Torben hatte etwas an sich, das sie ständig zu Entschuldigungen reizte. »Wir hatten die Party seit Wochen geplant.«

»Verstehe.« Er machte eine gleichgültige Handbewegung, die aber betonte, wie gekränkt er war. »Du hast ohnehin bloß eine unserer typischen Familienstreitereien verpasst. Ach, und außerdem habe ich erfahren, dass Cameron Virginia endlich dazu gebracht hat, ihn zu heiraten. Sie ist doch nicht etwa schwanger, oder?«

»Torben! Wie kannst du so etwas auch nur denken?«

»In dem Fall muss sie ein Auge auf Mutters Schmuck geworfen haben.«

»Manchmal verstehe ich dich nicht, Torben. Warum kannst du dich nicht einfach für sie freuen, wie alle anderen auch?«

»Das tue ich doch, kleine Schwester. Und das gilt auch für Gerda. Wir sind beide begeistert.«

»Gut. Wir wäre es mit einer Partie Krocket nach dem Lunch?« Meggie hielt es für besser, das Thema zu wechseln.

»Gute Idee. Vater wird heute Morgen der Gips entfernt. Vielleicht kann er mitspielen.«

»Das bezweifle ich, aber wir werden sehen.«

In diesem Moment hörten sie die Kutsche, die ihrem Arzt aus Empangeni gehörte.

»Da kommt ja der alte Quacksalber«, meinte Torben. »Eine Schande, dass Ellie nicht hier ist. Sie hätte ihm die Reise ersparen können.«

Sie sahen zu, wie Doktor Roger Parry, ebenfalls ein Freund der Familie, abstieg, seine Tasche nahm und auf sie zukam. »Was macht der Patient?«, fragte er, wartete die Antwort aber gar nicht erst ab. »Ich brauche ein wenig Hilfe, junge Dame. Jemand muss Ihren Vater festhalten.«

»Wird es ihm wehtun, wenn Sie den Gips entfernen?«

»Nur seinem Stolz. Sonst überhaupt nicht.«

»Ich kann helfen, wenn Sie möchten«, bot Torben an.

Roger Parry traute Torben nicht über den Weg, seit er ihn als kleiner Junge einmal bei dem Versuch, einen Akaziendorn zu entfernen, der sich entzündet hatte, gebissen hatte. »Danke, Torben. Meggie kann das am besten.«

Eine erneute Zurückweisung. Man konnte die Reaktion an Torbens Gesicht ablesen. »Also gut. Wir sehen uns später.«

Parry schaute Torben nachdenklich hinterher, doch alles, was er sagte, war: »Wir sollten die Sache hinter uns bringen.«

Sie fanden Robert im Salon, mit missmutiger Miene. Der Arzt stellte seine Tasche ab, stemmte die Hände in die Hüften und betrachtete seinen Patienten. »Ins Schlafzimmer«, donnerte er plötzlich.

»Nein. Ich will hier bleiben.«

Mister David, der wohlweislich im Hintergrund lauerte, beugte sich vor und sprach leise mit Robert. Der nickte widerstrebend und ließ sich aus dem Zimmer helfen. Als Mister David zurückkam, fragte Parry ihn, wie er das geschafft habe.

»Ich habe ihm gesagt, Sie seien ein alter Mann mit einem krummen Rücken und er müsse Ihren Wunsch akzeptieren«, lautete die schlichte Antwort des Zulu. Indigniert hüstelte Doktor Perry. Er war gute zehn Jahre jünger als Robert.

Robert konnte die Hilfe seiner Tochter nicht abschlagen, so gern er dies getan hätte. Es gefiel ihm ganz und gar nicht, dass eines seiner Kinder ihn in einem körperlichen Zustand sah, der nicht perfekt war. Mit raschen, präzisen Bewegungen schnitt Parry den Gips durch. Meggie musste nichts weiter tun, als die Hand leicht auf die Schulter ihres Vaters zu legen. Robert war froh, die hinderliche Schiene endlich loszuwerden. Die Haut seines Beines war grau und faltig.

»Das wird sich bald wieder geben«, versicherte Doktor Parry. Vorsichtig bewegte er Roberts Bein vor und zurück und untersuchte das Schienbein, das gebrochen gewesen war, und die stark lädierte, wahrscheinlich ebenfalls verletzte Kniescheibe. »Tut das weh?«, fragte er.

Robert biss die Zähne zusammen. »Nein.«

Parry grinste. »Lügner.« Er zog eine Krepp-Bandage hervor.

»Wozu ist die denn gut?«, brummte Robert misstrauisch.

»Um sie um das Bein zu wickeln.«

»Warum?«

»Was glauben Sie?«

»Ach, schon gut. Wann kann ich wieder reiten?«

»Ich würde sagen, nächsten Monat«, antwortete Parry ohne eine Spur von Mitleid.

Robert schloss die Augen, und Meggie sah den Doktor grinsend an. Genau in diesem Moment schaute Lorna ins Zimmer.

»Wie geht es ihm?«, fragte sie.

»Gut«, antwortete Doktor Parry.

»Beschissen«, widersprach. Robert. »Ich darf immer noch nicht reiten.«

»Ach, sei doch still«, antwortete Lorna und versuchte, sich ihre Belustigung nicht anmerken zu lassen. »Wenigstens ist nun der Gips fort.«

»Was soll ich denn jetzt tun?«, fragte Robert verzweifelt.

»Gesund werden.« Parrys Stimme verriet seine Ungeduld.

»Uns herumkommandieren«, fügte Lorna hinzu. »Das kannst du doch so gut.«

»Raus hier«, befahl Robert, aber er lächelte trotz allem.

Als er wieder im Salon erschien, trug er knielange Shorts. »Ich kann ebenso gut etwas Sonne auf das verdammte Bein scheinen lassen«, verkündete er trotzig.

»Gute Idee«, stimmte Doktor Parry zu und packte seine Sachen zusammen. »Kommen Sie nächste Woche Freitag zu mir in die Praxis. Vielleicht können wir dann auch die Bandage entfernen.«

»Wunderbar«, knurrte Robert ironisch. »Bis dahin werde ich mich mit Ihrer Erlaubnis ernsthafter Kontemplation widmen.« Er stampfte ins Haus und biss die Zähne zusammen. Jeder Schritt erinnerte ihn daran, dass sein Bein noch längst nicht wieder das alte war.

Lorna war in der Küche mit den Vorbereitungen für den Lunch beschäftigt, als sich die Tür leise öffnete und Torben hereinschlich.

»Ich will mit dir reden!« Er kam sofort zur Sache.

»Wenn es um die Diskussion mit deinem Vater gestern Abend geht, wäre es mir lieber, du sprächest mit ihm.«

»Nein, nein.« Torben schüttelte hastig den Kopf. »Es hat nichts damit zu tun.«

Lorna wandte sich zu ihm um und klopfte sich Mehl von den Händen. »Es hat nichts damit zu tun?«

»Warum kochst du?«, fragte Torben plötzlich. »Wo ist Mister David?«

»Mister David hat etwas anderes zu tun, außerdem koche ich gern. Ist es das, worüber du sprechen willst?«

»Sei nicht albern.«

Sie wandte sich wieder ihrer Arbeit zu. »Was ist es dann?«

»Cams Verlobung.«

Lorna nickte und schob sich mit dem Handrücken die Haare aus der Stirn. Jetzt wusste sie, was sie zu erwarten hatte.

»Welchen Ring hat er bekommen?«

»Geht dich das etwas an, mein Lieber?«

»Ich finde schon.«

»Ich sehe nicht, warum. Wir haben viele Schmuckstücke, wie du weißt. Einige gehören deinem Vater, andere gehören mir. Ich kann sie unmöglich alle tragen. Es macht uns Spaß, einige

Stücke zu verschenken, wenn wir es für angebracht halten. Gerda hat sich den Ring ausgesucht, den sie heute trägt, daran erinnerst du dich sicher. Cameron hat die Wahl für Virginia getroffen. Mehr gibt es dazu nicht zu sagen. Warte einfach ab, dann siehst du, welcher es ist.«

Torben presste die Lippen aufeinander. »Gerda hat sich den Ring ausgesucht, weil ich sie gebeten habe, sich zurückzuhalten. Ich sehe wirklich nicht, warum deine wertvollsten Stücke in der Familie verteilt werden sollten.«

Lorna sah Torben über die Schulter an. »Bevor dein Vater und ich tot sind, meinst du?«

»Wenn du so willst.«

»Sei nicht so kleinlich, Torben. Gerda hätte haben können, was sie wollte, das weißt du ganz genau.«

»Nun, sie hat das Gefühl, du und Vater, ihr würdet Virginia bevorzugen. Der Ring beweist das.«

Das war zu viel. Ganz kurz verlor Lorna die Selbstbeherrschung und schlug mit beiden Händen auf die Arbeitsplatte. »Woher willst du das wissen? Du hast ihn doch gar nicht gesehen. Verdammt, Torben, ein Schmuckstück beweist gar nichts. Nimm dir ein anderes, wenn dich das glücklicher macht. Ich habe genug von deinen Eifersüchteleien. In diesem Haus wird niemand bevorzugt. Jeder von uns hat Stärken und Schwächen, keiner von uns ist perfekt. Nimm dir einen anderen Ring, verdammt. Nimm dir alles, wenn du dich dann besser fühlst.«

Wutentbrannt verließ Lorna die Küche. Sie ärgerte sich im Stillen, dass es Torben schon wieder gelungen war, sie bis zur Weißglut zu reizen.

Erstaunt über den Ausbruch seiner Stiefmutter rieb Torben sich mit der Hand über die Stirn. Er hatte sie nicht verärgern wollen. Um ehrlich zu sein, liebte er sie sehr und schätzte ihre offene und ehrliche Art. Das Einzige, was ihn störte, war die unkonventionelle Art, mit der sie an so viele Dinge heranging.

»*Cheri.*« Das war Gerda, die sich immer wieder bemühte, das bisschen Französisch anzubringen, über das sie verfügte. Torben wünschte inständig, dass sie es bleiben ließ.

»Was ist los?«

»Nichts. Ich war nur auf der Suche nach dir.«

Sie kam auf ihn zu, ein wenig kurzatmig, und streckte ihre mollige Hand aus, um die Falten auf seiner Stirn glatt zu streichen. »Irgendetwas belastet dich doch, Darling.«

Torben entspannte sich. Die Aufmerksamkeit seiner Frau sorgte fast immer dafür, dass er sich besser fühlte. Sie schien genau zu wissen, wann er ihre Nähe brauchte und wann sie ihn besser in Ruhe ließ. Er setzte sich auf einen Küchenhocker und zog sie auf seinen Schoß. »Ich liebe dich.«

»Mmm, mmm, mmmmm«, summte sie vor sich hin, wie sie es immer tat, wenn sie ihn beruhigen wollte.

Gerda war zu schwer für Torben, und als es ihr wieder einmal bewusst wurde, stand sie schnell auf. »Komm und such ein Kleid zum Lunch mit mir aus.«

Torben erhob sich ebenfalls. Es war ein gutes Gefühl, die Kontrolle über die Kleidung seiner Frau zu haben. Er kaufte das meiste davon und wusste genau, was ihre Garderobe enthielt. »Hast du das cremefarbene Kleid aus Seide mitgebracht? Mutter scheint zwar fest entschlossen, eintönig auszusehen, aber du musst ihrem Beispiel nicht folgen. Ich dachte, du könntest es vielleicht mit dem Amethyst-Anhänger und dem roten Schal tragen?«

»Ist das nicht zu gewagt?« Gerda lächelte keck.

»Gewagt?« Torben lachte. »Nicht für dich, mein Liebling. Du trägst doch alles mit so viel Eleganz.«

Sie gingen Arm in Arm in Richtung Gästezimmer. Es war Gerda gelungen, Torben wenigstens vorübergehend abzulenken.

Mister David, der im Speisezimmer Silber geputzt und darauf gewartet hatte, in sein Reich zurückkehren zu können, huschte in die Küche. Er hätte die Pastete zum Lunch leicht selbst zubereiten können, aber er verstand, warum Lorna das unbedingt tun wollte. Sie wollte Gerda entfliehen, die jede Gelegenheit wahrnahm, sich vor der Hausarbeit zu drücken. Die Küche war Lornas Zufluchtsort, und wenn Torben und Gerda zu Besuch waren, verbrachte sie dort ungewöhnlich viel Zeit.

Mister David hatte dafür großes Verständnis. Lorna verhielt sich so, wie sich auch eine Zulu-Frau verhielt, die ihre Schwiegertochter nicht besonders mochte. Sie wurde nie richtig unhöflich, aber jeder, der Lorna kannte, ahnte, was sie Torbens Frau gegenüber empfand.

Bei einer Gelegenheit hatte Mister David die Sache selbst in die Hand genommen. Er hatte heimlich eine besondere Kräutermischung in Gerdas Essen gemischt. Es war nicht genug gewesen, um ernsten Schaden anzurichten, hatte jedoch ausgereicht, um sie jeglicher Farbe zu berauben und für eine Weile ans Bett zu fesseln. Lorna hatte nichts dazu gesagt, aber der wissende Ausdruck in ihrem Gesicht hatte ihm signalisiert, dass er die Grenze überschritten hatte. Er versuchte es nicht wieder, weil er fürchtete, eine Wiederholung könne ihn seine Arbeitsstelle kosten. Aber Mister David hatte sich umsonst gesorgt. Er bekam ein Gespräch mit, in dem Lorna Robert von ihrem Verdacht erzählte. Dabei erschien sie eher amüsiert als verärgert.

Während Mister David leise und effektiv in der Küche arbeitete, dachte er über die Familie nach, die er nun seit fast dreißig Jahren kannte. Robert war älter geworden, aber ansonsten hatte er sich kaum verändert. Er sprach Zulu ebenso gut wie ein Eingeborener, kannte ihre Lebensweise und liebte das Land, das er inzwischen als sein eigenes betrachtete. Über dieses Thema hatte es zwischen ihnen einige Meinungsverschiedenheiten gegeben, bei denen keiner den anderen hatte überzeugen können. Alles in allem war Robert, abgesehen von der momentanen Frustration über sein Bein, das ihn in seinem Tantendrang bremste, tolerant und fair. Die Zulu auf der Farm respektierten und mochten ihren Dienstherrn. Er war ein guter

Farmer, ein großartiger Viehzüchter, der die afrikanischen Traditionen respektierte. Er nährte das Land, welches wiederum das Vieh nährte, was wiederum alle anderen nährte. So wie es sein sollte. Und seine Familie vergötterte ihn.

Auch Lorna war dieselbe geblieben. Sie war groß und stolz und brüskierte auch heute noch viele mit ihrer Art, sich zu kleiden, die, um es gelinde auszudrücken, ungewöhnlich war. Echte Freunde suchten ihre Gesellschaft. Diejenigen, die sich nur damit brüsten wollten, sie zu kennen – schließlich hatten nicht viele die Gelegenheit, eine echte Marquise zu treffen –, zerrissen sich anschließend gern den Mund über sie. Aber Lorna durchschaute diese Menschen rasch und verbannte sie aus ihrer Nähe. Sie war eine starke, selbstbestimmte Frau – bis auf eine Ausnahme. Robert. Lorna war wie Wachs in seinen Händen.

Wenn Mister David einen Liebling unter den Kindern hatte, dann war es Cameron. Schon als kleiner Junge hatte er sich einen Platz im Herzen des Zulu erobert, den er, ganz gleich, was er tat, nicht mehr verlor. Zuzusehen, wie Cameron vom kleinen Jungen zum Teenager und dann zum Mann heranwuchs, erfüllte Mister David mit Stolz, ähnlich dem, den er für seine eigenen Söhne empfand.

Roberts Erstgeborener erwiderte Mister Davids Zuneigung mit Liebe und Respekt, die weit über das hinausgingen, was er für andere Personen außerhalb der Familie empfand. Mister David war sein Freund, Ersatzvater, Vertrauter und Bruder. Er war der Mann, der Cameron in allen Zulu-Angelegenheiten beriet. Nach Kates Tod hatte Cameron sich bei Mister David ausgeweint und sich von ihm mit Zulu-Weisheiten trösten lassen. An ihn hatte er sich auch gewandt, als er allen Mut sammeln musste, um Virginia erneut einen Antrag zu machen, und er war der Erste, dem er voll überschwänglicher Freude von seinem Erfolg berichtet hatte.

Ellie gegenüber erwies Mister David die Achtung, die man gewöhnlich einer *sangoma*, einer spirituellen Heilerin, entgegenbrachte. Das Mädchen hatte ihre Schulbildung zu Hause genossen und studierte nun in Durban Medizin – und sie verfügte über Kenntnisse, die sonst nur wenigen privilegierten Weißen vorbehalten waren. Ellies Faszination für Krankheiten und Verletzungen hatte nie nachgelassen. Ermutigt durch ihre Eltern und den glücklichen Umstand, in Durban bei Freunden der Familie wohnen zu können, war sie inzwischen im dritten praktischen Ausbildungsjahr am Addington Hospital.

Ellie hatte sich leicht an das Leben bei Cecily und Stephen angepasst. Sie waren zwei der engsten Freunde von Robert und Lorna. Cecily und Stephen lebten zusammen, ohne verheiratet zu sein, was viele als skandalös empfanden. So war es viele Jahre zuvor auch Lorna und Robert ergangen. In beiden Fällen besaß die Frau die nötigen Beziehungen und den Einfluss, um ein derart unkonventionelles Leben möglich zu machen.

Cecily, eine selbstbewusste Dreiundsechzigjährige, war die Cousine der Witwe von Lord Randolph Churchill, dem geschätzten, 1895 an Syphilis gestorbenen, britischen Politiker, der in aller Öffentlichkeit gnadenlos gegen hässliche Frauen und die Buren gewettert hatte. Cecily war ebenso außergewöhnlich wie Lorna. In einer Welt voller Regeln und Verordnungen waren die beiden so natürlich voneinander angezogen worden wie Bienen von Pollen.

Lornas und Roberts älteste Tochter liebte ihr Studium und ihre praktische Arbeit, widmete beidem viele Stunden und bot sich regelmäßig für Extraschichten an, wenn im Krankenhaus das Personal knapp war – was nicht selten vorkam. Mit achtzehn hatte sich Ellie nur widerstrebend in die Gesellschaft einführen und dem anderen Geschlecht als heiratswillig präsentieren lassen, woran sie in Wahrheit nur wenig oder gar kein Interesse hatte. Männer waren für sie nichts Besonderes. Sie atmeten, schluckten, sprachen, sahen, hörten, fühlten wie Frauen auch. Sie zogen sich die gleichen Verletzungen und Krankheiten zu und waren, soweit Ellie das sehen konnte, von ein oder zwei Kleinigkeiten abgesehen physisch vollkommen gleich.

Das galt auch für ihre Emotionen. Ellie hatte sie insgeheim in verschiedene Kategorien unterteilt. Weinen war eine. Jeder, der glaubte, Männer würden nicht tief genug empfinden, um weinen zu können, hatte noch keinen Mann am Bett seiner sterbenden Frau oder seines Kindes erlebt. Gegen den Rat ihrer Kollegen ermunterte Ellie Männer dazu, ihre Gefühle zu zeigen. In dieser Beziehung war sie ihrer Zeit weit voraus. Die Zahl der männlichen Patienten, die halb wahnsinnig vor unterdrückter Trauer das Krankenhaus betreten hatten und es gefasst wieder verließen, war Beweis genug, dass sie auf dem richtigen Weg war.

Umso überraschender war es für alle, vor allem für Ellie selbst, als sie sich schließlich doch noch verliebte. Lorna gegenüber beklagte sie sich, die Liebe habe sie »heimtückisch erwischt«.

Ihre Mutter lächelte. »So sind die Männer.«

»Außerdem bin ich älter als er.«

»Cecily ist auch älter als Stephen.«

»Stimmt.« Ellie starrte in die Ferne.

»Er wird deinem Studium nicht im Weg stehen – nicht, wenn er auch Arzt werden will.«

»Lindsay möchte später einmal als Missionar arbeiten. Ich weiß nicht, Mutter. Ich interessiere mich mehr dafür, die Körper der Menschen zu heilen, als ihre Seelen zu retten.«

»Du könntest beides kombinieren. Eigentlich ist das perfekt.«

»Das sagt Lindsay auch.« Ellie seufzte und wandte sich an Lorna. »Hast du etwa mit ihm gesprochen?«

»Nein. Aber es macht Sinn.« Lorna betrachtete ihre Tochter. Sie hat keine Ahnung, wie hübsch sie ist, dachte sie.

Das stimmte, auch wenn Ellie mit ihren fünfundzwanzig Jahren nicht dem klassischen Schönheitsideal entsprach. Sie trug eine schlichte ovale Brille, die sie dem vielen Lesen im Schein einer Petroleumlampe zu verdanken hatte. Hinter ihren Brillengläsern jedoch strahlten die schönsten blauen Augen, die man sich vorstellen konnte. Sie waren umgeben von dichten Wimpern und dunklen Brauen. Die kurz geschnittenen blonden Haare, die Ellies Versuchen, sie zu Locken zu drehen, stets widerstanden, gaben ihr ein jungenhaftes Aussehen. Ihr Lächeln wirkte ansteckend.

Lindsay, der Mann, der ihr Herz erobert hatte, fand Ellie unwiderstehlich. Der große, nette jüngere Mann mit den freundlichen Augen, den sanften Händen und den zärtlichsten Küssen der Welt hatte Ellies Leben auf den Kopf gestellt. Lindsay und Ellie waren längst ein Liebespaar – was sie Lorna verschwiegen. Ein Körper war in ihren Augen ein Körper, und er war geschaffen, um in jeder von Gott dazu erdachten Weise zu funktionieren. Das galt auf sexuellem Gebiet ebenso wie auf allen anderen.

Mit flinken, geschickten Bewegungen legte Mister David eine Teigplatte auf die Pastete und drückte sie rundherum fest. Einige Familienmitglieder liebten seinen Strudel mit vielen Äpfeln und dick mit Zucker bestreut, andere bevorzugten die zurückhaltendere Variante. Derart verschiedene Vorlieben zu befriedigen machte das Leben interessant, fand der Hausdiener.

Seit Mister David die Aufgaben eines *induna* verrichtete, hatte er nicht mehr viel vom Heranwachsen der beiden jüngsten Söhne mitbekommen. Duncan und Frazer, inzwischen einundzwanzig und neunzehn, hatten ein enges, wenn auch ungewöhnliches Verhältnis zueinander. Sie waren völlig unterschiedlich. Duncan hatte einen Hang zum Wilden und Ungestümen, Frazer hingegen war ruhig und eher ein Künstler. Während Duncan dazu neigte, schnell in die Luft zu gehen, bevorzugte es

Frazer, Probleme in Ruhe mit Worten zu lösen. Alles an ihnen war so entgegengesetzt, dass selbst Lorna und Robert sich wunderten, wieso die beiden so gut miteinander zurechtkamen.

In Duncans Schlafzimmer zum Beispiel herrschte immer ein einziges Durcheinander. Alles flog herum: Kricketschläger, Tennisschläger, Bälle, abgelegte Kleidung, begonnene und nie vollendete Projekte. Ausgefranste Wimpel, verblichene Mannschaftsfotos vom College und Silbermedaillen zeugten von seiner Begeisterung für Sport. Duncan fand das Chaos normal. Was auf dem Boden lag, blieb auf dem Boden liegen, bis ein Dienstmädchen es wegräumte. Er machte sich nie die Mühe zu fragen, wo etwas war; er wusste genau, dass er das, was er suchte, in irgendeiner Schublade finden würde, wenn er es brauchte.

Duncan kümmerte sich nicht darum, Vorhänge zuzuziehen, Fenster zu schließen, Schränke aufzuräumen oder seine Kleidungsstücke auf Spinnen, Skorpione, Schlangen oder einfach nur Schmutz zu untersuchen. Er war, wie seine Mutter es einmal formuliert hatte, »Lärm mit Schmutz«. Seit seiner Geburt liebte Duncan es, laute Geräusche zu machen. Sein Vergnügen am Zerreißen von Papier endete irgendwann abrupt und wich der Faszination zu sehen, wie die Dinge funktionierten. Bei mehreren Gelegenheiten hätte er sich fast umgebracht – besonders bemerkenswert war der Tag gewesen, als er versucht hatte, eine von Roberts alten Kutschen auseinander zu nehmen, die schließlich zusammenbrach. Eine große Narbe erinnerte ihn später an diesen Vorfall, aber das hielt ihn nicht auf. Irgendwann begann Duncan, Landmaschinen auf den Grund zu gehen, bis er mit acht dann Werkstattverbot bekam.

Duncan war ein sehr sensibler Mensch. Wenn er Unrecht witterte, brauste er sofort auf. Wie seine Mutter sagte Duncan, wenn ihm etwas nicht gefiel. Er griff nur selten zu körperlicher Gewalt und zog sich bei Auseinandersetzungen rasch zurück, als hätte er Angst vor den möglichen Folgen.

Frazer hingegen war ordnungsliebend bis zur Besessenheit.

In seinem Zimmer hatte alles seinen Platz. Wenn ein übereifriges Dienstmädchen etwas an einen falschen Ort räumte, stellte Frazer es schweigend zurück. Sämtliche Wände waren mit Zeichnungen afrikanischer Tiere geschmückt – sie stammten hauptsächlich von ihm, einige hatte er allerdings auch gekauft. Kunst war Frazers Leidenschaft – Kreide- und Bleistiftzeichnungen, Aquarelle und seit neuestem auch die Ölmalerei. Er arbeitete an großformatigen afrikanischen Landschaften und erstaunlich detaillierten Studien der Fauna des Landes. Portraits überließ er denjenigen, denen die Natur nicht genügend Material bot.

Duncan und Frazer hatten als Kinder häufig zusammen gespielt, oft mit den Zulu-Kindern – wie Mister Davids ältestem Sohn Henry. Er führte sie unter anderem in die Kunst des Speerwurfs ein. Sie wetteiferten häufig mit ihren Fähigkeiten, aber wenn Duncan und Henry loszogen, um ihre Tapferkeit unter Beweis zu stellen, suchte sich Frazer meist etwas anderes zu tun.

Trotz seines Widerwillens gegen das Jagen um des Jagens willen war Frazer kein Feigling. Er war kräftig, groß, hatte eine breite Brust und schmale Hüften. Er war blond wie Lorna und ähnelte im Gesicht Ellie, bis auf ein Detail: ihre Brille. Frazer hatte exzellente Augen.

Beide Jungen hatten mehr als nur ein flüchtiges Interesse am anderen Geschlecht. Überraschenderweise war Frazer derjenige, den die Mädchen bevorzugten. Seine sanfte Art und seine warmen Augen behagten ihnen mehr als das polternde Draufgängertum seines Bruders. Duncan, der zwei Jahre älter war, nahm diese Rückschläge gelassen hin und freute sich insgeheim für seinen jüngeren Bruder.

Wenn Frazer nicht zu Hause war, wie gerade, vermisste Duncan ihn. Es war seltsam, wenn keiner den Kopf in sein Zimmer streckte und leise fragte: Hast du eine Minute für mich?. Die gut fünf Jahre Altersunterschied zwischen ihm und Cameron machten den Unterschied zwischen einem Erwachsenen und einem Teenager aus. Er liebte seinen älteren Bruder, fühlte sich ihm aber hoffnungslos unterlegen. Und Torben kam für ihn überhaupt nicht in Frage.

Als die Pastete fertig war, schob Mister David sie in den Ofen. Der Rest war einfach – kaltes Fleisch und Salat. Robert würde schimpfen, aber der Strudel würde ihn mehr als entschädigen. Mister David würde ihn mit Sahne und wildem Honig von der Farm servieren und damit ein Leuchten in die Augen seines Dienstherrn zaubern.

4

Etwa zweihundertfünfzig Meilen westlich von Morningside ließ sich eine andere Familie ebenfalls zum Lunch nieder. Im Vergleich zu denen der Granger-Achesons waren ihre Tischmanieren grob und unfein.

Ein junger Bursche war rein zufällig auf die Mahlzeit gestoßen. Er war auf einem Spaziergang gewesen, um seine jungen Glieder nach einem ausgedehnten Vormittagsschlaf zu bewegen, und war praktisch darüber gestolpert. Der zweieinhalbjährige Löwe verbrachte seine letzten Tage innerhalb des Rudels. Schon bald würden sie ihn verstoßen, damit er für sich selbst sorgte. Gerade lernte er, genau dies zu tun. Ohne Zeit zu verschwenden, sicherte er sich seinen Anteil an der unerwarteten Mahlzeit.

Das Opfer – noch vor zwei Stunden ein vor Kraft strotzender Sechzehnjähriger – starrte mit leeren Augen zum Himmel. Der junge Mann war auf der Suche nach einem Bock gewesen, den seine Mutter später zubereiten wollte. Die Tatsache, dass er dabei auf fremdes Territorium eingedrungen war, hatte ihn nicht gekümmert. Es war Danny Reese. Seinem Vater gehörten ungefähr zweieinhalbtausend Hektar Land – und die beste Rinderherde im Oranje-Freistaat.

Danny konnte tun, was er wollte, zumindest hatte er das geglaubt. Nun war er tot, eine Schusswunde in der Brust der offensichtliche Grund dafür. Die Ursache war eine zwanzigjährige Fehde zwischen seinem eigenen Vater und dem Vater des Täters.

Der Löwe zerriss das weiche Fleisch und arbeitete sich rasch voran. Er zerrte Darm und Magen heraus, um an die begehrteren Stücke zu gelangen, und zerbrach wenig später den Brustkorb. Er war hungrig, und es kümmerte ihn nicht, dass er seinen einzigen Feind fraß. Dieser hier konnte ihm nichts mehr anhaben. Der durchdringende Geruch der noch warmen Gedärme, die auf dem von der Sonne ausgetrockneten Boden lagen, lockte Artgenossen an. Sie nutzten ihre Stärke und ihren Status innerhalb des Rudels und verscheuchten das junge Tier rasch von seinem Festmahl. Innerhalb kürzester Zeit war die Leiche des Jungen von unzähligen Löwen ohne jegliche Manieren umringt.

»Pa, Pa, Pa!« Das Entsetzen und die Aufregung in Erich Gils Stimme signalisierte seinen Eltern, dass den sonst so wortkargen Teenager etwas ernsthaft beunruhigte. Der Junge war vierzehn, groß für sein Alter, mit zerzausten braunen Haaren und blassen graublauen Augen, die kaum eine Gefühlsregung verrieten. Seine Nase hatte er sich vor Jahren bei einer Rauferei mit einem afrikanischen Jungen gebrochen. Seinen Mund umspielte nur selten ein Lächeln, und wenn, wirkte es scheu und unsicher. Erichs Kopf war zu groß für seinen Rumpf, dieser wiederum zu groß für seine Arme und Beine. Zum Ausgleich hatte der liebe Gott ihn mit riesigen Händen und Füßen ausgestattet. All dies führte dazu, dass er ziemlich linkisch wirkte, ungeschickte Bewegungen machte und dazu neigte, Hände und Füße zu verbergen, indem er sich einfach auf sie setzte.

Erich Gil war in den Augen des Nachbarn und langjährigen Feindes seines Vaters ein »Scheißkerl«. Und dieser Scheißkerl hatte gerade etwas getan, was er nie wieder vergessen würde – er hatte den ganzen Stolz und die Freude dieses Nachbarn umgebracht, seinen Sohn Danny. Wie die gesamte Familie Gil sehr wohl wusste, vergaß oder verzieh der allmächtige Wallace Reese nie etwas, schon gar nicht eine direkte Auseinandersetzung, und erst recht nicht, wenn es dabei um seinen einzigen Sohn ging. In diesem Fall war der Grund der Tat eine simple Grenzüberschreitung gewesen – zumindest wirkte es auf den ersten Blick so.

»Was ist los, Junge?« Erichs Vater Roth Gil eilte hinaus.

»Komm mit, komm mit, komm schnell mit.« Erich wandte sich um und wollte schon wieder losrennen, aber Roth packte seinen Arm.

»Was ist denn geschehen?«

Erichs Mutter trat zu ihnen, gefolgt von einer Reihe jüngerer Kinder, die alle nicht mehr als ein Jahr Altersunterschied trennte. »Der Junge hat Angst, Roth.«

»Das sehe ich, Selma.« Er drehte sich zu Erich um. »Komm herein, Sohn. Erzähl uns alles.« Roth führte seinen zitternden Ältesten ins Haus.

»Danny«, brach es aus dem Jungen heraus. Er griff nach einem Glas Brandy, das ihm seine Mutter reichte – ihr Allheilmittel für alles, von der leichten Erkältung bis zum schweren Trauma.

Roth runzelte die Stirn. »Erwähne den Namen in diesem Haus nicht. Wie oft muss ich dir das noch sagen?«

»Aber, Pa ...«

»Niemals!«, donnerte sein Vater. »Möge Gott sie alle niederstrecken.«

Selma unterbrach ihn ungeduldig. »Lass ihn aussprechen, Roth. Irgendetwas ist passiert. Ich finde, er sollte uns sagen, was es ist.«

Trotz seiner Wut war Roth Gil ein vernünftiger Mann, der das Ausmaß der Verstörung seines Sohnes erkennen konnte. »Nun gut. Dann rede.«

»Er ist tot.«

»Was ...?« Eine derartige Nachricht hatte Roth nicht erwartet. »Wie?«

»Ich habe ihn erschossen, Pa.«

Roth Gil ließ sich in einen Sessel fallen. »Du hast was?« Er starrte seinen Sohn ungläubig an.

Erich ließ seinen übergroßen Kopf in seine riesigen Hände sinken und nickte. Als er wieder aufblickte, sah sein Vater Angst und Tränen. »Muss ich jetzt ins Gefängnis, Pa?«

»Nicht, wenn ich es verhindern kann«, brummte Roth. Er klopfte Erich auf die Schulter. »Trink das aus, und erzähl uns genau, was geschehen ist.« Er wartete geduldig, während sein Sohn vorsichtig an der scharfen Flüssigkeit nippte, das Gesicht verzog und das Glas aus der Hand stellte.

»Ich war auf der Suche nach dem alten Bullen, als ich ihn plötzlich sah. Danny war auf unserem Land, Pa, so als ob es ihm gehörte. Er trug ein Gewehr bei sich und hielt Ausschau nach etwas zu schießen. Ich hab ihn zur Rede gestellt.«

»Richtig so.« Roth war stolz auf seinen mutigen Sohn. Erich war zwei Jahre jünger als der ungehörige Flegel des Engländers. Auch wenn er ihm körperlich durchaus gewachsen war, hatte der andere ihm außer dem höheren Alter auch mehr Selbstvertrauen voraus. Dennoch war es Erichs gutes Recht gewesen zu fragen, was Danny Reese auf ihrem Eigentum verloren hatte.

»Dann hat er also das Gewehr auf dich gerichtet, ja?«

Erich ließ den Kopf wieder sinken. »Ich kann mich nicht erinnern, Pa. Ich glaube schon, aber ich bin mir nicht sicher. Ich weiß nur, dass er plötzlich umgefallen ist.«

Selma biss sich auf die Handknöchel. »Die Polizei«, flüsterte sie und zog eines der jüngeren Kinder enger zu sich, als es auf dieses Wort hin zu weinen begann.

Roth machte eine ungeduldige Handbewegung. »Pah! Sie hassen Reese und seinen Sohn genauso wie wir.«

»Aber Roth. Das ist Mord.«

Er drehte sich zu ihr um. »Sag das nicht. Weder jetzt noch sonst irgendwann. Woher willst du wissen, dass Erich nicht in Gefahr war und nur geschossen hat, um sich zu verteidigen?

Das werden wir jedenfalls der Polizei erzählen.« Roth stand auf. »Komm, Sohn, du solltest uns die Stelle besser einmal zeigen.«

Als sie den Ort erreichten, wo Danny Reese erschossen worden war, hatten die Löwen seinen Körper längst bis zur Unkenntlichkeit verstümmelt. Ein Männchen mit voller Mähne fraß noch immer. Eine Hyäne, mehrere Schwarzrücken-Schakale und eine wachsende Zahl von Geiern warteten geduldig. Vom Rudel waren nur noch die Fußspuren zu sehen.

Roth lächelte Erich an. »Perfekt, oder? Wir haben ein Alibi. Es könnte gar nicht besser sein. Lass die Gesetzeshüter daraus etwas machen. Bis sie hier eintreffen, wird von dem Jungen nichts mehr übrig sein. Komm, nimm diesen Ast, um deine Spuren zu verwischen. Lass alles sonst, wie es ist. Beeil dich. Der Engländer macht sich sicher bald auf die Suche nach seinem kostbaren Sohn.«

Der Vorfall, nur von der engsten Familie zur Kenntnis genommen, zeigte das Ausmaß des Hasses, der sich zwischen Buren und Briten seit mehr als einem halben Jahrhundert aufgebaut hatte. Hass erzeugte Hass, bis keiner mehr wusste warum. Das Gefühl war einfach da. Taten wie die, die der junge Erich Gil begangen hatte, wurden von den Buren beklatscht und führten zu Protesten und zur Androhung von Vergeltungsschlägen durch die Briten. Als es schließlich zum Krieg zwischen Briten und Buren kam, waren derartige Vorfälle längst so normal, dass niemandem auffiel, wie sehr die Gewalt eskaliert war. Erich Gil und selbst Erichs und Dannys Eltern kannten kein anderes Leben.

Das Löwenrudel, das daran gewöhnt war, in der kargen und ausgedörrten Steppe des Oranje-Freistaats von kleinen Portionen zu leben, hatte längst gelernt, eine Gelegenheit beim Schopfe zu packen, vor allem, wenn es sich um ein solches Festmahl handelte.

Satt und schläfrig suchte sich das Rudel anschließend einen schattigen Platz und döste erneut vor sich hin. Wallace Reese überlegte kurz, die ganze Meute einfach zu erschießen. Am Ende ließ er sie in Ruhe. Danny war im Busch geboren und aufgewachsen. Er hatte unter denselben Bedingungen gelebt wie alle, die Tiere eingeschlossen. Und er hätte es nicht als notwendig erachtet, diejenigen zu töten, die ihn getötet hatten. Sein Schicksal war eins mit dem Kontinent, auf dem er lebte.

Auch wenn Wallace Reese kein böses Spiel witterte, hatte der Vorfall einen bitteren Beigeschmack im Mund des Engländers hinterlassen.

Erich und Danny hätten Freunde sein können, hätte es zwischen ihren Familien nicht dieses fortgesetzte Misstrauen gegeben. Wallace' Frau hatte häufig beklagt, welche Schande es sei, dass ihr Sohn in dieser trostlosen Gegend einsam und ohne Freunde heranwachsen musste. Seine Eltern hatten versucht, Danny auf ein Internat zu schicken. Es wurde ein Desaster. Der Junge konnte sich keiner Disziplin unterwerfen, machte keinerlei Anstalten, sich anzupassen, und wurde schließlich der Schule verwiesen, nachdem er mit Absicht ein kostbares Glasfenster in der Schulkapelle zerschmettert hatte. Elizabeth Wallace wusste, dass ihr Sohn ein miserables Sozialverhalten hatte, suchte aber ständig nach Entschuldigungen für ihn. In Wahrheit war Danny Wallace arrogant, hinterhältig und häufig unehrlich. Den jungen Buren dagegen empfand Elizabeth, ungeachtet der verletzenden Worte ihres Mannes, als höflich, freundlich, hilfsbereit und offen.

Auch wenn es Elizabeth nicht in den Sinn kam, dass die tief sitzenden Spannungen zwischen Briten und Buren für Dannys Tod verantwortlich sein könnten, überfiel sie eine böse Ahnung. Sie war Engländerin, verheiratet mit einem Engländer, und es war richtig, dass Loyalität und Pflichtgefühl ihrer Familie gänzlich Königin und Vaterland galten. Dennoch regte sich ganz tief in ihr die traurige Gewissheit, dass Danny noch am Leben sein könnte, wenn Großbritanniens unersättliche Gier nach Land, Macht und Rohstoffen nicht wäre. Es war ein großgeschriebenes WENN. Elizabeth bezweifelte, dass dies je möglich sein würde.

Ohne etwas von dem sich in der Ferne abspielenden Drama zu ahnen, saßen die Granger-Achesons beim Lunch. Es ging erneut sehr lautstark zu, und ein Fremder hätte zu dem Schluss kommen können, dass dies immer so war. Aber unter normalen Bedingungen genossen Robert und seine Familie die gemeinsamen Mahlzeiten. Sie nutzten die Zeit, um sich gegenseitig das Neueste zu erzählen, von neuen Plänen zu berichten, Erinnerungen, Ideen und was immer ihnen sonst noch einfiel, auszutauschen. Torben brachte unweigerlich Unruhe.

Gerda – gekleidet in cremefarbene Seide und, entgegen Torbens Rat, giftgrüne Accessoires – brachte den Ball ins Rollen, als sie sich darüber beklagte, dass sie keinen Schmuck besäße, den sie zu ihrem Ensemble tragen könne.

»Ich schwöre dir, Liebes, du wärst eine hervorragende Anwältin geworden«, bemerkte Lorna spitz.

»Was meinst du damit?« Gerda runzelte die Stirn. Sie war unsicher, ob dies Kritik sein sollte oder nicht.

»Ich meine damit, dass du nie aufgeben würdest, bevor du wirklich das Allerletzte versucht hast.«

Schweigen folgte. Es kam nur selten vor, dass Lorna so bissig wurde.

Torben sprang seiner Frau zu Hilfe. »Gerda beklagt sich ja gar nicht, Mutter. Das war nichts weiter als ein Kommentar zu ihrer Garderobe. Sie hat die falschen Sachen eingepackt, nicht wahr, Darling?«

»Natürlich.« Gerda lachte geziert. Dann fächelte sie sich mit ihrer plumpen Hand Luft zu. »Ma, du darfst nicht denken, dass ich nicht dankbar bin für alles, was du mir gegeben hast.«

»Dann ist es ja gut«, antwortete Lorna knapp.

Robert sah seine Frau an. Im Stillen fragte er sich, was mit ihr los war.

Cameron versuchte Torben abzulenken. »Kommst du heute Nachmittag mit auf die Weide? Wir haben einige neue Kälber, die dich interessieren könnten. Beste Zucht.«

Torben warf seine Serviette auf den Tisch. »Nein, natürlich komme ich nicht mit. Mich interessiert das verdammte Vieh nicht. Das glaubt ihr doch sowieso alle, und mir ist es recht so.«

»Komm schon, Torben«, mischte Robert sich ein. »Das hier ist immer noch ein Familienunternehmen. Es sind ebenso gut deine Tiere wie die der anderen.«

»Eine Tatsache, die ihr alle gern zu vergessen scheint«, rief Torben ungehalten.

»Unsinn.« Robert schüttelte den Kopf. Er konnte nicht verstehen, wie ein einfaches Gespräch über Schmuck und Vieh so kompliziert werden konnte. »Wir können nur versuchen, dein Interesse zu wecken. Wenn du nicht interessiert bist, bist du nicht interessiert.«

»Ich bin es«, antwortete Torben mit zusammengepressten Lippen. »Aber aus irgendeinem Grund scheint ihr alle ständig auf Gerda herumzuhacken, und das dulde ich nicht.«

Duncan versuchte seinen Bruder zu beruhigen. »Niemand hackt auf ihr herum.«

»Meggie – was sagst du dazu?«, wandte Torben sich an seine Schwester.

Sie schüttelte den Kopf. »Tut mir leid, Torben. Ich finde nicht, dass es fair ist, mich dazu zu zwingen, Partei zu ergreifen.« Sie wandte sich an ihre Schwägerin. »Ich habe ein Malachit-Halsband, das du sehr gerne haben kannst.«

Gerdas Augen leuchteten auf. »Wirklich? Ich würde es gern sehen. Nach dem Lunch vielleicht?«

»Liebes.« Lornas Blick warnte Meggie vor solch übertriebener

Großzügigkeit. »Das hast du von Frazer geschenkt bekommen. Er hat es selbst gemacht. Ich glaube nicht …«

»Wenn sie es weggeben möchte, ist das ihre Entscheidung«, fuhr Torben rasch dazwischen.

»Ja, aber ich finde trotzdem nicht …«

»Gerda würde es sehr gefallen.«

Cameron, Duncan und Meggie sahen sich an.

»Das kann ich mir vorstellen«, antwortete Robert knapp. »Aber ich verbiete Meggie, nur weil sie ein so großes Herz hat, ein Geschenk ihres Bruders wegzugeben, etwas, das großen ideellen Wert hat. Du solltest dich schämen, dass du so etwas angenommen hättest.« Sein Blick richtete sich auf Gerda. »Ihr beide solltet euch schämen.«

Gerda wurde rot und zog einen Schmollmund. »Also gut, Poppie. Wenn das dein Wunsch ist, werde ich mich natürlich fügen und verzichten.«

»Warum sollte sie?« Torben ließ sich nicht so rasch abspeisen. »Gerda verzichtet immer. Seht ihr das denn nicht?«

»Genug«, explodierte Lorna. »Diese Unterhaltung ist einfach zu albern. Für den Fall, dass es euch beiden entgangen sein sollte, aber es ist üblich zu warten, bis jemand gestorben ist, ehe man sich um das Erbe streitet. Mir reicht es jetzt.« Sie nahm ihre Serviette, tupfte sich den Mund ab und stand auf. »Entschuldigt mich.« Lorna marschierte aus dem Zimmer und ging hinaus in den Garten – einen Ort, an dem sie immer dann Zuflucht suchte, wenn sie zur Ruhe kommen wollte.

Robert fand seine Frau vor dem schwarzen Marmorstein, der auf Katies Grab stand. Er legte die Hand auf ihre Schulter. »Was hat dich so verärgert?«

»Sie.«

Er lächelte. »Du reagierst doch sonst nicht so heftig.«

Sie ließ den Kopf an seine Brust sinken. »Ich weiß. Es tut mir leid, ich bin müde und reizbar. Es ist einfach alles zu viel. Wen interessiert es schon, ob das alberne kleine Mädchen keinen dunkelgrünen Schmuck besitzt? Gott, ich hasse das, Robert. Durchschaut Torben sie denn nicht?«

»Offenbar nicht.«

»Wag ja nicht, vernünftig zu sein.«

»Wer? Ich?«

Sie schmiegte sich enger an ihn. »Wie geht es deinem Bein?«

»Komm mit herein, dann zeig ich es dir.«

Lorna schob Robert von sich, und er tat, als stolpere er rückwärts. »Ich hasse dich.«

»Nein, tust du nicht.«

»Du hast Recht.« Sie lächelte, dann kicherte sie.

»Das ist besser. Und nun ...« Er nahm ihre Hand, und sie gingen gemeinsam zu einer Gartenbank, die im Schatten eines alten Feigenbaums stand, der sie vor der frühen Nachmittagssonne schützte. Von hier aus hatte man den schönsten Ausblick auf Morningside. »Irgendetwas ist doch mit dir. Wenn ich es nicht besser wüsste, würde ich annehmen, du bekämst ein Kind.«

Sie saß eine Weile ganz still, dann drehte sie sich zu ihm um. In ihrem Gesicht stand blankes Entsetzen. »Robert, das ist es.«

»Du bist schwanger?« Er hatte plötzlich den gleichen Gesichtsausdruck.

»Nein, Dummkopf. Ich bin Mitte vierzig. Ich habe mich in letzter Zeit öfter gewundert ... also, ich hatte Hitzewallungen und war häufig müde. Es sind die Wechseljahre. Robert, verstehst du denn nicht? Deshalb bin ich oft so reizbar.« Lorna legte die Handinnenflächen an ihre Wangen. »O mein Gott. Ich bin in den Wechseljahren.«

»Und was ist daran so schlimm?«

»Ich bin alt. Vertrocknet. Verbraucht. Robert, du wirst doch nie aufhören, mich zu lieben, oder?«

Er legte den Kopf in den Nacken und lachte schallend. »Wie kommst du bloß auf die Idee, dass das je passieren könnte? Ich liebe dich mit jeder Faser meines Körpers. Ich liebe dich bis in alle Ewigkeit. Ich ...«

»Ja, ja«, antwortete sie ungeduldig. »Übertreib es nicht.«

»Das ist typisch Lorna.«

Als die Welt wieder in Ordnung war, kehrten sie ins Haus zurück, wo Lorna sich entschuldigte und ihre Reizbarkeit erklärte.

»Oh, Ma.« Gerda lachte erleichtert, als ihr Stolz wiederhergestellt war. »Ich dachte, du hättest die Wechseljahre längst hinter dir. Bei meiner Mutter ist das so.«

Der Vergleich mit dieser Frau hätte Lorna fast aufs Neue erregt.

Nach dem Lunch machte die gesamte Familie einen kurzen Ausflug zu einer eingezäunten Weidefläche, wo die Kälber, die Duncan neu erstanden hatte, untergebracht waren. Der Zulu-Tradition entsprechend blieben Lorna, Meggie und Gerda vor dem Zaun stehen, während die Männer die Neuzugänge genauer in Augenschein nahmen. Mister Davids ältester Sohn Henry, der eines Tages die Position seines Vaters übernehmen würde, gesellte sich zu ihnen. Der jetzige *induna* hatte angedeutet, dass er seine Zukunft in Durban sah. Er war der Sohn Tobaccos, einer von Roberts Begleitern auf seinen früheren Handelsreisen; nachdem Tobacco aus dem Zulu-Krieg nicht mehr zurückgekehrt war, hatte Robert sich um seinen Nachwuchs gekümmert.

Henry war auf der Farm geboren und liebte sie wie sein Eigentum. Er machte ein besorgtes Gesicht. »Dieses Kalb hier, *nkosi*, das ›Kleiner weißer Kopf‹ genannt wird, trinkt nicht gut und wird immer schwächer.«

»Lehnt seine Mutter es ab?«

»Nein. Sie ist über eine *inkomfe*-Pflanze gelaufen. Daher müssen wir ihr Kalb mit *ubuVimba* einreiben«, sagte er und meinte damit einen kleinen Beerenstrauch. Wenn man seine Wurzel zerkleinerte, mit Nilpferdfett vermischte und davon der Kuh gab, sollte dies den Milchfluss verstärken. Robert wusste, dass man es gewöhnlich machte, um einem verwaisten Tier die

Aufnahme bei einer Pflegemutter zu erleichtern. Er begriff, dass dieselbe Methode auch in dieser Situation helfen konnte.

»Es ist einen Versuch wert«, stimmte er zu.

»Wenn es nicht funktioniert, werden wir es mit der Flasche probieren«, meinte Henry. An seinem Ton hörte man, dass er traditionelle Methoden klar bevorzugte.

»Dann gibt es also zwei Chancen für das Kalb. Gut.«

»Wann kehrt Master Robert zurück zur Arbeit?«, fragte Henry und zeigte auf Roberts Stock.

»So bald wie möglich.«

»Das ist gut.«

»Cameron und Duncan sind hier«, erinnerte Robert ihn.

»Ja, das ist wahr. Aber das Vieh weiß genau, wer der Boss ist.«

»Auch der Ochse, der mir das Bein gebrochen hat?«

Die Männer lachten.

»Dein Vater schickt dir dies.« Robert reichte Henry eine braune Papiertüte. »Und lass etwas für deinen Bruder Sabani übrig.«

Lornas selbst gemachte Kuchen und Kekse waren auf der Farm berühmt. Inzwischen waren Mister Davids Kreationen gleichermaßen beliebt.

»Ist das erlaubt?«

»Natürlich. Auch wenn ich bezweifle, dass ein Zahnarzt da zustimmen würde.«

»Pah! Unsere Zähne sind stark.«

Daran zweifelte Robert keine Sekunde. Zulu waren sehr penibel, wenn es um ihre Zähne ging. Sie säuberten sie mit zerstoßener Asche und einem kleinen Stock, auf dessen Ende sie kauten. Alle Kinder, sein Sohn eingeschlossen, schienen großen Appetit auf süße Sachen zu haben. Sie kauten sogar auf steinharten Stangen aus reinem Zuckerrohr und sogen den letzten Tropfen Saft aus, ehe sie die faserige Hülle ausspuckten.

Cameron zeigte Torben seine jüngste Erfindung – einen sich

selbst regulierenden Futtertrog, der es dem Vieh erlaubte, seine Ernährung zu kontrollieren. Der Behälter schwang auf einer Spindel, sodass die Tiere mühelos bis auf den Grund gelangen konnten. »Das solltest du dir patentieren lassen«, riet Torben ihm. »Es ist eine gute Idee.«

»Leider ist sie nicht von mir allein.« Cam lachte. »Die meisten Farmer in dieser Gegend haben etwas Ähnliches konstruiert.«

»Trotzdem solltest du der Erste sein.«

»Ich finde nicht.« Cam schüttelte den Kopf. »Es würde abgelehnt werden.«

»Und? Nur weil sonst keiner Geld damit verdienen will?«

»Es ist mehr als das. Wir teilen unsere Ideen – nur so funktioniert es. Kannst du dir vorstellen, wie viele Innovationen mir entgehen würden, wenn ich aus dieser im Grunde gemeinschaftlichen Idee Kapital schlagen würde? Die anderen würden sich zusammenschließen und uns ausgrenzen. Nein. Es ist viel besser, mit den anderen gemeinsame Sache zu machen.«

»Ich werde mich darum kümmern.« Torben ließ nicht locker. Sein Sinn für Geschäfte war zum Leben erwacht, fieberhaft dachte er über einen möglichen Profit nach und ignorierte dabei alle praktischen Erwägungen.

Cameron störte sich nicht daran. Er wusste, dass sich das Interesse seines Bruders schon in wenigen Tagen auf etwas anderes richtete. Sich selbst regulierende Futtertröge würden dann vergessen sein.

Erich Gils Mord wurde nie aufgedeckt. Als die Polizei schließlich eingetroffen war – ein burischer Sergeant, der kein Englisch sprach, und zwei schwarze Gendarmen –, war der größte Teil der Spuren vernichtet. Die Löwen waren ebenfalls fort. Sie hatten es Afrikas stets wachsamem Reinigungsdienst – Hyänen, Schakalen, Geiern und Ameisen – überlassen aufzuräumen.

Jeder wusste, dass in der Gegend ein Löwenrudel lebte. Der

junge Danny Reese hätte vorsichtiger sein müssen. Verwunderlich nur, dass er den Angriff nicht hatte kommen sehen. Ein Junge vom Land hätte aufmerksamer sein müssen. Vielleicht hatte er sie provoziert. Vielleicht war er gestürzt, hatte sich einen Knöchel gebrochen. Niemand würde es je erfahren. Was immer der Grund gewesen war, es hatte ihn das Leben gekostet.

Einer der Gendarmen schlug vor, die Löwen zu töten.

»Wozu?«, fragte der andere Gendarm. »Die Tiere haben uns doch bisher keine Probleme bereitet.«

Also ließ man das Rudel in Ruhe. Menschen gehörten nicht zu ihrer Lieblingsspeise. Fremde Gerüche, vor allem Tabak, und der Geschmack von Seife, lagen den mächtigen Fleischfressern schwer im Magen. Aber sie wussten nun, dass ihr einziger natürlicher Feind zweifellos essbar war.

5

Eine Außentür knallte zu, und vier Augenpaare schauten erwartungsvoll auf. Der Mann, der das Allerheiligste betrat, genoss sofort die volle Aufmerksamkeit. Außerhalb dieses Raums war er nahezu unbekannt. Seine Statur zumindest ließ nicht im Mindesten ahnen, welch bedeutungsvolle Rolle er in der turbulenten Zukunft Südafrikas einmal spielen würde.

Er wurde als Paul Jooste geboren und starb als Paul Jooste. Die Jahre dazwischen würden nach außen immer unspektakulär erscheinen. Er war Pharmazeut – ein kundiger Fachmann, der nur in bestimmten Drogistenkreisen bekannt war –, und das war das Einzige, was man über ihn sagen konnte. Niemand schien etwas über ihn zu wissen. Das wahre Ausmaß seines beträchtlichen Vermögens war ein sorgsam gehütetes Geheimnis; er sprach oder handelte nicht wie ein wohlhabender Mann. Jooste besaß keine teuren Gefährte – er reiste mit einem schlichten Einpänner. Er hatte kein auffallendes Äußeres, sondern trug seine Kleidung, bis sie fadenscheinig wurde, ehe er sich dazu überreden ließ, etwas Neues anfertigen zu lassen. Das schlichte Äußere und der grobe Akzent verfehlten nie ihre schockierende Wirkung auf die, für die Status und soziale Stellung eine Rolle spielten.

Seine Frau, eine einfache, wohlgenährte Person, die schrecklich schwitzte, ausgiebig aß und das vornehme Leben mit so viel oder so wenig Begeisterung anstrebte wie ihr Mann, passte perfekt zu Paul Jooste. Für ihn bedeutete sie Verlässlichkeit – pünktliche Mahlzeiten, anständig erzogene Kinder, ein ordentliches Heim. Noch nie hatte er den Wunsch nach einer anderen verspürt, trotz gelegentlicher Angebote von jungen und schönen Frauen, die bei ihm den Geruch des Geldes witterten.

Niemand ahnte, welches Feuer in dem Mann loderte. Kein Mensch, nicht einmal seine Frau, hatte eine Vorstellung davon, zu welchen Mitteln er greifen würde, um sein Lebensziel zu verwirklichen. Jooste sehnte sich nach Ordnung. Er erkannte, wie sich die Dinge in Südafrika entwickelten. Und er wusste, dass sein Volk im entscheidenden Moment eine Strategie haben musste, mit der es die Kontrolle über diese Veränderungen erlangen konnte. Paul hatte das Gefühl, im Schlaraffenland zu leben. Jeglicher Bedrohung musste man sich seines Erachtens stellen. Nicht auf gewaltsame Weise, das war nicht sein Stil, sondern durch heimliches Taktieren. Er musste vorsichtig sein, denn ihm war völlig bewusst, dass seine Ideen seiner Zeit weit voraus waren. Wenn er die Basis für ein stabiles Südafrika schaffen wollte, den Himmel auf Erden für sein Volk, musste er behutsam vorgehen.

Aus diesem Grund präsentierte Jooste seine Vorschläge einigen der wichtigsten Männer aus seiner neu angenommenen Heimat. Sie hörten ihm zu, und das, was er sagte, gefiel ihnen, und sie gaben es weiter. So entstand der erste Funke dessen, was einmal zur mächtigsten Organisation Südafrikas werden sollte – der *Broederbond.* Dieser Brüderschaft sollten irgendwann einmal zwölftausend Mitglieder angehören. Weiße, einflussreiche protestantische Buren, Männer, die das Leben von Millionen beherrschten. Durch geschickte Infiltrierung, äußerste Geheimhaltung und mit großem Einsatz sollte sich der *Broederbond* eines Tages die absolute Kontrolle über die südafrikanische Gesellschaft sichern – Militär, Medien, Kirche, Bildungsanstalten, Polizei und Regierung, Premierminister, Staatspräsidenten und Mitglieder des Kabinetts würden sich dem erlesenen Bund anschließen, bis er eine alleinige Machtstellung besaß und praktisch unangreifbar war.

»Guten Abend, Gentlemen.« Joostes heisere Stimme hing in der rauchgeschwängerten Luft. Er sah in die Gesichter jedes einzelnen Mannes, die um den Tisch herum saßen, und runzelte die Stirn. »Wo ist Venter?«

»Er lässt sich entschuldigen. Seinem Sohn geht es nicht gut. Wieder einmal.«

Jooste runzelte die Stirn. »Sein Sohn sollte ihm nicht wichtiger sein als sein Land.«

Auf diese Bemerkung folgte unbestimmbares Gemurmel. Jooste war fanatisch in seiner Einstellung, der Patriotismus ging ihm über alles. Aber alle Anwesenden wussten, dass Venter, der Abwesende, sein einziges Kind abgöttisch liebte, dass ihm nichts wichtiger war als der kränkliche kleine Junge, der das Pech hatte, mit einer seltenen Hautfunktionsstörung, bekannt unter dem Namen Quincke-Ödem, geboren worden zu sein. Venter hatte bereits ein Vermögen für alle möglichen Therapien ausgegeben. Aber da nichts zu wirken schien, versuchte er wenigstens, am Krankenbett seines Sohnes zu bleiben, wenn der Kleine mal wieder besonders litt.

Colonel Schuyler van Deventer verzog unwillig das Gesicht. »Sprechen Sie hinter seinem Rücken nicht schlecht über den Mann, Jooste. Venters Loyalität seinem Sohn gegenüber ist bewunderungswürdig.« Van Deventer war der Einzige im Raum, der es wagen konnte, Jooste zu kritisieren. Er besaß Autorität, verfügte offenbar über Informationen, die den anderen unbekannt waren, und hatte sich Respekt als bedeutende Führungspersönlichkeit im Land erworben. »Wo wären wir ohne unsere Familien?«, brummte der Colonel.

Paul Jooste hob beide Hände. »Also gut, einverstanden. Tut mir leid, Gentlemen, ein Mann lässt sich schon mal mitreißen.« Der Anflug eines Lächelns huschte über sein Gesicht. Bei vielen Männern glich sich mangelnde Attraktivität in jungen Jahren später durch straffere Züge aus – für Jooste galt das nicht. Er war einfach nur hässlicher geworden. Krater und Narben deuteten auf jahrelange Akne hin. Die Lippen des Mannes wirkten blutleer. Sein braunes, schütteres, schlecht gefärbtes Haar, das zu fettigen Strähnen zurückgekämmt war, war sein ganzer Stolz. An seinen Augenbrauen konnte man nichts oder nur wenig tun. Trotz großzügiger Behandlung mit Wachs wuchsen sie struppig in alle Richtungen. Die Augen selbst waren Joostes einziges Plus; groß und von dunklen Wimpern gerahmt, die Iris fast schwarz, eine unergründliche Tiefe, in der das Feuer des Patriotismus loderte. Sie gaben einen Hinweis auf seinen Fanatismus, auf das, was sich hinter seinem Pokerface abspielte.

Sorgfältig schloss Jooste die Tür hinter sich und trat an den Tisch. Alles, was er tat, machte er langsam, methodisch, überlegt.

Er zögerte, als er spürte, welche Wirkung er auf sein Publikum hatte, und kostete den Augenblick aus. Auch wenn er es normalerweise vermied aufzufallen, pulsierte die Gier nach Macht in seinen Adern. Er strebte danach, das Leben anderer, die einflussreicher waren als er selbst, zu beherrschen und sie sich zu Willen zu machen. Geld war der Schlüssel zu dieser Macht, das wusste er. Diese Männer brauchten sein Geld, und noch viel mehr, nachdem sie seine Ideen akzeptiert hatten.

»Dieser Vorfall auf der Reese Farm. Weiß jemand, was dort genau passiert ist?«

Drei Köpfe verneinten. Colonel van Deventer nickte. »Sein Sohn ist von Löwen angefallen worden.«

»So sagt man.« Jooste zog einen Stuhl heran und setzte sich zu den anderen Männern. »Aber ich habe auch eine ganz andere Version gehört.«

»Was meinen Sie damit?«

»Mord.«

»Was immer es war, es geschieht ihm recht. Engländer haben im Freistaat keinen Platz. Sie sorgen nur für Unruhe.«

»Ich stimme zu. Wie auch immer, ich habe dafür gesorgt, dass man sich der Sache annimmt. Sieht so aus, als hätte ein

Junge aus der Nachbarschaft den jungen Reese auf seinem Land erwischt und erschossen.«

»Woher wissen Sie das?«

»Ich habe es herausgefunden.«

Van Deventer nickte erneut. Paul Jooste überließ nichts dem Zufall und machte sich häufig zunutze, was zunächst wie eine belanglose Information wirkte. »Hat das für uns irgendeine Bedeutung?«

»Nicht direkt, aber vielleicht könnte es uns später einmal nützlich sein.«

Es ist geschehen. Im Gedächtnis behalten. Nicht aufschreiben. Nur nutzen, wenn sich die Chance dazu ergibt. Van Deventer nickte ein drittes Mal, dann stockte er plötzlich. »Verlässlich?«, fragte er.

»Absolut. Der Vater des Mörders ist ein Freund von mir.«

»Darf ich dann vorschlagen, dass Sie das Wort ›Mörder‹ nicht benutzen?«

»Der mit der Untersuchung beauftragte Officer ist ebenfalls ein Kamerad.«

Van Deventer warf den Kopf in den Nacken und lachte dröhnend – ein ansteckendes Lachen, in das die anderen bald einstimmten.

»Kommen wir zum Geschäft, Gentlemen«, meinte Jooste schließlich und wischte sich die Augen trocken. »Einen Schluck, bitte, Schuyler.« Er wartete, während der Colonel ihm ein großzügiges Glas Brandy eingoss und es ihm über den Tisch hinweg zuschob. »Wir müssen heute Abend über einige Grundsätze entscheiden, die das Rückgrat unserer Organisation bilden werden. Ich kann ihre Bedeutung nicht genug betonen. Wir wollen eine friedliche und dennoch mächtige Bruderschaft, die uns alle vereint. Nichts darf dem Zufall überlassen werden. Ich habe sechs Punkte vorbereitet, die wir der Reihe nach besprechen werden. Also, Gentlemen, lassen Sie uns beginnen.«

Geduldig erläuterte Jooste seinen Zuhörern die fundamentalen Prinzipien, die die künftige Rolle des *Broederbonds* in Südafrika seiner Ansicht nach bestimmen sollten. »Natürlich steht an erster Stelle unsere Verantwortung. Ich sehe das Ganze als wichtigen Schritt zur Einheit Südafrikas. Das gilt nicht nur für unsere eigenen Mitglieder, sondern für alle Ebenen der Gesellschaft, von rückständigen Kaffern bis zu jenen in Machtpositionen, die unfähig oder unwillig sind, sich uns offen anzuschließen.«

Köpfe bewegten sich zustimmend. Van Deventer dachte kurz, dass Joostes Zuhörer immer nur eine kollektive Antwort hatten, wenn er den Mund aufmachte. Seine Rhetorik konnte verblüffend sein, aber meist traf das, was der Mann sagte, einfach nur den Punkt.

Einer von denen, die am Tisch saßen, hatte einen Plan entwickelt, den er gern zur Diskussion stellen wollte. Jooste hörte ihm schweigend zu, stimmte zu, widersprach, akzeptierte – jeweils mit knappen Kopf- oder Handbewegungen.

Dann nahm er seinen Faden wieder auf. »Wir müssen uns um die Presse kümmern. Es ist wichtig, sie auf unserer Seite zu haben«, sagte Jooste und kam zum zweiten Grundsatz des *Broederbonds.*

Niemand widersprach. Es würde nicht leicht werden, die Aufmerksamkeit von fünfundzwanzigtausend potenziellen Sympathisanten zu erringen, noch schwerer würde es sein, ihre Herzen zu gewinnen.

Die kulturellen Organisationen der Buren kamen als Nächstes; es wurde überlegt, wie ihre Aktivitäten stärker in den Mittelpunkt des allgemeinen Interesses gerückt und breitestmögliche Aufmerksamkeit erreicht werden könnte.

Da es sich um tief religiöse Menschen handelte, durfte auch ein Ausflug ins Philosophische nicht fehlen. Ausgiebig diskutierten sie die wachsende Bedeutung von Humanismus, Kommunismus und Liberalismus – und mögliche Methoden, sie zu bekämpfen. Alle waren übereinstimmend der Meinung, dass diese Bewegungen eine Bedrohung für den Geist Südafrikas darstellten.

Jooste war nun bei dem Punkt angelangt, der ihm besonders am Herzen lag. »Die Engländer, die die Geschäftswelt beherrschen, wünschen sich ökonomische Integration. Nur die wenigsten befürworten den Begriff ›separate Entwicklung‹. Sie sind geistig unbeweglich und stehen der Apartheid, von der wir sprechen, ablehnend gegenüber. Wir müssen weiter dafür kämpfen – Südafrika kann sich nicht vorwärts entwickeln, solange unser Volk mit niederen Positionen abgespeist wird. Gott möge uns davor schützen, aber die Briten werden bald vorschlagen, Schwarze an unseren Geschäften teilhaben zu lassen.«

Diese Bemerkung wurde mit nervösem Gemurmel quittiert. Jedem im Raum war klar, dass die Integration zu einem bestimmten Zeitpunkt in der Zukunft eine durchaus realistische Möglichkeit war. Niemand fühlte sich wohl bei dieser Vorstellung. Gott, es gab so viele von ihnen. Die Schwarzen würden das abschöpfen, was den Buren rechtmäßig zustand, und wo würde das hinführen? Nach langem Für und Wider in dieser Frage kam Jooste zu seinem nächstwichtigsten Punkt.

»Die Bildung, Gentlemen. Lassen wir zu, dass Nigger an unserem Bildungssystem teilnehmen oder nicht? Wollen wir, dass sie durch die Gegend laufen und uns sagen, was wir zu tun haben, weil sie plötzlich genauso viel wissen wie wir? Ich sage Ihnen, nein. Ich sage Ihnen, belassen wir sie in ihrer Ignoranz. Ungebildete Menschen arbeiten für weniger Lohn und sind glücklich damit, weil sie es nicht anders kennen. Zur Hölle mit der Bildung. Dieses Land kann sich das nicht leisten.«

Es gab keinen Widerspruch. Allen war die Vorstellung gebildeter Schwarzer ein Grauen.

Jooste lehnte sich zufrieden, aber müde zurück. Er hatte fast drei Stunden lang gesprochen und war nun emotional erschöpft. Es war gut gelaufen, so wie er es vermutet hatte. Diese Männer waren mit Bedacht ausgewählt worden, weil sie ihm zustimmen würden und weil sie einen großen Einfluss auf andere hatten. Ihre Meinung würde sich rasch verbreiten. Nur der *Broederbond* wurde mit den Schwarzen fertig. Sonst niemand.

Paul Jooste war nicht nur seiner Zeit voraus, er sollte sich auch als Prophet erweisen. Sechzig Jahre später wurde sein Punktekatalog noch immer vehement vertreten, von anderen Männern, aber unter der Fahne derselben Organisation.

Van Deventer goss ihm noch einen Schluck ein.

»Danke.« Jooste stürzte den Drink mit einer für ihn untypischen Hast hinunter und wandte sich dann an einen der anderen. »Ich gehe davon aus, dass Sie dafür sorgen, dass Venter über die Entwicklungen des heutigen Abends vollständig unterrichtet wird.«

»*Ja, Meneer.*«

»Bitte kein Afrikaans«, mahnte Jooste. Er bestand darauf, dass sie Englisch sprachen. Seiner Überzeugung nach würde Englisch in der südafrikanischen Politik zur Amtssprache erhoben werden. Er wollte, dass die normalerweise Afrikaans sprechenden Mitglieder des *Broderbonds* in der Lage waren, sich dieser Sprache zu bedienen.

Torben und Gerdas Besuch endete versöhnlich. Aus irgendeinem Grund hörte Torben am letzten Tag auf, an allem herumzumäkeln. Er war plötzlich charmant, witzig und unterhaltsam. Seine Frau passte sich an, gab alle Geziertheiten auf, zeigte auf einmal echtes Interesse an ihrer Umgebung und bewies, dass auch sie eine angenehme Gesprächspartnerin sein konnte.

Tanith war zu Gast, und Virginia erschien zum Dinner mit einem Diamant-Verlobungsring, der aus dem Erbe stammte, das Roberts leiblicher Vater Jonathan Fellowes hinterlassen hatte. Die gesamte Familie wusste davon, und Torben blieb nichts anderes übrig, als zu gratulieren.

Robert schenkte allen Wein ein, ehe er sich setzte und einen Toast aussprach. »Auf die Frauen in unserem Leben, Männer. Ohne sie wären wir nichts.« Sein Blick traf Lornas, und er stellte amüsiert fest, dass sie sich über diese offene Liebesbekundung wunderte. Es machte ihm Spaß, sie hin und wieder zu überraschen. Er sah, dass sie ihn anlächelte.

Himmel, er konnte sich so glücklich schätzen! Er wollte keine Sekunde missen, die er mit ihr verbracht hatte. Als Katie damals starb und sie ihre schwärzesten Stunden durchlebten, hatten Lorna und Robert sich gegenseitig unglaublich viel Kraft gegeben. Sie konnte ihn vor Lachen und Verzweiflung auf die Knie zwingen, ihn mit Liebe und Verständnis aus der Depression holen.

Seine Frau bewegten ähnliche Gedanken. Lorna wollte und brauchte Robert noch immer – manchmal noch genauso dringend wie damals, als sie jung waren, voll verbotener Fantasien und unerfüllter Träume. Er war ihr Fels in der Brandung. In der einen oder anderen Weise waren auch die Kinder, obschon erwachsen, weiter von ihr abhängig. Und Sicherheit konnte Lorna ihnen nur geben, weil sie diese bei Robert fand.

Katie hatten sie für immer verloren. Frazer würde schon bald eigene Wege gehen, wahrscheinlich in Großbritannien, und Ellies Arbeit hielt sie ebenfalls fort. Wie lange würde es dauern, bis auch Meggie das Nest verließ? Torben lebte inzwischen in Durban. Von ihren sieben Kindern würden vielleicht nur Cameron und Duncan bleiben. Das war in Ordnung so; überall ereilte Familien dieses Schicksal. Kinder mussten ihren eigenen Weg gehen und sich aus dem Schutz der Eltern lösen.

Lornas Blick suchte den von Torben. Was für ein gut aussehender junger Mann, der dort stolz und groß neben seiner Frau saß. Letztere entsprach natürlich nicht so sehr ihren Idealvorstellungen von einer Schwiegertochter, dafür Virginia umso mehr. Und wenn Tanith eines Tages mit Duncan eine gemeinsame Zukunft plante, galt das auch für sie. Lindsay und Ellie schienen glücklich zu sein – wenn das Mädchen sich einbildete, ihre Mutter wüsste nicht, dass die beiden zusammen schliefen, hatte es sich geirrt. Es war so offensichtlich. Ob Robert es ahnte? Er mochte Lindsay, obwohl er Zweifel hegte – der Mann war ihm zu akademisch, ohne genug praktischen Sachverstand. Aber Lorna erkannte eine gewisse Stärke an ihm. Er hatte Ellies Herz gewonnen.

Ob Frazer, der sensible, sanftmütige Frazer auch schon ein Liebhaber war? Lorna waren Gerüchte zu Ohren gekommen ...

Du liebe Güte! Die Suppe war längst gegessen. Lorna riss sich zusammen und läutete die Glocke zum zweiten Gang.

Zululand war nicht mehr länger britisches Protektorat. Seit 1897 gehörte es zu Natal, damit hatte sich der Weg für den Zustrom europäischer Siedler geöffnet. Für das Zulu-Volk, führungslos seit ihr König Dinuzulu auf die Insel St. Helena verbannt worden war, war dies nicht die einzige Sorge. In den vergangenen Jahren hatten Heuschreckenplagen die Getreideernten erheblich beeinträchtigt, und dann, als es endlich wieder aufwärts ging, blieben die Frühlingsniederschläge aus, und das Vieh begann an einer mysteriösen Krankheit zu sterben.

Großbritannien reagierte auf die zunehmenden Unmutsäußerungen, indem es Dinuzulu die Rückkehr gestattete. Er errichtete seinen Kral in Nongoma, dreißig Meilen von Cetshwayos ehemaliger königlicher Residenz in Ulundi entfernt, besaß jedoch keinerlei Macht oder Autorität und somit kaum mehr als eine Beraterfunktion.

Mister David hatte ein Problem. Sollte er reden oder nicht reden? Seine Informationen waren vertraulich, und das bedeutete, dass Stammesloyalitäten auf dem Spiel standen. Es war nicht nur die Treue zu seinem Häuptling, die Mister David zögern ließ. Die Zulu wurden sowohl von den Briten als auch von den Buren in eine schwierige Situation gedrängt. Eine wahrscheinliche Konfrontation zwischen den beiden würde vielleicht noch verschlimmert, wenn sich gewisse Gerüchte bestätigten.

Die Buren hatten bei einer Reihe von Häuptlingen behutsame Vorstöße gewagt. Sie klangen unverdächtig – ob die Zulu bereit seien, gewisse wichtige Aufgaben zu übernehmen, sollte es zu einem Ausbruch von Feindseligkeiten zwischen Buren und Briten über Landfragen kommen? Es war ein durchaus realistisches Problem. Zulu-, Basuto- und Tswana-Stämme neigten dazu, mit den Briten zu sympathisieren, während die Swazi die Buren zu favorisieren schienen. Nun begannen einzelne Häuptlinge erneut zu schwanken. Wie sie es seit Jahrhunderten getan hatten, versuchten sie den besten Handel zu erwirken, der möglich war, ohne den unsicheren Waffenstillstand zu gefährden, der seit dem großen Zulu-Krieg mühsam hielt.

Einigen, und dazu gehörte auch Mister David, war klar, dass die scheinbar harmlosen Fragen viel mehr bedeuteten. Die Buren benötigten Informanten, Schwarze, die als Viehhüter, Köche, Hausbedienstete oder Fahrer arbeiteten, genau zuhörten, was ihre naturgemäß vertrauensseligen Dienstherren sagten, und die dies an entsprechende Stellen weitergaben.

Den Briten war das sehr wohl bewusst. Sie wussten auch, dass es nicht ungefährlich war, Afrikaner zu benutzen, um sich Zugang zu Informationen zu beschaffen. Höflich, wie diese im Allgemeinen waren, neigten sie dazu, statt der Wahrheit Informationen weiterzugeben, von denen sie glaubten, der Empfänger wolle sie hören. Großbritannien hatte im Zulu-Krieg gelernt, was das für Auswirkungen haben konnte. Eine Konfrontation mit den Buren wurde als zunehmend wahrscheinlich angesehen. Aus diesem Grund verstärkten die Briten ihre Truppen, indem sie Regimenter umschichteten, die bereits in Indien im Dienst waren – ihre Aufgaben dort wurden von Ortsansässigen übernommen. Das Timing passte zufällig perfekt zu einem Beschluss, die Militärverwaltung jener Kolonie abzuschaffen.

Was Mister David beunruhigte war die Frage, ob Robert wusste, wie fortgeschritten die Verhandlungen zwischen Buren und Zulu-Häuptlingen waren. Die rhetorischen Ergüsse eines Mannes namens Jooste in Johannesburg hatten bis vor kurzem bei den Briten für Belustigung gesorgt. Zumindest war man sich seiner Existenz und seiner Ziele bewusst. Was Großbritannien nicht wusste, war, dass sich der Ton verändert hatte.

Roberts langjähriger Freund überlegte, zu welchem Zeitpunkt er seinen Dienstherrn über die veränderten Bedingungen in Kenntnis setzen sollte. Je länger Mister David darüber nachdachte, desto klarer wurde ihm, dass dies bald geschehen musste. Robert hatte während des Zulu-Krieges eine nicht ganz unbedeutende Rolle gespielt, und es war wichtig, dass er vollständig informiert wurde. Die Buren planten etwas, und Großbritannien musste darauf hingewiesen werden. Und er, Mister David, hatte die Möglichkeit, genau dies zu tun.

Die Glocke aus dem Speisezimmer ertönte. Mister David seufzte, denn er hatte sein Dilemma noch nicht endgültig gelöst. Er schickte zwei Dienstmädchen hinaus, um den letzten Gang abzuräumen. Als Nächstes folgte das Dessert, danach der Käse. Vielleicht hatte er Gelegenheit, mit Robert zu sprechen, sobald Torben nach Durban zurückgekehrt war. Es wäre unklug, es vorher zu tun. Schließlich wusste jeder, dass Torbens Interessen nur seiner eigenen Person galten.

Die Nachricht von Danny Reeses Tod erreichte sie ungefähr eine Woche nach dem Unglück. Lorna und Robert kannten die Familie, hauptsächlich aufgrund Lornas langjähriger Freundschaft mit Elizabeth, Dannys Mutter.

»Ich muss ihr schreiben«, erklärte Lorna. »Sie wird am Boden zerstört sein.«

»Danny war Wallace' ganzer Stolz«, fügte Robert hinzu. »Wenn du schreibst, richte ihnen bitte auch mein Beileid aus.«

»Natürlich.«

»Eines ist merkwürdig.«

»Merkwürdig?« Lorna sah ihn erstaunt an.

»Irgendwie passen die Umstände nicht zusammen ... der Junge kannte die Gegend wie seine Westentasche, und soweit ich weiß, greifen Löwen nur selten Menschen an, wenn sie nicht provoziert werden.«

»Was meinst du damit?«

»Ich meine«, antwortete Robert langsam, »dass da etwas faul sein könnte.«

»Mach es nicht noch schlimmer«, warnte Lorna ihn. »Es wird genau so gewesen sein, wie sie sagen – ein schreckliches Unglück.«

»Glaubst du das?«

Lorna schwieg einen Moment. »Wenn ich so darüber nachdenke, nicht wirklich«, antwortete sie dann.

Robert verzog das Gesicht. »Vor zwanzig Jahren habe ich Wallace davor gewarnt, dort zu siedeln. Er ist von Buren umgeben. Das war keine gute Idee.«

»Du meinst, jeder sollte für sich bleiben?«

»Wahrscheinlich wäre das das Beste.«

»Ich bin nicht dieser Ansicht«, widersprach Lorna. »Wenn wir ein vereintes Südafrika haben wollen, müssen wir uns von dem Gedanken des Separatismus lösen, von dem die Buren ständig reden. Das ist gefährlich, Robert. Es wird nicht funktionieren.«

»Das ist richtig, aber es macht auch keinen Sinn, ihnen so offensichtlich nahe zu kommen. Sie hassen das. Wir müssen Geduld haben. Veränderungen können nicht über Nacht kommen.«

»Wir sind vom Thema abgekommen«, antwortete Lorna knapp. »Der junge Danny ist tot, und ganz gleich, ob er nun auf rechtmäßige Weise gestorben ist oder nicht, das ist im Moment das Wichtigste.«

»Du hast wie immer Recht, Darling.«

Sie hob langsam den Blick, und Robert duckte sich instinktiv. Sie hasste es, wenn er so mit ihr sprach. Wenn der Grund ihres Gesprächs nicht so traurig gewesen wäre, hätte Robert jetzt gelacht.

Robert ging das Bild des jungen Danny Reese einfach nicht aus dem Kopf. Der Junge war eine fürchterliche Nervensäge gewesen, was zweifellos auf seine Isolation zurückzuführen war und darauf, dass seine Eltern ihn schrecklich verwöhnt hatten. Als einziger Sohn – Danny hatte vier ältere Schwestern – war er von Geburt an verhätschelt worden. Die Tatsache, dass er einfach auf ein fremdes Grundstück eingedrungen war, ließ darauf schließen, dass Danny sich über jedes Unrecht erhaben gefühlt hatte, auch wenn er es hätte besser wissen müssen.

Noch etwas beunruhigte Robert. Er kannte die Familie Gil, streng gläubige Buren und die nächsten Nachbarn der Reeses. Einmal hatte er mitbekommen, wie Wallace den jungen Erich Gil als ›Scheißkerl‹ bezeichnet hatte, eine unvorsichtige Bemerkung, die er in Hörweite sowohl des Jungen als auch des Vaters gemacht hatte. Wenn irgendetwas dafür geschaffen war, Hass zu schüren, dann war es eine derart unnötige und grobe Beleidigung wie diese. Erich Gil war, wie Robert ihn von einer einzigen Begegnung in Erinnerung hatte, ein angenehmer junger Mann, der allerdings mit einer Reihe von unglückseligen Defekten zur Welt gekommen und unter anderem schrecklich schüchtern war. Was, wenn Erich Danny begegnet war und beschlossen hatte, sich zu rächen? Wer könnte es ihm verübeln? Erich, der mit derart offensichtlichen körperlichen Mängeln leben musste, war ganz sicher ein unberechenbarer Mensch.

Wenn der Hass zwischen Buren und Briten im vorwiegend afrikaanssprachigen Oranje-Freistaat so dicht unter der Oberfläche schwelte, wann würde er endgültig ausbrechen? Robert hatte keinen Zweifel daran, dass der eskalierende Konflikt auf einen Krieg hinauslief. Er hatte bereits einen erlebt, aber dieses

Mal würde es anders werden. Ein richtiger Krieg unter Weißen würde alles zerstören, was mühsam begonnen worden war. Nein. Das stimmte nicht ganz. Die Buren würden das niemals zulassen. Aber wer würde als Sieger hervorgehen? Vor ihnen lag eine unsichere Zukunft.

In dieser düsteren Stimmung beschloss Robert, dass jetzt ein guter Zeitpunkt war, um wieder auf sein Pferd zu steigen. Zum Glück war das Tier sehr ruhig und stand geduldig still. Mister David war sofort zur Stelle.

»Du bist Koch, kein Wachhund, verdammt«, knurrte Robert frustriert. »Geh in die Küche, und tu etwas Sinnvolles.«

»Sobald Sie in Sicherheit sind.«

»Mir geht es bestens. Also los, verschwinde endlich.«

»Mir geht es auch bestens, *baba*. Und ich werde bleiben.«

»Sturer alter Esel.«

»Schicken Sie mich nach Hause.«

»Niemals. Du bist so starrsinnig, du würdest nur gehen, wenn der König riefe.«

Mister David lächelte. Roberts Bemerkung bezog sich auf seine Loyalität, und das berührte den Zulu zutiefst. Wenn in früheren Zeiten der König zu den Waffen rief, wurde jeder Mann, der zu alt zum Kämpfen war, nach Hause geschickt. Ein Krieger, der zu alt war zum Kämpfen, galt als nutzlos, und je nach seinen vergangenen Heldentaten würde er gnädig getötet oder zu Tode geknüppelt. Ganz gleich auf welche Weise, die Aufgabe wurde von seinem eigenen Volk verrichtet und immer im Sinne des Einzelnen.

»Außerdem«, fuhr Robert fort, »wer würde mir meine Käsestangen und meinen Bread-and-butter-Pudding so zubereiten wie du?«

»Niemand«, antwortete Mister David. »Das sollten Sie immer im Kopf behalten. Jetzt stellen Sie den Fuß auf meine Hand, und ziehen Sie sich hoch.«

Es gab nur zwei Personen, von denen Robert sich herumkommandieren ließ. Die eine war David, die andere war Lorna. Als er endlich auf seinem Pferd saß, sah er in Mister Davids vertrautes Gesicht. »Danke.«

»Wie fühlt es sich an?«

»Gut.« Er hielt inne. »Ein bisschen steif, wenn du es genau wissen willst.«

Lorna kam herbeigelaufen. »Robert! Was machst du da?«

»Wonach sieht es denn aus?«

Ihre laute Stimme lockte Cameron und Meggie aus dem Haus. »Vater! Steig von diesem verdammten Pferd.«

»Nein. Kommt einer von euch mit mir?«

»Wohin?«

»Nirgends. Ich möchte nur einen kleinen Ausritt machen, das verspreche ich. Nichts Anstrengendes.«

»Wie bist du da raufgekommen?«

Mit schuldbewusster Miene zog Mister David sich zurück.

»Ich habe ihn gebeten, mir zu helfen.« Alle wussten, dass Robert die Wahrheit verzerrte, um seinen alten Freund zu entlasten.

Meggie lief dem Koch hinterher. »Also wirklich«, schimpfte sie. »Ich habe dich für vernünftiger gehalten.«

»Ist es vernünftig, einen vernünftig denkenden Mann zu bevormunden?«, gab der Zulu zurück. »Wird er einem das danken? Ich glaube nicht. Er würde einen für seine Langeweile verantwortlich machen.«

»Und was ist, wenn etwas schief geht?«

»Wie häufig geschieht das?«

Meggie gab keine Antwort. Selten, das wusste sie.

Widerstrebend schloss sich Cameron seinem Vater an, und die beiden ritten in gemächlichem Tempo los. Der Wind trug Roberts Gelächter zu ihnen zurück.

»Hör ihn dir an«, sagte Lorna zu Meggie und legte den Arm um die Taille ihrer Tochter.

»Du verwöhnst ihn zu sehr, Mutter.«

»Warum auch nicht?«, fragte Lorna.

Meggie lächelte. »Ich hoffe, ich finde eines Tages die Liebe, die du gefunden hast.«

»Das wirst du. Du musst nur Geduld haben.«

6

Ungefähr zehn Tage später nahm das Schicksal einen Verlauf, den niemand vorhergesehen hätte.

Ellie erschien eines frühen Morgens im Krankenhaus, wo sie einen schwer verletzten Patienten zu versorgen hatte. Er war an jeder nur möglichen Körperstelle zu Schaden gekommen. Die Polizei war eingeschaltet worden; sie vermutete, dass die Verletzungen des Mannes von einem professionellen Schläger stammten und nicht auf einen Akt Gottes oder Vorsehung zurückzuführen waren. Sie hatten das Opfer ins Addington Hospital gebracht und wollten später noch einmal wiederkommen, weil sie hofften, den Mann dann befragen zu können.

Der Patient war neben den Eisenbahnschienen in der Nähe des Hafens von Durban aufgefunden worden – keine besonders einladende Gegend. Er hatte unzählige Prellungen und Platzwunden und atmete kaum, aber man hatte einen schwachen Puls gefühlt. Nachdem Ellie ihn so gut wie möglich gereinigt hatte, untersuchte sie jede einzelne Verletzung. Ihr Patient war bewusstlos und konnte ihr daher keine Erklärung für das liefern, was geschehen war.

Nach seiner Kleidung zu urteilen war er ein Mann, der eher an das Leben im Busch gewöhnt war als an die zwielichtigen Ecken Durbans. Ein Händler oder Jäger und ganz gewiss keiner, der neu in Afrika war. Durch ihren Vater kannte Ellie viele Männer wie ihn, aber den, der vor ihr lag, hatte sie noch nie gesehen. Ein Schlag auf sein rechtes Jochbein hatte eine derart starke Schwellung ausgelöst, dass sein Gesicht völlig entstellt war.

Ober- und Unterkiefer wiesen ebenfalls Spuren von Schlägen mit einem harten Gegenstand auf. Einige Zähne fehlten, die Oberlippe war aufgeplatzt, an einigen Stellen lag der Gaumen frei.

Der Kopf war glatt rasiert und gab wenig Hinweise auf die frühere Haarfarbe. Brauen und Bart des Mannes waren grau. Wahrscheinlich war er Anfang sechzig.

Ellies Liste vermuteter Knochenbrüche las sich wie ein Auszug aus einem Anatomiebuch: rechtes Schlüsselbein, untere linke Rippe, Brustwirbel, Lendenwirbel, Kreuzbein. Knie und Knöchel des Mannes waren stark geprellt, während sein rechter Arm und die meisten Finger der rechten Hand entweder gebrochen oder gestaucht waren, zweifellos von dem Versuch, sich gegen seine Angreifer zu wehren. Glücklicherweise gab es keine Hinweise auf innere Blutungen.

Darüber hinaus waren Gesicht, Rumpf, Arme und Beine des Mannes von Kratzern, Prellungen und Platzwunden gezeichnet. Er schien einen höllischen Kampf hinter sich zu haben.

»Er kommt zu sich«, sagte eine Krankenschwester.

»Der arme Teufel.«

»Morphium, Frau Doktor?«

»Noch nicht. Ich möchte erst wissen, ob er sprechen kann.«

Konnte er nicht. Der Patient war wegen der Verletzungen an Mund und Kiefer unfähig, mehr als ein nasales Stöhnen von sich zu geben. Es dauerte nicht lange, bis Ellie ihm eine erlösende Injektion verabreichte, die ein Schmerzmittel auf Morphium-Basis enthielt.

Irgendetwas irritierte sie an dem Mann. Er schien ihr vertraut, und doch war er es nicht. Sie bettete ihn so bequem wie möglich, machte sich einige Notizen, und dann – nachdem sie Anweisung gegeben hatte, sie zu rufen, sobald es irgendwelche Veränderungen gab – verließ sie ihn, um Lindsay bei der Visite zu begleiten.

Der neue Patient ging Ellie nicht aus dem Kopf. Sie ging ihrer Arbeit nach und sah dann noch einmal nach ihm. Grübelnd stand sie an seinem Bett und fragte sich, was um alles in der Welt mit ihm geschehen sein mochte. Plötzlich regte er sich.

»Ellie, ich bin es. Will. Du musst Robert erzählen, dass ich hier bin«, murmelte er.

Hatte sie richtig verstanden?

»Will? Will Green?« Ellie rückte näher. »Mein Gott, bist du es wirklich? Was ist geschehen? Was tust du hier in Durban?«

Er stieß einen unverständlichen Laut aus.

Eine untypische Panik erfasste Ellie, doch sie hatte sich rasch wieder unter Kontrolle. »Bleib ganz ruhig liegen, Will. Versuch nicht zu sprechen.«

Will stöhnte.

Ellie war unsicher, ob dies zustimmend oder verneinend gemeint war. Sanft nahm sie Wills lederne Hand zwischen ihre eigenen. »Drück einmal für Ja und zweimal für Nein.«

Ein einfacher Druck.

»Weißt du, wer dir das angetan hat?«

Ein einfacher Druck.

»Wie viele waren es, Will? Einer?«

Er drückte zweimal.

»Zwei?«

Er drückte wieder zweimal.

»Drei?«

Ein einfacher Druck.

Drei gegen einen älteren und eher schmächtigen Mann. In was für einer Welt leben wir eigentlich?, dachte Ellie. »War es ein Raubüberfall?«

Er drückte zweimal.

»Weißt du warum?«

Er drückte einmal.

»Schuldest du ihnen Geld?«

Ellie kannte den Mann nur zu gut! Sie verspürte einen mehrfachen leichten Druck und lächelte. Will mochte halb tot geprügelt worden sein, aber er hatte immer noch seinen Stolz.

Lindsay trat zu ihr an Wills Bett. »Wie geht es ihm?«

»Er hat starke Schmerzen, scheint sich aber leicht zu erholen. Ich kenne ihn. Er ist ein Kämpfer.«

Lindsay blinzelte irritiert. »Du kennst ihn?«

»Ja. Er ist ein alter Freund von Vater. Cams Pate – um genau zu sein.«

»Ah.«

Sie lächelte ihn an. »Das erklärt alles, nicht wahr?«

»Im Prinzip schon. Dein Vater hat ... eh ... interessante Bekannte.«

»Will ist jemand ganz Besonderes. Ganz früher waren er und Dad gemeinsam auf Handelsreise im Thukela-Tal. Während des Zulu-Krieges haben die beiden zusammen gekämpft. Will lebt in Swaziland, mit Gott weiß wie vielen Frauen. Er betreibt eine Warenhandlung in Nsoko. Stört es dich, wenn ich noch etwas bei ihm bleibe, Lindsay? Die Polizei müsste jeden Moment wiederkommen.«

»Ganz und gar nicht, Liebes. Nimm dir so viel Zeit, wie du benötigst.«

Ellie gab keine Antwort. Sie untersuchte Wills Augen auf Anzeichen einer Gehirnerschütterung. Die Tatsache, dass sie den Patienten kannte, hatte ihre Sorge um ihn noch verstärkt. Sie wollte kein Risiko eingehen.

Er gab erneut einen unbestimmbaren Laut von sich.

Ellie nahm Wills Hand. »Würdest du sie wiedererkennen, Will?«

Er drückte zweimal.

»Wer waren sie?« Unsinn, dachte sie sogleich. So kann ich ihn nicht fragen. »Vergiss das. Waren es Weiße?«

Er drückte einmal.

»Engländer?«

Er drückte zweimal.

»Buren?«

Er drückte einmal.

»Hattest du sie beleidigt?« Ellie wusste, dass Will in der Lage war, den Buren über den Mund zu fahren, vor allem wenn es um ihre Einstellung gegenüber Schwarzen ging.

Er drückte einmal, er drückte zweimal, er zuckte mit den Schultern, er stöhnte. Dann wurde Wills Hand schlaff, sein Kopf rollte zur Seite, und er befand sich wieder in der Wattewelt des Morphiums.

Als die Polizisten kamen, schlief Will tief und fest.

»Wie geht es ihm?«, fragte der Sergeant.

»Wie Sie sehen, schläft er.«

»Er ist nicht bewusstlos?«

»Nein. Schlafen ist im Moment für ihn das Beste. Es wäre mir lieber, wenn Sie Ihr Verhör auf morgen verschieben könnten. Er braucht viel Ruhe.«

Der Sergeant sah Will skeptisch an. »Ich würde sagen, er braucht mehr als Ruhe. Ich habe noch nie so viele Verletzungen an einem Menschen gesehen.«

»Der Mann hält mehr aus, als man auf den ersten Blick denkt.«

»Sie kennen ihn, nicht wahr?«

Ellie nickte und erzählte dem Polizisten das Wenige, was sie von Will wusste.

»Diese verdammten Buren. Es gibt hier in der Gegend nicht allzu viele von ihnen. Könnten einige der Händler gewesen sein. Es sollte nicht zu schwierig sein, sie ausfindig zu machen. Ich könnte wetten, dass sie betrunken waren.«

Ellie war sicher, dass Will Informationen besaß, die er nicht hatte preisgeben können oder wollen. Was war es, was er ihrem Vater erzählen wollte? Den Polizisten gegenüber verschwieg sie dieses Detail.

Wills auffälliges schwarzes Basuto-Pony war zufrieden grasend an der Esplanade gefunden worden. Aus den Satteltaschen schien nichts zu fehlen, und Ellie sorgte dafür, dass das Tier in einem Stall an der Rennbahn untergebracht wurde.

»Es steckt mit Sicherheit mehr hinter dieser Geschichte, als man zunächst vermuten würde«, sagte sie später zu Lindsay. »Warum wurde Will so brutal zusammengeschlagen? Ich meine, ich weiß, dass er manchmal sehr widerspenstig sein kann, aber ein oder zwei Schläge hätten doch sicher Wirkung gezeigt. Warum wurde er fast umgebracht?«

»Ich weiß es nicht.«

Sie wirkte nachdenklich. »Es kommt immer häufiger vor, Lindsay. Scheinbar isolierte Akte extremer Gewalt, sogar Morde. Erinnerst du dich an dieses junge Mädchen, das wir letzte Woche gesehen haben? Das von drei Männern überfallen und vergewaltigt worden war?«

Lindsay nickte, unterbrach Ellie jedoch nicht.

»Das waren auch Weiße. Die Frau war Engländerin. Und sie sagte, ihre Peiniger hätten Afrikaans gesprochen. Die Polizei hat sie immer noch nicht gefunden. Sie haben überhaupt ziemlich wenig Erfolg beim Auffinden all der Bastarde, die diese ganzen Verbrechen begehen. Es scheint fast so, als hätten sie es vor allem auf Durban abgesehen.«

»Du meinst, es handelt sich um gezielte Angriffe?«

»Vielleicht.«

»Das ist eine beängstigende Vorstellung. Hör zu, ich bin im Moment ziemlich beschäftigt. Was hältst du davon, wenn wir beide heute Abend etwas essen gehen und in Ruhe darüber reden?«

Sie aßen im erst kürzlich neu gestalteten Restaurant des Hotel Royal. Wills Zustand hatte sich weiter gebessert, aber der Tag war allgemein sehr hektisch verlaufen. So hatten weder Ellie noch Lindsay Lust, ihr Gespräch wieder aufzunehmen.

»Wie geht es Cecily und Stephen?«, fragte Lindsay stattdessen. »Ich habe lange nichts von ihnen gehört.«

»Gut. Habe ich dir nicht erzählt, dass sie nächste Woche nach

Betschuanaland aufbrechen? Sie wollen sich den Ngami-See anschauen und dieses Binnenland-Delta, wo ein ganzer Fluss in der Kalahari verschwindet.«

»Das Okavango-Delta? Nun, besser die als ich. Wenn man Livingstone und Oswell glauben darf, ist die Gegend dort von der Schlafkrankheit verseucht. Man kann nicht einmal das Fleisch der Tiere essen, die daran verendet sind.«

»Wer würde das wollen? Cecily hat mir einmal erzählt, welche Methode Randolph Churchill anwendete, um seine Pferde vor der Tsetse-Fliege zu schützen. Angeblich hat er ihre Nüstern von innen mit Teer eingerieben, ihnen große Menge Gin eingeflößt und sie dann gezwungen, den Rauch von brennendem Schwefel einzuatmen, der mit Chinin vermischt war.«

»Das ist barbarisch. So viel zur modernen Medizin.«

Ellie neigte den Kopf. »Dann gäbe es dort also eine Menge Arbeit für uns beide?«

»Allerdings. Eine verlockende Idee, aber angesichts des drohenden Krieges werden wir zu Hause wahrscheinlich mehr gebraucht.«

Das Essen wurde serviert. Traditionelles Rindfleisch-Curry und Reis, schön scharf, dazu in kleinen Schälchen Sambalas aus Kokosnuss, Tomaten und Zwiebeln, Koriander, Gurke und saure Sahne. Eine große Platte Poppadoms vervollständigte die Mahlzeit, dazu gab es kaltes Bier.

»Hm, das war verdammt gut«, sagte Lindsay, nachdem er sich den letzten Bissen in den Mund geschoben hatte. »Wie wäre es mit einem Dessert?«

»Es wäre dumm, keins zu essen.«

Sie entschieden sich für etwas richtig Süßes. Ellie wählte vor Sirup triefende *Koeksisters,* Lindsay *Plum-pudding* mit heißer Vanillesauce. Anschließend gab es Kaffee.

»Ich könnte nirgends anders leben«, sagte Ellie unvermittelt. »Hier gehöre ich hin. Ich bin so froh, dass Vater damals beschlossen hat, sich in Natal niederzulassen. Übrigens, Torben sagt, sein Gips sei ab, aber er humpelt immer noch. Er fühlt sich wie ein eingesperrter Tiger.« Beide lachten, dabei wussten sie genau, dass Robert es hasste, so unbeweglich zu sein. »Meine arme Mutter«, fuhr Ellie fort. »Ich fürchte, sie hat ganz schön zu leiden.«

»Das bezweifle ich. Wie ich deinen Vater kenne, genügt ein Blick von ihr, und er ist weich wie Butter.«

Nach dem Dinner wurden sie von Lindsays Kutscher Ezekiel abgeholt, der geduldig auf sie gewartet hatte. Für Durban war es kalt, ein guter Vorwand, sich auf der kurzen Fahrt zu Cecily und Stephens Haus eng aneinander zu schmiegen. Nachdem Lindsay sich vergewissert hatte, dass Ellie sicher hineingelangt war, ließ er sich von Ezekiel zurück zum Addington Hospital bringen. Die Bemerkungen, die Ellie am Nachmittag gemacht hatte, beschäftigten ihn noch immer.

Will Green erwachte kurz aus dem Schlaf, dann versank er wieder in die Traumwelt. Verschwommene Bilder tauchten vor ihm auf, harmlose und beängstigende. Er hätte wissen müssen, dass es nicht klug war, vor seiner zweiten Frau zu sprechen. Schließlich war sie die Tochter von Mafula, diesem heimtückischen Hund, und es war kein Geheimnis, dass der Mann mit den Buren sympathisierte.

Wie es in einer Zulu-Ehe Tradition war, hatte Will seine Frau wegen ihrer Indiskretionen geschlagen, aber da war der Schaden bereits angerichtet gewesen. Mafula hatte sich unverzüglich an einen burischen Heeresführer aus der Gegend gewandt, als seine Tochter ihm von dem Gespräch zwischen ihrem Mann und einem jungen Besucher aus Zululand erzählt hatte. Wort für Wort hatte sie wiedergegeben, was sie mit angehört hatte – und hinzugefügt, Will Green und Robert Granger-Acheson gehörten zu den Personen, die jeglicher Buren-Aggression aktiv Widerstand leisten würden. Wenn der Zeitpunkt käme, an dem zu den Waffen gegriffen würde, würden sie zu gefährlichen Feinden werden. Das allein reichte zunächst nicht aus, um gegen den Zululand-Farmer vorzugehen und zu drastischen Maßnahmen zu greifen. Der *Broederbond* war noch nicht bereit, seinen Kopf zu zeigen, aber man beschloss, Will genau zu beobachten.

Dann gab es eine neue Entwicklung. Will hatte von Danny Reeses tragischem Tod gehört. Wie viele andere glaubte er die Geschichte mit dem Löwen nicht. Sein Verdacht bestätigte sich, als ein vorbeikommender Händler, der zu viel getrunken hatte, lautstark prahlte: »Wenn ihr *rooinecks* uns im Weg steht und versucht, den Separatismus zu stoppen, werdet ihr alle wie dieser Reese-Junge enden.« Daraus folgerte Will zwei Dinge. Erstens: Der Tod des Jungen war kein Unfall gewesen. Zweitens: Die Buren planten etwas.

Will lebte in Swaziland, einem Königreich, das relativ unabhängig von Südafrika war. Dennoch musste er etwas unternehmen. Robert war der Einzige, der ihm dabei helfen konnte. Er kannte seinen ehemaligen Partner gut genug, um zu wissen, dass Robert jeden Stein umdrehen würde, um der Angelegenheit auf den Grund zu gehen, zumal die Reeses alte Freunde von ihm waren. Das größte Risiko war, dass Robert selbst zur Zielscheibe werden könnte. Vorsicht war also geboten. Will konnte nicht direkt nach Morningside fahren, aber da er regelmäßig Besuche in Durban machte, würde eine weitere Reise in den Süden keinen Verdacht erregen. Und so hatte sich Will sein Gehirn zermartert und war zu dem Schluss gekommen, dass der sicherste Weg zu Robert über eines seiner Kinder führte.

Torben lebte in Durban, aber Will traute ihm nicht. Cameron, Duncan und Frazer würden auf Morningside sein. Damit schieden sie ebenfalls aus. Es musste also Ellie sein. Gott, er hatte sie seit Jahren nicht gesehen. Nur schwach erinnerte sich Will an das kluge kleine Mädchen, das immer Ärztin werden wollte. Er wusste, dass sie im Addington Hospital arbeitete und dass es nicht schwer sein würde, sie dort ausfindig zu machen.

Dieser Hund. Dieser räudige Schakal, Mafula. Dieser ... dieser ... Will fielen keine passenden beleidigenden Vergleiche ein. Irgendwie musste das Schwein von den Enthüllungen des betrunkenen Händlers erfahren haben. Es war sicher nicht schwierig gewesen. Will hatte inzwischen sieben Swazi-Frauen, das bedeutete sieben verschwägerte Familien. Und da waren Intrigen nie weit weg. Teufel, Mafulas Informationen konnten von überall her stammen – sogar von einem anderen Schwiegervater. Woher auch immer, was auch immer, wie auch immer, die Buren hatten beschlossen, ihm eine Lektion zu erteilen. Und sein Ausflug nach Durban bot ihnen dazu die perfekte Gelegenheit.

Verpasst ihm einen ordentlichen Denkzettel!, hatte die Anordnung gelautet. Und das hatten sie getan. Als sein Körper von Fäusten, einer Eisenstange, einem *sjambok* und Stiefeln malträtiert wurde, hatte Will gedacht, seine letzte Stunde hätte geschlagen. Er hatte sich verzweifelt gewehrt, aber es hatte nichts geholfen. Er war nur noch heftiger verprügelt worden.

Panik stieg in ihm auf. War er in Sicherheit? Wo war er? Die Silhouette einer Krankenschwester, die neben seinem Bett saß und ein Buch las, tauchte vor seinen Augen auf. Ein Krankenhaus. Wie er hierher kam, spielte keine Rolle. Er hatte es geschafft, hatte Ellie gefunden. Er musste es ihr sagen. Musste Robert warnen. Er gab einen Laut von sich, um die Schwester auf sich aufmerksam zu machen.

Sie erhob sich auf Ellies Anweisung sofort und nahm Wills am wenigsten verletzte Hand in ihre. »Wasser?«

Er drückte einmal.

Als sie zurückkehrte, war Will schon wieder eingeschlafen.

Am nächsten Morgen waren die Polizisten endlich in der Lage, Will zu befragen. Auch wenn er nicht viel sagte, kamen sie rasch zu dem Schluss, dass ein Raubüberfall nicht der Grund für die Prügel gewesen war. Der Mann sollte vor irgendetwas gewarnt werden. Was es genau war, blieb ein Geheimnis. Nachdem man ihn identifiziert hatte, nahm keiner der Polizisten den Fall mehr allzu ernst. Wills Ruf als unverbesserlicher Tunichtgut ließ sie sogar bezweifeln, dass er tatsächlich von weißen, Afrikaans sprechenden Männern überfallen worden war. Die Buren, so glaubten sie, würden es nicht wagen, so tief in das von Briten kontrollierte Gebiet einzudringen.

Lorna, die nicht ahnte, welche Probleme Will hatte und wie Ellie in seinen wohl durchdachten Plan passte, tat, was sie konnte, um Robert zu helfen, die Folgen seiner wochenlangen Immobilität zu beheben. Sein Bein war unbeweglicher geworden, als sie beide vermutet hatten. In völlig unerwarteten Augenblicken knickte es ein, was häufig dazu führte, dass er ins Straucheln geriet und sich mühsam irgendwo abstützen musste.

Verzweifelt bat Robert Mister David, ihn zu Roger Parry nach Empangeni zu bringen. Der Arzt zuckte nur mit den Schultern. »Das Alter, fürchte ich. Mehr kann ich dazu nicht sagen.«

Robert sah ihn empört an. »Was, zum Teufel, meinen Sie damit? Ich bin doch nicht mal fünfzig, meine Güte.«

»Sie sind Ende vierzig. Das ist fast dasselbe.«

»Das Bein wird doch wieder völlig heilen, oder?« Robert wurde plötzlich nervös

»Natürlich. Aber nicht solange Sie sich wie ein wilder Büffel aufführen. Es braucht Zeit. Die Muskeln sind verkümmert, das ist alles.«

»Sie würden mich doch niemals anlügen?«

»Nur, wenn ich davon überzeugt wäre, dass es hälfe.«

Robert verzog das Gesicht.

Doktor Parry lachte. »Entspannen Sie sich. Ich habe zugesehen, wie Sie von der Kutsche geklettert sind. Ihrem Bein fehlt nichts, zumindest nichts, was sich nicht mit der Zeit von alleine gibt.« Er öffnete eine Schublade. »Aber es ist gut, dass Sie vorbeigekommen sind. Dies hier habe ich gestern von Ellie erhalten.« Parry reichte ihm einen Briefumschlag mit dem Absender Addington Hospital und dem Vermerk DRINGENDE MEDIZINISCHE UNTERLAGEN.

Robert nahm ihn. »Danke.« Ellie kommunizierte häufig auf diese Weise, wenn es etwas Wichtiges gab. Medizinische Korrespondenz gelangte schneller ans Ziel als normale Post. »Ich frage mich, was so eilig ist. Ich erwarte gar nichts.«

»Sie werden es erfahren, wenn Sie den Brief öffnen. Das erinnert mich. Ich habe viel zu tun. Wenn Sie also keine weiteren Fragen mehr an mich haben ...«

»Nein. Danke, Roger.«

»Dann verabschiede ich mich. Mein Wartezimmer ist ziemlich voll.«

Als Robert wieder in der Kutsche saß, riss er den Umschlag auf. Er begann zu lesen. »Jesus!«, entfuhr es ihm plötzlich.

Mister David sah ihn an. »Sind es schlechte Nachrichten?«, fragte er besorgt.

»Ja. Will liegt im Krankenhaus. Er wurde in Durban überfallen.« Rasch fasste Robert zusammen, was Ellie geschrieben hatte.

Mister David schüttelte den Kopf. »Das ist eine böse Sache. Kümmert sich Miss Ellie um ihn?«

»Ja.«

»Dann ist er in den besten Händen.«

Robert drehte sich zu Mister David um. Seine Bemerkung überraschte ihn. »Du erstaunst mich. Sagst du nicht sonst immer ›Wir haben *muthi* für so etwas‹?«

Der Zulu hatte das Gefühl, sich rechtfertigen zu müssen. »Warum zweifeln Sie an mir? Für gebrochene Knochen haben wir keine Heilmittel, die besser sind als Ihre. Miss Ellie ist eine sehr gute *inyanga*. Sie schafft das. Seine Verletzungen werden ebenso heilen wie Ihr Bein. Es ist ganz einfach.«

»Einfach? Ihr würdet ihn in Ton eingraben und seinen Körper anheben, bis alles wieder auf seinen richtigen Platz rutscht.«

»Es funktioniert.«

»Aber es schmerzt höllisch.«

»Ein Mann spürt keinen Schmerz«, antwortete Mister David verächtlich. »Aber Master Will kann auf diese Weise nicht geheilt werden. Wenn das, was Sie gelesen haben, stimmt, sind zu viele seiner Knochen gebrochen, auch welche, die unmöglich zu erreichen sind. In solchen Fällen benötigen wir eine *sangoma.* Oder jemanden wie Miss Ellie.«

»Ich werde es ihr sagen. Sobald es Will wieder so gut geht, dass er reisen kann, muss er nach Morningside kommen und ein wenig Zeit hier verbringen.«

»Seine Frauen werden nach ihm verlangen.«

»Nach allem, was er Ellie berichtet hat, wird eine ihn sicher nicht vermissen.«

Mister David zuckte mit den Schultern. »Sie ist vermutlich bestraft worden. Das ist genug. Sie trifft keine Schuld.«

Das stimmt wahrscheinlich, überlegte Robert. Die Frau war sicher zwischen der Loyalität zu ihrem Vater und ihrem Ehemann hin und her gerissen gewesen. Sie war in einer unmöglichen Situation gewesen, so oder so verflucht. Aber das war im Augenblick Wills kleinstes Problem. Er musste nun erst einmal gesund werden, und so wie Ellies Brief klang, konnte das Monate dauern.

7

Es war Mitte Juni 1899. Während das milde Winterwetter viel dazu beitrug, die Angst vor einem drohenden Krieg zu dämpfen, gab es zu viele Beteiligte, zu viele Ambitionen und viel zu viele verschiedene Interessen, um tatsächlich auf einen glimpflichen Ausgang zu hoffen.

Will ging es zunehmend besser, die Knochen wuchsen zusammen, sein Körper erholte sich. Die Schwellungen in seinem Gesicht waren verschwunden, zurück blieben vielfarbige Prellungen. Die Krankenschwestern gaben ihm den Spitznamen »Kompott«, nach den pürierten Früchten, die regelmäßig als Dessert serviert wurden. Ein Mundchirurg hatte mit Draht und unendlicher Geduld sein Bestes getan, um Wills Zähne und seinen Kiefer zu richten. Das Ergebnis war, dass er nun aussah wie ein Maulesel, zumal er auch noch darauf bestand, dass sein Schädel kahl geschoren blieb. Ellie bat Will, sein struppiges rotes Haar nachwachsen zu lassen, aber er weigerte sich hartnäckig und gab Stammessitten als Grund an. Das war eine glatte Lüge. Wie auch immer, niemandem, am allerwenigsten Will selbst, war je aufgefallen, was für lange spitze Ohren er hatte.

»Kobold«, sagte er zu sich selbst und ignorierte seinen entstellten Mund.

»Ich würde eher sagen, alternde Elfe«, meinte Ellie, die ihn mit verschränkten Armen ansah.

Will war gekränkt. »Das ist nicht sehr nett.«

»Es ist die Wahrheit«, erwiderte Ellie knapp. »Lass uns der Wahrheit ins Gesicht sehen, Will, völlig kahl geschoren zu sein ist nicht gerade in Mode.« Sie wandte sich zum Gehen und zwinkerte einer Schwester zu. »Wenn er den Schoß auch rasiert haben will, schneiden Sie ihm alles ab.«

Die Schwester, die an Ellies direkte Sprache gewöhnt war, kicherte. »Ja, Frau Doktor.«

»He«, protestierte Will. »Das reicht, junge Dame.« Er hatte noch immer Mühe, deutlich zu sprechen, und alle drei brachen in lautes Gelächter aus, bis Will die Hand hob und sie bat, aufzuhören.

Nachdem er Ellies dringlichen Brief gelesen hatte, ignorierte Robert die Mahnungen seines Arztes. Er und Lorna unternahmen die hundert Meilen lange Reise nach Durban, fest entschlossen, Will zu überreden, sie sobald wie möglich nach Morningside zu begleiten, um sich dort weiter zu erholen. Will nahm die Einladung dankbar an, bat sie jedoch, den Kontakt zu ihm bis dahin auf ein Minimum zu beschränken. Die Prügel, die er eingesteckt hatte, hatten ihn in seiner Sorge um Robert und dessen Familie nur noch bestärkt.

»Nenn mir einen guten Grund«, bat Robert ihn, in der Hoffnung, mehr zu erfahren.

»Sie werden wissen, dass ich dir alles erzählt habe. Du schwebst in Gefahr.«

Robert schüttelte den Kopf. »Was hast du mir erzählt? Was ist falsch daran, wenn sich alte Freunde treffen, vor allem, wenn einer von ihnen krank ist? Tu mir einen Gefallen, Will. Hör auf zu dramatisieren.«

Will weigerte sich beharrlich, Robert zu erklären, was genau geschehen war. Robert respektierte es und bedrängte ihn nicht weiter. Als er zu einem späteren Zeitpunkt mit Lorna allein war, äußerte er seine Bedenken.

»Das ist gar nicht typisch für Will. Normalerweise kann er es kaum erwarten, seine Neuigkeiten herauszuposaunen.«

»Er wird dir alles erzählen, wenn er bereit dazu ist«, antwortete Lorna.

»Kannst du dir vorstellen, was das sein könnte?«

»Offenbar hat Will Ellie gegenüber geäußert, dass Danny Reeses Tod kein Unglücksfall war. Er hat ihr etwas von einer Verschwörung erzählt und sogar erwähnt, dass Cecil Rhodes daran beteiligt sein könnte, auch wenn ich mir beim besten Willen nicht vorstellen kann, wie. Die Ambitionen des Mannes, diesen Kontinent vom Kap bis nach Kairo in britisches Rot zu tauchen, bringen ihn und seine Kapitalisten-Freunde im Parlament der Kapkolonie in ziemliche Konflikte mit den Buren. Frag mich nicht, wie das alles zusammenhängt. Will ist jedenfalls davon überzeugt, dass etwas Großes und sehr Geheimnisvolles vor sich geht.«

Es kam Robert kurz in den Sinn, dass Logan Burtons hellwacher Verstand ihn nie getrogen hätte – im Gegensatz zu den überraschend gelehrten Folgerungen von Will. Er konnte sich nicht vorstellen, dass der alte Tunichtgut je eine Zeitung gelesen, geschweige denn politische Zusammenhänge verstanden hatte, also musste er seine Interpretationen von anderen aufgeschnappt haben. Logan, sein lange verstorbener Partner, hätte zweifellos den Finger auf die Wunde gelegt, im wahrsten Sinne des Wortes.

»Ellie glaubt, dass Will eine wichtige Entdeckung gemacht hat und verprügelt worden ist, weil man ihn davor warnen wollte, dir etwas zu erzählen.«

»Warum mir?« Robert schüttelte ungeduldig den Kopf. »Verdammt! Ich wünschte, ich wüsste, was den Mann so beunruhigt.«

Lorna konnte seine Frustration nachempfinden. »Du hast Kontakte in diesem Land. Er nicht. Lass uns einen Moment spekulieren.«

»Ich bin ganz Ohr.«

»Ich sehe es so: Rhodes ist mit seinen Plänen, sich die Goldfelder in Transvaal anzueignen, zwar gescheitert, aber noch vor dem Jameson-Raid war Paul Krüger besorgt über die wachsende Zahl von Ausländern, die versucht, ein Stück von seinem Kuchen abzubekommen.«

»Das klingt einleuchtend. Fahr fort.«

»Was also, wenn Krüger beschließt, dass es nun reicht, oder er sogar in die Offensive geht? Er benutzt die Brüderschaft, um sich Geheimhaltung zu sichern, und bittet Steyn vom Oranje-Freistaat um Unterstützung. Von dort aus ist es nur ein Katzensprung über die Grenze nach ...«

»Kimberley«, beendete Robert Lornas Satz.

»Exakt. Und damit zu Mr. Rhodes' begehrten Diamanten.«

Robert seufzte. »Es würde auch erklären, warum wir ständig lesen, dass immer mehr britische Truppen nach Natal und in die Kapkolonie kommen.«

»Auch das scheint *Oom Paul* zu beunruhigen.«

Beide schwiegen und dachten über die unausweichlichen Folgen eines Krieges nach. Sie hatten es sich in Cecilys und Stephens Haus bequem gemacht; ihre Freunde befanden sich bis auf Weiteres in Betschuanaland. Es war wesentlich angenehmer, in Durban zu wohnen, als ihr eigenes Strandhaus ein Stück die Küste hinauf bei Umdhloti zu nutzen. Ihr früheres Durbaner Domizil an der Berea hatten sie vor über einem Jahrzehnt verkauft.

Lorna wusste, dass Robert unsichere Zustände verabscheute, vor allem, wenn sie selbst verursacht waren. Er war für Klarheit und Offenheit. Heuchelei war ihm zuwider, und er hasste es, wenn Politiker aus bloßer Macht- oder Profitgier handelten. Jetzt zuckte er bloß mit den Schultern. »Ich schätze, wir müssen alle an die Zukunft denken.«

Lorna schüttelte den Kopf. »Tust du das nicht sowieso, Liebster?«

»Nicht genug«, gab Robert widerstrebend zu.

»Kommt Lindsay zum Dinner?«, fragte Lorna, als Ellie das Zimmer betrat. Es war ein guter Zeitpunkt, das Gesprächsthema zu wechseln.

»Wenn ihr nichts dagegen habt.«

»Natürlich nicht.«

Ellie richtete den Blick auf ihren Vater. »Dad?«

»Hör bloß auf«, brummte er. »Es ist schon schlimm genug, wenn Meggie mich so nennt.«

»Manchmal bist du richtig altmodisch.« Ellie lachte, und ihre Augen strahlten vor Zuneigung.

Robert lächelte zurück. Ellie konnte einfach nichts falsch machen.

Robert und Lorna verbrachten fast sechs Wochen in Durban. Sie waren regelmäßige Besucher im Krankenhaus, aber sie hatten auch Gelegenheiten genug, sich anzuschauen, wie sehr die Stadt gewachsen war.

In der ersten Juliwoche besuchten sie zusammen mit Gerda und Torben ein Pferderennen in Greyville. Es schien, als sei die ganze Stadt auf den Beinen, und die Damen wetteiferten mit ihrer Kleidung fast mehr als die Pferde auf der Rennbahn.

Die Atmosphäre und die Aufregung erinnerten Robert an ein anderes Pferderennen, fünf Jahre zuvor. Damals waren sie zu Gast bei John Dunn gewesen. Es war das letzte Mal, dass er Logan Burtons engsten Freund gesehen hatte, den Mann, der auch für ihn vierzehn Jahre ein väterlicher Freund gewesen war. Der ehemalige Engländer hatte ihn dem Zulu-König Cetshwayo vorgestellt und sich dafür eingesetzt, dass dieser ihm in Zululand ein Stück Land zur Verfügung gestellt hatte. Das war der Anfang gewesen. Leider war John im darauf folgenden Jahr mit einundsechzig Jahren verstorben. Er hinterließ damals neunundvierzig Frauen und hundertneunzehn Kinder. Bei der Erinnerung musste Robert lächeln.

Torbens Nachmittag verlief außerordentlich erfolgreich, weil er Wett-Tipps bekommen hatte, die er für sich selbst behielt. Robert hatte nicht so viel Glück. Die Pferde, auf die er spontan setzte, verloren jedes Mal, nur im Hauptrennen holte ein Pferd mit dem Namen Early Mist plötzlich von hinten auf, schob sich nach vorn und gewann um eine halbe Länge. Das Pferd, das als Außenseiter galt, gehörte jemandem namens C. Hammond aus Dargle. Robert machte sich nicht die Mühe, zur Box des Halters zu gehen. Er bestellte kurz entschlossen eine gut gekühlte Flasche Champagner und feierte seinen Sieg mit seiner Familie.

Mitte Juli wurde Will schließlich in Roberts und Lornas Obhut entlassen. Gemeinsam traten sie die lange Reise nach Morningside an. Wills Pony, das hinten an der Kutsche angebunden wurde, war sichtlich froh, endlich wieder unterwegs zu sein.

Will wurde im Gästetrakt untergebracht und genoss den Luxus eines eigenen Schlafzimmers, Wohnzimmers, Bads und einer kleinen abgetrennten Veranda. Robert schlug vor, einen Boten mit der Nachricht über Wills Aufenthaltsort zu dessen Warenhandlung in Swasiland zu entsenden, aber davon wollte Will nichts wissen. Er befürchtete, seine Frauen könnten auf die Idee kommen, ihn zu besuchen, und das war im Augenblick das Letzte, was er brauchte. Sein Körper schmerzte noch immer, und er sehnte sich nach Ruhe. Zumindest sagte Will selbst das, aber Robert vermutete, dass es in Wahrheit mehr mit seinen noch immer unausgesprochenen Ängsten zu tun hatte.

Dann endlich redete Will. Die beiden Männer saßen noch spät abends mit einer Karaffe Scotch auf der Veranda. Mister David war in der Nähe, beteiligte sich jedoch nicht an der Unterhaltung, bis Will ihn aufforderte, sich zu ihnen zu setzen. Er schlug vor, in den Salon zu gehen, denn es wurde allmählich zu kalt, um noch länger draußen zu bleiben. Außerdem, sagte er, sei so das Risiko geringer, dass sie belauscht würden.

Robert goss sich und Will einen weiteren Drink ein und warf einen fragenden Blick in Richtung seines Kochs. In solchen Momenten war Mister David mehr Freund als Angestellter.

Wenn er mit anderen Zulu zusammen war, trank er Bier, das von einer seiner Frauen serviert wurde, aber in Gegenwart Weißer trank er abgesehen von feierlichen Angelegenheiten nur sehr selten. Auch diesmal lehnte er das Angebot ab.

Will beugte sich vor. »Es ist Rhodes«, meinte er knapp. »Er führt wieder irgendetwas im Schilde.«

»Was weißt du sonst noch?«

Will warf Robert einen kurzen Blick zu, kommentierte die Unterbrechung aber ansonsten nicht. »Es sieht so aus, als hätten er und dieser Goldkäfer Beit Alfred Milner bedrängt, Krüger unter Druck zu setzen und zu versuchen, eine Form von Vergeltung zu erzwingen.«

Niemand sagte etwas, daher fuhr Will fort. »In den letzten Jahren hat sich Johannesburg zur wohlhabendsten und am dichtesten besiedelten Stadt Südafrikas entwickelt. Gold hat Glücksuchende aus aller Welt angezogen, so viele, dass sich die Buren von ihnen bedroht fühlen. *Uitlanders*, Ausländer, so nennen sie sie.«

»Sie machen die Buren in ihrem eigenen Land zu Fremden?«

»So könnte man sagen.« Will schaute zu Mister David. »Sicher hast du schon davon gehört.«

Der Zulu nickte bedächtig. »Wir lecken schweigend unsere Wunden und bewegen uns voran, im Gegensatz zu den Buren, die nur winseln und jammern.«

Robert schüttelte den Kopf. »Krüger hat die Holländer, Deutschen und die Kapburen selbst in seine Verwaltung geholt. Sogar einige Amerikaner sind darunter.«

»Was für ein heilloses Durcheinander das alles ist«, fügte Will hinzu. »Die Buren beklagen sich darüber, dass sie die Kontrolle über die Goldfelder verlieren, aber ich höre nie etwas Positives. Allein in diesem Jahr erwarten sie fünfzehn Millionen Pfund aus Witwatersrand. Dazu kommt noch, dass die *uitlanders* besteuert werden und ihnen jegliche politische Verantwortung verweigert wird. Sie werden allgemein als minderwertig behandelt. Verdammt. Sie behandeln sie fast so schlecht wie die Schwarzen, die für sie in ihren verfluchten Minen arbeiten.«

»Seit dem Jameson-Raid traut die Krüger-Regierung keinem *uitlander* mehr«, stellte Robert fest. Er meinte einen von Cecil Rhodes entwickelten Plan, die Unzufriedenheit der Buren auszunutzen und sich die Goldfelder in Transvaal zu Eigen zu machen. Rhodes' Freund und Kollege Doktor Leander Starr Jameson hatte an der Grenze zu Betschuanaland mit fünfhundert berittenen rhodesischen Polizisten auf eine Nachricht über einen versprochenen Aufstand gewartet. Nichts war geschehen. Hin und her gerissen zwischen dem britischen Union Jack und dem *Vierkleur* von Transvaal, hatten die *uitlanders* so lange gezögert, bis jegliche Chance vertan gewesen war.

Großbritanniens neu ernannter Handels- und Kolonialminister Joseph Chamberlain hatte Rhodes' Plan unterstützt. Als die Revolte ausblieb, distanzierte er sich davon und drohte, die Charta der Britischen Südafrika-Kompanie zur Verwaltung Rhodesiens für ungültig zu erklären, sofern die Invasionspläne nicht ein für alle Mal gestoppt würden. Rhodes hatte keine andere Möglichkeit, als sich zu fügen, aber im Dezember 1895 handelte Jameson auf eigene Faust und verschaffte sich Zugang nach Transvaal. Anstatt Jameson zu unterstützen, sprachen sich die *uitlanders* für Verhandlungen mit Krüger aus. Die ganze Sache wurde zu einem einzigen Desaster.

Will stimmte Roberts Bemerkung zu. »Ja, damit hat alles angefangen.«

Jameson war zusammen mit fünf seiner Offiziere zur Verurteilung nach England gebracht worden und später dort im Gefängnis gelandet. Die Sympathien der Kap-Buren und derjenigen aus dem Oranje-Freistaat, die sich aus dem ganzen Theater herausgehalten hatten, galten allein Krüger und vereinten sie in gemeinsamer Verachtung gegenüber Großbritannien. Chamberlains Antwort auf die sich verschlechternde Lage hatte darin bestanden, einen bewährten Verwalter, Sir Alfred

Milner, zum Gouverneur der Kapkolonie und zum Britischen Hochkommissar für Südafrika zu ernennen.

»Was hast du noch gehört?«, fragte Robert ruhig, aber er fürchtete sich vor der Antwort.

»Milner beschwört eine neue Krise herauf. Er besteht darauf, dass den *uitlanders* eine Reihe von Zugeständnissen gemacht werden, und droht mit Gewalt, wenn seine Forderungen nicht erfüllt werden. Indem er Unmögliches fordert, hofft der Mann auf eine militärische Konfrontation, die Großbritannien einen Vorwand liefern würde, Südafrika wiederzuvereinen und so die Macht über die Goldfelder von Transvaal zu erlangen. Krüger ist zu sehr provoziert worden. Es ist nur noch eine Frage der Zeit, bis er ein Bündnis mit dem Freistaat eingeht, um die Kapkolonie und Natal anzugreifen.«

»Jesus!«, keuchte Robert schockiert. »Wir haben nicht annähernd genug Männer, um uns zu verteidigen.«

Will fuhr fort. »Wie ich gehört habe, haben wir zehntausend Soldaten zwischen hier und dem Kap verteilt. Krüger und Steyn haben Zugriff auf mindestens fünfzigtausend Mann, und vermutlich würden sich ihnen noch viel mehr anschließen. Wir benötigen weitere vierzigtausend, vielleicht mehr. Großbritannien spricht davon, uns fünftausend zu schicken – zehntausend, wenn wir Glück haben –, aber das könnte noch Monate dauern. Es wird Krieg geben, Robert. Verlieren wir ihn, was wahrscheinlich ist, kann Großbritannien sich von diesem Kontinent verabschieden. Gewinnen wir ihn, was unwahrscheinlich ist, wird der Union Jack von Kapstadt bis Sambesi wehen.«

Robert stand auf und füllte ihre Gläser erneut. »Das sind düstere Prognosen, Will. Bist du dir all dessen sicher? Ich habe dich nie zuvor von solchen Dingen reden hören. Woher weißt du das alles? Du lebst in Swasiland, weit weg von allen politischen Spielplätzen.«

»Wirklich? Glaubst du tatsächlich, dass Krüger an der Grenze zu Zululand stehen bleibt? Nein, mein Freund, auch in Swasiland gibt es Gold. Bei diesem Krieg geht es um alles oder nichts.«

In der nachfolgenden Stille wurde Robert klar, wie nahe Lorna in ihrer Einschätzung an das herangekommen war, was sich tatsächlich abspielte. Ob Gold oder Diamanten, das spielte keine Rolle. Beide Seiten interessierten sich für Südafrikas Bodenschätze und schienen mehr als bereit, dafür zu kämpfen.

In Mister Davids Augen spiegelte sich das flackernde Feuer, das inzwischen im Kamin brannte. »Krieg«, sagte er mit seiner tiefen Stimme, »ist ein Teufel, der auf seinem Weg alles verschlingt.«

»Der Mensch ist der Teufel, David«, antwortete Robert. Er ließ den Mister weg, wie er es bei solchen Gelegenheiten häufig tat. »Aber dieses Mal wird es nicht euer Krieg sein.«

Tatsächlich nicht?, überlegte Mister David. »Warum habe ich dann das Gefühl, dass die Stämme meines Landes wieder einmal einen hohen Preis bezahlen werden? Ich habe die Worte meines Häuptlings gehört, der die anderer wiederholt. Wir werden in euren Krieg hineingezogen, ob wir es wollen oder nicht.«

Robert wusste keine Antwort.

»Ich bin sicher, dass meine Informationen richtig sind«, beharrte Will. »Je länger ich darüber nachdenke, desto mehr glaube ich, dass diese Bastarde in Durban mich töten wollten. Es war ihre einzige Möglichkeit, dafür zu sorgen, dass ich meinen Mund halte.«

»Wer waren sie?«

»Namen kenne ich nicht. Ihre Sprache, ihre Taten, beides ließ auf den *Broederbond* schließen.«

»Das ist doch angeblich eine friedliche Vereinigung.«

»Und der Papst ist angeblich religiös.«

»Glaubst du, sie werden es erneut probieren?«

»Höchstwahrscheinlich. Es hängt davon ab, wie entschlossen sie sind.«

»Was wirst du tun?«

Will lächelte schief. »Sterben, nehme ich an.«

»Das ist nicht lustig, mein Freund.«

Will sah einen Moment ganz ernst aus. »Das ist es in der Tat nicht, und die Tatsache, dass ich hier bin, bringt dich und deine Familie in ebenso große Gefahr.«

Paul Joostes Blicke schweiften durch den Raum, bis er Venter entdeckt hatte. Er nickte dem Mann zu. »Wie geht es Ihrem Jungen?«

»Besser.«

»Er ist kaum noch ein Junge.«

Es war ein Vorwurf, und Venter wusste es. »Er ist trotzdem noch mein Sohn, und ich kann nicht ertragen, ihn leiden zu sehen.«

»Hm.« Jooste verlor das Interesse. Es gab heute Abend Wichtigeres zu tun, als über Privates zu reden. Er wartete darauf, dass die Anwesenden sich beruhigten. Es waren neun, ihn eingeschlossen. »Gentlemen, ich möchte um Ruhe bitten.« Die Tagesordnungspunkte waren rasch abgehakt: Es gab eine unbesetzte Stelle im Oranje-Freistaat zu besetzen; Veränderungen in der Abteilung, die für die Aufnahme des Faches Englisch in Schulen zuständig war; Erwägung einer Mitgliedschaft von Verlegern großer Zeitungshäuser; Vorschläge zur Gewinnung jüngerer Mitglieder und einiges mehr. Alle warteten gespannt darauf, was ihr Anführer sonst noch zu sagen hatte.

Schließlich faltete Jooste beide Hände vor sich auf dem Tisch und sah von einem zum anderen. Auf seinem zerfurchten Gesicht lag ein sanfter Ausdruck. »Wie Sie alle wissen, höre ich auf.«

Das Gemurmel des Bedauerns klang nach der sorgfältig geplanten Pause lauter, als es war.

»Ich tue dies aus eigenem freiem Willen. Meine Arbeit hier ist getan. Der *Broederbond* braucht einen starken Anführer, einen, der Aufmerksamkeit erregt und sich durchsetzt. Am Samstag wird es die Wahlliste geben. Sie haben sechsunddreißig Stunden Zeit, um zu wählen und die Wahlunterlagen zurückzugeben. Es hat mich mit großer Freude erfüllt, Gentlemen, an der Gründung dieser Vereinigung beteiligt gewesen zu sein, die meiner Meinung nach die mächtigste in der Geschichte dieses Landes sein wird. Ich bin stolz darauf. Der *Broederbond* bedeutet nicht nur Macht, er zeigt auch einen Weg auf, diese ohne Gewalt zu erreichen.«

Ein leises Rumoren am Tisch blieb von Jooste nicht unbemerkt. »Es gibt allerdings Gerüchte, dass es Personen gibt, die die großen Anstrengungen, die wir bisher unternommen haben, unterminieren könnten. Aber sie können uns nicht schaden. Wir sind zu etabliert, um uns von irgendwelchen Schurken den Ruf verderben zu lassen, den wir uns so mühsam errungen haben.«

Colonel Schuyler van Deventer unterbrach ihn: »Es wird behauptet, die jüngsten Gewalttaten in Natal seien von uns begangen worden.« Er war noch immer der einzige Mann im Raum, der es wagte, seinen Anführer offen herauszufordern.

»Und das ist genau der Grund, weshalb wir mehr Unterstützung von den Zeitungen brauchen«, erklärte Jooste geduldig. »Sie können die Wahrheit gestalten.«

»Mir gefällt das nicht.« Van Deventer schüttelte den Kopf. »Solche Täuschungen könnten unserem Image schaden, und ich möchte meinen Ruf nicht aufs Spiel setzen.«

Jooste antwortete barsch. »Ihr Ruf, Sir, ist wie Venters Sohn. Er sollte allem anderen nachstehen. Seien Sie nicht albern, Mann.«

Van Deventer wurde hochrot vor Ärger. »Ich meinte nur ...«

»Ich weiß, was Sie meinten«, fuhr Jooste etwas ruhiger fort. »Unsere Organisation ist unanfechtbar. Wir greifen nicht auf zweifelhafte Taktiken zurück – jeder weiß das.«

»Was ist denn mit dem Mann, der in Durban beinahe getötet wurde?«, fuhr van Deventer hartnäckig fort.

»Äußerst bedauerlich.« Jooste hob die Arme. »Was soll ich sonst dazu sagen? Wir waren das nicht.«

»Wer denn?«

»Ich habe keine Ahnung.«

Paul Joostes Einstellung hatte sich verändert. Der Frieden war vorbei. Diejenigen, die um den Tisch herum saßen, wussten, dass er in der Lage war, ähnliche Warnschüsse auch gegen andere abzufeuern – und dass dies bereits geschehen war. Ein kleiner Händler wie Will Green stellte kaum eine Bedrohung dar, und dennoch war er brutal abgemahnt worden. Die Männer, die das getan hatten, befanden sich inzwischen wieder irgendwo in Transvaal, wo die Polizei von Durban nicht an sie herankam. Die *uitlanders* – in diesem Fall Holländer –, die für Geld alles taten, würden den Mund halten und den mageren Lohn stillschweigend vertrinken oder verspielen.

Jooste, die Galionsfigur, die eine so große Macht ausstrahlte, war der Erste, der zugab, dass er nicht mehr von Nutzen war. Das Geld floss in einem scheinbar nicht enden wollenden Strom. Der *Broederbond* war finanziell glänzend ausgestattet, und wenn nicht eine unerwartete Krise eintrat, würde es keinen weiteren Bedarf an privaten Geldmitteln geben. Es war Zeit, nach vorn zu blicken.

Ein anderer Mann ergriff das Wort, bestrebt, den offiziellen Teil des Abends zu Ende zu bringen. »Die Formalitäten, Paul.« Er lächelte bedauernd. »Tut mir leid, aber so sind unsere Regeln.«

Nervöses Lachen folgte auf diesen unnötigen Einwurf.

Paul lächelte. »Ganz recht.« Er stand auf und erhob sein Glas. »Auf den *Broederbond*, meine Freunde. Möge er lange leben.« Jooste stürzte den Brandy in einem Zug hinunter und knallte sein Glas mit einem zufriedenen ›Ah‹ vor sich auf den Tisch. Anschließend schaute er der Reihe nach jeden Mann am Tisch an und sagte mit fester Stimme: »Gentlemen, mit Bedauern erkläre ich hiermit meinen Rücktritt.«

Ein Formular wurde ausgefüllt und unterzeichnet.

Der Applaus für Paul Jooste löste die Anspannung, Gratulationen wurden gerufen. Weitere Drinks folgten, und es verbreitete sich Partystimmung. Paul sah sich um und fragte sich, was die Männer wohl sagen würden, wenn sie wüssten, wie gefährlich Will Green war. Nun, darüber brauchte man sich nun keine Sorgen mehr zu machen. Jooste hatte verlässliche Informationen, dass der Mann seine Verletzungen nicht überleben würde. Die Ärztin, die sich um ihn kümmerte, war angeblich die Tochter von Robert Granger-Acheson, einem einflussreichen – und pro-britischen – Farmer aus Zululand. Das könnte sich noch als Problem erweisen. Wenn diese Familie die Wahrheit erfuhr, würden weitere Maßnahmen erforderlich werden. Eine Schande, aber manchmal war so etwas einfach nötig.

8

Es stellte sich heraus, dass Wills Informationen überraschend präzise waren. Am Montag, dem 9. Oktober 1899, stellte Präsident Krüger dem britischen Bevollmächtigten in Pretoria ein Ultimatum und verlangte, dass Großbritannien sämtliche Einmischung in der Republik Transvaal einstellte und seine Truppen von der Grenze abzog. Würden diese Forderungen nicht innerhalb von achtundvierzig Stunden erfüllt, würde dies als offizielle Kriegserklärung gewertet. Die Arbeit in den Goldminen von Johannesburg kam praktisch zum Erliegen, als über dreißigtausend verängstigte *uitlanders* und arbeitslose schwarze Minenarbeiter Richtung Süden nach Natal und in die Kapkolonie flüchteten.

Es war Sonntag, der 15. Oktober. Das Ultimatum der Buren war vier Tage zuvor abgelaufen, vor drei Tagen waren fünfzehntausend berittene Transvaal-Bürger unter ihrem Anführer General Piet Joubert aus nördlicher und östlicher Richtung nach Natal eingedrungen, um sich dort mit weiteren sechstausend aus dem Oranje-Freistaat zu vereinen und den britischen Streitkräften bei Dundee und Ladysmith den Weg abzuschneiden.

Die Familie Granger-Acheson saß mit einigen engen Freunden auf Morningside zusammen. »Es wird ernst«, verkündete Robert. »Für die Männer ist der Zeitpunkt der Entscheidung gekommen.«

»Und für die Frauen«, unterbrach Ellie ihren Vater. »Zumindest für die, die helfen können. Lindsay und ich werden uns der Freiwilligen Sanitätstruppe Natals anschließen.«

»Das habe ich mir gedacht«, antwortete Lorna ruhig. »Wenn ich es richtig sehe, können wir alle unseren Beitrag leisten.«

Robert lehnte sich zu ihr hinüber und legte eine Hand auf ihre. »Genau das habe ich versucht dir zu erklären«, sagte er. »Auch ich habe beschlossen, mich freiwillig zu melden.«

Erstaunte Stille folgte seinen Worten, und er spürte, wie Lorna sich anspannte. Robert hatte sich von seinem Beinbruch nicht so schnell erholt, wie er erwartet hatte. Er hinkte noch immer leicht, und wenn es kühl war, beklagte er sich über Durchblutungsstörungen.

»Liebster, du bist noch viel zu …« Lorna biss sich auf die Zunge. »Wann?«

»Noch nicht sofort«, beruhigte er sie.

»Du solltest dich lieber beeilen, Vater«, scherzte Cameron, in dem Versuch, alle ein wenig aufzuheitern. »Das offizielle Einzugsalter liegt zwischen fünfzehn und fünfzig.«

»Ich bin erst neunundvierzig«, antwortete Robert. »Damit habe ich noch Zeit. Außerdem wird der Krieg nicht lange dauern.«

Cameron sagte nichts, sondern lächelte nur und schüttelte den Kopf.

»Ich fühle mich fit genug.« Robert fühlte sich bemüßigt, seine Entscheidung zu rechtfertigen. »Wenn dieses verdammte Bein endlich heilen würde, könnte ich wieder Bäume ausreißen.« Dann versuchte er von sich abzulenken. »Was ist mit dir, Will?« Sein Freund war noch nicht nach Swasiland zurückgekehrt. Ehe er antworten konnte, erklang ein Chor besorgter Stimmen.

Will reckte trotzig das Kinn und wirkte noch störrischer als sonst. »Ich lasse mir von niemandem vorschreiben, was ich zu tun habe! Mehr sage ich dazu nicht.«

Ellie warf Lindsay einen flehenden Blick zu. »Will! Du humpelst mit einer lädierten Wirbelsäule durch die Gegend. Deine Hand funktioniert nicht mehr richtig. Und außerdem bist du entschieden zu alt. Lindsay, bitte sag ihm, dass ich Recht habe.«

Lindsay stand plötzlich im Mittelpunkt der Aufmerksamkeit. »Eh ... sie hat wirklich Recht, alter Junge. Ich sage es nicht gern, aber ich schätze, im Moment wären Sie eher eine Belastung als eine Hilfe.«

»Wer behauptet das? Ich fühle mich so kräftig wie eh und je.«

Robert verstand, was Will antrieb – seine Loyalität zur Familie war wesentlich stärker als die zur britischen Monarchie. Nachdem er Will in diese missliche Lage gebracht hatte, versuchte Robert nun, ihn wieder herauszuholen. »Will täte nie etwas, was ihn überfordern würde. Stimmt es nicht, Will?« Robert sah seinen alten Freund an.

Will nickte rasch. »Natürlich.«

Nachdem das Thema zumindest für den Augenblick erledigt war, befand Robert sich wieder in der Schusslinie seiner Familie. »Na wunderbar«, brummte er. »Da tut ein Mann jahrelang alles, um seine Kinder zu beschützen, und wenn dann der Zeitpunkt gekommen ist, aufzustehen und seinen Einsatz für sein Land zu leisten, stellt er fest, dass seine Kinder sich verpflichtet fühlen, ihn zu beschützen. Ich bin jung und fit genug. Verdammt, General Buller ist zehn Jahre älter als ich, und er wird in einigen Wochen in Kapstadt erwartet. Ich kenne den Mann. Wenn er nach Natal kommt, werde ich mich ihm anschließen. Wenn nicht, werde ich meine Dienste einer Freiwilligen-Einheit anbieten.«

»Die Zeiten haben sich verändert, Vater. Der Zulu-Krieg liegt zwanzig Jahre zurück. Du kannst nicht davon ausgehen, dass die Dinge noch genauso sind wie früher«, meinte Cameron.

»Ich kann mich trotzdem nützlich machen.«

»Diesmal läuft alles viel organisierter ab.«

»Unsinn.« Robert wurde zunehmend ungeduldig. »Um Himmels willen, ich will doch nur, dass sie sich mein Wissen und meine Erfahrung zunutze machen.«

Cameron gab auf. Er kannte einen Mann, der wiederum einen Mann kannte, der mit etwas Glück dafür sorgen würde, dass sein Vater im Hintergrund gehalten wurde. Was ihn selbst jedoch anging ... »Nun, ich habe mich bereits gemeldet. Das zweite Bataillon der Gordon Highlander ist gerade aus Indien zurückgekehrt. Sie sind auf der Suche nach Spähern, die Zulu sprechen. Ich bin dabei. Sir George White ist in Ladysmith, und ich rechne damit, vor Ende des Monats dorthin entsandt zu werden.«

Lornas Gesicht war aschfahl, als sie sich zu Virginia umdrehte und denselben ungläubigen Gesichtsausdruck bei ihr erkannte. Mit Camerons Ankündigung hatte niemand gerechnet.

»Infanterie«, schnaubte Torben. »Warum nicht die Kavallerie?«

»Was ist der Unterschied?«

»Ein Pferd, du verdammter Idiot.« Duncan versuchte die Situation ein wenig zu entspannen, versagte aber kläglich.

»Cam«, stammelte Virginia. »Du hast mir gar nichts davon gesagt.«

»Nein, Liebes, aber du siehst doch, was geschehen ist, als ich es gerade getan habe. Es wird alles gut werden, Ginnie. Vertrau mir. Sobald Natal gesichert ist, werden unsere Jungs am Kap Bloemfontein und Pretoria ins Visier nehmen.«

Frazer war da nicht so sicher. »Gerüchten zufolge haben die Buren Mafikeng und Kimberley bereits eingekesselt. Ich habe gehört, dass der ›Löwe des Empires‹ in seiner Höhle gefangen ist.«

»Geschieht ihm recht«, meinte Torben verächtlich. »Rhodes ist ein Dummkopf. Er denkt an nichts anderes als ans Geld.«

»Und du nicht?«, murmelte Cameron.

»De Beers Diamantenproduktion wird schon bald mehr als

fünf Millionen Pfund im Jahr abwerfen. Ich würde sagen, da hat sich das Denken gelohnt.«

»Nun, ich hoffe, er hat genug Champagner auf Eis liegen. Angeblich trinkt der Mann ja nichts anderes.«

»Außer Tee.« Torben musste wie immer unbedingt das letzte Wort haben.

Virginia versuchte gefasst zu bleiben, aber die Tränen in ihren Augen verrieten sie. »Wenn dir etwas zustößt . . .«

Cameron ging auf sie zu, bückte sich zu ihr hinab und nahm ihre Hände in seine. »Mir wird nichts zustoßen, das verspreche ich dir.« In seiner gebückten Stellung schaute er quer durch den Raum zu Torben und stellte die Frage, die alle bewegte: »Was ist mit dir?«

Torbens Blick richtete sich auf seine Frau. Gerda war Burin und stolz darauf, während er sich gar nicht erst bemühte, seine eigenen Interessen zu verbergen. Mit diesem Krieg konnte Geld verdient werden, viel Geld, auch wenn nun weder der geeignete Ort noch der geeignete Zeitpunkt war, darüber zu sprechen. »Ich bin mir sicher, ihr könnt euch alle vorstellen, was für eine schwierige Entscheidung das für mich ist. Ich muss Rücksicht auf die Familie meiner Frau nehmen. Daher halte ich es für das Klügste, so lange keine Entscheidung zu treffen, wie es nicht absolut nötig ist.«

»Und dann?« Cameron ließ sich nicht so schnell abwimmeln.

»Dann . . .« Torben streckte die Arme aus und hob sie in einer hilflosen Geste hoch. »Dann werde ich euch meinen Entschluss mitteilen.«

Gerda legte die Hand auf das Bein ihres Mannes. »Torben benimmt sich in dieser Frage äußerst taktvoll. Meine Eltern verstehen sehr gut, was er durchmacht.«

»Wir auch, junge Lady«, meinte Robert. »Aber dieser Krieg wird sich nicht mehr vermeiden lassen.«

Sie nickte, zur Abwechslung einmal ernst. »Dann überlasst

es ihm, seine eigene Entscheidung zu treffen. Hin und her gezerrt zu werden hilft nicht, wenn es um eine kluge Abwägung geht.«

Lorna warf Robert einen überraschten Blick zu. So viel Sensibilität hätten sie ihrer Schwiegertochter nicht zugetraut. Eher hätten sie einen hysterischen Anfall, Tränen, Erpressungsversuche oder Drohungen von ihr erwartet. Stattdessen hatte sie ihre Meinung klar und unmissverständlich formuliert. Ohne Hintergedanken hatte sie erwähnt, dass ihre Familie um Torbens Dilemma wusste.

»Ich denke, du hast Recht«, meinte Lorna schließlich. »Sicher ist es auch für deine Eltern nicht leicht. Sie müssen sich in Durban als ziemliche Außenseiter fühlen.«

»Das tun sie auch«, bestätigte Gerda. »Aber sie sind daran gewöhnt. Meine Mutter sagt, das sei auf die Ignoranz der Leute zurückzuführen.« Sie kicherte plötzlich und klang nun wieder wie die alte Gerda. »Müssen wir eigentlich die ganze Zeit über den Krieg sprechen? Es ist so deprimierend.«

»Ich fürchte, ja.« Robert sah sie streng an.

Torben tätschelte die Hand seiner Frau. »Aber nicht mehr lange, Darling. Dann kannst du uns endlich dein neues Kleid vorführen.«

Der kurze Waffenstillstand war vorüber.

Ellie und Lindsay waren sich einig über ihre neuen Rollen. Ärzte würden gebraucht – in den Kampfgebieten ebenso wie in den Krankenhäusern abseits der Front. Lindsay hatte versucht, Ellie dazu zu überreden, in Durban zu bleiben. Doch sie ließ sich nicht von ihrem Vorhaben abbringen. »Am wichtigsten ist die Versorgung an Ort und Stelle«, erklärte sie. »Ich bin mit meiner Ausbildung fast fertig. Ich gehöre an die Front.«

Lorna sah plötzlich ihre ganze Familie in Gefahr. »Aber du bist eine Frau«, protestierte sie.

Ellie reagierte mit einem Blick, der voller Verachtung war, auf diese Bemerkung.

»Das hat dich doch auch nie zurückgehalten, Mutter«, mischte Meggie sich ein.

»Ich weiß.« Lorna kapitulierte. »Vielleicht messe ich die Dinge mit zweierlei Maß. Aber es geht schließlich um meine Familie.« Sie wandte sich an Frazer.

Er reagierte auf ihren fragenden Blick mit Schweigen.

»Nein, Liebes. Nicht auch noch du.«

»Ich muss. Ich werde demnächst zwanzig, Mutter.«

Sie wusste, dass er Recht hatte. »Was hast du vor? Weißt du schon, wo du hingehst?«

»Ich dachte, ich passe auf den alten Herrn auf.« Frazer lächelte über das empörte Gesicht seines Vaters. »Ich bin gespannt, ob all die Geschichten, die er uns erzählt hat, wahr sind. Er hat jetzt eine Chance, sich zu beweisen.«

Robert kniff die Augen zusammen. Er ließ eine Salve von Schimpfwörtern auf seinen Sohn hinunterprasseln, bei der ein Matrose rot geworden wäre.

»Bist du jetzt fertig?«, fragte Frazer, während die anderen wie erstarrt dasaßen.

»Fast.«

»Dann wäre die Sache also klar.«

Robert wandte sich in gespielter Verzweiflung an Lorna. »Rede du mit dem Jungen.«

Sie verzog das Gesicht, aber damit konnte sie ihre Tränen nicht verbergen.

In der Stille, die folgte, versuchte Meggie zuversichtlich zu klingen. »Ich werde bei dir bleiben, Mutter. Wir können Bandagen und Schienen herstellen und solche Dinge.«

»Das wäre schön, Meggie.« Lorna schien frustriert zu sein, dass Meggie und sie nicht mehr tun konnten als das. Aber irgendwer musste sich schließlich auch um die Kleinigkeiten kümmern.

Tanith erklärte ebenfalls ihre Bereitschaft zu helfen. Sie warf einen fragenden Blick in Duncans Richtung, als hätten sie bereits besprochen, was zu tun war.

Resigniert formulierte Lorna das Unausgesprochene als Frage. »Nun?«

»Thorneycrofts Einheit wahrscheinlich. In der normalen Armee geht es mir zu geschniegelt zu.«

Robert reinigte seine Pfeife – er hatte sich seit einiger Zeit das Rauchen angewöhnt. »Vielleicht bleibt dir keine Wahl.«

»Das werde ich sehen, wenn es so weit ist.«

»Ich fürchte, das ist es schon bald, Duncan.«

»So.« Lorna versuchte pragmatisch zu denken, denn das hielt sie davon ab, sich zu viele Sorgen um die Zukunft zu machen. »Insgesamt können wir also vier Frauen aufbringen, die dort helfen können, wo sie gebraucht werden – ich setze voraus, du bist auch dabei, Ginnie –, außerdem zwei Mediziner, einen Späher für die Infanterie, drei, vielleicht auch vier berittene Freiwillige, die das tun, was man ihnen befiehlt, und zwei Enthaltungen. Das ist nicht schlecht. Ich würde sagen, Buller kann sich über uns nicht beklagen, was meint ihr?« Diese Frage war an niemanden direkt gerichtet, aber Robert entging die Bitterkeit in ihrer Stimme nicht. Lorna litt sehr darunter, dass der Krieg ihre Familie in Mitleidenschaft zog, das war auch damals während des Zulu-Krieges so gewesen.

»Ich frage mich, ob Boyd dabei sein wird«, spekulierte Cameron. Er sprach von einem Onkel väterlicherseits, der sein ganzes Leben in der Armee verbracht hatte.

»Er ist im Ruhestand«, antwortete Robert knapp. Er hatte keine Lust, über seinen älteren Bruder zu sprechen, der im Zulu-Krieg gekämpft hatte und dabei völlig unwissend über seinen Feind und dessen Kultur geblieben war.

Torben kam noch einmal darauf zurück, was Lorna gesagt hatte. Er witterte einen Vorwurf hinter ihren Worten. »Es ist nicht meine Schuld, Mutter.«

»Das hat auch niemand behauptet«, antwortete Robert verärgert.

»Ja, aber …«

»Nichts aber. Gerda hat es perfekt ausgedrückt.«

Robert, der noch immer überrascht war, wie genau seine Schwiegertochter Torbens Probleme erkannt hatte, wandte sich an Gerda. »Ich finde, es ist langsam Zeit fürs Dinner. Torben sagte etwas über ein neues Kleid, meine Liebe. Wir können es kaum erwarten, es zu sehen. Wie wäre es, wenn wir uns in, sagen wir einer Stunde, zum Aperitif treffen?«

Es war das erste Mal, dass Robert seiner Schwiegertochter so viel Aufmerksamkeit geschenkt hatte, und sie glühte vor Freude. »Natürlich. Poppie.« Gerda strahlte Torben an. »Wir haben erfreuliche Neuigkeiten für euch, aber wir werden sie für später aufbewahren.«

»Erfreuliche Neuigkeiten«, wiederholte Lorna, als sie und Robert wenig später allein in ihrem Schlafzimmer waren. »Das klingt, als sei sie schwanger. Wie um alles in der Welt kamst du dazu, sie auch noch zu ihrer Modenschau zu ermuntern?«

»Ich weiß es auch nicht.«

»Selbst schuld. Was immer sie trägt, du wirst begeistert sein müssen.«

»Das wird mir gelingen. Warte nur ab.«

Es war nicht einfach, zumal Pink überhaupt nicht Roberts Lieblingsfarbe war und auch die vielen grünen Sterne, mit denen ihr Rock übersät war, nicht seinem Geschmack entsprachen. Aber er gab sich alle Mühe. »Wo hast du nur dieses Kleid gefunden?« Der Rock fiel hinten bis auf den Boden, und Robert krümmte sich bei dem Gedanken, dass Suza sich genau an der Stelle, wo der Stoff den Fußboden berührte, gerade ausgiebig die Flöhe aus dem Fell gekratzt hatte.

Gerda posierte neben dem Sofa. »Gefällt es euch?« Mit einem heftigen Ruck richtete sie das Mieder. Robert erwartete eine Katastrophe, aber es hielt.

Niemandem fiel auf, dass keiner eine Antwort gegeben hatte.

»Ihr zwei sagtet etwas von erfreulichen Nachrichten. Kommt schon, heraus damit.«

Torben ergriff das Wort. »Gerda erwartet ein Kind.«

Alle wussten, dass sie es schon länger versucht hatten. Gerda schaute verlegen zu Boden, und Torben, der mit großem Jubel gerechnet hatte, runzelte die Stirn. »Hat dazu niemand etwas zu sagen?«

»Herzlichen Glückwunsch«, stammelte Lorna. Sie konnte ihre Ungläubigkeit kaum verbergen. Typisch Torben, dachte sie, ein Krieg bricht aus und er gründet eine Familie und macht alles noch komplizierter.

Robert versuchte die Stimmung zu heben. »Tatsächlich, das sind wirklich gute Nachrichten.« Er ging auf Torben zu, schüttelte ihm die Hand und klopfte ihm auf die Schulter. »Herzlichen Glückwunsch, mein Sohn. Es hat etwas gedauert, aber ich muss sagen, es sind fantastische Neuigkeiten. Unser erstes Enkelkind. Stell dir vor, Lorna, unser erstes Enkelkind.«

Roberts Worte hatten ihr Zeit gegeben, sich ein wenig zu sammeln. Lorna ging auf Gerda zu und küsste sie auf die Wangen. »Danke für die Neuigkeiten, ihr Lieben. Ich freue mich riesig.« Sie klatschte in die Hände. »Oh, was für eine Überraschung. Ein Baby ist genau das, was unsere Familie braucht.«

Torben wandte sich erwartungsvoll an Cameron. Der sprach das aus, was die anderen dachten. »Ein Krieg steht uns bevor. Wir alle haben es gewusst. Konntet ihr nicht noch eine Weile warten?«

Gerda, die durch Roberts und Lornas Reaktionen Auftrieb bekommen hatte, antwortete an seiner Stelle. »Ein Baby wartet nicht, Cam. Es ist ein Geschenk Gottes und sollte niemals verweigert werden.«

Cameron wandte sich zu Virginia um und verdrehte die Augen.

»Duncan?«, fragte Gerda. »Was sagst du dazu?«

»Wunderbar«, antwortete er. Er zuckte mit den Schultern. »Ich freue mich, Onkel zu werden.«

Meggie war aufrichtig begeistert. »O Gerda, wie aufregend! Du musst versprechen, uns häufig zu besuchen.«

Das war schon mehr nach Torbens Geschmack. »Wirst du das Baby auf die Welt holen, Ellie? Uns wäre eine Ärztin lieber als ein Mann, nicht wahr, Darling?«

»Es wäre mir eine Ehre«, antwortete Ellie. »Aber seid euch bitte darüber im Klaren, dass Ärzte bei Familienangehörigen nur beschränkt medizinische Hilfe geben dürfen. Wenn irgendwelche Komplikationen auftreten, muss ein anderer Arzt übernehmen.«

»Es wird keine Komplikationen geben«, versicherte Gerda. »Ich bin kerngesund.«

Frazer freute sich im Stillen für seinen älteren Bruder. Das Leben musste weitergehen, trotz des Krieges. Tanith und Virginia enthielten sich ebenfalls jeden Kommentars. Ein Baby war eine tolle Nachricht. Das Timing war es sicher nicht. Dennoch, das Kind war unterwegs, und nun war nichts mehr daran zu ändern.

Will hatte der Familie an diesem Abend keine Gesellschaft geleistet, da eine dringendere Angelegenheit seine Aufmerksamkeit erforderte. Ende August hatte er Robert widerstrebend erlaubt, eine Botschaft an seine Warenhandlung in Swasiland zu senden. Darin hatte nur gestanden, dass Will sehr krank gewesen sei, sich inzwischen aber gut erhole und bald wieder nach Hause zurückkehren könne. Und so hatten sie ihn gefunden.

Wills Frauen waren auf Morningside aufgetaucht und hatten darauf bestanden, ihn zu sehen, sich jedoch geweigert, das Haus zu betreten. Robert hatte das Problem gelöst, indem er ihnen gestattet hatte, ein Stück den Hügel hinab zwei traditionelle bienenstockartige *rondavels* zu errichten. Außerdem hatte er mit Will übereingestimmt, dass nicht mehr als vier Familienmitglieder gleichzeitig anwesend sein durften. Das hatte eine Weile gut funktioniert, aber nun hatte Will die unangenehme Aufgabe, seinen Frauen klarzumachen, dass sie am nächsten Morgen nach Hause zurückkehren mussten. Er würde sie nicht begleiten. Diesen Entschluss hatte Will im Hinblick auf seine Teilnahme am Krieg und auf Swasilands wachsende Sympathien zu den Buren getroffen. Es gab viel für ihn zu tun.

Die folgenden Wochen vergingen rasch. Ellie und Lindsay schlossen sich der Freiwilligen Sanitätstruppe Natals an. Die Verwechslung eines Formulars führte dazu, dass Cameron in die Südafrikanische Light-Horse-Division einberufen wurde, während Robert, Duncan und Frazer für eine weitere neu formierte Truppe, die Fairfax Scouts, vorgesehen waren. Beiden Einheiten gehörten Freiwillige aus Natal an sowie aus Transvaal geflüchtete *uitlanders;* die finanzielle Unterstützung kam hauptsächlich von Cecil Rhodes' Geschäftspartner, dem Multimillionär Alfred Beit. Sie gehörten zu etwa einem Dutzend Divisionen, die die 3. Berittene Brigade der Natal-Kavallerie bildeten, unter dem Kommando von Roberts ehemaligem Schulfreund Douglas Cochrane, inzwischen Earl von Dundonald und ein sehr erfahrener und hoch dekorierter General.

Virginia meldete sich, sehr zu Camerons Unmut, als Ambulanzwagenfahrerin. »Ich werde dir dadurch näher sein«, erklärte sie ihrem Verlobten. »Es ist keine gefährliche Arbeit. Ich muss bloß verwundete Soldaten an den verschiedenen Eisenbahnstationen abholen und sie weiter ins nächste Krankenhaus transportieren.«

»Und damit wirst du zur perfekten Zielscheibe für burische Heckenschützen«, warnte er.

»Sei nicht albern. Wir werden weit entfernt sein von den Kampfplätzen.«

Cameron wusste, dass sie Recht hatte und er vermutlich überängstlich reagierte.

Lorna, Meggie und Tanith meldeten sich als Helferinnen im Krankenhaus von Empangeni.

Ehe Ellie und Lindsay abkommandiert wurden – sie hatten

keine Ahnung wohin –, kamen sie noch einmal nach Morningside und brachten ein recht seltsames Geschenk mit.

Robert hob die schwere Holzkiste vom Wagen. RIZINUSÖL – NUR FÜR MEDIZINISCHE ZWECKE GEEIGNET stand darauf.

»Wozu um alles in der Welt brauchen wir das?«, fragte er, überrascht über Ellies belustigten Gesichtsausdruck.

»Sei vorsichtig damit, Vater.«

»Warten Sie, ich helfe Ihnen«, bot Lindsay an. »Wo soll ich sie hinstellen?«

»Lassen Sie sie auf der Veranda stehen«, meinte Lorna. »Ich werde sie morgen mit ins Krankenhaus nehmen.«

»Das ist keine gute Idee, Mutter. Ich würde vorschlagen, ihr öffnet sie sofort.«

Neugierig hob Robert den Deckel ab und zog mit erstaunter Miene eine Magnumflasche mit französischem Champagner hervor.

»Zwei solcher Kisten sind im Krankenhaus eingetroffen. Wir wissen weder, wo sie herstammen, noch, für wen sie bestimmt sein könnten.« Mit einem Augenzwinkern fügte Ellie hinzu. »Und wir waren auch alle viel zu beschäftigt, um lange nachzuforschen.«

Robert lachte. »Dann sollten wir die Flasche heute Abend öffnen – nur um zu sehen, ob sie die lange Reise unbeschadet überstanden hat.«

Der Plan Großbritanniens bestand zunächst darin, Natal zu sichern, die Armee in Kapstadt zu versammeln und dann Richtung Norden vorzudringen. Dort sollten die Buren-Hauptstädte Bloemfontein und Pretoria eingenommen und Kimberley und Mafikeng befreit werden.

Ende der dritten Oktoberwoche begannen die unterschiedlichsten Nachrichten und Gerüchte von der Natal-Front durchzusickern. Es hatte so etwas Ähnliches wie einen Sieg am Talana

Hill in der Nähe der britischen Stellung in Dundee gegeben. Leider waren Verluste zu beklagen: Garnisonsführer Major-General Sir William Penn Symons war umgekommen, und die Kavallerieeinheit, die entsandt worden war, um den Rückzug der Buren zu verhindern, hatte schmachvoll kapituliert.

Das 2. Bataillon der Gordon Highlander hatte zusammen mit der Kavallerie des Dragonerregiments und der hauptsächlich aus *uitlanders* bestehenden Imperial-Light-Horse-Division den Feind bei Elandslaagte aufgespürt. Mit Bajonetten und Lanzen – Waffen, deren Anwendung die Buren verweigerten – hatten sie fast das gesamte *komando* vernichtet.

Die Nachrichtenlage war verwirrend. Britische Truppen hatten unter schwerem Artilleriefeuer Dundee evakuiert, waren entlang der Eisenbahnlinie nach Ladysmith vierzig Meilen zurückgefallen und hatten zwei Feldlazarette, sämtliche Verwundeten und Vorräte für fünftausend Mann zurückgelassen.

Am 30. Oktober, dem Tag, der als »Trauriger Montag«, bekannt wurde, war an bis dahin völlig unbekannten Orten – Modderspruit und Nicholson's Neck – der Verlust von über zwölfhundert britischen Soldaten zu beklagen, die wegen der taktischen Unflexibilität der Briten und der Beweglichkeit der Buren getötet oder zur Kapitulation gezwungen worden waren. Eine neue Form der Kriegsführung entwickelte sich. Drei Tage später zerstörten die Streitkräfte der Buren Eisenbahnlinien und Telegraphenleitungen südlich von Ladysmith. Die Garnison und fast alle Truppen, die für die Verteidigung Natals vorgesehen waren, befanden sich plötzlich im Belagerungszustand.

Ellie und Lindsay waren in der eiligst verstärkten britischen Garnison in Estcourt in den Midlands von Natal stationiert worden, wo sie zufällig einen Zeitungsreporter namens Winston Churchill kennen lernten. Er war genauso alt wie Ellie, und sie hatte schon viel von ihm gehört, da seine Mutter eine Cousine von Cecily Jerome, der Freundin ihrer Mutter, war. Die Welt ist klein, sagte Ellie später zu Lindsay, ohne zu ahnen, was das Schicksal für den jungen Engländer noch bereithalten würde.

Am 15. November setzte sich ein gepanzerter Erkundungszug in Richtung Norden über die Eisenbahnlinie nach Colenso und zum Thukela in Bewegung. Auf dem Rückweg brachte ein Buren-Hinterhalt die drei Waggons zum Entgleisen und überfiel die Reisenden mit Artillerie- und Gewehrfeuer. Über siebzig Mann wurden getötet, verwundet oder gefangen genommen – Winston gehörte zu Letzteren –, außerdem ging ein Vorderlader-Schiffsgeschütz an den Feind verloren.

Näher der Heimat leerten Tanith und Meggie Bettpfannen, fütterten diejenigen, die zu stark verletzt waren, um eigenständig zu essen, legten Verbände an, wischten den Boden – kurz gesagt, sie taten alles, um die ausgebildeten Krankenschwestern zu entlasten. Lorna half ebenfalls so gut es ging und wenn der Betrieb auf Morningside es ihr gestattete. Alle drei Frauen arbeiteten auch zu Hause, sie bestickten Kissenbezüge, nähten Federbetten und häkelten Decken, die bei Tombolas verlost wurden, um Geld für wichtige medizinische Ausrüstung zu beschaffen.

Da die Lage in Natal keineswegs ermutigend war, sah sich Sir Redvers Buller gezwungen, die Armeetruppe in Kapstadt zu teilen und auf dem Seeweg Verstärkung nach Durban zu entsenden. Zwei Wochen später übernahm er persönlich das Kommando und schlug sein Hauptquartier in Frere auf, nördlich von Estcourt und nur zwölf Meilen von dem Ort entfernt, wo Kampfeinheiten der Buren die Eisenbahnbrücke bei Colenso in die Luft gesprengt und ein weitläufiges Netzwerk aus Gräben und Gewehrstellungen entlang des Thukela errichtet hatten.

Die Südafrikanische Light-Horse-Division, der sich Cameron Anfang November angeschlossen hatte, wartete auf Bullers Ankunft. Will befand sich ebenfalls in Frere. Sehr zu seinem

Unmut hatte man ihm keinen Posten innerhalb der Gefechtstruppen angeboten, sondern ihn lediglich mit der Pflege der Pferde beauftragt, die nach der langen Reise von England häufig sehr mitgenommen waren und erst an die drückende Hitze des afrikanischen Sommers gewöhnt werden mussten.

»Wenigstens kannst du so ein Auge auf deinen Patensohn werfen.« Robert versuchte seinen Freund an dem Tag, als er und Cameron die Farm verließen, ein wenig aufzumuntern.

»Gute Idee«, stimmte Will zynisch zu. Er wirkte nicht sehr glücklich.

Duncan, Frazer und Robert, dessen Bein bis auf ein gelegentliches Zwicken wieder in Ordnung war, wurden Mitte November einberufen. Sie verließen Morningside an Frazers zwanzigstem Geburtstag.

9

Felton Fairfax hatte zweihundert Mann unter seinem Kommando. Ihre Aufgabe bestand darin, sich entlang der Buren-Hauptlinien in Natal Richtung Westen durch den Oranje-Freistaat zu bewegen, Informationen über feindliche Truppenbewegungen zu sammeln und sie wo möglich zu stören. Dies war von besonderer Bedeutung für Lieutenant-General Lord Methuen, der mit achttausend Soldaten am Oranje-Fluss darauf wartete, weiter Richtung Norden vorrücken zu können, um Kimberley zu befreien. Die mangelhaften Informationen über das strategische Verhalten der Buren war Methuens größtes Problem.

Fairfax und seine Männer hatten ihr Lager tief auf feindlichem Gebiet aufgeschlagen, auf der ebenen Hochfläche eines Hügels in der Nähe von Lindley, etwa zweihundert Meilen östlich von Kimberley. Robert wusste, dass die Reese-Farm nicht weit entfernt sein konnte, und fragte sich, ob die Familie sie noch bewohnte. Leider war der Zeitpunkt, es herauszufinden, im Augenblick nicht besonders günstig.

Es war heiß, die Sommersonne stand gnadenlos am Himmel, und es gab so gut wie keine Hoffnung auf Regen. Selbst die Nächte brachten nur wenig Erleichterung. Doch Felton Fairfax schien davon nichts zu spüren; er ließ nicht zu, dass das Wetter ihn oder seine Männer in irgendeiner Weise beeinträchtigte.

Robert mochte ihren Anführer auf Anhieb. Fairfax war keiner, der darauf aus war, Eindruck zu schinden, und er war sich nicht zu schade, andere um Rat zu fragen. Er war groß, sehr schmal und hatte blondes Haar. Sein Mund war in seiner Kindheit beim Cowboy-und-Indianer-Spiel stark in Mitleidenschaft gezogen worden. Ein misslungener Tomahawk-Wurf hatte ihn fast die Oberlippe gekostet und eine Narbe hinterlassen, die der Lippe derart ähnlich sah, dass viele Leute, die ihn zum ersten Mal sahen, die Augen zusammenkniffen, um sich zu vergewissern, dass sie nicht doppelt sahen. Trotz seiner gebrechlichen Statur hatte Fairfax eine tiefe, heisere Stimme, die manch einen über die Größe seiner Hoden sinnieren ließ. Ein starker Kontrast hierzu waren seine fast femininen Hände mit den langen Fingern, die aussahen wie die eines Konzertpianisten. Dabei war Felton Fairfax stocktaub – eine Tatsache, die jedem schmerzhaft bewusst wurde, wenn er zu singen versuchte. Was das Beherrschen eines Instruments anging, so beschränkte sich dieses auf eine Mundharmonika, die er nur dann spielte, wenn andere ihm halfen, den Ton zu halten.

Wie sein Name andeutete, war er ein sehr fairer Mann, der Sensibilität und Humor besaß. Sein häufig wiederholtes Credo: Die Schuld auf andere zu schieben hilft nicht – wir sind hier, um das Problem zu lösen. Diese Haltung machte ihn bei seinen Männern beliebt, die ihm schon bald den liebevollen Spitznamen Fairy gaben.

In Gesellschaft anderer Befehlshaber – Männern mit militärischem Hintergrund, Aristokraten oder abenteuerlustigen schwarzen Schafen – fiel Fairy Fairfax auf wie ein bunter Hund. Es kümmerte ihn nicht. Er trug weder Uniform noch Rangabzeichen, dennoch führten diejenigen, die ihm unterstanden, jeden seiner Befehle unverzüglich aus. Im Gefecht musste er sich allerdings erst noch beweisen. Robert gegenüber gestand er einmal: »Es laufen zu viele Möchtegern-Helden herum. Ich habe manchmal das Gefühl, ich hänge bis zum Arsch zwischen verdammten Krokodilen und der Wasserspiegel steigt.«

Die meisten Freiwilligen waren gleichermaßen unerfahren, und so kam es, dass Fairfax sich an Männer wie Robert wandte, wenn er Gesellschaft suchte oder einen Rat benötigte. Am Ende eines Tages, wenn die Wachen auf ihren Posten waren, wurden die Geräusche und Gerüche des Buschs durchdringender und erinnerten alle daran, dass das Land, für das sie kämpften, unverändert war, auch wenn die Bedingungen nicht mehr dieselben waren.

Eines Abends lehnte Robert entspannt an einem noch warmen Felsen und beobachtete, wie die glutrote Sommersonne in der staubigen Ferne eines unsichtbaren Horizontes ihren Glanz verlor. Sie schien sich immer schneller zu bewegen, als habe sie es, nun da die Arbeit des Tages verrichtet war, eilig, woandershin zu kommen. Selbst die leichte Brise schien staunend den Atem anzuhalten. Der Hügel, auf dem sie sich befanden, war niedrig und ließ sich leicht bezwingen, erweiterte ihre Sicht jedoch um mindestens zehn Meilen in jede Richtung. Felsen, Gebüsch und staubige Erde – Robert liebte den afrikanischen Busch. Hier und da wuchsen verkümmerte Akazien, ihre nadelspitzen Dornen waren ganz weiß und auch in dem rasch verblassenden Licht noch gut zu erkennen. Weit im Osten schien sich ein purpurfarbener Nebel auf sie zuzubewegen. Die Nacht war nahe. Ein einsamer Schakal lief geschäftig umher und verschwand dann in der Dunkelheit. Sonst regte sich nichts.

Fairfax kam müde auf Robert zugetrottet, eine Flasche und zwei Becher in der Hand. Robert rückte ein Stück zur Seite, um dem Mann Platz zu machen. »Ein Schlückchen?«, fragte Fairfax.

»Bitte.«

Fairy setzte sich und goss einen großzügigen Schluck Brandy in jeden Becher. »Tun wir so, als seien es Gläser aus feinem Kristall.«

»Er ist in Ordnung so.«

»Aber es wäre nett.«

»Was?« Robert hatte gar nicht richtig zugehört.

»Kristall. Einen guten Brandy aus einem funkelnden Glas zu trinken.«

Robert sah ihn an. »Was ist heute Abend in Sie gefahren?«

»Ah! Stören Sie sich nicht an mir, Mann. Die Buren beobachten uns. Haben Sie sie schon entdeckt?«

»Ja. Ungefähr drei Meilen von hier. Sie werden uns in Ruhe lassen.«

»Was macht Sie da so sicher?«

»Weil sie das meistens tun. Vermutlich machen sie genau dasselbe wie wir. Uns ausspähen. Es ist nur ein örtliches *komando*. Sie werden keine Konfrontation riskieren.«

»Ich wünschte, ich hätte Ihren Optimismus.«

»Sie sind jung.« Robert lächelte. »Aber glauben Sie mir, das Alter hat auch ein paar Nachteile.«

Fairfax lächelte nun ebenfalls und wurde etwas entspannter. Er war achtunddreißig, ein Farmer ohne Kampferfahrung. Seine herausragende Eigenschaft war die natürliche Fähigkeit, andere zu führen, eine Kompetenz, die daher rührte, dass er zu Hause ein Familienunternehmen leitete. Er war Rinderzüchter und beschäftigte Hunderte von Afrikanern sowie eine Hand voll Europäer auf zwei jeweils über tausend Hektar großen Farmen in den im Augenblick von Buren kontrollierten Midlands von Natal.

»Sie stammen aus der Nähe von Colenso. Kennen Sie dort einen Mann namens Wilcox?«, fragte Robert beiläufig. Eigentlich interessierte es ihn gar nicht besonders.

»Wer kennt den nicht? William ist eine verfluchte Nervensäge.« Fairfax drehte sich zu Robert um. »Hoffe, Sie nehmen daran keinen Anstoß.«

Robert grinste. »Keineswegs. Nicht in diesem Fall.«

»Ah, verstehe! Die meisten, die ein wenig Zeit in unserer kleinen Stadt verbringen, scheinen ihm über den Weg zu laufen. Wie sind Sie zu dem Vergnügen gekommen?«

»Ich war mit seiner Tochter verheiratet. Nicht freiwillig, das muss ich unbedingt hinzufügen.« Dieser Abschnitt seines Lebens war längst beendet, und es machte Robert nichts aus, darüber zu reden.

Fairfax sah ihn überrascht an. »Warum dann?«

»Erpressung«, antwortete Robert knapp. »Der verdammte Mann hat mich beschuldigt, sie geschwängert zu haben.«

Ganz Natal kannte die skandalöse Geschichte von Sarah, Robert und Lorna. Die Tatsache, dass Fairfax es nicht tat, war vermutlich darauf zurückzuführen, dass er noch relativ jung war. »Wie konnte das passieren?«

»Sind Sie sicher, dass Sie es wirklich hören wollen?«

»Das ist auf jeden Fall besser, als hier herumzusitzen und über diesen verdammten Krieg zu reden.« Fairfax hob die Brandy-Flasche auf, und Robert hielt ihm sein Glas hin, um es noch einmal füllen zu lassen. Er wünschte sich bereits, nichts gesagt zu haben.

»Ich bin als Geächteter hierher gekommen«, begann er schließlich. »In meiner Heimat Schottland war ich eines Verbrechens beschuldigt worden, das ich nicht begangen hatte. Wilcox erfuhr davon und zwang mich aus Gründen, mit denen ich Sie nicht langweilen will, seine schwangere Tochter zu heiraten. Als dann endlich die Wahrheit ans Licht kam, tat er alles nur Erdenkliche, um mich daran zu hindern, die Frau zu verlassen.«

»Und wie sind Sie schließlich aus der Sache herausgekommen?«

»Ich bin gegangen. Ganz einfach. Das Baby war nicht von mir, und ich hatte nicht die Absicht, mit einer Frau verheiratet zu bleiben, die ich nicht liebte, der ich nicht vertraute, die ich nicht einmal mochte.«

»Und die Frau, mit der Sie nun verheiratet sind? Sie stammt auch aus Schottland, wenn ich richtig informiert bin. Lorna heißt sie, nicht wahr?«

Als ihr Name fiel, wurde Roberts Gesicht, ohne dass er sich

dessen bewusst wurde, ganz weich. »In dem Augenblick, als sie hier war, gab es keine Entscheidung mehr zu treffen.«

»Das war sicher nicht ganz einfach«, meinte Fairfax. »Damals waren, nun ... solche Dinge ziemlich verpönt, oder nicht?«

Robert lachte schallend. »Das kann man wohl sagen. Man hätte meinen können, die Schotten hätten England den Krieg erklärt, so haben sich die Leute benommen. Glücklicherweise störte das Lorna überhaupt nicht. Sie ist wirklich eine ganz besondere Frau.«

»Ich habe von Ihrer Frau gehört. Selbst in Colenso sprechen die Leute über sie. Sie waren damals ein reisender Händler, nicht wahr? Und sie ist mit ihnen gereist. Scheint ziemlichen Eindruck gemacht zu haben. Eine erstaunliche Lady, nach allem was ich erfahren habe.«

»Danke.« Robert dachte an die vielen Monate, die sie gemeinsam unterwegs gewesen waren. Er dachte daran, wie gut Lorna mit diesem Leben zurechtgekommen war, wie begierig sie gelernt und alles in sich aufgesogen hatte, wie sehr sie dieses Leben geliebt hatte. Und er dachte an den Tag, als sie beinahe Cameron verloren hätten. Lorna und Will hatten eine Herde wütender Elefanten mit einer kleinen Erbsenschleuder vertrieben. Es war derselbe Tag gewesen, an dem ein aufgebrachter Elefant seinen Freund und Geschäftspartner Logan Burton getötet hatte. Ein Erinnerungsfetzen führte zum nächsten, bis ihn eine Frage in die Gegenwart zurückholte.

»Zwei Ihrer Söhne sind mit uns unterwegs.« Fairfax zündete sich eine Zigarre an. »Sind es Ihre ältesten?«

»Nein, meine jüngsten. Angeblich wollen sie ein Auge auf ihren alten Vater halten.« Robert grinste. »Das können sie gern versuchen.«

»Und die anderen?«

»Einer ist bei der Südafrikanischen Light-Horse-Division, ein anderer ist in Durban mit einer Burin verheiratet.«

»Oh.«

»Ich weiß. Bisher hat er sich aus allem herausgehalten.«

»Kluger Mann.«

Robert sagte nichts.

»Töchter?«

»Zwei. Wir hatten drei, aber ... eine Schlange. Sie war damals siebzehn.«

»Das tut mir leid.«

Fairfax erhob sich ganz plötzlich. »Was haben diese verfluchten Idioten denn vor?« Er hatte in der Ferne eine Bewegung registriert. Ein paar Männer pirschten sich von Baum zu Baum und von Fels zu Fels heran und kamen genau auf sie zu. »Pah!«, sagte er dann geringschätzig, mutig geworden durch den Brandy. »Das sind nur Spielchen. Grünschnäbel, die ihre Stärke ausprobieren wollen. Reichen Sie mir Ihr Fernglas.«

Robert reichte ihm das Fernglas, das er immer bei sich trug, eine Erinnerung an die vielen Stunden, die er in den schottischen Highlands mit Warten auf den kapitalen Hirsch verbracht hatte.

Fairfax fokussierte die sich nähernden Buren. Es war gerade noch hell genug, um sie beobachten zu können. »Wie ich mir das gedacht habe. Jünglinge, die ihre Muskeln spielen lassen wollen. Diese Idioten, sie benehmen sich viel zu auffällig. Das wird sie eines Tages umbringen.«

Unwillkürlich musste Robert an den jungen Danny Reese denken. Er war in dieser Gegend ums Leben gekommen, ebenfalls, weil er seine Muskeln spielen lassen hatte. Innerhalb weniger Monate hatte der Mythos von Lindleys menschenfressenden Löwen gigantische Ausmaße angenommen. Hier draußen zuckten die jungen Rekruten – vor allem *uitlanders* – beim kleinsten Geräusch zusammen. Sie fürchteten ständig, im Schlaf überfallen und gefressen zu werden. Erfahrene Buschbewohner ordneten die Geschichte als das ein, was sie war: ein Gerücht. Wie man die Sache auch betrachtete, der Tod von Danny Reese beunruhigte die meisten, die hierherkamen. Die Buren schlugen sogar Kapital daraus; sie versuchten ihre Feinde in den Stunden der Dunkelheit durch geschickte Imitation von Löwengebrüll zu ängstigen.

Ehe einer von ihnen den Schuss hörte, traf eine Kugel den Felsen, wo Fairfax Sekunden zuvor noch gesessen hatte. Die Männer ließen sich sofort fallen und rollten sich zur Seite, um Deckung zu suchen. »Diese verfluchten Scharfschützen. Tausend Meter sind gar nichts für die neuen Mauser-Waffen«, klagte Fairfax. »Ich kann nicht einmal mehr Qualm erkennen, seit sie Kordit statt Schwarzpulver benutzen.« Ein Krachen ertönte, als das Feuer vom Hügelkamm erwidert wurde, doch von unten kam nichts mehr. Die beiden Männer warteten, bis es vollständig dunkel war, ehe sie sich rührten.

Der befehlshabende Offizier im Lager der Buren war hochrot vor Zorn. »Was bildet ihr euch eigentlich ein, ihr idiotischen Grünschnäbel?«, donnerte er und sah in die grinsenden Gesichter derjenigen, die versucht hatten, das britische Lager anzugreifen. »Das hier ist kein Kinderspiel.«

Kaptein Hanson Wentzell besaß nicht annähernd so viel Humor und Feingefühl wie Fairy Fairfax. Er war ein Kap-Rebell, der die Briten hasste, der den Krieg hasste und der es hasste, wenn Anordnungen nicht befolgt wurden, vor allem, wenn es sich dabei um seine eigenen handelte. Ganz besonders hasste er die Gewissheit, dass die Buren zwar im Augenblick alle Kämpfe gewannen, sich dies aber jederzeit ändern konnte. Der Feind schien über einen unbegrenzten Nachschub an Truppen, Nahrung und Munition zu verfügen, während die Buren schon jetzt das untere Limit erreicht hatten. Wenn er gekonnt hätte, wäre Wentzell am liebsten fortgelaufen und auf seine Farm zurückgekehrt, weit weg in den Hottentots Holland Mountains. Dort hatten seine Vorfahren, wie er jedem, der ihm zuhörte, immer wieder gern berichtete, den Kap-Löwen bis zum Aussterben gejagt. In seinen Erzählungen war die Raubkatze doppelt so groß und so gefährlich wie die, die es hier gab. Wentzell konnte nicht begreifen, wie es irgendjemand, selbst ein Kaffer, an diesem gottverdammten Ort aushalten konnte.

»Tut mir leid, Sir«, sagte der Scharfschütze, der seine Strafe gern so schnell wie möglich hinter sich bringen wollte.

»Es tut Ihnen leid? Sie bedauernswertes Wesen! Ich werde dafür sorgen, dass es Ihnen leidtut. Doppelte Wachschicht. Jetzt. Verschwinden Sie!«

Der junge Mann drehte sich um, ohne auch nur Anzeichen von Zerknirschung zu zeigen.

Wentzell entließ die anderen und wandte sich an seinen Adjutanten. »Am liebsten würde ich diesem Haufen zeigen, wie man es macht.«

»Warum tun Sie es nicht, Sir? Das würde ihnen allen eine Lehre sein.«

Ein Lächeln breitete sich auf dem Gesicht des Offiziers aus. »Vielleicht tue ich es tatsächlich. Ich zeige ihnen, dass ein alter Hund keine neuen Tricks nötig hat, was?«

»Sir?« Der Mann wurde plötzlich nervös. »Ich habe nicht gemeint ...«

»Ich weiß, was Sie gemeint haben, Mann«, zischte Wentzell. »Dieser Krieg wird nicht mit Worten gewonnen.« Damit stapfte er in Richtung seines Schlafplatzes davon. Nachdem er sich nun so weit vorgelehnt hatte, gab es kein Zurück mehr.

Verflucht, dachte Wentzell. Er bereute seine Worte bereits. Das Letzte, was er in dieser Nacht brauchte, war körperlicher Einsatz. Er sehnte sich nach Schlaf. Alles tat ihm weh. Auch wenn er sein ganzes Leben im Freien verbracht hatte und extrem fit war, hatte ihn ein halbes Jahrhundert körperlicher Arbeit langsamer gemacht. Er wünschte sich nichts sehnlicher, als sich auf seinem Lieblingssessel zusammenzurollen, seine Frau Magda anzuschauen und gar nichts zu tun.

Scheiße, dachte er. Sollen sie doch von mir denken, was sie wollen. Ich schlafe jetzt eine Runde.

In diesem Moment fiel ein Schuss.

»Was, zum Teufel ...?« Fairfax fuhr zusammen. Der unerwartete Krach war so nah gewesen.

»Tut mir leid Sir. Ein Schuss hat sich gelöst. Ich wollte das Gewehr nur reinigen. Ich habe den Auslöser gar nicht berührt, ehrlich.«

Fairy glaubte ihm – es war nicht das erste Mal, dass so etwas geschah. Zum Glück war niemand verletzt worden. »Okay, mein Junge. Es ist ja nichts passiert. Sorgen Sie beim nächsten Mal dafür, dass es nicht geladen ist. Und jetzt schlage ich vor, dass Sie erst einmal etwas schlafen.«

Hanson Wentzell nahm den Schuss persönlich. Er war eine eindeutige Kampfansage. »Also gut, du Bastard«, brummte er. »Einer von euch wird sterben, bevor wir morgen früh von hier aufbrechen.« Aber er hatte nicht die Absicht, sich vom Feind den Schlaf rauben zu lassen. Es würde schnell genug morgen werden.

Robert war zutiefst beunruhigt. Dieser Schuss hätte eine Reaktion nach sich ziehen müssen. Aber nichts war geschehen. Warum nicht? Fairfax bestätigte seine Sorge. »Vielleicht führen sie etwas im Schilde. Wir sollten sicherheitshalber zusätzliche Wachposten aufstellen.«

Frazer war die Frühwache von vier bis acht Uhr zugeteilt worden. Eine Hand weckte ihn unsanft. »Oje«, stöhnte Frazer. Er brauchte eine Sekunde, ehe er wieder wusste, wo er war. Dann krabbelte er unter seiner Decke hervor, erhob sich schwankend und fuhr sich mit der schmutzigen Hand durch das ebenso schmutzige Gesicht.

»Morgen, Sonnenschein«, grüßte ihn eine fröhliche Stimme. »Nimm dir einen Tee und komm. Alles ist ruhig.«

»Musst du so verflucht gut gelaunt klingen?«, knurrte Frazer.

»Na klar. Dies wird vermutlich der Höhepunkt meines verdammten Tages sein.«

Frazer gab etwas von sich, das nach einem Lachen klang. »Hau ab, Trevor.«

»He, immer mit der Ruhe!« Der Spaßvogel der Truppe schlug in gespieltem Erstaunen die Hände an die Wangen.

Wie einige andere auch hatte Trevor den Eindruck, es sei etwas Sonderbares an der Sexualität dieses jungen Mannes, aber keiner von ihnen sprach darüber. Frazers Vater würde solche Spekulationen nicht gutheißen und sie unwirsch zurückweisen. Außerdem mochte Trevor den Jungen, und er wusste von Gesprächen mit ihm, dass er sich trotz seiner Liebe zum Zeichnen und zur Kunst nicht von anderen unterschied, wenn es um grundlegende Instinkte ging.

Frazer schnappte sich seine Waffe, sah nach, ob sie geladen war, stolperte zum Feuer und goss sich einen Becher gesüßten Tee ein. Nachdem er sich von den glühenden Holzscheiten abgewandt hatte, wartete er eine Weile, bis sich seine Augen an die Dunkelheit gewöhnt hatten, ehe er zu einer steinigen Mulde am Osthang ging. Er blickte kurz in den heraufdämmernden Morgen und bewunderte den Zauber der Natur. Lächelnd dachte er an den Zulu-Glauben, wonach ein großer Häuptling – die Sonne – tagsüber am Himmel entlang- und nachts unter dem Meer hindurchreiste, um dann morgens erneut aufzusteigen. Vielleicht stimmte das ja.

Das Land unter ihm lag still im Morgengrauen, die Schatten waren lang. Es war noch früh, aber die Sonne machte sich bereits bemerkbar. Sie tauchte jeden Baum, jeden Strauch und jeden Felsen in ein goldenes Licht. Frazer sah zu, wie sich die Farbe des Himmels von einem tiefen Dunkelblau in ein kräftiges Rot verwandelte. Der Morgen brach an, und mit ihm erklang ein vielstimmiger Chor unterschiedlichster Geräusche, mit dem die Tiere ringsherum freudig den neuen Tag begrüßten.

Frazers Blick glitt in die Ferne. Im Lager der Buren regte sich nichts. Die Feuer der letzten Nacht waren ausgebrannt. Er dachte darüber nach, wie sehr die Natur leiden musste, nicht nur unter der langen Trockenheit, sondern auch an den Folgen des endlosen Kampfes der Buren um Nahrung. Frazer konnte es ihnen nicht verübeln – auch wenn Vögel, Hasen, selbst Schlangen den Gewehren der erfahrenen Jäger zum Opfer fielen. Die Männer mussten schließlich überleben.

Ein fremdes Geräusch zu seiner Linken ließ Frazer mit schussbereiter Waffe herumwirbeln. Er blinzelte in die tief stehende Sonne, konnte jedoch nichts erkennen. Dennoch blieb er wachsam, horchte und schaute genau. Buren konnten sich vollkommen geräuschlos bewegen. Das Geräusch wiederholte sich nicht, und nach einigen Minuten entspannte er sich wieder.

Robert tauchte aus dem Schlaf auf und war sofort hellwach. Der Sonne nach zu urteilen musste es um sechs Uhr sein. Frazer würde seine Wache zur Hälfte hinter sich gebracht haben. Aus irgendeinem Grund war Robert jedoch beunruhigt. Er erhob sich, nahm sein Gewehr und bewegte sich in geduckter Haltung an den Rand des Hügels, um sich zu vergewissern, dass mit seinem jüngsten Sohn alles in Ordnung war. Als Robert hinabschaute, sah er eine dunkle Gestalt mit einem Patronengurt und schussbereiter Waffe lautlos von einem Fels zum nächsten huschen, dann verschwand sie hinter einem dornigen Busch.

Mit wild pochendem Herzen registrierte Robert, dass von Frazer nichts zu sehen war. Der Eindringling bewegte sich rasch und behände, hielt mit seinen breiten, starken Armen das Gleichgewicht. Sein Nacken war muskulös. »Halt!«, schrie Robert, entsicherte seine Waffe und feuerte einen Schuss ab, ohne die Antwort des Buren abzuwarten. Er konnte Frazer noch immer nirgends entdecken.

Der Mann stürzte und war nicht mehr zu sehen. Instinktiv lud Robert nach und lief vorsichtig den Abhang hinab. Er unterdrückte seine fürchterliche Angst, erreichte einen dichten Strauch und horchte. Wo war Frazer? Vor ihm bewegte sich ein Schatten, dann sah Robert, dass der Fremde wieder auf den Beinen war. Unterhalb seiner linken Schulter zeichnete sich ein dunkelroter Fleck ab. Robert hob sein Gewehr, die Finger um den Abzug gespannt. Der Bure geriet ins Straucheln, fand das Gleichgewicht wieder und lächelte kalt. »Guter Schuss, Engelsman«, sagte er und warf den gestohlenen Lee-Metford-Karabiner verächtlich fort.

Robert starrte den Mann an. Das grobe, wettergegerbte Gesicht war schmutzig. Er hatte Ringe unter den Augen. Haare und Bart waren zerzaust, grau und strähnig. Auch seine Kleidung war verschmutzt. Ein Arm baumelte herab, Fleisch und zersplitterter Knochen lagen frei. Abgetragene, zerlöcherte Stiefel, mit trockenem Gras notdürftig geflickt, versprachen nur unzureichenden Schutz vor den Elementen. Aber es war die Stimme die Mannes, die Roberts Aufmerksamkeit erregte. Er kannte sie.

»Wentzell?«, keuchte er mit trockener Kehle.

»Ja. Wer will das wissen?«

»Granger. Robert Granger. Wir sind uns vor dreißig Jahren auf der *Marie Clare* begegnet.«

»In der Tat. Und ich mochte Sie damals schon nicht.« Hanson Wentzell lachte scheppernd, obwohl er starke Schmerzen zu haben schien. »Haben Sie einen Schluck Wasser für mich?«

»Nicht hier.«

Der Bure gab einen unverständlichen Laut von sich. »Hatte der Junge vorhin auch nicht.«

Robert spürte, wie sich sein Magen zusammenzog. »Welcher Junge? Wo?«

Wentzell bewegte den Kopf in die Richtung, aus der Robert gekommen war. »Kein Wasser, nichts zu essen – dafür aber einen hübschen kleinen Karabiner. Der kleine Teufel schlief halb.«

Frazer!

Hanson Wentzell redete wieder und hielt plötzlich ein Messer mit einer langen Klinge in der Hand. »Regeln wir das auf meine oder Ihre Weise? Haben Sie den Mumm?«

»Der Junge«, keuchte Robert. »Was haben Sie mit ihm gemacht?«

Wentzell zog mit dem Messer eine imaginäre Linie quer über seine Kehle und grinste obszön. »Hat sich ein bisschen gewehrt. Das hat es für ihn unangenehmer gemacht, als es hätte sein sollen.«

Robert wurde eiskalt. Er spannte den Finger fester um den Abzug. Hanson Wentzell flog rücklings und war tot, noch ehe er den Erdboden berührte.

Robert wusste, was ihn oben auf dem Hügel erwartete. Das hielt ihn nicht davon ab, zu hoffen, zu beten.

Frazer. Sein jüngster Sohn. Der, der nie in diesen wahnsinnigen Krieg hätte gehen dürfen. Er war viel zu sanft, zu sensibel, zu gutmütig für diese Welt des Todes, der Zerstörung, des Hasses und der Wut. Viel zu intelligent, um der Propaganda zu glauben, die sich am Ende als nichts anderes entpuppte als menschliche Gier.

»Lieber Gott, bitte lass ihn noch am Leben sein«, keuchte Robert.

Frazer lag auf dem Rücken, ein Bein zur Seite abgewinkelt, die Arme über dem Kopf ausgestreckt. Quer über seinen Hals zog sich ein Schnitt, der so heftig geblutet hatte, dass seine Kleidung und die ganze Erde um ihn herum von Blut durchtränkt waren. Die Augen waren weit aufgerissen und schauten starr ins Leere. Der Mund war geöffnet, erstarrt in stummem Protest.

»Neiiiiiiin!« Der Schrei entfuhr Robert aus tiefster Seele, einem Teil seiner selbst, der nicht seinem Willen unterlag. Er fiel auf die Knie, riss den blutüberströmten Körper seines Sohnes an sich und umklammerte ihn. Er war noch warm. »Es tut mir leid, mein Sohn. Es tut mir so unendlich leid.«

Hemmungslos liefen die Tränen über Roberts Gesicht. Er hatte Lorna versprochen, ihn sicher wieder nach Hause zu bringen, diesen Sohn, mit dem sie irgendwie enger verbunden zu sein schien als mit den anderen. Lorna liebte alle ihre Kinder, aber zu Frazer hatte sie eine ganz besondere Beziehung. Seelenverwandtschaft nannte sie es. Sie harmonierten so perfekt, dass einer häufig eine Frage beantwortete, ehe der andere sie gestellt hatte. Frazers Tod würde Lorna zerstören. »Verzeih mir, Liebes«, flüsterte er. »Verzeih mir!«

Duncan fand sie dort. »Vater!« Sein Blick erfasste die Szene, und er stand wie erstarrt. Dann überkamen auch ihn die Emotionen, die ihn von Kopf bis Fuß schüttelten. »Lieber Gott«, entfuhr es ihm, »nicht Frazer.«

Vater und Sohn hockten schweigend neben der Leiche. Es schien, als würden die anderen auf dem Hügel, vielleicht sogar die am Fuße desselben, ihre Trauer teilen. Stille umgab sie, wie ein Kokon des Mitleids. Sie hatten alle heute Morgen etwas verloren, aber wozu? Frazer war beliebt gewesen. Immer willig, immer gut gelaunt. Es war, als sei der gute Geist der Truppe verloren gegangen.

Schließlich brach Duncan die unnatürliche Stille. »Ich werde dich begleiten.« Er wusste, was sein Vater tun musste.

»Nein, mein Sohn.« Robert schüttelte den Kopf. »Es ist besser, wenn du bei Fairfax bleibst. Ich werde deiner Mutter die Nachricht überbringen und so schnell wie möglich zurückkommen.« Er streckte die Hand aus und packte Duncan so hart an der Schulter, dass der Junge vor Schmerz fast aufschrie. »Pass auf dich auf. Das ist das Einzige, worum ich dich bitte.«

Er war derjenige, der es Lorna beibringen musste. Ein unpersönliches Telegramm vom Heeresbüro? Nein. Robert musste ihr die Nachricht persönlich überbringen. Er hatte keine andere Wahl.

Fairfax hatte vermutet, beide Schüsse wären auf den Feind gerichtet gewesen, und sofort befohlen, das Lager zu sichern. Sekunden später hörte er Roberts verzweifelten Schmerzensschrei.

Das Bestattungskommando machte sich auf den Weg zu der Stelle, wo Robert und Duncan schweigend verharrt hatten. Ohne große Worte begannen sie zu graben. Die Arbeit war anstrengend und schweißtreibend, und sie benötigten fast eine ganze Stunde, um das Loch tief genug auszuheben. Widerstrebend gestattete Robert, dass sie Frazer in das Grab legten.

»Was ist mit dem?«, fragte einer der Männer und zeigte auf die Stelle, wo Hanson Wentzell ausgestreckt auf dem Boden lag.

»Überlasst ihn den Löwen«, antwortete Robert mit harter Stimme. »Und lasst mich mit meinen Söhnen allein.«

Später ritzte er die Worte *hamba kahle,* »Leb wohl«, in das weiße Holzkreuz, das Frazers Namen und sein Geburts- und Todesdatum trug, und kolorierte jeden Buchstaben sorgfältig mit einem glühenden Stock.

Fairfax wartete ein paar Stunden, ehe er Robert ansprach. »Ich fürchte, wir müssen weiterziehen. Sie können hier bleiben oder mit uns kommen. Es liegt ganz bei Ihnen.«

»Danke. Ich muss es Lorna sagen. Danach komme ich zurück. Duncan wird mit der Truppe weiterziehen.«

»Wie Sie wünschen. Das, was geschehen ist, tut mir leid. Wenn ich irgendwie helfen kann ...«

Robert saß still da, den Kopf gesenkt. Er nickte dankbar. »Das kann niemand.«

Ohne ein weiteres Wort drehte Fairfax sich um und ging.

Wenige Minuten später stand Robert auf, umarmte Duncan und machte sich dann auf die Suche nach seinem Pferd. Er benötigte Munition, Wasser und Lebensmittel, und er wusste, dass die Vorräte knapp waren. Er drehte sich noch einmal um und blickte zurück zu Duncan und dem frischen Grab. Beides schien so klein und unbedeutend vor der ausgedörrten Steppenlandschaft, aus der sich hier und da flache Hügel erhoben.

»Auf Wiedersehen, mein Sohn«, flüsterte Robert. Er schloss den Ort tief in sein Gedächtnis ein. Der Hügel sah aus wie viele andere, aber wenn dieser Krieg vorüber war, würde Lorna Frazers Grab sehen wollen. Er würde nie vergessen, wo es sich befand.

Als Robert zu seinem Pferd kam, stellte er fest, dass es bereits gesattelt war. Jemand hatte seine Wasserbeutel gefüllt, Nahrungsmittel und Munition eingepackt. »Mehr konnten wir nicht erübrigen«, sagte Fairfax entschuldigend.

»Es wird schon reichen. Bitte passt auf Duncan auf.« Robert stieg auf, überprüfte seine Steigbügel, hob die Hand zu einem letzten stillen Gruß und ritt den steilen Hang hinab, ohne sich noch einmal umzuschauen. Er und Lorna hatten in den vergangenen Jahren Schmerz, Unglück und Verzweiflung ertragen. Es hatte gute und schlechte Zeiten gegeben, aber seine Frau von Frazers Tod zu unterrichten war die schwierigste Aufgabe, die Robert je in seinem Leben zu erfüllen gehabt hatte.

10

Sie stand in der Blüte ihres Lebens, war jung und geschmeidig und noch ohne die Narben, die in späteren Jahren von ihrem ständigen Kampf ums Überleben zeugen würden. Die Löwin war zum ersten Mal trächtig, daher hielt sie sich lieber im Verborgenen, während sich vor ihr das menschliche Drama entfaltete. Der Blutgeruch signalisierte ihr, dass sie eine Mahlzeit erwartete. Aber sie musste Geduld haben.

Die Buren waren sich sehr wohl bewusst, dass Löwen in der Nähe waren. Sie hatten sie in der Nacht gehört, und als es Morgen wurde, hatten sie wenige Meter von ihrem Lager entfernt frische Kotspuren gefunden. Es beunruhigte sie zunächst wenig, bis der neue Tag schließlich enthüllte, dass ihr Anführer verschwunden war.

Die Wachposten konnten nichts erkennen, aber zwei Schüsse vom Hügel hatten alle neunundzwanzig Männer in Alarmbereitschaft versetzt. Auf dem Hügel über ihnen regte sich etwas. Aufmerksam überwachten sie die Gegend. Als die Sonne schließlich ganz aufgegangen war, erblickten sie etwas, das aussah wie ein Bestattungskommando.

Wentzells Adjutant fürchtete das Schlimmste, und als es um zehn Uhr noch immer keine Spur ihres Anführers gab, wurde die Entscheidung getroffen, aufzubrechen und den Vorfall zu melden.

Die Löwin sah zu, geduldig. Der Blutgeruch war noch immer da. Ebenso wie die Männer da oben. Einer war bereits fort, aber sie wusste, dass es viele waren, sehr viele. Irgendwann erschienen sie schließlich, bewegten sich vorsichtig den Abhang hinunter, wandten sich nach Südwesten und trieben dann ihre Pferde an. Die Stille kehrte zurück, aber sie wartete weiter. Aus Vorsicht, aber vor allem, weil es viel zu heiß war. Die Mahlzeit musste noch warten.

Hanson Wentzell war ein Opfer des Krieges geworden – eines von vielen –, und nur wenige seiner Männer verschwendeten mehr als einen Gedanken an ihren zuweilen launischen, häufig ungerechten und ziemlich brutalen *Kaptein*. Als Kap-Rebell war er bei seiner Einheit nicht beliebt gewesen. Wentzell war arrogant – seiner Ansicht nach war die beneidenswerte Leidenschaft der Jugend kein Ersatz für Alter und Erfahrung –, er feierte den Erfolg und missachtete die Niederlage. Er trank exzessiv, wie die meisten seiner Männer, aber Brandy machte ihn immer laut und gefährlich. Kurz gesagt, niemand mochte ihn.

Im Schutz der Dunkelheit überwand die Löwin ihre Lethargie und ergab sich der Gier nach Nahrung. Sie roch an dem getrockneten Blut und leckte zögernd mit ihrer rauen Zunge. Der Geschmack des Blutes, gemischt mit salzigem Schweiß, war nicht gänzlich unangenehm. Sie war hungrig. Schon bald würden andere diese Mahlzeit entdecken, und der Vater ihrer ungeborenen Jungen würde sie vermutlich verjagen. Die Löwin senkte den Kopf und begann zu fressen.

Es war dasselbe Rudel, das Danny Reese gefunden hatte. Vage Erinnerungen an jenes unerwartete Mahl bestätigten der Löwin, dass alles in Ordnung war. Nach und nach wurde auch der Rest des Rudels angelockt. Nahrung war schwer zu finden und wertvoll. Sie konnte einem jederzeit entrissen werden. Beunruhigt über die in der Luft hängenden menschlichen Gerüche – Rauch, Tabak und Waffen – fraßen sie hastig und verschwanden dann wieder in der Dunkelheit.

Und so trug der Krieg zur Legende bei, oder trug die Legende zum Krieg bei? Mythen wurden so übertrieben, bis sie jedes Maß verloren. Ein blutrünstiges Löwenrudel, das durch die Steppe streifte und nur darauf wartete, dass ein unglückseliges Opfer ihren Weg kreuzte. Geschichten wurden erzählt, bis sich die Tiere, die nichts weiter waren als Fleischfresser, die unter schwierigen Bedingungen lebten und gegen die Trockenheit und die Raubzüge des Menschen ankämpfen mussten, sich in Furcht erregende Räuber verwandelten.

Die Lindley-Löwen, wie sie inzwischen genannt wurden, wurden immer größer und stärker und heimtückischer, in der Lage, überall und jederzeit aufzutauchen und anschließend spurlos zu verschwinden. Wilde Gerüchte verbreiteten sich, wie im Vorjahr, als in der Nähe von Tsavo in Ostafrika die Arbeiten an einem Teilstück der Uganda-Eisenbahn eingestellt worden waren, weil ein Rudel Löwen menschliches Leben zerstört hatte.

Nur wenige ignorierten das Gerede und hielten sich an das, was sie über das Verhalten der Tiere wussten. Die Lindley-Löwen hatten längst gelernt, vorsichtig zu sein. Tagsüber hielten sie sich im Verborgenen auf, instinktiv ahnend, dass die Gegenwart von Menschen Gefahr bedeutete, in die sie jederzeit geraten konnten.

Als Robert unterwegs war, um Lorna die traurige Nachricht von Frazers Tod zu überbringen, wusste er, dass er nicht nur von Löwen, sondern auch von einer Hand voll Buren, deren Aufgabe es war, alle Spuren ihres *komandos* sorgsam zu vernichten, beobachtet wurde. Aber Robert fühlte sich an diesem Morgen so elend, dass es ihm gleichgültig war. Er hatte das Rudel letzte Nacht gehört, hatte an diesem Morgen sogar eines der Tiere gesehen. Die Löwen würden ihn in Ruhe lassen.

Das, was Hanson Wentzell getan hatte, war ein Akt falsch verstandenen Heldentums gewesen, ein Alleingang, vermutlich, um andere zu beeindrucken oder ihnen etwas zu beweisen. Und das machte Frazers Tod umso unerträglicher. Der Junge war Wentzell nicht gewachsen gewesen, und Wentzell hatte das gewusst. Dies war keine Kriegshandlung – es roch nach Mordlust. Und genau die empfand auch Robert im Augenblick.

Auch wenn Robert sich vor dem fürchtete, was vor ihm lag, wählte er den kürzesten Weg nach Hause. Von Lindley ritt er in Richtung Osten, zurück in das von Buren besetzte nördliche Natal, machte einen Bogen um Dundee, wandte sich dann nach Süden in Richtung Greytown und hielt sich danach erneut östlich durch Eshowe, ehe er zum Mhlathuze-Fluss hinabritt. Seine Reise führte ihn beinahe dreihundertfünfzig Meilen durch zerklüftetes, unwirtliches Land. Er ritt von Sonnenaufgang bis Sonnenuntergang – wenn es die Lichtverhältnisse gestatteten, auch länger. Vier ganze Tage brauchte er, um sein Ziel zu erreichen. Zum ersten Mal seit er nach Afrika gekommen war, ließ ihn die wilde Schönheit der Landschaft unberührt. Das Land war rau und gnadenlos, das Wetter schrecklich, und er fühlte sich versucht, beides zu hassen. Aber tief in seinem Herzen wusste er, dass sich nichts verändert hatte.

Als Robert schließlich auf seinem völlig erschöpften Pferd Morningside erreichte, hatte er noch immer keine Ahnung, wie er Lorna die Nachricht beibringen sollte. Seine unerwartete Rückkehr und sein Zustand, ungewaschen, unrasiert und mit blutverschmierter Kleidung, würde sie sofort erahnen lassen, dass etwas Schlimmes geschehen war.

Es war niemand zu Hause. Türen und Fenster standen weit offen, obwohl kein einziger Bediensteter zu sehen war. Nur die Hunde, Saba und Suza, kamen herbeigelaufen, um zu sehen, wer gekommen war. Robert begrüßte sie, und sie wedelten mit den Schwänzen und leckten freudig seine Hände. Er war zwar nur wenige Wochen fort gewesen, aber irgendwie schienen die Hunde gealtert. Noch vor einem Jahr wären sie begeistert an ihm hochgesprungen. Schon bald kamen die Bediensteten, und Robert gab ihnen die Anweisung, sich um sein Pferd zu kümmern und ihm heißes Wasser für ein Bad zu bringen.

Es blieb ihm nichts anderes übrig, als sich zu waschen und zu warten. Als Robert nach einem langen heißen Bad und mit sauberen Kleidern auf der Veranda saß und auf die Rückkehr seiner Familie wartete, fühlte er sich ein wenig entspannter.

Irgendwann schlief er ein, dann hörte er sie, noch ehe er die Kutsche sah. Lornas Stimme, die Freude über einen Soldaten ausdrückte, der wieder sehen konnte, nachdem man ihm am Morgen die Augenbinde entfernt hatte. Meggies Stolz über die lobenden Worte eines Arztes und Mister Davids ruhige Stimme, mit der er die Pferde zum Stehen brachte. Auch Tanith war bei ihnen.

»Es ist jemand zu Besuch gekommen«, rief Lorna. »Hallo! Wer ist da?«

»Es ist Master Robert«, antwortete Mister David, obwohl es fast dunkel war und er kaum etwas erkennen konnte.

»Robert!« Lorna sprang aus der Kutsche, noch ehe sie richtig stand. Sie rannte die Treppen hinauf und flog in seine Arme. »Liebster!« Er hielt sie fest an sich gedrückt und spürte zu seinem Entsetzen, dass er unkontrolliert zitterte. Er musste jetzt stark sein für Lorna, nicht schwach. Mit ungeheurer Anstrengung holte Robert Luft und zwang sich zur Ruhe.

»Irgendetwas ist passiert.« Meggie kam die Treppe hinaufgestürmt. Tanith folgte ihr.

Über die Köpfe der Frauen hinweg trafen sich die Blicke von Robert und Mister David. »Ich sehe dich, mein Freund.«

»Und ich sehe Sie«, antwortete der Zulu und nickte. Er wusste Bescheid.

»Kommt alle ins Haus, ich habe eine schlechte Nachricht für euch.«

Lorna konnte nicht warten. »Frazer!« Sie stand kurz vor der Hysterie. »Es geht um Frazer, nicht wahr?«

»Sei stark, Liebes. Ja, ich fürchte, es ist so.«

»Nein.« Sie riss sich los. »Nein. Du hast es mir versprochen, Robert. Du hast mir versprochen, auf ihn aufzupassen. Ich hätte es gespürt. Reite zurück, und sieh nach ihm. Er lebt, ich bin mir ganz sicher.«

Die wenigen Lampen, die im Haus leuchteten, verbreiteten ein gespenstisches Licht. Mister David beeilte sich, den Raum zu erhellen.

Robert stand vor Lorna, die auf einen Stuhl gesunken war und ihn in verzweifelter Hoffnung anschaute. »Es tut mir so leid, Liebste. Wir haben ihn vor vier Tagen beerdigt.«

»Nein, das kann nicht sein.« Lorna weigerte sich, das, was sie da hörte, zu akzeptieren. »Nicht Frazer. Nicht ... ich ...« Sie verbarg ihr Gesicht in beiden Händen, als könne sie es so vor der Wahrheit verstecken.

Robert sank auf die Knie und streckte die Arme aus, aber sie schüttelte ihn ab. »Lorna, bitte, sieh mich an.«

Sie gehorchte, langsam und widerwillig.

»Frazer kannte die Gefahren. Wie wir alle. Es war seine Entscheidung, dort zu sein. Keiner von uns hätte ihn davon abhalten können.«

»Aber warum er?«, fragte Lorna verzweifelt. »Er war doch erst zwanzig, um Himmels willen.« Dann lächelte sie ganz plötzlich und unerklärlich. »Nun gut ... wenn unser Gott nach Opfern verlangt, sollte ihm vielleicht mal jemand sagen, dass wir schon zwei gebracht haben. Hoffen wir, dass er dann zufrieden ist. Ich werde es die übrige Familie wissen lassen. Man kann von keinem anderen verlangen, das zu tun.«

»Lorna?« Ihr plötzlicher Stimmungswandel besorgte Robert zutiefst. Er hatte mit einem Schock gerechnet, mit Trauer natürlich, selbst mit Schuldzuweisungen. Aber so etwas? »Ich kann nur wenige Tage bleiben.«

»Das ist auch nicht nötig. Wir kommen schon zurecht. Reite du nur zurück zu deinem Krieg, und kämpfe weiter. Je eher ihn jemand gewinnt, desto besser ist es für uns alle.«

So hatte Robert Lorna noch nie erlebt. »Ich bleibe erst einmal hier«, erklärte er mit fester Stimme.

Zu seiner großen Erleichterung kam ihm eine überraschend gefasste Meggie zu Hilfe. »Komm, Mutter, ich kümmere mich um das Essen. Vielleicht ist es das Beste, wenn du dich eine Weile hinlegst.«

Lorna wandte sich erzürnt an ihre Jüngste. »Glaubst du, ich sei eine Invalidin, verdammt?«, schnappte sie. »Lasst mich in Ruhe, ihr alle.« Sie erhob sich und marschierte aus dem Zimmer. Die schwere Holztür fiel mit einem lauten Knall ins Schloss.

Meggie war entsetzt. Sie brach in Tränen aus und barg ihr Gesicht an Roberts Brust.

»Ich werde Miss Taylor nach Hause bringen«, bot Mister David sich an.

Tanith berührte Meggie teilnahmsvoll an der Schulter und warf Robert dann einen fragenden Blick zu.

»Duncan geht es gut«, antwortete er rasch, worauf sie sich ohne ein weiteres Wort umwandte und es Robert überließ, seine Tochter zu trösten. Sie hörten beide Lornas Schluchzen, wussten jedoch, dass es das Beste war, sie in Ruhe zu lassen. Sie hatte das, was sie gesagt hatte, ernst gemeint. Sie wollte allein sein.

Sie aßen ohne Lorna, und kaum jemand rührte einen Bissen an. Meggie und Robert sprachen nur wenig. Sie erkundigte sich nach Duncan, berichtete, dass sie einen Brief von Cameron erhalten hätten. Ihm und Will ging es gut. Auch von Ellie und Lindsay gab es keine schlechten Nachrichten. Ginnie befand sich inzwischen in einem Feldlazarett in der Nähe von Moon River. Unweigerlich kehrte das Gespräch immer wieder zu Frazer zurück.

»Es gab nichts, was man hätte tun können, um deinen Bruder zu retten.« Robert wollte unbedingt, dass Meggie verstand, was geschehen war. »Er wurde hinterhältig getötet.«

»Warum nur Frazer?«, fragte sie leise. »Musste er leiden?«

»Ich denke nicht.« Robert hielt es für klüger, keine Einzelheiten zu schildern. »Ich habe den Mann, der es getan hat, getötet, Meggie. Ich konnte nicht anders.«

»Gut.« Sie streckte den Arm aus und fand seine Hand. »Selbst das belastet dich schwer, nicht wahr, Vater?«

»Überraschenderweise nicht.« Robert schüttelte den Kopf. »Er hat den Tod verdient. Dieser Bastard von einem Buren hat einen Mord begangen. Seine Tat war grausam und berechnend, sie hatte nichts zu tun mit der Hitze des Krieges.«

»Wie meinst du das? Krieg ist Krieg. Tod ist Tod.«

»Ich weiß, aber glaub mir, es gibt einen Unterschied.«

»Wenn du das sagst.«

»Das Merkwürdige an der Sache ist, dass ich den Mann kannte.«

»Spielt das eine Rolle? Wen interessiert das?« Meggie schien all diese Fragen an sich selbst zu richten, ihre Stimme hatte plötzlich etwas Träumerisches. Sie war gezwungen, über Frazers Tod nachzudenken, und der Schock begann gerade erst zu wirken. Die Worte ihres Vaters klangen, als spräche er unter Wasser. Sie musste den Verlust eines Bruders begreifen; er den eines Sohnes. Das eine schmerzte so sehr wie das andere, aber beide wussten, dass Lorna diejenige war, die am meisten verloren hatte.

Als Robert ins Bett ging, drehte sich Lorna, die sich nicht die Mühe gemacht hatte, sich auszuziehen, von ihm weg. Sie hatten sich immer gegenseitig getröstet, ganz gleich in welcher Lage. Nun erlebten beide einen Schmerz, der unheilbar schien.

»Ich verstehe dich, Liebes«, flüsterte Robert in die Dunkelheit. »Ich verstehe dich so gut. Es tut mir auch weh. Bitte, komm zu mir.«

Sie rollte sich zu ihm hinüber, ließ sich in die Arme nehmen, und dann kamen die Tränen; heiß, unkontrolliert, begleitet von tiefen Schluchzern. »Warum Frazer? Warum ausgerechnet er?«

»Hättest du wirklich wählen können?«, fragte Robert.

»Nein«, gestand Lorna und versuchte sich zu fassen. »Verzeih mir, Robert. Es ist bloß so, dass ...«

»Ich weiß, mein Liebling. Du brauchst das nicht zu sagen. Ich empfinde dasselbe bei Meggie ...«

Und da war es heraus.

»Ich muss mich morgen bei Meggie entschuldigen. Sie wird schrecklich verletzt sein.«

»Sie versteht es sicher.«

»O Robert. Wie egoistisch ich bin! Meggie ist noch viel zu jung, um allein damit fertig zu werden.«

»Unsere Kleine ist reifer, als du glaubst. Meggie ist zäh. Sie wird für dich da sein, wenn du sie brauchst. Ich wünschte nur, ich könnte länger bleiben.«

Sie lagen in der Dunkelheit, hielten sich an der Hand und sprachen voller Liebe über ihren jüngsten Sohn. Einige Erinnerungen erzeugten Lächeln, andere Tränen. Robert war erleichtert, als Lorna begann, auch von anderen Dingen zu sprechen – von der Farm, von ihrer Arbeit im Krankenhaus, von Meggies und Tanith' Tätigkeit. Sie erzählte ihm Einzelheiten aus Camerons Brief. Es schien, als habe Will bei seinen Bemühungen, ein Pferd für Cameron zu finden, eine Menge Leute verärgert.

Der ehrenwerte General Sir Redvers Buller, Oberbefehlshaber sowohl der britischen Truppen als auch der Kolonialtruppen in Südafrika, war nach Natal gekommen, um das Kommando über die Ladysmith-Offensive zu übernehmen. Offenbar konnte er sich an Will und Robert und die Schlachten von Hlobane und Kambula Hill während des Zulu-Krieges erinnern. Er redete noch immer von der Tapferkeit, die sie bewiesen hatten, als sie am Abend, bevor seine Truppen angriffen, ausgesandt worden waren, um feindliche Stellungen auszuspähen. Buller wusste noch gut, dass die beiden Männer eine tiefe Zuneigung zu Zululand und Respekt vor dem Volk der Zulu auszeichnete. Das hatte er sich damals zunutze gemacht.

Als er feststellte, dass Cameron Roberts Sohn war, hoffte er, auch mit ihm gute Erfahrungen machen zu können, und erfüllte zähneknirschend Wills dreiste Forderungen. Vielleicht, so mutmaßten einige, hatte er in ihm einen Mann gefunden, der es in Sachen Sturheit mit ihm aufnehmen konnte. Auf jeden Fall hatte Wills störrische Art – ganz zu schweigen von seinem Äußeren – ihn sowohl amüsiert als auch beeindruckt. Die beiden Männer waren fast im gleichen Alter.

Trotz ihrer niederschmetternden Trauer mussten Lorna und Robert bei der Vorstellung, wie Will sich dem kampfeslustigen Buller entgegenstellte, lächeln. Das Leben ging unerbittlich weiter.

Drei Tage nachdem Robert nach Hause gekommen war, fand eine kleine private Gedenkfeier für Frazer statt. Torben und Gerda hatten auf Lornas Telegramm rasch geantwortet, aber von Cameron, Ellie oder Virginia kam keine Reaktion. Die Familie und Freunde – vor allem die Frauen – taten sich schwer. Ohne Sarg, ohne einen toten Körper war es schwierig, die rechten Worte des Abschieds zu finden. Unerwartet und ungeplant hielten sich auch Zulu-Bedienstete und andere Farmarbeiter in der Nähe auf. Die Frauen heulten und zeigten offen ihre Trauer, während die Männer schweigend dastanden – ihre Art, Respekt zu bekunden.

Lorna war wie erstarrt. Niemand konnte ermessen, wie verzweifelt sie war und was in ihrem Innern wütete. Sie hatte tief in ihrer Vergangenheit gegraben und sich mit der stocksteifen Haltung der britischen Aristokratie über jene schrecklichen ersten Tage hinweggeholfen.

Gerda, eine strahlende Schwangere von robuster Gesundheit erschien Lorna plötzlich wie blanker Hohn. Nachdem sie kurz ihr Beileid ausgedrückt hatte, sprach sie über nichts anderes als ihr ungeborenes Kind. Sie hatte Frazer kaum gekannt, aber

Robert fand, dass sie dennoch zu respektieren hatte, wie der Rest der Familie fühlte.

Torben redete sich seine Trauer von der Seele, indem er alles und jeden für den Tod seines Bruders verantwortlich machte. Er bemühte sich, niemanden zu verurteilen, dennoch war es schwer, sein Gerede zu ertragen. Lorna ignorierte es geflissentlich, aber Robert konnte kaum an sich halten. Er erinnerte sich daran, was Fairy Fairfax immer wieder sagte: Die Schuld auf andere zu schieben hilft nicht.

Sie hatten neben Katies Grab einen zweiten Steinhügel errichtet. Nach der Zeremonie standen Robert und Lorna Arm in Arm davor. Leise sagte er: »Wir werden ihn nach Hause bringen, Liebes. So viel verspreche ich dir, und ich werde alles tun, um mein Versprechen halten zu können.«

Lorna legte eine Hand auf seinen stützenden Arm. »Das wäre schön.« Ihre Stimme besaß den gleichen entrückten Klang, den Robert vor einigen Tagen bei Meggie registriert hatte. Sie war in einer Welt, die sie sich selbst geschaffen hatte, und er beschloss, dass es das Beste war, dort nicht einzudringen.

Als sie zum Haus zurückkamen, holte die Gegenwart sie mit aller Härte ein. Schon bald würde Robert wieder aufbrechen müssen, obwohl Lorna ihn so brauchte. Wieder einmal bewies Meggie, dass sie viel reifer war, als ihr Alter vermuten ließ. »Mach dir keine Sorgen, Vater. Ich werde schon für Mutter sorgen.«

Robert seufzte. »Ich weiß. Das Problem ist nur, meine Kleine, du solltest das eigentlich nicht tun.«

»Sie ist meine Mutter, Daddy.« Meggie sprach ihren Vater mit Absicht so an, weil sie wusste, dass er diese zärtliche Form der Anrede hasste.

Robert durchschaute seine Tochter sofort. Er lächelte. »Du kannst mich immer um den Finger wickeln, junge Lady. Gewöhn dir das nie ab.«

Sie umarmten sich, und Meggie klammerte sich an ihn. Sein

Kind, eine Frau, die noch so jung war und dennoch ihre Rolle in der Familie genau kannte. Robert hoffte inständig, dass ihre Seele nicht zu sehr unter der Last dieser schweren Verantwortung litt. Liebevoll drückte er sie an sich. »Lass dich niemals unterkriegen. Ich bin für dich da, wenn du mich brauchst.«

Meggie löste sich aus seiner Umarmung und wischte die Tränen fort, die ihr über die Wange liefen. »Danke, Vater.«

Mehr brauchten sie nicht zu sagen. Robert verstand, was Lorna empfand. Ihr ganz besonderer Liebling – ihr Seelenverwandter – war ihr entrissen worden. Sie liebte all ihre Kinder, liebte sie aufrichtig, aber es gab zu keinem dasselbe unsichtbare Band, das zwischen ihr und Frazer existiert hatte.

Ellie traf am selben Abend nach Anbruch der Dunkelheit ein. Sie war so erschöpft, dass sie halb vom Sattel ihres geliehenen Armeepferds fiel. »Tut mir leid, ich bin zu spät. Ich kam bis gestern einfach nicht weg. Die letzte Nacht habe ich in Durban verbracht. Lindsay musste bleiben. Er richtet natürlich sein Beileid aus. Hallo Torben, Gerda. Ich hoffe, euch und euerm Baby geht es gut. Wer ist sonst noch hier?« Sie plapperte völlig unkontrolliert, und sie wusste, dass sie es tat. In der nächsten Sekunde brach sie schluchzend in den Armen ihres Vaters zusammen. »Gott, dieser verdammte Krieg!«, stieß sie aus. »Wo wird das alles enden?«

So standen sie ein paar Minuten da, dann sagte Robert: »Du brauchst jetzt etwas zu essen und ein Bett, mein Mädchen. Deine Mutter und Meggie schlafen bereits. Alles andere kann bis morgen warten.«

Sie drückte ihn liebevoll. »Du wirst von mir keinen Widerspruch hören. Im Moment ist es einfach nur gut, zu Hause zu sein.« Ellie und Frazer hatten sich immer sehr nahe gestanden. Sie hatte immer verstanden und respektiert, mit welch großer Leidenschaft er sich der Kunst hingab. Er besaß eine

Begabung, die nur wenige besaßen, und sie bewunderte ihn dafür.

Als Ellie am nächsten Morgen aufstand, sie hatte seit Wochen zum ersten Mal wieder richtig geschlafen, fand sie das Haus leer vor. Mister David kam mit einer Schüssel warmem Mais-Porridge aus der Küche und berichtete ihr, dass Lorna, Robert und Meggie in Empangeni seien und Torben und seine Frau früh nach Durban hatten aufbrechen müssen. Er erkundigte sich nach Lindsay und erklärte ihr, wo sie Frazers Gedenkstätte fand. Dann zog Mister David sich respektvoll zurück.

Ellie war froh über die Ruhe, stellte jedoch fest, dass sie ihren Porridge nicht herunterbekam. Voller Wehmut ging sie hinaus zu dem weißen Steinhügel. Sie setzte sich ins Gras, zog die Beine an und lehnte den Kopf an den kühlen schwarzen Marmor des Grabsteins ihrer Schwester.

»So jung. Ihr wart beide noch so jung.« Ellie fühlte sich plötzlich ganz ruhig, so als hätte die unsichtbare Hand Gottes sie an der Schulter berührt. »Ihr werdet bald vereint sein, wenn es nicht schon so weit ist. Bleib in der Nähe, Katie. Halte dich bereit, um deinem Bruder zu helfen. Wo immer du bist, an welch wunderbarem Ort, er braucht dich jetzt.«

Sie strich über die glatten Steine. »Wir werden dich zurückbringen, lieber Freund. Eines Tages wirst auch du hier ruhen, im Schatten dieses Baums. Erinnerst du dich noch an den ersten, den wir gepflanzt haben? Du warst damals erst fünf und hattest beschlossen, hinaufzuklettern.« Ellie lachte leise. »Du hast ihn abgebrochen, direkt oberhalb der Wurzel. Mutter war außer sich vor Zorn. Die Wurzeln dieses Baums waren in einer besonderen Mischung aus zerstoßener *Kaempferia,* Maismehl und Getreidesamen eingeweicht worden. Du warst zu jung und konntest das nicht wissen, aber Mutter und Vater wollten, dass er schnell wuchs. Mister David sagte, dass seine *muthi* helfen würde, Hitze- und Trockenheitsschäden abzuwehren. Wegen dir mussten sie den ganzen Prozess wiederholen. Aber es hat funktioniert. Sieh nur, wie groß dieser Baum nun ist.« Ellie zeigte hinauf in die belaubte Krone der Kassie mit den gelben, ranunkelartigen Blüten.

Sie legte den Kopf in den Nacken und spürte einen plötzlich aufkommenden Windhauch, der den Duft des Sommers mit sich trug. »Ich muss morgen wieder fort. Andere brauchen meine Hilfe, vor allem Lindsay. Er ist ein guter Mann. Ich denke, ich werde ihn heiraten.« Die Stille, die diesem Satz folgte, brachte sie zum Lächeln. »Ja, ich war mir sicher, dass du zustimmen würdest. Er ist ein ganz besonderer Mensch. Wusste jemand von euch, dass ich mit ihm schlafe? Glaubst du, der Herrgott ist damit einverstanden? Es erscheint mir ganz natürlich, auch wenn ich manchmal das Gefühl habe, eine Sünde zu begehen. In der Bibel steht, man solle auf das Sakrament der Ehe warten. Warum? Tiere brauchen so etwas auch nicht, warum also wir?« Sie lachte ein glückliches Lachen, das jedoch auch ihre Zweifel zum Ausdruck brachte. »Ich wette, du hättest nie vermutet, dass deine große Schwester, diese ruhige und gefasste Frau Doktor, wegen so einer einfachen Sache ins Grübeln geraten könnte, oder?«

Die Blätter über ihrem Kopf bewegten sich. »Bist du das, Frazer?« Sie schaute hinauf. »Ich wette, du bist es. Du konntest nicht warten, bis dich die Familie nach Hause holt, nicht wahr?«

Ellie vergaß die Zeit. Sie gab sich ganz der Zwiesprache mit ihren Geschwistern hin und ließ ihren Gedanken freien Lauf. So bemerkte sie nicht, wie erst der Vormittag, dann der Nachmittag verstrich. Als sie hörte, dass jemand kam, ging Ellie widerstrebend zum Haus zurück. Erfreut stellte sie fest, dass Camerons Verlobte auf der Veranda stand.

»Ginnie. Du hast es doch geschafft. Was für eine wunderbare Überraschung. Ist Cameron bei dir?«

»Nein. Nein, er ist nicht bei mir.« Virginia brach unvermittelt in Tränen aus.

»Was ist los? Sag es mir. Was ist passiert? Nicht Cameron. Bitte, o Gott, sag, dass es nicht Cameron ist.«

»Es ist Kevin. Ich wollte so gern zu Frazers Abschiedsfeier kommen, aber mein Bruder ...« Sie schluchzte, und Tränen liefen über ihr staubiges Gesicht.

»O nein, Ginnie. Nicht er auch noch.«

Virginia schüttelte den Kopf. »Er ist verletzt – aber er hätte ebenso gut tot sein können. Ein Schrapnell hat ihm beide Knie zerfetzt. Nun kann er seine Beine nicht mehr gebrauchen.« Sie zitterte am ganzen Körper. »Ich habe ihn nach Empangeni zurückgebracht, weil er dort in der Nähe von zu Hause ist. Er liegt in der Klinik. Ich war noch nicht im Haus. Ich wollte nur ...«

»... reden.« Ellie verstand Virginia nur zu gut. Sie führte sie sanft zu zwei abgenutzten Lederstühlen, die auf der Veranda standen.

»Wer ist sein Arzt?«

»Doktor Parry. Er war bereits bei ihm.«

Ellie nickte. »Das ist gut. Er kennt Kevin.«

»Er kennt den Mann, der Kevin einmal war. O Ellie, was kann ein Arzt da schon tun?«

Ellie wusste aus Erfahrung, dass sie nicht zulassen durfte, dass Virginia in Selbstmitleid versank. Sie musste positiv denken, schon allein, um ihrem Bruder helfen zu können. Es war nicht einfach. Kevin war ein aktiver Mensch, der sich mit jeglicher Form von Immobilität nur schwer würde abfinden können. Er liebte die Farm der Familie und war ihre Zukunft. Er kannte jeden Quadratzentimeter des Anwesens, arbeitete wie besessen – ein Kronprinz, der stolz auf alles war, was zum Königreich seines Vaters gehörte, und der sich bereits auf den Tag vorbereitet hatte, an dem er der König sein würde.

»Viele werden genauso schwer verletzt zurückkehren, vielleicht sogar noch schwerer«, versuchte Ellie zu trösten. »Ihr habt noch Glück gehabt.«

»Ich weiß.« Virginia fuhr sich mit der Hand über die Augen.

»Ich weiß, dass das egoistisch ist, Ellie, aber ich denke nur an Kevin. Glaubst du … meinst du … wird er je wieder laufen können?«

»Das ist sehr gut möglich.«

»Aber du glaubst nicht daran?«

»Wir müssen einfach abwarten und sehen, was Doktor Parry sagt. Dein Bruder darf jetzt nicht aufgeben. Das wäre das Schlimmste.«

Virginia erhob sich müde. »Ich muss wieder gehen. Danke, Ellie. Bitte richte deinen Eltern mein herzliches Beileid aus. Ich werde sie bald besuchen.«

Als Virginia gegangen war, blieb Ellie noch eine Weile nachdenklich sitzen. Kevin würde – mit viel Glück – wieder gesund werden. Aber wenn er ernsthafte Verletzungen an beiden Knien hatte, war die Wahrscheinlichkeit nicht sehr hoch, dass er jemals wieder würde laufen können. Vermutlich erwartete ihn ein Leben im Rollstuhl. Kevin war erst einunddreißig. Er hatte eine junge Frau und ein Baby und mehr vom Leben erwartet als dies.

Plötzlich fiel Ellie Cameron ein. Wusste er, was mit Frazer und nun auch noch mit Kevin geschehen war? Seufzend erhob sie sich und ging ins Haus.

Torben hätte leicht bleiben können, aber er war bestrebt, seinen ersten Ausflug in die Welt der Waffengeschäfte zu Ende zu führen. Es ging darum, ein Siebenpfünder-Geschütz zu ersetzen, das die Buren bei einem Überfall auf einen gepanzerten Spähzug in der Nähe von Chieveley, südlich von Colenso, erbeutet hatten. Es war bereits das dritte Artilleriegeschütz, das die Briten verloren hatten. Sie waren in einer schwierigen Lage und zahlten gut. Der Abschluss des Geschäfts war wesentlich lukrativer, als seiner Stiefmutter die Hand zu halten.

Lorna hatte Ellie morgens ausschlafen lassen und war nun

gespannt, die Neuigkeiten ihrer Tochter zu erfahren. Lorna nahm die Nachricht von Kevins Verletzung ohne äußeres Zeichen einer Gefühlsregung hin und wechselte dann abrupt das Thema. Zu Ellies Verwunderung kam sie auf Virginias und Camerons Hochzeitspläne zu sprechen. »Dieser Krieg hat beiden gezeigt, wie unvorhersehbar das Leben sein kann.«

»Das heißt, dass sie sich eher früher als später vermählen werden?« Ellie wirkte überrascht. »Davon hat Ginnie gar nichts erzählt, als sie hier war. Vermutlich hatte sie andere Dinge im Kopf.«

Ohne zu antworten, fuhr Lorna fort. »Sie sprechen von einer kleinen privaten Feier in Maritzburg. Später können wir hier etwas arrangieren, wenn sie das möchten. Eine Familienfeier. Das haben dein Vater und ich auch so gemacht.« Mit keinem Wort erwähnte sie die Tatsache, dass sie von Cameron lange nichts gehört hatte und dass er zur Gedenkfeier seines Bruders nicht nach Hause gekommen war.

Lornas Blick und ihre Stimme machten deutlich, dass sie in Gedanken in der Vergangenheit war, anstatt sich der Gegenwart zu stellen. Ellie kam zu dem Schluss, dass nicht der geeignete Zeitpunkt war, über ihre eigenen Pläne zu sprechen.

Draußen auf der Wiese unterhielten sich Robert und Meggie beinahe flüsternd. »Deine Mutter macht mir Sorgen. Sie benimmt sich so seltsam, als sei nichts geschehen. Ich habe keine Ahnung, wie lange dieser Zustand anhält. Es fällt mir schwer, sie wieder zu verlassen, aber mir bleibt wirklich keine andere Wahl. Bist du sicher, dass du zurechtkommst? Wirst du es schaffen, Meggie?«

»Ich komme schon klar, Vater, und Mutter auch. Ich habe heute Morgen mit Roger gesprochen. Er hat mir versprochen, regelmäßig nach ihr zu schauen. Wir arbeiten beide im Krankenhaus, also dürfte es nicht allzu schwierig werden. Es wird das Beste für sie sein, sich zu beschäftigen und sich um andere kümmern zu können.«

Robert stimmte ihr zu, dann gingen sie Arm in Arm zum Haus. Tief in seinem Herzen wusste er, dass eine weitere Tragödie seine Frau um den Verstand bringen könnte.

Am nächsten Morgen brachen Robert und Ellie gemeinsam auf. Sie hatten geplant, zunächst in Richtung Thukela und dann weiter nach Durban zu reiten. Lorna stand auf der Veranda, um ihnen nachzuwinken. Sie hatte das Haar hochgesteckt, aber einzelne Strähnen fielen ihr ins Gesicht. Lorna wirkte plötzlich so zerbrechlich. Stolz hielt sie den Kopf erhoben, konnte jedoch nicht verhindern, dass ihre Lippen zitterten. Meggie hatte den Arm um die Taille ihrer Mutter gelegt.

Mister David, der noch auf dem Weg stand und seinem Freund ebenfalls hinterherblickte, hatte Robert auf seine Art beruhigt. »Sie ist wie meine Schwester. Sie sollen wissen, dass ich auf sie aufpasse«, hatte er ihm zum Abschied gesagt.

»Wenn die Trauerphase vorüber ist, werden wir für *nkosaan* Frazer singen.«

»Das ist gut.«

»Es ist möglich, dass ein Zauberer für Master Frazers Tod verantwortlich war. Wenn Sie möchten, kann ich einen *sangoma* herbeirufen. Er würde das Böse finden.«

»Nein«, antwortete Robert rasch. Die Suche nach einem so genannten Zauberer würde nicht helfen, da war sich Robert sicher. Erstens bezweifelte er ernsthaft, dass jemand auf der Farm seinem Sohn etwas Böses hatte antun wollen. Zweitens erfolgte die Suche nach Zauberern heimlich, damit die Behörden nichts davon mitbekamen. Robert kannte die Zulu-Tradition und war sich der schweren Strafen bewusst, die diejenigen zu erwarten hatten, die beim Verrichten solcher Akte erwischt wurden. Meist wurden sie zum Tode verurteilt. »Danke, David. Frazers Tod war der Wille unseres eigenen Gottes. Es war nichts, wofür sich dein Volk verantwortlich fühlen müsste.«

Mister David wirkte erleichtert. »Dann werde ich zwei Monate lang darauf verzichten, bei meiner Frau zu liegen.«

Robert nickte ernst. Während der Trauerphase – deren Dauer sich danach richtete, wer aus der Familie gestorben war – durfte ein Zulu nichts tun, was nicht unbedingt notwendig war. Engste Angehörige arbeiteten nicht auf den Feldern. Weder Singen noch Tanzen war erlaubt, und es wurde kein Schmuck getragen. Die Männer ließen ihr Haar um das *isiCoco*, das Haarband, herum wachsen. Frauen gaben kein Ocker in ihre Haare, außerdem durfte kein Geschlechtsverkehr stattfinden. Für Mister David hatte Frazer zur Familie gehört. Das würde ihn zwar nicht zurückbringen, aber die Ehrbezeugung war dennoch tröstlich.

Als Robert schließlich auf seinem Pferd saß und versuchte, den Augenblick ihres Abschieds zu verzögern, erinnerte er sich an den Tag, als er Mister David zum ersten Mal begegnet war. Es war vor Catos Laden in Durban gewesen. Seine beiden erfahrenen Partner – Will Green und Logan Burton – hatten ihn davor gewarnt, einen in einer Mission erzogenen Kaffer mitzunehmen. Die Tatsache, dass er keine Arbeit hatte und wie viele andere, die das Glück verlassen hatte, eine Beschäftigung suchte, machte ihn in ihren Augen äußerst verdächtig. Was hatte er getan? Die Antwort, die Robert schließlich von dem ehrenwerten Jäger David Leslie erhalten hatte, lautete: nichts. Mister David war nur deshalb in diese Situation geraten, weil sein vorheriger Dienstherr krank geworden war. Robert stellte ihn als Kutscher ein und ertrug monatelang zweifelnde Bemerkungen, ehe seine Begleiter den Zulu zu schätzen lernten.

Mister David hatte rasch bewiesen, wie gut er war. Er war von Grund auf ehrlich, ein unschätzbar wertvoller Ratgeber und Lehrer, und, wie er im Laufe der Jahre immer wieder bewiesen hatte, ein wahrer Freund. Er hatte bei der Begegnung mit den Elefanten, die Logan das Leben gekostet hatte, Seite an Seite neben Robert gestanden. Anstatt sich wilder, blinder Panik hinzugeben, hatte Mister David mit konzentrierten, präzisen Bewegungen Roberts Gewehre nachgeladen und sein eigenes

Leben in die Hände eines unerfahrenen jungen Mannes gelegt, dem er vollkommen vertraute.

Im Zulu-Krieg 1879 hatten sie an verschiedenen Fronten gekämpft, doch es war nie zu persönlichen Animositäten gekommen, und als der Krieg zu Ende gewesen war, hatten sie sich wiedergefunden. Mister David war derjenige gewesen, der in Robert die Faszination für Zululand und das Volk der Zulu geweckt hatte, der ihn gelehrt hatte, die Sprache der Zulu zu sprechen und wie ein Zulu zu denken. Die Folge war – abgesehen von Roberts tiefem Respekt vor diesem Volk – eine intensive Freundschaft, die nun seit fast drei Jahrzehnten bestand.

Robert hatte noch nie so viele Schiffe in Durban vor Anker liegen sehen. Ellie zeigte auf zwei Kriegsschiffe, die Furcht erregende Namen trugen, und lachte. »Diese Namen passen nun wirklich nicht mehr.« Der verständnislose Blick ihres Vaters erforderte eine Erklärung. »Man könnte sagen, ihnen sind die Zähne gezogen worden. Beide Schiffe sind sämtlicher Waffen und ihrer Besatzung beraubt worden, weil sie zur Verteidigung von Ladysmith benötigt werden.«

Robert nickte. Er wusste, dass Sir George White wirkungsvolle Artilleriegeschütze brauchte, um den Long-Tom-Kanonen der Buren etwas entgegenzusetzen. Deren schwere Geschosse besaßen eine Reichweite von über sechs Meilen. Er ahnte nicht, dass das Problem zum Teil bereits gelöst war.

»Die anderen«, fuhr Ellie fort, »sind Frachtschiffe, die Truppen und Materialnachschub bringen. Einige sind zu schwimmenden Krankenhäusern umfunktioniert worden, um Schwerverletzte nach Großbritannien zu transportieren, andere sollten genutzt werden, um Kriegsgefangene zu beherbergen, aber diese Idee ist vom Tisch. Zumindest vorerst.«

Die Nacht verbrachten sie im Royal Hotel, und im Gespräch mit anderen Gästen erfuhren sie, dass der Burenanführer in

Natal, Piet Joubert, schwere Verletzungen erlitten hatte, als man sein Pferd unter ihm weggeschossen hatte. Sein Stellvertreter Louis Botha hatte nun das Kommando übernommen und sich an den Thukela bei Colenso zurückgezogen. Ladysmith blieb unter Belagerung. Im Westen hatte Lord Methuen mit seinem Vorstoß in Richtung Kimberley begonnen und bei Belmont, Graspan und am Modder-Fluss teuer erkaufte Siege gegen General de la Rey errungen. Obwohl auch Methuen verwundet worden war, waren er und seine Truppen nur noch knapp zwanzig Meilen von Kimberley entfernt. Sie waren in der Lage, mit der belagerten Garnison zu kommunizieren, indem sie mit einem Suchscheinwerfer Lichtsignale in den Nachthimmel entsandten.

Niemand hatte etwas von den Fairfax Scouts gehört.

11

Je weiter Robert und Ellie sich von der Küste entfernten, desto angenehmer wurde es. Der Verkehr auf dem Weg von Durban ins Landesinnere war nicht annähernd so stark, wie man ihnen prophezeit hatte. Der Nachschub an Truppen und Material, der Durban täglich erreichte, wurde über die Schiene weitertransportiert. Auf dem Rückweg hatten die Eisenbahnwaggons Kriegsopfer dabei, deren Verletzungen so schwerwiegend waren, dass sie eine Seereise nach England rechtfertigten. Die Schiffe waren immer voll.

Estcourt entpuppte sich als schmutziger, lauter Ort, in dem es von Soldaten und überladenen Pferdewaggons wimmelte. Ellie ritt vor und bahnte sich einen Weg durch das scheinbar unkoordinierte Chaos, um Robert zu dem Feldlazarett zu führen, das nun seit über einem Monat ihr und Lindsays Zuhause war.

In dem Zelt, das als Operationssaal diente, aber auch Ellies und Lindsays Schlafquartier war, war alles ruhig. Lindsay hatte sich vollständig bekleidet hingelegt und döste vor sich hin. Robert registrierte, dass er und Ellie dieselbe Unterkunft bewohnten. Er sagte nichts.

Die medizinischen Einrichtungen waren in tadellosem Zustand. Zwischen zwei mit sauberen weißen Laken bespannten Operationstischen lagen glänzende chirurgische Instrumente bereit, der mit Brettern ausgelegte Boden war frisch geschrubbt, und ein Hauch von Chloroform hing in der Luft.

»Lass ihn schlafen«, flüsterte Robert, aber Lindsay hatte bereits die Augen geöffnet. Er sprang ein bisschen zu hastig auf, sodass er sich noch einmal hinsetzen musste, bis sein Kreislauf im Gleichgewicht war. Er streckte die Hand nach Ellie aus und ließ sich von ihr aufhelfen.

»Gut, dich wiederzuhaben, meine Kleine.« Zärtlich zog er Ellie an sich, küsste sie auf die kurz geschnittenen blonden Haare und atmete ihren vertrauten Duft ein. So standen sie ein paar Sekunden, ehe Lindsay bemerkte, dass auch Robert da war.

»Entschuldigung, Sir.« Er streckte die Hand aus. »Es ist schön, Sie zu sehen, auch wenn ich wünschte, die Umstände wären andere. Bitte nehmen Sie mein tief empfundenes Beileid entgegen – für Sie und Ihre Familie. Ich weiß, wie viel Frazer Ihnen allen bedeutet hat.«

»Danke, Lindsay. Diese Zeiten sind durchaus nicht leicht für uns.«

»Werden Sie über Nacht bleiben? Ich bin sicher, wir können Ihnen ein Bett besorgen.«

»Das ist nett von Ihnen, aber da ich schon so nah an Frere bin, werde ich heute noch weiterreiten. Cameron und Will müssten dort sein. Lorna hat ihnen ein Telegramm geschickt, um sie über die Trauerfeier zu benachrichtigen, aber sie hat keine Antwort erhalten. Es könnte also sein, dass sie noch nichts von Frazers Tod wissen.«

»Die Spähtrupps der Light-Horse-Division sind bis Lions River vorgedrungen. Vielleicht war Cameron unterwegs.«

»Wenn es so wäre, würde mich das glücklich machen.«

»Ich bin sicher, dass es so ist, Vater.« Ellie klang zuversichtlicher, als sie sich fühlte.

Die Verfolgung eines kleinen Buren-*komandos*, das in der Nähe von Nottingham Road gesichtet worden war, hatte Cameron auf eine ereignislose Patrouille durch die Ausläufer der Drakensberge zwischen Dargle und Lions River geführt. Er wusste, dass Virginia im Mooi-River-Feldlazarett einen Ambulanzwagen fuhr, und hatte vor, ihr auf dem Rückweg nach Frere einen Überraschungsbesuch abzustatten. Sie war nicht da, weil sie wenige Tage zuvor aufgebrochen war, um ihren verwundeten Bruder Kevin nach Empangeni zu bringen.

Das Telegramm von Lorna hing am Nachrichtenbrett in der Offiziersmesse. Cameron nahm den auffälligen Umschlag, der so häufig traurige Nachrichten enthielt, an sich. Er fürchtete sich vor seinem Inhalt und musste ihn dennoch wissen. Zögernd riss er den Umschlag auf und las: ›FRAZER GETÖTET, TRAUERFEIER 5. DEZEMBER ZU HAUSE. ALLE ANDEREN EBENFALLS BENACHRICHTIGT. INFORMIER WILL.‹ Die nüchterne Nachricht war schlicht mit MUTTER unterzeichnet. Cameron war wie vom Donner gerührt. Er hatte keine Ahnung, welches Datum war, und griff nach einer Ausgabe der *Natal Mercury*, um nachzusehen. Freitag, der 8. Dezember. Die Trauerfeier auf Morningside war vor drei Tagen gewesen.

In der Offiziersmesse verbreitete sich gerade eine per Heliograph aus Ladysmith empfangene Nachricht. Bei einem erfolgreichen nächtlichen Überfall durch Natal-Karabiniere und Männer der Imperial-Light-Horse-Division am Lombard's Kop waren zwei Buren-Geschütze – darunter eine Long-Tom – in die Luft gesprengt worden. Cameron war es völlig gleichgültig. Er umklammerte das Telegramm und lief kopflos aus dem Zelt, wo er beinahe mit seinem Vater und Will zusammengestoßen wäre.

Robert hatte bereits festgestellt, dass Cameron und Will noch nichts von Frazers Tod wussten. Als er seinem alten Freund erklärt hatte, wo er gewesen war und warum, hatte Robert erfahren, dass der Spähtrupp gerade zurückgekehrt war. Zusammen mit Will hatte er sich auf die Suche nach Cameron gemacht.

Dem Mann, der nun vor ihnen stand, liefen die Tränen über die Wangen, und er hatte Mühe zu sprechen. Anklagend hielt er das Papier hoch, als sei das Telegramm schuld an der Nachricht, die darauf geschrieben stand. Wortlos packten sich Robert und Cameron an den Schultern und verharrten regungslos in gemeinsamer Trauer, bis ihnen endlich Worte über die Lippen kamen.

»Was ist geschehen, Vater?«

Sie gingen ein Stück und redeten, und Robert berichtete seinem ältesten Sohn und Will alles, was sich in den vergangenen zehn Tagen ereignet hatte.

»Ich hab deiner Mutter versprochen, Frazer mit nach Hause zu bringen, wenn dieser Krieg vorüber ist. Wenn ich jetzt so darüber nachdenke, weiß ich nicht, ob ich es übers Herz bringe, ihn in seiner Ruhe zu stören. Seine Seele ist bereits auf Morningside. Ich hoffe, Lorna wird es verstehen.«

»Ihr Telegramm ist so unpersönlich. Es klingt, als schriebe sie über einen entfernten Bekannten und nicht über ein Familienmitglied.«

»Wir gehen alle unterschiedlich mit unserer Trauer um«, erklärte Robert. »Ich trage die Last, in der Nähe gewesen zu sein, als es passierte, und in gewisser Weise macht deine Mutter mich verantwortlich für Frazers Tod. Du fühlst dich schuldig, weil du es nicht eher erfahren hast und nicht an der Trauerfeier teilnehmen konntest. Es gibt Dinge, die einfach nicht in unserer Hand liegen. Nur die Zeit kann den Schmerz lindern.«

Will hatte kaum ein Wort gesagt, seit er von Frazers Tod erfahren hatte. Auch ihn verband eine besondere Zuneigung zu dem jungen Mann, der den afrikanischen Busch so sehr geliebt hatte und der mit der Begabung gesegnet gewesen war, dessen Schönheit, aber auch dessen Schicksal auf Papier oder Leinwand festzuhalten. Er ertappte sich plötzlich bei der Frage, ob die Vogeleier, die Frazer erst kürzlich in Swasiland beschafft hatte, Roberts Freund Fred Selous erreicht hatten. Hatte irgendwer daran gedacht, auch ihn über das zu informieren, was geschehen war?

»Es tut mir leid, die schlechte Nachricht über Kevin zu

hören.« Robert versuchte das Thema zu wechseln. »Ginnie war zu Besuch auf Morningside, aber Ellie war die Einzige, die mit ihr gesprochen hat. Deine Mutter sagt, ihr zwei würdet vielleicht in Maritzburg heiraten? Wisst ihr schon wann?«

Will hatte Roberts Pferd in der Nähe des Hauptquartiers angebunden. Er überließ Vater und Sohn ihrem Gespräch und kehrte wenig später mit einem Blechnapf voll dampfendem Curry, drei Löffeln, Brot und einer Flasche Brandy zurück. Sie saßen unter dem Sternenhimmel, teilten sich die Mahlzeit, reichten die Flasche von Hand zu Hand und stießen mit der feurigen Flüssigkeit auf abwesende Freunde an, bis die Flasche leer war.

Cameron berichtete Robert und Will von dem Spähritt, von dem er gerade zurückgekehrt war. »Es muss mein schottisches Blut sein. Es gibt dort einen Ort mit dem Namen Fort Nottingham. Zwischen diesem Ort und Dargle befindet sich die schönste Landschaft, die man sich vorstellen kann. Man glaubt, man sei in Schottland, Vater. Es gibt jede Menge Wild, Eland-Antilopen und Riedböcke; die Flüsse sind ein Paradies für Angler. Ich habe sogar ein paar Forellen gefangen, so wie du es mir beigebracht hast.«

Cameron hielt einen Moment inne, dann fuhr er fort.

»Es gibt dort einen Berg, der dem Arthur's Seat in Edinburgh verblüffend ähnlich sieht. Er wird Inhluzan genannt. Direkt unterhalb dieses Bergs liegt eine Farm namens Wakefield. Sie steht zum Verkauf. Ich möchte sie Ginnie gern zeigen.«

»Und das heißt?«

»Das heißt, dass ich sie gern kaufen würde, wenn sie ihr gefällt.«

»Und was wird aus Morningside? Wakefield liegt nicht gerade in unserer Nachbarschaft. Woher weißt du überhaupt, dass die Farm zu haben ist?«

»Sie hat es mir erzählt. Daher.«

»Sie?«

»Mrs. Hammond. Mein Pferd hatte ein Hufeisen verloren. Wir hatten keine Hufnägel dabei, und sie hat uns ausgeholfen.«

»Moment, Cameron. Da komme ich nicht mehr mit.«

»Caroline züchtet Pferde. Rennpferde.«

»Caroline Hammond? Der Name kommt mir bekannt vor. Erzähl mir mehr über sie.«

»Sie ist ungefähr so alt wie Mutter. Ihr Mann kam vor einem halben Jahr bei einem Unfall ums Leben. Daher steht die Farm nun zum Verkauf. Sie liebt ihre Pferde, aber zum Anwesen gehört auch eine Rinderzucht. Sogar eine kleine Molkerei ist dabei, in der Butter und Käse gemacht werden. Es gibt große Kornfelder und eine Plantage mit Schwarzholzakazien. Das ist für eine Person viel zu viel Arbeit.«

»Und wie stellst du dir den Kauf vor?«

Cameron zögerte. »Ich dachte, du und Mutter würdet mir vielleicht helfen. Wir könnten uns aufteilen. Ginnie und ich würden Wakefield bewirtschaften, Duncan und ... nun, Duncan könnte dir auf Morningside zur Hand gehen.«

»Mein Sohn«, auch Robert spürte nun die Wirkung des Alkohols, »kann es sein, dass du dich ganz schön vor Mrs. Hammonds Karren hast spannen lassen?« Er hickste, entschuldigte sich und fuhr fort: »Also, lass hören. Über wie viel Hektar reden wir hier?«

»Keine Ahnung.«

»Wie hoch ist der Viehbestand der Farm?«

»Keine Ahnung.«

»Gibt es ungetilgte Hypotheken?«

»Weiß ich nicht.«

»Ich muss die Bücher der Farm sehen. Die letzten drei Jahre mindestens.«

»Warum drei?«

Robert ignorierte die Frage. »Wie viele Arbeiter beschäftigt sie?«

»Keine Ahnung.«

»In welchem Zustand sind die Zäune?«

»Weiß nicht.«

»Hast du dir das Haus, die Stallungen und die übrigen Gebäude angesehen?«

»Natürlich.« Endlich hörte Cameron eine Frage, die er beantworten konnte – zumindest teilweise. »Die Wände des Hauses sind aus Akazienholz gefertigt. Das Dach ist aus Stroh, es gibt eine große Veranda. Und Wasser. Jede Menge Wasser. Du hast vergessen, nach Wasser zu fragen. Frazer würde es dort sehr gefallen.«

Die Stille, die folgte, sagte alles. Frazer würde Wakefield nie sehen. Cameron sah, dass Will schon schlief und sein Vater ihm auch nicht mehr wirklich folgen konnte. So beendeten sie ihr Gespräch und gingen ebenfalls schlafen.

Am nächsten Morgen erwachte Robert mit pochendem Kopf und trockener Kehle, und ein Ritt nach Lindley, das gut hundertfünfzig Meilen entfernt war, war das Letzte, wonach ihm der Sinn stand. Sein Weg würde ihn westlich an Ladysmith vorbeiführen, dann aufsteigen zum Van-Reenens-Pass, der über die Drakensberge führte. Danach würde er Natal verlassen und sich auf feindliches Gebiet begeben. Zunächst konnte er querfeldein reiten, den über dreitausend Meter hohen Mont aux Sources würde er links liegen lassen. An dieser Stelle begann der Fluss Thukela, der in Roberts ersten Jahren in Südafrika eine so große Rolle gespielt hatte, seine zweihundert Meilen lange Reise zum Indischen Ozean. Wenn er den Oranje-Freistaat erst erreicht hatte, würde es leichter werden, auch wenn ständig die Gefahr bestand, dass er einem feindlichen *komando* begegnete. Robert trug zwar keine Uniform, aber sein Pferd und sein Lee-Metford-Karabiner würden ihn verraten. Außerdem waren seine Afrikaans-Kenntnisse bestenfalls beschränkt.

Will hatte Roberts Pferd bereits sorgfältig überprüft und gefüttert, beide Wasserflaschen gefüllt und ein Stück Biltong, luftgetrocknetes Wildfleisch, in seiner Satteltasche verstaut. Er unterließ es, nähere Angaben über dessen Herkunft zu machen. Cameron, der sich nicht viel besser fühlte als sein Vater, versprach, mehr über Wakefield in Erfahrung zu bringen.

Es war ein heißer Morgen, aber die Wolken, die sich über den Bergen zusammenzogen, verkündeten Regen. Als das Brennen in seinen Augen nachließ, begann Robert allmählich, seine Umgebung wahrzunehmen. Sie war atemberaubend schön: Basaltkegel vulkanischen Ursprungs erhoben sich über verwittertem Sandstein, der im Laufe von Millionen von Jahren von den Elementen geformt worden war; mächtige Wasserfälle stürzten in kristallklare Flüsse hinab. Die Südhänge waren mit Sträuchern bewachsen, die tiefen Krater und Schluchten dicht bewaldet. Eine ideale Gegend für Leoparden, dachte Robert, als er den warnenden Schrei eines Parians hörte. Am Himmel schwebte ein Adler mit müheloser Eleganz über ihn hinweg, ohne auch nur ein einziges Mal mit den Flügeln zu schlagen.

Roberts Weg führte den ganzen Tag bergan. Als die Anzahl der Pfade, die über den Pass führten, immer eingeschränkter wurde, wuchs instinktiv seine Aufmerksamkeit. Angespannt achtete er auf verdächtige Bewegungen, Anzeichen einer drohenden Gefahr. Dassies belebten die felsigen Abhänge mit ihrem Versteckspiel, gewandte Klippspringer sahen neugierig zu, wie er vorbeiritt. Über ihm kreischten Regenpfeifer – *mbagaqwa,* wie die Zulu sie nannten – und brachten so ihren Unmut über sein Eindringen in ihr Revier lautstark zum Ausdruck. Die langbeinigen Sekretärvögel ignorierten ihn völlig. Sie stolzierten auf ihrer ständigen Suche nach Schlangen oder anderen lebenden Beutetieren unbeirrt umher.

Der erhoffte Regen war ausgeblieben, und abgesehen von einem leicht unruhigen Magen fühlte Robert sich erheblich besser. Er war gut vorangekommen. Mit etwas Glück würde er vor Anbruch der Dunkelheit den Freistaat erreicht haben. Nachdem er die letzte Steigung hinter sich gebracht hatte, stieg er ab, um sich eine Stelle zu suchen, wo er den Weg vor sich unbeobachtet überblicken konnte. Er band sein Pferd an und schlich sich vorsichtig voran.

Puffottern stoßen manchmal einen Warnlaut aus, um die, die ihnen zu nahe kommen, zu warnen. Robert hatte das eng zusammengerollte, gut getarnte Reptil nicht bemerkt. Er hatte gerade den Fuß zum nächsten Schritt gehoben, als ihn ein drohendes Zischen in der Bewegung erstarren ließ. Er hatte das Geräusch schon einmal gehört und nie mehr vergessen. Hätte er den Schritt vollendet, wäre es zu spät gewesen, aber es gelang ihm, die Bewegung in einen Sprung zur Seite zu verwandeln. Das weit aufgerissene Maul der Schlange traf nur seinen linken Stiefel, und die giftigen Fänge rutschten ab. Robert entfloh in die eine Richtung, sein Angreifer glitt in die andere davon.

Es war knapp gewesen – verdammt knapp – und brachte die Erinnerung an Katie zurück, die acht Jahre zuvor von einer zweieinhalb Meter langen schwarzen Mamba getötet worden war. Eine schwarze Mamba war so blitzschnell, dass viele glaubten, sie könne jede auf sie gerichtete Gewehrkugel angreifen. In einem seiner Zuckerrohrfelder hatte Robert einmal eine gesehen, die schneller gewesen war als ein galoppierendes Pferd. Er schüttelte den Kopf, um die Erinnerungen zu vertreiben. Es tat weh. Der verdammte Brandy.

Robert beschloss, das Tageslicht so lange wie möglich zu nutzen, bevor er sein Nachtlager aufschlug. Die Landschaft wurde offener und somit übersichtlicher. Er hielt sich Richtung Osten, ritt südlich an Harrismith vorbei und hoffte eine Höhle wiederzufinden, die er schon einmal benutzt hatte. Wandzeichnungen, Strichfiguren, die Männer bei der Jagd darstellten, hatten darauf schließen lassen, dass er nicht der Erste gewesen war, der hier Schutz gesucht hatte. Die Höhle befand sich in der Nähe von Aberfeldy am Wilge-Fluss. Die Gegend war schön, hielt aber einem Vergleich mit jenem Gebiet in Schottland, nach der sie ein heimwehkranker Siedler vermutlich benannt hatte, nicht stand.

Die Nacht hatte ihre eigenen Geräusche. Die ständigen Warnschreie der Haubenbartvögel und das Necken der Braundrosslinge waren verklungen. Stattdessen vernahm man nun den friedlichen Ruf einer Zwergohreule und das Meckern eines Ziegenmelkers irgendwo am Felshang. Robert schaute zum Himmel hinauf. Die Luft war ganz klar. Der Mond schien nicht, aber der Himmel war übersät mit Sternen. Irgendwo da draußen mussten Katie und Frazer sein, da war er sich ganz sicher.

Die Farm war verlassen. Von der Rinderherde, die Wallace Reese innerhalb der letzten zwanzig Jahre so mühsam aufgebaut hatte, war nichts zu sehen. Die Gatter standen weit offen, Ziegen waren in den einst gepflegten Garten eingedrungen. Ein paar Hühner scharrten in der Nähe des Hauses; vermutlich hatten die Buren, die sich zweifellos irgendwo in der Nähe aufhielten, sie am Leben gelassen, damit sie ihnen Eier legten. Die Fenster waren mit hölzernen Klappläden verschlossen, die Türen verriegelt, und auf der Veranda lag eine dicke Staubschicht. Eine abgemagerte Hündin mit geschwollenen Zitzen musste ihren Wurf in der Nähe haben. Sie betrachtete den Fremden mit Misstrauen.

Wo war die Familie Reese: Wallace, Elizabeth und die Mädchen? Was war geschehen? Hatte Dannys Tod sie dazu bewegt fortzuziehen? Oder war es der Krieg gewesen? Wie es aussah, lebte hier seit Monaten niemand mehr.

Inzwischen hätte längst jemand bemerken müssen, dass sich ein fremder Weißer dem Haus genähert hatte. Nichts regte sich. Selbst der Hund ließ sich wieder im Staub nieder, japsend. Es war heiß.

Robert untersuchte den Wassertank. Es war nicht mehr viel darin, aber er war nicht leer. Er öffnete den einst sorgfältig polierten Kupferhahn und ließ eine bräunliche Flüssigkeit in die Pferdetränke fließen. Sein Pferd schnüffelte daran und trank dann dankbar. Robert, der noch eine volle Wasserflasche hatte, verzichtete darauf.

Er hinterließ alles so, wie er es vorgefunden hatte, und ritt weiter zur Straße nach Lindley, in Richtung des Hügels, wo Frazer begraben war.

12

Sie hatte ein ganzes Stück von ihrem Rudel entfernt geworfen: drei kuschelig weiche pelzige Bälle mit dunklen Rosetten. Sie wogen jeweils nur ein Pfund. Die Augen der Jungen waren zwar geöffnet, aber noch nicht in der Lage zu fokussieren.

Auch wenn sie das erste Mal Mutter geworden war, kannte die Löwin die Gefahren, die den Kleinen drohten – nicht nur von Schakalen, Hyänen und Leoparden, sondern auch von ihren eigenen Artgenossen. In den letzten zehn Tagen war sie mit ihrer Familie fünfmal umgezogen. Der Reihe nach hatte sie jedes einzelne Löwenbaby mit sanftweichem Kiefer am Rücken gepackt und von einem Versteck zum nächsten geschleppt. Jeder Umzug brachte die Jungen näher zu ihrem Rudel, auch wenn es noch mindestens vier Wochen dauern würde, ehe sie riskieren konnte, sie ihrem Vater zu präsentieren. Alles war gut gegangen – bis zu diesem Morgen.

Die ständige Anstrengung, Nahrung zu beschaffen, ihre Jungen zu säugen und sie gut versteckt zu halten, hatte die Löwin für eine Sekunde unkonzentriert gemacht. Sie war so sehr damit beschäftigt, ihr zweites Junges in das neue Nest zu bringen, dass sie die Hyäne nicht bemerkte. Geduldig wartete diese, bis die Löwin außer Sicht war, ehe ein leises Miauen unter dem dornigen Akazienstrauch sie zu ihrer Mahlzeit lockte. Die Kiefer der Hyäne waren nicht so sanft wie die der Löwenmutter. Mit einer einzigen gezielten Bewegung schnappten sie nach dem kleinen Kopf. Die Hyäne umklammerte den regungslosen Körper des

Löwenbabys und schleifte ihn davon, um sich genüsslich über die Mahlzeit herzumachen.

Als die Löwenmutter zurückkehrte, hörte sie keinen Laut aus der Höhle. Mit plötzlich hellwachen Sinnen setzte sie das Junge, das sie in den Fängen hielt, ab und stieß leise Lockrufe aus. Die Stille war schrecklich. Jetzt konnte sie es riechen – frisches Blut und den fremden Geruch eines Eindringlings. Instinktiv wusste sie, dass es zu spät war. Es gab keinen Grund, der Sache weiter nachzugehen.

In der Abenddämmerung nahm die Löwin schließlich die Witterung eines Menschen auf, und ein tiefes Fauchen entfuhr ihr. Sofort gab Robert das Vorhaben auf, sich um seine Magenkrämpfe zu kümmern, die er vermutlich Wills Curry in Frere zu verdanken hatte. Das Geräusch war aus dem Dickicht links von ihm gekommen. Er schloss daraus zwei Dinge. Der Löwe versuchte etwas zu beschützen, entweder eine Mahlzeit oder Junge, und er war ernsthaft bereit zum Angriff. Robert erblickte einen erregt zuckenden Schwanz. Eine Löwin. Wenn das Zucken aufhörte, musste er mit einem Angriff rechnen, vor dem es kein Entrinnen gab.

»Scheiße!«, murmelte er atemlos. Er hatte nicht die Absicht, dem Tier Schaden zuzufügen. Die Löwin tat nur das, was natürlich war, und beschützte, was ihr gehörte. Robert begann, sich ganz langsam zurückzuziehen. Die drohenden Gebärden endeten in einem kurzen Schnauben. Er wagte nicht, dem Tier den Rücken zuzudrehen oder sich schneller zu bewegen. Ein winziger Fehler, und es würde angreifen. Deutlich erkennbare Laute von Löwenjungen drangen an Roberts Ohr. Jemand, der sich nicht in seiner prekären Lage befand, hätte das katzenähnliche Miauen vielleicht süß gefunden. Er vernahm ein Rascheln. Bewegte sich die Löwin vorwärts? Fest umklammerte Robert seinen Karabiner, während er den Abstand weiter vergrößerte.

Er hatte Glück. Die Löwin, die durch seinen Rückzug besänftigt war und ihre verbliebenen Jungen nicht allein lassen wollte, entschied sich gegen eine Verfolgung. Schwitzend erreichte Robert sein in der Nähe festgebundenes, unruhig tänzelndes Pferd, löste rasch die Zügel und stieg auf. Er hörte ein letztes drohendes Schnauben und ritt dann mit einem Seufzer der Erleichterung davon. Im Augenwinkel nahm er eine Bewegung wahr, aber sie war zu weit entfernt, um sie genauer identifizieren zu können. Auf jeden Fall war es etwas, dem er besser aus dem Weg ging.

Auch die Löwin richtete ihre Aufmerksamkeit auf die Staubwolke in der Ferne. Ihre ausgezeichnete Sehkraft verriet ihr, dass es sich um eine kleine Herde Springböcke handelte. Sie hatte tagelang nichts gefressen. Der Menschengeruch hatte Nahrung verheißen, aber das hier war viel besser. Vielleicht hatte sie Glück.

Robert ritt vorsichtig den kleinen Hügel hinauf und vergewisserte sich, dass niemand sonst sein Lager dort aufgeschlagen hatte. Die flache Hochebene war verlassen, und er hatte endlich Gelegenheit, seinen rebellierenden Darm zu entleeren.

Frazers Grab war noch so, wie er es zurückgelassen hatte. Von Hanson Wentzell war keine Spur mehr zu erkennen. Die Räuber Afrikas hatten gute Arbeit geleistet.

Robert war der Löwin am späten Nachmittag des 10. Dezember in der Nähe von Lindley begegnet. Zweihundert Meilen weiter südöstlich erschwerten für diese Jahreszeit ungewöhnliche Graupelschauer den Vorstoß von Lord Methuens Truppen. Sie wurden angeführt von Major-General Andrew Wauchope und befanden sich drei Meilen von der mutmaßlichen Buren-Stellung auf dem Magersfontein-Kopje entfernt, der vorletzten Hürde vor Kimberley. Ein Artilleriesperrfeuer prasselte bis zum Anbruch der Nacht auf den noch unsichtbaren Feind nieder. Das Wetter hatte sich weiter verschlechtert.

Fairfax' Spähtrupps hatten berichtet, dass die Buren aus der

Blockade von Mafikeng bedeutsame Verstärkung bezogen hatten, aber General de la Reys Plan, Piet Cronje von unten, statt auf dem Hügel selbst zustoßen zu lassen, war ihnen verborgen geblieben. Inzwischen befanden sich über achttausend Buren am Magersfontein-Kopje; innerhalb von nur sechs Tagen hatte eine Gruppe zur Zwangsarbeit verpflichteter Schwarzer einen zwölf Meilen langen Graben ausgehoben, der den Buren Deckung geben würde.

Als Robert am späten Nachmittag des 12. Dezember das Lager von Lord Methuen erreichte, fand er die Truppen in einem demoralisierten und völlig aufgelösten Zustand vor. Über neunhundert Mann waren bei dem Versuch, die nahezu unsichtbaren Buren-Stellungen einzunehmen, getötet oder verwundet worden – darunter auch Andrew Wauchope. Der Vorstoß auf Kimberley war jäh beendet worden.

Die Nachrichten, die von anderen Orten der Kapkolonie zu ihnen drangen, waren nicht viel besser. Zwei Tage zuvor hatte General Gatacre in Stormberg, südlich der Grenze zum Freistaat, fast siebenhundert Mann verloren, von denen die meisten in Gefangenschaft geraten waren. Der Krieg lief nicht gut.

Fairfax und seine Spähtrupps hatten die Aufgabe, feindliche Truppenbewegungen nördlich und östlich des Magersfontein-Kopje zu melden. Sie standen in engem Kontakt zu Lord Methuen, daher konnte Robert recht gut ermitteln, wo sie sich im Augenblick befanden. In der flachen, öden Landschaft war es schwer, sich versteckt zu halten, und sein siebter Sinn sagte ihm, dass er bereits seit einiger Zeit beobachtet wurde. Robert befand sich gerade in einem ausgetrockneten Flussbett, als er eine Stimme vernahm. Sie rief etwas auf Englisch. Sekunden später kam Duncan auf ihn zugestürmt.

In jener Nacht war es unmöglich, ein Feuer zu entzünden, aber es war glücklicherweise nicht kalt, und der annähernd volle Mond sorgte für ausreichendes Licht. Robert berichtete Duncan die Neuigkeiten von zu Hause, erzählte ihm, wie Lorna auf die Nachricht von Frazers Tod reagiert hatte und wie bewundernswert tapfer Meggie sich verhielt. Er berichtete weiter, dass Cameron das Telegramm seiner Mutter nicht erhalten hatte und Virginias Bruder Kevin schwer verwundet worden war, dass er vielleicht nie wieder würde laufen können.

Duncan erzählte von Methuens vermeintlichem Erfolg am Modder-Fluss, wo über vierhundert britische Soldaten ums Leben gekommen oder verwundet worden waren, ehe die Buren davongeritten waren und Gräben voll verbrauchter Patronenhülsen sowie im Fluss treibende Tote zurückgelassen hatten.

»Erst später erfuhren wir, dass sowohl General de la Rey als auch sein Sohn Adriaan unter den Verwundeten waren. Der Sohn ist inzwischen verstorben.«

»Habt ihr etwas dagegen, wenn ich mich ein wenig zu euch geselle?« Fairfax' tiefe Stimme unterbrach ihre Unterhaltung.

»Natürlich, Fairy. Kommen Sie, setzen Sie sich. Duncan und ich haben gerade die Neuigkeiten ausgetauscht.«

»Danke. Hat er erwähnt, dass Methuens Leute inzwischen in Kimberley sein müssten?«

Robert war überrascht. Er dachte an das, was er kürzlich über die Misserfolge am Magersfontein-Kopje gehört hatte.

»Der Mann hat sich nach der Überquerung des Flusses Modder zu lange auf seinem Allerwertesten ausgeruht. Das gab Cronje alle Zeit der Welt, sich in Ruhe einzugraben. Angeblich kam Präsident Steyn persönlich, um seine *komandos* anzuspornen. Wir haben erst gemerkt, was sich abspielte, als es zu spät war.« Faifax' Frustration war nicht zu überhören.

Sie redeten noch eine Stunde, vielleicht mehr, ehe sie sich zur Nacht zurückzogen. Robert lag auf dem Rücken und fragte sich, was der neue Tag wohl bringen würde. Eine Tupfenhyäne schien die Situation amüsant zu finden und gab ihre Meinung laut kund. Aber Robert schlief bereits.

Lindsay tat den ganzen Tag so, als hätte er es vergessen. Und weil Ellie nichts sagte, fragte er sich, ob ihr überhaupt bewusst war, dass der 13. Dezember und somit ihr sechsundzwanzigster Geburtstag war.

Jeder im Feldlazarett in Estcourt wusste, dass Buller einen Vorstoß auf Colenso vorbereitete. Er hatte seine Truppen bereits von Frere nach Chieveley vorgezogen und damit die Entfernung zum Ziel halbiert. An jenem Tag verriet der Lärm des Artilleriefeuers in der Ferne, dass nun die Waffen mit großer Reichweite eingesetzt wurden, um die feindlichen Stellungen unter Beschuss zu nehmen. Es hörte sich an wie weit entfernter Donnerhall. Und es gewitterte tatsächlich an diesem Tag. Regen setzte ein, der den Boden aufweichte und in eine Schlammwüste verwandelte.

Gegen sechs Uhr abends begann sich Lindsay zu fragen, ob sein so sorgfältig ausgeklügelter Plan aufging. Vielleicht kommen wir gar nicht von hier weg, überlegte er besorgt. Und wenn, würde das Wetter ihnen einen Strich durch die Rechnung machen?

Um Punkt sechs erschienen zwei tropfnasse vermummte Sanitäter. Sie trugen Turbane, ihre hochgeschlagenen Mantelkragen hatten ihnen scheinbar nur wenig Schutz vor dem strömenden Regen geboten.

»Los geht's!«, rief Lindsay Ellie zu, die gerade eine Kiste mit Medikamenten auspackte.

Rasch kam sie ihm zu Hilfe, als ihr neuer Patient auf den Operationstisch gebettet wurde. Ein Paar matschige Stiefel schauten hervor, alles andere war von einem Laken verdeckt.

Vorsichtig zog Ellie den durchweichten Stoff zurück. Darunter kamen ein Präsentkorb, eine Flasche Champagner, vier Gläser, ein Geburtstagskuchen und ein Paar herrenlose Stiefel zum Vorschein.

Ungläubig starrte sie darauf, als drei Stimmen hinter ihr lautstark ›Happy Birthday‹ anstimmten.

Camerons und Wills Gesichter waren matschverkrustet, aber beide grinsten von einem Ohr bis zum anderen. »Du hast doch nicht etwa gedacht, wir hätten dich vergessen, Schwesterherz?«

Ellies Freudenschrei kam aus tiefster Seele. Sie wusste nicht, wen sie zuerst umarmen sollte.

»Lindsay ist der Hauptverantwortliche. Er hat das seit Wochen geplant. Der Kuchen ist ein Geschenk von Will. Selbstgebacken. Bevor du ihn probierst, denk dran, es ist die gute Absicht, die zählt.«

Ellie strahlte vor Aufregung. »Danke, Will. Ich bin sicher, er schmeckt ganz köstlich.«

»Das hoffe ich, Ellie. Es ist nur so, dass einige der Zutaten nicht ganz so waren, wie sie sein sollten.«

Ellie war sich nicht sicher, was er damit meinte. Sicherheitshalber wechselte sie das Thema. »Wo habt ihr bloß diese Turbane her?«

»Das war ganz einfach.« Lindsay lachte. »Einer der indischen Krankenpfleger hat uns ausgeholfen.«

»Vater hat mir das hier letzte Woche dagelassen.« Cameron zog einen Briefumschlag hervor. »Er ist von zu Hause. Duncan konnte ihn nicht unterschreiben, aber er lässt herzliche Grüße ausrichten.«

»Und ich dachte schon, ihr hättet mich vergessen. Ich hoffe nur, der Champagner ist gekühlt.«

Später, als sie allein waren, überreichte Lindsay Ellie sein eigentliches Geschenk: eine Erstausgabe von Charles Darwins umstrittener Schrift *Über den Ursprung der Arten durch Mittel der natürlichen Selektion* von 1859.

»Mein Gott, weißt du, was das ist?«

»Irgendein altes Buch, das ich in Maritzburg aufgetrieben habe. Die Theorie des Mannes findet vielleicht nicht meine Zustimmung, aber ich hoffe, es gefällt dir.«

»Ob es mir gefällt? Es ist das, um was es im Leben geht. Ich danke dir, mein Liebling.« Ellie legte das Buch aus der Hand, schlang die Arme um Lindsays Hals und presste sich eng an ihn. »Ich freue mich riesig.«

Cameron und Will waren kurz vor zehn Uhr aufgebrochen.

»Dein Kuchen war gut«, hatte Cameron bemerkt, als sie nach Chieveley zurückritten. Der Regen hatte aufgehört, jegliche Gedanken an den Krieg waren weit entfernt, und er fühlte sich seltsam entspannt, ja fast glücklich. »Du musst Ginnie unbedingt das Rezept geben.«

Will kicherte. »Ich weiß nicht, ob das so eine gute Idee ist«, antwortete er.

General Redvers Buller war sich der Rückschläge von Stormberg und Magersfontein nur allzu sehr bewusst. Er konnte sich keinen weiteren Fehler erlauben. Louis Bothas *komandos* hatten sich oberhalb von Colenso zu beiden Seiten des Flusses verschanzt, aber die Buren-Stellungen befanden sich in Reichweite seiner Artilleriegeschütze. Sie würden den Feind zunächst unter schweren Granatenbeschuss nehmen und dann oberhalb des tiefen, gewundenen Thukela-Tals von drei Seiten aus angreifen.

Doch Bullers Spähtrupp war entgangen, dass die schwarzen Arbeitskräfte der Buren seit zwei Wochen viel weiter unten Gräben aushoben, gut verborgen im dichten Strauchwerk, direkt an einer der wenigen Stellen, wo man den Fluss überqueren konnte. Außerdem hatten sie Tausende von Steinen aus dem Flussbett entfernt, um es zu vertiefen.

Am 15. Dezember, kurz nach Sonnenaufgang, verließ Buller nach zweitägigem, nahezu wirkungslosem Artilleriefeuer Chieveley und setzte seinen Vormarsch fort. Die Kolonnen teilten sich in drei Flügel und marschierten mit Exerzierplatz-Präzision voran. Diejenigen, die sich auf der linken Seite befanden, wurden rasch gestoppt. Sie waren plötzlich an drei Seiten von einer Flussbiegung umschlossen; nur noch der Rückzug war möglich. Dann war es auch dafür zu spät. Schrapnell-Minen begannen nahe der wehrlosen Truppe zu explodieren. Mauser-Feuer und tödliche Geschosse aus schnell feuernden Maxim-Pom-Poms schlugen um sie herum ein, abgefeuert aus den nahezu unsichtbaren Gräben der Buren auf der anderen Seite des Thukela.

Buller sah die Katastrophe kommen. Der Feind war nicht dort, wo er hätte sein sollen, und dasselbe galt für die meisten Männer seiner Artillerie.

Zwölf 15-Pfünder-Geschütze, die den Weg für einen Frontalangriff der zweiten Kolonne vorbereiten sollten, waren zu dicht an den Fluss geschleppt worden und befanden sich nun zu weit entfernt von ihren Protzen. Auch sie gerieten unter heftigen Beschuss von der anderen Seite. Noch während Buller zusah, schwiegen die Waffen, weil seine Männer eilig hinter einem kleinen Erdhügel Schutz suchten. Es war noch nicht einmal sieben Uhr.

Ebenfalls südlich des Thukela, weniger als zwei Meilen nordöstlich von Buller, wurden die Buren-Stellungen am Mount Hlangwane von Kolonialtruppen angegriffen, die unter dem Kommando des Earls von Dundonald standen. Das unebene Gelände hatte ihn bereits dazu gezwungen, seine Männer – darunter auch die Südafrikanische Light-Horse-Division – absitzen zu lassen. Da sie auf eine unerwartet starke Defensive trafen, ging der Vorstoß ins Leere.

Cameron ritt mit einem dringenden Hilfegesuch zurück, um zu erfahren, dass der gesamte Angriff möglicherweise abgebrochen werden musste. Nur zwei der zwölf zurückgelassenen 15-Pfünder-Geschütze konnten geborgen werden, unter unakzeptabel hohen Verlusten. Buller stürzte sich selbst ins Schlachtgetümmel – es war sein erster Einsatz an der Front seit vierzehn Jahren – und wurde von umherfliegenden Granatsplittern verwundet, allerdings nicht sehr schwer. Ohne die Deckung der Artillerie konnte er seine zweite Kolonne nicht losschicken. Die einzigen Waffen, die ihm noch zur Verfügung standen, waren jene, die nun benutzt wurden, um die in der Falle sitzenden Männer zu seiner Linken zu befreien.

Noch vor Mittag wurde Buller klar, dass er keine Chance hatte, Colenso einzunehmen. Er gab Befehl zum Rückzug. Zehn Feldgeschütze samt Munition waren verloren. Fast tausend Mann waren verwundet oder gefangen genommen, aber nur knapp hundertfünfzig tatsächlich getötet worden. Es hätte leicht viel schlimmer ausgehen können.

Die »Schwarze Woche«, wie sie bald genannt wurde, endete damit, dass Redvers Buller als Oberbefehlshaber der britischen Streitkräfte in Südafrika abgelöst wurde. Der Mann, den man zu seinem Nachfolger bestimmte, war Feldmarschall Earl Roberts von Kandahar, von denen, die in Indien und Nordafrika unter ihm gekämpft hatten, liebevoll Bobs oder der Kleine Mann genannt. Er hielt sich zum Zeitpunkt seiner Berufung in Irland auf. Nur wenige Tage zuvor hatte Buller die unangenehme Aufgabe gehabt, ihm schriftlich mitteilen zu müssen, dass sein einziger Sohn Freddie bei Colenso gefallen war – bei dem vergeblichen Versuch, die Waffen zu bergen.

Auch wenn er den Feldzug in Natal erfolgreich geführt hatte, gab es für Buller Ende des Jahres 1899 nicht viel zu feiern. Seine Verluste waren mit denen vergleichbar, die die Briten ungefähr vierzig Jahre zuvor im Krimkrieg erlitten hatten.

Ellie und Lindsay konnten nicht ahnen, wie ernst die Lage wirklich war, auch wenn sie sahen, dass die Zuversicht ihres Anführers seit dem Desaster bei Colenso dahinschwand, bis er schließlich vorschlug, Sir George White solle in der belagerten Garnison Ladysmith sämtliche Munition verschießen und sich ergeben. Glücklicherweise stimmte Lord Roberts diesem Vorhaben nicht zu.

Die Moral in Estcourt brauchte dringend Auftrieb. Dieser

kam mit der Nachricht, dass Winston Churchill in Pretoria einer Gefangennahme durch die Buren entgehen und sich nach Lourenco Marques in Portugiesisch-Ostafrika durchschlagen konnte. Die Presse berichtete, dass man ihn wie einen Helden gefeiert habe, als er mit dem Dampfschiff *Induna* in Durban ankam.

Ellie und Lindsay waren von Sir Redvers Buller in Estcourt zum Heiligabend-Dinner eingeladen worden. Dort wurde verkündet, dass Winston, neben seiner Aufgabe als Reporter der *Morning Post,* zum Lieutenant der Südafrikanischen Light-Horse-Division ernannt worden sei. Später am Abend, als nur noch der Gastgeber und einige seiner dienstältesten Offiziere anwesend waren, erfuhren sie, wie knapp Winston der Erschießung durch die Buren entkommen war, nachdem man ihn zusammen mit siebzig anderen gefangen genommen hatte, weil er als Zivilist bei dem Hinterhalt auf die Eisenbahn die Lokomotive und viele Menschenleben gerettet hatte. Zu vorgerückter Stunde, als Portwein und Zigarren alle melancholisch machten, schien Winston froh zu sein, die ganze Geschichte endlich erzählen zu können. Sein Publikum lauschte in atemloser Stille, während der beißende Rauch, der die Augen tränen ließ, immer dichter wurde.

Die Story begann mit einem Sechzig-Meilen-Marsch zum Endbahnhof der Buren in Elandslaagte. Von dort waren sie mit dem Zug nach Pretoria gebracht und in den Offiziersquartieren der burischen Armee festgehalten worden. Winstons Flucht ungefähr drei Wochen später war reine Glückssache gewesen.

Nachdem er über eine Mauer geklettert und sich in einen angrenzenden Garten hatte fallen lassen, war es ihm gelungen, sich vor den Zarps – Polizisten der Südafrikanischen Republik – zu verstecken. Er machte sich den nächtlichen Sternenhimmel zunutze, indem er sich am Sternbild des Orion orientierte, um nach Süden zu gelangen. Von dort führte die Eisenbahnlinie ins fast dreihundert Meilen entfernte Portugiesisch-Ostafrika. Auf einen Zug aufzuspringen erwies sich als recht einfach, aber er verließ die Bahn vor Sonnenaufgang wieder und versteckte sich während des gesamten folgenden Tags im Busch. In der Nacht darauf gab es keinen Zugverkehr, und der Marsch entlang der Schienen erwies sich als gefährlich, weil alle Bahnhöfe und Brücken streng bewacht waren.

Winston konnte im Nachhinein nicht mehr sagen, was ihn dazu bewogen hatte, in einem kleinen Minen-Ort Hilfe zu suchen. Das Glück wollte es, dass das Haus, das er ansteuerte, einem eingebürgerten Buren gehörte, der jedoch ursprünglich Engländer war. Sein Name war John Howard. Er und zwei schottische Minenarbeiter hielten Winston drei Tage lang in der Mine versteckt, wo ihm unzählige Ratten Gesellschaft leisteten. Dann gelang es ihnen, ihn heimlich in einen Eisenbahnwaggon zu schmuggeln, der Wollknäuel nach Lourenco Marques transportierte. Dort las Winston frei erfundene burische Zeitungsberichte über seine Gefangennahme und erfuhr, dass eine Belohnung von fünfundzwanzig Pfund auf ihn ausgesetzt war – tot oder lebendig.

Als sie zu ihrem Quartier zurückgingen, fasste Ellie Lindsay am Arm. »Was für ein schöner Abend. Unser Winston scheint das Rampenlicht zu mögen, nicht wahr?«

Lindsay nickte. »Genau wie seine Zigarren. Ich möchte nicht abstreiten, dass er ein sehr unterhaltsamer Erzähler ist, aber wieso nennt er Namen? Als Journalist müsste er es doch besser wissen. Die Leute, die ihm geholfen haben, könnten in ernste Schwierigkeiten geraten, wenn ihre Identität an den falschen Stellen bekannt wird.« Sie genossen beide die kühle, frische Luft und ließen den Abend Revue passieren.

»Und noch etwas«, sagte Lindsay plötzlich.

»Nämlich?«

»Frohe Weihnachten, mein Liebling. Lass uns hoffen, dass dieser Krieg nächstes Jahr Weihnachten vorüber ist.«

Sie lächelte und schaute zu ihm auf. Dann zog sie ihn näher

zu sich. »Ja. Auch dir fröhliche Weihnachten, Liebster. Was hältst du noch von einer kleinen privaten Feier?«

»Bitte, lieber Gott«, antwortete Lindsay und beugte sich vor, um sie zu küssen, »sorg dafür, dass keine neuen Patienten eingeliefert werden.«

Sie brachen in Gelächter aus und hatten es plötzlich sehr eilig.

13

Die Löwin war eine gute Mutter, aber ihre Jungen waren erst sechs Wochen alt und ihre Neugier machte es unmöglich, sie auch nur für kurze Zeit allein zu lassen. Zweimal war sie von ihrer unermüdlichen Nahrungssuche zurückgekehrt und hatte die beiden beim Herumtollen im Freien vor ihrem Versteck erwischt. Für sie war nun der Zeitpunkt gekommen, das zu tun, was sie tun musste – ihnen einen Platz innerhalb des Rudels zu sichern. Dort würden außer ihr dann auch andere die Kleinen säugen und auf sie aufpassen. Sie selber würde wieder zu Kräften kommen und ihnen beibringen, zu jagen und Fleisch zu fressen. Ihr Vater, das dominante dunkelmähnige Männchen, würde sich um alles andere kümmern. Wenn er seinen Nachwuchs akzeptierte.

Ganz langsam und mit äußerster Vorsicht, seine Stimmung mit jedem Schritt überprüfend, brachte die Löwin das erste ihrer beiden verbliebenen Jungen – das Weibchen – und legte es vor ihn hin. Der Löwe sah es an, beinahe erstaunt. Zwei einjährige Jungtiere kamen herbeigelaufen, um zu sehen, was dieses kleine, quiekende Ding sein konnte. Die Mutter wirbelte herum und fauchte sie an. Sie zogen sich wieder zurück.

Der Löwe schnüffelte und leckte an dem winzigen Kopf, schnüffelte erneut und rollte das kleine Wesen dann mit einer Pranke, die groß genug war, um sein Leben mit einem einzigen Hieb auszulöschen, auf die Seite. Die Löwin entspannte sich. Ihr Kleines war akzeptiert. Wenn nicht, wäre es nun bereits tot. Sie lief davon, um ihren Sohn zu holen.

Die Löwenjungen würden zu erwachsenen Tieren heranreifen, die keine Abneigung gegen Menschenfleisch hatten, ein erlerntes Verhalten, das künftig innerhalb der Familie vererbt würde.

Seit Lord Methuens Vorstoß auf Kimberley am Magersfontein-Kopje zum Stillstand gekommen war, waren die Fairfax Scouts damit beschäftigt, die Truppen-Bewegungen der Buren-*komandos* im Oranje-Freistaat auszuspähen. Inzwischen operierten sie beinahe hundert Meilen nördlich von der Hauptstadt Bloemfontein in der Nähe des Flusses Zand.

Am 10. Januar waren Feldmarschall Lord Roberts und sein Stabschef Lord Kitchener in Kapstadt eingetroffen. Innerhalb von achtundvierzig Stunden machte ein schwarzer Bote Fairfax und seine Männer ausfindig. Eingenäht in den Mantel des Boten war eine Depesche von Lord Methuen. Darin erläuterte er Neuerungen der Heeresleitung und gab den Befehl, so lange an Ort und Stelle zu bleiben, bis weitere Anordnungen kämen. Außerdem hatte der Bote einen Sack Post für die Männer dabei.

Robert bekam drei Briefe – von Lorna, Meggie und Will –, die alle Mitte Dezember abgeschickt worden waren. Will schrieb nur über Cameron. Das undatierte Schreiben, schlecht formuliert, aber gut gemeint, berichtete über das tapfere Verhalten seines Patensohnes bei der Befreiung eines Dutzends britischer Soldaten, die von den Buren gefangen genommen worden waren. *Buller hält eine Menge von dem Jungen,* schrieb Will. *Ich schätze, er könnte sich eine Medaille verdient haben. Cam hat zwölf unserer Jungs zurückgebracht, ehe sie mit dem Zug nach Pretoria verschleppt werden konnten. Er ist ein echter Held.*

Will berichtete keine Einzelheiten, sodass Robert sich die Bemühungen seines Sohnes hinter den feindlichen Linien und vermutlich in Begleitung vieler anderer nur vage vorstellen konnte. Nach dem Wenigen, was Will schrieb, klang es jedoch so, als sei Cameron derjenige gewesen, der die entscheidenden Schritte in die Wege geleitet hatte. Es war nicht ersichtlich, ob Wills Brief vor oder nach Bullers Rückzug von Colenso geschrieben worden war. Robert konnte nur vermuten, dass er sicher inzwischen erfahren hätte, wenn Cam oder Will verwundet, gefangen genommen oder – und das mochte der Himmel verhindern – getötet worden wären.

Glücklicherweise hält sich der Junge gut und zeigt keinerlei Anzeichen der Krankheiten, die hier wüten. Damit will ich nicht sagen, dass er perfekt ist. Beim Kartenspiel ist es ganz anders. Es gibt nicht viele, die es mit ihm aufnehmen wollen.

Robert musste lächeln. Zu Camerons Eigenschaften gehörte auch die Leidenschaft fürs Spielen. Wenn er spielte, spielte er gnadenlos – was denjenigen, die das weniger ernst nahmen, häufig unverständlich war. Wills Brief endete mit einer Klage. Es sei ihm gänzlich unmöglich, schrieb er, die Aufmerksamkeit seines jungen Schützlings auch nur entfernt auf religiöse Angelegenheiten zu richten. Robert faltete das Schreiben mit einem erneuten Lächeln zusammen. Bei diesem Vorhaben würde Will sich die Zähne ausbeißen.

Meggies Brief war voller Episoden über das Alltagsleben auf Morningside, ihren Job im Krankenhaus und Lornas Bemühungen, sich mit Frazers Tod abzufinden. Die Schulen hatten im Moment geschlossen, aber sie versuchte sich selbst zu unterrichten, mit Hilfe von Büchern, die sie sich an allen möglichen Orten auslieh. Auf der Farm schien alles gut zu laufen, obwohl Tobaccos Sohn sie verlassen und Henry nun unter fachkundiger Hilfe seines jüngeren Bruders Sabani die Stelle des *induna* übernommen hatte. Das Vieh entwickelte sich in der regnerischen Jahreszeit gut, die von ihren Müttern entwöhnten Kälber wurden verkauft, und Lorna hatte einen neuen Bullen erstanden. Bei dem Preis zuckte Robert zusammen. Überraschenderweise war Meggies Arbeit im Krankenhaus so befriedigend, dass sie davon sprach, in Ellies Fußstapfen zu treten und Krankenschwester zu werden. Nun, dachte Robert, mein kleines Mädchen eine Florence Nightingale. Sie ist so schnell groß geworden.

Mutter macht mir manchmal Sorgen. Dieser Satz veranlasste Robert, den gesamten Abschnitt noch einmal zu lesen. *Es gibt Tage, an denen ich einfach nicht zu ihr durchdringen kann, und andere, an denen sie völlig normal erscheint. Sie verbringt eine Menge Zeit an Frazers Gedenkstätte und redet mit ihm. Ich bete zu Gott, dass du ihn mit nach Hause bringen kannst, denn der Gedanke, was aus Mutter wird, wenn das nicht möglich sein sollte, ist mir unerträglich.*

Lornas Brief bestätigte Meggies Einschätzung. *Lach nicht, Liebster; ich habe kürzlich mit Frazer gesprochen und er sagte, der gute Gott habe keine Pläne für euch anderen. Ich glaube ihm. Ihr werdet alle sicher und wohlbehalten zurückkehren. Frazer hat es mir versprochen.* Und nur wenige Abschnitte weiter: *Ich fühle mich manchmal so verzweifelt. Werde ich dich je wiedersehen? Was ist nur aus unserer Familie geworden? Katie ist gegangen. Nun Frazer. Haben wir diese Kinder bekommen, damit sie uns wieder genommen werden können? Es gibt Zeiten, in denen ich an Gottes Absichten verzweifle. Was sollen wir aus dieser Trauer lernen?*

»In der Tat«, murmelte Robert. »Eine gute Frage.«

Wenn es um das Thema ihrer ehrenamtlichen Tätigkeiten ging, war Lorna klar und kontrolliert. Über das, was auf der Farm geschah, blieb sie vage, dafür beschrieb sie detailliert, welche Möbel sie in Salon, Speisezimmer und in ihrem Schlafzimmer umgestellt hatte. Alles in allem schien sie von einem Thema zum nächsten zu springen, nichts Wichtiges zu sagen, sich sogar mitten in einem Abschnitt selbst zu widersprechen. Sie war normalerweise eine gute Briefschreiberin, aber aus ihren sonst so klaren Formulierungen waren zusammenhanglose Sätze geworden. Glücklicherweise schien ihre Arbeit im Krankenhaus von Empangeni sie wenigstens zum Teil abzulenken. Die letzte Zeile in Lornas Brief beunruhigte Robert besonders: *Mach dir keine Sorgen, Liebster. Ich weiß, dass du an dem, was passiert ist, keine Schuld trägst. Der Tod meines Sohnes lag jenseits deiner Macht.*

»Verdammt«, entfuhr es Robert. »Niemanden trifft eine Schuld.« Frazer war ein Opfer des Krieges geworden, und er war ebenso sehr sein Sohn wie Lornas.

In einem Nachsatz hatte sie hinzugefügt: *Fred hat einen zweiten Sohn bekommen – Harold –, der im Oktober geboren wurde. Sowohl das Baby als auch Gladys sind wohlauf. Er bedankt sich bei Frazer für die Vogeleier.*

Duncan hatte einen ähnlichen Brief erhalten, dazu noch einen von Tanith. Als er Robert traf, sagte sein verstörtes Gesicht alles.

»Ich weiß, mein Sohn. Es ist für uns alle nicht leicht.«

»Mutter klingt, als würde sie dir die Schuld an Frazers Tod geben.«

»Ja, das tut sie.« Robert fuhr sich mit der Hand durchs Haar. »Aber ich vermute, das ist nur natürlich. Schließlich war ich an Ort und Stelle. Ich weiß nicht, ob sie je akzeptieren wird, dass Frazers Ermordung nichts mit meiner mangelnden Achtsamkeit zu tun hatte. Von wem ist der zweite Brief?« Robert wechselte das Thema und reichte Duncan seine Post, damit er sie ebenfalls lesen konnte.

Duncan hielt einen Umschlag zurück. »Von Tanith.«

»Verstehe.« Robert grinste. »Nun, ich wollte nicht neugierig sein.«

»Das ist gut, denn das würde ich auch nicht zulassen. Sag mal, Vater, glaubst du, ich bin noch zu jung zum Heiraten?«

»Wir haben es diesem verdammten Krieg zu verdanken, dass niemand mehr jung ist. Du bist Anfang zwanzig. Ich war fast genauso alt, als deine Mutter und ich begannen, wie Mann und Frau zusammenzuleben.«

»Tanith ist erst neunzehn, aber ihr Vater hat seine Zustimmung gegeben. Ich habe mit ihm gesprochen, ehe wir von zu Hause aufgebrochen sind.«

»Du bist vielleicht ein Geheimniskrämer. Wann beabsichtigst du, sie zu fragen? Sie ist ein feines Mädchen.«

Duncan strahlte erfreut. »Ehrlich gesagt, Dad ... tut mir leid, Vater ... Aber ich habe es schon getan.« Er hielt den Brief hoch, um seine Worte zu bekräftigen. »Und sie hat Ja gesagt.«

Robert grinste, als sein Sohn im Kreis zu tanzen begann.

Fairfax blickte von seiner eigenen Post auf und sah Duncan zu. »Gute Nachrichten, wie mir scheint«, sagte er.

»Sie hat Ja gesagt«, jubelte Duncan und schwenkte den Brief. Er wollte, dass die ganze Welt sein Glück sah. »Aber ein bisschen Angst habe ich schon.«

Die beiden älteren Männer lachten. »Du wirkst aber nicht sehr ängstlich auf mich«, bemerkte Robert. »Im Gegenteil ...«

Duncan flog nach hinten und stürzte zu Boden, noch ehe sie den Schuss hörten. Es kam so unerwartet, dass Robert einige Sekunden ungläubig sitzen blieb, ehe er zu seinem Sohn stürzte. Blut sickerte aus Duncans Oberarm, und Robert atmete erleichtert auf.

»Es ist nur eine Fleischwunde«, stieß er aus.

Sie hörten, dass das Feuer erwidert wurde, aber es war unmöglich zu sagen, aus welcher Richtung der erste Schuss gekommen war. Zum Glück war das Geschoss recht klein gewesen. Es war glatt durch Duncans Oberarm hindurchgegangen – ohne den Knochen zu verletzen. Ein paar Zentimeter weiter seitlich, und Duncan wäre tot gewesen.

»Schweine!« Robert fluchte keuchend, während er die Wunde säuberte und verband. »Sie könnte sich entzünden, sei vorsichtig«, warnte er Duncan. »Du wirst den Arm eine Weile nicht benutzen können.«

Fairfax blickte auf Duncan hinab, der noch immer unter Schock stand. »Schade, aber das bringt Ihnen keine Heimreise zu Ihrer Verlobten.«

Das Morphium, das Robert seinem Sohn verabreicht hatte, begann zu wirken, und Duncan hatte Mühe, die Augen offen zu halten. »Daran habe ich nicht im Entferntesten gedacht«, murmelte er mit schleppender Stimme.

Fairfax lachte. »Unsinn! Jetzt ruhen Sie sich erst einmal aus.«

Allen war klar, wie viel Glück Duncan gehabt hatte. »Das war ziemlich knapp«, kommentierte Fairy, als Duncan sie nicht mehr hören konnte.

Robert nickte. »Wenn er nicht herumgesprungen wäre wie ein Irrer, hätte es um einiges schlimmer kommen können.«

Sie zündeten sich Pfeife und Zigarre an, dann saßen sie schweigend da und gingen ihren Gedanken nach. *Oh Lorna,* fragte Robert sich sorgenvoll, *kann ich es wagen, das in meinem nächsten Brief an dich zu erwähnen?* Mit Rücksicht auf ihren augenblicklichen Zustand entschied er sich dagegen und nahm sich vor, Duncan zu bitten, dasselbe zu tun.

»Ich glaube, dieser Krieg wird von zu vielen Irren geführt«, sagte Fairfax plötzlich in die Stille hinein.

Robert lachte. »Da könnten Sie Recht haben.«

Sie schwiegen wieder. Trotz ihres zehnjährigen Altersunterschieds hatte sich eine enge Freundschaft zwischen ihnen entwickelt. Da waren Worte überflüssig.

Seit einigen Tagen überlegte Meggie, was sie in ihrem nächsten Brief an ihren Vater schreiben sollte. Die Weihnachtstage auf Morningside waren beinahe unbemerkt vorübergegangen. Lornas Stimmungsschwankungen und ihre Depressionsanfälle wurden von Tag zu Tag heftiger. Inzwischen hatte auch Doktor Parry sich dazu geäußert und vorgeschlagen, bald Maßnahmen zu ergreifen.

»Ich will Sie nicht erschrecken, meine Liebe, aber ich kenne Ihre Mutter nun schon sehr lange. Meiner Meinung braucht sie jetzt vor allem Robert und Ruhe, und zwar in dieser Reihenfolge.

»Als wir das letzte Mal etwas von ihm gehört haben, war Vater irgendwo auf der anderen Seite von Basutoland.«

»Das mag so sein. Aber er ist auch ein Freund von mir und würde es mir niemals verzeihen, wenn ich meine Pflicht vernachlässigte und es versäumte, ihn zu warnen.«

»Warnen? Wovor?« Meggie spürte, wie sich ihr Magen verkrampfte.

»Der geistige Zustand Ihrer Mutter bereitet mir Sorge. Sie können nicht ständig um sie herum sein, und wenn man sie allein lässt, könnte sie eine Dummheit begehen.«

Panik stand in den Augen des Mädchens.

Parry fuhr fort. »Aus diesem Grund stehen auch Sie unter permanenter Belastung. Gibt es jemanden, bei dem Sie eine Weile bleiben könnten, wenn Robert zurückkommen und ein paar Wochen mit Lorna verreisen würde?«

»Ja. Die Taylors. Ihre Tochter und ich sind zusammen aufgewachsen. Ich kenne Tanith' Eltern fast genauso gut wie meine eigenen. Ich bin mir sicher, dass sie nichts dagegen hätten.«

»Möchten Sie, dass ich Ihrem Vater einen kurzen Brief schreibe?«

Meggie nickte und wirkte sichtlich erleichtert.

Der Arzt kritzelte etwas auf die Rückseite eines Rezeptformulars. Es war kurz und präzise:

Mein lieber Robert, sowohl als Arzt als auch als Freund möchte ich Ihnen einen guten Rat geben. Lorna würde gegenwärtig sehr von Ihrer Anwesenheit profitieren – umso mehr, wenn es Ihnen möglich wäre, einige Wochen in einer anderen Umgebung mit ihr zu verbringen. Ihre Krankheit ist eher psychischer als physischer Natur, und sie braucht dringend etwas Ruhe. Ich möchte Sie nicht zu sehr beunruhigen, aber bitte sehen Sie, was Sie tun können. Mit freundlichen Grüßen, Roger.

An jenem Nachmittag brachte Meggie die Nachricht in

Empangeni zur Post, zusammen mit einem eigenen Brief. Sie hatte beides in einen vom Krankenhaus gestempelten Umschlag gesteckt, in der Hoffnung, dass dieser schneller befördert werden würde. Da sie keine andere Adresse als Fairfax Scouts hatte, fragte sie sich, wie lange es wohl dauern würde, bis ihr Vater diese Nachricht erhielt – und ob er sie überhaupt je erhielt.

Innerhalb weniger Tage hatte sich Duncans Wunde entzündet und gab Anlass zu ernsthafter Sorge. Infektionen und Krankheiten waren ein ständiges Problem. Als Robert Fairfax den Brief von Meggie und Doktor Parry zeigte – den er über Lord Methuens Hauptquartier erhalten hatte –, zögerte dieser nicht. »Nehmen Sie Ihren Sohn, und reiten Sie nach Hause«, entschied er. »Es sieht ohnehin so aus, als säßen wir noch eine Weile hier fest.«

»Danke, Fairy.«

Fairfax nickte. »Beeilen Sie sich, Robert. Ich spreche als Freund zu Ihnen. Kümmern Sie sich um Ihre Frau, und pflegen Sie den Arm Ihres Jungen. Ich sehe Sie beide wieder, wenn es beiden besser geht. Alles Gute.«

Am nächsten Morgen brachen sie bei Tagesanbruch auf. Für Duncan war das Reiten sehr beschwerlich. Sein linker Arm steckte in einer Schlinge und war angeschwollen. Doch die Aussicht, Tanith bald wiederzusehen, gab ihm so viel Auftrieb, dass er die Schmerzen und das Unwohlsein kaum bemerkte.

Die Reise dauerte fünf Tage, dann erreichten sie endlich die Südküste von Stangar, in der Nähe von Shakas Kral. Robert schmiedete einen Plan. Vor Jahren hatten er und Lorna ein Haus im Norden Durbans in der Nähe der Mündung des Flusses Umdhloti gekauft – als Rückzugsort. Es war ganz einfach und lag versteckt zwischen Bäumen oberhalb einer von Felsen eingerahmten kleinen Bucht. Das Haus hatte vier Schlafzimmer, eine große Wohnküche und eine etwas höher gelegene Veranda auf der Meerseite, dort wo der Grund zum darunterliegenden Strand abfiel. Hinter dem Haus gab es ein separates Häuschen für die Bediensteten sowie Ställe. Lorna hatte sich auf den ersten Blick in das Haus verliebt. In letzter Zeit hatten sie jedoch nicht so viel Zeit dort verbracht, wie ihnen lieb gewesen wäre. Das würde sich nun ändern.

Duncan war von der Idee begeistert und versprach, sich während der Abwesenheit der Eltern um die Farm zu kümmern. Robert war sicher, dass sein Enthusiasmus weniger seinem Sinn für Verantwortung entsprang als vielmehr persönlichen Interessen. Er konnte es dem Jungen nicht verübeln. Tanith Taylor war ein entzückendes Mädchen, mit ihr zusammen zu sein musste einfach Spaß machen.

Am fünften Tag gegen drei Uhr an einem drückend heißen Nachmittag, der Regen versprach, ritten sie landeinwärts und befanden sich schon bald auf dem Anstieg zur Farm. Morningside sah großartig aus. Hinter den wogenden grünen Zuckerrohrpflanzen sah man eingezäunte Weiden, auf denen sich das Vieh befand. Rauch stieg aus dem Schornstein auf. Das Anwesen machte den soliden, unerschütterlichen Eindruck eines erfolgreichen Unternehmens, in dem man in Ruhe seiner Arbeit nachging.

»Es ist jemand da«, bemerkte Duncan. »Sie haben in der Küche gerade frisches Holz aufgelegt.«

Es war eine ganz alltägliche Bemerkung, so vertraut und normal, als gäbe es keinen Krieg, der ihr ganzes Leben erschütterte.

Robert nickte. »Mister David vermutlich. Er fängt um diese Zeit meist mit dem Kochen an. Komm, Junge, lass uns sehen, wer noch da ist.«

In diesem Augenblick trat Mister David aus dem Haus. Er schien nicht überrascht über ihr unerwartetes Auftauchen. Camerons Hund Saba bellte aufgeregt, während Suza neben Roberts Stammplatz auf der Veranda weiter vor sich hin döste.

»Ich sehe Sie, *nkosi.*« Der Zulu begrüßte Robert, ehe er einen kurzen Blick auf Duncans Arm warf. »Dafür hat man Sie nach Hause geschickt? Pah!«

Duncan lachte. »Ich sehe dich auch *madala*. Das hätten sie nicht getan, wenn Vater nicht ohnehin zurückgeritten wäre.«

Mister Davids Miene wirkte plötzlich besorgt. Er sah Robert fragend an.

»Mir geht es gut«, beeilte er sich zu versichern. »Lorna ist diejenige, um die wir uns sorgen. Meggie hat mir eine Nachricht des Arztes geschickt.«

»Ah! Dann ist es gut, dass Sie so rasch gekommen sind. Es ist nicht alles so, wie es sein sollte, und es gibt nichts, was ich gegen ihre Krankheit tun kann.«

Robert wusste, dass die Zulu einen unstabilen psychischen Zustand darauf zurückführten, dass die betroffene Person von ihren Ahnen bedrängt wurde, Heilerin zu werden. Wenn Mister David den Unterschied bei Lorna erkennen konnte, war ihm vermutlich klar, dass sie von den Medizinmännern seines Volkes nicht zu heilen war. Wie auch immer, Robert hatte nicht die Absicht, mit verschiedenen Behandlungsmethoden, die ohnehin nutzlos sein würden, viel Zeit zu verschwenden. Er musste Lorna von hier fortbringen, sie für sich haben. Mit ihr zusammen zu sein, ungestört und ohne äußere Einflüsse, würde ein Anfang sein.

»Wer ist zu Hause?«, fragte Duncan, als die Pferde versorgt waren und ihre wohlverdiente Ruhe hatten.

»Nur Ihre Mutter. Sie hat sich hingelegt. Madam Lorna schläft in letzter Zeit viel. Sie ist sehr müde, aber das kommt nicht von der Arbeit.« Mister David schlug sich an die Brust. »Es kommt von hier drinnen.« Er zeigte auf sein Herz. »Es ist voller Traurigkeit.«

»Ich werde mit ihr nach Umdhloti reisen«, erklärte Robert. »Kannst du für eine Weile auf Aminta verzichten?«, fragte er. Aminta war Mister Davids Tochter, die ihm in der Küche half und auf dem besten Weg war, eine gute Köchin zu werden.

»Es wird ihr eine Ehre sein«, antwortete der Zulu ernst. Er war offensichtlich stolz, dass Robert sein Kind um Hilfe bat. »Wann soll es so weit sein?«

»Ich weiß es nicht. Sobald ich Lorna überreden kann, von hier aufzubrechen.«

»Das wird nicht allzu schwer sein. Ich habe Lorna mit Miss Meggie darüber sprechen hören. Sie bedauert, dass sie nicht häufiger in Umdhloti sein kann.«

»Gut. Dann werden wir meine Frau wieder glücklich machen.« Robert klopfte Mister David auf die Schulter. »Es tut gut, wieder zu Hause zu sein, alter Freund. Aber jetzt kann ich es kaum noch erwarten, meine Frau zu sehen.«

Robert war erschrocken über Lornas Aussehen. Sie hatte dunkle Ringe unter den Augen, wo die Haut früher hell und glatt gewesen war. Ihre Augen waren trüb und voller Schmerz. In das Lächeln, mit dem sie ihn begrüßte, mischte sich Angst. Er ging auf ihr Bett zu und nahm sie in die Arme.

»Es ist alles in Ordnung.« Robert wurde plötzlich klar, wie nah sie einem psychischen Zusammenbruch war. »Duncan und mir geht es gut. Er freut sich darauf, dich zu sehen.« Robert spürte, wie sie entspannte, und dann hielten sie sich einige Minuten schweigend im Arm und schöpften Kraft aus der Nähe des anderen. »Komm. Der Junge wartet bestimmt schon. Ich bin sicher, er hat heute noch etwas vor.«

Lorna lächelte. Plötzlich schien sie ein Stück ihrer Lebensfreude wiedergefunden zu haben. »Natürlich. Tanith. Sie sind verlobt. Ich habe es ganz vergessen, dabei ist es so eine wunderbare Neuigkeit. Wo ist er?«

»Im Salon.«

Lornas Lächeln erlosch, als sie Duncans Arm in der Schlinge sah. »O Gott«, rief sie entsetzt. »Davon hat mir dein Vater gar nichts gesagt.«

»Es ist nicht schlimm, Mutter. Nur eine Fleischwunde, das ist alles.«

»Du kommst doch nicht wegen einer Fleischwunde nach Hause, Duncan«, antwortete sie. »Sag mir die Wahrheit! Wie schlimm ist es?«

»Also gut«, antwortete er und begann den Verband zu lösen. »Ich bin gespannt, was die Krankenschwester dazu zu sagen hat.«

Lorna untersuchte die Wunde genau, dann nickte sie zufrieden. »Hm«, meinte sie. »Es sieht gut aus.«

»Ehrlich gesagt ist es schon viel besser geworden. Vater hat eine spezielle *muthi* gemischt – der Himmel weiß, was er hineingegeben hat – und jeden Tag den Verband gewechselt. Die Schwellung ist zurückgegangen, und der Arm schmerzt nicht mehr. Er ist nur noch ein bisschen steif. Aber mach dir keine Sorgen um mich, Mutter. Du solltest lieber an den alten Herrn denken.«

Ihr Blick richtete sich ängstlich auf Robert. »Warum? Was fehlt ihm?«

»Du. Er vermisst dich. Also viel Vergnügen.« Mit diesen Worten wandte sich Duncan zur Tür. Lachend wehrte er das Kissen ab, das Lorna ihm nachwarf. »Ich bin eine Weile weg. Benehmt euch anständig.«

Auch Lorna lachte jetzt. »Grüß Tanith von uns. Ich freue mich ja so für euch beide.«

»Danke, Mutter. Bis später.«

Robert nahm sie in seine Arme. »Er hat Recht. Ich vermisse dich schrecklich. Die meiste Zeit langweilen wir uns zu Tode. Häufig ist es so ruhig, dass wir uns fragen, ob der Krieg überhaupt noch stattfindet. Es war verdammt anständig von Fairfax, uns nach Hause zu schicken. Wir müssen irgendwann wieder zurück, aber zunächst einmal bleiben wir ein paar Wochen.«

»Das ist ja wunderbar, Liebster. Was wirst du in dieser Zeit tun?«

»Was werden *wir* tun, meinst du? Wir werden verreisen. Nur wir beide.«

»Können wir das? Können wir das wirklich? Oh, sag bloß, Robert. Wohin?«

»Wie wäre es mit Umdhloti?«

Lorna schloss die Augen und schmiegte sich an seine Brust. »Wunderbar. Wann?«

»Wenn du magst, morgen.«

Es war so einfach.

»Meggie hat sich ziemliche Sorgen um dich gemacht«, sagte Robert leise und atmete den vertrauten Duft von Lornas Haar ein. Die Zeilen, die Roger Parry ihm geschrieben hatte, verschwieg er wohlweislich.

Lorna löste sich aus seinen Armen, und der Zauber des Augenblicks war dahin. »Und ich mache mir Sorgen um euch alle. Tanith hat Angst um Duncan. Cameron und Virginia sorgen sich gegenseitig. Torben fürchtet um Gerda. Wenigstens sind Ellie und Lindsay zusammen.«

»Moment mal. Warum hat Torben Grund, um Gerda zu fürchten?«

»Die Polizei verhört in Durban Buren. Es wird sogar davon gesprochen, dass sie in Konzentrationslager gebracht werden. Ehemänner, Ehefrauen, Kinder, Bedienstete, alle. Vielleicht schickt man sie auch außer Landes.«

»Dieses Gerücht geht seit einiger Zeit umher«, meinte Robert.

»Es ist kein Gerücht, mein Lieber. Viele sind bereits verschleppt worden.«

»Das wusste ich nicht. Warum in Natal? Warum in Durban?«

Lorna schwieg. Sie hatte keine Antwort.

»Das ist alles so deprimierend. In den nächsten paar Wochen werden wir nur von schönen Sachen sprechen. Einverstanden?«

»Einverstanden.«

»Stimmt es, dass du so häufig müde bist?«

Sie lächelte. »Eine kleine Notlüge, muss ich gestehen. Sie verschafft mir etwas Zeit für mich.«

»In Umdhloti gibt es keine Notlügen. Das musst du mir versprechen.«

»Ich verspreche es.«

Meggie war am Vorabend nicht nach Hause gekommen. Lorna erklärte Robert, dass sie über Nacht im Krankenhaus blieb, wenn dort viel zu tun war. Robert wäre zwar gern so schnell wie möglich aufgebrochen, wollte jedoch nicht in Richtung Süden starten, ohne vorher seine Tochter zu sehen. Er und Lorna mussten ohnehin in Empangeni Vorräte einkaufen, daher war ein kurzer Besuch im Krankenhaus das Einfachste. Duncan, der auch über Nacht weggeblieben war, kam gerade zurück, als sie aufbrechen wollten. Er trug den Arm nicht mehr in der Schlinge und grinste verlegen von einem Ohr bis zum anderen.

Der Wagen war voll beladen mit Passagieren, Vorräten und anderem Gepäck, als sie endlich losfuhren. Robert führte die Pferde mit routinierter Leichtigkeit.

»Wenn dieser Krieg vorüber ist, müssen wir häufiger wegfahren«, sagte er.

Lorna war an diesem Morgen sehr still. »Gut.«

»Ist das alles, was du dazu zu sagen hast? Gut? Ist alles in Ordnung?«

»Natürlich. Wieso fragst du?«

»Du bist so schweigsam.«

»Weil ich Frazer verlassen muss.«

»Keine traurigen Themen. Hast du das vergessen?«

»Das ist nicht traurig«, widersprach sie. »Er fehlt mir nur einfach.«

»Er ist bei Katie. Und Duncan ist zu Hause, um auf die beiden aufzupassen.«

»Ich weiß.« Lorna zog ihren Schal zurecht. »Wenn er nicht zu sehr mit anderen Dingen beschäftigt ist.«

Robert streckte die Hand aus und tätschelte ihren Arm. Erleichtert stellte er fest, dass sie lächelte.

Das Haus in Umdhloti wurde von einem Zulu geführt, den die ganze Familie unter dem Namen Nostril kannte. Er war der ältere Bruder von Tobacco, dem Lorna damals das Leben gerettet hatte, als der Geschäftspartner ihres Mannes, Logan Burton, von einem Elefanten getötet worden war. Seit jenem Tag hatte Tobacco Lorna als seine Schwester angesehen und sich für ihren Sohn Cameron verantwortlich gefühlt, der ebenfalls fast ums Leben gekommen wäre. Diese Beziehung hatte bis zum Zulu-Krieg angedauert, als Tobacco Cetshwayo in den Krieg gefolgt und während eines erbitterten Kampfes auf dem Kambula Hill getötet worden war. Das alles war nun über zwanzig Jahre her, aber Robert, der ebenfalls dabei gewesen war, kam es vor, als sei all dies erst gestern passiert.

Nostril war nach Morningside gekommen, als der Krieg vorüber war. Obwohl er infolge eines Säbelstichs durch ein Mitglied des Dragonerregiments in Ulundi einen Arm verloren hatte, empfand er keinerlei Hass und versuchte, die lange Beziehung aufrechtzuerhalten, die zwischen seinem Bruder und Robert und dessen Familie existiert hatte. Nun kümmerte sich der ältere Zulu um ihr Ferienhaus. Er hielt es in tadellosem Zustand und säuberte sogar den Strand, wenn niemand da war – keine einfache Aufgabe für einen Mann mit einem körperlichen Handikap. Andere Bedienstete halfen ihm wenn nötig, aber Nostril war der *induna*.

Dieses Mal würde Aminta das Kochen und die Verantwortung für die Küche übernehmen; ein weiteres Hausmädchen, Fanny, war gekommen, um die Aufgaben der Haushälterin wahrzunehmen. Nostril übernahm die Verantwortung für die

Pferde, die Wagen und den Garten. Es funktionierte gut, sodass kein weiteres Personal nötig war.

Die Abenddämmerung ging rasch in Dunkelheit über, und ein riesiger Vollmond erhob sich in majestätischer Stille über dem beinahe unbewegten Ozean. Zufrieden atmete Lorna die milde, salzhaltige Luft ein. »Hm. Wenn es morgen so bleibt, darf ich dann Langusten zum Lunch vorschlagen?«

Es war viele Jahre her, seit Robert zum ersten Mal versucht hatte, die roten Krustentiere mit einem selbst gemachten Fangkorb zu fangen. Seine Erfindung hatte gut funktioniert, und Langusten waren seither zu ihrem bevorzugten Feriengericht geworden, neben Austern und Muscheln, die sie bei Ebbe an den Klippen sammelten.

»Klingt gut.«

Wenn sie in Umdhloti waren, lebte die ganze Familie ein ganz anderes Leben als sonst. Unkonventionell wie Lorna und Robert waren, hatten sie nichts dabei gefunden, die Kinder nackt am Strand spielen zu lassen. Auch sie genossen die Freiheit von lockerer Kleidung und Ungezwungenheit.

An jenem Abend entspannten sie sich auf Liegen, die mit Segeltuch bespannt waren, und genossen ihren Aperitif – Champagner für Lorna und für Robert ein Malzbier. Sie sahen zu, wie die Wellen heranrollten, den Strand überfluteten und sich dann wieder zurückzogen. Bald würde Ebbe herrschen. Hunderte von Krebsen vollführten ein Mondlicht-Ballett, während immer mehr Felsen aus dem Wasser auftauchten. Sowohl dieser Anblick als auch die Stille ringsherum wirkten ungeheuer beruhigend, und Lorna ließ sich rasch verzaubern. Sie trug ein orange-weißes Badekleid nach der neuesten Mode. Es wirkte durch einen gewagten Schlitz vom Hals bis tief in den Ausschnitt und extrem kurze Ärmel, die knapp über den Ellbogen endeten, sehr feminin. An der Taille war das Badekleid eng geschnitten, um dann bauschig weit zu werden und in Spitzen unterhalb der Knie zu enden. An Lorna sah das Kleidungsstück schick und unzüchtig zugleich aus. Ihrem Gesichtsausdruck nach gefiel es ihr.

Es kümmerte Lorna nicht, dass auch die Bediensteten sie so sehen konnten. Umdhloti wurde nur von wenigen Leuten besucht, und mitten in der Woche waren kaum Hausbesitzer da. Sie konnte nach Herzenslust tun und lassen, was sie wollte. Bei einer Partie Federball hatte Lorna Robert knapp geschlagen, und ihr Gesicht war von der Anstrengung leicht gerötet. Sie wirkte so viel entspannter als am Tag zuvor bei Roberts Ankunft.

Die Schiffe waren noch unterwegs – die dunklen Silhouetten auf dem silbrig glänzenden Meer erinnerten sie ständig daran, dass der Krieg nicht weit entfernt war. Das war das Einzige, was ihren Frieden beeinträchtigte.

Robert spürte, dass Lorna ihn im Mondlicht ansah, und drehte sich zu ihr um. Er liebte seine Frau so sehr, dass es ihn manchmal zu überwältigen drohte.

»Du hast diesen typischen Ausdruck im Gesicht«, sagte sie zu ihm.

»Was für einen Ausdruck?«

»Den, den du immer hast, wenn du etwas Sentimentales sagen wirst.«

»Etwas Sentimentales? Ich bitte dich.«

»Du gibst es also zu.«

Er lachte leise. »Ich bekenne mich schuldig.«

Er spürte ihre Finger, warm glitten sie über seinen Unterarm. »Danke«, sagte sie leise. »Ich hätte fast meinen Weg verloren.«

Robert nahm ihre Hand, drehte sie um und küsste sie auf die Innenfläche. »Das wirst du niemals tun, solange ich atme.«

Sie nickte. »Ich weiß. Und das ist das beruhigendste Gefühl auf der ganzen Welt.« Sein Blick ließ sie nicht los. »Ich fürchte, ich habe noch eine ziemlich lange Strecke vor mir.«

»Sie ist nicht so lang, wie du glaubst. Und ich bin da, um sie mit dir zu gehen. Vergiss das nicht.«

»Niemals.«

Sie aßen Steaks bei Kerzenlicht, ihr eigenes Rind, auf einem offenen Feuer gegrillt und ganz ohne Sauce serviert. Den Salat aßen sie mit den Fingern. Dasselbe galt für die gekochten neuen Kartoffeln, die in Butter schwammen und mit einem Hauch Minze bestreut waren. An der Küste hatte die Familie es gern einfach. Kein großes Tischdecken, kein Silber, keine Formalitäten. Lorna hatte ein paar Frangipani-Blüten gesammelt, die nun in kleinen Wasserschüsseln, die auf dem Tisch standen, schwammen. Ihr Duft erfüllte die Luft. Lorna hatte sich eine einzelne Blüte hinters Ohr gesteckt. Als Robert seine inzwischen fast dreißigjährige Liebe anschaute, ihr orange-weißes Ensemble, das Haar, das ihr lose über die Schultern fiel, die Blüten, die Kerzen und ihre ungezwungene Mahlzeit, hatte er plötzlich das Gefühl, in einer anderen Welt zu sein.

An diesem Abend liebten sie sich mit der Zärtlichkeit eines frisch verheirateten Paares.

»Ich erinnere mich noch gut an unser erstes Mal«, flüsterte Robert.

»Ich auch.« Lorna zögerte. »Wer war deine erste Liebe?«

Robert stützte sich auf einen Ellbogen. »Diese Frage hast du mir noch nie gestellt.«

»Ich wollte es nie wissen.«

»Warum jetzt?«

Sie lächelte und schüttelte den Kopf. »Es gibt keinen besonderen Grund.« Schulterzuckend fügte sie hinzu: »Es ist reine Neugier.«

»Die Antwort könnte enttäuschend für dich sein.«

»Sag es mir trotzdem.«

»Es war in London. Ein Bordell. Mein Vater hatte mich mitgenommen.«

»Der Earl?« Lorna schien eher amüsiert als enttäuscht.

Robert lachte. »Er sagte damals, es sei Zeit, dass ich über gewisse Dinge Bescheid wüsste. Es war alles so nüchtern; er hätte ebenso gut über sein Vieh sprechen können.«

Lorna kicherte. »Du liebe Güte, Robert. Wie jung musst du da noch gewesen sein.«

»Ich war siebzehn und völlig grün hinter den Ohren«, gestand er.

»Wie war es?«

»Ich kann mich kaum erinnern. Das Einzige, was ich noch weiß, ist, dass ich Angst hatte. Ich stand in einem verschwenderisch ausgestatteten Raum, alles war dunkelrot, drehte meinen Hut in den Händen und wusste nicht, was ich als Nächstes tun sollte.« Er grinste. »Glücklicherweise hatte eine der Damen Mitleid mit mir. Mein Vater verschwand mit einer anderen und ließ mich mit ihr allein. Diese Frau – Constance, so hieß sie, auch wenn ich im Leben nicht verstehe, wieso mir ihr Name wieder einfällt –, wie auch immer, Constance nahm meine Hand und führte mich eine Treppe hinauf. Es war ein Desaster.«

Lorna schüttelte lachend den Kopf.

»Was ist daran so lustig?«, wollte Robert wissen.

»Ich kann mir einfach nicht vorstellen, dass du dich so benommen hast.«

»Ich war jung. Die Tatsache, dass mein Vater die ganze Sache organisiert hatte, war mir ziemlich peinlich. Ich hätte diesen Teil meines Lebens lieber für mich privat gehalten.«

»Mein Vater hat etwas Ähnliches für Charles gemacht.«

»Nun, ich habe es für Cameron jedenfalls nicht getan.«

»Er brauchte ja auch keine Hilfe.«

»Woher weißt du das?«

»Die Leute reden.«

»Die Leute! Duncan oder Torben vielleicht.«

»Hm.« Sie ließ sich nicht mehr entlocken und kehrte stattdessen zum Ausgangsthema zurück. »Was meintest du damit, als du sagtest, es sei ein Desaster gewesen?«

»Müssen wir darüber reden?«

»Und ob wir das müssen«, erklärte sie fest. »Ich genieße jede einzelne Sekunde.«

Robert drehte und wendete sich noch eine Zeit lang, ehe er sich in das Unvermeidbare fügte. »Ich habe gezittert wie Espenlaub. Constance war sehr rücksichtsvoll. Sie nahm meine Hand, führte mich zum Bett, zog mich sogar aus – und war so freundlich, keinen Ton darüber verlauten zu lassen, dass ich … nun, dass ich noch nicht so weit war.«

»Das Problem habe ich noch nie bei dir feststellen können.«

Er umarmte sie. »Nein, Gott sei Dank nicht. Nun, wie auch immer, sie war sehr erfahren und geduldig. Innerhalb kurzer Zeit … tja also, … als ich einmal merkte, worum es ging …« Robert brach ab. »Um Himmels willen, Lorna, können wir jetzt endlich das Thema wechseln?«

Sie schmiegte sich an ihn und legte den Arm Besitz ergreifend um seinen nackten Körper. »Ja, Liebster.«

Plötzlich glaubte Robert zu verstehen, warum sie unbedingt mit ihm über dieses Thema reden wollte. Lorna kannte den Grund, weshalb er gezwungen gewesen war, Schottland zu verlassen. Robert war erst einundzwanzig gewesen, als seine Affäre mit Lornas Mutter, einer Frau, die fast doppelt so alt war wie er, ans Licht gekommen war. Um ihren eigenen Ruf zu schützen, hatte Lady Alison de Iongh ihn einer Vergewaltigung bezichtigt, ein Verbrechen, das zu jener Zeit mit dem Tod durch den Strang geahndet wurde. Es stimmte, sie war nicht Roberts erste sexuelle Erfahrung gewesen, aber woher hatte Lorna das gewusst? Selbst nach all den Jahren sprachen sie nie über dieses Thema.

Robert war versucht zu glauben, Lorna vertraue ihm nicht, aber er hatte Verständnis für sie. Ganz allmählich begriff er, dass dieses Gespräch nichts damit zu tun hatte, dass sie an ihm zweifelte. Sie hatte ganz einfach das Bedürfnis, ihm ihre Liebe zu zeigen, indem sie offen über Dinge sprach, die bisher zwischen ihnen tabu gewesen waren. Es erwies sich schließlich als Schlüssel zu vielen geheimen Sorgen, die sie noch immer mit sich herumtrug.

Sie redeten stundenlang, und als Lorna dann erschöpft einschlief, wusste Robert, wie tief der Abgrund war, in den seine Frau gestürzt war. Sie versuchte mühsam wieder herauszuklettern, und seine Nähe würde es ihr ermöglichen, in kurzer Zeit große Fortschritte zu machen.

Bis zu diesem Abend hatte Robert nicht gänzlich verstanden, wie weit Frazers Tod Lorna belastet hatte. Er erinnerte sich an die Beziehung zu seiner eigenen Mutter. Robert hatte seinen Vater geliebt und geachtet, aber bei Lady Pamela war es mehr gewesen – sie war eine Freundin gewesen, die einzige Person auf dieser Welt, die ihn durch und durch gekannt und geliebt hatte wie sonst niemand. Obwohl sie fünf Jahre zuvor gestorben war – im Alter von neunundsechzig Jahren – wurde ihm plötzlich etwas sehr Merkwürdiges bewusst. Es war der 21. Januar, ihr Geburtstag. Er wusste sofort, dass dies kein Zufall sein konnte. Wo immer Lady Pamela jetzt sein mochte, sie hatte ihm soeben geholfen, das Ausmaß von Lornas Verlust zu erkennen.

Robert schlang die Arme um seine Frau und ergab sich ebenfalls dem Schlaf. Der Heilungsprozess hatte begonnen.

14

General Sir Redvers Buller wusste, dass Lord Roberts' Ankunft in Kapstadt unmittelbar bevorstand. Er wollte zeigen, dass er Herr der Lage in Natal war, und versuchte, mit einem Ausfall über die Flanken hinter die burischen Truppen zu gelangen, die Ladysmith besetzt hielten. Buller hatte gehört, dass man in der Garnison inzwischen nur noch Pferdefleisch aß und auch dieses nicht mehr lange reichen würde. Die Südafrikanische Light-Horse-Division war nur ein kleiner Bestandteil der dreitausend Kavalleristen, die ihm zur Verfügung standen. Sie führten den Ausfall in westliche Richtung an, gefolgt von neunzehntausend Infanteristen mit ungefähr sechzig Artilleriegeschützen.

Der Gedanke, endlich wieder etwas tun zu können, beflügelte Cameron. Das Knarren des Ledersattels war Musik in seinen Ohren, er war froh, den Gestank, die Hitze und die Langeweile von Chieveley hinter sich zu lassen.

Ihre Aufgabe bestand darin, zwei mögliche Übergänge des Thukela zu sichern. Sie lösten sie problemlos und ohne feindlichen Widerstand und errichteten ein Basislager auf der Spearman's Farm in der Nähe des Mount Alice. Dort warteten sie sechs Tage, bis die Haupttruppe sie schließlich eingeholt hatte. Auch Will war dabei. Ihm war die Erleichterung, dass er Cameron wohlbehalten vorfand, deutlich anzusehen. Allerdings gefiel ihm sein neuer englischer Freund Winston Churchill nicht besonders. Er war ihm entschieden zu besserwisserisch.

Während die Infanterie von Sir Charles Warren Ponton-Brücken errichtete und den Fluss überquerte, bewegte sich Dundonalds Kavallerie in Richtung Norden und lockte bei Acton Homes ein Buren-*komando* erfolgreich in den Hinterhalt, um dann hinter General Bothas Stellung offenes Gelände zu erreichen. Die Hintertür nach Ladysmith war weit geöffnet.

»Ich glaube es nicht.« Cameron bedauerte Winston, als er hörte, dass sie zurückgerufen worden waren. »Wenn Buller glaubt, dass wir zu weit verteilt sind, warum schließt er dann nicht auf und spaltet die Verteidigung des Feindes? Verdammt, Mann. Ladysmith ist weniger als zwei Tage entfernt.«

»Er sorgt sich um seine Nachschublinie«, antwortete Winston. »Wenn die Buren ihm den Weg abschneiden, könnte er die gesamte Armee verlieren. Man benötigt pro Tag eine Tonne Vorräte, um hundert Mann im Feld zu halten. Redvers hat zwanzigtausend unter seinem Kommando. Ein solches Desaster könnte die Niederlage für uns bedeuten.«

»Verstehe, was Sie meinen, Winston. Würden Sie das Risiko eingehen?«

»Zweifellos.«

Lookout Hill, besser bekannt als Spion Kop, sollte der zentrale Angriffspunkt sein. Am Abend des 23. Januar führte Lieutenant Colonel Alec Thorneycroft zweitausend Mann von General Woodgates Lancashire-Brigade sowie seine eigene normalerweise berittene Infanterie in einem nächtlichen Manöver auf den vierhundert Meter hohen verwitterten Felsen. Sie erreichten das, was sie als Gipfel ansahen, gegen vier Uhr morgens; ein letzter Bajonett-Angriff trieb die wenigen sich verteidigenden Buren zurück gegen eine undurchdringliche morgendliche Nebelwand.

Das Plateau war flach und nur so groß wie die Fläche, die man für ein Kricketspiel benötigte, und am angenommenen Scheitel wurde ein Schützengraben ausgehoben. Als sich der

Nebel mit dem heraufziehenden Tag aufzulösen begann, wurde deutlich, dass sich ihre einzige Schutzvorrichtung knapp zweihundert Meter von der Stelle entfernt befand, wo sie eigentlich sein sollte. Ohne dass Buller es ahnte – oder General Warren, der unten wartete –, hatten die Buren bereits siebentausend Mann und zwölf schwere Geschütze aus Ladysmith abgezogen. Im Morgengrauen begannen sie von zwei höher gelegenen Hügeln, die unter ihrer Kontrolle geblieben waren, die offen liegenden britischen Stellungen unter heftigen Beschuss zu nehmen. General Woodgate kam kurz nach dem Beginn des Angriffs ums Leben.

Es dauerte nicht lange, bis General Bothas Carolina- und Pretoria-*komandos* ebenfalls das Plateau erreichten und das tödliche Trommelfeuer noch verstärkten. Per Heliograph sandte Warren eilig eine Nachricht an Thorneycroft, ernannte ihn zum Brigadegeneral und erteilte ihm das Kommando über den Gipfel des Hügels. Die Sommersonne brannte gnadenlos. Noch immer war keine Verstärkung in Sicht, und Thorneycroft versuchte verzweifelt, die schwindende Moral seiner Männer aufzurichten. Einige hatten sich bereits zur Kapitulation entschlossen und sich gefangen nehmen lassen, ehe ihr neuer Anführer die weiße Flagge herunterreißen konnte.

Einer der Freiwilligen aus Natal, Stanley King, führte einen Trupp an, der versuchte einen Felsen am Rande des Plateaus zu erreichen, wo sich ihre Stellung eigentlich befinden sollte. Er und seine Männer wurden von scharf schießenden Heckenschützen in Stücke gerissen. Daraufhin startete Thorneycroft selbst einen Versuch. Er stürzte und verstauchte sich dabei den Fuß – ein Unfall, der ihm wahrscheinlich das Leben rettete.

Im Laufe des wolkenlosen Tages stieg die Zahl der Toten auf beiden Seiten. Die Verluste der Briten, die ohne Nahrung, Wasser und Schutz waren, waren weniger offensichtlich. Diese Tatsache schien die Buren zu demoralisieren. Sie ließen sich rasch zurückfallen, als sie sich einem Bajonett-Angriff durch

Thorneycrofts lang ersehnte Verstärkung ausgesetzt sahen. Der britische Vorteil währte nicht lange.

Winston und Cameron, die die Light-Horse-Division in Reserve hielten, beschlossen, sich selbst ein Bild von dem zu machen, was auf dem Plateau geschah. Es hatte seit Stunden keine Nachrichten gegeben. Sie ließen ihre Pferde hinter dem weißen Zelt, in dem das Feldlazarett untergebracht war, zurück, kletterten vorsichtig den Hügel hinauf und wurden Zeugen eines unbeschreiblichen Gemetzels. Als sie den zertrümmerten Heliographen erblickten, beschlossen sie, unverzüglich weitere Unterstützung anzufordern. Auf Befehl von General Warren kehrte Cameron zu seiner Einheit zurück, während Winston mit einer handgeschriebenen Botschaft für Thorneycroft zum Gipfel zurücklief. Darin wurde Thorneycroft mitgeteilt, dass die verzweifelt erwarteten Soldaten mitsamt Artillerie unterwegs seien.

Es war bereits dunkel, sodass es unmöglich war zu erkennen, dass die Buren ihre Stellungen verlassen hatten und sich auf dem Rückzug befanden. Nur das schreckliche Geschrei ihrer Verletzten und Sterbenden war zurückgeblieben. Thorneycroft ahnte nicht, dass er den Tagessieg davongetragen hatte. Gegen Mitternacht, als er noch immer ohne Wasser und die erhoffte Verstärkung war und die Hälfte seiner Männer getötet, verwundet oder gefangen genommen, beschloss er, die, die noch übrig waren, zu verschonen.

Zwei Tage später wurde Spion Kop erneut von den Buren besetzt, und General Botha verkündete einen Waffenstillstand, um die Toten und Verwundeten beider Seiten zu bergen. Der Tag verging in seltsamer Stille, während Freund und Feind nachschauten, ob es noch irgendwo Leben gab. Die Toten wurden an Ort und Stelle beerdigt. Beinahe zweihundertfünfzig Soldaten lagen allein im Graben. Noch einmal halb so viele Buren waren getötet worden. Indische Leichenträger trugen all die hinab, die nicht mehr allein den Hügel hinunterkamen.

Unermüdlich suchte man nach Überlebenden. Ein aschfahler Fotograf hielt die Szene für die Nachwelt fest.

Cameron kümmerte sich um Opfer, die neben einem Felsen lagen. Plötzlich berührte ihn etwas am Fußgelenk. Als er hinabschaute, sah er eine riesige blutige Hand, die zu einem Mann gehörte, der unter zwei Leichen begraben lag. Vorsichtig rollte Cameron einen von ihnen zur Seite; die Augen des Toten starrten ihn vorwurfsvoll an, als missbillige er die Störung. Das Gesicht des zweiten war von einer Granate völlig zerfetzt worden. Es war unmöglich zu sagen, welche Knochenteile oder wie viel Blut zu dem Mann gehörten, der noch am Leben war. Er trug keine khakifarbene Uniform – wie alle, die an dieser Stelle lagen –, was bedeutete, dass es sich um Freiwillige von Thorneycrofts Berittener Infanterie handelte.

Cameron hob die Hand, um Träger zu rufen. »Hier drüben«, brüllte er. Dann kniete er sich neben den Verwundeten und redete beschwörend auf ihn ein durchzuhalten. Ihm war gar nicht bewusst, dass er Zulu sprach.

Plötzlich flüsterte der Mann etwas. Es war nur ein einziges Wort: *Bayete,* der Kriegsruf der Zulu. Als der Verletzte für einen Augenblick die Augen aufschlug, hatte Cameron den Eindruck, einen Funken des Erkennens darin wahrzunehmen.

Vorsichtig hoben die Inder den Mann auf eine Trage. Er war ziemlich groß und kräftig, vermutlich Mitte dreißig, ein dunkler Typ mit dunklem, schütter werdendem Haar. Cameron hatte keine Ahnung, wer der Mann war und ob er überleben würde.

Buller gab Warren die Schuld an seinem jüngsten Misserfolg, der ihm keine andere Wahl ließ, als sich auf eine Position südlich des Thukela zurückzuziehen. Der versprochene Nachschub von Soldaten und Artillerie verleitete Buller dazu, auf der Spearman's Farm abzuwarten und anschließend zu versuchen, ein Stück weiter östlich bei Vaal Krantz die Burenlinien zu durchbrechen. Zu den neuen Gesichtern gehörte auch das von Winstons neunzehnjährigem Bruder Jack, der auf dessen Drängen in die Südafrikanische Light-Horse-Division aufgenommen worden war.

Am 5. Februar begann der Angriff. Von der Marine entliehene Schnellfeuergewehre mit großer Reichweite nahmen Buren-Stellungen auf der anderen Seite des Flusses unter Beschuss. Doch die Truppen, denen es gelang, den rasch fließenden Thukela zu überqueren, sahen sich bald gezwungen, Schutz zu suchen, da sie ein ähnlicher Kugelhagel erwartete. Er dauerte zwei Tage an. Die Light-Horse-Division konnte nichts anderes tun, als zuzusehen und abzuwarten. Buller, dem es nicht gelang, die Oberhand zu gewinnen, und der mit einem Gelände konfrontiert war, das ganz und gar keine idealen Bedingungen für die Kavallerie bot, beschloss erneut, sich zurückzuziehen. Der fehlgeschlagene Versuch fügte seinem Verlustkonto weitere dreihundert Todesfälle zu. In etwas über zwei Wochen waren damit achtzehnhundert britische Soldaten ums Leben gekommen, verwundet oder gefangen genommen worden. Das Vertrauen in Buller war gebrochen.

»Armer Teufel«, murmelte Will, als ihr Anführer in einem verzweifelten Versuch, die Moral zu heben, die Bemühungen seiner Männer lobte.

»Der Schlüssel ist herumgedreht, Männer. Innerhalb einer Woche habt ihr Ladysmith.«

Zustimmendes Gemurmel wurde laut, dabei wussten alle, dass es allein so lange dauern würde, nach Chieveley zurückzukehren.

»›Sir Rückzug‹, so nennt man ihn bereits«, fuhr Will fort, »Fährmann des Thukela-Flusses. Dabei ist es nicht seine Schuld, dass dieser Krieg so völlig anders ist als alles, was wir bisher kannten. Die Buren schlagen zu und sind dann verschwunden. Es ist, als spielten sie Verstecken mit uns.«

Cameron nickte. »Die Gegend hier bietet sich dafür an. Botha macht sie sich geschickt zunutze, aber ich sehe einfach nicht, wie uns das ebenfalls gelingen könnte. Buller braucht dringend einen Sieg, einen, der auch als solcher gesehen wird. Er muss Ladysmith befreien, und zwar schnell.«

Robert und Lorna waren nun seit fast einer Woche in Umdhloti, und die Tage schienen schneller zu vergehen, als beide glauben wollten. Lorna blühte unter Roberts zärtlicher und liebevoller Betreuung auf. Sie gestand, ihn für Frazers Tod verantwortlich gemacht zu haben, aber inzwischen hatte sie eingesehen, dass ihn keine Schuld traf. Man konnte sogar wieder Lachen im Haus hören. Es gab auch stille Momente, nachdenkliche Augenblicke, in denen sie gemeinsam um ihren jüngsten Sohn trauerten. Doch die quälenden Zweifel und Vorwürfe waren verdrängt worden.

»Ich hatte ganz vergessen«, sagte Robert eines Nachmittags, als sie mit dem Fang dieses Tages vom Strand hinaufkamen, »dass das Leben so schön sein kann.«

»Ich auch«, antwortete sie. »Es ist hier wie im Paradies.«

Sie warfen zwei noch nach Luft schnappende Langusten in die Küchenspüle, und Robert machte sich daran, ein halbes Dutzend frische Austern zuzubereiten, die er bei Ebbe an den Klippen gesammelt hatte.

»Was möchtest du dazu haben?«, fragte Lorna. »Etwas Warmes oder lieber einen Salat?«

»Weder noch.« Er drehte sein Gesicht zu ihr und flüsterte in ihren Kuss: »Nur dich.«

Lorna kicherte. »Warm oder kalt?«

Er grinste zurück. »Je heißer, desto besser.«

Ihr Kuss wurde leidenschaftlicher, der Fisch war vergessen. Aminta und Fanny bekamen den restlichen Tag frei. Lorna und Robert verloren jegliches Zeitgefühl. Sie tauchten erst wieder auf, als die Schatten am Strand länger wurden und im dunkel werdenden blauen Meer verschwanden. Mit dem Abendessen würde es spät werden.

»Es ist wie in alten Zeiten.« Lorna seufzte genüsslich. »Ich liebe dich, du alter Lüstling.«

Er stieß ihr spielerisch den Ellbogen in die Rippen. »Ich bin nicht alt.«

»Dann beweis es mir«, rief Lorna herausfordernd.

Er zog sie an sich, und jedes weitere Wort wurde überflüssig.

Ein viel zu kurzer Regenschauer hatte die Abendluft abgekühlt und Tausende fliegender Ameisen zu einer kurzen Feier des Lebens hervorgelockt. Angezogen vom Licht, landeten sie, wo immer sie Platz fanden, breiteten die Flügel aus und suchten nach sexueller Befriedigung. Der Schwarm überlebte nicht lange. Die sich windenden Tiere – eine Zulu-Delikatesse, mit der Mister David vergeblich versucht hatte, Robert zu locken – erlahmten schon bald und schieden dahin. Nostril war draußen und sammelte sie eifrig auf.

Lorna und Robert trugen Platten voller Meeresfrüchte und Salat auf die Veranda hinaus. Sie lauschten dem Geplätscher der Wellen, atmeten die salzhaltige Luft ein und waren eins mit der Welt und sich. Lorna hatte die Austern mit einer selbst bereiteten Sauce aus in Butter gebratenen Zwiebeln, Tomaten, Champignons und Chili begossen und mit Zitronensaft beträufelt.

»Ich hätte fast vergessen, wie gut es uns geht, Robert«, sagte sie unvermittelt in die Stille. »Cameron und Virginia sind füreinander bestimmt, ebenso Duncan und Tanith. Es wäre schön, wenn auch Ellie und Lindsay ihre Beziehung offiziell besiegeln würden – ehe es zu einer ganz anderen Überraschung kommt.«

»Was meinst du damit?«

»Sei nicht so naiv. Selbst du müsstest es doch inzwischen mitbekommen haben.«

Er runzelte die Stirn und schien nicht zu glauben, was sie da sagte. »Willst du etwa behaupten, dass …?«

»Genau.«

»Unter meinem Dach?« Er klang empört.

»Ja. Aber sicher auch woanders.«

»Und du hast mir nichts davon erzählt.«

»Nein.«

»Aber warum nicht?«

»Weil du ein altmodischer alter …«

Robert brach in Gelächter aus. »Du willst jetzt nicht sagen, dass ich ein alter Heuchler bin, oder? Aber du hast Recht. Das bin ich wirklich.«

»Allerdings.«

»Wenn du es genau wissen willst, ich habe ihre Schlafstätte in Estcourt gesehen. Und kann es sein, dass es irgendwelche Parallelen zu uns gibt?«

Trotz der Dunkelheit sah Robert, dass Lorna erstaunt die Augen aufriss. »Dann stört es dich also nicht?«

Er schüttelte langsam den Kopf. »Eigentlich nicht. Ich habe Lindsay immer gern gemocht. Gibt es sonst noch irgendwelche Überraschungen?«

Lorna lächelte geheimnisvoll. »Meggie scheint Sabani sehr gern zu haben«, sagte sie, während sie sich eine Languste nahm und das zarte weiße Fleisch herausholte.

Sabani? Mister Davids jüngeren Sohn? Robert sprang auf, packte beide Seiten ihres Stuhls und kippte ihn nach hinten. »Sag mir sofort, dass das eine Lüge ist.«

Lorna schrie in gespieltem Entsetzen.

»Schnell. Sag es.«

»Ja, ist es, ist es. Bitte, Robert. Mir fällt gleich das Essen aus der Hand. Ich habe doch nur Spaß gemacht.«

»Schwörst du das?«

»Ich schwöre es.« Sie lachte.

Er rückte den Stuhl wieder gerade und lachte ebenfalls.

»Aber ich habe dir einen ganz schönen Schrecken eingejagt, stimmt's?«

»Überhaupt nicht. Was hast du bezweckt?«

Als sie ihr Gleichgewicht wiedergefunden hatte, antwortete Lorna: »Meggie ist für dich ganz besonders, das ist alles. Aber sie ist noch ein bisschen zu jung, als dass wir uns um sie sorgen müssten.«

»Dann bleibt also nur noch das Problempaar.«

»Genau. Torben und Gerda. Ich kann einfach nicht anders, Liebster, aber dieses Mädchen macht mich wahnsinnig. Immer wieder.« Lorna zuckte mit den Schultern. »Obwohl sie sich Mühe gibt. Ist dir das auch aufgefallen?«

»Wann hätte ich Gelegenheit dazu haben sollen?«

»Nun, sie tut es, und dafür verdient sie Respekt.«

So saßen sie da und sprachen und lachten über ihre Kinder und fühlten sich so erfüllt wie schon lange nicht mehr.

Alles hatte einmal ein Ende, so auch der Aufenthalt in Umdhloti. Lorna und Robert kehrten erholt und entspannt nach Morningside zurück. Es war ihnen gelungen, aus ihrem Kummer heraus das Feuer ihrer Liebe neu zu entfachen. Viel zu schnell war der Zeitpunkt gekommen, an dem sie sich wieder der Welt stellen mussten – einer Welt ohne Frazer, einer Welt voller Sorgen und Ängste, einer Welt, die – und davon waren sie beide überzeugt – eher schlimmer als besser werden würde.

Tanith und Duncan standen Arm in Arm auf der Veranda, als sie auf Morningside eintrafen. Robert sah Tanith zum ersten Mal, seit sie und Duncan sich verlobt hatten.

»Ihr zwei seid wirklich ein schönes Paar. Ich freue mich für euch beide«, begrüßte er sie. Er umarmte Tanith liebevoll und sagte zu seinem Sohn: »Wie ich sehe, behindert dich dein Arm nicht mehr allzu sehr.«

Duncan wirkte äußerst schuldbewusst.

»Wo ist Meggie?«, fragte Robert.

»Im Krankenhaus. Sie kommt zum Dinner nach Hause.«

Lorna nahm Tanith' Arm, sie gingen gemeinsam, um nach Frazers Gedenkstätte zu sehen.

Im Haus zog Duncan eine drei Tage alte Ausgabe des *Natal Mercury* hervor und zeigte sie seinem Vater. »Es sieht aus, als habe es am Spion Kop ein weiteres blutiges Desaster gegeben.« In der Zeitung waren Fotos von Bullers geordnetem Rückzug über den Thukela abgebildet. Der Artikel erwähnte die Verluste der Buren und Briten mit keinem Wort, sondern pries lediglich die Tapferkeit von Thorneycrofts berittener Infanterie und Winston Churchills entschlossenes Handeln.

»Dann war die Light-Horse-Division also dort«, folgerte Robert. »Von Cameron gibt es keine Nachricht, vermute ich?«

»Kein einziges Wort. Ein paar Verwundete befinden sich hier im Krankenhaus. Einer von ihnen hat Meggie erzählt, dass sie den Hügel hätten halten können, wenn es keine Kommunikationsprobleme gegeben hätte und die Männer, die am Fuße des Hügels saßen und warteten, nicht so lethargisch gewesen wären.«

Robert zweifelte nicht am Wahrheitsgehalt dieser Information. »Hast du Virginia gesehen?«

»Nein. Sie hat alle Hände voll damit zu tun, Kevin zur Seite zu stehen.«

Meggie war erleichtert, dass es ihrer Mutter wieder besser ging. Noch am selben Abend nahm sie Robert beiseite und flüsterte: »Es ist erstaunlich. Sie ist wie ausgewechselt.«

Er grinste nur, woraufhin seine Tochter die Augen verdrehte und ihn in die Rippen stieß. Auch ihr Vater hatte sich verändert. In seinen Augen war ein Funkeln, das sie seit Monaten nicht mehr gesehen hatte. Manchmal fragte sich Meggie, wie wohl das Liebesleben ihrer Eltern aussah. Sicher hätte es sie überrascht zu erfahren, wie befriedigend es war. Insgeheim bezweifelte sie, dass sie je eine Liebe finden würde, die der ihrer Eltern auch nur annähernd entsprach.

»Übrigens, im Krankenhaus gibt es einen Mann, der behauptet, dich zu kennen. Stanley King. Er wurde heute eingeliefert. Angeblich hat Cameron ihm nach der Schlacht am Spion Kop geholfen.«

Robert klang erleichtert. »Dann hatte Cam also Recht. Wie klein unsere Welt doch ist. Stan King ist ein ziemlicher Eigenbrötler. Er züchtet in Nkwalini Vieh. *Ndlovu*, so nennen ihn die Zulu.«

»Elefant. Ich verstehe, warum.« Meggie wurde plötzlich rot und wandte sich ab.

Ihre Verlegenheit blieb unbemerkt. »Sicher hat die Größe des Mannes etwas damit zu tun. Aber eher noch die Tatsache, dass er viel Zeit damit verbracht hat, in Betschuanaland Elefanten zu jagen. Seine Farm, Kingsway, ist mit Elfenbein erkauft. Stan besitzt noch immer das größte Paar Stoßzähne, das ich je gesehen habe. Jeder einzelne von ihnen wiegt weit über hundert Pfund.«

Meggies Gesicht schien in Flammen zu stehen.

»Mitte der Achtziger wurde er von einem Löwen schwer verwundet. Irgendein wahnsinniger Ire hat ihm das Leben gerettet. Bitte ihn, dir die Geschichte irgendwann einmal zu erzählen. Ist er stark verletzt?«

»Nicht so, dass er nicht geheilt werden könnte.«

»Das ist gut. Richte ihm meine Grüße aus.« Die Tatsache, dass Meggie Stan King erwähnt hatte, stimmte Robert nachdenklich.

1872 hatte er sein Rawbone-Doppelgewehr von einem Mann namens King gekauft – John, so hieß er mit Vornamen. Er hatte damals gerade das Geschäft des alten Bailes in der Field Street übernommen. John King stammte aus Birmingham, und darauf legte er großen Wert. Aber er war der beste Büchsenmacher in Durban. Inzwischen hatte er sein Geschäft in der West Street. Seine Söhne arbeiteten mit ihm zusammen. Stan war irgendwie mit ihnen verwandt ... Es ist seltsam, an was man sich so alles erinnert, dachte Robert.

Nachdem Stanley King ins Krankenhaus von Empangeni eingeliefert worden war, musste Meggie als Erstes seinen drei Tage alten Verband wechseln und ihn danach im Bett gründlich waschen. Eine alltägliche Aufgabe, nichts Außergewöhnliches. Der neue Patient trug am rechten Handgelenk ein Armband, das aus dem dicken Schwanzhaar eines Elefanten gewebt worden war. Sie fragte sich wieso.

»Roberts Jüngste, wenn ich mich nicht irre?« Seine Worte rissen sie aus ihren Gedanken. »Ich kenne Ihren Vater.«

Meggie starrte ihn an. Nicht auf die fehlende Brustwarze des Mannes oder die Nähte, die im Zickzack über seine Brust verliefen. Was sie sah, waren die alten Narben, dick und wulstig. Ausgefranste Ränder, schlecht verheiltes Gewebe und zerstörter Muskel an seinem rechten Arm und der Schulter.

»Entschuldigung. Ja, ich bin Margaret. Nein, Meggie.«

»King. Stanley King. Die Mitglieder Ihrer Familie scheinen es sich zur Gewohnheit zu machen, mich zu retten.«

»Was meinen Sie damit?«

Er erzählte ihr, wie Cameron ihn nach der Schlacht am Spion Kop gefunden und versorgt hatte, während Meggie seine Wunden auf Anzeichen für eine Infektion untersuchte. Nichts. Irgendwer hatte gute Arbeit geleistet.

»Können Sie sich aufsetzen?«

»Ich denke, ja«, antwortete er und zuckte zusammen, als sein verletzter Muskel sich spannte.

»Ich mache, so schnell ich kann. Heben Sie nur die Arme kurz hoch.«

Gehorsam hob er die Arme, damit Meggie ihm einen neuen Verband um den Oberkörper anlegen konnte. Als sie ihm anschließend in einen sauberen, vorne geknöpften Pyjama half, registrierte sie, dass er seinen rechten Ellbogen nicht durchstrecken konnte. Sie fragte nicht warum.

»Gut. Sie können sich nun wieder hinlegen.« Meggie stützte ihn ein wenig und versuchte nicht an das zu denken, was als Nächstes getan werden musste. »Jetzt werden wir den Rest waschen«, erklärte sie und zog das Laken zur Seite, das ihn von der Hüfte abwärts bedeckt hatte.

Ihr Patient sagte nichts, als Meggie seine Beine und Genitalien rasch wusch und abtrocknete. Sie tat, als registriere sie die leichte Erektion seines Penis nicht. Das war schon bei anderen vorgekommen, und sie hatte sich nie etwas dabei gedacht. Diesmal war es anders. Stanley King war beeindruckend. Meggie wagte nicht, ihm in die Augen zu schauen. Hastig deckte sie das Laken wieder über ihn und zog das Kissen glatt. »Sie sollten sich jetzt etwas ausruhen.« Er hatte die Augen bereits geschlossen.

Erleichtert wollte sie gerade die spanische Wand zurückschieben, als eine leise Stimme hinter ihr sagte: »Danke, Meggie.«

Sie drehte sich um. Die Augen waren noch immer geschlossen. Vielleicht hatte sie sich nur etwas eingebildet.

Drei Tage später verließen Robert und Duncan Morningside wieder. Sie hatten Torben ein Telegramm geschickt und ihm vorgeschlagen, sich mit ihnen zu einem Drink im Durban Club zu treffen. Da es sich um einen reinen Männer-Club handelte, kam er ohne Gerda.

»Wir wären nach Umdhloti gekommen, wenn sich jemand die Mühe gemacht hätte, uns zu informieren, dass du dich mit Mutter dort aufgehalten hast. Aber dafür ist es nun zu spät. Gerda lässt euch herzlich grüßen. Wenn ihr Ellie seht, richtet ihr bitte aus, dass alles in Ordnung ist. Sie wird schon wissen warum.«

»Natürlich.« Robert nickte und wunderte sich, warum Torben nicht offen über die Schwangerschaft seiner Frau sprach.

»Und was meinen kleinen Bruder angeht, er sieht gar nicht

krank aus. Das Gegenteil ist der Fall. Gibt es da etwas, das ich wissen sollte?«

»Tanith und ich haben uns verlobt. Sieht man mir das an?«

»Also doch nicht nur gute Freunde, was? Gerda wird sich freuen.«

Im Stillen fragte sich Duncan, ob sie das tatsächlich tun würde.

Torben blieb sehr vage, als sie ihn nach seinen Geschäften fragten, reagierte jedoch umso heftiger, als sie über Lord Kitcheners Vorschlag sprachen, die Buren-Farmen in Brand zu setzen und so die Nahrungsquellen zu zerstören, die deren *komandos* so dringend benötigten.

»Was die Gefangennahme unschuldiger Frauen und Kinder angeht, ja sogar schwarzer Dienstboten ... das ist eine Schande, und nicht nur das. Wenn die gesamte Getreideernte auch noch zerstört wird, wie will er sie ernähren? Das grenzt nun wirklich an Völkermord«, rief er aufgebracht

Sie hätten noch Stunden über dieses Thema weiterdebattieren können, aber Robert und Duncan mussten sich bald wieder auf den Weg machen.

Der schnellste Weg zurück zu Fairfax' Stützpunkt im Oranje-Freistaat führte die beiden Männer ins Landesinnere. Sie folgten der Eisenbahnlinie durch Pietermaritzburg und von dort weiter nach Estcourt. Ellie freute sich, sie zu treffen und von Duncans Verlobung zu hören, aber es war nicht zu übersehen, dass sie sehr angespannt war.

»Lindsay geht es nicht besonders gut, er war schwer krank«, sagte sie. »Das Schlimmste hat er jetzt überstanden. Gott sei Dank war es keine Salmonelleninfektion. Das Krankenhaus in Intombi meldet pro Tag mehr als ein Dutzend Todesfälle. Inzwischen sterben mehr Menschen an Typhus und Diarrhö als in den Schlachten. Verdammt. Wenn der Belagerungszustand noch lange anhält, wird bald niemand mehr übrig sein, um Ladysmith zu verteidigen. Immerhin hat White inzwischen beschlossen, seine nutzlosen Kavalleriepferde nicht weiter zu füttern, sondern sie stattdessen zu essen. Das könnte noch ein wenig helfen.«

Bei einer Mahlzeit aus Corned Beef und Kartoffeln erzählte Robert Ellie, was es zu Hause Neues gab, und richtete ihr Torbens Nachricht aus.

Da Ellie wusste, dass die beiden Männer früh aufbrechen wollten, organisierte sie Betten und schlug ihnen vor, am nächsten Morgen nach Chieveley zu reiten, von dort aus Bullers Nachschubkolonne in Richtung Westen zu folgen und dann durch die Drakensberge in den Norden von Basutoland zu reiten.

Genau so machten sie es. Sie erreichten Bullers Lager auf der Spearman's Farm am späten Nachmittag. Offenbar wurden gerade Vorbereitungen zum Aufbruch getroffen – wie es aussah, ging es zurück nach Chieveley. Die Stimmung war nicht schlecht, am auffälligsten jedoch war die ungeheure Größe der Truppe. Robert konnte beim besten Willen nicht verstehen, wie es den Buren gelingen konnte, sich gegen so viele Soldaten und eine derart eindrucksvolle Artillerie zu behaupten.

Es war nicht schwierig, die Südafrikanische Light-Horse-Division ausfindig zu machen. Will klappte vor Erstaunen der Unterkiefer herunter, als er Robert und Duncan erkannte.

»Erzählt mir nicht, dass die Fairfax Scouts auch hier sind.«

Sie stiegen ab und schüttelten sich die Hände.

»Nein, Will«, antwortete Robert. »Wir sind gerade auf dem Weg zu Fairfax. Duncan wurde verwundet, nicht ernsthaft, wie du sehen kannst, und Lorna brauchte mich eine Weile zu Hause. Wir sind seit zehn Tagen in Zululand. Wie geht es dir, alter Freund? Und wie geht es Cameron?«

»Er muss irgendwo in der Nähe sein. Ich kann ihn nicht ständig im Auge behalten.«

»Ich habe gehört, Cam war am Spion Kop dabei.«

»Ja. Das war ein ziemliches Durcheinander. Dann hat der Alte in Vaal Krantz einen weiteren Versuch gestartet. Für Pferde ist es zu schwer, über den Fluss zu gelangen. Cam sitzt seit einigen Tagen nur herum.«

»Und jetzt?«

»Jetzt geht es zurück nach Chieveley, wie mir scheint.«

»Glaubst du, es besteht eine Chance, Buller zu sehen?«

»Wüsste nicht, warum nicht. Ich schätze, er kann etwas Aufmunterung vertragen. Ah, da ist Cam ja.«

»Das ist ja eine Überraschung. Hallo Vater, Duncan. Ihr habt beide abgenommen. Was führt euch hierher?«

Robert hatte seinen ältesten Sohn zuletzt in Frere gesehen, und sie hatten sich eine Menge Neues zu erzählen. Sowohl Cameron als auch Will freuten sich über Duncans Neuigkeiten, auch wenn sein Bruder bedauerte, dass weder er noch sein Vater Zeit gefunden hatten, Virginia zu besuchen. Es war inzwischen fast drei Wochen her, seit die Männer irgendwelche Post erhalten hatten.

Robert konnte kaum glauben, wie sehr sich Sir Redvers Buller verändert hatte. Es war gut zwanzig Jahre her, seit sie im Zulu-Krieg gemeinsam gekämpft hatten, und von dem charismatischen und mutigen Mann, der ihm in der blutigen Schlacht am Kambula Hill das Leben gerettet hatte, war nicht mehr viel geblieben.

»Es ist schön, Sie wiederzusehen, Sir.«

Sekundenlang sah er ihn verständnislos an, dann plötzlich erhellte ein Lächeln sein Gesicht. »Sie haben sich ziemlich verändert, Granger. Haben Sie vielleicht eine Idee, wie wir diesen kleinen Krieg gewinnen können? Die Buren scheinen alles auf ihrer Seite zu haben.«

Sie unterhielten sich über eine Stunde ganz privat, während sich die Truppe zum Aufbruch bereitmachte. »Mein Nachfolger, Lord Roberts, wird in Kürze mit seinem Vorstoß auf

Bloemfontein beginnen. Das Problem ist nur, dass Methuen noch immer nicht an Cronje am Magersfontein Kopje vorbeikommt. Fairfax' Spähtrupps sind für Johnny French unterwegs, der die Buren überflügeln muss, wenn er Kimberley befreien will. Rhodes macht angeblich ziemlich viel Theater wegen der Verzögerung. Ein Typ namens Kekewich führt die Militärgarnison, aber Tatsache ist, dass De Beers dort mehr Angestellte hat als Truppen. Es gibt allein zehntausend arbeitslose Schwarze auf dem Minengelände und kaum oder gar nichts zu essen für sie. Viele leiden an Skorbut. Neugeborene Babys haben kaum noch Überlebenschancen. Ich kann nur hoffen, dass wir sie da herauskriegen, ehe sie gezwungen sind zu kapitulieren.«

Irgendetwas an Stanley King brachte Meggie aus der Ruhe. In ihrem ganzen Leben waren Jungs für sie noch nie etwas anderes als Brüder gewesen. Sie waren eben in der Lage, Dinge zu tun, die ein Mädchen nicht tun konnte – oder genauer gesagt, nicht tun durfte. Sie und ihr Vater hatten immer ein enges Verhältnis gehabt. Ganz normal für eine jüngste Tochter, dachte Meggie. Robert hatte ihr häufig gesagt, dass ihr unkompliziertes Wesen und ihr Optimismus ihn an Lorna erinnere. Warum also brachte sie jetzt ein völlig Fremder, der dazu noch ungefähr doppelt so alt war wie sie – sie wusste von dem Krankenblatt, das am Fußende seines Betts hing, dass er sechsunddreißig war –, so aus der Fassung? Robert hatte gesagt, der Mann sei ein Eigenbrötler. Hieß das, dass er schüchtern war, oder meinte er damit, dass er nicht viel über sich sprach? Das wäre ja nicht unbedingt ein Fehler, überlegte Meggie. Ihr Vater sprach auch nur selten über seine Vergangenheit.

Der Nachmittag war heiß und feucht. Stan King döste vor sich hin, sein Pyjamaoberteil war bis zur Hüfte aufgeknöpft, und man sah den frischen weißen Verband, der fest um seine

Brust gewickelt war. Das Laken war zerknittert, und Meggie verspürte das Bedürfnis, es glatt zu streichen. Sie wusste selbst nicht, was sie dazu brachte, sich zu bücken und die Narbe zu küssen, wo einst seine Brustwarze gewesen war. Der schlafende Riese regte sich nicht.

15

Es war drei Uhr morgens, als Torben und Gerda von einem lauten Klopfen an der Tür geweckt wurden. Das Personal schlief nicht im Haus, daher ging Torben hinunter. Gerda hörte, dass er eine hitzige Auseinandersetzung mit den Personen hatte, die vor der Tür standen. Fremde männliche Stimmen, die sehr autoritär klangen, mischten sich mit den erzürnten Äußerungen ihres Mannes. Der heftige Wortwechsel ließ Panik in ihr aufsteigen. Gerda war inzwischen im siebten Monat schwanger und fühlte sich plump und unbeweglich. Rasch zog sie sich einen Morgenmantel über, der sich nicht mehr ganz schließen ließ, ging ein Stück die Treppe hinunter und rief mit zitternder Stimme: »Wer ist da, Darling?«

»Militär«, donnerte Torben zurück. »Sie sagen, wir müssten mit ihnen gehen.« Er drehte sich wieder zu den zwei Männern um, die in der offenen Tür standen. »Warum jetzt? Morgen ist doch sicher auch noch früh genug.«

»Tut uns leid, Sir. Wir haben unsere Anweisungen ...«

»Und von wem sind die, wenn ich fragen darf?«

»Von unserem befehlshabenden Offizier, Sir. Ich versichere Ihnen, Sie sind nicht der Einzige, der geweckt wird.«

»Und das soll mich besänftigen? Es ist eine verdammte Unverschämtheit, wenn Sie mich fragen. Ein Einbruch in meine Privatsphäre.«

»Wir geben Ihnen und Ihrer Frau eine halbe Stunde, um sich anzuziehen, Mister Petersen.« Torben hatte den Namen seiner leiblichen Mutter wieder angenommen.

»Wie großzügig von Ihnen.« Er knallte die Tür zu, überlegte, ob er sich einen Drink genehmigen sollte, entschied sich dann jedoch dagegen und lief, immer zwei Stufen auf einmal nehmend, die Treppe hinauf.

Gerda erwartete ihn oben im Korridor. »Oh, Torben. Was wollen sie von uns? Sind sie gekommen, um mich abzuholen? Ich habe Angst.« Mit bebenden Fingern klammerte Gerda sich an seinen Arm. Torben spürte die Panik seiner Frau. Es ärgerte ihn maßlos, dass zwei Soldaten einfach mitten in der Nacht in sein Haus eindrangen und seiner Frau solche Angst einjagten.

»Beruhige dich, mein Schatz. Ich werde nicht zulassen, dass sie dir etwas zuleide tun. Ich bin bei dir.«

»Was, wenn dem Baby etwas zustößt? Was, wenn ...«

»Hab keine Angst, Darling. Diese Männer können nichts dafür«, versuchte er sie zu beruhigen. »Sie waren einigermaßen höflich. Sie haben genauso wenig Lust, um diese Zeit auf den Beinen zu sein wie wir. Es wird alles gut werden.«

Torben und Gerda wurden, ebenso wie ungefähr zwanzig weitere Personen, einzeln verhört. Die Fragen, die man ihnen stellte, betrafen Kontakte zu Buren-Familien. Dabei interessierte man sich vor allem für Brüder, Väter, Onkel und Cousins, deren Namen und weitere Angaben sorgfältig notiert wurden. Gerda fühlte sich unbehaglich beim Beantworten einiger Einzelheiten; sie hatte das Gefühl, ihr eigenes Volk zu verraten. In Wahrheit hatten sie, Torben und ihre Eltern sich auf diesen Zeitpunkt gründlich vorbereitet. Ihre Antworten stellten die Fragenden zufrieden, und am frühen Morgen wurden sie schließlich wieder nach Hause gebracht.

Trotz der frühen Stunde goss sich Torben einen Whisky ein. Gerda entschied sich für einen Kräuterlikör. »Wollen wir hoffen, dass das alles war«, sagte er mit deutlicher Erleichterung.

»Ich verstehe immer noch nicht, warum sie uns verhört

haben«, antwortete Gerda. »Könnte das etwas mit Mark zu tun haben?«

Ihr älterer Bruder war erst kürzlich aus dem Gefängnis entlassen worden, wo man ihn festgehalten hatte, seit sein angeblich bester Freund mit einem *sjambok* getötet worden war. Da er zur Tatzeit betrunken gewesen war, war das Gericht zu dem Schluss gekommen, dass das Verbrechen nicht vorsätzlich verübt worden war, und hatte die Todesstrafe aufgehoben. Auf Druck der Familie und mit Hilfe eines guten Anwalts war er vorzeitig entlassen worden. Die Polizei war darüber nicht besonders glücklich gewesen, aber sie hatten nichts dagegen tun können.

»Sie haben sein Haus beobachtet, weißt du«, fuhr sie fort. »Sie haben nur darauf gewartet, dass er einen Fehler macht.«

Torben wusste, dass Mark nicht gut zu sprechen war auf »die verdammten Engländer und ihren Bürokratismus«, wie er es nannte, aber er hatte sich gefügt und benahm sich sehr zur Erleichterung seines Vaters und seiner Mutter seither anständig. Die Armee hatte mit Hilfe übler Tricks versucht, ihn dazu zu bewegen, als Spion für sie tätig zu werden. Er hatte ihr Vorhaben durchschaut und sich geweigert, und den Briten war nichts anderes übrig geblieben, als seine Entscheidung zu respektieren. Sie hatten ihn jedoch eindringlich gewarnt, sich künftig aus allen Schwierigkeiten herauszuhalten. Mark hatte durchaus die Absicht, dies zu tun. Ein Gefängnisaufenthalt hatte ihm für sein Leben gereicht.

Gerdas ängstlicher Blick erinnerte Torben an ein verschrecktes Kaninchen, das sich einer drohenden Gefahr bewusst war, jedoch zu sehr in Panik war, um besonnen zu reagieren. Der Vorfall weckte seinen Beschützerinstinkt. Niemand würde ihr wehtun. Niemand würde ihm diese Frau nehmen. Dafür würde er verdammt noch mal sorgen.

In Wahrheit hatte sich der Heeresnachrichtendienst gar nicht für Gerda interessiert. Torben war derjenige, der ihre Aufmerksamkeit erregt hatte, genauer gesagt seine Geschäfte im Waffenhandel. Auch wenn der Mann familiäre Beziehungen zum Feind hatte, er machte seine Sache gut und hatte der Armee bei mehr als einer Gelegenheit ausgeholfen – eine Tatsache, die erstmals aufgefallen war, als er innerhalb kürzester Zeit zehn 15-Pfünder-Hinterlader-Geschütze beschafft hatte, die bei Colenso an die Buren verloren gegangen waren. Man beschloss, ihn in Ruhe zu lassen, zumindest vorläufig. Das Verhör war nur ein Mittel gewesen, um dem Mann klar zu machen, dass sie ihn im Auge hatten. Torben Petersen würde sich noch einmal als nützlich erweisen können.

Endlich stießen Robert und Duncan auf die Fairfax Scouts. Wie Buller gesagt hatte, spähten diese gerade für Major-General John French, der nach Cecil Rhodes' beharrlichem Druck von Lord Roberts den Befehl erhalten hatte, Kimberley zu befreien.

»Roberts hat vierzigtausend Mann, hundert Gewehre und fünftausend Kavalleristen, die die Grenze überqueren, aber er weigert sich, Buller Hilfestellung zu leisten. Er ist fest entschlossen, Bloemfontein einzunehmen, und glaubt, dass Steyn einige seiner Freistaat-*komandos* aus Natal abziehen wird, um bei seiner Verteidigung zu helfen.«

»Macht Sinn«, bemerkte Robert, als er und Fairy über das sprachen, was während seiner Abwesenheit geschehen war.

»Ich stimme Ihnen zu. Jetzt verstehen Sie, warum ihm Kimberley ein Dorn im Auge bleibt. Letzte Woche haben die Buren eine ihrer Long-Toms in Stellung gebracht. Sie hat innerhalb weniger Tage mehr Schaden angerichtet als alles andere seit Beginn der Belagerung. Rhodes rechnet mit noch Schlimmerem und hat De Beers' Diamantenminen geöffnet, um Frauen und Kinder in Sicherheit zu bringen.«

»Dann glauben Sie also, French würde versuchen, noch diese Woche durchzubrechen?«

»Je eher, desto besser. Bevor er in Kitcheners vermeintlich vereinfachtem Verkehrs-System stecken bleibt. Es führt in ein Chaos, Robert. Im Moment fahren viertausend schwarze Fahrer mit wer weiß wie vielen Wagen, Ochsen und Eseln völlig konfus in der Nähe von Ramdam herum.«

Verzögerungen waren die unweigerliche Folge. Es wurde auch dadurch nicht besser, dass Lord Roberts gezwungen worden war, zweihundert Wagen aufzugeben, in denen sich fast ein Drittel seiner Nahrungsvorräte für den Vorstoß auf Bloemfontein befanden. Christiaan de Wet hatte sie ausgespannt nördlich des Riet-Flusses in Höhe der Waterval Drift entdeckt, und es war ihm gelungen, ihre fast dreitausend friedlich vor sich hin grasenden Zugochsen in die Flucht zu schlagen.

Erst am Donnerstag, dem 15. Februar, schien der Weg nach Kimberley offen zu sein. Die Späher hatten über Buren-Aktivitäten auf zwei Hügelkämmen in der Nähe von Abon Dam berichtet, und French hatte beschlossen, sich mit einem kompromisslosen Kavallerieangriff über die letzte Hürde hinwegzusetzen. Robert sah zu, wie fünftausend berittene Männer durch die ausgetrocknete Steppe donnerten und in einer dichten Staubwolke verschwanden. Er wusste, dass sich die meisten Pferde erst seit wenigen Wochen im Land befanden und noch nicht an die drückende Hitze in Afrika gewöhnt waren. Es war Wahnsinn, ihnen so viel zuzumuten. Er sollte Recht behalten. Schon nach kurzer Zeit waren Hunderte wertvoller Pferde entweder tot oder so schwer verletzt, dass sie nicht mehr zu gebrauchen waren. Großbritanniens einzige mobile Kampfeinheit in ganz Südafrika war durch eine gedankenlose Dummheit zerstört worden.

Nach vier Monaten Belagerungszustand wurde Kimberley schließlich befreit. Diejenigen, die so lange darauf gewartet hatten, feierten Cecil Rhodes als Helden. Robert hatte nicht vergessen, dass der folgende Tag der 16. Februar war, sein fünfzigster Geburtstag. Da er ihn nicht mit Lorna zusammen feiern konnte, erschien ihm Kimberley ein ebenso guter Ort wie jeder andere, um dieses gewöhnungsbedürftige Ereignis zu begehen. Er beschloss, niemandem davon zu erzählen, und hoffte, dass Duncan zu sehr mit wichtigeren Dingen beschäftigt sein würde, um an seinen Geburtstag zu denken. Wie sich herausstellen sollte, war es tatsächlich so.

Inzwischen kannten die Buren Lord Roberts' Absicht, Bloemfontein einzunehmen. Da sich britische Truppen ein gutes Stück nördlich seiner Stellung am Magersfontein-Kopje befanden, verließ Piet Cronje – »der Fuchs«, wie er genannt wurde – im Laufe der Nacht des 15. Februar einfach die Schutzgräben, von denen aus er Lord Methuen mehr als zwei Monate in Schach gehalten hatte, und machte sich mit seinen fünftausend Mann auf, um die Hauptstadt des Freistaates zu verteidigen. Da er rasch vorankommen musste, war er gezwungen, über siebzig voll beladene Versorgungsgespanne zurückzulassen. Die Späher entdeckten ihn auf dem Weg nach Osten am Modder-Fluss, und es gelang French, sie mit dem, was von seiner Kavallerie übrig war, einzuschließen. Niemand rechnete damit, dass der Fuchs sich eingraben würde, aber genau das tat er, nördlich des Flusses bei Paardeberg.

Dreißig Meilen weiter südlich erfuhr Christiaan de Wet von Cronjes schwieriger Lage und unternahm einen verzweifelten nächtlichen Vorstoß, um die Hauptkampfeinheit der Buren zu unterstützen, der nun fünfzehntausend Mann unter der Führung von Lord Kitchener gegenüberstanden. Dieser ging in einer Botschaft an Lord Roberts optimistisch davon aus, am frühen Morgen im Lager des Feindes zu sein. Es sollte nicht so kommen. Innerhalb weniger Stunden wurden fast dreizehnhundert britische Offiziere und Soldaten getötet, verwundet oder gefangen genommen. De Wet hielt allen Widrigkeiten zum Trotz einen strategisch äußerst bedeutsamen *Kopje* südlich des Flusses und bot Cronje einen Ausweg. Die Waffen de Wets hielten die britischen Stellungen bis weit in den folgenden Tag hinein unter Beschuss.

Einige nutzten die unerwartete Gelegenheit zur Flucht. Die meisten jedoch harrten aus. Cronjes verbliebene Wagen und Pferde waren durch Kitcheners Artillerie weiter dezimiert worden, dafür hatte er nur knapp hundert Todesopfer und zweihundertfünfzig Verwundete zu beklagen. Seine Bitte um einen Waffenstillstand zur Bestattung der Toten wurde von Lord Roberts abgelehnt, der am 19. Februar auftauchte, weil er befürchtete, jegliche weitere Verzögerung könne sein Hauptanliegen gefährden – die Befreiung Bloemfonteins. Späher hatten bereits über Verstärkungen berichtet, die sich aus Natal näherten.

Weiter südlich, bei Colesberg, standen frisch angekommene Kolonialtruppen – hauptsächlich Australier – einer überlegenen Truppe gegenüber, die von General de la Rey, dem »Löwen des Westens«, angeführt wurde. Es war eine direkte Bedrohung für Lord Roberts' Nachschublinien. Sir Alfred Milner, Gouverneur der Kapkolonie, zeigte sich zudem besorgt über jüngst ausgebrochene Rebellenaufstände in der Nähe von Kapstadt.

Nachdem er drei Tage lang erfolglos versucht hatte, de Wet von seiner erhabenen Position zu vertreiben, stand Roberts kurz davor aufzugeben. Zum Glück kam ihm das Schicksal zuvor. Aus unerfindlichen Gründen gaben die Buren ihre Stellungen auf und ritten davon.

Cronje harrte weiter aus. Am 23. des Monats überflutete starker Regen seine Schützengräben, der angeschwollene Modder-Fluss schwemmte die verwesenden Leichen und Pferdekadaver davon.

Am Dienstag, dem 27. Februar, um sechs Uhr, zeigte eine weiße Flagge die Kapitulation von General Piet Cronje und mehr als viertausend Soldaten aus Transvaal und dem Oranje-Freistaat an – darunter auch fünfzig Frauen. Ironischerweise fiel Lord Roberts' erster bedeutsamer Sieg in diesem Krieg auf den Majuba-Tag, jenen Gedenktag, an dem Paul Krüger neunzehn Jahre zuvor die Briten in einer Schlacht besiegt hatte, mit der die Buren in Transvaal die Unabhängigkeit errungen hatten.

Die Einnahme der Thukela-Höhen und die Befreiung von Ladysmith kamen allmählich voran, aber es war ein langer, blutiger Weg. Jede neue Auseinandersetzung erhöhte die Zahl der Toten und Verletzten. Winston Churchills jüngerer Bruder Jack war während seines einzigen Kontaktes mit dem Feind getroffen worden und hatte einen Beinschuss erlitten. Er war der erste Patient auf der *Maine*, dem Lazarettschiff seiner Mutter, als dieses im Hafen von Durban anlegte.

Von Orten wie Horse Shoe, Wynne's Hills und Hart's Hills hörte man zum ersten Mal, als Buller den vierten Versuch unternahm, Ladysmith zu befreien. Die Presse beschrieb es als größtes militärisches Unternehmen aller Zeiten in der südlichen Hemisphäre. Am 19. Februar hatten die Buren Colenso verlassen, um sich auf eine Position nördlich des Thukela zurückzuziehen. Die Eisenbahnbrücke hinterließen sie als einen Haufen verbogenen Stahls; nur die steinernen Stützen waren stehen geblieben.

Ellie und Lindsay hatten seit der Schlacht von Spion Kop vor gut einem Monat und Bullers anschließendem Gegenschlag in Vaal Krantz noch nie so viel zu tun gehabt wie jetzt. Ihr Feldlazarett befand sich nun in Colenso, noch näher an der vordersten Front. Lindsay hatte sich von seinem Diarrhö-Anfall erholt; er und Ellie arbeiteten oft achtzehn Stunden am Tag. Amputationen völlig zerfetzter Gliedmaßen, das Säubern und Verbinden schrecklicher Granatwunden und die Behandlung schwerer Infektionen gehörten zu ihrem Alltag. Viele der Verwundeten, um die sie sich kümmerten, hatten keine Chance, geheilt zu werden. Die Müdigkeit führte unweigerlich zu Fehlern, und manche starben an den Folgen, aber niemand erhob einen Vorwurf. Alle wussten, wie hart die Ärzte arbeiteten.

Bei einer besonders komplizierten Amputation, bei der Ellie assistierte, erwachte der Patient während der Operation und brüllte vor Schmerz. Lindsay löste das Problem mit einer Flasche Brandy. Erschöpft und schweigend räumten sie später auf.

Als der Lichtschein der Operationslampe auf Ellies Gesicht fiel, sah Lindsay die tiefen Schatten der Müdigkeit, von denen es gezeichnet war. Sie streckte sich, weil ihr Rücken vom langen Bücken über den Operationstisch schmerzte. In diesem Augenblick fand er, dass sie die schönste Frau auf der Welt war.

Schon mehr als einmal hatte er sie gebeten, ihn zu heiraten. Aber Ellie wollte erst ihre Ausbildung zur Ärztin abschließen. Jetzt war es so weit, und Lindsay wartete nur noch auf den richtigen Zeitpunkt.

Sie schaute auf und sah, dass er sie beobachtete. »Noch mehr?«

»Im Moment nicht. Komm, mein Kleines, es wird Zeit, dass du dich ein wenig ausruhst.«

Lindsay führte sie in einen durch einen Vorhang abgetrennten Bereich gleich neben dem Operationsbereich. Ellie legte sich auf das Feldbett, und er nahm ihr vorsichtig die Brille ab, dann deckte er sie zu.

»Was ist mit dir?«, flüsterte Ellie. Die Erschöpfung war ihr deutlich anzusehen.

»Ich lege mich dort drüben hin.« Er zeigte mit dem Kopf auf die zweite Liege.

Sie sah, wie er sich setzte und sich die Bartstoppeln kratzte. Ohne die Stiefel auszuziehen, ließ er sich nach hinten fallen und stieß einen erleichterten Seufzer aus.

»Lindsay?« Ihre Stimme klang ganz schwach.

»Hm?«

»Willst du mich heiraten?«

»Ich wäre dumm, wenn ich es nicht täte.«

»Wann?«

»Wann immer du willst.«

»Das ist gut.« Sie drehte ihm den Rücken zu und fiel sofort in einen tiefen Schlaf. Lindsay blieb noch eine Weile wach. Er schaute nach oben zum dunklen Zeltdach, ein strahlendes Lächeln auf dem Gesicht. Leise murmelte er in die Stille: »Danke,

Gott.« Seit er Ellie kennen gelernt hatte, hatte er immer gewusst, dass sie die Richtige für ihn war. Er liebte alles an ihr – die ruhige Entschlossenheit, die Liebe zu ihrer Arbeit, die Zufriedenheit, die ihr die Pflege anderer Menschen bereitete, ihre beinahe fanatische Besessenheit, den menschlichen Körper zu verstehen. Für ihn waren es diese Eigenschaften, die nicht nur eine gute, sondern eine großartige Ärztin ausmachten.

Was ihn noch angezogen hatte, war ihre Schönheit gewesen. Als Lindsay Ellie zum ersten Mal gesehen hatte, war ihm sofort klar gewesen, dass sie seine Vorstellung von Perfektion erfüllte. Dann hatte sie gesprochen, und er hatte gewusst, dass alles, was diese Frau zu sagen hatte, angehört werden musste. Sie begeisterte ihn in jeder Beziehung.

Seufzend drehte Lindsay sich zur Seite und suchte sich eine bequemere Schlafstellung. Er hatte verdammtes Glück gehabt, dass auch sie sich für ihn interessierte. Typisch, dass sie ihm einen Heiratsantrag machte und nicht umgekehrt. Sie wussten beide, dass der richtige Zeitpunkt gekommen war, und Ellie hatte nicht lange darum herumgeredet. Auch dafür liebte er sie.

Aus der plötzlichen Unruhe vor dem Zelt schloss Lindsay, dass er den Schlaf noch einmal aufschieben musste. Ein neuer Patient wurde gebracht. Vielleicht kann sich ein anderer um ihn kümmern, hoffte Lindsay im Stillen. Da flog auch schon der Zelteingang auf, und er hörte, wie jemand seinen Namen rief. Lindsay erkannte die Stimme sofort.

»Cam!«

»Lindsay! Ellie!«

»Psst. Deine Schwester schläft. Was ist los?«

»Will. Er ist angeschossen worden.«

»Scheiße!« Lindsay fluchte leise. »Ich komme.«

Blinzelnd betrat er den erleuchteten Operationsbereich. Er erfasste die Situation mit einem Blick. Will lag auf einer Trage und gab kein Lebenszeichen von sich. Zwei Träger standen neben ihm und warteten auf Anweisungen. Lindsay erkannte einen von ihnen – Mohanda Gandhi – und nickte ihm zu.

»Helft mir, ihn auf den Tisch zu heben.«

Alle Erschöpfung war vergessen, als Lindsay Cameron zur Seite schob, Wills blutdurchtränktes Hemd aufschnitt und die Wunde sorgfältig untersuchte. Eine Kugel war direkt oberhalb des Schlüsselbeins eingedrungen, hatte einen Knochen verletzt und war dann ein Stück tiefer am Rücken wieder ausgetreten. Das wäre nicht weiter ernst gewesen, wenn Will nicht genau an dieser Stelle schon einmal eine Verletzung gehabt hätte. Cameron lief nervös auf und ab.

Lindsay lächelte ihm aufmunternd zu. »Es ist nicht so schlimm, wie es aussieht. Er wird wieder gesund werden. Eine Schwester wird sich um ihn kümmern.«

»Ich … ich dachte nur … also … du meinst, er wird nicht …?«

»Keinesfalls. Er steht unter Schock, würde ich sagen. Will ist nicht mehr der Jüngste. Die Wunde muss gereinigt und verbunden werden, das ist alles. Vielleicht müssen wir seinen Arm eine Weile stilllegen.« Lindsay wandte sich an einen indischen Sanitäter und machte ihm ein Zeichen, den Patienten zu übernehmen. »Danach schauen Sie, ob Sie einen Platz in einem der Zelte für ihn finden.«

»Ich werde eine Weile bleiben, wenn das möglich ist.« Cameron schien durch Wills Verletzung offenbar ernstlich beunruhigt zu sein.

»Wie du möchtest. Aber ich kann dir leider kein Bett anbieten. Seit dem kurzen Waffenstillstand gestern Nachmittag geht es hier zu wie im Tollhaus. Aber erzähl mir doch bitte, was genau geschehen ist.«

Cameron nickte. »Wir gerieten in der Nähe von Peter's Hill unter Beschuss. Haben die Kerle einfach nicht gesehen, verdammt. Will hätte eigentlich gar nicht dort sein sollen. Der Dummkopf hatte sich zurückfallen lassen, um zu sehen, wo sie waren. In dem Moment, als ich mich zu ihm umdrehte, wurde er getroffen. Er verlor das Bewusstsein, als ich versuchte, ihn hochzuheben. Ich dachte erst, er sei tot.«

»Ihr hattet Glück, alle beide.«

»Ja, ich weiß. Will macht mir Sorgen. Er ist wie mein Schatten. Als ob er sich verpflichtet fühlte, auf mich aufzupassen.«

»Vielleicht tut er das ja.«

Cameron sank auf einen Klappstuhl und rieb sich die Schläfen. »Warum? Er schuldet mir nichts.«

»Vielleicht deinem Vater.«

Cameron fuhr fort, als habe er Lindsays Bemerkung nicht gehört. »Aber es ist für uns beide gefährlich, wenn Will mich bewacht und ich auf ihn aufpasse. Jeder sollte auf sich selbst achten, nicht auf den anderen.«

Ein Stöhnen von Operationstisch unterbrach ihre Unterhaltung. »Bist du es, Cam? Ist alles in Ordnung, Junge?«

Cameron sprang eilig auf. »Ja. Will, mir geht es gut.«

Der Seufzer klang sehr erleichtert. »Gut.«

»Und bei dir wird auch alles wieder gut, *madala*.«

»Wer ist hier ein alter Mann? Hör auf, so einen Unsinn zu reden.«

Cameron lächelte. »Nur wenn du auch damit aufhörst.«

»Ich schätze, niemand von euch ist an meinen Neuigkeiten interessiert?« Lindsay fand, dass es Zeit wurde, die beiden Männer abzulenken.

Zwei Augenpaare drehten sich überrascht in seine Richtung. Lindsay galt als einer, der nur etwas preisgab, wenn er gefragt wurde.

»Ellie hat mich gefragt, ob ich sie heirate.« Er konnte den Stolz in seiner Stimme nicht verbergen.

Will stützte sich auf seinen gesunden Ellbogen. »Warum nicht anders herum?«

»Sie hat mir keine Gelegenheit gegeben.«

»Unfug.« Will legte sich vorsichtig wieder hin. »Es gab genügend Gelegenheiten.«

»Stimmt. Und ich schwöre, ich habe es schon häufig versucht. Aber sie hat jedes Mal Nein gesagt.«

Cameron schüttelte den Kopf. »Und was hast du gesagt?«

Lindsay lächelte und gähnte. »Ich habe Ja gesagt.«

»Sehr gut.« Cameron streckte die Hand aus, um Lindsay zu gratulieren. »Ganz gleich, wer wen gefragt hat, ihr zwei seid füreinander geschaffen. Meine Eltern werden sich freuen.«

»Danke«, antwortete Lindsay. »Ihr zwei seid die Ersten, die es erfahren.«

»Wann soll der große Tag denn sein?«

»Keine Ahnung.«

»Warum nicht?«

»Nachdem ich Ja gesagt habe, ist Ellie sofort eingeschlafen.«

Alle drei lachten, dann kehrte der Sanitäter mit zwei Trägern zurück und verkündete stolz, dass es ihm gelungen sei, ein Bett für den neuen Patienten aufzutreiben. Cameron, der bemerkte, dass Lindsay schon wieder ein Gähnen unterdrückte, versprach, am nächsten Morgen bei seiner Schwester vorbeizuschauen, und verzog sich dann ebenfalls.

Am folgenden Tag verbreitete sich die Nachricht von Lord Roberts' Erfolg in Paardeberg. In Ladysmith sah Sir George White keinen Grund zu feiern. Stattdessen rationierte er die ohnehin magere Brotration seiner Männer noch einmal um die Hälfte.

Die Bedeutung des Majuba-Tags war Bullers Männern durchaus bewusst. Sie verstärkten ihre Bemühungen erneut, und es gelang ihnen, zwei Hügel zu sichern – Cingolo Hill und Monte Cristo Hill. Noch hielten die Buren Pieter's Hill, Railway Hill und Hart's Hill, aber es war nur noch eine Frage der Zeit, ehe auch diese erobert sein würden.

Hart's Hill und Railway Hill fielen zuerst; Letzterer an Lord Kitcheners jüngeren Bruder Walter. Als die Nacht hereinbrach, befand sich nur noch ein Teil von Pieter's Hill in Feindeshand, doch beim ersten Tageslicht waren die Buren auch von dort geflohen.

Am 28. Februar, nach einhundertachtzehn Besatzungstagen, sah man in der Garnison Ladysmith eine Wagenkolonne, die sich in Richtung Norden bewegte. Die Buren waren auf dem Rückzug und befanden sich bereits außerhalb der Reichweite der Artilleriegeschütze. Die beiden Marinegeschütze von White konnten gerade noch eine Abschiedssalve aussenden, ehe ein Sommergewitter losdonnerte, um Louis Bothas Flucht zu decken. Die Garnison verfügte über keine Kavalleriepferde mehr, um die Verfolgung aufzunehmen, und Bullers Truppen waren zu erschöpft, um dem fliehenden Feind zu Fuß zu folgen.

In Ladysmith spielten sich Jubelszenen ab. Cameron hörte, wie ein geschwächter und gebeugter Sir George White Lobesworte an seine Männer richtete. »Gott sei Dank haben wir die Fahnen oben gelassen«, sagte er, mehr zu denen sprechend, die Ladysmith verteidigt hatten, als zu denen, die zur Rettung gekommen waren. »Es hat mir das Herz gebrochen, eure Nahrungsmittelrationen so kürzen zu müssen.« Zögernd fuhr er fort. »Aber ich verspreche euch, dass ich es nie wieder tun werde.« Auf seine Worte folgten Gelächter, Jubel und Applaus.

Am nächsten Tag schloss sich Cameron einer Kolonne an, die die Verfolgung der Buren aufnahm. Als sie den Bahnhof Modder Spruit erreichten, mussten sie jedoch feststellen, dass Botha offenbar dafür gesorgt hatte, dass Eisenbahnzüge bereitstanden, um seine Männer und deren gesamte Ausrüstung zu evakuieren. Es war zu spät, sie aufzuhalten.

Am 3. März zog Buller offiziell in Ladysmith ein. Er brachte dringend benötigte Lebensmittel und Medikamente mit. Es wurde zu einem Augenblick des Triumphes; Lord Roberts, Chamberlain und selbst Königin Victoria schickten Glückwunschtelegramme. Dankbar lobte Buller seine leidensfähigen Männer und belohnte ihre Tapferkeit mit einer außerordentlichen militärischen Auszeichnung. Buller konnte von Glück reden, dass er bei seinen Männern nicht an Beliebtheit eingebüßt hatte. Denn trotz des Schulterklopfens und der Gratulationen gab es in seinem Gefolge Offiziere – darunter auch Sir George White –, die ziemlich bald ihr mangelndes Vertrauen in seine Führungsfähigkeit zum Ausdruck brachten.

»Er wird überleben«, prophezeite Winston, als er und Cameron nach einem unerwartet vorzüglichen Dinner im Hauptquartier bei Zigarren und Kognak zusammensaßen. »Dies mag nur ein kleiner Ort mit Blechhäusern und Eukalyptusbäumen sein, aber er ist bekannt bis in die entlegensten Winkel der Erde.«

»Und Sir George?«, fragte Cameron. »Roberts muss doch wissen, wie unsichtbar er sich während der Belagerungszeit gemacht hat.«

»Da haben Sie sicher Recht. Auch wenn er zu Bobs Freunden gehört – ich halte es für unwahrscheinlich, dass das Oberkommando ihn noch einmal entsenden wird.«

Am nächsten Tag bekam Sir George White Fieber. Es war der Vorwand, der nötig war, um ihn aus gesundheitlichen Gründen nach Großbritannien zurückschicken zu können.

16

Es ist lange her«, sagte ihr Lieblingspatient und schaute an die Decke über sich. »Ich schätze, ich war damals nicht viel älter als Sie heute.«

»Ich bin achtzehn«, log Meggie und berichtigte sich dann rasch. »Beinahe jedenfalls.«

Er schien es nicht zu hören. »Das Leben wartete darauf, gelebt zu werden. Alle rechneten damit, dass ich mit ins Geschäft einstieg, aber ich wollte etwas Eigenes schaffen. John Junior und William haben ihre Sache allerdings gut gemacht.«

Meggie interessierte sich nicht für die anderen Mitglieder aus Stan Kings Familie, daher fragte sie nicht nach Einzelheiten.

»Ehe sie ins Unternehmen eintraten, hatte John Senior mir einen alten 8-Kaliber-Vorderlader geschenkt, der von Isaac Hollis in Birmingham hergestellt worden war. Wir stammen alle aus Birmingham, wissen Sie.«

Meggie wusste es nicht.

»Es war das beste Geschenk zum einundzwanzigsten Geburtstag, das sich ein junger Bursche wünschen konnte. Mein einziges Problem war, dass ich nicht wusste, wo ich damit schießen sollte.«

»Was bedeutet 8-Kaliber?«, fragte Meggie. »Ist das sehr groß?«

»Größe ist nicht alles, aber es reicht, um einen Elefanten umzuhauen. 8-Kaliber bedeutet, dass acht Kugeln aus reinem Blei, die denselben Durchmesser haben wie der Lauf, zusammen ein Gewicht von einem Pfund ergeben.«

»Verstehe. Also müssen die beiden 4-Kaliber-Waffen, die Mr. Selous benutzt, gigantisch sein.«

»So ist es, und vor allem sind sie sehr schwer. Fünfundzwanzig, vielleicht sechsundzwanzig Pfund pro Stück.«

»Mein Vater hat Elefanten gejagt, wissen Sie? Ich war damals noch nicht mal auf der Welt. Aber er spricht nicht gern darüber.«

»Damals gab es in Zululand noch Elefanten. Seit Ende der Siebzigerjahre sind sie ausgerottet. Seither muss man bis nach Betschuanaland, um gutes Elfenbein zu finden.«

»Aber da ist doch nur Wüste.«

»Größtenteils, aber wenn man in die Gegend nördlich der Kalahari gelangt, findet man über Hunderte von Meilen Mopane-Wälder, die sich bis nach Sambesi und darüber hinaus erstrecken.«

»Dann sind Sie also dorthingegangen?«

»Nicht sofort. John war für mich wie der Vater, den ich nie hatte. Er nahm mich unter seine Fittiche. Ich erinnere mich noch, dass er zu mir sagte: »Die Tatsache, dass dir jemand ein Pferd gibt, bedeutet noch lange nicht, dass du weißt, wie man so ein Tier pflegt oder füttert. Dasselbe gilt für Gewehre.«

Meggie war mit Gewehren aufgewachsen, daher hatte sie nie darüber nachgedacht, dass es Menschen geben könnte, die nicht wussten, was man damit machte. Wenn sie aus irgendeiner Stadt in England käme, wäre das vermutlich anders gewesen.

»Er hat mir gezeigt, wie man Kugeln gießt. Man muss genau die richtige Menge Zinn hinzufügen, um das Blei zu härten. Die Temperatur ist ebenfalls ganz wichtig. Man muss die Gussform erhitzen, ehe man sie benutzt, wenn man makellose Kugeln haben will.«

Meggie erwähnte, dass sie in *Der Löwenjäger in Südafrika*, einem Buch von Roualeyn Gordon Cumming, gelesen hatte, dass dem Helden bei einer seiner Expeditionen das Blei ausgegangen war und er am Ende Zinnteller und -becher einschmelzen musste.

»Das funktioniert, aber meiner Meinung nach hat dieser verrückte Schotte entweder die Kugeln aus den Tieren, die er erlegt hat, nicht geborgen oder häufiger danebengeschossen als getroffen.«

»Ich schätze, Letzteres trifft zu, zumindest nach dem, was Vater erzählt hat.«

Stan nickte und sah das Mädchen an, das an seinem Bett saß. Trotz der Krankenhauskleidung konnte sie ihre Schönheit nicht verbergen. Dunkle Locken umrahmten ihr blasses Gesicht, wodurch ihre dunklen Augen, die ihn eindringlich anschauten, umso mehr zur Geltung kamen. Sie lächelte. »Erzählen Sie weiter.«

»Wo war ich stehen geblieben? Ach ja ...« Stan schüttelte den Kopf, als würde das der Tatsache, dass er sich so gern mit diesem Mädchen unterhielt, einen Sinn geben. Er, der nie die Gesellschaft anderer gebraucht hatte, war plötzlich völlig gefesselt von einem Mädchen, das etwa halb so alt war wie er. Wenn er es genau betrachtete, sah sie ihrem Vater sehr ähnlich.

»Mit einem Sack voller Patronen – ungefähr fünfzig waren perfekt gelungen, und ich wurde beim Gießen immer besser – machten wir uns auf den Weg nach Bluff und zu meiner nächsten Lehrstunde.«

»Und Sie hatten noch immer keinen einzigen Schuss abgefeuert?«

»Nein. Ich hatte Flicken ausgeschnitten und ein paar Papiertütchen mit Pulver gefüllt, das war alles. Ich erinnere mich, dass der Ozean sehr ruhig war. John biss eins der Pulvertütchen auf und schüttete den Inhalt in den Lauf. Zumindest dachte ich, dass er das tat. Nachdem er einen Flicken auf die Gewehrmündung gelegt hatte, legte er eine Kugel darauf und benutzte den Ladestock, um beides so weit wie möglich in den Lauf zu schieben. ›Siehst du die Messingspitze?‹, fragte er. ›Es würde nicht genügen, Funken darin zu haben, oder?‹ Mit diesen Worten reichte er mir das Gewehr.«

»Was war mit dem Zündhütchen?«

»Als Allerletztes. Immer als Allerletztes. Ich war ziemlich nervös, spannte und legte einen Zündbolzen auf den Rohrstutzen. ›Ziel auf den Horizont!‹, riet John mir, als ich das Gewehr in Anschlag nahm und über den endlosen Ozean schaute. Das war kein Augenblick, um zaghaft zu sein. Ich hob den Gewehrkolben an die Schulter, hielt ihn so fest ich nur konnte und drückte ab.«

»Und was passierte dann?«

»Nichts. Der Zünder ging los, aber das war alles. Lade dein Gewehr selbst – das war seine erste Lektion.«

»Manchmal ist das nicht möglich.«

»Sie denken daran, dass Mister David für Ihren Vater nachgeladen hat. Ja. Es gibt Situationen, in denen man sich auf einen anderen verlassen muss. Dann liegt das eigene Leben plötzlich in den Händen dieser Person.«

»In jener Situation traf das auch umgekehrt zu.«

»So ist es.«

»Dann mussten Sie also die Kugel mit dem Korkenzieher herausholen und nachladen, ehe Sie Ihren ersten Schuss abfeuern konnten?«

»Korrekt, und dieses Mal habe ich es ganz allein gemacht. Am Ende dieses Nachmittags war meine Schulter grün und blau.«

Ein bisschen so wie an dem Tag, als Sie hier eintrafen, dachte Meggie im Stillen.

»Nachdem ich ein paar einfache Ladungen abgeschossen hatte, ließ mich John die Ladung verdoppeln. Schwarzpulver hat einen ziemlich heftigen Rückstoß. Er ist zwar nicht so stark wie der Tritt eines Pferds, aber ich bin trotzdem ins Straucheln geraten. ›Auch das wird passieren!‹ war alles, was er dazu sagte.«

»Wenigstens hat er Sie gewarnt.«

»Er war ein sadistischer alter Schurke.«

»Konnten Sie sehen, wohin Ihre Schüsse trafen?«

»Nein. Dazu war überall viel zu viel Rauch.«

»Ich vermute, Sie hatten inzwischen eine Menge Zuschauer.«

»Natürlich. Sie wollten, dass wir mitkommen, um im Hafen ein Nilpferd zu erschießen – wegen des Fleisches. John lehnte ab, weil er fand, es sei genug für einen Tag gewesen. Als wir wieder in der Werkstatt waren, ließ er mich den Gewehrlauf mit kochendem Wasser schrubben und das Gewehr anschließend mit Schweinefett einreiben, damit es nicht rostete. Gewehre mögen keine Küstenluft. Im Landesinnern ist das etwas anderes.«

»Fortsetzung folgt«, sagte Meggie und stand auf. »Meine Mutter macht sich Sorgen, wenn ich nicht zu Hause bin, bevor es dunkel wird, und meine Schicht ist schon seit einigen Stunden zu Ende.«

»Dann *tsamaya sentle*, wie man in Betschuanaland sagt. Gehen Sie vorsichtig. Ich habe den Nachmittag genossen, Meggie. Danke, dass Sie sich mein Geschwätz angehört haben.«

»Ich habe es auch genossen. *Sala kahle*, Mister King, und schlafen Sie gut.«

Nachdem Ellie einmal beschlossen hatte, Lindsay zu heiraten, sah sie keinen Grund zu warten, bis der Krieg zu Ende war. Zumindest sagte sie das – dabei war es nicht so, als würde ein Stück Papier ihr Leben sonderlich verändern.

Lindsay musste zugeben, dass ihm die Idee gefiel. »Wie sieht es mit unseren Familien aus?«, fragte er, als Ellie unerwartet auf das Thema zu sprechen kam. »Deine Eltern wollen doch sicher herkommen, oder?«

»Deine bestimmt auch, daher ist es besser, wenn wir es niemandem sagen. Außerdem habe ich keine Ahnung, wo Vater und Duncan im Moment sind. Mutter kann einen Empfang auf Morningside geben, wenn der Krieg vorüber ist.«

»Und wer wird dich zum Altar geleiten?«

»Cameron. Und Will ist der Trauzeuge.«

»Klingt gut.«

»Oh, und ich hätte gern, dass Winston dabei ist. Wusstest du, dass er die Light-Horse-Division verlassen hat und vorhat, sich Lord Roberts im Freistaat anzuschließen? Vielleicht sehen wir ihn nie wieder.«

»Wenn der Kleine Mann ihn nimmt. Ich habe gehört, dass Roberts seinen Antrag abgelehnt hat.«

»Nur wegen des Artikels, den er nach Spion Kop in der *Morning Post* geschrieben hat.«

»Den, in dem er die Rolle der Militärpfarrer in Frage gestellt hat?«

»Genau. Außerdem hat er sich dafür stark gemacht, den Buren in Natal zu verzeihen. Aber lass uns nicht vergessen, dass Lord Roberts und Winstons verstorbener Vater enge Freunde waren. Ich wette, die ganze Geschichte löst sich in Wohlgefallen auf. Winston will nur da sein, wo etwas los ist.«

»Wird er auch unsere Hochzeit so sehen?«

Sie lachte und kniff ihn. »Sei nicht albern, Lindsay. Wenn du den wahren Grund hören willst: Er ist mit Cecily verwandt. Du weißt, wie wichtig sie und Stephen mir sind. Außerdem mag ich den Mann. Er packt die Dinge an. Hast du etwas dagegen?«

»Absolut nicht, mein Liebling, nicht im Geringsten.«

Ellie und Lindsay wurden am 6. März 1900 um elf Uhr im Gerichtsgebäude von Ladysmith getraut.

»Ich erkläre Sie nun zu Mann und Frau. Sie dürfen die Braut küssen.«

Lindsay hatte so lange darauf gewartet, diese Worte zu hören. Er nahm Ellie in die Arme. »Ich liebe dich, Mrs. Mayer.«

Cameron trat vor und gratulierte seinem neuen Schwager, ehe er Ellie umarmte. Will, der noch immer einen Arm in der Schlinge trug, benutzte den anderen, um sich die Tränen aus den Augen zu wischen. »Keine Minute zu früh, wenn ihr mich fragt!«

Winston unterschrieb die Heiratsurkunde. Er und der Militärkaplan der Kirche von England wechselten kein einziges Wort.

Buren-*komandos* hielten eine fünfundzwanzig Meilen lange Hügelkette entlang des Flusses Modder besetzt, aber Lord Roberts war noch nicht bereit, seinen Vorstoß von Paardeberg aus fortzusetzen. Piet Cronje, der Buren-General, der dort kapituliert hatte, und seine Frau waren als Kriegsgefangene auf die entlegene Insel St. Helena gebracht worden.

Die Fairfax Scouts berichteten, dass sich ungefähr sechstausend *burghers* – angeführt von Christiaan de Wet – an einem Ort namens Poplar Grove versammelt hätten. Frenchs Kavallerie hatte die Aufgabe, die Hauptkampfeinheit der Buren in der Flanke anzugreifen und sie daran zu hindern zurückzufallen, um bei der Verteidigung von Bloemfontein zu helfen. Was niemand mitbekommen hatte, war die Tatsache, dass sich Krüger, der charismatische Präsident von Transvaal, ebenfalls dort befand, den Patriotismus der Buren schürte und ihnen versprach, Gott werde seine helfende Hand über sein erwähltes Volk halten. In den Reihen der Briten schien eine gewisse Lustlosigkeit zu herrschen, dazu wuchs die Erkenntnis, dass der Krieg noch längst nicht vorbei war. Vermutlich lag es an dieser Lethargie, dass Wet und Krüger der Gefangennahme entgehen konnten.

Schließlich setzte Roberts seinen Vormarsch auf Bloemfontein doch noch fort. French hatte eine blutige Begegnung mit de la Rey in Driefontein, ehe die Buren die Hauptstadt des Freistaates verließen und sich nach Kroonstad zurückfallen ließen. Lord Roberts' Haupteinheit besetzte die Stadt am 13. März, was deren Einwohnerzahl von viertausend auf beinahe das Zehnfache dieser Zahl anwachsen ließ und zu großen Versorgungsengpässen führte – das galt vor allem für die Wasserversorgung. Lord Roberts, dem nicht klar war, wie ernst die Lage schon bald werden würde, verhinderte ein frühes Ende des Krieges. Er bot allen Buren, die gewillt waren, ihre Waffen abzugeben, Neutralität zu schwören und nach Hause zurückzukehren, Amnestie. Sechstausend nahmen das Angebot an, allerdings waren die meisten abgelieferten Gewehre alt. Die moderneren Mauser-Waffen waren vergraben worden oder längst in den Händen der Männer, die fest entschlossen waren weiterzukämpfen.

Sir Alfred Milner erschien in Bloemfontein und machte weitere Zugeständnisse, in der Hoffnung, den Krieg zu beenden. Was er am meisten befürchtete, war, dass die Transvaal-Buren die Reef-Goldminen in die Luft sprengen und somit das zerstören könnten, was das wahre Motiv für Großbritanniens Angriff auf Krüger und Steyn gewesen war.

Winston Churchill schloss sich dem alten Freund seines verstorbenen Vaters an und gehörte zumindest für kurze Zeit Lord Brabazons Freiwilligen-Truppe an – die meisten ihrer Mitglieder wurden von Offizieren und Soldaten als Amateure verachtet, ihre Erfolge gaben jedoch keinerlei Anlass zu solch übler Nachrede. Später sollte Churchill mit Frenchs Kavallerie reiten.

Die frühherbstliche Nacht war angenehm kühl. »Wenigstens ist Cronje aus dem Weg geräumt«, meinte Fairy, während er und Robert ihre inzwischen traditionelle Pfeife nach dem Essen rauchten.

»Dinuzulu wurde etliche Jahre auf St. Helena festgehalten«, antwortete Robert und dachte an andere, die dasselbe Schicksal erlitten hatten. »Und Napoleon ist dorthin verbannt worden.«

»Dinuzulu wurde begnadigt und zum fünften König der Zulu ernannt.«

»Das ist richtig. Aber nur weil man in Großbritannien glaubte, er könnte ihnen helfen, ihre wachsenden Probleme in Zululand zu lösen. Sie ermöglichten dem König eine Ausbildung, brachten ihm Lesen, Schreiben und Klavierspielen bei, machten den Mann zum Regierungsbeamten und zahlten ihm dafür fünfhundert Pfund im Jahr. Sie gaben ihm jedoch keinerlei Machtbefugnisse. Was für ein König soll das gewesen sein? Erinnern Sie sich, Zululand war im Jahr zuvor von Natal annektiert worden. Die Zuweisung von Farmland an europäische Siedler hatte ihr ursprüngliches Gebiet auf dreißig Prozent seiner einstigen Größe reduziert. Von 1895 bis 1897 hatten die Zulu mit Heuschreckenplagen zu kämpfen, und ihre Viehbestände wurden durch die Rinderpest dezimiert. Dann blieb der Regen aus. Die meisten konnten sich nicht einmal mehr die *lobola* leisten, um eine Braut zu kaufen.«

»Was ist los mit Ihnen heute Abend?«

»Tut mir leid. Aber das viele Herumsitzen macht mich verrückt. Glauben Sie, dass dieser Krieg bald vorbei ist?«

»Keineswegs. Der Kleine Mann hat keine Ahnung, was ihm in Wahrheit bevorsteht. Es geht nicht nur um Zahlen. Es geht um Leidenschaft, um die Gelegenheit, burische Identität zu erlangen. Die Politiker mögen das Volk da hineingedrängt haben, aber ein paar Schlachten zu gewinnen macht uns noch längst nicht zu Siegern. Dieser Krieg wird noch lange dauern.«

»Sie klingen wie Fred Selous. Er hegt zwar keinerlei Sympathien für die Buren, vor allem wegen der Art und Weise, wie sie die Schwarzen behandeln, aber er glaubt fest daran, dass die Briten nie verstanden haben, welche Motivation sie eigentlich haben.«

»Meiner Meinung nach hat er durchaus Recht. Wir kämpfen im Grunde für zwei völlig verschiedene Dinge. Die Buren wollen nichts weiter, als ihr eigenes Schicksal bestimmen. Whitehall, aufgehetzt von Rhodes, Beit und Milner, um nur einige Namen zu nennen, gelüstet es nach Land und den Bodenschätzen, die sich dort befinden. Rein zufällig scheren sich beide

Lager nicht im Geringsten um die, die längst hier waren, bevor irgendein Weißer seinen Fuß auf diesen Kontinent gesetzt hat. Robert, Sie und ich, wir leben von diesem Land, aber wir leben auch mit diesem Land. Wir lernen von seinem Volk und bemühen uns, an beide etwas zurückzugeben. Auf diese Weise kann das Land auch morgen noch für unsere Kinder und für deren Kinder, ungeachtet ihrer Hautfarbe, ihres Glaubens und ihrer Nationalität lebenswert sein.«

»Nun, jetzt echauffieren Sie sich genauso wie ich gerade eben«, frotzelte Robert.

»Warum also sind wir hier? Um dieses Land und sein Volk zu schützen? Ich glaube nicht.«

»Ich kann nur sagen, dass dies ein Krieg ist, der kommen musste. Wenn Sie und ich sein Ende beschleunigen, haben wir unseren Beitrag geleistet.«

»Sie haben wahrscheinlich Recht. Wie Jack Walsh gesagt hätte: Genug ist genug.«

Robert ließ fast seine Pfeife fallen. »Jack Walsh?«

»Ja. Das war vielleicht ein Typ! Wir haben Anfang der Achtzigerjahre seine Farm gekauft. Damals hieß sie Wakefield. Die Tochter und ihr Mann haben sie verkauft, nachdem Jack gestorben war, aber sie hat darauf bestanden, den Namen zu behalten und ihn einem anderen Anwesen zu geben. Traurig, wirklich. Der arme Kerl hatte sich zu Tode gesoffen. Eine Flasche Gin pro Tag. Er sagte, das Zeug erleichtere ihm das Atmen, können Sie sich das vorstellen? Schuld war angeblich ein *assegai,* den er während des Zulu-Krieges in die Brust bekommen hatte. Er war damals mit Chelmsford in Ulundi. Wenn ich mich recht erinnere, war sein Akzent Ihrem ziemlich ähnlich. Es scheint euch Schotten schwer zu fallen, ihn loszuwerden. Kannten Sie ihn?«

Robert spürte plötzlich einen Kloß im Hals. Es war sinnlos, Fairy zu erklären, dass Jack Walsh sein Vater war. Er nickte rasch. »Ein Freund der Familie. Aus Edinburgh«, sagte er und versuchte sich nicht anmerken zu lassen, wie aufgewühlt er war. »Ich hatte mich schon häufig gefragt, was wohl aus ihm geworden ist.«

Es war Jahre her, seit Roberts verstorbene Mutter ihm den Namen genannt hatte, den ihr einstiger Liebhaber, Jonathan Fellowes, angenommen hatte, nachdem er Schottland verlassen und sich in Afrika niedergelassen hatte. Robert war dem Mann zufällig begegnet, kurz nachdem er selbst nach Afrika gekommen war. Das Schicksal hatte sie zusammengeführt – bei einer Überquerung des Flusses Mngeni oberhalb der Howick Falls, die beinahe in einer Katastrophe geendet wäre. Robert hatte keine Ahnung, ob Jack Walsh je die Wahrheit über ihre Verwandtschaftsbeziehung herausgefunden hatte. Wenn nicht, würde er sie nie mehr erfahren.

Der Name Wakefield war ihm auf jeden Fall vertraut. Es war die Farm in der Nähe von Dargle, die Cameron kaufen wollte. Gut drei Monate waren vergangen, seit sie darüber gesprochen hatten. Robert wusste nicht, ob das Anwesen inzwischen verkauft worden war.

Als er zum Himmel schaute, fiel sein Blick auf einen Kometen, der eine funkelnde Spur aus Meteoritenstaub hinterließ. Robert fragte sich, ob es eine höhere Macht gab, die die Fäden seines Lebens in der Hand hielt. Caroline Hammond – geborene Walsh – musste seine Halbschwester sein.

»Wie kommt es, dass niemand Sie besucht?«

»Ich bezweifele, dass irgendjemand aus meiner Familie weiß, dass ich hier bin. Außerdem ist es fast fünfzehn Jahre her, seit ich Durban verlassen habe. Sagen wir einfach, wir sind alle getrennte Wege gegangen. Sie sind zufrieden mit dem Geschäft, und ich habe mit Elfenbein genug verdient, um mir eine Farm zu kaufen.«

Meggie registrierte, dass Stanley King ständig mit dem Armband aus Elefantenhaar an seinem rechten Handgelenk spielte. »Sie heißt Kingsway, nicht wahr?«

Er fragte sich, was sie sonst noch über ihn wusste.

»Es steht auf Ihrer Krankenakte«, antwortete sie, als sie seinen erstaunten Blick sah.

»Ich dachte, Ihr Vater hätte es Ihnen vielleicht erzählt.«

»Nun, das hat er auch.«

»Hat er auch erwähnt, dass uns die Rinderpest beinahe ruiniert hätte?«

»Nein. Wer ist ›uns‹? Ich dachte, Sie wären ein überzeugter Junggeselle.«

»Das bin ich auch, aber die Jungs, die für mich arbeiten, gehören genauso zu Kingsway wie ich. Was glauben Sie, wer dort nach dem Rechten schaut, während ich versuche, meinen Bankdirektor glücklich zu machen?«

Meggie gab keine Antwort. Sie hatte die Auskunft bekommen, die sie benötigt hatte. »Jagen Sie immer noch?«

»Das muss ich. Der liebe Gott zahlt schließlich keine Rechnungen. Zäune und der Aufbau neuen Viehbestands haben mich einen Arm und ein Bein gekostet, bildlich gesprochen natürlich.« Als sie lachte, fügte er hinzu. »Im Moment versuchen wir es mit Afrikanderrindern. Sie müssen unbedingt einmal kommen und sie sich ansehen.«

»Danke. Das würde ich gern tun.«

»Ihr Vater hat ziemlich viel Zeit auf Kingsway verbracht. Es gibt zwischen uns eine ungeschriebene Übereinkunft, dass er Vorkaufsrecht hat, sollte ich mich je entscheiden, die Farm zu verkaufen.«

»Er interessiert sich immer für neue Geschäfte. Vor allem, wenn es um Viehzucht geht.«

»Ich denke, er hat gesehen, dass ich genauso angefangen habe wie er, und konnte nicht widerstehen, mir ein wenig zu helfen.«

»Er hat mir von Ihren Stoßzähnen erzählt.«

»Die würde ich nie verkaufen. Nie im Leben.«

»Auch nicht, wenn die Zeiten einmal hart würden?«

Stanley spielte schon wieder mit seinem Armband. »Nein. Denn sie gehören nicht mir.«

»Wem gehören sie dann?«

»Sie gehören einem Mann namens Michael Duffy.«

»Dem Iren?«

»Keinem anderen. Wie mir scheint, haben Sie Ihre Hausaufgaben gemacht.«

»Mein Vater hat mir erzählt, dass Ihnen ein wahnsinniger Ire mit einer Augenklappe einmal das Leben gerettet hat. Stammen daher Ihre Narben?«

Er nickte, und seine Erinnerungen führten ihn fünfzehn Jahre zurück. »Es war im Winter 1885. Meine erste Saison in Betschuanaland. Wir hatten ein Lager am Botletle-Fluss aufgeschlagen, in der Nähe eines Dorfes mit dem Namen Xhumaga. Ich hatte noch nie so viele wilde Tiere auf einmal gesehen. Elefanten, Büffel, Zebras, Gnus. Sie kamen alle aus dem Norden und waren auf der Suche nach Wasser. Es müssen Zehntausende gewesen sein.«

»Und mit ihnen kamen auch die Raubtiere, nehme ich an?«

»Löwen hauptsächlich, aber sie hatten so viel zu fressen, dass sie uns in Ruhe ließen. All die Stunden, die ich mit John King verbracht hatte, zahlten sich endlich aus. Meine Elfenbeinvorräte nahmen stetig zu. Die Jungs hatten genügend zu essen, und wir verloren kein einziges Pferd.«

»Sie haben schon wieder ›wir‹ gesagt. Waren noch andere mit Ihnen unterwegs?«

»Nur einige Schwarze. Es ist mir lieber so. An dem Tag, an dem alles schief ging, war ich allein Richtung Nxai-Pfanne unterwegs, auf der Suche nach einer Stelle, die ›Die schlafenden Schwestern‹ heißt. Es handelt sich um eine Gruppe Affenbrotbäume, die am Rande einer flachen Senke in der Nähe der Route stehen, die Selous einst nutzte, um sein Lager zu erreichen. Manchmal gibt es dort Wasser, manchmal auch nicht. Man kann den Ort aus meilenweiter Entfernung sehen. Thomas Baines hat seine Initialen in einen der Bäume geritzt, als er 1860 eine Zeichnung von ihnen anfertigte.«

»Ich habe meinen Vater von ihm sprechen hören. Was ist also geschehen?«

»Es gab keinen richtigen Weg, und der Sand war sehr weich. Dummerweise stieg ich von meinem Pferd. Überall waren Fußspuren von Löwen.«

»Wo war Ihr Gewehr?«

»Das hatte ich über den Rücken geschnallt – so wie die Buren es tragen –, aber ich versichere Ihnen, dass es dort nicht lange blieb. Mein Pferd sah ihn noch vor mir. Er lag im Schatten eines kleinen Strauches und wirkte ziemlich gelangweilt.«

»*Ibhubesi?*«

»Nun, es war ganz gewiss nicht Thomas Baines' verloren gegangener Welpe! Mein Pferd bekam solch einen Schreck, dass es beschloss, sich aus dem Staub zu machen. Das Problem war nur, dass ich nicht darauf saß. Der Löwe und ich schauten uns an, und ich schien ihm gar nicht zu gefallen. Er war ein mächtiger Bursche mit einer schwarzen Mähne, alt und ziemlich gereizt. In null Komma nichts kam er auf mich zu. Er hatte den Kopf gesenkt und die Ohren angelegt. Mein Schuss erwischte ihn im Sprung, aber die Kugel traf ihn von unten und viel zu weit hinten, sie drang durch seinen Bauch und zerschmetterte das untere Ende seiner Wirbelsäule. Er grub seine stinkenden Zähne in meine rechte Schulter und schlug wild mit den Vorderpfoten um sich. Wir stürzten gemeinsam zu Boden, und durch sein Gewicht überschlugen wir uns. Ich hatte mein Gewehr verloren und blutete stark. Endlich ließ er von mir ab. Ich brauchte einige Sekunden, um zu begreifen, dass sich mein Gegner nicht bewegen konnte. Er lag auf dem Gewehr, starrte mich an und versuchte fauchend, sich vorwärts zu schleppen. Es war der schrecklichste Moment meines Lebens. Ich wusste, dass ich weglaufen musste, schnell, aber es ging nicht. Und dann führten der Schock und der Blutverlust dazu, dass ich das Bewusstsein verlor.«

»Waren noch andere Löwen in der Nähe?«

»Viele. Als ich wieder zu mir kam, lag ich im Schatten, und meine Augen nahmen ganz langsam ein Gesicht wahr. Ein Mann hockte neben mir. Ein bärtiger Typ mit langem dunklem Haar und einer Augenklappe. Er hielt mir eine Wasserflasche hin und sagte: ›Und ich dachte schon, Sie hätten vor, hier draußen zu sterben. Trinken Sie einen Schluck, junger Mann, und dann sehen wir uns Ihren Arm einmal an.‹

Das Nächste, woran ich mich erinnere, war, dass ich neben einem Feuer erwachte. Es war dunkel, aber der Vollmond ermöglichte es mir, meinen Retter zu erkennen. Einen Moment lang glaubte ich, es sei Jesus Christus. Er stellte sich vor: ›Michael Duffy, zu Ihren Diensten.‹ Ich versuchte meinen rechten Arm zu bewegen, aber ich konnte nicht. Er brannte höllisch. Er hatte die Wunde so gut es ging gereinigt und wollte mir nun einen Verband mit frischer Milch und Rizinusöl anlegen.

›Wie weit ist es bis zum Lager?‹, fragte er, und ich sagte es ihm.

›Dann sollten wir uns besser auf den Weg machen. Diese Viecher haben die Angewohnheit, ganz schnell unangenehm zu werden. Die Pferde stehen bereit. Von Ihrem ist weit und breit nichts zu sehen, daher vermute ich, dass die Löwen es erwischt haben. Selous' Pferd, Bottle, wurde nicht weit von hier auch getötet.‹

Die Pferde entpuppten sich als zwei spindeldürre Ponys, von denen eins schwer beladen war mit Stoßzähnen. ›Wo ist der Löwe?‹, fragte ich. ›Bei seinem Erschaffer‹, antwortete Michael. ›Das Fell sieht ein wenig mitgenommen aus, aber es sollte ein paar Pfund einbringen. Hören Sie genau hin, dann können Sie den Hyänen beim Aufräumen zuhören.‹ Er half mir in den Sattel. Mir fiel sofort auf, dass er sehr bequem war.«

»Was für ein Sattel war es?«

»Ein australischer Westernsattel. Seither benutze ich nur noch solche. Der vordere Bogen ist weit genug vom Widerrist entfernt, und er hat eine tiefe Einkerbung, um den Druck gleichmäßig auf dem Rücken des Pferds zu verteilen. Der Sattelkranz ist höher als gewöhnlich und gut gepolstert, sodass man sich bequem zurücksetzen kann. Die meisten Westernsattel haben lange Pauschen, aufgesetzte Kniestützen und doppelte Gurte, ich persönlich bevorzuge allerdings einfache Sattelgurte.«

»Sie schweifen ab.«

»Sie haben danach gefragt. Michael lief zu Fuß und führte beide Ponys hintereinander. Mein Gewehr trug er über der Schulter.

»Wie alt war er?«

»Ich schätze Mitte bis Ende vierzig. Ziemlich stark und durchtrainiert. Er vertrat die Theorie, dass die Tiere einem aus dem Weg gehen, wenn sie einen kommen hören.«

»Das bedeutet?«

»Michael redete oder sang beim Gehen – und zwar abwechselnd etwas, das er australische Busch-Poesie nannte, die von einem Typen namens Paterson stammte, und die verschiedensten Lieder. Wir benötigten über acht Stunden bis zum Lager, und er hat sich nicht ein einziges Mal wiederholt.«

»Ist Michael geblieben?«

»Ein paar Wochen. Er hat jeden Tag meinen Verband gewechselt. Zum Glück hatten wir jede Menge frische Ziegenmilch und Rizinusöl – was allerdings keine Garantie dafür war, dass sich die Wunde nicht entzünden würde.«

»Mr. Selous schwört darauf, eine durch einen Löwen verursachte Wunde mit Karbolsäure auszubrennen.«

»Autsch. Woher um alles in der Welt wissen Sie das?«

»Er ist ein Freund meines Vaters.«

»Erinnern Sie mich daran, dass ich nie mit Robert auf Löwenjagd gehe.«

Meggie lachte. »Er sagt auch, dass Löwen zwei wesentliche Voraussetzungen besitzen, die ihnen irdisches Glück garantieren – einen guten Appetit und kein Gewissen.«

Stanley lachte nun auch.

»Offenbar haben Sie überlebt.«

»Das habe ich allein Michael Duffy zu verdanken.«

»Es ist eine ziemlich wilde Geschichte. Sie beide müssen gute Freunde sein.«

»Leider nein. Michael verließ das Lager jeden Morgen und brachte Fleisch für die Jungs mit. Eines Tages kam er nicht wieder zurück.«

»Nie mehr?«

»Wir haben über einen Monat gewartet, aber nichts mehr von ihm gehört. Er war ganz einfach verschwunden und hatte uns ein Pony, eine gepökelte Löwenhaut und zwei sehr feine Stoßzähne zurückgelassen.«

»Die Stoßzähne, die sich nun auf Kingsway befinden?«

»Er wird sie eines Tages holen. Er oder sein Sohn. Aber das ist eine andere Geschichte.«

Meggie und Tanith hatten kaum Geheimnisse voreinander. Obwohl sie zwei Jahre älter war, war es meist Tanith, die bei ihrer besten Freundin ein vertrauenswürdiges Ohr suchte – oder gar einen Rat. Gewöhnlich ging ihren Worten immer die Bemerkung voraus, dass ihre Brüder sie einfach nicht verstehen würden.

Da beide Mädchen im Krankenhaus von Empangeni arbeiteten, sahen sie sich häufig, und mindestens einmal pro Woche übernachtete Meggie bei den Taylors. Lorna störte es nicht, allein auf Morningside zu bleiben, sie war vielmehr froh, dass ihre Tochter so eine gute Freundin hatte. Allerdings sorgte Meggie immer dafür, dass ihre Mutter wusste, wenn sie nicht nach Hause kam.

Das, was sie da gerade von ihrer Freundin gehört hatte, konnte Meggie kaum glauben. »Bist du dir ganz sicher?«

»Ich bin nie über die Zeit, Meggie. Du musst mir helfen. Was soll ich nur tun?«

»Und es ist ganz bestimmt von Duncan?«

»Natürlich. Wir ... also, wir hatten es eigentlich gar nicht beabsichtigt. Es ist auch nur ein einziges Mal passiert. Es hat so stark geblutet. O Gott, Meggie, was soll ich meinen Eltern bloß erzählen? Und was wird Duncan dazu sagen?«

»Wichtiger ist wohl eher die Frage, was wird Duncan tun?«

»Ja, aber er ist nicht hier, und ein Brief braucht Wochen, wenn er überhaupt ankommt. Duncan könnte bis dahin längst tot sein, Meggie. Er könnte jetzt schon tot sein, und dann würde er es nie erfahren. Alles, was ich von ihm hätte, wäre dieses uneheliche Kind.«

»Möchtest du dieses Baby?«

»Ja. Also, ja und nein. Oje, Meggie, was willst du damit sagen?«

»Man sagt, eine Flasche Gin und ein heißes Bad ...«

»Sei nicht so dumm.«

»Dann sieh den Tatsachen ins Gesicht, Tanith. Es muss im Januar passiert sein. Wenigstens seid ihr zwei verlobt. Ich weiß eine einfache Lösung. Heiratet.«

»Ich wünschte, es wäre so leicht. Duncan könnte noch ewig weg sein, und du weißt ja, wie mein Vater ist.«

»Dann müssen wir eben allen die Augen verbinden.«

Tanith lächelte und legte eine Hand auf ihren Bauch.

»Ist dir morgens übel?«

»Ein bisschen.«

»Das geht vorüber. Wenn du Glück hast, merkt man ein paar Monate gar nichts. Schreib Duncan. Tu es noch heute Abend, und bring den Brief morgen früh zur Post. Es wird euer Geheimnis sein. Ich muss dir übrigens auch etwas gestehen. Aber auch das bleibt unser Geheimnis, einverstanden?«

»Einverstanden.«

»Du kennst doch diesen Patienten, den sie nach der Schlacht am Spion Kop bei uns eingeliefert haben?«

»Diesen großen mit den dunklen Haaren?«

»Genau den. Er heißt Stanley King. Er besitzt eine Farm in Nkwalini.«

»Die Schwester sagt, er könne von Glück sagen, dass er noch am Leben ist.«

»Anscheinend war es Cameron, der ihn gerettet hat. Er kennt auch Vater.«

»Ich habe gesehen, dass du dich mit ihm unterhalten hast.«

»Also, er ist der Mann, den ich heiraten werde.«

Tanith vergaß ihre eigenen Sorgen und starrte ihre Freundin mit offenem Mund an. »Aber er ist so ...«, stammelte sie ungläubig, »... so ... ich meine ... also ...«

»So alt, meinst du das?«

»Ja. Nicht, dass es eine Rolle spielt, natürlich nicht.«

»Tanith. Er ist so anders. Er spricht mit mir, nicht nur zu mir. Er hat schon so viele aufregende Dinge erlebt.«

»Das ist bei seinem Alter auch nicht verwunderlich.«

»Nein, nein. Du verstehst das nicht. Abgesehen von Vater ist er der einzige Mann, den ich je kennen gelernt habe, der sich aufmacht und die Dinge anpackt. Er hat eine Reihe Rückschläge erlebt, aber immer wenn etwas schief geht, scheint ein Engel auf seiner Schulter zu sitzen. Das Schicksal hat es so gewollt, dass wir beide uns begegnet sind. Ich kann das fühlen.«

»Geht er nicht bald nach Hause?«

»Doch. Er hat mich gefragt, ob ich nicht mitkommen und mir seine Farm anschauen möchte. Sie heißt Kingsway.«

»Und? Gehst du mit?«

»Natürlich.«

17

Lord Roberts war überaus optimistisch, aber er ahnte nicht, dass sich der Krieg bald verändern würde. Während er seine Truppen in Bloemfontein zusammenzog, ehe er weiter in Richtung Johannesburg und Pretoria vorrückte, hielten seine Gegner Krüger und Steyn in Kroonstad Kriegsrat. Viele Buren waren angesichts des schier endlosen Nachschubs an neuen Truppen, die sich ihnen entgegenwarfen, demoralisiert. Die Briten hatten wichtige Kolonien mobilisiert, Berufssoldaten, Freiwillige voller Idealismus, selbst aus so weit entfernten Ländern wie Australien, Kanada, Neuseeland, Indien und der kleinen Insel Ceylon. Krüger begriff, dass die vielen *uitlanders*, die Seite an Seite mit seinen Buren kämpften, genau das waren: Außenstehende. Obwohl Deutschland und Holland enge Verbindungen zu Pretoria unterhielten, war es unwahrscheinlich, dass sie in den Krieg eingreifen würden. Eine andere Lösung musste gefunden werden.

Sie kam vom »Löwen des Westens«, General Koos de la Rey, und Christiaan de Wet. Gemeinsam befürworteten sie eine Taktik, die größere Beweglichkeit und Unabhängigkeit ihrer *komandos* voraussetzte. Keine großen Wagenkolonnen, keine Zögerer und Zauderer; stattdessen Männer, die leidenschaftlich für die Sache kämpften, eigenverantwortlich für Pferde und Ausrüstung waren – schnelle, gezielt zuschlagende fliegende Kolonnen, die die endlosen Nachrichten- und Versorgungsverbindungen des Feindes zerstören sollten. Ihr Vorschlag wurde angenommen.

Währenddessen taten sich in Bloemfontein selbst ernste Probleme auf. Das Trinkwasser war rationiert worden, und viele begannen, das Wasser des Modder zu trinken, eines Flusses, der durch unzählige Leichen und durch die Exkremente von Menschen und Tieren hochgradig verseucht war. Das von der Armee geführte Krankenhaus sah sich außerstande, mit viereinhalbtausend an Salmonelleninfektion Erkrankten fertig zu werden. An der besser unter dem Namen Typhus bekannten Krankheit starben innerhalb von nur vier Wochen über tausend Menschen.

Das Problem wurde noch verschärft, als de Wet das Wasserwerk von Bloemfontein angriff und die Pumpstation in Sannah's Post zwanzig Meilen weiter östlich zerstörte. Während er dort war, hatte er unerwartetes Glück; es gelang ihm, Brigadier General Broadwoods zweite Kavalleriekolonne in einen Hinterhalt zu locken. Ein dringender SOS-Ruf erging an Lord Roberts, der jedoch nichts unternahm, weil er einen Angriff auf Bloemfontein selbst befürchtete. De Wet nahm über vierhundert Gefangene und erbeutete sieben Artilleriegeschütze sowie hundertsiebzehn Pferdewagen. Einer von ihnen enthielt Postsäcke, deren Inhalt sorgfältig überprüft wurde, ehe er schließlich verbrannt wurde. Für den Brief von Tanith an Duncan interessierte sich niemand.

Stanley King hätte vielleicht eher nach Hause zurückkehren können, aber er hatte es nicht eilig. Während seines Krankenhausaufenthaltes hatte er nur einen einzigen Besucher empfangen und einen Brief, ein offizielles Schreiben, das ihn über seine ehrenwerte Entlassung aus dem aktiven Dienst der Armee informierte. Beigefügt war ein Hinweis, dass ein Bericht über seine Tapferkeit am Spion Kop an die entsprechenden Stellen gesandt worden sei.

Ganz langsam heilten seine Wunden, die äußeren wie die

inneren. Er las viel, Zeitungen und Bücher, alles, was ihm in die Hände fiel, und schlief häufig in dem Sessel ein, den Meggie ihm nach draußen auf die schattige Veranda gestellt hatte. Sie sprachen viel über alle möglichen Dinge, spielten zwischendurch immer ein paar Züge Schach.

»Das ist einfach nicht fair.« Lachend stieß Meggie ihren weißen König um. »Sie haben den ganzen Tag Zeit, um jeden Zug genau zu planen.«

»Sie haben Recht. Ich habe tatsächlich Pläne gemacht. Es ist Zeit, dass ich auf meine Farm zurückkehre. Doktor Parrys Übungen sind schön und gut, aber sie bewirken nichts.«

»Ich bin froh, dass Sie wenigstens nicht wieder nach Ladysmith zurückgehen.«

»Nach allem, was der *Mercury* schreibt, scheint Buller dort auch nicht viel zu unternehmen. Fünfundfünfzigtausend Mann sitzen untätig auf ihrem Hintern, aber Roberts lässt sie nicht zum Einsatz kommen.«

»Er glaubt, der Krieg sei so gut wie vorüber. Buller scheint anderer Meinung zu sein.«

»Wenn Sie mich fragen, hat der Mann völlig Recht. Die Buren kontrollieren noch immer den Van-Reenens-Pass und den Biggarsberg. Selbst in Natal sind sie noch längst nicht geschlagen.«

»Das erinnert mich an etwas: Haben Sie in der Zeitung gelesen, dass Piet Joubert in Pretoria gestorben ist?«

»Ja, das habe ich. Er hat sich von seinem Sturz vom Pferd nie mehr so richtig erholt. Louis Botha hat nun übernommen, das sollte die Dinge ein wenig durcheinander rütteln.«

»Richtig, Mr. King, und nun zu näher liegenderen Angelegenheiten. Wie beabsichtigen Sie, nach Hause zu gelangen?«

»Ich dachte, Sie hätten vielleicht Lust, mich zu bringen. Es wäre eine gute Gelegenheit, die Farm einmal zu sehen.«

»Ehrlich gesagt glaube ich nicht, dass meine Mutter mir das erlauben würde.«

»Nicht allein, natürlich. Ich brauche noch Vorräte, wenn es also möglich wäre, einen Wagen zu leihen ...«

»Ich schätze, Mister David könnte fahren. Es sind ungefähr dreißig Meilen, nicht wahr?«

»Ja, aber an einem Tag schafft man die Strecke nicht hin und zurück. Es hängt natürlich von den Straßen ab.«

»Lassen Sie uns darüber nachdenken, wenn es so weit ist. Ich werde mit meiner Mutter sprechen.«

»Gut.«

Meggie war überrascht, dass ihre Mutter zustimmte und Stanley King für seine Rückkehr nach Nkwalini bereitwillig einen Wagen und Mister David als Fahrer zur Verfügung stellte. »Schließlich ist er ein guter Freund deines Vaters«, sagte sie.

»Dann hast du also nichts dagegen, wenn ich mitfahre? Stan – Mister King hat mich eingeladen, mir seine Farm anzuschauen.« Eine schreckliche Sekunde lang befürchtete Meggie, ihre Mutter könne auf die Idee kommen, ebenfalls mitzufahren.

»Natürlich nicht, mein Liebes. Es wird dir dort oben gefallen. Die Landschaft ist ganz anders als hier, viel trockener.« Dann wechselte sie das Thema. »Nun komm und sieh, was Aminta im Gemüsegarten gemacht hat. Wir werden dieses Jahr etwas Neues ausprobieren. Suza! Saba! Kommt mit.« Nur ein Hund folgte ihnen.

Mister David und Meggie erschienen morgens um kurz nach sieben im Krankenhaus. Stanley saß bereits in seinem Sessel auf der Veranda. Er trug einen Morgenmantel über seinem Krankenhauspyjama, der einzigen Kleidung, die er besaß.

»Ich glaube, wir haben etwas vergessen«, sagte er, als Meggie auf ihn zukam.

»Probieren Sie diese Sachen. Sie gehören Duncan. Die Stiefel könnten ein wenig eng sein, aber es ist das Beste, was ich für Sie ergattern konnte. Schauen Sie, ob sie passen, während ich ein rasches Wort mit der Oberschwester wechsele.«

Als Meggie zurückkehrte, unterhielt sich Stanley mit Mister David. Das geborgte Hemd und die Hose waren offensichtlich zu klein, was durch seine nackten Füße noch betont wurde.

»Ich fürchte, mit den Stiefeln habe ich kein Glück. Mister David hat sie in den Wagen geladen. Sollen wir aufbrechen?« Sein seltsamer Aufzug schien ihm nicht im Mindesten peinlich zu sein.

Sie verbrachten eine Stunde in einer Gemischtwarenhandlung und luden Waren ein, von Nägeln über Mehl und Kartoffeln bis zu Zucker und Tee. Die Zulu, die sich vor dem Geschäft aufhielten, schienen Stanley zu kennen, Meggie vernahm mehr als einmal das Wort *Ndlovu*.

Die Reise nach Nkwalini verlief ereignislos, aber sie dauerte fast sechs Stunden. Rasch ließen sie die üppige Küstenvegetation hinter sich, folgten dem Flusstal und fuhren eine sanft geschwungene Hügelkette hinauf. Mister David zeigte auf einen Kudu mit spiralförmigen Hörnern, der regungslos hinter einem Busch stand und sie beobachtete. Die Färbung und das Streifenmuster seines Fells machten ihn nahezu unsichtbar. Nur das gelegentliche Zucken eines Ohrs verriet ihn.

»In Betschuanaland werden sie *tolo* genannt«, bemerkte Stan. »Sie schmecken gut.«

»Dann ist es eine Schande, dass Sie Ihr Gewehr nicht dabeihaben. Sonst hätten wir schon für unser Abendessen gesorgt.« In dem Moment, als Meggie es aussprach, wurde ihr klar, dass sie damit angedeutet hatte, dass sie und Mister David nicht vor dem kommenden Morgen zurückfahren würden.

»Ich habe tatsächlich keine Ahnung, was wir heute Abend essen werden.« Stan hatte Meggie klar verstanden.

Auf der unebenen Straße herrschte so gut wie kein Verkehr. Die wenigen Zulu, die ihnen begegneten, hoben die rechte Hand mit geöffneter Innenfläche, das traditionelle Zeichen für Freundschaft. Manche riefen ihnen auch etwas zu, hießen *Ndlovu* willkommen oder wechselten ein paar Worte mit Mister David. Es war ein beruhigendes Gefühl.

Im Vergleich zu Morningside wirkte Kingsway etwas trostlos. Das Anwesen war weit ausgedehnt, mit offenbar neu errichteten Zäunen und einem großen Zulu-Kral, zu dem mindestens ein Dutzend Behausungen gehörten. Das Farmhaus, das von einer großen, mit aufwändigen Schnitzereien verzierten Eingangstür beherrscht wurde, wirkte überraschend klein. Bis auf etwas, das aussah wie Sisalpflanzen, gab es keinen Garten.

»Die Wasserversorgung ist hier oben manchmal ein wenig problematisch«, erklärte Stanley, als hätte er Meggies Gedanken gelesen. Er begrüßte jeden seiner Angestellten, angefangen von seinem *induna* bis hin zum niedersten *abantwana,* mit Namen. Zwei Babys waren während seiner Abwesenheit geboren worden, die ihm stolz vorgeführt wurden.

Nachdem Stanley Anweisung gegeben hatte, die Pferde auszuspannen und den Wagen abzuladen, sorgte er dafür, dass sich jemand um Mister David kümmerte, ehe er und Meggie zum Haus hinübergingen.

»Ich darf nicht vergessen, die Sachen Ihres Bruders zurückzugeben. Sie werden bis morgen gewaschen und trocken sein.«

Als sie vor der großen Eingangstür standen, sah Meggie, wie schwer und solide sie war.

»Sie hat einmal David Livingstone gehört«, erklärte Stan und stieß sie auf. »Ich werde Ihnen Ihr Zimmer zeigen und Ihnen Wasser bringen lassen. Kerzen finden Sie neben dem Bett.«

Die Eingangstür öffnete sich zu einem Hauptraum mit einer steinernen Feuerstelle, die groß genug war, um darin zu sitzen. Daneben waren Holzscheite gestapelt. An der rechten Wand gab es zwei Türen, eine weitere gegenüber.

»Ihr Zimmer, mein Zimmer, die Küche«, zählte Stan auf und zeigte nacheinander auf jede einzelne Tür.

»Sind das die Stoßzähne, von denen Sie erzählt haben?«

Meggie zeigte auf zwei lange schmale Zähne zu beiden Seiten der Feuerstelle.

»Nein. Die von Michael liegen unter meinem Bett. Sie sind viel größer.«

Meggie bat nicht darum, sie sehen zu dürfen.

Stan entschuldigte sich kurz, um den Dienstboten Anweisungen zu geben. Auf einem Tisch, der für alles Mögliche benutzt zu werden schien, lag eine Kohlezeichnung, die von vier golden glänzenden Steinen beschwert wurde. Meggie hob einen Stein hoch, um sein Gewicht zu prüfen. Eine Ecke der Zeichnung rollte sich sofort auf.

»Leider ist es nur Eisenpyrit.« Stans Stimme kam von der geöffneten Tür. »Man nennt es auch das Gold der Dummen.«

Aus lauter Verlegenheit, beim Herumschnüffeln ertappt worden zu sein, hätte Meggie den Briefbeschwerer beinahe fallen lassen. »Haben Sie die Zeichnung gemacht?«

»Vor langer Zeit, bevor uns diese verdammte Ostküsten-Krankheit fast ausgelöscht hätte. Ich lasse sie hier liegen, damit ich immer weiß, wie dieses Haus eines Tages aussehen wird.«

»Es gefällt mir.«

»Kommen Sie, ich führe Sie ein wenig herum.«

Es gab im Grunde nicht viel zu sehen, dennoch war Meggie beeindruckt. Die Zeichnung war der Traum eines Mannes, der eines Tages wirklich werden würde, davon war sie überzeugt.

Sie aßen Hähnchen, scharf zubereitet und zäh wie altes Leder. »Ich entschuldige mich für das Essen«, meinte Stan anschließend. »Geben Sie mir beim nächsten Mal etwas mehr Zeit, dann präsentiere ich Ihnen etwas Besseres.«

»Es war wunderbar«, log Meggie. »Das mit dem nächsten Mal klingt gut.«

Sie wünschten sich eine gute Nacht, und beide wussten ganz genau, dass nur ein Wort, eine Berührung nötig war, um ihre Beziehung für immer zu verändern.

»*Rabala sentle.*« Stan lächelte. »Das ist Setswana und heißt ›Schlafen Sie gut‹. Und danke.«

Meggie lag in dem fremden Bett, dachte an die Zeichnung und an das, was sie eines Tages hinzufügen oder verändern würde. Wie viel davon bewusste Gedanken waren und wie viel Traum, war schwer zu sagen.

Am nächsten Morgen um acht Uhr verließen Meggie und Mister David Kingsway.

Einige Wochen nachdem Torben und Gerda zum ersten Mal verhört worden waren, kündigte ein nervöses Dienstmädchen die Ankunft von drei offiziellen Besuchern an. Gerda war so verängstigt, dass die Männer, die an der Tür standen, der hochschwangeren Dame des Hauses erst versichern mussten, dass ihr Besuch überhaupt nichts mit ihrer Person zu tun habe. In diesem Moment fiel bei Torben der Groschen. In seiner typischen Art geriet er erst einmal in Rage, ehe er sich beruhigte und begriff, dass man etwas Wichtiges von ihm wollte, etwas, das sich als äußerst lukrativ erweisen könnte.

Wenig später saßen alle vier Männer in Torbens Arbeitszimmer. »Mr. Petersen«, begann der Sprecher, der sich nicht vorgestellt hatte. »Wir haben erfahren, dass Sie General Buller kürzlich einige Artilleriegeschütze ersetzt haben, die ihm unglücklicherweise in Colenso, nun, sagen wir einmal, gestohlen worden waren. Dürfen wir fragen, wie Sie in den Besitz derart außergewöhnlicher Objekte gekommen sind?«

Torben zögerte. Es widerstrebte ihm, seine Versorgungsquelle preiszugeben, andererseits war ihm bewusst, dass man ihn, wenn er es nicht tat, der Kollaboration mit dem Feind bezichtigen konnte.

»Wir verstehen Ihre Verschwiegenheit, aber es tut uns leid, wir müssen leider darauf bestehen.«

Ein etwas jüngerer Mann beugte sich vor. »Die Sache ist so:

Die Waffen waren von höchster Qualität. Sie stammen ganz sicher nicht von uns, die Läufe waren um einiges besser. Wir vermuten, dass sie aus Deutschland stammen. Wie Sie sich vorstellen können, könnte diese Tatsache uns und bis zu einem gewissen Grad auch Sie in eine unangenehme Lage bringen. Ihre Dienste stehen außer Zweifel, aber Ihre Quellen könnten uns in Verlegenheit bringen. Alles muss absolut einwandfrei sein, das werden Sie sicher verstehen.«

Torben nickte zustimmend. Er war sich der politischen Gefahren, die seine Geschäfte beinhalteten, durchaus bewusst.

Der ältere Mann sprach wieder, dieses Mal etwas barscher. »Von wo stammen sie?«

»Ich bin nur der Mittelsmann, müssen Sie wissen.«

»Das wissen wir.«

»Die Lieferung kam mit dem Schiff aus Kopenhagen.«

»Dänemark! Das erklärt alles.« Alle drei setzten sich in offensichtlichem Erstaunen zurück.

»Ich habe Familienbeziehungen dorthin.«

»Exzellent. Können Sie noch mehr Material beschaffen?«

»Mit Sicherheit.« War dies die Gelegenheit, auf die er gewartet hatte? Vor einigen Jahren, als ihm endlich Zugriff auf den von seiner leiblichen Mutter hinterlassenen Treuhänderfonds gewährt worden war, hatte Torben den Kontakt, den er benötigte, in Europa gefunden. Jette Petersens Bruder Olaf, ein Bankier. Trotz ihrer Sprachprobleme hatten die Männer ihre Chance sofort gewittert und nicht lange benötigt, um einen Plan zu entwerfen, der für beide Parteien lukrativ war, und die entsprechenden Investitionen zu tätigen.

»Wann?«

»Ich kann fünf 12-Pfünder-Hinterlader sofort liefern. Alles Weitere würde etwas länger dauern.«

Drei Augenpaare sahen sich in schweigendem Triumph an. »Und wie lange wäre das?«

»Sechs bis sieben Wochen.«

»Also gut, Mister Petersen, sagen wir fünf. Derselbe Preis, dieselben Konditionen. Bar auf die Hand. Fünfzig Prozent sofort, der Rest bei Lieferung hier in Durban.«

Der dritte Mann, der bisher noch nichts gesagt hatte, stand auf und streckte die Hand aus, um den Handel zu besiegeln. »Ich brauche nicht zu betonen, dass unser Gespräch äußerster Geheimhaltung unterliegt.« Er zog einen Schlüssel hervor und öffnete damit das Messingschloss einer abgetragenen Lederaktentasche.

»Selbstverständlich«, versicherte Torben hastig und versuchte seine Erregung zu verbergen. Er stand auf. »Diskretion ist eine der wesentlichen Prinzipien meines Geschäfts.«

»Hervorragend.« Der Mann sah seine Begleiter kurz an. »Wie steht es mit Haubitzen?«

»Größe?« Torben befand sich auf vertrautem Gebiet.

»Fünf Zoll, Hinterlader.«

»Wie viele?«

Der Mann rieb sich sein Kinn. »Sagen wir zunächst einmal zehn.«

Visionen unermesslicher Reichtümer rauschten durch Torbens Kopf. Äußerlich blieb er ganz ruhig. »Innerhalb einer Woche.«

»Woher?«

»Tschechoslowakei.«

»Bestens.«

Als das Geschäft beschlossen war, schüttelten die Männer sich die Hände. »Wir bleiben in Kontakt«, sagte der jüngste, dann gingen sie.

Torben kehrte in sein Arbeitszimmer zurück und starrte auf das Bündel Geldscheine, das sie auf seinem Schreibtisch hinterlassen hatten. Er war drin. Jetzt musste er nur noch eins tun: liefern.

Gerda erschien im Türrahmen, ihre pralle Gestalt füllte ihn fast ganz aus. »Was wollten sie?«, fragte sie und betrat das Zimmer.

»Siehst du das denn nicht?« Er hob die Geldnoten hoch und wedelte damit. »Sie haben angebissen, Darling.« Er streckte den Arm aus und zog sie auf seinen Schoß. »Das ist endlich der Durchbruch, auf den ich so lange gewartet habe. Gerda, jetzt werden wir richtig reich.« Torben sprühte vor Begeisterung. »Du brauchst dir keine Sorgen zu machen. Ihr Interesse gilt weder dir noch deiner Familie, sie wollen Waffen. Viele, viele Waffen. Möge der Krieg noch lange andauern.«

»Ist es gefährlich?«

Er küsste sie. »Überhaupt nicht, Poppet. Königin Victoria will etwas, was ich verkaufe. So einfach ist das. Habe ich dir nicht gleich gesagt, dass der Zeitpunkt, in den Waffenhandel einzusteigen, einfach perfekt ist?«

»Heißt das, dass wir uns ein schöneres Haus kaufen können?«

»Nur Geduld, Darling. Warte noch ein wenig, und du kannst dir das Haus deiner Träume aussuchen.«

»Oh, Torben. Etwas Großes, an der Berea, und eine neue Kutsche.« Sein Enthusiasmus war ansteckend und erfasste nun auch sie. »Eine mit glänzenden schwarzen Ledersitzen. Lanice wird ganz grün vor Neid werden.« Gerda liebte es, ihre Schwester auszustechen. »Und unser Baby wird von allem nur das Beste haben.«

»Das wird es«, stimmte Torben ihr zu und strich ihr abwesend über den Arm. »Er oder sie wird mit unserem Reichtum gesegnet sein.«

»Es wird ein Junge, Torben. Ich spüre es.«

Lord Roberts war keineswegs glücklich über die sich verschlechternde Lage. Trotz des augenscheinlichen Erfolgs mit seinem Friedensangebot an den kriegsmüden Feind lief de Wet noch immer Amok. Es gelang ihm, French und Colvile zu entwischen, die versuchten, ihn seit dem in Sannah's Post erlittenen

Rückschlag in seinen Aktivitäten zu beschneiden. Mit nur achthundert handverlesenen Männern hatte de Wet völlig überraschend die britische Garnison in Reddersberg angegriffen und innerhalb von vierundzwanzig Stunden zur Kapitulation gezwungen. Die Einheit der Royal Irish Rifles verlor fast fünfzig Soldaten, weitere fünfhundert wurden gefangen genommen und mit der Eisenbahn nach Pretoria gebracht. Daraufhin ließ Bobs seine Wut an dem hoch dekorierten Lieutenant General Gatacre aus, der sich kurze Zeit später auf einem Schiff in Richtung Heimat wiederfand und von Sir Archibald Hunter aus Natal ersetzt wurde.

De Wets fliegende Kolonne war inzwischen Richtung Süden unterwegs und griff bei Wepener eine um das Dreifache stärkere Einheit an. Verbissen hielten die Kolonialtruppen durch und schlugen Angriff auf Angriff zurück. Nach sechzehn Tagen gab de Wet schließlich auf – die ihm zur Verstärkung gesandte Infanteristenkolonne, die langsam auf ihn zugetrottet kam, gefiel ihm ganz und gar nicht.

Obwohl die Präsidenten Krüger und Steyn sahen, dass die neue Strategie erfolgreich war, glaubten sie noch immer, dass Lord Roberts' Vorstoß auf Johannesburg und Pretoria mit einer derart unkonventionellen Taktik nicht zu stoppen sei. Die Zeit lief ihnen davon.

Tanith war bereits über drei Monate schwanger, als Duncan endlich von ihrem Zustand erfuhr. Er hatte mehr als sechs Wochen nichts von zu Hause gehört und ahnte daher nicht, dass sie ungeduldig eine Antwort auf den Brief erwartete, den sie ihm Mitte März geschickt hatte.

Tanith konnte nicht glauben, dass sie ihrem Verlobten derart gleichgültig geworden war, und als sich ihre Schwangerschaft nicht länger verbergen ließ, vertraute sie sich verzweifelt Lorna an. Die Reaktion war völlig anders, als sie erwartet hatte.

»Das sind ja wunderbare Nachrichten, Liebes. Deine Mutter und ich fragen uns schon länger, wann du endlich mit der Sprache herausrücken würdest. Duncan ist sicher überglücklich.«

Tanith schüttelte den Kopf. »Das ist es ja, was ich nicht weiß«, antwortete sie. »Ich habe es ihm schon vor Wochen in einem Brief mitgeteilt, aber noch immer keine Antwort von ihm bekommen.«

Lorna schüttelte den Kopf. »Mir schreibt dieser Junge auch nie. Ich mache dir einen Vorschlag. Wir werden ein Telegramm an seinen Vater schicken. Das dürfte Bewegung in die Sache bringen.«

Duncan starrte auf die Botschaft, die Robert ihm hinhielt. »Meinen Glückwunsch, Junge. Die Nachricht wird in Empangeni für ziemliches Stirnrunzeln gesorgt haben, aber nach deinem Gesichtsausdruck zu urteilen, stört dich das nicht im Geringsten. Was hältst du davon, wenn du der jungen Lady eine Antwort schickst und ihre Befürchtungen mit ein paar wohl formulierten Worten zerstreust?«

Duncan zog ein Blatt Papier aus der Tasche, fand einen Bleistift und begann zu schreiben. Sein Brief wurde erheblich länger, als private Botschaften sein durften, aber der Operator hatte nichts zu tun und sah großzügig über die Vorschriften hinweg.

18

Die Nacht war bitterkalt gewesen, und Cameron fühlte, wie die feuchte Luft durch seine dünne Decke drang. Er lag gekrümmt wie ein Fötus, eine Hand zwischen die Beine gepresst, um sich zu wärmen und es bequemer zu haben, und versuchte sich nicht zu bewegen. Der Sonnenaufgang stand unmittelbar bevor. Ein rosafarbener Streifen erschien am Horizont und wurde langsam breiter, während die Sterne einer nach dem anderen verschwanden.

»Wachen Sie auf, Sir.« Eine laute Stimme riss Cameron aus seinen watteweichen Gedanken an Ginnie. Fragmente eines fernen Traums zerplatzten, als er die Augen öffnete und das von Aknenarben entstellte Gesicht seines Unteroffiziers, Sergeant-Major Mulligan, vor sich sah.

»Danke, Sergeant.« Er setzte sich auf, und schaute zitternd in die frostige Hügellandschaft. »Was melden die Wachposten?«

»Keine besonderen Vorkommnisse«, antwortete der Mann und drückte seinem Vorgesetzten einen zerbeulten Becher mit dampfendem Kaffee in die Hand. Cameron trank einen großzügigen Schluck und fuhr sich mit der Hand durch sein Haar. Die anderen Männer unterhielten sich leise, während sie die Vorbereitungen für einen weiteren Tag im Sattel trafen, um die zurückweichenden *komandos* von Steyn und de Wet zu jagen.

Lord Roberts hatte bei seinem Vorstoß durch den Freistaat Kroonstad eingenommen, und am 16. Mai war Mahons Kolonne auf dem Weg nach Norden mit Plumbers Truppe zusammengetroffen, die hauptsächlich aus Kolonialisten bestand und aus Rhodesien heruntergekommen war. Gemeinsam hatten sie ein Koos de la Rey unterstehendes zweitausend Mann starkes *komando* in die Flucht geschlagen.

Am nächsten Tag wurde der vorwiegend aus *uitlanders* bestehenden Imperial-Light-Horse-Division die Ehre zuteil, Mafikeng zu befreien, wo eine kleine, von Colonel Robert Baden-Powell angeführte Einheit erstaunliche zweihundertsiebzehn Tage ausgeharrt hatte. Die im Norden gelegene Stadt hatte keinerlei strategische Bedeutung, aber sie hatte wichtige Kapazitäten der Buren gebunden, die ansonsten womöglich wirkungsvoller zum Einsatz gekommen wären.

In der Heimat sog eine kriegshungrige britische Öffentlichkeit die Nachrichten begierig auf und wertete sie als Zeichen für einen unmittelbar bevorstehenden Sieg über die Buren-Republiken. Um die Mittelklasse beim Frühstück zu unterhalten, veröffentlichte die *Times* Berichte, in denen der Einfallsreichtum der Garnison gepriesen wurde: »Der Wolf«, ein aus dickem Stahlrohr gefertigtes Gewehr, das in der Lage war, achtzehn Pfund schwere Geschosse auf Ziele in mehr als zwei Meilen Entfernung abzufeuern; »Lord Nelson«, ein Marinegeschütz aus dem Jahr 1770, das für Königin und Vaterland erneut in den Dienst genommen worden war; aus leeren Blechdosen gefertigte Dynamitgranaten; ein mit Kuhdung und Kohle betriebenes eigenes Eisenbahnsystem. Die britische Öffentlichkeit labte sich an diesen Nachrichten und glaubte, der Krieg sei so gut wie vorüber. Die Wirklichkeit für die in Südafrika kämpfenden Männer war eine ganz andere.

Roberts' Haupteinheit stand vor der Überquerung des Flusses Vaal. Zähneknirschend hörte er, dass de la Rey sein Heer aus Wagen, Soldaten und schweren Geschützen hatte zusammenhalten können. Er hatte die Eisenbahnlinie zerstört und das völlig vertrocknete Wintergras niedergebrannt, damit seine Scharfschützen die khakifarbenen Uniformen vor dem dunklen Hintergrund besser ausmachen konnten.

General Buller hatte endlich begonnen, von Ladysmith aus vorbei an Dundee und Newcastle weiter nördlich vorzustoßen. Er hatte siebentausend Buren, die sich am Biggarsberg verschanzt hatten, in die Enge getrieben und schließlich zum Rückzug gezwungen.

Camerons wiederholte Akte der Tapferkeit, sowohl während als auch nach der Belagerung von Ladysmith, hatten sich in den richtigen Kreisen herumgesprochen. Anfang Mai war er in Lord Roberts' Armee versetzt worden und hatte das Kommando über eine eigene Truppe erhalten. Als man ihm die Gelegenheit bot, sich Männer aus der Südafrikanischen Light-Horse-Division auszusuchen, tat er dies sehr bewusst. Cameron wählte hauptsächlich Farmer, ehemalige Jäger und Händler – Männer, die in der Steppe zu Hause und alle auf ihre Art Pioniere in den wenigen unbekannten Orten waren, die es auf dem afrikanischen Kontinent noch gab. Die meisten waren älter als er, und er wusste, dass er sich ihren Respekt erst verdienen musste. Aus Rücksicht vor seinem Alter und aus Sorge um seine Sicherheit beschloss Cameron, Will nicht mitzunehmen. Zähneknirschend blieb er in Natal bei Buller.

Sergeant-Major Mulligan, Ende dreißig, war einer von Camerons Truppe. Er hatte Eisenbahnen gebaut und unter rauen Bedingungen gelebt. Der jüngere seiner beiden Untergebenen, Lieutenant Grantley Christison, war ein Farmer vom Kap, der bisher den Eindruck gemacht hatte, als wisse er, was er tue. Die Truppe wurde außerdem von zwei Zulu begleitet, die als Spurenleser und Boten dienten.

Cameron trug auf dem Feld keine Rangabzeichen, denn er wusste aus Erfahrung, dass ihn das zur bevorzugten Zielscheibe für Scharfschützen machen würde. Er entschied sich auch gegen das Tragen eines Revolvers – ein weiteres Zeichen für seinen Offiziersrang –, er führte wie seine Männer einen Lee-Metford-Karabiner mit sich.

Cameron erhob sich und schluckte den restlichen Kaffee herunter, ehe er im Becher gefror. Das Essen wurde kalt genossen. Das einzige Feuer, das an diesem Morgen entzündet worden war, war sorgfältig hinter Decken verborgen und wurde nur dazu benutzt, eine Kanne Kaffee zu erhitzen. Selbst das konnte unerwünschte Aufmerksamkeit erregen.

Wie an jedem Morgen kamen Mulligan und Christison zur Lagebesprechung zu Cameron, ehe sie aufbrachen. Die Wintersonne schien inzwischen vom Himmel und wärmte die drei Männer ein wenig, als sie vor der auf dem Boden ausgebreiteten Karte hockten. Nach einer kurzen Einweisung beantwortete Cameron noch letzte Fragen. Wenig später kehrten die Männer zu ihren Soldaten zurück, die bereits aufgesessen waren und ungeduldig darauf warteten, dass es endlich losging.

Es war ein ganz gewöhnlicher Tag für Captain Granger-Acheson. Als er sich in den Sattel seines braunen Wallachs schwang, ahnte Cameron nicht, dass er sich in unmittelbarer Nähe der Stelle befand, wo Frazer begraben lag. Von den Löwen, die in dieser Gegend lebten, gab es keine Spur.

Als Torben an diesem Morgen aufwachte, herrschte in Durban ganz gewöhnliches Winterwetter. Es war kühl, aber nicht richtig kalt; der Küchenofen, der die ganze Nacht über gebrannt hatte, wärmte das gesamte Haus. Torben schlüpfte aus dem Bett, Gerda, warm eingehüllt in eine Daunendecke, schlief noch.

Zitternd zog Torben sich an und ging nach unten, wo sein Frühstück bereits auf ihn wartete. Er aß rasch, die frühmorgendliche Stille wurde nur vom leisen Ticken einer alten Standuhr unterbrochen, die gebieterisch in der Zimmerecke stand.

Torben zog seine Taschenuhr hervor und verglich die Zeit. Es war beinahe halb sechs – ihm blieb eine halbe Stunde, um den Zug zu erreichen. Vorher musste er noch eine kurze Nachricht an Gerda schreiben, in der er ihr versicherte, dass seine Reise nach Norden ihn keinerlei Gefahr aussetzte. Ehe er in sein

Arbeitszimmer ging, schaute er kurz ins Kinderzimmer. Die Geburt seiner Tochter Alice war eines der freudigsten Ereignisse seines Lebens gewesen. Lächelnd schaute er in das friedlich schlafende Gesichtchen und zog die Decke höher, damit sie es schön warm hatte.

Alice war am ersten Tag im Mai geboren, ein für Torben bedeutungsvolles Datum. In Europa war es ein alter heidnischer Feiertag, an dem um eine gute Ernte im nächsten Sommer gebeten wurde. Die Geburt war für Gerda nicht allzu schwer gewesen. Sie hatte ein breites, gebärfreudiges Becken, und sie war zäh wie ihre Vorfahren: hart gesottene Farmer, die 1838 während des Großen Trecks am Blood River die Zulu vernichtend geschlagen hatten.

Torben spürte einen Kloß im Hals, als er auf seine winzige Tochter hinabblickte. Sie bemerkte nichts von seiner Anwesenheit und schlief mit fest geschlossenen Augen weiter. »Papa muss für eine Weile fort, mein Schatz, aber wenn er zurückkommt, wird unser Leben ganz anders werden. Wenn alles gut geht, werde ich eine Prinzessin aus dir machen. Eines Tages wirst du Diamanten und Gold aus den Minen dieses riesigen Landes tragen.« Torben schwieg eine Weile. »Es ist leider nicht ganz ungefährlich«, fügte er dann traurig hinzu. »Aber dir das geben zu können, was mir immer versagt geblieben ist, ist jedes Risiko wert.« Er beugte sich vor, um Alice zärtlich auf die Stirn zu küssen, und spürte, dass er voller Liebe war für dieses Kind. In diesem Moment wurde ihm klar, dass sie sein Leben geworden war.

Torben ging in sein Arbeitszimmer. In einer kleinen Notiz erklärte er Gerda, dass er wegen dringender Geschäfte für ein paar Tage außer Haus sein würde. Er versprach ihr, sie könne sich seiner Liebe sicher sein, faltete dann das Blatt und ließ es im Salon liegen, damit sie es dort fand. Torben wusste, dass sie Einwände erhoben hätte, wenn er ihr erklärt hätte, dass ihn seine Reise in ein Gebiet führte, das sich noch immer im Kriegszustand befand. Also war er einer Auseinandersetzung aus dem Weg gegangen. Das Baby würde sie während seiner kurzen Abwesenheit ablenken.

Torben schloss die Tür hinter sich und stieg mit seinem kleinen Koffer in die wartende Kutsche, die ihn zum Bahnhof bringen sollte.

Cameron war den ganzen Tag durch die Steppe geritten. Es war heiß und staubig gewesen, und seine Männer hatten bei ihrem scheinbar endlosen Ritt durch die vertrocknete Graslandschaft Staub aufgewirbelt, der auch in einiger Entfernung noch zu sehen sein würde. Ab und zu stießen sie auf ein Farmhaus oder einen Stall, aber es gab nirgends ein Lebenszeichen. Als sie schließlich die Gegend erreichten, die noch immer als feindliches Gebiet galt, sorgte Cameron dafür, dass sie die Orte, die aussahen, als seien sie von Europäern besiedelt, mieden. Soweit er das beurteilen konnte, waren sie vom Feind noch nicht gesichtet worden. Wenn doch, würden ihre unauffälligen Uniformen sie wie Buren-Patrouillen aussehen lassen – eine Kriegslist, die nötig war, um ihre Mission zu erfüllen.

Cameron ritt an der Spitze, neben ihm sein Unteroffizier, Sergeant-Major Mulligan. Die anderen verteilten sich über beide Flanken, sich vorsichtig vorwärts bewegend und ihre Umgebung aufmerksam im Auge behaltend. Bei Einbruch der Dunkelheit würde die Kolonne wieder zusammenkommen und ihr Nachtlager aufschlagen. Dem jungen Captain war bewusst, dass eine seiner Hauptaufgaben als Anführer darin bestand, den anderen ein gutes Beispiel zu sein. Auch wenn er das Bedürfnis verspürte, seine Männer anhalten zu lassen, abzusteigen und ein Feuer für die herannahende Nacht zu entzünden, wusste er, dass er für ihre Sicherheit verantwortlich war und sich somit jeglicher persönlicher Wunsch nach Bequemlichkeit verbat.

»Können wir heute Abend ein Feuer riskieren, Captain?«, fragte Mulligan, als habe er seine Gedanken erraten.

»Nur wenn wir vor neugierigen Blicken gut geschützt sind«, antwortete Cameron. »Vielleicht können wir in einer Senke vorsichtig etwas trockenes Holz vom Kameldornbaum anzünden.«

Der Sergeant-Major nickte nur. Er stimmte der Entscheidung zu, so hart sie war. Die Buren waren genauso vorsichtig. Ein Feuer in der offenen Steppenlandschaft konnte die Männer ihr Leben kosten. Mulligan musste erst noch sehen, wie sein befehlshabender Offizier mit Konflikten umging. Er war kein Mann, der sich auf Informationen verließ, ohne sich selbst davon zu überzeugen, dass sie der Richtigkeit entsprachen.

»Sir!«

Cameron drehte sich um und sah, dass das jüngste Mitglied seiner Patrouille nach rechts zeigte. Ein Reiter tauchte aus einer Staubwolke auf und kam auf sie zugaloppiert.

»Ich glaube, wir haben etwas«, sagte er.

Der atemlose Afrikaner stieg von seinem Pferd, dessen Nüstern nach dem schnellen Ritt dampften. »*Nkosi*, eine Buren-Patrouille. Sieben Mann und ein Wagen auf der anderen Seite des Hügels dort. Sie wissen nicht, dass wir hier sind.«

»Sergeant-Major Mulligan« antwortete Cameron, »rufen Sie Ihre Männer zusammen. Vielleicht können wir ein oder zwei Gefangene machen.«

Mulligan machte sich auf den Weg, während Cameron und der Afrikaner zum Kamm des Hügels ritten. Dort stiegen sie ab und krochen langsam vorwärts, um die dahinterliegende Senke zu beobachten. Tatsächlich, eine kleine Gruppe bewaffneter Buren mit einem Ochsengespann, das von einem Afrikaner gefahren wurde. Der Feind wirkte entspannt; die Männer saßen müde im Sattel, die Gewehre nachlässig über die Schulter geschwungen. Sie bewegten sich gemächlich in Richtung Norden. Camerons Kolonne war mindestens dreimal so stark wie ihre. Die Chancen standen gut für den jungen Captain, zumal er auch noch das Überraschungsmoment auf seiner Seite hatte.

Cameron blickte über die Schulter zurück und sah, dass sich seine Männer bereits unter dem aufmerksamen Blick von Sergeant-Major Mulligan formiert hatten. Die beiden Späher schlichen zurück zu ihren Pferden, stiegen auf und ritten zurück zum Rest der Truppe.

Cameron sprang aus dem Sattel und trampelte mit den Stiefeln ein Stück Erde glatt. Mulligan und Christison sahen zu, wie er eine grobe Skizze in den Staub zeichnete.

»Das ist der Anstieg vor uns.« Cameron zeigte auf die Anhöhe. »Wir sind hier, und dort befinden sich die Buren mit ihrem Wagen. Sie bewegen sich in diese Richtung.« Mit der Spitze seines Messers markierte Cameron einen Punkt. »Mulligan, ich möchte, dass Sie sich sechs Männer nehmen und sich so schnell wie möglich an dieser Linie entlangbewegen. Hier.« Er malte eine weitere Markierung in den Staub. »Bleiben Sie in Deckung, dann kreuzen Sie vor dem Feind, greifen aus östlicher Richtung an und eröffnen das Feuer. Haben Sie Ihre Anweisungen verstanden?«

»Ja, Sir«, antwortete Mulligan.

»Mister Christison.« Cameron wandte sich an seinen zweiten Unteroffizier. »Sie halten sich in Reserve. Ihre Männer bleiben hier, hinter dem Hügelkamm. Sie greifen nur auf meine ausdrückliche Anweisung an. Ist das klar?«

»Sir.«

»Gut«, raunzte Cameron. »Die anderen folgen mir. Wir werden uns von hinten an sie heranschleichen. Gibt es sonst noch irgendwelche Fragen?«

Die Antwort war Schweigen. Die Instruktionen waren klar und deutlich. Rasch informierten die Befehlshaber ihre Männer. Dann machte Mulligan Cameron ein kurzes Handzeichen und gab das Kommando zum Aufbruch. Er führte seine Männer in einem großen Bogen an ihrem Ziel vorbei. Die anderen sahen ihren Kameraden nach und fragten sich, was die nächste Stunde wohl bringen würde. Als der Zulu-Bote Nachricht gab, dass alle ihre Stellung eingenommen hatten, ließ Cameron die verbliebenen Männer aufsitzen und eine breite Linie bilden.

»Los!«, lautete seine nächste Anordnung. Während sie sich mit Cameron in der Mitte langsam vorwärtsbewegten, wurden die Karabiner aus den Ledertaschen gezogen, die an den Satteln befestigt waren. Auch wenn seine Truppe wesentlich größer war als die der Buren, hatte Cameron sie absichtlich gedrittelt. Er hatte ein ungutes Gefühl. Dies war der erste Einsatz, für den er allein verantwortlich war. In der Vergangenheit hatte er bloß Anordnungen ausgeführt, wenn auch mit Mut und großem Engagement. Nun hing alles von ihm ab. Wenn etwas schief ging, würde man ihn dafür verantwortlich machen.

Cameron überprüfte noch einmal, ob seine Reserveeinheit in Stellung gegangen war. Auch wenn er Unteroffizier war – Lieutenant Christison war vermutlich das unerfahrenste Mitglied seiner Mannschaft, und Cameron hatte ihn nur unter der Bedingung mitgenommen, den Rest der Truppe frei wählen zu können. Der junge Mann stammte aus einer einflussreichen Farmerfamilie in der Nähe von Grahamstown, und sein Vater hatte ihm die Position bei der Südafrikanischen Light-Horse-Division beschafft. Der Junge war sympathisch und eifrig darum bemüht, sich zu beweisen. Cameron sah, dass er seine Anweisungen verstanden und seine Männer knapp unterhalb des Kamms außerhalb der Sichtweite der Buren positioniert hatte.

Als Camerons Einheit den Kamm erreichte, erlebten sie den Feind in einem Zustand großer Verwirrung. Die Buren liefen durcheinander, gestikulierten wild, schienen unsicher, in welche Richtung sie sich wenden sollten. Mulligans Männer hatten ihren Weg nach vorn blockiert, und nun war ihnen auch noch der Rückweg abgeschnitten.

»Auf geht's, Männer«, rief Cameron, und seine Truppe donnerte den staubigen Abhang hinunter auf den Feind zu, der sich in ungefähr einer halben Meile Entfernung befand. Das Krachen der Karabiner-Schüsse erschütterte den ruhigen Sonntagnachmittag, als die Falle zuschlug. Das vernichtende Trommelfeuer verhinderte jeden Versuch zurückzuschlagen. Die Ochsen gerieten in Panik. Für die Buren gab es kein Entkommen. Der schwarze Kutscher war vom Wagen gesprungen, hatte sich mit dem Gesicht nach unten in den Schmutz geworfen und die Hände schützend über den Kopf gehalten.

»Scheiße!« Cameron hörte einen Soldaten neben sich fluchen, als sie schließlich neben den verstreut liegenden Toten und Verwundeten zum Stehen kamen. »Das ging verdammt schnell!«

Cameron nickte. Der Mann hatte Recht. Der Angriff hatte nur wenige Sekunden gedauert. Die erste unter seinem Kommando stehende Kampfhandlung war gut gelaufen. Er sah sich um und zählte seine Männer. Alle vollständig. Der Hinterhalt war ein Erfolg gewesen.

Mulligan ritt heran und stieg ab, um die Buren in Augenschein zu nehmen. Ein Farmerjunge, der noch immer sein Mauser-Gewehr umklammert hielt, war in den Oberschenkel getroffen worden. Er lag auf dem Rücken. Blut sickerte aus einer verletzten Arterie; der obere Teil seiner Hose war bereits von klebrigem Rot durchnässt. Das Gesicht des Jungen war aschfahl, und er stöhnte vor Schmerzen.

»Er lebt noch«, sagte Mulligan und schaute Cameron an. »Es ist noch ein Kind. Armer Teufel. Wollen Sie versuchen, ihn anzusprechen?«

Cameron stieg ab und kniete sich neben den Jungen, der die Augen fest geschlossen hielt.

»Sprichst du Englisch?«, fragte Cameron mit leiser Stimme. Verwundert registrierte er die auffällige Gestalt des Jungen. Der Kopf schien viel zu groß für seine schmalen Schultern.

»Ja«, antwortete er mit zusammengepressten Zähnen. Er öffnete die Augen.

»Wie heißt du, mein Junge?«

»Gil. Erich Gil. Wo ist mein Pa?«

Cameron warf einen fragenden Blick zu Mulligan. Er schüttelte schweigend den Kopf. Sonst hatte keiner überlebt.

»Sein Vater ist der da drüben.« Der afrikanische Kutscher sprach Zulu. Bis auf Cameron verstand keiner, was er sagte. Cameron nickte, erhob sich und ging auf einen Körper zu, der mit dem Gesicht nach unten neben dem Wagen lag. Cameron drehte ihn um und sah in die starren Augen von Roth Gil. Der Unterkiefer des Mannes war zerschmettert, sein Bart blutverklebt. Mit einer Mischung aus Neugier und Mitleid sah Mulligan zu, wie Cameron dem Toten die Augen zudrückte. Cameron wusste, dass das, was ihm nun bevorstand, nicht angenehm werden würde. Er nahm Erich Gils riesige Hände in seine. »Es tut mir leid, Erich«, sagte er leise. »Dein Vater ist tot.«

Der Junge schloss die Augen, und Tränen der Verzweiflung rannen über seine Wangen. Alles Leben schien in ihm zu erlöschen. »Das ist Gottes Strafe«, schluchzte er verbittert. »Heute ist Sabbat, und Gott bestraft mich nun dafür, dass ich Danny Reese getötet habe.«

Cameron verstand nicht, was der Junge meinte, schließlich wusste er, was mit Danny geschehen war. »Ein Löwe hat Danny getötet«, sagte er, noch immer die kalte Hand des Jungen haltend.

»Nein, ich war es. Ich habe ihn erschossen, dann habe ich den Löwen seine Leiche zum Fraß zurückgelassen. Jetzt hat Gott mich bestraft, indem er mir meinen Vater genommen hat. Ich will nicht sterben. Ich ...« Seine Stimme wurde zu einem Flüstern. Mit einem Seufzer fiel Erich Gil ins Koma. Wenig später verließ er diese Welt aufgrund seines großen Blutverlustes.

Ganz plötzlich spürte Cameron, wie eine tiefe Kälte seinen Körper erfasste. Er selber hatte im Krieg einen Bruder verloren, und nun verlor die Familie Gil durch ihn einen Vater und einen Sohn. Die Freude über seinen Sieg verblasste angesichts des

Jungen, der an diesem einsamen Ort in der weiten Steppe Afrikas sein Leben verloren hatte. »Was für ein verfluchter Mist«, murmelte Cameron.

Mulligan hatte veranlasst, dass die Leichen nach Papieren untersucht wurden, sämtliche Waffen geborgen und die Ladung des Wagens in Augenschein genommen wurde. Man fand nicht viel Brauchbares. Auf dem Wagen befanden sich nur leere Munitionsschachteln, was mit ihrem Inhalt geschehen war, wusste niemand.

Die beiden toten Ochsen wurden von Lieutenant Christison geschickt zerlegt. Er verteilte das Fleisch an die Soldaten, damit sie es verzehren konnten, bevor es schlecht wurde.

Cameron beabsichtigte, den Wagen und zwölf verbliebene Lasttiere mitzunehmen. Der schwarze Fahrer stand ein wenig abseits. Cameron ging zu ihm. »Warum arbeitet ein Krieger Dinuzulus für die, die ihn wie einen Hund behandeln?«, fragte er auf Zulu.

Der Mann – Cameron schätzte ihn auf Mitte dreißig – antwortete in derselben Sprache.

»Es war nicht meine Wahl«, sagte er.

»Dann bist du jetzt frei und kannst zu deinem Kraal zurückkehren«, erklärte Cameron. »Ich werde dir eine Decke und *inyama* für die Reise mitgeben. *Hamba kahle.*«

Der Zulu richtete sich auf und sah Cameron in die Augen. »Sie sprechen meine Sprache wie jemand, der unter uns geboren wurde. Ich sehe Sie, *Ibhubesi. Sala kahle.*«

Cameron ließ Fleisch und eine Decke für den Zulu einpacken, der die Geschenke in würdiger Dankbarkeit entgegennahm. Die Soldaten sahen amüsiert zu, wie der Afrikaner seine europäische Kleidung auszog, zum Wagen ging und einen *assegai* unter dem Sitz hervorzog. Schweigend blickte er zum Himmel hinauf. Einen Moment lang stand er ganz still, dann wandte er sich in südöstliche Richtung und lief los. Leichtfüßig trabte er auf die fernen Drakensberge zu.

Cameron schaute ihm nach. Die Verwandlung des Zulu war ihm nicht entgangen. »Wir werden in Zukunft nicht mehr viele von ihnen sehen, Mulligan«, sagte er nachdenklich und schwang sich in den Sattel. »Ihre Welt hat sich gewandelt, und nicht zum Besseren.«

»Wenn Sie meinen«, antwortete Mulligan schulterzuckend.

Als Cameron in jener Nacht versuchte Schlaf zu finden, dachte er an diejenigen, die sie in der Steppe für die Raubtiere zurückgelassen hatten. Er fragte sich, was aus der Familie Gil werden würde, wo immer sie sein mochte. Es war ein raues Land, für jeden, aber der Verlust eines Ehemanns und Sohnes würde das Leben für die hinterbliebenen Frauen und Kinder noch schwerer machen.

Dann dachte Cameron noch einmal an den Namen, mit dem ihn der junge Zulu angesprochen hatte. *Ibhubesi* – Löwe. Er gefiel ihm.

Die Reise hatte länger gedauert, als Torben erwartet hatte. Schuld daran waren die zahlreichen Gespanne, die unterwegs waren, um General Bullers Einheit in der Nähe von Newcastle mit Nachschub zu versorgen.

Wie vereinbart hatte Torben den Zug am Eisenbahnknotenpunkt Glencoe verlassen, dann jedoch festgestellt, dass es keine regelmäßige Verbindung zum Endbahnhof in Talana gab. Glücklicherweise hatte eine Postkutsche auf die Ankunft des Zugs gewartet, und es war Torben gelungen, den schwarzen Fahrer zu bestechen, ihn die restlichen fünfzehn Meilen mitzunehmen, was streng verboten war.

Nun stand er neben einer Ansammlung von kleinen Eisenbahnbaracken und Baumaterialien, umklammerte mit der einen Hand seinen Koffer und mit der anderen einen albernen Strohhut, den ihm der heftige Winterwind, der den einsamen Bahnhof umtoste, vom Kopf zu reißen drohte.

Schon jetzt bereute Torben seine Unternehmung. Er fragte sich, wieso er sich auf die Reise an diesen einsamen Ort eingelassen hatte. Zwischen ihm und der Hauptstadt von Transvaal befand sich General Bullers Kampfeinheit mit über zehntausend Mann. Schon bald würden sie der Hauptlinie in Richtung Norden zur Minenstadt Johannesburg folgen. Torben befand sich noch in Natal, aber in der Nähe der Grenze nach Transvaal, und kein einziger Soldat war in Sicht.

Auch wenn er zu seinem Schutz eine Derringer-Pistole bei sich trug, war dies kein beruhigendes Gefühl. Er mochte nicht daran denken, sie tatsächlich benutzen zu müssen. Als er jetzt jedoch die Hand voll hungriger Eingeborener erblickte, die vor dem baufälligen Bahnhofsgebäude herumlungerten, war Torben froh, die Waffe griffbereit zu haben. Die Männer beobachteten ihn mit unverhohlenem Interesse. Torben wandte ihnen den Rücken zu und starrte in Richtung Osten, dorthin, wo die Schienen endeten.

Er war nervös. In der Nachricht hatte gestanden, dass sie ihn an diesem Tag und an diesem Ort erwarten würden. War es eine Falle? Vielleicht wussten sie, dass er Waffen für die Briten beschafft hatte. War der geheimnisvolle Brief, der ihm von Johannesburg aus zugestellt worden war, nur ein Köder, um ihn auf Buren-Territorium zu locken und sich dafür zu rächen, dass er die verhassten Engländer unterstützt hatte? Torben spürte, wie er zu frösteln begann, und tastete unbewusst nach der Pistole in seiner Hosentasche. Er drehte sich um und stellte fest, dass die Schwarzen vor dem Bahnhof verschwunden waren. Seine Angst verwandelte sich in Panik. »Lieber Gott«, hörte er sich selbst murmeln, »bitte, beschütze mich.«

Drei Reiter, die ein zusätzliches gesatteltes Pferd mit sich führten, tauchten in der Ferne auf. Torben konnte erkennen, dass sie ihn durch ein Fernglas beobachteten. Er hatte den Koffer dabei, den er nach Anweisung bei einem ganz bestimmten Lederhändler in New Germany gekauft hatte. Er stellte ihn zwischen seine Füße und wartete. Das Zeichen würde nur von denen verstanden werden, die Kontakt mit ihm aufgenommen hatten.

Offenbar zufrieden kamen die Fremden auf ihn zu. Als sie näher kamen, schloss Torben aus ihrer äußeren Erscheinung, dass es sich um Buren aus Transvaal handelte.

»Ihr Name, *Engländer?*«, fragte einer der bärtigen Männer drohend. Ein Mauser-Karabiner hing lässig auf seinen Hüften.

»Torben Petersen«, antwortete er und musterte die drei Männer so abschätzend wie nur möglich. »Mein Name ist dänisch, nicht englisch«, fügte er hinzu, in der Hoffnung, dass ihm der Name der Familie seiner Mutter irgendwie helfen würde.

»Steigen Sie auf das Pferd, Petersen«, befahl derselbe Mann ohne jeglichen Gruß, was Torbens Unbehagen über diese Reise ins Ungewisse weiter verstärkte. Es war reine Gier, die ihn an diesen desolaten Ort gelockt und dazu getrieben hatte, sein Leben in die Hände dieser gefährlich aussehenden Individuen zu legen. »Sie kommen mit uns.«

So kam es, dass Torben sich einige Stunden später in der mit Büchern voll gestopften Bibliothek eines großen Farmhauses weit hinter der Grenze Transvaals wiederfand. Er saß in einem Sessel und hielt ein Kristallglas mit feinem Madeira-Sherry in der Hand. Sein namenloser Gastgeber saß hinter einem schweren Schreibtisch und musterte ihn eingehend. Torbens Angst hatte sich nach diesem etwas gastfreundlicheren Empfang und dem zweiten Glas Sherry ein wenig gelegt.

Der Mann sprach perfektes Englisch, wenn auch mit leicht burischem Akzent. Er war Mitte bis Ende fünfzig, tadellos rasiert, sehr gepflegt und trug einen teuren europäischen Anzug. Das unterschied ihn von den meisten seiner Landsleute. Torben spürte instinktiv, dass er ihm selbst im Grunde nicht unähnlich war, und nahm an, dass es sich um jemanden handelte, der im Finanz- und Bankwesen tätig war.

»Zigarre, Mister Petersen?« Sein Gastgeber schob Torben eine

Holzkiste entgegen. Torben hob die Hand und lehnte das Angebot höflich ab.

»Sie kennen meinen Namen, Sir, aber ich weiß Ihren nicht«, sagte er.

»Namen sind nicht von Bedeutung«, antwortete der Mann und lehnte sich in seinem gepolsterten Ledersessel zurück. »Wichtig ist nur, dass ich alles über Sie und Ihre Geschäfte mit unserem verhassten Feind erfahre.«

Torben begann erneut zu frösteln. Seine anfänglichen Befürchtungen schienen sich zu bestätigen.

»Wie ich sehe, scheint Sie meine Aussage zu beunruhigen, Mister Petersen. Sie brauchen keine Angst zu haben. Der erwiesene Erfolg Ihrer Waffengeschäfte ist der Grund, weshalb wir Sie hergebeten haben. Ich sollte Ihnen vielleicht zunächst ein paar Hintergrundinformationen geben, damit Sie wissen, worum es geht.«

»Das wäre sicherlich hilfreich«, antwortete Torben und nippte an seinem vorzüglichen Sherry, während sein Gastgeber eine holländische Zigarre beschnitt, anfeuchtete und anzündete.

»Lesen Sie Geschichtsbücher, Mister Petersen?«

Torben schüttelte den Kopf. Für ihn beschränkte sich die Lektüre auf Zeitungsberichte über Börsenmärkte und Rohstoffpreise.

»Nun, ich tue es, und ich finde, wir würden gut daran tun, wenn wir etwas aus dem Bürgerkrieg lernten, der die Staaten von Amerika vor gar nicht allzu langer Zeit gespaltet hat. Die Konföderierten waren allesamt gottesfürchtiger als ihre Gegner aus dem Norden, und dennoch haben sie den Krieg verloren. Die Gründe liegen auf der Hand. Die Niederlage lässt sich ganz einfach auf die unterschiedlichen ökonomischen Strukturen zurückführen. Lincolns Yankees entstammten einer stark industrialisierten Gesellschaft mit unbegrenzten Möglichkeiten, was Soldaten, Geld und Material anging. Ähnlich wie die Südstaatler sind auch wir Buren hauptsächlich Farmer, und wir haben dieselben Probleme. Sehen Sie, Mister Petersen, ich teile die Auffassung meines Volkes, dass wir den Britischen Löwen auf dem Schlachtfeld besiegen können, nicht. Königin Victoria hat ein Empire zur Verfügung und eine Marine, mit der sie jede europäische Nation daran hindern kann, uns zu Hilfe zu kommen. Noch halten wir Johannesburg, und wir haben die Kontrolle über das, was die Briten am meisten begehren – unsere Goldfelder. Aber man braucht kein Hellseher zu sein, um zu prophezeien, dass die Stadt bald fallen wird. Der gute Paul Krüger, der im Moment das Sagen hat, hat bereits einen Handel mit Lord Roberts geschlossen. Er ist bereit, die Randminen unbeschadet zu lassen, und verlangt im Gegenzug vierundzwanzig Stunden Zeit, um unsere *komandos* abzuziehen. Danach kann der Kleine Mann seine Siegesparade abhalten.«

»Sir, ich muss Sie fragen, warum Sie mir all dies anvertrauen – oder anders gesagt, was Sie im Sinn haben.« Torben ahnte bereits, dass die Antwort seine kühnsten Vorstellungen übertreffen würde.

»Ihr Vater mag Schotte sein, aber Sie schulden Königin Victoria keine Loyalität. Außerdem sind Sie mit einer Frau verheiratet, die eine von uns ist.« Der Mann beugte sich vor und stieß eine bläuliche Rauchwolke aus, die die Luft in dem spärlich beleuchteten Raums noch beißender machte. »Zufällig weiß ich auch, dass Robert Granger-Acheson nicht länger gewillt ist, Ihre ehrgeizigen Unternehmungen zu finanzieren.«

»Und Sie glauben, diese Kenntnisse reichen aus, um auf meine Kooperation zu zählen?« Torben fühlte sich plötzlich erheblich sicherer.

»Gewiss nicht, Mister Petersen. Die Zukunft Ihrer Tochter – Alice, wenn ich mich nicht irre – und vor allem das, was ich in Ihren Besitz übergeben möchte, sind ein weitaus verlockenderes Motiv, unser Anliegen zu unterstützen. Sie sind ein Mann wie ich, ein Mann, der genau weiß, dass es in der Geschäftswelt keine nationalen Grenzen gibt. Wenn dieser Krieg vorüber ist, werden die wahren Sieger die sein, die sich die Dummheit derer zunutze gemacht haben, die flüchtigen Idealen hinterherlaufen. Wir – die Finanzexperten dieser Welt – kennen nur ein Ziel. Ich bin mir sicher, dass Sie verstehen, was ich damit meine.«

Torben verstand in der Tat, was ihm dieser kultivierte Bure sagen wollte. Ja, er hatte unter der Schmach gelitten, seine Familie um Geld anflehen zu müssen. Das Waffengeschäft hatte ihm Mittel für zukünftige Investitionen verschafft, aber er brauchte noch viel mehr Geld. Vielleicht lag die Lösung in diesem rauchgeschwängerten Raum.

»Ich nehme an, dass Ihr Vorschlag uns beiden zugute kommen wird, Sir.« Torben registrierte ein zufriedenes Lächeln im Gesicht seines Gegenübers.

»In diesem Fall, Mister Petersen, werde ich Sie in weitere Einzelheiten einweihen – zumindest in so viele, wie Sie wissen müssen, um unsere beiderseitig zuträgliche Mission auszuführen. Haben Sie je vom *Broederbond* gehört?«

»Gerüchte, mehr nicht«, antwortete Torben wahrheitsgemäß.

»Es ist viel mehr als das, so viel kann ich Ihnen versichern. Wenn wir diesen Krieg verlieren, worauf alles hindeutet, wird er die mächtigste Kraft sein, die uns in Südafrika bleibt. Sie schlummert schon jetzt in allen Schichten unserer Gesellschaft, bereit, sich von den britischen Vorstellungen von Demokratie zu nähren und diese gegen sie zu verwenden, um eine unabhängige Nation unter der Führung der vom Volk bestimmten Personen zu gründen. Wie wir seit dem amerikanischen Bürgerkrieg wissen, erfordert der Erfolg gewaltige finanzielle Mittel. Sie können in den nächsten Jahren einer von denen sein, der die Mittel zur Verwirklichung dieses Ziels für uns beschafft.«

Torben spürte, wie ihm das Blut aus dem Gesicht wich. Er war wie erstarrt. Es war eine gefährliche Aufgabe, die leicht als Verrat aufgefasst werden konnte. »Werde ich Mitglied der Bruderschaft sein müssen?«, fragte er leise.

»Nein, Mister Petersen. Es ist das Beste, wenn Sie in keiner Weise mit uns in Verbindung gebracht werden können. Sie werden weiterhin ihr eigenes, äußerst erfolgreiches Unternehmen führen und gleichzeitig als eine Art Finanzagent für uns tätig sein. Ein sehr einfaches Arrangement, das mit keinerlei oder nur geringem Risiko behaftet ist. Sie sind bekannt als ein Mann, der das, was er zusagt, auch liefert. Damit beziehe ich mich natürlich auf Ihre Waffengeschäfte.«

Torben fragte sich, was der Mann sonst noch über ihn wusste.

»Transaktionen, die von Ihrem Unternehmen getätigt werden, sind völlig unverdächtig. Ich muss Ihnen nicht sagen, dass wir, sollten Sie so dumm sein, auch nur einen Gedanken an einen möglichen Verrat zu hegen, jederzeit die Möglichkeit haben, nicht nur Sie zu zerstören, sondern auch alles, was Ihnen lieb und teuer ist.«

Torben zweifelte keine Sekunde an dieser Drohung. Er wusste, dass er einen Pakt mit dem Teufel schloss. Aber der Lohn überwog für ihn das Risiko. »Warum sollte ich die Kuh schlachten, die ich melke?«, entgegnete er.

»Manchmal werden Menschen hungrig«, erwiderte der Mann. »Die Rolle, die Sie für uns und unsere Ziele spielen werden, ist viel zu bedeutsam, um ein Scheitern zu riskieren. Habe ich Ihr Wort?«

Nach kurzem Zögern beugte sich Torben über den Schreibtisch und hielt seinem Gegenüber die Hand hin. »Das haben Sie, Sir, ich schwöre es Ihnen beim Leben meiner neugeborenen Tochter.«

Die Geste wurde akzeptiert.

»Wir werden die Schatztruhen von Transvaal nahezu leer zurücklassen. Die Briten werden nie erfahren, wie viel wir aus dem Land geschafft und auf internationale Bankkonten transferiert haben. Gold ist ein universeller Friedensstifter, der keine andere Loyalität als Gier kennt.« Der Mann griff in eine Schublade und zog einen Umschlag heraus. »Dies ist eine Anzahlung auf Ihren ersten Auftrag«, sagte er und schob den Umschlag über die polierte Oberfläche des Schreibtisches.

Torben brach das wächserne Siegel und riss ungläubig die Augen auf. Er wagte nicht zu fragen, ob die Summe auf dem Wechsel echt war.

»Einhundertfünfzigtausend Pfund, gezogen auf die Bank von England«, sagte sein Gastgeber. Zufrieden registrierte er Torbens gierigen Blick. »Ich bin mir sicher, dass dies nur die erste von vielen Zahlungen ist, wenn Sie das Vertrauen, das wir in Sie setzen, erfüllen.«

Torben starrte auf die sorgfältig geschriebenen Zahlen. Das übertraf seine Erwartungen tatsächlich bei weitem.

»In Zukunft werden Sie Ihre Anweisungen von dem Mann erhalten, bei dem Sie den Koffer gekauft haben. Er wird Ihnen die nötigen Gelder beschaffen und Ihnen sagen, was Sie damit zu tun haben. Haben Sie im Moment noch irgendwelche Fragen?«

Torben schüttelte den Kopf.

»Dann wäre das alles. Wir haben ein Zimmer und etwas zu essen für Sie vorbereiten lassen. Schlafen Sie gut, Mister Petersen. Morgen früh bei Tagesanbruch werden meine Brüder Sie zur Bahnstation nach Talana zurückbringen.«

Nachdem die Verhandlungen abgeschlossen waren, schüttelten sich die beiden Männer die Hände und gingen zur Tür. Draußen wartete ein bewaffneter Junge, nicht älter als fünfzehn, die Haut von einer undefinierbaren Hautkrankheit vernarbt. Er musterte Torben misstrauisch, dann sprach er auf Afrikaans mit dem älteren Mann. Dieser nickte und wandte sich an Torben.

»Ich bin sicher, dass Sie das meiste verstanden haben. Lord Roberts hat den Freistaat für seine Königin annektiert und in Oranje-Kolonie umbenannt. Ziemlich anmaßend, finden Sie nicht auch? *Lekker slaap, Meneer Petersen, lekker slaap.*« Mit diesen Worten ging er zurück ins Zimmer und schloss die Tür hinter sich.

»Kommen Sie«, sagte der Junge zu Torben und machte ein Zeichen, ihm zu folgen. Sein Zimmer entpuppte sich als klein, aber gemütlich. Neben dem Bett stand mit Bratfett bestrichenes Schwarzbrot, kalte *boerewors* und ein Glas Milch. Torben hasste die scharfe afrikanische Wurst, ganz gleich ob sie kalt oder warm serviert wurde.

Er lag noch lange wach, bis er in einen unruhigen Schlaf fiel. Das Krähen eines Hahns durchbrach die morgendliche Stille noch vor Sonnenaufgang. Torben suchte nach dem Nachttopf, dann goss er eiskaltes Wasser in die bereitgestellte Schüssel und spritzte es sich ins Gesicht. Angezogen setzte er sich und wartete. Die Tür war verschlossen.

Kein einziges Wort wurde gewechselt, als die vier Männer zur Grenze von Natal zurückfuhren. Von seinem Gastgeber Carl Johannes Venter war weit und breit nichts zu sehen gewesen.

Torben hatte Angst, den Briefumschlag zu verlieren. Immer wieder steckte er die Hand in die Tasche, um zu fühlen, ob der Scheck noch da war. Er dachte bereits darüber nach, was er und Gerda mit dem Geld anfangen würden. O ja, mit der Gelegenheit, die ihm der *Broederbond* bot, konnte er der reichste Mann Südafrikas werden. An die Tatsache, dass er mit dem Handel Verrat an der britischen Krone beging, verschwendete er keinen Gedanken. Wahre Geschäftsmänner ignorierten derart unbedeutende Kleinigkeiten. Sie waren diejenigen, die die Welt regierten, und nun hatte auch er Zugang in ihre Kreise gefunden. Bewies das nicht der Bankscheck, gezogen auf eines der angesehensten Geldinstitute Englands? Für den Bruchteil einer Sekunde regte sich Torbens Gewissen. Indem er dem Geschäft zugestimmt hatte, betrog er eine Familie, die alles für Königin und Vaterland gegeben hatte. Frazer – sein Halbbruder – war bei der Erfüllung seiner Pflicht ums Leben gekommen. Aber alle Familien haben dunkle Geheimnisse, beruhigte er sich selbst. Irgendwann würden sie seine Entscheidung verstehen.

Was Torben nicht ahnte, war, dass Präsident Krügers Abkommen mit Lord Roberts den ungehinderten Abzug einer Armee vorsah, die in den folgenden Wochen und Monaten verheerenden Schaden unter seinen Besatzungstruppen anrichten sollte. Der Krieg war noch lange nicht vorbei.

Kurz nachdem Lord Roberts am 24. Mai den Fluss Vaal überquert hatte, meldeten die Fairfax Scouts, dass sich Louis Bothas *komandos*, die von Buller aus Natal verjagt worden waren, mit dem schwer fassbaren Koos de la Rey zusammengeschlossen und im Hügelland südwestlich von Johannesburg verschanzt hatten.

Während britische Infanteristen entlang der zentralen Eisenbahnlinie weiter vorwärts marschierten, wurden zwei Kavalleriebrigaden unter Ian Hamilton Richtung Westen entsandt, um den Feind dort anzugreifen. Sie taten dies in Doornkop, jenem Ort, an dem Doktor Leander Starr Jameson fünf Jahre zuvor seinen missglückten Überfall auf Transvaal gestartet hatte. Der Erfolg wurde teuer erkauft, aber am 30. Mai war Johannesburg umzingelt.

Cameron wusste, dass Winston Churchill bei Hamilton war, auch wenn sich ihre Wege nicht gekreuzt hatten. Er hatte gehört, dass sein Freund mit einem Fahrrad durch die Vororte gefahren war, um Lord Roberts zu informieren, dass der Weg vor ihm nun frei sein. Typisch, dachte er bei sich, und fragte sich, ob die beiden Männer ihre Differenzen inzwischen beigelegt hatten.

Als britische Truppen triumphierend in die Stadt einzogen – mit zwei riesigen Artilleriegeschützen, die unter den Namen »Jumping Ginger« und »Pale Mable« bekannt waren und jeweils von zweiunddreißig Ochsen gezogen wurden –, starteten Buren-*komandos* unter der Führung von Piet de Wet einen Angriff. Nach heftigem Kampf wurden über fünfhundert berittene britische Milizen auf vermeintlich sicherem Gebiet nahe

Lindley getötet oder gefangen genommen. Die, die nicht verwundet waren, wurden in Gefangenenlager im Osten Transvaals gebracht. Die zurückgelassenen Leichen boten den Löwen in jener Nacht ein unerwartetes Festmahl.

Es dauerte weitere vier Tage, ehe der Union Jack über der Hauptstadt von Transvaal wehte und in Pretoria festgehaltene britische Kriegsgefangene befreit werden konnten. Präsident Krüger und seine Regierung hatte man rechtzeitig aus der Stadt gebracht nach Machadodorp – einem Ort hundertvierzig Meilen östlich an derselben Eisenbahnlinie gelegen, über die Winston Churchill ein gutes Jahr zuvor die Flucht gelungen war.

Lord Roberts hielt sich an sein Versprechen und gewährte Louis Botha und seinen Männern freien Auszug, immer noch in dem Glauben, der Fall Pretorias bedeute das Ende der kriegerischen Auseinandersetzungen. Außerdem dehnte er die Amnestie auf alle *burgher* aus, die einen schriftlichen Eid ablegten, mit dem sie sich zur Neutralität und zur Heimkehr verpflichteten. Achttausend nahmen das Angebot an, aber inzwischen war dem Kleinen Mann klar geworden, dass man ihn ausgetrickst hatte. Die Schatztruhen der Buren waren völlig leer.

Obwohl ein Trupp Männer abgestellt worden war, um den Hauptbahnhof und andere bedeutsame Einrichtungen zu bewachen, wurden die Angriffe auf Lord Roberts' Versorgungslinien immer heftiger. Am 4. Juni hatte Christiaan de Wet in der Nähe von Heilbron einen Konvoi überfallen, sechsundfünfzig Wagen erbeutet und hundertsechzig Männer gefangen genommen. Zwei Tage später griff er den Bahnhof von Roodewal an, brachte sich in den Besitz einer großen Menge an Munition und erzwang die Kapitulation von fast fünfhundert unerfahrenen Milizen, ehe er die Eisenbahnbrücke und alles, was er nicht fortschaffen konnte, in die Luft jagte. Alle Versuche, de Wet zu überwältigen, scheiterten, und die Oranje-Kolonie wurden zu einem Symbol des Buren-Widerstands.

Mit neuem Enthusiasmus machte sich Louis Botha den Umstand zunutze, dass die Briten mit der bedingungslosen Kapitulation der Buren rechneten. Sechzehn Meilen östlich von Pretoria, auf einer Hochebene nahe der Eisenbahnlinie bei Diamond Hill, begann er seine Armee neu zu formieren. Sie bestand aus fünftausend Soldaten und dreiundzwanzig schweren Geschützen, darunter hauptsächlich die gefürchtete Maxim-PomPom.

Will Green hatte sich in seinem ganzen Leben noch nie so gelangweilt. Er war kein Mann, der leicht neue Freundschaften schloss, und er ertappte sich immer häufiger dabei, dass er in Gedanken bei seiner Warenhandlung in Nsoko in Swasiland war. Der Krieg hätte eine günstige Gelegenheit sein können, Geld zu verdienen – gutes Geld –, aber er bezweifelte, dass seine Frauen auf die Idee gekommen waren, mehr als den üblichen Vorrat an Maismehl und ein paar grundlegende Dinge auf Lager zu halten. Darüber hinaus würden sie natürlich Bier brauen und die Gastfreundschaft bieten, die traditionell mit dessen Genuss einherging.

Diese Überlegungen sowie ein wachsendes Bedürfnis nach sexueller Befriedigung hatten Will in eines der zweifelhaften Etablissements von Newcastle geführt. Hier wurde denjenigen, die das Risiko eingingen, sich mit Gonorrhö, Syphilis oder Schlimmerem anzustecken, eine uralte Form des Vergnügens geboten. Will ging jedoch nicht nur wegen der körperlichen Bedürfnisse dorthin; er genoss es auch, das zähflüssige Bier zu trinken, das warm und häufig noch während des Gärungsprozesses konsumiert wurde. Es war ein Ort, an dem ihm niemand Befehle gab oder Fragen stellte, die seine Privatsphäre betrafen.

Ein Mädchen mochte er ganz besonders. Die meisten waren Sotho, aber Florence war Swazi und sprach Zulu. Sie erzählte von ihrer Heimat in der Nähe von Piggs Peak und zeigte ihm den Federkiel eines Geiers, in dem sie ein halbes Dutzend patronengroße Goldstücke versteckt hatte, die sie, wie sie sagte, in der Nähe ihres Elternhauses gefunden habe. Sie waren alles, was sie besaß, ihre einzige Möglichkeit, wieder nach Hause zurückzukehren, wenn die Männer ihren Körper eines Tages nicht mehr wollten. Will war am Boden zerstört, als Florence verhaftet und schließlich erschossen wurde, weil man ihr vorwarf, für die Buren spioniert zu haben. Er erfuhr nie, was aus ihrem Gold geworden war.

Ellie bekam Will nur selten zu Gesicht, aber mit Lindsay verband ihn ein Geheimnis. Es war ihm äußerst peinlich, und er bildete sich naiverweise ein, Ellie wisse nichts davon. Die Geschlechtskrankheit, die Will sich zugezogen hatte, wäre, wenn sie nicht behandelt worden wäre, zweifellos tödlich ausgegangen. Er hatte großes Glück gehabt.

General Sir Redvers Buller setzte seinen Vorstoß am 5. Juni fort, drang eine Woche später in Transvaal ein, nahm Laing's Nek – das Gibraltar Natals – und besetzte Volksrust.

»Merken Sie sich meine Worte«, sagte Winston, »dieser Krieg wird sich noch lange hinziehen.« Er und Cameron waren vor der Offiziersmesse in Pretoria beinahe zusammengestoßen. »Haben Sie Zeit für einen Drink, alter Junge?«

Zwei Stunden später spürte Cameron deutlich die Auswirkungen seines vierten Brandys mit Soda. »Ich bin eigentlich ein Whisky-Trinker, aber die Holländer unten am Kap machen einen feinen *brandewijn,* finden Sie nicht auch? Ich habe ein Dutzend Kisten per Schiff nach Hause schicken lassen. Ich hoffe nur, dass meine Mutter weiß, dass es meine sind und dass sie sie nicht zum Kochen benutzen darf.« Die Männer lachten.

»Sobald wir Bothas Rotzbengel von Diamond Hill zurückgedrängt haben, bin ich weg. Zu Hause steht eine Wahl bevor, und offen gestanden habe ich Wichtigeres zu tun, als hier herumzusitzen und darauf zu warten, dass dieser verdammte Krieg zu Ende geht. Welche Pläne haben Sie, Cameron?«

Sie redeten noch eine Stunde, ehe Winston sich entschuldigte. »Ich darf Bobs nicht warten lassen. Ich bin mit ihm zum Dinner im Hauptquartier verabredet. Gute Nacht, alter Junge. Ich bin froh, dass wir uns ein wenig unterhalten konnten.« Mit diesen Worten war er verschwunden.

Cameron konnte den Gedanken an Essen jetzt nicht ertragen, aber nach einem strammen Spaziergang durch die kühle Abendluft fühlte er sich besser. Er fragte sich, was Winston in England Wichtiges zu tun hatte, was sich nicht ebenso gut von Afrika aus erledigen ließ.

Diamond Hill entpuppte sich als eine der letzten geplanten Schlachten des Krieges. Es war ein zäher Kampf über zwei Tage, und niemand konnte anschließend den Sieg für sich beanspruchen. Die britischen Verluste waren wesentlich höher als die der Buren, und es waren vor allem Kolonialtruppen aus New South Wales und Westaustralien, die Botha schließlich zum Rückzug zwangen. Er floh im Schutz der Dunkelheit Richtung Osten in einem taktischen Manöver, das die Transvaal-Armee erneut rettete.

In den folgenden Tagen beauftragte Roberts seinen Stabschef Lord Kitchener damit, eine gefährdete Lebensader zu sichern – die Eisenbahnlinie zurück nach Bloemfontein –, die weiter von Buren-*komandos* angegriffen wurde. In der gesamten Oranje-Kolonie wurden Garnisonen errichtet, außerdem drohte man damit, dass jede Farm, in der der Feind versteckt wurde, niedergebrannt werden würde.

Eine neue Form des Krieges hatte begonnen. Sie war im 20. Jahrhundert geboren worden und sollte schon bald die Schrecken der Konzentrationslager hervorbringen, in denen

Männer, Frauen und Kinder unter grausamen Bedingungen zusammengetrieben wurden. Die Zahl der Toten ging in die Tausende – mehr Opfer, als konventionelle Kriegswaffen je gefordert hatten. Es war eine Zeit, die Großbritannien noch lange Jahre verfolgen würde.

19

Lord Roberts hatte keine einfache Zeit. Ganz im Gegenteil. Er hatte Botha nach Osten abgedrängt, weit fort von Pretoria, aber nun gab es Meldungen, dass sich eine schwer bewaffnete Kampfeinheit unter der gemeinsamen Führung von de la Rey und Jan Smuts in den Magaliesbergen formierte, einer großenteils ungedeckten Hügelkette nördlich und westlich von ihm. Die Entsendung Kitcheners zur Sicherung der Oranje-Kolonie hatte seine Verteidigungsreserven nahezu erschöpft, sodass ihm keine andere Wahl blieb, als Methuen aus dem Westen zurückzuziehen und Frenchs Kavallerieeinheit, die die Verfolgung Louis Bothas und seiner Armee aufgenommen hatte, stark zu dezimieren. Am 11. Juli waren die Fairfax Scouts nur knapp der Gefangennahme entgangen, als de la Rey drei Angriffe führte, unter anderem in Zilikat's Nek.

»Das war für meinen Geschmack ein bisschen zu knapp«, gestand Fairy Robert, nachdem sie ein weiteres Mal neue Anweisungen erhalten hatten und sich wieder zurück nach Pretoria wandten. »Ich frage mich, was der Kleine Mann diesmal von uns will.«

»Ich weiß es auch nicht. Jedenfalls bete ich zu Gott, dass es Duncans Hochzeit nicht beeinträchtigt. Es gibt ohnehin schon genug Aufregung.«

»Was meinen Sie damit?«

»Habe ich nicht erzählt, dass sich Tanith' Vater, dieser aufgeblasene Esel, von seiner Tochter losgesagt hat? Ziemlich übel, wenn Sie mich fragen. Was geschehen ist, ist geschehen, und es gibt keinen Zweifel daran, dass die beiden sich lieben. Um es kurz zu machen, sie hat ihr Elternhaus verlassen und lebt nun allein.«

»Oje. Das ist sicher nicht einfach.«

»Ganz bestimmt nicht. Vor allem, da Duncan so weit fort ist. Lorna hilft, wo sie kann, aber Tanith' Mutter ist in einer ziemlich unangenehmen Lage.«

»Ich verstehe. Werden ihre Eltern zur Hochzeit kommen?«

»Sieht nicht so aus. Der Pfarrer kommt offenbar nach Morningside. Ich habe keine Ahnung, wer die Braut zum Altar führt. Es würde mich auch überraschen, wenn mehr als ein halbes Dutzend Gäste kämen.«

»Was, kein Champagner und keine Reden?«

»Ich weiß es wirklich nicht. Die Hochzeit soll am 20. August stattfinden. Tanith' feiert an diesem Tag auch ihren zwanzigstem Geburtstag, aber so viele ihrer Freunde sind fort.«

»Mit etwas Glück könnte dieser Krieg bis dahin zu Ende sein.«

Die beiden Männer sahen sich nur an. Beide wussten, dass darauf nicht zu hoffen war.

»Vielleicht beschleunigen sich die Dinge nun ein wenig, nachdem die Natal-Frontlinie wiederhergestellt ist. Wo wir gerade davon sprechen, Fairy, wann haben Sie sich eigentlich zuletzt ausgeruht? Es würde Ihnen sicher gut tun.«

»Das stimmt. Aber versuchen Sie das mal unserem Freund *Meneer* Botha klar zu machen. Und wenn Sie gerade dabei sind, bitten Sie ihn nicht, Richtung Süden zu marschieren und eine neue Front in Zululand zu errichten. Der Weg steht weit offen, und er hat mindestens siebentausend erfahrene und vertrauensvolle Männer bei sich.«

»Der Himmel möge das verhindern.« Robert wusste, dass diese Möglichkeit nicht unrealistisch war.

»Lord Roberts bleibt wirklich keine andere Wahl, als mit dem Mann ein für alle Mal abzurechnen. Ich wette, wir gehen nach Ost-Transvaal.«

»Das erscheint mir logisch. Sollte es Steyn und de Wet gelingen, aus dem Brandwater Basin auszubrechen, besteht die Möglichkeit, dass sie sich mit Botha zusammenschließen.«

»Darauf würde ich mich nicht verlassen. Wenn sie an Kitchener vorbeikommen, wäre es sinnvoll, sich Richtung Westen zu halten und Bobs an zwei Fronten zu beschäftigen.«

»Daran habe ich noch nicht gedacht. Und was ist mit der Kapkolonie?«

»Der Aufstand scheint erneut im Sande zu verlaufen. Es gibt dort einfach keine Unterstützung für die Sache der Buren.«

»Dann heißt es also zurück zum guten alten Freistaat und zu Natal?«

»Meiner Ansicht nach ja.« Fairfax wechselte das Thema. »Gibt es eine Nachricht von Ihrem ältesten Sohn?«

»Cameron war für kurze Zeit in Pretoria. Aber ich habe ihn nie gesehen. Davor waren er und seine Truppe unten in der Nähe von Lindley.«

Die beiden Männer schwiegen. Eine ganz und gar harmlose Frage hatte Erinnerungen wachgerufen an das, was vor vielen Monaten dort geschehen war.

»Ich habe ihm beschrieben, wie er zu Frazers Grab kommt. Aber ich weiß nicht, ob er meinen Brief erhalten hat.«

De Wet und Präsident Steyn gelang es, sich mitsamt zweitausendfünfhundert Mann und vierhundert Wagen aus Kitcheners Klauen zu befreien. Viertausend Männer blieben zurück; mehr als die Hälfte der gesamten Armee des Freistaats saß in der Falle. Sie wurden bei Fouriesburg zur Kapitulation gezwungen, nachdem man zuvor ihr gesamtes Waffen- und Munitionsarsenal in Brand gesteckt hatte.

In den folgenden Wochen hinterließ de Wet überall zerstörte Versorgungszüge, Schienen und Telegraphenleitungen. Er bewegte sich Richtung Norden, überquerte den Vaal und spielte auf zweihundert Meilen mit seinen Verfolgern Verstecken. Kitchener hatte eine Kampfeinheit von beinahe dreißigtausend Mann auf ihn angesetzt. Er war schließlich gezwungen, seine Wagen aufzugeben und sich von freundlich gesonnenen Farmern mit Nahrung und Informationen versorgen zu lassen. De Wet und seine Männer überlebten; es gelang ihnen, bei Oliphant's Nek an Hamilton vorbeizukommen und sich in den Magaliesbergen mit de la Rey zusammenzutun. Fairfax hatte Recht behalten. Der erzürnte Kitchener machte sich Lord Roberts' Strategie zu Eigen und begann mit dem Niederbrennen von Farmen. Die Familien der Buren, die sich einer Amnestie verweigert hatten, wurden zusammengetrieben und mit Viehwagen in hastig eingerichtete Internierungslager gebracht. Es war erst der Anfang.

Sir Redvers Bullers Vorstoß durch den Transvaal erreichte schließlich Heidelberg, was Lord Roberts genug Selbstvertrauen gab, um die Verfolgung Bothas und Krügers erneut aufzunehmen. Am 27. Juli hatte er Middelburg eingenommen und die Buren entlang der Eisenbahnlinie nach Machadodorp zurückgedrängt. Was er nicht wusste, war, dass Präsident Steyn die Magaliesberge verlassen hatte und an Pretoria vorbeigezogen war, um sich mit Krüger zusammenzutun und die schwindende Moral von Louis Bothas Transvaal-*komandos* zu stärken.

Am 12. August nahmen Robert und Duncan ihre Pferde und bestiegen einen Zug in Richtung Durban. Die Strecke war nicht ganz sicher, aber südlich von Heidelberg hatte Buller eine Kavalleriebrigade stationiert sowie zwei weitere Divisionen, deren einzige Aufgabe darin bestand, die Eisenbahnlinie vor de Wet und seinen plündernden Banden zu schützen.

Die Fahrt Richtung Süden verlief langsam und ereignislos. Die beiden Männer waren für einundzwanzig Tage beurlaubt worden. Sie waren zugleich angespannt und voller Vorfreude. Duncan wegen seiner bevorstehenden Hochzeit mit einer Braut, die im siebten Monat schwanger war und die er seit

Januar nicht mehr gesehen hatte, Robert hatte ein viel ernsteres Problem. Er hatte Lornas sechsundvierzigsten Geburtstag im Juni völlig vergessen und hoffte nun, dass die Tatsache, dass er zu ihrem Hochzeitstag am 15. August zu Hause sein würde, sie wieder versöhnte. Außerdem hatte er auf dem Weg nach Morningside noch etwas zu erledigen. Es war eine Mission, die längst überfällig war. In Dargle Road verließ er mit seinem Pferd den Zug.

Die Frau, die von der schattigen Veranda herabblickte, wirkte seltsam vertraut. Sie war vermutlich in seinem Alter, vielleicht ein wenig jünger, aber das war schwer zu beurteilen. Die gebräunte Haut ihres Gesichts und ihrer Arme sowie das aufgesteckte, von der Sonne gebleichte Haar sprachen dafür, dass sie ihr Leben hauptsächlich im Freien verbrachte. Ihre Kleidung war praktisch – ein kragenloses weißes Herrenhemd, dessen Ärmel aufgerollt waren, ein Rock, der zum Reiten einen tiefen Schlitz hatte, staubige alte Stiefel. Sie sah ihn aus ihren türkisfarbenen Augen an, und ein Lächeln erhellte ihr Gesicht.

»Mister Granger-Acheson, wenn ich mich nicht irre. Ich habe mich schon gefragt, wann Sie kommen würden. Eine Erfrischung, vielleicht?«

Robert ertappte sich dabei, dass er sie anstarrte. »Das wäre höchst angenehm, Madam.« Er stieg ab. »Sie haben mich erwartet?«

»So ist es. Moses wird sich um Ihr Pferd kümmern. Willkommen auf Wakefield.« Sie streckte die Hand aus.

»Danke.« Robert nahm ihre Hand und schüttelte sie. »Es ist schön, hier zu sein.«

Ihr Händedruck war fest, sie sah ihm offen ins Gesicht. »Robert, nicht wahr? Nenn mich bitte Caroline.«

»Danke.«

»Und hör auf, ständig danke zu sagen. Wenn jemand Grund zur Dankbarkeit hat, bin ich es. Bitte, möchtest du dich nicht setzen?«

»Dan ...«

Caroline drohte scherzend mit dem Finger, und sie brachen beide in Gelächter aus. Sie läutete eine Messingglocke, die auf dem Tisch stand, und innerhalb von Sekunden erschien eine gebeugt gehende Inderin mit einem Holztablett. Darauf standen ein Krug, in dem sich eine Flüssigkeit befand, die aussah wie Zitronensaft mit Minzblättern, dazu zwei schlichte Gläser und eine Platte mit Butterplätzchen. »Danke, Popeti. Ich hoffe, du magst *nimbo paani*. Popeti bereitet das selbst zu. Die Zitronen sind frisch gepresst. Bitte, bedien dich.«

Robert goss ein Glas für sich und eines für sie ein. Er wusste nicht so recht, was er als Nächstes sagen sollte.

Caroline hatte die langen Beine weit ausgestreckt, sie saß sehr bequem, aber ziemlich undamenhaft. Sie sprach als Erste. »Im Laufe der Jahre scheint diese Welt immer kleiner zu werden, findest du nicht auch? Wir sind uns zuvor begegnet, Robert, leider viel zu kurz, wie ich finde. Als das Schicksal vor nicht allzu langer Zeit deinen Sohn hierher führte, habe ich meinen Augen nicht getraut. Man sagt, Familienähnlichkeit könne eine Generation überspringen. An jenem Nachmittag stand nicht Cameron vor mir, sondern mein Vater als junger Mann – unser Vater, Robert – Jack Walsh.«

»Dann hat er es gewusst«, sagte Robert mehr zu sich selbst als zu Caroline, und zum ersten Mal wurde ihm klar, warum seine verstorbene Mutter Lady Pamela Acheson, Comtesse von Dalrymple, immer eine so große Zuneigung zu seinem ältesten Sohn verspürt hatte. Cameron erinnerte sie, mehr noch als Robert selbst, an ihren einstigen Liebhaber – seinen leiblichen Vater. »Aber du hast Cameron nichts gesagt?«

»Was hätte ich sagen sollen? Von diesem Augenblick an wusste ich, dass du kommen würdest.«

»Dann warst du das also damals, mit Jack und deiner Mutter auf dem Wagen an den Howick Falls?«

»Ja, und du hast uns drei vermutlich davor bewahrt, ins Wasser zu stürzen.« Sie lachte, dabei war es damals kein bisschen lustig gewesen. Robert dachte an den Tag seiner ersten Handelsreise zurück, als er Jack Walsh mit seiner Frau und Tochter begegnet war. Caroline war eine junge, wenn auch verwöhnte junge Frau gewesen, entschlossen, den wütenden Mngeni-Fluss zu überqueren, um nach Pietermaritzburg zu gelangen, wo ihre Hochzeit stattfinden sollte. Es wäre fast zur Katastrophe gekommen.

»Hast du den Mann geheiratet, für den du ein solches Risiko eingegangen bist?«

»Guy. O ja, und er war es wert. Wir haben nie Kinder bekommen, aber wir waren fast dreißig Jahre lang glücklich. Ich bedaure nichts. Heute sind die Pferde meine Familie.«

»Was ist geschehen, wenn du mir diese Frage gestattest?«

»*Ingwe.* Ein Leopard. Immer wieder hatte er versucht, eines unserer Hühner zu reißen. Irgendwann beschloss Guy, ihm eine Falle zu stellen. Er hatte nur einen Arm, musst du wissen. Den anderen hatte ihm ein wild gewordener Hengst abgebissen«, fügte sie auf Roberts fragenden Blick hinzu. »Aber das ist eine andere Geschichte. Irgendetwas ist schief gegangen. Er ist hier begraben. Guy hat diese Farm geliebt.«

»Das tut mir leid. Und der Leopard?«

»Ich habe ihn erschossen. Ich habe fast eine Woche gebraucht, um das verdammte Vieh zu erwischen. Das Fell liegt drinnen.«

Beide schwiegen, waren in ihre Gedanken versunken.

»Jack hat Wakefield nie gesehen, oder?«

»Nein, nicht diese Farm. Wir sind 1883 hierher gezogen. Mein Vater – unser Vater – war im Jahr zuvor gestorben, dreizehn Monate nach meiner Mutter.«

»Dann muss er dir erzählt haben, dass wir verwandt sind.«

»Nein. Ich habe es zufällig herausgefunden. Er hatte Briefe aufbewahrt. Sie sind hier, ich werde sie dir später zeigen. Lebt Lady Pamela noch?«

»Leider nein. Sie starb vor fünf Jahren.« Nach einer kurzen Pause fuhr Robert fort: »Es ist seltsam, dass wir es beide so lange wissen, ohne zu ahnen, dass es auch der andere wusste.«

»Vergangenheit ist Vergangenheit, Robert. Die Zukunft ist das, was zählt.«

Er nickte und beschloss, nicht nach ihrer Cousine Sarah zu fragen, dem Mädchen, das er damals hatte heiraten müssen. Auch das gehörte der Vergangenheit an.

»Morgen ist ein neuer Tag«, sagte Caroline und stand auf. Robert wollte sich ebenfalls erheben. »Bleib sitzen«, sagte sie rasch. »Du bleibst doch mindestens über Nacht, vielleicht sogar länger, hoffe ich. Ich werde dir ein Zimmer und ein Bad herrichten lassen. Moses wird dein Gepäck hereinholen. Er kann dann alles mitnehmen, was gewaschen werden muss.«

Robert war sich nicht sicher, was er denken sollte, als Caroline ins Haus verschwand. Er nahm das Buch zur Hand, in dem sie gelesen hatte, Mary Kingsleys *Reisen in Westafrika*, ein dicker Wälzer mit mehr als siebenhundert Seiten. Er blätterte es rasch durch, fand dabei etwas unvorsichtig fallen gelassene Asche und blies sie fort. Carolines Stimme ertönte hinter seiner Schulter. »Eine bemerkenswerte Frau. Sie starb sehr jung an einer Salmonelleninfektion, die sie sich zuzog, als sie in Kapstadt burische Kriegsgefangene pflegte. Eine Schande.«

Die Abendluft war kühl geworden; es würde schon bald zu kalt sein, um länger draußen zu sitzen. Roberts Blick fiel auf schneebedeckte Gipfel, die wie Wachposten über den fernen Bergen von Basutoland zu stehen schienen. Hinter dem Haus erhob sich ein imposanter Hügel, der Inhluzan. Cameron hat Recht, dachte Robert. Er ist dem Arthur's Seat in Edinburgh wirklich ähnlich.

Nach dem Dinner – Ochsenschwanzsuppe mit Klößen – öffnete Caroline eine Flasche südafrikanischen Portwein, der, wie sie sagte, von einem Ort namens Worcester am Kap stammte. Dazu gab es hausgemachte Haferkekse, Butter und Käse. Der Wein war noch jung, aber sehr gut. Später saßen sie vor dem knisternden Kaminfeuer, und Robert bat um Erlaubnis, rauchen zu dürfen. Er hatte auf dem Kaminsims ein Gestell mit sechs Pfeifen entdeckt. Vermutlich hatten sie Guy gehört.

»Sehr gern«, antwortete Caroline. »Es ist etwas, das ich sehr vermisse.« Sie zog zwei Nadeln aus ihrem Haar, legte den Kopf in den Nacken und schüttelte ihn, bis die Strähnen lose auf ihre Schultern fielen. »Ah, das ist viel besser.«

Ihre Unterhaltung war locker und ungezwungen, sie drehte sich eher um gegenwärtige Ereignisse und weniger um Erinnerungen. Sie würden Zeit brauchen. Cameron hatte Caroline offenbar ein wenig über seine Familie erzählt. Aber Robert hatte keine Ahnung, was sie genau wusste.

»Cameron erwähnte, dass er drei Brüder hat. Wo sind sie?«

Roberts langes Schweigen ließ Caroline ahnen, dass sie besser nicht gefragt hätte. »Tut mir leid. Habe ich …?«

»Du konntest es ja nicht wissen. Frazer, der Jüngste, wurde getötet, kurz bevor Cameron hier war. Damals wusste er es noch nicht.« Robert stellte erstaunt fest, dass es ihm nicht schwer fiel, über den Tod seines Sohnes zu sprechen. Caroline war eine gute Zuhörerin. Er erzählte ihr auch von Torben und Duncan.

»Dieser Krieg ist entsetzlich«, sagte sie, als Robert schließlich schwieg. »Guy wollte sich auch melden, aber wegen seines Arms haben sie ihn nicht genommen. Gott sei Dank ist es bald vorbei. Morgen werde ich dir die Farm zeigen.«

Ein leises Klopfen an der Tür weckte Robert. Im Zimmer war es dunkel, und er brauchte einige Sekunden, ehe er wieder wusste, wo er war. Das Krähen eines Hahns, der einen neuen Tag begrüßte, sagte ihm, dass es kurz vor Sonnenaufgang sein musste.

Dann fiel ihm wieder ein, dass sie die Flasche Portwein ausgetrunken hatten.

»Komm herein.«

Er hörte, wie die Tür aufging, dann trug eine schemenhafte Gestalt ein Tablett herein, stellte es neben ihn auf den Nachttisch und begann, die Vorhänge zu öffnen. Es war noch immer zu dunkel, um etwas zu erkennen.

»*Ngi yabonga*«, sagte er, in der Annahme, es sei der Zulu-Diener.

»In einer Viertelstunde geht die Sonne auf«, antwortete Caroline. »Die Pferde sind bereits gesattelt.« Mit diesen Worten war sie schon wieder verschwunden.

»Wir haben Wakefield aus dem Nichts aufgebaut. Vom nächsten Hügelkamm aus kannst du den größten Teil der Farm sehen.« Caroline stieg ab und tätschelte ihrem Pferd liebevoll die Flanke. »Wir werden von hier aus zu Fuß gehen.«

Durch den kühlen Morgennebel, der die Stille um sie herum noch tiefer erschienen ließ, stiegen Caroline und Robert einen Hang hinauf. Dann tauchten sie ganz plötzlich aus dem Dunst in einen wolkenlosen Wintertag; über ihnen erstreckte sich der blassblaue Himmel. Robert blieb stehen, um den Ausblick zu genießen. Dort waren wieder die schneebedeckten Gipfel der Drakensberge; sie wirkten näher als am Vorabend.

»Es wird noch ein paar Stunden dauern, bis es völlig aufklart«, erklärte Caroline, als sie Roberts erstaunten Gesichtsausdruck bemerkte. »Es ist nicht mehr weit.«

Sie hatte bisher nicht gesagt, wo sie hingingen, aber der Steinhügel ließ keinen Zweifel daran, dass es sich um ein Grab handelte. Der Pfad endete plötzlich. »Guten Morgen, Guy. Ich habe dir ja immer gesagt, dass mein Bruder mich eines Tages finden würde. Nun, hier ist er.«

Robert kam sich vor wie ein Eindringling. Als Caroline sein

Unbehagen spürte, legte sie die Hand auf seinen Arm. Es war das erste Mal, dass sie sich berührten.

»Wir müssen alle einmal gehen«, sagte sie leise. »Es erscheint uns häufig unfair, vor allem, wenn die, die uns genommen werden, so tragisch sterben. Das Leben ist wie eine Reise. Einige Wege sind länger als andere. Guy hätte ebenso gut sterben können, als er damals seinen Arm verlor. Aber er hat die Krise bewältigt und weitere vier Jahre gehabt. Am Ende hat ihn sein Herz im Stich gelassen. In gewisser Weise waren es unsere glücklichsten Jahre.«

»Du hast gestern Abend gesagt, ein Pferd sei schuld gewesen. Erzählst du mir, was genau geschehen ist?«

»Es war ein Hengst. Bright Eyes, so hieß er. Er war mit Abstand der beste Zuchthengst, den wir hatten.« Sie saßen auf einem Felsvorsprung, der noch nicht von der Sonne gewärmt worden war. »Es war nicht seine Schuld. Es war ein Unfall.«

Während Caroline zu sprechen begann, wanderten ihre Gedanken zurück zu jenem Tag, als Guy unterwegs gewesen war, um zu prüfen, ob mit ihren Zuchtstuten und dem Hengst alles in Ordnung war. In der Gegend waren einige Tiere abhanden gekommen, was man Buschmännern aus Basutoland zuschob, auch wenn dies nie bewiesen wurde. Es geschah nur, wenn die Zeiten in den Bergen besonders schlecht waren.

»Guy ritt einen Wallach – Bright Eyes' Bruder. Er trabte direkt auf die Stuten zu, da stürzte sich der Hengst plötzlich ohne jede Vorwarnung mit gefletschten Zähnen auf sein Pferd. Der Hengst verpasste sein Ziel, setzte erneut zum Sprung an, erwischte Guys Unterarm und riss ihn aus dem Sattel. Der erschrockene Wallach rannte davon, und sein eifersüchtig gewordener Bruder folgte. Erst als er sicher war, dass sein Harem nicht mehr bedroht wurde, kehrte Bright Eyes um. Er stand noch gut zehn Minuten drohend über Guy, ehe er das Interesse verlor und zu seinen Stuten zurückkehrte.« Caroline hielt einen Moment inne, dann fuhr sie fort zu erzählen.

»Als Guys Pferd ohne ihn zurückkehrte, ahnte ich sofort, dass etwas passiert war. Der Arm meines Mannes, der sich blutüberströmt nach Hause geschleppt hatte, war in einem seltsamen Winkel nach innen verdreht. Die Zähne des Pferdes hatten Muskeln, Sehnen und Nerven durchtrennt. Die klaffende Wunde war verschmutzt.

Mit Moses' Hilfe legte ich Guy einen Druckverband an, um die Blutung zu stoppen, dann betteten wir ihn so bequem wie möglich in die Ponykutsche und fuhren zum nächsten Krankenhaus. Trotz aller ärztlichen Bemühungen infizierte sich die Wunde. Nach zehn Tagen blieb den Ärzten nichts anderes übrig, als den Arm unterhalb des Ellbogens zu amputieren. Selbst da war noch nicht sicher, ob Guy überleben würde.«

Caroline machte eine Pause, hob einen Stein auf und warf ihn ziellos zu Boden. »Wie du siehst, hatte ich also Glück. Nein, ich muss mich korrigieren, ich habe Glück. Du bist hier, und das ist gut. Und wenn ich mich nicht täusche, bedeutet es auch, dass Cameron daran interessiert ist, Wakefield zu kaufen.«

Robert nickte. »So ist es, auch wenn der Junge gar nicht so recht weiß, was eigentlich zum Verkauf steht.«

»Oh, alles steht zum Verkauf, einschließlich des Viehbestands. Ich habe es sonst niemandem gesagt. Mein Preis ist eine Guinea.«

Carolines Worte klangen nüchtern und sachlich. Auf die gleiche Art hatte sie zuvor ihre Geschichte erzählt. Robert sah in ihre klaren blauen Augen und spürte, dass sie es ernst meinte.

»Aber warum?«, war alles, was er dazu sagen konnte.

»Cameron ist mein Neffe. Meine Familie. Er ist jung. Nenn es ein Hochzeitsgeschenk, wenn du willst. Es gibt natürlich Bedingungen.«

Robert konnte kaum glauben, was er da hörte.

Sie fuhr fort: »Dies wird immer mein Zuhause bleiben. Cameron kann das Haupthaus haben, aber er muss ein weiteres

Haus für mich bauen. Etwas Einfaches. Ich werde ihm zeigen, wo.«

Carolines Worte klangen wie eine gut eingeübte Rede. Robert unterbrach sie nicht.

»Popeti bleibt hier, ebenso Moses und seine Familie. Ich werde sie bezahlen, auch solange ich verreist bin.«

»Verreist? Wo willst du denn hin? Ich dachte, du willst hier bleiben.«

»Nein. Hier ist meine Heimat, und eines Tages werde ich hier sterben. Aber bevor dieser Tag kommt, beabsichtige ich zu reisen, Dinge zu tun, die mir bisher nie möglich waren.« Sie lachte. Es war ein glückliches Lachen. »Ich möchte auf einem Kamel reiten, die Sphinx in Ägypten sehen, nach Europa reisen und diesen Turm in Paris besteigen. Wer weiß, vielleicht sehe ich mir auch das Derby in Epsom an und verbringe einen Tag in Ascot. Es könnte sogar sein, dass ich mich in Schottland in der Moorhuhnjagd versuche. Ich bin keine schlechte Schützin, Robert. Ach, und noch etwas. Ich möchte gern einen Löwen schießen.«

Robert hatte einst mit der Jagd seinen Lebensunterhalt verdient. Und sein früherer Partner Logan Burton war dabei ums Leben gekommen. Er schwieg.

»Hat es dir die Sprache verschlagen?«, fragte Caroline lächelnd.

»Nein, nein keineswegs. Es ist ein ganz erstaunliches Angebot, ich wünschte nur, Cam könnte selbst hören, was du sagst. Bist du ganz sicher, dass du es auch wirklich willst?«

»Absolut. Da wäre nur noch eines.«

»Heraus damit.«

»Ganz gleich, was in Zukunft passiert, ich möchte hier begraben werden. Dort, wo wir jetzt sitzen, neben Guy. Versprichst du mir das, Robert?«

»Natürlich.«

Sie stand auf und reichte ihm die Hand. »Dann haben wir gerade einen Handel abgeschlossen. Du musst mir mehr von

Cameron erzählen, aber das kann bis heute Abend warten. Jetzt möchte ich dir erst einmal so viel wie möglich von der Farm zeigen.«

Robert drehte sich um und schaute in das Tal unter ihnen. Der Nebel hatte sich vollständig verzogen. Von tiefer Zufriedenheit erfüllt sah er Camerons Zukunft entgegen.

Den Rest des Tages verbrachten sie damit, jeden Winkel von Wakefield zu erkunden. Da Winter war, lagen die Maisfelder brach, aber Caroline wies Robert auf eine Schwarzholzakazien-Plantage hin, von der sie sich viel versprach. »Die Bäume stammen aus Australien. Sie sind erst ein paar Jahre alt, aber wie du siehst, wachsen sie schnell. Sie brauchen kaum Pflege. Der Ertrag liegt bei etwa drei Zentner pro Hektar, und wir versuchen jedes Jahr mindestens zweihundert Hektar zu bepflanzen.«

»Das ist eine Menge«, antwortete Robert. »Was passiert damit?«

»Die Rinde wird benutzt, um Leder zu gerben. Sie wird aufgehängt, getrocknet, dann in Säcke verpackt und nach Europa transportiert.«

»Und was verdient man daran?«

»Die Rinde selbst bringt nicht viel mehr als fünf oder sechs Pfund pro Tonne ein, aber ausgewachsene Bäume eignen sich ausgezeichnet als Grubenholz, und die kleineren Stücke können als Feuerholz verkauft werden. Es lässt sich praktisch alles verwerten. Man benötigt keine speziellen Maschinen zum Pflanzen oder Ernten, daher müsste der Rohgewinn höher sein als bei jedem Getreide. Zumindest theoretisch.«

Später nahmen sie ein leichtes Mittagessen ein, und Robert stellte endlich die Frage, die er bisher vor sich hergeschoben hatte. »Hast du deine Cousine in letzter Zeit gesehen?«

Caroline sah ihn an, ehe sie antwortete. »Sarah ist tot. Ich dachte, du wüsstest das.«

»Nein.«

»Sie war Krankenschwester in Intombi.«

»In dem Krankenhaus direkt außerhalb von Ladysmith?«

»Ja.«

»Was ist mir ihr geschehen?«

»Sie hat sich das Leben genommen. Eine Überdosis Morphium.«

»Warum?«

»Das weiß niemand so genau, aber der Schwarze, den sie erwischt haben und dem man vorgeworfen hat, für die Buren zu spionieren, war ihr Sohn. Er wurde von einem Erschießungskommando hingerichtet.«

Robert saß einige Minuten schweigend da. Er dachte an das Täuschungsmanöver, mit dem er damals dazu gezwungen worden war, Sarah zu heiraten. Sie war zu dieser Zeit schwanger mit dem Kind eines anderen gewesen – des Zulu-Kutschers Thulani. »Und ihr Vater?«

»Er wohnt noch immer in Colenso. Sie haben ihn dort zum Bürgermeister gemacht, wie ich gehört habe.«

Am Nachmittag schauten sie sich die Viehbestände an. Zwei junge Zulu-Hirten hüteten eine Herde Rinder, die ungehindert in der Hügellandschaft weidete. Robert sprach mit den Hirten in ihrer Sprache und erfuhr, dass die Krankheit, die die Viehbestände in Zululand so dezimiert hatte, sich noch nicht bis hierher ausgebreitet hatte.

In der Flussebene grasten ein halbes Dutzend Friesenkühe. Sie folgten ihnen bis in den Stall, wo sie jeden Nachmittag von einer dicken Zulu-Frau gemolken wurden. »Wir machen Butter und Käse selbst«, erklärte Caroline. Sie steckte den Finger in einen Eimer schäumender Milch und kostete die warme Flüssigkeit. »Hm.«

Der Schweinestall hatte schon bessere Jahre gesehen, aber der schwere Eber war offenbar sehr fleißig gewesen. Überall streiften Hühner herum und scharrten nach allem, was irgendwie essbar erschien. Sie aßen gut und lieferten Caroline regelmäßig schmackhafte Eier. Hinter dem Haus, durch einen Zaun für die Hühner unerreichbar, gab es einen gut gepflegten Gemüsegarten, der alle Farmbewohner mit Gemüse versorgte.

Schließlich gelangten sie zu den Pferden. »Im Moment sind wir ziemlich schlecht bestückt. Die Armee wollte alles haben, was auch nur halbwegs in der Lage war, geritten zu werden. Aber sie haben gutes Geld gezahlt. Wir haben ein Pferd von Bright Eyes' Stammbaum behalten. Dieses hier.« Caroline zeigte auf ein Tier. »Early Mist. Sie hat sich außergewöhnlich gut entwickelt, und wir sind sehr zufrieden mit ihr.«

Robert fiel auf, dass seine Halbschwester nie nur von sich selbst sprach.

»Noch ein paar Monate, dann werden wir den richtigen Hengst für sie finden. Die dort hinten sind alle trächtig.« Caroline machte eine Kopfbewegung in Richtung eines eingezäunten Feldes, auf dem an die zwanzig prächtige Stuten grasten. »Es wird noch mindestens drei Monate dauern, bis die erste von ihnen ihr Fohlen bekommt. Mal sehen, wie sie sich entwickeln. Auf jeden Fall werden sie nicht mehr als Kanonenfutter herhalten müssen.«

Sie schauten in die Ställe und auf ein angrenzendes Gelände, das für die Dressur genutzt wurde. Ein runzeliger kleiner Mann von undefinierbarem Alter saß auf einem der Holzzäune und kaute auf einem Grashalm. Mit seinen kohlschwarzen Augen verfolgte er aufmerksam jede ihrer Bewegungen. »Das ist Klipklop«, sagte Caroline und winkte ihm zu. »Er stammt aus Basutoland und ist der beste Pferdetrainer diesseits des Mokhotlong.«

Robert hatte nicht die leiseste Ahnung, wo das war.

»Das einzige Problem ist, dass er von Zeit zu Zeit verschwindet.«

Gegen fünf Uhr waren sie wieder am Haus, wo auf der Veranda ein Tablett mit Drinks für sie bereitstand. Caroline entschuldigte sich. »Bedien dich, Robert. Es gibt *nimbo paani* oder Whisky. Keine allzu große Auswahl, fürchte ich. Ich habe keine Gäste erwartet.«

»Darf ich dir auch etwas eingießen?«

»Nur einen Saft, bitte – aber das sollte dich nicht davon abhalten, etwas Stärkeres zu nehmen.«

Robert rührte den Zitronensaft mit der Minze kräftig um und goss Caroline ein Glas ein. Dann nahm er sich selbst einen Scotch. Die Gläser waren ganz schlicht, es waren vermutlich dieselben, die sie auch am vergangenen Abend benutzt hatten. Ganz egal, dachte er und genoss das feine Aroma des Glenlivet – in der Tat eine seltene Köstlichkeit.

Caroline kehrte mir Federhalter, Tinte und Papier zurück. Sie befeuchtete die Feder, ehe sie sie in die Tinte tauchte, und wandte sich an Robert. »Es gibt da noch ein paar Dinge, die ich über Cameron wissen muss. Erstens seinen vollen Namen.« In weniger als fünf Minuten hatte Caroline alle Informationen, die sie benötigte. »Gut. Dann werde ich die Sache in Gang bringen. Meine Anwälte gehören der Kanzlei Hempson's in Maritzburg an. Vielleicht muss Cameron ein paar Unterschriften leisten, aber ich weiß nicht, wie lange es dauern wird, bis alle Unterlagen fertig sind. Ich denke jedenfalls, dies ist der Abschluss eines sehr zufrieden stellenden Tags.« Sie hob ihr Glas. »Auf die Zukunft.«

»Auf die Zukunft«, wiederholte Robert. »*Slanje.*«

»Übrigens«, sagte Caroline lächelnd, »irgendwer schuldet mir jetzt eine Guinea.«

Schon bald wurde es draußen zu kalt. »Das Abendessen ist fertig«, verkündete Popeti und bestätigte damit, dass es Zeit war, ins Haus zu gehen. Ihre Mahlzeit war einfach, aber gut – Stew vom Vorabend, mit Gemüse und Fond verlängert, sodass eine köstliche warme Suppe daraus geworden war. Sie brachen knuspriges Brot, tunkten es in die Suppe und wischten anschließend damit ihre Teller sauber.

Als Robert und Caroline später am Kaminfeuer saßen, blickten sie nachdenklich in die Flammen. Sie waren sich beide bewusst, dass die letzten vierundzwanzig Stunden ihr Leben wahrscheinlich für immer verändert hatten. Die Stille zwischen ihnen war nicht unangenehm wie bei Menschen, die sich nicht verstanden. Robert legte seine Pfeife aus der Hand und den Arm um Carolines Schulter. Sie lehnte den Kopf an ihn. Diese Frau hatte ebenfalls eine Tragödie erlebt, aber in einer anderen Welt – sie war vom Wahnsinn des Krieges verschont geblieben.

»Es wird spät«, sagte Caroline. Sie erhob sich mit steifen Gliedern und verzog das Gesicht. »Ich habe ein paar Briefe neben dein Bett gelegt.«

Robert erhob sich ebenfalls. »Danke, Caroline. Danke für alles.«

»Guy hat mich immer Caro genannt.« Sie sah ihn im Schein des Feuers an. »Fändest du es sehr merkwürdig, wenn ich dich bitten würde, es auch zu tun?«

Er hielt sie sanft in den Armen und küsste sie auf beide Wangen. »Keineswegs, kleine Schwester. Ganz und gar nicht.«

»Danke. Gute Nacht, Robert. Schlaf gut.«

»Du auch, Caro. Gute Nacht.«

Die Tür zu ihrem Schlafzimmer stand offen, es wurde von einer flackernden Kerze beleuchtet. Als Robert daran vorbeikam, schaute er kurz hinein. Das Leopardenfell lag auf dem Boden vor Carolines Bett.

Als Robert in sein eigenes Zimmer kam, fand er zwei Bündel Briefe, die mit rotem Schleifband sorgfältig verschnürt waren. Er nahm sie mit zum Kamin, legte neues Holz auf, zündete seine Pfeife an und löste den ersten Knoten. *Jack Walsh* las er in der fließenden Handschrift seiner Mutter. Als Adresse war ein Postfach bei der Post von Durban angegeben. Die meisten Briefmarken waren unleserlich, nur auf einer war eine sehr junge Königin Victoria zu erkennen. Robert öffnete den ersten Umschlag. Das Schreiben war mit 16. Februar 1850 datiert –

der Tag, an dem Robert geboren war. *Mein liebster Jonathan. Wir haben einen Sohn.*

Robert benötigte über drei Stunden, um sich durch den ersten Stapel hindurchzuarbeiten. Es gab einen Brief pro Jahr, alle an seinem Geburtstag geschrieben, und es ging fast ausschließlich um ihn. Minutiös schilderte seine Mutter seine Entwicklung von seiner Geburt an bis zum Ende der Stillzeit. An dieser Stelle schweifte sie kurz ab, erging sich in ganz persönlichen Erinnerungen an Augenblicke zwischen zwei Menschen, die sich inniglich geliebt hatten. Sie schrieb Dinge, die er ihr niemals zugetraut hätte. Und dann ging es auf einmal um seine ersten Schritte. Robert hatte nie gewusst, dass er erst mit vierzehn Monaten stehen konnte. Faulpelz, dachte er; Duncan war der Langsamste in unserer Familie, und er hat nur elf Monate gebraucht.

Nichts in den Briefen ließ darauf schließen, dass sie je eine Antwort erhalten hatte. Lady Pamela schilderte längst vergessene Episoden, viele, an die er sich gar nicht mehr erinnerte, und beschrieb seine ersten Lebensjahre mit Humor, Liebe und manchmal auch mit Sorge. Sie beschrieb seine körperlichen Eigenschaften und wie sie sich im Laufe der Jahre veränderten; sie erklärte, was er gut konnte und was nicht. Ein Bild aus zwanzig Jahren, mit Worten gezeichnet.

Das Kaminfeuer war fast heruntergebrannt, ebenso seine Kerze. Robert ging hinaus, um sich zu erleichtern. Während er in der klirrenden Kälte stand, schaute er zum Kreuz des Südens hinauf. Es war kein Mond zu sehen, und der Himmel schien so nahe, als könne man die Sterne mit den Händen greifen. Er zitterte. In der Dunkelheit heulte eine Hyäne. Die Art des Lautes ließ darauf schließen, dass sie auf Beute gestoßen war. Robert lauschte und erwartete noch weitere Hyänen zu hören. Aber es blieb still. Aus irgendeinem Grund wurde ihm plötzlich klar, dass irgendetwas fehlte. Hunde. Caroline hatte keine Hunde. Und auch keine Katzen.

Robert kehrte in sein Zimmer zurück, legte Kaminholz nach und zündete eine neue Kerze an. Dann band er das erste Bündel Briefe wieder zusammen und nahm sich den zweiten Stapel vor. Er war kleiner, das erste Schreiben stammte von Februar 1872. Er hatte Schottland verlassen. Seine Mutter wusste nicht, wo er war. Sie berichtete von den Umständen, die seine Flucht aus Schottland erzwungen hatten, und erwähnte, dass sie ihm den Schmuck mitgegeben hatte, den sie von ihrem Geliebten bekommen hatte, als auch er seine Heimat hatte zurücklassen müssen.

In ihrem nächsten Brief berichtete Lady Pamela Jack, dass Robert in Durban sei. Darauf hatte er offenbar geantwortet, denn die Daten wurden plötzlich willkürlich. Sie wusste von ihrer zufälligen Begegnung an den Howick Falls. Und sie wusste auch, dass Jack Walsh verheiratet war und eine Tochter namens Caroline hatte.

Jack schien die Korrespondenz weiter aufrechterhalten zu haben. Von diesem Zeitpunkt an übernahm er die Rolle, die Lady Pamela zuvor erfüllt hatte. Regelmäßig informierte er sie über das Schicksal ihres Sohnes. Die Briefe wurden auch während des Zulu-Krieges von 1879 fortgesetzt. Seine Mutter hatte gewusst, dass Jack in Ulundi verwundet worden war, aber sie hatte nie erfahren, wie schwer.

Im Oktober 1881 war Robert mit Lorna und seinen Kindern zu einem Besuch nach Schottland gekommen. Während dieses Aufenthaltes hatte seine Mutter ihm zum ersten Mal erzählt, dass sein leiblicher Vater, Jonathan Fellowes, inzwischen unter dem Namen Jack Walsh in Natal lebte. Sie hatte jedoch nichts über ihre fortdauernde Korrespondenz verlauten lassen.

Robert hatte Lorna davon erzählt, aber da er Jack nicht in Verlegenheit bringen wollte, hatte er weder ihm noch seiner Familie gegenüber etwas erwähnt. Es war kaum überraschend, dass auch sein Vater Lady Pamela stets vor seiner Frau und seiner Tochter verschwiegen hatte, obwohl er weiterhin an Roberts Mutter schrieb.

In ihrem letzten Brief erwähnte Lady Pamela Roberts ersten Besuch mit seiner Familie in Schottland und klagte darüber, wie schmal ihr Sohn geworden sei. Robert las weiter. *Aber wenigstens ist er nun glücklich. Ich werde dir ewig dankbar sein, dass du mir so einen wunderbaren Sohn geschenkt hast. Danke, dass du in den letzten Jahren auf ihn aufgepasst hast. Du sollst wissen, dass ich dich mehr liebe als mein Leben. Warte auf mich, mein Darling, denn ich werde dir irgendwann folgen.*

Robert saß am erlöschenden Feuer, und die Tränen rannen ihm über das Gesicht. Jack Walsh war 1882 gestorben. Lady Pamela, seine Mutter, dreizehn Jahre später. Das Leben war so ungerecht. Sie hatten lange warten müssen, aber Robert hatte keine Zweifel, dass sie nun endlich zusammen waren.

Robert liebte Überraschungen, außerdem wäre seine einzige Alternative gewesen, die Nacht im Hotel Royal zu verbringen. Er kannte die Adresse von Torben und Gerdas neuem Heim. Es war nicht weit entfernt von dem Haus, das Lorna anfangs gekauft hatte, als sie vor fast dreißig Jahren nach Durban gekommen war. Einen Moment ließ er seine Gedanken treiben. Wie viel sich seither verändert hatte! Das galt nicht nur für die Stadt selbst, sondern auch für ihre Bewohner. Irgendwie wirkte die Musgrave Road viel enger als früher. Es gab auf jeden Fall viel mehr Häuser, und zwar große.

Das imposante schmiedeeiserne Tor war geschlossen, aber Robert sah eine nagelneue Pferdekutsche vor dem Haus stehen. Also musste jemand zu Hause sein. Ein livrierter Diener – wahrscheinlich der Fahrer – erschien, und Robert sprach ihn auf Zulu an. Das Gesicht des Mannes leuchtete auf, dann zog er einen Schlüssel hervor, öffnete das Tor und salutierte vor dem unerwarteten Besucher. So viel zur Sicherheit, dachte Robert, als der Afrikaner sein Pferd zum Haus führte und das Tor weit offen stehen ließ.

Torben stand auf der Treppe. Er hatte die Hände in die Hüften gestemmt und sah ganz und gar aus wie ein erfolgreicher Geschäftsmann. »Nun, Vater. Das ist in der Tat eine unerwartete Ehre. Was führt dich zu unserer bescheidenen Behausung?«

Seine Frage war so gestellt, als erwarte er eine Bemerkung zu dem erst kürzlich erworbenen neuen Statussymbol. Robert ging nicht darauf ein. »Die Gelegenheit, meinen Sohn und seine Familie zu sehen. Alice muss inzwischen drei Monate alt sein, und ich habe sie noch nicht ein einziges Mal gesehen.«

Als er die Stufen herunterkam, erschien auch Gerda in der Tür. Sie hielt seine Enkelin auf dem Arm. »Hallo, Poppie. Du siehst grauenvoll aus. So abgemagert. Wir werden dich ein wenig aufpäppeln müssen.«

»Guten Tag, Gerda. Dagegen habe ich nichts einzuwenden. Du siehst gut aus.« Torbens Frau sah noch dicker aus, als er sie in Erinnerung hatte.

Sie hielt ihm eine Wange zum Kuss hin und drückte ihm das Baby in den Arm. Es war in eine Decke gewickelt. »Findest du nicht auch, dass sie Torben ähnlich sieht?«

Robert blickte in zwei Augen, die ihn erstaunt anschauten. »Ich erkenne euch beide wieder«, antwortete er diplomatisch, als eine winzige Hand nach den Fingern griff, mit denen er die Decke ein Stück von ihrem Gesicht zurückgezogen hatte.

»Wie lange bleibst du?«, fragte Torben, und es klang, als sei ihm der Besuch jetzt schon lästig.

»Eine Nacht. Natürlich nur, wenn es keine Belastung für euch ist.«

»Sei nicht albern, Poppie«, schaltete Gerda sich ein. »Das ist so eine nette Überraschung. Bleib solange du möchtest.«

»Danke, aber Lorna erwartet mich morgen. Duncan sollte bereits auf Morningside sein. Sagt mir, kommt ihr zwei – Entschuldigung, ihr drei – auch zur Hochzeit?«

»Ich wünschte, wir könnten, Vater«, antwortete Torben und versuchte, zerknirscht auszusehen. »Aber leider habe ich im

Moment schrecklich viel zu tun. Diese Woche erwarte ich eine Lieferung per Schiff, und ... na ja ... du weißt schon ... Geschäft ist Geschäft. Ich bin sicher, Duncan und Tanith werden das verstehen.«

Robert nickte, sagte aber nichts.

Gerda lächelte geheimnisvoll und klammerte sich an den Arm ihres Mannes. »Du hast drei gesagt. In Wahrheit sind es vier, Poppie. Ich bin wieder schwanger.«

»Du bist der Erste, der es erfährt«, erklärte Torben stolz.

Robert reichte Alice zurück, küsste Gerda noch einmal und hielt seinem Sohn die Hand hin. »Meinen Glückwunsch euch beiden. Darauf müssen wir trinken.«

»Oh, es ist so nett, dich hier zu haben«, plapperte Gerda. »Ich werde dich zu deinem Zimmer begleiten, es ist das blaue, dann kann Torben dich anschließend ausführlich herumführen, während ich mich um Alice kümmere und das Dinner vorbereite.«

Robert begriff, dass die Drinks noch auf sich warten ließen.

Die Mahlzeit, die von dem Diener serviert wurde, den Robert zunächst für den Fahrer gehalten hatte, verlief übertrieben steif. Robert hatte sich zum Essen nicht umgezogen und sich damit entschuldigt, dass er nichts anderes bei sich habe. Torben und Gerda hatten dies jedoch getan, als wollten sie betonen, dass sie den Aufwand immer trieben, auch wenn sie nur zu zweit waren.

Torben unternahm alles, um mit seinem Wissen und seinen Kenntnissen in Wirtschaftsangelegenheiten zu prahlen, aber er ließ sich nicht entlocken, was genau er eigentlich tat. »Kohle. Das ist es, was man im Auge behalten sollte. Merk dir meine Worte.«

Gerda redete nur von Babys. »Weiß Duncan, dass wir ihn gern als Paten für Alice hätten? Er hat auf meinen Brief nie geantwortet. Ganz im Gegensatz zu Ellie. Sie wird eine der Patinnen sein. Ellie wollte Alice unbedingt selbst auf die Welt holen, aber am Ende war das einfach nicht möglich. Sie und Lindsay haben so schrecklich viel zu tun, weißt du. Werden sie zur Hochzeit kommen?«

Robert hatte keine Ahnung.

»Wann ist es bei Tanith so weit? Nach unserer Berechnung müsste es Ende Oktober sein, nicht wahr?« Ohne eine Antwort abzuwarten, fuhr sie fort: »Das ist gut. Dann ist es nicht so heiß.«

Torben führte die eher einseitige Unterhaltung fort, als fürchte er eine Pause. »Mutter geht es gut. Sie wollte sich zur Hochzeit etwas Besonderes einfallen lassen, aber der alte Taylor macht allen das Leben schwer. Und weil sie auch noch ständig auf Meggie aufpassen muss, war sie seit über einem Monat nicht in Durban.«

Robert ging auf die spitze Bemerkung über seine jüngste Tochter nicht ein.

Torben ließ es dabei. »Siehst du Cam häufig? Wir geht es ihm?«

»Leider nicht, und um deine zweite Frage zu beantworten, Ginnie weiß da vermutlich mehr als ich. Ich bin ja nur sein Vater.« Robert sagte nichts von seinem Besuch bei Caroline Hammond.

»Mutter meinte, sie sähe in letzter Zeit kaum etwas von Ginnie. Offenbar ist sie sehr mit der Farm ihrer Eltern beschäftigt.«

»Nun, das werden wir bald herausfinden.«

Nachdem alle Gesprächsthemen erschöpft waren, widmete sich Torben erneut seiner Rolle als Gastgeber. »Wie wäre es mit Portwein und Zigarren? Danach wird es Zeit, ins Bett zu gehen.«

Gerda verstand den Hinweis und stand vom Tisch auf. Die beiden Männer erhoben sich kurz und wünschten ihr eine gute Nacht. »Bleib nicht mehr so lange, Darling, du hast morgen einen anstrengenden Tag vor dir.«

Der Alkohol hatte Torbens Zunge gelockert. »Siehst du das

alles hier, Vater?« Er machte eine ausschweifende Armbewegung. »Das ist erst der Anfang. Es mag Krieg herrschen, aber beide Seiten benötigen meine Hilfe. Ich bin neutral, wenn du verstehst, was ich meine.« Er tippte sich mit dem Zeigefinger an die Nasenspitze und nickte weise.

Robert hatte nicht die leiseste Ahnung, wovon sein Sohn redete. Alles was er wollte, war ein bisschen zu schlafen. »Torben, wärst du mir sehr böse, wenn ich auch ins Bett ginge? Ich hatte einen langen Tag, und morgen wird es auch nicht anders sein.«

»Natürlich nicht, Vater. Für den Fall, dass wir uns morgen früh verpassen, wünsche ich dir eine gute Reise. Und grüße zu Hause alle von mir.«

Als Robert schließlich im Bett lag, dachte er nicht an das, was Torben von sich erzählt hatte, sondern an die Bemerkung, die er über Meggie gemacht hatte. Nun, es würde warten müssen.

Müde von der langen Reise erreichte Robert Morningside kurz nach Sonnenuntergang. Mister David wartete auf ihn. Unaufhörlich suchte er die Straße in Richtung Süden ab.

»Ich sehe Sie, *nkosi*«, sagte er und nahm die Zügel von Roberts Pferd.

»Ich sehe dich, *umngane*«, antwortete Robert und nickte seinem Freund zu. »Wie ist es gewesen, seit ich zuletzt zu Hause war?«

»Es ist alles gut«, sagte Mister David. »Aber Sie haben Madam Lornas Geburtstag vergessen.«

Robert stöhnte. Das war noch schlimmer, als er befürchtet hatte. »Soll ich besser zu meiner Einheit zurückreiten und mich umbringen?«, scherzte er.

Mister David grinste breit. »Besser, als hier zu sterben.« Er hatte noch nie verstanden, warum die Weißen so viel Wirbel um den Tag ihrer Geburt machten. Frauen schienen sich darum noch mehr zu sorgen als Männer. Er beneidete Robert nicht. Der müde alte Löwe war der wütenden Löwin nicht gewachsen.

Robert stieg vom Pferd. Er reckte seine matten Glieder und schaute zum Haus. Lorna wartete auf der Veranda. Sogar die Hunde waren herausgekommen, um ihn zu begrüßen. Ein schlechtes Omen, dachte er und winkte zögernd. »Lorna, meine Liebe.« Robert versuchte seine Nervosität zu überspielen. »Es ist so lange her. Ich habe dich vermisst.«

Lorna ließ sich von Roberts überschwänglicher Begrüßung nicht täuschen. Sie lächelte insgeheim über das schlechte Gewissen, das aus jedem seiner Worte sprach. Die ganze Familie hatte ihr auf die eine oder andere Weise Geburtstagswünsche übermittelt. Die einzige Ausnahme war Robert gewesen, derjenige, der die anderen eigentlich hätte erinnern sollen. Jetzt stand er ziemlich verloren vor ihr. Wie ein Schuljunge wartete er an der untersten Stufe der Treppe und schaute zu ihr herauf. Sein zerknirschtes Gesicht brachte Lornas Herz zum Schmelzen, aber sie war Frau genug, ihren Vorteil zu nutzen.

»Du siehst gut aus, trotz allem«, sagte sie in einem Ton, der Robert zusammenzucken ließ. Es war klar, dass sie auf den vergessenen Geburtstag anspielte. Er fragte sich, ob er ihren Hochzeitstag erwähnen sollte.

»Du scheinst in den letzten Monaten viele wichtige Dinge getan zu haben. Jedenfalls haben die Zensoren eine Menge aus deinen Briefen herausgeschnitten.«

Es wurde immer schlimmer. Suza, die zu Lornas Füßen lag, blinzelte ihn an.

»Mein Liebes, ich kann dir gar nicht sagen, wie schlecht ich mich fühle, weil ich ... nun ... deinen Geburtstag vergessen habe.«

Es war eher ein Geständnis als eine Entschuldigung und wurde mit einem kühlen Blick von Lorna quittiert.

»Ich habe keine Entschuldigung. Kannst du mir verzeihen?«

Die flehentliche Bitte ihres Mannes war zu viel für Lorna. Sie kannte ihn gut genug, um zu erkennen, dass er zutiefst und ehrlich zerknirscht war. Ohne weitere Vorwürfe fiel sie in seine offenen Arme und küsste ihn. »Ich verzeihe dir, Robert«, sagte sie mit Tränen in den Augen. »Willkommen zu Hause, Liebster.« Das einzige Geburtstagsgeschenk, das sie sich gewünscht hatte, war, ihn wieder bei sich zu Hause zu haben, gesund und munter. Alles andere war unwichtig – nun, vielleicht nicht ganz, aber ihren Geburtstag zu vergessen war im Grunde eine Kleinigkeit.

Robert umklammerte Lorna, als würde er in wenigen Sekunden sterben. Er atmete ihren Duft ein. »Ich liebe dich, Lorna.«

Mister David lächelte zufrieden, als er Roberts Armeepferd in den Stall brachte, um es striegeln und füttern zu lassen. Alles war wieder so, wie es sein sollte.

Von Duncan und Meggie war nichts zu sehen.

An jenem Abend saßen Lorna und Robert auf der Veranda, tranken eine gute Flasche Rotwein, sprachen über die Familie, die Farm und Roberts Besuch auf Wakefield. Lorna hörte überrascht zu, als er ihr von seiner Halbschwester erzählte und von den Briefen, die Lady Pamela an Jack Walsh, seinen Vater, geschrieben hatte. Als er ihr von der Tragödie in Carolines Leben berichtete und von ihrem Entschluss, Wakefield für eine Guinea an Cameron zu verkaufen, schüttelte sie den Kopf.

»Dieser Junge ist wirklich mit einem Silberlöffel im Mund geboren«, meinte sie lachend. »Wenn Cam und Ginnie nach Wakefield ziehen, löst sich auch das Problem, wer Morningside übernehmen wird.«

Robert nickte. »Cam weiß noch nichts davon, also sollten wir auch Ginnie besser nichts sagen.«

»Wenn wir sie überhaupt sehen.« Lorna klang plötzlich ernst. »Sie ist so sehr damit beschäftigt, sich um ihre Eltern und deren Farm zu kümmern. Kevin hat sich in den Alkohol geflüchtet, was auch nicht gerade eine Hilfe ist.«

»Aber sie wird doch sicher zu Duncans Hochzeit kommen, oder?«

»Wir werden sehen, mein Lieber, wir werden sehen.«

Als sie hörte, dass Gerda schon wieder schwanger war, schüttelte Lorna den Kopf. Von ihrem Verdacht über Meggies Gefühle für Stanley King erzählte sie Robert nichts. Schließlich war es nur die Intuition einer Mutter.

Der Abend war kühl, aber da sie sich in Küstennähe befanden, nicht kalt. Ihre Unterhaltung wandte sich schließlich dem Krieg zu, dem unvermeidlichen Thema in dieser Zeit.

»Was habe ich über Kitchener gehört? Er soll Buren-Familien von ihren Farmen vertrieben und in spezielle Lager gebracht haben?«, fragte Lorna. »Stimmt das?«

Robert rieb sich die Stirn. »Leider ja. Er hat uns außerdem befohlen, alles niederzubrennen und sämtliche Tiere zu konfiszieren. Lord Roberts weiß, dass die Buren-*komandos* auf die Farmen angewiesen sind, weil sie dort Nahrung und Schutz finden. Er musste etwas unternehmen Der Feind hat seine Taktik verändert. Da die Buren wissen, dass wir über die Mittel verfügen, sie in einem konventionell geführten Krieg zu besiegen, haben sie begonnen, unsere Versorgungslinien zu zerstören. Guerilla-Krieg nennen sie das. Die Spanier haben diesen Ausdruck erfunden, als sie damals auf der iberischen Halbinsel die napoleonische Armee drangsaliert haben. Glaub mir, für unsere Männer da draußen ist das höllisch frustrierend. Und das ist nicht alles. Die britische Öffentlichkeit macht sich Sorgen, wenn die Morgenzeitungen nicht über große Siege berichten können.«

»Und nur, um sie zufrieden zu stellen, führen wir Krieg gegen unschuldige Frauen und Kinder?« Lornas sarkastischer Ausruf überraschte Robert.

»Sie sind nicht unschuldig, wenn sie den Feind unterstützen«, korrigierte er. »Was, wenn ein Buren-*komando* Cameron oder Duncan töten würde? Würdest du dann noch genauso über die Frauen denken?«

Lorna sagte nichts, sie blickte schweigend in den sternenklaren Winterhimmel. Wie konnte sie auf so eine Frage antworten? Robert sah als Soldat nur das Mittel zum Zweck. Sie hingegen empfand Mitleid für die Schwachen und Hilflosen, die an einem Krieg litten, der unter dem Deckmantel von Loyalität, Pflicht und Ehre geführt wurde, in Wahrheit aber nur die Gier einiger weniger zu befriedigen. Es gab keine Antwort.

»Vielleicht bist du nicht meiner Meinung«, unterbrach Robert Lornas düstere Gedanken, »aber die Briten verhalten sich zivilisiert. Ich weiß, dass die burischen Frauen und Kinder in den Konzentrationslagern anständig behandelt werden.«

»*Konzentrationslager?* Nennt ihr sie so?« Lorna schüttelte den Kopf. Wie schnell hatte eine Idee einen Namen bekommen.

»Es bedeutet lediglich, Menschen an einer Stelle zu versammeln, wo man sie unter Beobachtung hat – sonst nichts.«

»Nun, ich habe das ungute Gefühl, dass wir diese Erfindung eines Tages bereuen werden. Wenn sich das Blatt wenden würde – könnten wir die ›Konzentration‹ unserer Familien als zivilisiertes Mittel der Kriegsführung akzeptieren?«

Robert rutschte auf seinem Stuhl hin und her. Ihm war unbehaglich zumute. Er war kein großer Befürworter der Idee. Und das, was er über den kaltherzigen Kitchener gehört hatte, gefiel ihm auch nicht. Dennoch bewunderte er den Mann als Soldaten.

Als Robert und Lorna sich an diesem Abend zurückzogen, liebten sie sich nicht. Es genügte ihnen, zusammen zu sein, sich unter den wärmenden Decken aneinander zu schmiegen. Robert lag in der Dunkelheit und lauschte auf die regelmäßigen Atemzüge seiner Frau. Sosehr er sich bemühte, er konnte einfach nicht schlafen. Wenn die verdammten Buren doch nur ihre Niederlage eingestehen würden, wäre alles vorbei, dachte er. Cam könnte Ginnie heiraten und nach Wakefield ziehen, Duncan und Tanith könnten in Ruhe ihre Kinder großziehen, und auch seine jüngste Tochter könnte ihr Glück finden. Wenigstens hatte Ellie Lindsay. Die Gedanken an seine Familie ließen Robert nicht los, und er schaute an die dunkle Decke. Im Krieg erlebte man es so häufig, dass Väter ihre Söhne beerdigten anstatt anders herum, wie es in Friedenszeiten üblich war. Seit er zu Hause war, hatte er weder Duncan noch Meggie gesehen. Er konnte sich denken, wo sein Sohn war, bedauerte jedoch, Meggie noch nicht getroffen zu haben. Im Krankenhaus war nicht besonders viel zu tun, aber sie hatte die Spätschicht zugeteilt bekommen und würde erst am nächsten Morgen nach Hause kommen können.

Der 15. August dämmerte herauf. Es war ein klarer Tag, aber über den Hügeln in Richtung Eshowe und Nkwalini hingen Rauchwolken in der Luft. Sicher verbrennen die Zulu trockenes Gras, um das Wachstum neuer Pflanzen zu fördern, dachte Robert, während er wartete.

Lorna kam auf die Veranda gerannt, das blonde Haar vom Schlaf zerzaust. Es kümmerte sie ebenso wenig wie die Tatsache, dass Suza sich bei ihrem Anblick erschrak und laut zu bellen begann.

»Du hinterhältiger Kerl«, beschimpfte sie Robert, ließ sich auf seinen Schoß fallen und schlang die Arme um seinen Hals. In der Hand hielt sie eine kleine blaue Samtschachtel.

»Alles Gute zum Hochzeitstag, mein Liebling.«

»Oh, Robert, das wünsche ich dir auch. Was für eine wunderbare Überraschung. Du bist ein sentimentaler alter Idiot, und ich liebe dich so sehr.«

»Ich hoffe, er gefällt dir. Die Auswahl in Durban war ziemlich begrenzt.«

»Ob er mir gefällt? Er ist wunderschön.« Sie öffnete die Schachtel und blickte auf einen funkelnden Zweikaräter, der in schimmerndes Rotgold eingefasst war.

»Hier.« Robert nahm Lornas linke Hand, zog den Ring aus

der Schachtel und streifte ihn neben den schlichten Goldring, den seine Frau seit nunmehr neunzehn Jahren ständig trug.

Lorna war in Tränen aufgelöst. »Du wirst es nicht glauben.«

»Was denn, mein Liebling?«

»Ich habe unseren Hochzeitstag vergessen.«

Sie schauten sich an und brachen gleichzeitig in lautes Gelächter aus.

»Was hältst du davon, wenn wir zwei Pferde nehmen, etwas zum Mittagessen einpacken und den Tag ganz allein verbringen? Wir könnten den Strand entlang nach Mtunzini reiten – nur du und ich.«

»O ja, Robert, ja bitte – aber zuerst möchte ich noch etwas anderes machen. Komm mit mir.« Lorna stand auf, nahm ihren Mann an die Hand und führte ihn ins Schlafzimmer.

Robert widersprach nicht.

Als Torben Ende Mai aus Durban verschwand, geriet Gerda in Panik. Der Brief, den er zurückließ, trug nicht dazu bei, ihre Befürchtung zu zerstreuen. Sie war überzeugt, dass er mit einer anderen Frau weggelaufen war. Sie beschloss, ihm eine Woche zu geben, und wenn er bis dahin nicht zurück war, zur Polizei zu gehen. Torben kehrte vier Tage später zurück. Seine aufgeregte Frau machte ihm lautstarke Vorwürfe, bis er es nicht länger ertragen konnte. Also gestand Torben ihr, wo er gewesen war und warum.

Mit aschfahlem Gesicht hörte Gerda zu, glaubte seine Geschichte jedoch erst, als er ihr den Bankscheck zeigte. Misstrauisch betastete sie das Stück Papier, hielt es hoch, untersuchte das Wasserzeichen und konnte kaum glauben, dass die Zahl, die darauf stand, echt war. »Das ist ja ein Vermögen«, keuchte sie schließlich und sank auf den nächsten Stuhl.

»Du darfst mit niemandem darüber sprechen«, mahnte Torben sie eindringlich. »Du musst mir beim Leben unseres Babys versprechen, dass du es nicht einmal deiner Familie erzählst, sonst helfe dir Gott.«

Gerda schwor es, ihr ängstliches Gesicht überzeugte Torben davon, dass sie sich an ihren Schwur halten würde. Im Übrigen war er klug genug gewesen, ihr nicht alles zu erzählen – vor allem nicht, dass sein Auftraggeber der *Broederbond* war.

Innerhalb einer Woche hatte der Lederhändler Torben darüber informiert, was er zu tun hatte. Er wurde angewiesen, über einen Zwischenhändler in Durban eine große Summe Geld von einem Bankkonto in Deutschland in Kohle zu investieren. Der Krieg hatte viele Schiffe in die Häfen Südafrikas geholt. Diese Schiffe benötigten ebenso wie die Eisenbahn Kohle, um ihre Dampfmaschinen anzutreiben, die den unersättlichen Lord Roberts mit immer neuen Soldaten und Ausrüstung belieferten. Torbens Auftraggeber waren kluge Geschäftsleute, die keine Gelegenheit ausließen, auch dann nicht, wenn sie damit einen vermeintlichen Feind unterstützten. Die Investition würde ihnen ein Vermögen bringen. Was also, wenn er zusätzlich etwas von seinem eigenen Geld investierte? Torben betrachtete die Buren längst nicht mehr als Feinde. Wahre Geschäftsmänner kannten keine nationalen Loyalitäten – für sie gab es nur ein Ziel: Geld zu verdienen. Der Krieg war nichts weiter als eine Gelegenheit wie jede andere. Diejenigen, für die er arbeitete, konnten doch nichts dagegen haben, wenn er sein Privatvermögen in dieselbe Sache investierte wie sie.

Torben hatte eine Gruppe kleinerer Unternehmen gegründet, die er benutzte, um Gelder zu und von seinen gesichtslosen Partnern zu transferieren. Auf den ersten Blick wurden sie alle von ihm kontrolliert. Sein Name war der einzige, der offiziell auf den Dokumenten auftauchte, weitere Anteile gehörten verschiedenen Kapitalgesellschaften, deren Besitzer so gut wie nicht zurückverfolgt werden konnten.

Der Zwischenhändler entpuppte sich als deutscher Jude. Er wirkte ebenso seriös wie seine Firma. »Eine gute Idee, ebenfalls zu investieren, Mister Petersen«, sagte er freundlich. »Die Unternehmen, die Sie im Auftrag Ihrer Geschäftspartner gegründet haben, sind völlig unauffällig. Eins mehr spielt keine Rolle. Man würde in Ihnen nur einen Mann mit Voraussicht und Vertrauen in die Zukunft seines Landes sehen. Ich bin sicher, dass sich Ihre private Investition mehrfach auszahlen wird, wenn Sie nur ein wenig Geduld haben.«

Torben stimmte zu, schüttelte ihm die Hand und verließ sein Büro. Einen Monat später erhielt er seine erste Vergütung abzüglich der geleisteten Vorauszahlung. Auch dieses Mal erfolgte die Zahlung per Scheck. Torbens Auftraggeber waren mit seinen Bemühungen mehr als zufrieden. Es war nun endlich so weit: Er konnte sich das größte Haus in der Stadt kaufen und der Welt – vor allem seiner Familie – beweisen, dass er keineswegs ein Versager war, ganz im Gegenteil. Er war oben angekommen, und andere würden in Zukunft zu ihm aufschauen. Jetzt konnte er das Versprechen halten, das er Alice gegeben hatte. Eines Tages würde sie Diamanten und Gold tragen. Sie hatte nicht lange warten müssen.

Das lag nun fast zwei Monate zurück.

Die Hochzeit von Tanith und Duncan war ein erinnerungswürdiges Ereignis, auch wenn sie nicht ganz so verlief, wie Lorna es sich gewünscht hätte. Die einzigen Gäste waren zwei Schulfreundinnen der Braut, dazu Doktor Parry und Oberschwester Kelly vom Krankenhaus, die sich angeboten hatten, Tanith zum Alter zu führen. Von der Familie kam niemand. Auch Ginnie nicht. Duncan und Robert schien es nicht weiter zu stören. Später am Tag würden Vater und Sohn noch feiern, auf eine Art und Weise, die niemand erwartet hätte – am wenigsten Lorna.

Der Pfarrer war ein kleiner, jovialer Mann namens Jones, der mit Begeisterung Gottes Wort verkündete. Wenn dabei der eine oder andere Drink für ihn abfiel – umso besser. Er erschien eine gute Stunde bevor die mittägliche Zeremonie stattfinden sollte, und nachdem er sich vergewissert hatte, dass die Fenster im ganzen Haus offen standen, um den Herrgott hereinzulassen, machte er deutlich, dass er gegen einen kleinen Drink nichts einzuwenden habe. Lorna war entsetzt, vor allem, als Duncan und Robert beschlossen, auch ein Gläschen zu trinken.

Familie, Freunde und der Pfarrer warteten mit dem leicht beschwipsten Duncan im Haus, während die Bediensteten sich draußen in der Einfahrt aufreihten. Tanith und Oberschwester Kelly, die von Mister David in der offenen Kutsche gebracht wurden, kamen um fünf nach zwölf. Die Braut trug ein schlichtes blaues Kleid, das sie selbst geschneidert hatte. Nichts Außergewöhnliches. Aber Duncan fand sie so schön wie noch nie.

Die Zeremonie verlief ohne Zwischenfälle. Danach unterzeichneten Braut, Bräutigam und Trauzeugen die Heiratsurkunde, ehe sie auf die Veranda gingen, wo Lorna Champagner und kleine Köstlichkeiten bereitgestellt hatte. Sie war während der gesamten Trauung äußerst gefasst gewesen.

Die Tatsache, dass Tanith an diesem Tag auch ihren zwanzigsten Geburtstag feierte, machte für den Stapel Hochzeitsgeschenke, die auf dem Tisch im Salon darauf warteten, geöffnet zu werden, kaum einen Unterschied. Es gab Geschenke von Cameron sowie von Ellie und Lindsay, aber Torben und Gerda hatten nichts geschickt. Ein Päckchen konnte nicht zugeordnet werden, weil keiner wusste, wie es ins Haus gekommen war. Doch dann erkannte Tanith die Handschrift ihrer Mutter.

Robert und Lorna schenkten dem jungen Paar eine nicht unerhebliche Summe Geld und ein wenig Familienschmuck. Sie hatten eigentlich ein anderes Geschenk im Sinn gehabt, aber das musste erst mit Cameron diskutiert werden.

Plötzlich war ein schwaches Miauen zu hören. Als Tanith den Kopf drehte, sah sie, dass Suza ein Auge öffnete. Die Katze miaute erneut. Sie stand am äußersten Ende der Veranda, und als der angeblich taube Hund sie sah, sprang er auf die Füße.

Niemand hatte etwas bemerkt, daher beschloss Tanith nachzusehen, was los war. Suza trottete hinter der Katze her und folgte ihr hinaus zu den Ställen.

Tanith lief durch den Garten und spähte vorsichtig in den Striegelraum, in dem die beiden verschwunden waren. Schwanzwedelnd stand Suza vor der geöffneten Schublade einer alten Kommode, die normalerweise für Pferdepflegemittel genutzt wurde, und schaute hinein. Die Schublade beherbergte einen Wurf kleiner Katzenbabys, sechs insgesamt. Die stolze Mutter rieb sich an seinen Beinen.

Lorna fand ihre Schwiegertochter auf dem Stallboden sitzend vor. Sie sah der Katzenmutter beim Säugen ihrer Jungen zu. »Sieh nur«, sagte sie leise, »sind sie nicht süß?«

Der Schuss, der den Frieden dieses Nachmittags störte, sorgte verständlicherweise für erhebliche Aufregung. Suza wirbelte für ihre Verhältnisse blitzschnell herum und schaute zur Stalltür. Die Katze sprang auf, bereit, ihre Jungen zur Not bis zum bitteren Ende zu verteidigen. Lorna und Tanith schauten sich ungläubig an und lauschten. Sie hörten einen Jubelschrei, dann einen weiteren Schuss.

Lorna half Tanith auf die Füße, dann gingen beide mit wütenden Gesichtern zum Haus zurück. Robert saß auf dem Verandageländer und ließ die Beine baumeln, neben ihm hockten Duncan und Pater Jones. Ein weiterer Schuss ertönte. Lorna glaubte ihren Augen nicht zu trauen. Die drei erwachsenen Männer zielten mit einem Webley-Revolver auf ihre Rosen und versuchten, ihnen die Köpfe abzuschießen! Ihre Zuschauer brachen in lautes Gegröle aus, als eine Blume zu Boden fiel.

»Was zum Teufel macht ihr drei?«, rief Lorna fassungslos. Es war schon schlimm genug, dass sie nicht in der Lage gewesen war, für ihren Sohn eine richtige Hochzeit auszurichten, weil die Welt im Ausnahmezustand war – aber das hier ging wirklich zu weit. Sie waren alle vor der Hochzeit sehr angespannt gewesen, das stimmte, doch welche Erklärung gab es für den Pater?

Niemand sagte ein Wort. Es war totenstill. Alle Augen waren auf Lorna gerichtet. Sie holte tief Luft, um eine weitere Schimpfkanonade loszulassen, da spürte sie, wie jemand sie von der Seite anstupste. Sie drehte sich abrupt um – und sah in Tanith' lächelndes Gesicht.

»Ach zum Teufel«, rief Lorna. »Lasst mich auch mal!«

Mister Davids ältester Sohn Henry, inzwischen ein kräftiger junger Mann von zwanzig Jahren, stand unsicher vor seinem Vater, der das Mittagsmahl für seine Familie zubereitete. Er hatte die Küche voller Zuversicht betreten, aber sein Mut war gesunken, als er gemerkt hatte, dass die Person, die er sprechen wollte, die Störung im Moment gar nicht schätzte.

»Ich werde mich *nkosi* Cameron als Späher anschließen«, verkündete er. »Hier ist der Brief mit meiner Einberufung.« Henry versuchte selbstsicher zu klingen, spürte jedoch, dass er weiche Knie hatte. Er hatte vor niemandem Angst – außer vor seinem Vater.

»Wann ist das angekommen?«, fragte Mister David. Sein Unmut war nicht zu überhören.

»Gestern.«

»Und warum hast du mir nicht gleich davon erzählt?« Mister David wischte sich die mehligen Hände an der Schürze ab und betrachtete seinen Sohn, den er so sehr liebte und der eines Tages seine Rolle auf Morningside übernehmen sollte.

»Ich ...« Henry zögerte. »Ich wusste nicht, was du dazu sagen würdest, wenn ich fortgehe, um für die Briten zu kämpfen.«

Mister David seufzte und legte die Hände auf den Holztisch. Von draußen drangen vertraute Geräusche zu ihm – das Lachen und Schwatzen der weiblichen Bediensteten, die das Haus reinigten und sich über die Neuigkeiten im Kraal unterhielten; das Gegacker eines stolzen Huhns, das ein Ei gelegt hatte; Lornas sanfte Stimme, die auf der Veranda eine in Tränen aufgelöste junge Frau tröstete, die sich um die Treue ihres Ehemanns sorgte. Es waren friedliche, beruhigende Geräusche in einem Land, das vom Krieg der Weißen zerrissen war.

»Wie kann es sein, dass mein erstgeborener Sohn fortgeht, wenn er eines Tages meinen Platz hier einnehmen soll?« Mister David war besorgt über Henrys Pläne. »Dieser Krieg zwischen Briten und Buren hilft unserem Volk nicht.« Der düstere Ausdruck, der ganz kurz die Augen seines Sohnes trübte, entging ihm nicht.

»Der Krieg wird einen Krieger aus mir machen, wie du einer warst«, antwortete Henry.

»Ich habe auf Geheiß meines Königs gekämpft«, erwiderte Mister David. »Nicht für eine ferne Königin, die nichts von unserem Land weiß.«

»Und eines Tages werde auch ich für unser Volk kämpfen«, sagte Henry leise. »Aber zunächst muss ich das Wesen des Krieges kennen lernen.«

Diese einfache Aussage beunruhigte Mister David. Seine Söhne waren gemeinsam mit denen von Lorna und Robert aufgewachsen. Wenn es um akademische Studien ging, war Henry bei weitem der klügste von ihnen. Mit europäischen Sitten und Gebräuchen war er vertraut. Aber obwohl er darüber hinaus eine freundschaftliche Beziehung zu seinen Dienstherren hegte, hatte er häufig darüber geklagt, dass er ihnen nie ebenbürtig sein würde. Als sie sich nun in der Küche gegenüberstanden, entdeckte Mister David an seinem Sohn etwas, das sich als wesentlich gefährlicher erweisen konnte als ein Kampf auf Seiten der Briten. »Die Buren werden dich töten, wenn du in ihre Gefangenschaft gerätst«, sagte Mister David, er wusste jedoch, dass der Versuch, seinen Sohn umzustimmen, scheitern würde.

»Ich habe keine Angst vor den Buren«, antwortete Henry. »Wenn dieser Krieg vorüber ist, werden wir noch immer Fremde in unserem eigenen Land sein, ganz gleich, wer ihn gewinnt. Die Briten sind nicht viel besser als die Buren.«

Mister David spürte, wie Zorn in ihm aufstieg. Doch in den Augen des jungen Mannes lag eine Wahrheit, die er nie hatte eingestehen wollen, nicht einmal vor sich selbst. Die Zeiten veränderten sich. Innerhalb von fast dreißig Jahren war ihm der Mann, für den er arbeitete, sowohl Freund als auch Feind gewesen. Was Henry sagte, war richtig. Sein Volk war enteignet worden. Der einst stolzen Nation war nichts anderes übrig geblieben, als zu tun, was die, die ihnen das Land und die Traditionen genommen hatten, von ihnen verlangten. Wenn es sein musste, würde Mister David ohne zu zögern für Robert oder jedes andere Mitglied seiner Familie sterben. Aber dies war ein neues Land, sein Sohn ein junger Mann mit einer europäischen Erziehung und viel Zeit, um die Jahre zu verändern, die vor ihnen lagen.

Henry stand auf. Er rechnete mit dem Schlimmsten, und war daher mehr als überrascht, als sein Vater sich umdrehte, um seinen Teig weiterzukneten. »Gibst du deine Erlaubnis, *madala?*«

»Geh mit deinem Freund«, sagte Mister David, ohne aufzublicken. »Und vergiss niemals, dass er ein Bruder ist, ganz gleich, welche Hautfarbe er hat. Wenn du für die Zulu-Nation kämpfen willst, kannst du dies nicht mehr mit dem *assegai* tun, sondern nur mit der Waffe, die der weiße Mann dir gegeben hat.«

»Vielleicht lassen sie mich kein Gewehr tragen«, meinte Henry.

»Das meine ich nicht«, antwortete sein Vater lächelnd. »Ich meine, mit Worten. Nur durch Verständnis und Verzeihung können wir ein einziges Volk werden – Afrikaner, weder Zulu noch Briten oder Buren.«

Noch nie zuvor in seinem Leben hatte der junge Mann so viel Liebe für seinen Vater empfunden wie in diesem Augenblick, als sie nebeneinander in der Küche standen. Der ältere Mann hatte ihm nichts verweigert, er hatte ihm seinen Segen gegeben und einen Rat für die Zukunft. Der Fortschritt kam vielleicht nur Schritt für Schritt, aber Henry glaubte fest daran, dass der Kampf Seite an Seite mit den Briten ein guter Anfang war. Er musste nur lernen und überleben. Als Zulu hatte er den Krieg im Blut. Er würde neben seinem Freund stehen, und sie würden gemeinsam zu Männern werden.

Ohne ein weiteres Wort wandte Henry sich um und verließ hoch erhobenen Hauptes die Küche.

20

Der burische Farmer lag in einer großen Blutlache und starrte gen Himmel. Neben ihm kniete eine alte Frau, seine Frau, mit der er über ein halbes Jahrhundert verheiratet gewesen war, und schluchzte ihre Trauer über diesen sinnlosen Tod heraus. Ein paar Meter entfernt lag seine uralte Flinte. Sie war nicht einmal geladen. Hühner pickten beharrlich in der staubigen Erde, um irgendwo ein Samenkorn oder ein kleines Insekt zu finden. Der Winter hatte sich zurückgezogen, und der Frühling lag verheißungsvoll über dem Land. Es hatte monatelang nicht geregnet.

Duncan saß auf seinem Pferd und blickte wie betäubt auf die traurige Szene vor sich. Der Bure hatte nichts weiter getan, als sein Zuhause verteidigt und die paar Maisstauden, die er dem unfruchtbaren Boden durch lebenslange harte Arbeit mühsam abgetrotzt hatte.

»Scheiße«, hörte Duncan Fairfax ausrufen.

»Entweder er oder einer von uns.« Die zitternde Stimme kam von irgendwo hinter ihm.

Duncan wandte sich um und sah, wie das jüngste Mitglied der Patrouille seinen Karabiner senkte. Er ritt erst seit einer Woche mit ihnen, seit Robert krank geworden und zur Beobachtung ins Krankenhaus gebracht worden war. Der Junge war neunzehn Jahre alt, ein Frachtarbeiter aus Durban. Sein entsetzter Gesichtsausdruck spiegelte die Gefühle der meisten Männer aus seiner Einheit wider – diese Arbeit war nicht nach ihrem Geschmack. Viele, auch Fairy Fairfax, waren selbst Farmer. Aber leider waren ihre Befehle klar und unmissverständlich.

Wegen öffentlicher Proteste in England war Lord Roberts gezwungen gewesen, seine Strategie zu überdenken. Inzwischen war das Niederbrennen von Farmen nur noch gestattet, wenn tatsächlich auf Truppen gefeuert wurde, um Beschädigungen an Eisenbahn- und Telegraphenleitungen zu rächen oder um eine Basis für Operationen gegen den Feind zu errichten. Das klang gut, machte in der Praxis jedoch keinen Unterschied.

Fairfax und seine Späher hatten die zusätzliche Aufgabe erhalten, alle Farmen zu überprüfen und die nötigen Maßnahmen einzuleiten. Ihr Anführer spürte, wie ihm beim Anblick der Szene vor sich die Galle hochkam. Der alte Mann hatte nur allzu gut gewusst, warum die Truppe bewaffneter Soldaten gekommen war, und beschlossen, sein mageres Eigentum bis zum Tod zu verteidigen. Er war aus dem Haus gelaufen, hatte die Eindringlinge beschimpft und ein antiquiertes Gewehr, das seinem Vater gehört hatte, in Anschlag gebracht. Der junge Mann, auf den er gezielt hatte, hatte reagiert wie jeder Soldat und zuerst gefeuert. Sein Schuss hatte getroffen, der Bure war zu Boden geschleudert worden, als das mit Stahl ummantelte Geschoss sein Herz getroffen hatte.

»Was nun, Sir?«, fragte Duncan. Er fürchtete sich vor der Antwort.

»Sie wissen, was zu tun ist«, antwortete Fairfax, jagte sein Pferd auf einen kleinen Hügel zu, von dem aus man das Farmhaus und die Nebengebäude sehen konnte. Er schaffte es nicht, den Befehl auszusprechen, der dazu führte, dass ein Zuhause und alles, was sich darin befand, zerstört würde.

»Brennt es nieder«, sagte Duncan leise, aber laut genug für seine Männer. »Das Haus, die Scheune, den Wagen, alles. Sergeant Sims, lassen Sie Ihre Männer das Vieh zusammentreiben, falls es welches gibt. Wir werden es mitnehmen.«

Der Mann wendete sein Pferd und trottete davon, froh, dass man ihm keine unangenehmere Aufgabe gegeben hatte.

Duncan beschloss, einen Blick ins Haus zu werfen. Er stieg ab, zog seinen Revolver und näherte sich vorsichtig der offenen Tür. In dem mit Wellblech gedeckten Haus war es dunkel. Und heiß. Als sich seine Augen nach der gleißenden Sonne draußen an die Dunkelheit gewöhnt hatten, schaute er sich um. Der einzige Raum war schlicht möbliert, ein Bett, ein Tisch, zwei Stühle und in einer Ecke eine Glasvitrine mit wenigen Familienschätzen. Auf dem Tisch stand ein einzelnes Foto neben einer geöffneten Bibel. Es zeigte einen Mann mittleren Alters zwischen zwei Jungen, die vierzehn oder fünfzehn sein mochten. Zwillinge, dachte Duncan. Alle drei blickten ernst in die Kamera. Jeder hatte ein modernes Mauser-Gewehr in der Hand, über der Brust trugen sie Gürtel mit Munition. Duncan nahm das sepiafarbene Foto in die Hand, staubte es mit dem Ärmel kurz ab und ging dann hinaus, um es der Frau zu geben, die vermutlich die Mutter und Großmutter war. Sie blickte auf, die Augen voller Tränen. »Danke, *meneer*«, war alles, was sie sagte.

»Was ist mit ihr?«, fragte einer der Soldaten. »Was machen wir mit der Frau?«

»Lasst sie in Ruhe«, antwortete Duncan. »Sie hat genug erlitten.«

»Glauben Sie, sie schafft es?«

»Ich bete darum«, sagte Duncan leise. Er hoffte inständig, dass der Rauch, der nun senkrecht in die Luft stieg, Hilfe holen würde. Irgendwo hatte sie noch Familie, aber ihr Mann und ihr Zuhause waren ihr genommen.

Duncan ritt zu Fairy auf den Hügel hinauf, ohne sich noch einmal umzusehen. Er konnte die brennenden Gebäude riechen und das Krachen der Flammen hören, die alles zerstörten. Sosehr er es auch versuchte, Duncan würde das Bild der alten Frau in ihrem langen schwarzen Kleid, die neben der dürren Leiche ihres Mannes kniete, lange nicht vergessen können. In vielen schlaflosen Nächten würde es ihn in seinen Träumen heimsuchen, das wusste er.

Der Krieg zweier Armeen, die sich auf dem Schlachtfeld gegenüberstanden, war vorüber. Nun herrschte eine Taktik, die ein müdes, aber noch immer stolzes Volk zerschmettern sollte, ungeachtet des menschlichen Leids, das dadurch entstand. Duncan empfand dies als Schändung des Landes und derjenigen, die hier lebten – auch wenn es sich um den Feind handelte. Er war nach seiner Beurlaubung befördert worden und hatte nun den königlichen Auftrag, alle ihm von seinen Vorgesetzten erteilten Befehle auszuführen. In den letzten Wochen war er zunehmend desillusioniert und wütend geworden. Begriffen diese Idioten in Whitehall denn nicht, welche Folgen ihr Krieg haben würde? Wie konnten diejenigen, deren Heimat dieses Land hier war, darauf hoffen, irgendwann neben ihren ehemaligen Feinden weiterleben zu können? Diese Frage ließ ihn nicht los, während sie von der brennenden Farm fortritten.

In diesem Augenblick wurde Duncan erstmals klar, dass er Afrikaner war, nicht Brite – Afrikaner wie Mister David. Er und seine Familie und alle, die dieses Land zu ihrer Heimat gemacht hatten. Es war eine folgenschwere Erkenntnis, eine, die die Hoffnung auf Gerechtigkeit in sich trug.

Sechs Monate war es nun her, seit Meggie und Mister David Stan King nach Kingsway gebracht hatten, wo er zu Hause war. Sechs Monate, in denen er sich nicht gemeldet hatte. Aber warum hätte er das auch tun sollen?, fragte Meggie sich.

Die Zeit war schnell vergangen. Torben war stolzer Vater einer kleinen Tochter namens Alice geworden. Sie war sein Augapfel und ein zuckersüßes Wesen. Gerda bestand seither darauf, ihre Schwägerin Tante Margaret zu nennen. Das war gut gemeint, aber Meggie fühlte sich damit viel zu alt.

Duncan hatte ihre beste Freundin geheiratet, endlich, nur

hatte ihre verfrühte Schwangerschaft zu einem ernsthaften Zwist mit ihren Eltern geführt. Tanith und ihr Vater sprachen noch immer kein Wort miteinander.

Im Krankenhaus verlief alles ruhig. Es war ein Freitagnachmittag Ende September, und Meggie beschloss, ihrem Schicksal einen kleinen Stoß zu geben. Sie hatte keine überzeugende Ausrede für ihre Reise nach Nkwalini gefunden und ihre Mutter aus diesem Grund gar nicht erst angelogen. Lorna hatte sich zunächst um die Sicherheit ihrer Tochter gesorgt, aber als diese die nötigen Vorbereitungen traf, wurde ihr klar, dass sie durchaus in der Lage war, auf sich aufzupassen. Meggie nahm ihre Lieblingsstute, eine Pistole und eine Winchester mit, damit war sie zumindest gegen die vierbeinigen Räuber gewappnet.

Jetzt blickte sie auf Kingsway und fühlte sich nervöser als je zuvor in ihrem kurzen Leben. In ihre Angst mischte sich eine kribbelnde Vorfreude auf das, was in den nächsten Stunden passieren könnte. Viel zu viele schlaflose Nächte, in denen sie sich in ihrem Bett von einer Seite auf die andere gewälzt hatte, führten Meggie nun zu dem Mann, in den sie sich verliebt hatte. Den Mann, den sie *Ndlovu* nannten.

Einer der Zulu hatte ihn darüber unterrichtet, dass sich eine Besucherin näherte. »Meggie?« Sie hörte ihren Namen und sah Stan vor dem Haus stehen. Nichts hatte sich verändert. »Bist du es?«, rief er und hob eine Hand vor die Augen, weil ihn die Sonne so blendete. Sie trieb ihr Pferd vorwärts, um dem Bär von einem Mann endlich gegenüberzustehen.

Meggie rutschte aus dem Sattel und warf sich in seine starken Arme. »Ich wollte dich sehen«, sagte sie, als ihre Füße wieder die Erde berührten. »Das ist alles.«

Sein gebräuntes Gesicht blickte zu ihr herab. Sein strahlendes Lächeln ließ Meggies Herz noch schneller schlagen. »Ich nehme an, du bleibst«, war alles, was er sagte.

»Ist das eine Einladung?«, fragte sie.

Nebeneinander gingen sie zum Haus, Stan führte ihr Pferd.

Sie erreichten den Eingang, wo er die Satteltaschen abschnallte und sie sich über die Schulter schwang. Dann zog er die Winchester aus dem Lederhalter und bat einen jungen *umfana*, zu kommen und sich um ihr Pferd zu kümmern.

Als sie ins Haus gingen, streifte Meggies Hand Stans Arm. Sie erschrak über das Gefühl, das diese kleine Berührung bei ihr ausgelöst hatte. Stan legte Meggies Sachen auf den Tisch und wandte sich dann zu ihr um. Er sah ihr in die Augen, dann fanden sich ihre Lippen.

Sie gaben dem nach, was bis zu jenem Moment unausgesprochen zwischen ihnen gestanden hatte. Alles wurde bedeutungslos, als sich ihre Körper voller Leidenschaft aneinander drängten und sie endlich den Gefühlen freien Lauf ließen, die sie viel zu lange unterdrückt hatten. Die Tatsache, dass Stan doppelt so alt war wie Meggie, kam ihnen nicht ein einziges Mal in den Sinn.

»Ich liebe dich, Meggie«, flüsterte Stan in ihre schwarzen Locken und atmete den Duft der Frau ein, die ihm so sehr gefehlt hatte. »Weiß Gott, ich habe mich lange gefragt, ob ein so wunderbares Mädchen wie du in einem gebrochenen alten Mann wie mir etwas sehen kann. Ich liebe dich von ganzem Herzen. Noch nie habe ich einen Menschen so geliebt wie dich.«

Meggie hatte sich so lange danach gesehnt, diese Worte von ihm zu hören, doch nun machten sie ihr plötzlich Angst. Sie war sich der Konsequenzen, die dieser Moment für den Rest ihres Lebens haben würde, nur allzu bewusst.

Stan spürte Meggies Anspannung und schob sie von sich. Er sah die Angst in ihren Augen. Betroffen ließ er die Hände sinken. »Es tut mir leid, Meggie. Bitte entschuldige meine Impulsivität.«

»Nein, nein.« Meggie klammerte sich an seinen Arm, sah Kummer und Schmerz statt Leidenschaft in seinem Gesicht. »Ich finde, du bist der wunderbarste Mann, den ich je kennen gelernt habe.« Sie streckte die Hand aus und berührte zärtlich sein unrasiertes Kinn. »Bis heute war ich nur nicht sicher, ob ich diesen Moment je erleben würde.«

Stan senkte den Kopf und vergrub sein Gesicht in ihrem Haar. »Dann lass mich dir eines sagen. Was immer von heute an geschieht – die Chance, die einzige Frau, die ich je lieben werde, in den Armen zu halten und zu küssen, hat aus mir den glücklichsten Mann der Welt gemacht.«

Sie lächelte über seine aufrichtigen Worte. Sie waren direkt aus dem Herzen dieses sanften Riesen gekommen; er hatte ihr soeben seine Seele zu Füßen gelegt. »Ich liebe dich auch, Stanley King. Ich glaube, das tue ich seit dem Moment, in dem ich dich im Krankenhaus das erste Mal sah. Oje!« Meggie schlug die Hände vors Gesicht und lachte, als sie an das dachte, was an jenem Tag passiert war.

»Was ist los?« Stan sah sie verständnislos an. »Habe ich etwas falsch gemacht?«

Meggie schüttelte den Kopf. »Ganz im Gegenteil.« Sie hatte einen spitzbübischen Blick. »Es ist nicht wichtig.« Dann schlang sie die Arme um seinen Hals und küsste ihn.

Stan hob sie hoch. Mit Leichtigkeit trug er Meggie zu dem einzigen Zimmer, in dem sie bisher noch nicht gewesen war, trat die Tür auf und setzte sie auf sein zerwühltes Bett.

Sie protestierte nicht, auch wenn sie sich ein wenig vor dem fürchtete, was nun passieren würde. Langsam begann er, sie auszuziehen. Er knöpfte ihre Bluse auf und das Mieder darunter und enthüllte schließlich ihre kleinen, festen Brüste. Er beugte sich vor und küsste ihre Brustwarzen, ehe er sein Hemd auszog und den kräftigen Oberkörper entblößte, der die Narben so vieler Abenteuer trug. Meggie hatte seinen Körper schon gesehen, aber irgendwie kam er ihr jetzt ganz anders vor. Mit dem Finger fuhr sie über eine Narbe auf seiner muskulösen Brust. Ganz tief in ihr machte sich Erregung breit.

Stan führte ihre Hände an die Schnalle seines Gürtels, und schon bald hatte sie ihn seiner Stiefel und seiner Hose entledigt.

Vorsichtig legte Stan Meggie aufs Bett, dann senkte er den Kopf, um ihren milchig weißen Körper zu liebkosen. Als sein Mund ihre intimste Stelle fand, hielt sie seinen Kopf und stöhnte vor Lust. Das Feuer in ihren Lenden wurde zum lodernden Inferno. Meggie konnte sich nicht mehr genau daran erinnern, wie er ihr den Hosenrock abgestreift hatte, den sie zum Reiten trug, dafür war ihr umso bewusster, welches Wort sie geschrien hatte, als er schließlich mit einem langsamen, behutsamen Stoß in ihren bereitwilligen Körper eingedrungen war. »*Ndlovu!*«

Nun lag sie sicher und geborgen in seinen Armen, und die Sonne schickte ihre wärmenden Strahlen in jede Zimmerecke. Die Zeit hatte alle Bedeutung verloren, erst jetzt konnte sie das, was zwischen ihnen geschehen war, in seiner ganzen Vollkommenheit erfassen. Stan hatte die Augen geschlossen, und sie sah ihn voller Glück an. Ganz gleich, was ihre Familie – vor allem ihr Vater – dazu sagen würde, sie würde diesen Mann nie wieder verlassen. Sie würde seine Frau werden und ihm viele Kinder schenken.

Meggie konnte nur eine Nacht bleiben. Sie wusste, dass sie am nächsten Tag wieder aufbrechen musste, wenn sie zu Hause den Familienfrieden erhalten wollte. Am Morgen zeigte Stan ihr die Stoßzähne, die Michael Duffy gehört hatten. Sie waren in der Tat riesig. Nach einem Frühstück aus Mais-Porridge und frischer Milch gingen sie spazieren und redeten ohne Ende. Zum Mittagessen kam es nicht. Es gab Wichtigeres zu tun.

Widerstrebend küsste Meggie Stan zum Abschied und schwang sich in den Sattel. »Ich habe dir etwas Biltong in die Satteltasche gepackt«, sagte er. »Neben diesen kleinen Revolver.«

»Ein Mädchen muss sich schließlich verteidigen«, antwortete Meggie lachend. »Du hast ja gesehen, was passieren kann.« Mit diesen Worten winkte sie ihm noch einmal zu und ritt davon.

Lorna saß im Salon und legte letzte Hand an eine bestickte Tischdecke, als Meggie den Kopf zur Tür hereinstreckte. »Ich bin wieder zu Hause. Mach für mich bitte kein Abendessen.«

Ehe sie verschwinden konnte, hielt die Stimme ihrer Mutter sie zurück. Sie klang scharf. »Hier herein, wenn ich bitten darf.« Meggie zögerte zunächst, dann betrat sie das Zimmer. Lorna sah sie an. »Ich glaube, wir müssen uns dringend unterhalten, junge Lady. Zumindest, wenn du dein kleines Geheimnis vor deinem Vater verborgen halten möchtest.«

Meggie war überrascht. »Woher weißt du es?«, fragte sie.

Seufzend zeigte Lorna neben sich auf das Sofa und machte ihrer Tochter ein Zeichen, sich zu setzen. »Ich bin eine Frau, meine Liebe. Auch wenn ihr Kinder euch das vielleicht nicht vorstellen könnt, ich weiß, wie es ist, die Liebe zu entdecken – und die Intimität, die dazugehört.«

Meggie war schockiert über die Offenheit ihrer Mutter. »Was hat das mit mir zu tun?« Sie blieb vorerst stehen, in der Hoffnung, das Gespräch, das sie auf sich zukommen sah, noch irgendwie vermeiden zu können. »Ich muss mich dringend umziehen.«

»Setz dich bitte«, sagte Lorna. Dieses Mal war es ein Befehl. »Wir beide müssen miteinander reden, ehe dein Vater zurückkehrt und erfährt, dass du mit einem Mann zusammen warst, der doppelt so alt ist wie du.«

Meggie ließ sich ihrer Mutter gegenüber in einen Sessel fallen. »Ich war mit dem Mann zusammen, den ich heiraten werde«, erklärte sie trotzig. »Da gibt es nichts zu reden.«

»Ich bin nicht deine Feindin, Liebes.« Lorna sprach ganz ruhig. »Dein Vater und ich lieben dich von ganzem Herzen, und es ist kein Geheimnis, dass du sein ganz besonderer Liebling bist. Es würde ihn furchtbar verletzen, wenn sich daran etwas änderte. Aus diesem Grund ist es wichtig, dass wir uns über deine Affäre mit Stanley King unterhalten, von Frau zu Frau.«

Meggie wurde rot. Sie hatte keine Ahnung, wie ihre Mutter

auch nur ahnen konnte, was zwischen ihr und Stanley vorgefallen war. Lornas Augen fixierten sie mit einem eisernen Blick, vor dem es kein Entrinnen gab. Schau einem Löwen nie in die Augen!, das hatte ihr Vater einmal gesagt. Zweifellos galt das auch für eine Löwin. »Es ist keine Affäre«, sagte sie leise und hielt den Kopf schamhaft gesenkt. »Wir lieben uns.« Meggie hörte ihre Mutter seufzen, wusste aber nicht, was das bedeutete. Ihre nächsten Worte verrieten es ihr.

»Stanley King ist ein netter Mann, aber findest du nicht, dass er ein bisschen zu alt für dich ist?«

Meggie sprang auf und rannte mit großen Schritten zur Tür. »Es geht dich nichts an, wen ich heiraten möchte«, schrie sie. »Stan und ich werden heiraten, und niemand – weder du noch Vater, noch der Teufel – wird mich daran hindern.«

Während die wütenden Worte ihrer Tochter im Raum nachhallten, überlegte Lorna, ob sie Robert etwas von Meggies Absicht erzählen sollte. Aber wie sollte man einem Mann, der seine Tochter noch immer für ein kleines Mädchen hielt, so etwas beibringen? Robert konnte manchmal so blind sein. Lorna seufzte. Meggie hatte offenbar an der verbotenen Frucht genascht. Aber war es Liebe? Lorna erhob sich, ohne wirklich klüger als zuvor zu sein.

Präsident Krüger war am 11. September nach Portugiesisch-Ostafrika geflohen. Mitte Oktober befand er sich auf einem Schiff nach Holland, um zu versuchen europäischen Beistand für die Interessen der Buren zu finden. Nie wieder würde er einen Fuß in sein geliebtes Transvaal setzen.

Am 25. Oktober annektierte Lord Roberts die ehemalige Buren-Republik und erklärte sie zu einem Teil des Britischen Empires. Die Goldminen, die Milner, Rhodes und Beit so sehr begehrt hatten, gerieten in den Besitz von Königin Victoria.

In Großbritannien überlebte der für die Kolonien zuständige

Staatssekretär Joseph Chamberlain einen mit dem Vorwurf der Schieberei behafteten Skandal über die Waffengeschäfte seiner Familie. Die so genannte »Khaki-Wahl« brachte eine Regierung zurück ins Amt, die von David Lloyd Georges' Partei der Liberalen stark bedrängt worden war. In Afrika ging der Krieg der Weißen weiter.

Der Oktober verhieß Regenfälle, doch dabei blieb es. Cameron ritt an der Seite von Henry. Er war sich bewusst, dass manche Männer die enge Verbindung zwischen ihrem befehlshabenden Offizier und einem Kaffer gar nicht guthießen. Andere, die wussten, dass Henry von der Familienfarm ihres Anführers stammte, sahen darin nichts weiter als das Verhältnis zwischen einem Diener und seinem Vorgesetzten – Henry war ein Schwarzer, der immer zur Stelle war, um die Bedürfnisse seines weißen Herrn zu befriedigen.

Die Hufe der Pferde wirbelten kleine Staubwolken auf, als sich die Patrouille langsam über das spärlich bewachsene Lowveld nördlich des Crocodile River bewegte. Sie befanden sich im Sabi-Nationalpark, einem achtzehnhundert Quadratmeilen großen Naturschutzareal, das 1898 von Präsident Krüger gegründet worden war. Dennoch gab es überall Spuren von Wilderei. Außerdem war es ein von Tsetsefliegen geplagtes Gebiet; in den letzten zwei Wochen waren zwei ihrer Pferde an der Schlafkrankheit gestorben.

Camerons Einheit war im Zuge von Lord Roberts' allgemeiner Umstrukturierung aufgestockt worden und führte nun die Suche nach dem an, was von Louis Bothas Transvaal-Armee übrig war. Sie hatte sich aufgeteilt und bewegte sich von Komatipoort aus Richtung Norden, nachdem sich fast zweitausend desillusionierte und kriegsmüde Soldaten – einschließlich vieler fremder Söldner – den neutralen portugiesischen Behörden ergeben hatten.

Während er ritt, dachte Cameron nicht an die Aufgabe, die er zu erledigen hatte. Seine Gedanken kreisten um den Inhalt eines Briefs, den er am Vortag erhalten hatte, als endlich ein Sack mit Post bei ihrer Truppe eingetroffen war. Dem Absendedatum nach zu urteilen war der Brief über zwei Monate alt. Mit Freude hatte Cameron registriert, dass er Ginnies Handschrift trug, und den Schatten eines einsamen Eukalyptus-Baumes gesucht, wo er ihn ungestört lesen konnte. Aber das, was er dann gelesen hatte, hatte ihn vor Entsetzen erschaudern lassen.

Es tut mir leid, mein Geliebter, aber ich muss dir etwas Schreckliches mitteilen. Meine Worte werden dir großen Schmerz zufügen. Ich schreibe diesen Brief nur schweren Herzens, zumal du dich in ständiger Gefahr befindest. Aber besser dies, als mit einer Lüge zu sterben.

Kevin wird nie wieder laufen können, und meine Familie braucht mich nun mehr als je zuvor. Das ist kein Leben für dich, liebster Cam, und es bricht mir das Herz, dir sagen zu müssen, dass wir niemals Mann und Frau werden können. Bitte hass mich nicht aufgrund dieser Entscheidung. Auch du musst vergessen, was hätte werden können. Ich bete zu Gott, dass du eines Tages die Liebe finden wirst, die du verdienst.

In ihrem Brief berichtete Ginnie weiter von der Farm und machte Bemerkungen zum Wetter. Die Tatsache, dass sie sein Leben für immer verändert hatte, schien ihr völlig gleichgültig zu sein.

Cameron war wie gelähmt. Er las ihre Worte wieder und wieder, und ein Gefühl von Frustration und Wut trat an die Stelle der freudigen Erwartung, die er vorher verspürt hatte. Wenn ich doch nur nach Hause reiten und mit ihr reden könnte, dachte er verzweifelt. Aber das war unmöglich, und er wusste es. Im Moment blieb ihm nichts anderes übrig, als mit Ginnies Abfuhr zu leben. Zumindest konnte er nun mit anderen mitfühlen, die ähnliche Briefe von ihren Frauen oder Verlobten erhalten hatten. Ein junger Soldat hatte sich sogar das Leben genommen. In diesen ersten Stunden der Verzweiflung verstand Cameron warum – der Gedanke kam auch ihm in den Sinn. Er hatte die Monate der Entbehrung und der Strapazen häufig nur deshalb ertragen, weil er wusste, dass zu Hause eine wunderbare Frau auf ihn wartete, sobald dieser Krieg zu Ende war.

»Geht es dir nicht gut?« Henry kam auf seinen Freund zu, der immer noch unter dem Eukalyptus-Baum saß. »Du siehst blass aus, selbst für einen Weißen.«

Cameron schaute auf. Er bemühte sich um ein Lächeln, auch wenn er den Tränen nahe war. »Alles bestens«, antwortete er, aber seine Worten wirkten nicht überzeugend. »Ich habe nur schlechte Nachrichten von zu Hause bekommen.« Als er Henrys erschrockenen Gesichtsausdruck sah, beeilte er sich zu versichern: »Nein, nein, keine Angst, auf Morningside ist alles in Ordnung. Ginnie hat lediglich beschlossen, mich doch nicht zu heiraten.«

Henry schüttelte mitleidig den Kopf. Er wusste, wie sehr sein Freund Virginia liebte. »Das tut mir leid«, sagte der Zulu. »Mein Herz fühlt mit dir.«

»Das ist nicht dein Problem«, antwortete Cameron. Er stand auf und klopfte sich den Staub von der khakifarbenen Uniform. »*C'est la vie*«, fügte er achselzuckend hinzu.

Henry hatte nicht den blassesten Schimmer, was Cameron damit meinte, aber er sah den Schmerz im Gesicht seines Freundes und wusste, wie gefährlich er sein konnte. In diesem Krieg hatte er schon mehrfach Männer erlebt, die ein ähnliches Schicksal erlitten hatten und irgendwann keinerlei Anteil mehr an dem nahmen, was um sie herum geschah. Es war ein Schmerz, der leicht zum Tod führen konnte.

Das war nun vierundzwanzig Stunden her, und noch immer ging Cameron der Inhalt von Ginnies Brief nicht aus dem Kopf. Seine Männer registrierten, dass er sich anders verhielt als sonst, und waren beunruhigt. Cameron hatte sich als fähiger Anführer erwiesen, und seine plötzliche Gleichgültigkeit bereitete ihnen Sorgen.

»Ein Reiter nähert sich«, rief Henry. Er war fast immer der Erste, der bemerkte, wenn sich in ihrer Umgebung etwas bewegte. Cameron hatte es nicht wahrgenommen. Hinter einer mit wogendem Gras bewachsenen Ebene wurde der Busch dichter, dort wo der Fluss Sabi verlief. Ein Späher brach aus dem Unterholz und kam im Galopp auf sie zu. Cameron und Henry ließen die Patrouille anhalten und ritten dem Afrikaner entgegen.

»Ungefähr eine Meile jenseits des Flusses liegt eine Farm«, berichtete der Späher. »Dort befinden sich drei Männer, vielleicht sind im Haus noch mehr. Es sind Buren.«

»Hast du gesehen, ob sie bewaffnet sind?«, fragte Cameron.

»Das sind sie bestimmt.«

Cameron entließ den Späher und schickte Henry los, um Lieutenant Christison zu verständigen. Wenige Minuten später stand der junge Unteroffizier vor ihm. »Ich habe eine Aufgabe für Sie«, begann Cameron ohne Umschweife. »Vor uns liegt eine Farm, ungefähr eine Meile auf der anderen Seite des Flusses. Nehmen Sie Ihre Männer, und durchsuchen Sie sie. Drei Bewohner wurden gesichtet, vielleicht sind es mehr. Von Eingeborenen war keine Rede, aber nehmen Sie sicherheitshalber Henry mit, falls Sie einen Übersetzer brauchen. Ein paar von uns anderen werden den Fluss weiter unten überqueren und im Schutz der Bäume warten. Lassen Sie sich von dem Späher berichten, was Sie erwartet, und nehmen Sie ihn als Führer mit. Noch Fragen?«

Grantley Christison dachte kurz nach. »Nein, Sir«, antwortete er dann.

»Dann machen Sie sich auf den Weg. Viel Glück.« Cameron nickte Henry zu und sah den beiden davonreitenden Männern nach. Wenige Minuten später folgte er.

Konzentriert erfüllte Sergeant-Major Mulligan seine Pflicht indem er sich davon überzeugte, dass alles sorgfältig vorbereitet war. Waffen und Munition wurden überprüft, Sattelgurte, selbst

Wasserkanister. Nichts blieb dem Zufall überlassen. Die Sache mit der Farm konnte ein Hinterhalt sein. Mulligan warf einen Blick auf seinen Befehlshaber und fragte sich erneut, wieso er so verändert war. Der Mann, mit dem er so lange unterwegs war, wirkte plötzlich distanziert, als sei er mit den Gedanken ganz woanders, und das beunruhigte den kriegserfahrenen Unteroffizier zutiefst.

Nachdem Lieutenant Christison mit seinen Männern vorausgeritten war, gab Cameron seiner Truppe das Kommando zu folgen. Der Fluss war seicht, und auf der anderen Seite fanden sie rasch eine versteckte Stelle, von der sie das Farmhaus beobachten konnten. Durch ein Fernglas sah Cameron einen großen bärtigen Mann an der Tür erscheinen und mit erhobenen Händen hinaustreten. Zwei weitere folgten ihm.

»Passiert etwas?«, fragte Sergeant-Major Mulligan leise.

»Sehen Sie selbst«, antwortete Cameron und reichte ihm den Feldstecher.

Mulligan sah zu, wie drei Soldaten abstiegen und mit gezogenen Waffen vorsichtig in das Gebäude eindrangen.

Das Anwesen lag in der flirrenden Mittagshitze. An einem grasbewachsenen Abhang stand das Wohnhaus, umgeben von Zäunen, die ebenso reparaturbedürftig waren wie das Haus selbst. Cameron war die Sache plötzlich nicht geheuer. Er nahm das Fernglas wieder an sich und suchte sorgfältig die Umgebung ab. Er prüfte jede Stelle, an der sich jemand verbergen konnte, um seine ahnungslosen Männer in die Falle zu jagen. An einer Seite des Hauses befand sich eine kleine Anhöhe, über die man nicht hinwegschauen konnte. Cameron verfluchte sich selbst, dass er nicht umsichtiger gewesen war, ehe er seinen stellvertretenden Kommandeur losgeschickt hatte. Mindestens hundert berittene Männer könnten sich dort versteckt halten, dachte er und stellte fest, dass er mit den Gedanken nicht bei seiner Aufgabe gewesen war.

»Sieht so aus, als befände sich der Lieutenant wieder auf dem

Rückweg«, sagte Mulligan und hielt sich die Hand vor die Augen, um sich vor der gleißenden Sonne zu schützen.

Cameron schaute erneut durch sein Fernglas und sah, wie Lieutenant Christison seinen Männern ein Zeichen gab, sich zurückzuziehen. Er wollte gerade einen Seufzer der Erleichterung ausstoßen, als der junge Unteroffizier vom Pferd stürzte. Ein Schuss zerriss die Stille, dann ein weiterer, und dann war plötzlich die Hölle los. Irgendwer neben Henry fiel, danach kippte ein dritter Mann im Sattel vornüber und konnte sich nur retten, indem er sich an den Hals seines Pferds klammerte.

»Allmächtiger Gott«, entfuhr es Cameron. Durch das Fernglas konnte er einen Gewehrlauf erkennen, der aus einem der vorderen Fenster des Hauses ragte, das seine Männer gerade erst durchsucht hatten. »Die Schweine haben sie in eine Falle gelockt.«

Von hinten kam eine Gruppe Reiter herangeprescht, in vollem Galopp ritten sie auf die Rückseite des Hauses zu. Sie führten drei gesattelte Pferde mit sich. Instinktiv überlegte Cameron, seine verbliebenen Männer loszuschicken, aber er erkannte, dass sie das Farmhaus niemals erreichen würden, bevor die drei Buren, die noch immer von drinnen feuerten, das Weite gesucht hätten.

»Was sollen wir tun, Sir?« Mulligan sah Cameron gespannt an. »Sir! Wie lautet unser Befehl?«

Cameron konnte die Frustration in der Stimme seines Unteroffiziers hören. Kameraden und Freunde waren vor seinen Augen angegriffen worden, und er hatte nichts dagegen tun können. Einige kostbare Sekunden lang zögerte Cameron, unfähig, eine Entscheidung zu treffen. Er hatte vierzig Männer unter seinem Kommando und sie alle enttäuscht.

»Sir?« Dieses Mal brüllte Mulligan das Wort heraus.

»Wir bleiben an Ort und Stelle. Geben Sie der hereinkommenden Patrouille Deckung. Feuern Sie, was das Zeug hält.« Cameron sah den geringschätzigen Gesichtsausdruck Mulligans, als dieser sich umwandte, um die Anordnungen weiterzugeben. Seine Männer standen in den Steigbügeln und warteten darauf, sich auf den Feind zu stürzen.

Die Überlebenden kamen in halsbrecherischem Tempo auf sie zugaloppiert, bis auf einen. Henry war abgestiegen und zerrte Lieutenant Christison zu seinem Pferd. Das Kommando, sich in Sicherheit zu bringen, ignorierte er.

Die Männer im Haus hatten das Feuer eingestellt und waren nicht mehr zu sehen. Wahrscheinlich waren sie bereits durch die Hintertür. In diesem Moment sah Cameron zwei der Buren, die die Pferde mit sich geführt hatten, auf Henry zureiten. Es sah aus, als wollten sie seine Bemühungen, Lieutenant Christison zu retten, vereiteln.

»Ziel auf zwölf Uhr, zwei Reiter«, donnerte Cameron. »Beeilung... Schnellfeuer, drei Runden!« Sofort richteten die Männer in ihrem Versteck alle Aufmerksamkeit auf die beiden Reiter, die auf Henry und den verwundeten Unteroffizier zugaloppierten. Die Entfernung betrug mindestens tausend Meter, aber die Schnellfeuergewehre gaben so viele Geschosse ab, dass ein oder zwei ihr Ziel sicher treffen würden. Es funktionierte. Zufrieden sah Cameron zu, wie einer der Buren aus dem Sattel gerissen wurde und der zweite überstürzt floh, um sich hinter der Anhöhe in Sicherheit zu bringen, hinter der auch seine Kameraden verschwunden waren.

Keuchend zerrte Henry den verletzten Unteroffizier die letzten Meter zu seinem Pferd und hievte ihn quer über den Sattel. Sein Körper hing leblos herab. Der Zulu ergriff die blutgetränkten Zügel, schwang sich hinter ihm auf das Tier und ritt in Richtung Fluss. Jubelnd honorierten die zuschauenden Soldaten die mutige Tat. Der Großteil der Patrouille kehrte sicher zurück. Sie hatten noch einmal Glück gehabt, das wusste Cameron.

Zwei Soldaten halfen Henry dabei, Lieutenant Christison vorsichtig auf die Erde zu legen. Cameron sprang von seinem Pferd und klopfte seinem Freund auf den Rücken. »Gut gemacht, Henry, das war eine großartige Leistung.« Das Lob wurde von den anderen mit anerkennendem Nicken bestätigt. Cameron kniete sich neben den jungen Unteroffizier, der mit weit aufgerissenen Augen vor ihm im Staub lag.

»Hatten Papiere, auf denen stand, dass sie die Amnestie unterzeichnet hätten«, stieß er mühsam hervor. Er schien schreckliche Schmerzen zu haben. »Tut mir leid, Sir. Sie haben uns in die Falle gelockt.« Blut sickerte aus dem Waffenrock des Mannes, dann drang plötzlich pinkfarbener Schaum aus seinem Mund und erstickte jedes weitere Wort.

Cameron riss Christisons Kleidung auf. Er war in den Rücken getroffen worden, die Kugel war durch den Körper gedrungen und hatte einen Lungenflügel zerrissen. Die Austrittswunde war gigantisch. »Ein Dumdumgeschoss«, murmelte Cameron angewidert. Die Praxis, Patronen so zu präparieren, dass sie bei Körperkontakt explodierten, war seit über einem Jahr von der Haager Konvention geächtet. Ein gurgelndes Geräusch beendete den Todeskampf des Mannes.

»Sollen wir versuchen, die Mörder zu schnappen?« Kopfschüttelnd betrachtete Sergeant-Major Mulligan den Toten. »Dann können wir es ihnen mit gleicher Münze heimzahlen.«

»Das werden wir, Mulligan«, versprach Cameron. »Aber erst, wenn ich es sage«, fügte er mit fester Stimme hinzu. Er warf dem Mann einen Blick zu, der seine Autorität unterstrich. »Sehen Sie die Stelle dort links, wo die Buren verschwunden sind?«

Mulligan blickte mit zusammengekniffenen Augen in die Ferne und betrachtete den kaum erkennbaren Grat, den Cameron meinte. »Ja, Sir. Auf dieser Seite des Hauses, in ungefähr zweihundert Metern Entfernung.«

»Wenn Sie ihr Anführer wären, wo würden Sie eine PomPom oder ein Maschinengewehr in Stellung bringen?«

»Genau dort, Sir. Dann hätten sie freie Schusslinie, wenn wir versuchen würden, unsere restlichen Männer zu bergen. Auf dem offenen Gelände hätte niemand eine Chance.«

»Richtig«, antwortete Cameron. Er wusste, dass sein Unteroffizier nun verstanden hatte, weshalb er den Befehl zum Sturm auf das Farmhaus nicht gegeben hatte.

»Tut mir leid, Sir«, sagte Mulligan leise. Es war nicht an ihm, die Anordnungen eines höherrangigen Offiziers in Frage zu stellen, aber irisches Blut war nun einmal irisches Blut, und manchmal kochte es eben über.

Wie aufs Stichwort durchdrang der Lärm einer schnell feuernden Maxim die Stille, und ein Kugelhagel zerriss die Baumkronen über ihren Köpfen. »Absteigen und Deckung suchen«, brüllte Cameron. Seine Männer ließen sich nicht lange bitten, während der feindliche Schütze die Reichweite neu justierte. Er konnte sein Ziel nicht sehen, aber das spielte keine Rolle. Bis auf ein paar dürre Baumstämme und einige Felsen direkt am Fluss gab es keinerlei Deckung. Camerons Pferd wieherte ängstlich und brach tot zusammen, als es von einer Kugel an der Flanke getroffen wurde.

»Sie hatten Recht«, stieß Mulligan aus, als sich die beiden Männer Deckung suchend hinter das tote Tier warfen. »Wir wären regelrecht abgeschlachtet worden.«

»Ja, aber nun haben sie sich selbst eine Falle gestellt – wenn wir schnell genug reagieren können.« Cameron riskierte einen vorsichtigen Blick. Das Geschütz schien direkt in einer Erdmulde positioniert zu sein. »Smithy!«, rief er einem seiner Männer zu, einem immer fröhlichen Schotten, der sich einige Meter entfernt hinter einen Baum gekauert hatte.

»Sir?«

»Reiten Sie wie der Teufel zur Hauptkolonne zurück. Sagen Sie den Jungs von der Artillerie, dass wir ein Ziel für sie haben. Hier, nehmen Sie die Karte mit. Erklären Sie ihnen unsere Position und die des Feindes. Ich schätze, es könnten bis zu dreißig Buren da oben sein.« Cameron drückte dem wartenden Soldaten die Karte in die Hand.«

»Wird gemacht.« Smithy nickte und steckte sie in die Innentasche seines Waffenrocks. Tapfer schwang er sich in den Sattel und ritt durch den inzwischen sporadischer werdenden Kugelhagel zurück durch den Fluss.

Die Hauptkolonne war mindestens zehn Meilen entfernt, und Cameron hoffte inständig, dass die Verstärkung rechtzeitig bei ihnen sein würde, ehe sich der Feind im Schutze der Dunkelheit davonstehlen konnte. Er wandte sich an seinen Unteroffizier. »Dieses *komando* verfügt wahrscheinlich nicht über allzu viel Munition, und mit etwas Glück haben sie keine Ahnung, wie stark wir sind. Wir müssen sie nur hier festnageln, bis die Jungs mit den großen Waffen kommen.«

Mulligan lud seine Lee Metford nach, stützte sich auf den Sattel des toten Pferdes und richtete das Gewehr konzentriert auf das winzige Ziel. »Feuer!«, rief er und drückte den Abzug.

Cameron schickte Henry los, um sich ein Bild über die Zahl ihrer Opfer zu machen, während er den Feind im Auge behielt und hoffte, dass die Buren nicht versuchten auszubrechen. Aber wer immer sie anführte, wäre ein Narr, wenn er dort bliebe. Ihr Versuch, die Patrouille in eine Falle zu locken, war gescheitert, und nach den ungeschriebenen Gesetzen des Guerilla-Krieges war es nun höchste Zeit zu verschwinden.

Henry kehrte zurück, um zwei Tote und drei Verwundete zu melden. Die Pferde waren am schlimmsten zugerichtet.

Cameron nickte. Er sah den Mann, mit dem er aufgewachsen war, kurz an und sagte: »Wenn du ein normaler Soldat wärst, hättest du für das, was du heute hier getan hast, das Victoria-Kreuz erhalten.«

»Und Weißer müsste ich sein«, fügte Henry hinzu. »Meine Haut hat die falsche Farbe. Aber ich habe es ohnehin nicht für eine Medaille getan.«

»Warum hast du dann für einen von uns dein Leben riskiert?«, fragte Cameron. Er wusste, dass sein Freund aus Kindertagen die Art und Weise, wie die Europäer das Zulu-Volk behandelt hatten, zutiefst verachtete.

Henry öffnete das Gehäuse unter seinem Gewehr, zog den Bolzen und füllte Patronen in die Kammer. »Ich bin nicht sicher«, antwortete er. »Vielleicht lag es daran, dass ich wusste, dass du dasselbe getan hättest.«

Drei Stunden später vernahm Cameron den Lärm der schweren Artilleriegeschütze, die mit dem Beschuss der feindlichen Stellung begannen. Sie feuerten von der anderen Seite des Flusses, weit entfernt von der Reichweite einer PomPom. »Los geht's«, rief er, hob das Fernglas an die Augen und sah die ersten Geschosse direkt hinter dem Kamm einschlagen. Ein Soldat signalisierte die nötigen Korrekturen per Heliograph, und die nächste Salve traf genauer. Sekunden später donnerte das Mündungsfeuer aus insgesamt sechs 12-Pfünder-Geschützen. Die Geschosse trafen genau in die Erdmulde.

Camerons Patrouille sah zu, wie Männer und Pferde in Panik über den Hügelkamm flohen. Sie hörten, wie einer der Soldaten eine leichte Korrektur der Flugbahn angab, die den flüchtenden Buren Tod und Verderben brachte. Die Stahlgeschosse zerrissen Männer und Pferde gleichermaßen. Gliedmaßen wurden abgetrennt, Köpfe zerschmettert, Organe zerfetzt.

Es war ein schrecklicher Anblick, aber Cameron sah dem Abschlachten teilnahmslos zu. Durch seinen Feldstecher beobachtete er, wie sich das trockene Gras rot färbte. Es hatte nichts mit der rasch untergehenden Sonne zu tun. Er empfand kein Mitgefühl für die Toten und Sterbenden, nicht mal für seine eigenen Leute. Woran liegt das?, fragte Cameron sich und spürte, dass seine Hände unkontrolliert zitterten. Noch nie hatte er im Kampf eigene Soldaten verloren. Die Männer entfernten Sattel und Zaumzeug von den toten Pferden, eine Kugel brachte denen Frieden, die zu schwer verletzt waren.

Cameron schaute sich um. Das alles wäre nicht passiert, wenn er ein verlässlicher Anführer gewesen wäre. Er hatte seine Männer im entscheidenden Moment im Stich gelassen. Cameron wusste, dass ihn das für den Rest seines Lebens nicht mehr loslassen würde. Es war das Zeug, aus dem Albträume gemacht waren.

»Was machen wir mit dem Farmhaus?« Mulligans Stimme drang in seine Gedanken.

»Brennt es nieder«, schrie Cameron. »Brennt alles nieder.«

21

Ein heftiger Windstoß fegte durch den Garten, und die Hühner flatterten erschrocken auf. Lorna saß auf der Veranda und fächelte sich mit einem hübsch verzierten chinesischen Fächer kühle Luft zu. Sie beobachtete, wie sich der Himmel weit draußen über dem Indischen Ozean schwarz verfärbte, als ein gewaltiger Sommerregen hinabging. Sie konnte ihn geradezu riechen. Es würde nicht lange dauern, bis sich auch hier der trockene Boden in eine Schlammwüste verwandeln würde.

Früher hatte Lorna die Stunde vor Anbruch der Dunkelheit meist mit Lesen oder Schreiben verbracht oder einfach nur damit, zuzusehen, wie die einzelnen Familienmitglieder nach Hause zurückkehrten. In den letzten Monaten jedoch war diese Stunde immer häufiger eine Zeit zum Nachdenken und Entspannen geworden.

Wenigstens kamen ab und zu Briefe, aber Lorna war zunehmend beunruhigt über das, was zwischen den Zeilen stand. Duncan wurde immer pessimistischer. Er schrieb, dass sie den Krieg nur gewinnen konnten, indem sie sich großen Hass auf Seiten der Besiegten zuzogen. Lorna verstand gut, warum ihr Sohn so frustriert war. Duncan hatte immer offen seine Meinung gesagt und jede Ungerechtigkeit verurteilt. Das Niederbrennen der Buren-Farmen war eine Praxis, die er nicht guthieß.

Cameron bereitete Lorna die größten Sorgen. Zu Anfang des Krieges waren seine Briefe zuversichtlich und optimistisch gewesen, voller Lob für die Briten. Vor etwa einem Monat war etwas geschehen, was dies völlig verändert hatte. Der letzte Brief, den Lorna erhalten hatte, hatte verbittert und wütend geklungen. Cameron hatte ihr keine Erklärung geliefert. Und Lorna wusste, dass sie ihren Söhnen erst dann helfen konnte, wenn sie wieder zu Hause waren, dort wo sie hingehörten.

Nur Ellies Briefe vermittelten einen Hoffnungsschimmer. Sie schrieb, dass die Zahl der Kriegsopfer drastisch zurückgegangen sei und das Eheleben mit Lindsay eine einzige Freude.

Lorna rechnete nicht damit, etwas von Robert zu hören; er war nie ein großer Briefschreiber gewesen. Duncan hielt sie auf dem Laufenden, was das Wohlergehen seines Vaters betraf. Lorna musste immer lächeln, wenn er schrieb, dass es Robert gut gehe und er grüßen ließe. Sie wusste, dass die Schreibfaulheit ihres Mannes nichts mit mangelnder Liebe zu tun hatte. Im Geiste war er immer bei ihr, da war sie sich sicher. Lorna wurde aus ihren Träumen gerissen, als sie einen Reiter auf ihr Haus zukommen sah.

Es war Meggie, die von einem ihrer regelmäßigen Besuche auf Kingsway zurückkehrte. Sie bat ihre Mutter nicht mehr um Erlaubnis, denn nichts, was diese sagte oder tat, hätte sie davon abhalten können, den Mann zu sehen, den sie liebte und heiraten wollte. Und Lorna war sich nur allzu bewusst, dass ihre Tochter das Haus verlassen und sich für immer von der Familie lösen würde, wenn sie versuchte, ihr den Umgang mit Stanley King zu verbieten. Ihre Beziehung blieb angespannt.

Robert wusste noch immer nichts von Meggies großer Liebe, und Lorna hoffte inständig, dass er bald nach Hause kam, um die Angelegenheit ein für alle Mal zu beenden. Meggie war sein besonderer Liebling, und sie vergötterte ihn. Er war der einzige Mensch, auf den ihre dickköpfige Tochter vielleicht hören würde.

Lorna erkannte, dass die Anziehungskraft, die Stanley King auf Meggie ausübte, viel damit zu tun hatte, dass er Robert sehr ähnlich war. Beide Männer hatten ein faszinierendes, gefährliches Leben hinter sich. Sagte man nicht, dass Söhne häufig die Ebenbilder ihrer Mütter heirateten und Töchter die ihrer Väter?

Meggie war von oben bis unten staubbedeckt. Sie winkte ihrer Mutter fröhlich zu. Jetzt stieg sie von ihrem Pferd, klopfte sich ab, zog die Winchester aus der Halterung und rief einen Stallknecht, der das Tier versorgen würde. Müde stieg Meggie die Stufen hinauf und ließ sich neben ihrer Mutter in einen Korbsessel fallen.

»Du kommst früher, als ich erwartet habe, mein Kind. Gibt es Probleme im Paradies?« Lorna hatte nicht sarkastisch klingen wollen, aber die Worte waren heraus, ehe sie es verhindern konnte.

»Nein, Mutter.« Meggie runzelte die Stirn. »Stan musste nach Durban, und ich wollte nicht allein auf Kingsway bleiben.« Sie sah einen Brief auf dem Tisch liegen und erkannte Duncans Handschrift. »Ich habe unterwegs Tanith besucht. Sie ist unglaublich rund.«

»Die Ärmste ist schon eine ganze Zeit überfällig«, bestätigte Lorna und verdrängte ihre Ressentiments gegen Meggies und Stans Beziehung.

»Duncan muss panisch sein«, meinte Meggie. »Ich hoffe, es wird ein Mädchen – die sind so niedlich. Jungs tun die ganze Zeit nichts anderes als streiten und kämpfen.«

Lorna lachte. »Ich werde morgen zu ihr fahren und sehen, ob ich ihr irgendwie behilflich sein kann.«

Meggie las den Brief ihres Bruders, und Lorna ließ ihre Gedanken schweifen. Es würde ihr erstes richtiges Enkelkind sein. Die Tochter von Torben und Gerda zählte irgendwie nicht so richtig – auch wenn sie das natürlich nie laut ausgesprochen hatte. Duncans und Tanith' Kind würde blutsverwandt mit ihr sein. Lorna überlegte, was sie tun konnte, um das Baby auf dieser Welt willkommen zu heißen. Sie hatte die Schwangerschaft intensiv verfolgt und war nun leicht besorgt, dass die Zeit überschritten war.

»Eigentlich«, schlug Lorna vor, »könnten wir beide Tanith morgen früh besuchen.«

»Das ist eine großartige Idee«, erwiderte Meggie fröhlich. Vielleicht würde das neue Familienmitglied ja die Nähe zwischen Mutter und Tochter wiederherstellen können.

Wenn nur Robert und Duncan auch hier sein könnten, dachte Lorna bedrückt.

Torben stellte fest, dass er von Nacht zu Nacht weniger schlief. Es gab keinen Zweifel, dass er sowohl auf dem Hinweg als auch auf dem Rückweg zu seinem Büro am Ende der West Street beschattet wurde. Es waren Weiße, die seine Schritte genau verfolgten, aber viel mehr hatte er bisher noch nicht herausfinden können.

An diesem Tag hatte Torben endlich genug Mut gefasst, um einem von ihnen entgegenzutreten, bewaffnet mit einem Regenschirm und seiner Derringer-Pistole. Der Fremde drehte sich einfach um und verschwand im Gewimmel der indischen Händler, die ihre exotischen Waren an selbst gezimmerten Ständen feilboten. Torben beschloss, ihn nicht zu verfolgen. Frustriert setzte er seinen Nachhauseweg fort.

Selbst in der begrünten Seitenstraße der Musgrove Road, wo sich sein sicher hinter einem hohen schmiedeeisernen Zaun verborgenes Haus befand, konnte er die Blicke spüren, die ihn auf Schritt und Tritt beobachteten. Er litt ganz bestimmt nicht unter Verfolgungswahn. Diejenigen, die ihn beschatteten, waren perfekt organisiert und verfügten über so viele Helfershelfer, dass er sich kein einziges Gesicht einprägen konnte.

Torben schloss die Eingangstür hinter sich und reichte seinen Schirm dem livrierten schwarzen Dienstmädchen, das gelernt hatte, einen kleinen Knicks zu machen, wenn sie einen Befehl vom Hausherrn oder der Hausherrin entgegennahm. Gerda wartete im Salon auf ihn.

»Ist alles in Ordnung, Torben? Du siehst so blass aus.«

»Es ist nichts.« Torben schüttelte den Kopf und versuchte jeder weiteren Frage seiner sehr aufmerksamen Frau auszuweichen. »Bloß die Hitze.«

»Du solltest wirklich besser die Kutsche nehmen, Darling. Es ist viel zu heiß, um zu Fuß zu gehen.«

Torben murmelte eine Entschuldigung und verließ den Raum, um nach oben in sein Arbeitszimmer zu gehen. Er setzte sich an seinen Schreibtisch und starrte an die gegenüberliegende Wand. Dabei dachte er über das nach, was passiert war, seit er das Büro verlassen hatte. Wer immer der Mann war, er wollte anonym bleiben, überlegte Torben. Zumindest bestätigte das seinen Verdacht, dass er beschattet wurde. Die Tatsache, dass er nicht wusste warum oder von wem, machte ihm große Angst. Konnte es sein, dass der *Broederbond* ihn beobachtete?

Torben versuchte eine Antwort zu finden, die einen Sinn ergab. Wollten sich seine Auftraggeber versichern, dass er tat, wofür sie ihn bezahlten? Er bezweifelte es. Seine Verfolger schienen jung und trainiert zu sein – wie Polizisten. Dieser Gedanke ließ ihn erschauern. Was, wenn die britischen Behörden seinen Aktivitäten auf die Spur gekommen waren? Obwohl es sehr warm war, fröstelte Torben plötzlich. Für das, was er tat, konnte er gehängt werden. Seinen privaten Wohlstand zu vergrößern war eine Sache, den Feind bei der Finanzierung des Krieges zu unterstützen eine ganz andere.

Torben kam zu dem Schluss, dass sich das Risiko lohnte. Es würde nicht mehr lange dauern, bis er den ihm zustehenden Platz in der Gesellschaft von Durban gefunden hatte. Schon bald würde er in allen exklusiven Etablissements und prestigeträchtigen Clubs zwischen Kapstadt und Kimberley ein gern gesehener Gast sein. Geld brachte Ansehen und öffnete Türen. Selbst wohlhabende Juden wurden akzeptiert, viele schafften es bis ganz nach oben. Ja, der potenzielle Gewinn lohnt jedes

Risiko, dachte er. Er stand auf und goss sich einen großzügigen Schluck des teuersten Whiskys ein, den er in Durban hatte kaufen können. Zwei Kisten mit feinstem schottischem Whisky waren bereits unterwegs zu ihm. Er würde besonders wichtige Geschäftspartner beschenken und sie so mit seinem Geschmack und seinem Wohlstand beeindrucken.

Ein Klopfen an der Haustür und eine laute, herrische Stimme rissen Torben aus seinen Träumereien. Eine Sekunde erstarrte er in absolutem Entsetzen, unfähig, sich zu regen. Wie war der Besucher durch das Tor gekommen? Dieser dämliche Kaffer musste es wieder offen gelassen haben! Er hörte das Dienstmädchen mit dem unerwarteten Gast diskutieren. Wer immer es war, er ließ sich nicht abwimmeln. Torben stürzte den Inhalt seines Glases in einem Schluck herunter und trat hinaus auf den Korridor. Gerda stand bereits an der Treppe, Alice schützend an ihren großen Busen gepresst.

»Was ist los? Was sind das für Männer?«, fragte sie ängstlich.

Dann waren es also mehr als einer – das hatte er nicht erwartet. »Ich werde es sofort herausfinden«, antwortete Torben ruhig. »Mach dir keine Sorgen, Liebste. Das letzte Mal, als Fremde vor unserer Tür standen, hat sich unser Leben zum Positiven verändert.« Er legte die Hand beruhigend auf Gerdas Arm und lächelte. In Wahrheit drehte sich ihm der Magen. »Du bringst Alice ins Bett, und ich kümmere mich um unseren Besuch.«

Torben lief hinunter in die Eingangshalle, wo das Dienstmädchen die Fremden in Schach hielt. Es waren insgesamt drei, alle bekleidet mit schlecht sitzenden Anzügen und Bowler-Hüten. Sie sahen ziemlich albern aus, Torben wusste auf den ersten Blick, dass es keine Geschäftsleute waren. »Danke, Sixpence«, meinte er. »Ich kümmere mich um sie.« Das Mädchen ließ sich nicht zweimal bitten.

»Mister Torben Petersen?«, fragte einer der Männer. Torben schätzte ihn auf Mitte vierzig, er sprach mit einem Londoner

Akzent. Seine Begleiter waren jünger, vielleicht Ende zwanzig. Sie wirkten ziemlich brutal.

»Ja, das bin ich«, antwortete Torben ruhig. Seine Gelassenheit erstaunte ihn, zumal seine Knie vor lauter Angst zitterten. »Und darf ich fragen, wer Sie sind, Sir?«

»Inspektor Wild, Durban City Police.« Ohne sich auszuweisen drängte sich der Mann grob an Torben vorbei. Seine beiden Begleiter folgten ihm. In der Eingangshalle schauten sie sich aufmerksam um. »Wer wohnt sonst noch in diesem Haus?«

»Meine Frau, meine Tochter und vier Dienstboten«, antwortete Torben ungeduldig. Er ärgerte sich über den Einschüchterungsversuch dieses Mannes, der sich als Polizist ausgab. Die anderen begannen jetzt, Türen zu öffnen, einer ging zur Treppe. Ihr dreistes Eindringen erzürnte Torben. »Wissen Sie eigentlich, wer ich bin, Inspektor?«, fragte er, seine Stimme bebte vor Entrüstung.

»Ich dachte, das hätten wir bereits geklärt, Sir.«

Torben ignorierte die unverschämte Antwort »Ich gestatte weder Ihnen noch Ihren Männern, in meinem Haus herumzuschnüffeln.«

Der Polizist drehte sich zu Torben um. Seine kalten blauen Augen sahen ihn geringschätzig an. »Meine Männer machen nur ihren Job, Mr. Petersen. Ich bin mir sicher, dass Sie nichts zu verbergen haben.«

Torben hatte keine Ahnung, was der Mann meinte. »Ich finde, Sie sollten mir den Grund für Ihr unerlaubtes Eindringen nennen und dann verschwinden, ehe ich die Angelegenheit an meinen Rechtsanwalt übergebe.«

»Ich bin sicher, dass Sie nur allzu gut wissen, warum wir hier sind«, antwortete Wild, hob eine kostbare handbemalte Vase hoch und untersuchte sie, ohne Interesse an ihrem Wert zu zeigen.

»Es tut mir leid, aber ich muss Sie enttäuschen«, zischte Torben und starrte den Eindringling an. Wenn das hier etwas mit seinen jüngsten Geschäften mit den Buren zu tun hatte, warum wurde er dann von der Polizei verhört und nicht vom Heeresnachrichtendienst? »Ich bitte Sie nun zum letzten Mal zu gehen. Wenn Sie weitere Fragen habe, schlage ich vor, dass wir uns morgen im Büro meines Anwalts treffen.«

»Nun gut«, sagte der Inspektor und stellte die Vase vorsichtig auf ihren Sockel zurück. »Trotz des Krieges gilt der Grundsatz der Engländer, dass ihr Heim ihre Burg ist. Ist es nicht so, Mr. Petersen?«

Die beiden anderen kehrten in die Eingangshalle zurück und schüttelten auf einen fragenden Blick von Inspektor Wild den Kopf. »Nun gut«, sagte er. »Wir sehen uns morgen. Sagen wir – zehn Uhr? Die Adresse ist uns bekannt. Eine guten Abend, Sir.«

Damit waren die drei Männer verschwunden. Torben ging in den Salon, um sich noch einen Drink einzuschenken. »Verdammt«, murmelte er und stürzte den Inhalt des Glases hinunter.

Plötzlich stand Gerda hinter ihm. Sie hatte offenbar geweint, ihr Make-up war verschmiert, ihre Augen rot und feucht. »Was hast du getan, Torben, das so viel Angst und Schrecken in unser Haus bringt?«

»Nichts«, antwortete er, aber es klang wenig überzeugend. »Mein Anwalt wird das morgen klären.«

»Einer von ihnen war sogar im Kinderzimmer«, sagte Alice. Sie unterdrückte ein Schluchzen und wischte sich mit ihrer plumpen Hand über die Wange. »Es war schrecklich. Er stand bloß da und hat sich umgesehen, ohne ein Wort zu sagen. Es war so beängstigend.«

»Nun, jetzt sind sie ja fort.« Torben war mit den Gedanken ganz woanders. Was um alles in der Welt können sie nur gesucht haben?, überlegte er krampfhaft. Es ärgerte ihn plötzlich, dass er bis zum nächsten Morgen warten musste, ehe er es erfuhr. Er beschloss, sich erst einmal auf die Suche nach diesem verfluchten Kaffer zu machen, der das Tor nicht anständig verschlossen hatte.

Keiner von ihnen ahnte, dass sich ihr Leben bald für immer verändern würde.

Tanith Granger-Acheson lag auf ihrem Bett und hielt mit den Händen das Kopfteil umklammert. Sie hatte die Knie angezogen und die Beine gespreizt.

»Schieb«, forderte Lorna ihre Schwiegertochter auf. »Es dauert nicht mehr lange. Du machst das sehr gut.«

Lorna und Meggie waren eine Stunde zuvor gekommen und hatten die junge Frau völlig aufgelöst und mit weit aufgerissenen Augen vorgefunden. »Meine Fruchtblase ist geplatzt. Caliph ist losgeritten, um die Hebamme zu holen und meine Mutter zu verständigen. Ich glaube, sie kommen zu spät.«

Lorna hatte sofort erkannt, dass keine Zeit mehr zu verlieren war. Ohne zu zögern, hatte sie das Kommando übernommen und Meggie Anweisungen zugerufen. Wenn nötig, würden sie das Baby allein auf die Welt holen. Lorna hatte das zwar noch nie gemacht, aber da sie sechs eigene Kinder geboren und schon häufig bei den Tieren auf der Farm geholfen hatte, zauderte sie nicht. Sie redete beruhigend auf Tanith ein und hielt ihren Zustand genau im Auge, während Meggie das schweißüberströmte Gesicht ihrer Freundin mit einem feuchten Tuch abtupfte.

»Oh, Duncan, wo bist du nur?«, schrie Tanith. »Dieser verfluchte Krieg«, keuchte sie und rang nach Luft. Dann versuchte sie sich aufzusetzen, um den Schmerz etwas zu erleichtern. »Daran ist nur der verdammte Krieg schuld.«

Lorna lächelte. »Ich glaube eher, mein Sohn.«

Tanith war längst nicht mehr in der Lage zu erklären, was sie meinte, und sank erschöpft in die Kissen zurück. Meggie wandte sich mit angstvoll aufgerissenen Augen ihrer Mutter zu. Einen Moment lang hasste sie Duncan, weil Tanith so litt. Aber dann, nach der längsten Stunde in Tanith' Leben schrie sich Frazer Dalrymple in die Welt, ein zerknautschtes, rotes Wesen – Meggies erster Neffe. Das Wunder eines neuen Lebens hatte begonnen, und alle Schmerzen waren vergessen.

Die Hebamme war bei einer anderen Geburt aufgehalten worden, die traurig geendet hatte, aber sie kam rechtzeitig genug, um die Nabelschnur zu durchtrennen und Tanith und das Baby, die beide sichtlich erschöpft waren, zu untersuchen. Das Gesicht der resoluten Frau war vom Alter und von Kummer zerfurcht. Sie hatte ihr silberfarbenes Haar zu einem strengen Knoten aufgesteckt. Lorna und Meggie warf sie für ihre geleistete Hilfe einen anerkennenden Blick zu. Das Neugeborene war glücklicherweise kerngesund.

»Er ist wunderhübsch«, meinte Meggie und blickte auf das in eine Decke gehüllte Bündel in Tanith' Armen. Das winzige Gesicht verzog sich; die fremde Welt, in die der kleine Frazer gerade gekommen war, schien ihm nicht zu behagen. Tanith lächelte, sagte jedoch nichts. Ihr einziger Wunsch war es, Duncan könne bei ihr sein und seinen Sohn sehen.

»Er wiegt über viertausend Gramm, das ist verdammt viel«, erklärte Lorna, die hinter Meggie stand und ebenfalls versuchte, einen Blick auf ihren Enkel zu erhaschen. Wie gern hätte sie das Baby in ihren Armen gehalten. Frazer Dalrymple Granger-Acheson – weder er noch seine Mutter, Großmutter oder Tante wussten, was ihm die Zukunft bringen würde.

Gegen Abend ging es Lornas Schwiegertochter schon viel besser. Sie und das Baby hatten die Geburt gut überstanden. Meggie war nach Morningside zurückgeritten, um Mister Davids Tochter Aminta zu bitten, sich um Tanith zu kümmern, bis sie wieder auf den Beinen war.

Während Lorna auf ihre Rückkehr wartete, hielt sie ihr Enkelkind im Arm und wiegte es sanft, so wie sie es so häufig mit einem anderen Frazer getan hatte. Sie saß neben dem Bett und summte leise, während Tanith ihren dringend benötigten

Schlaf nachholte. Glücklich und traurig zugleich blickte Lorna in Frazers kleines Gesicht. Sie war davon überzeugt, dass dieses unschuldige Kind den Geist seines Namensgebers in sich trug, ihres jüngsten Sohnes, den sie auf so tragische Weise an den Krieg verloren hatte. Wie lange muss dieser Wahnsinn noch weitergehen, überlegte sie. Wann wird die Familie endlich wieder vereint sein?

Ein entsetzter Schrei, der durch die stille Sackgasse an der Berea in Durban schallte, riss Torben aus dem Schlaf. Er sprang aus dem Bett, griff hastig nach seinem Morgenmantel und stürzte aus dem Schlafzimmer.

»Was … was ist los?«, murmelte Gerda verwirrt. Langsam kam sie zur Besinnung.

Mit wenigen Schritten erreichte Torben das Kinderzimmer, wo der Schrei hergekommen war. Alice' afrikanisches Kindermädchen Hilda stand neben der Wiege, die Arme verzweifelt in die Luft gereckt, das Gesicht fahl, die Augen angstvoll aufgerissen.

Torben schob die Frau zur Seite und starrte mit wild pochendem Herzen in die leere Wiege. Dort, wo seine kostbare Tochter sonst schlief, lag nur ein Briefumschlag. Mit roter Tinte stand sein Name darauf. »O Gott«, keuchte er. »Gott, nicht sie, nicht Alice. Sie haben mein Baby mitgenommen.«

Gerda, die hinter ihrem Mann hergelaufen kam, schrie hysterisch, als sie das leere Bettchen sah. Unfähig, einen klaren Gedanken zu fassen, drehte Torben sich um und schlug seiner Frau ins Gesicht. Es hatte die gewünschte Wirkung. »Alice ist nicht tot«, sagte er. »Ich habe keine Ahnung, warum man sie mitgenommen hat und wer es war, aber ich schwöre dir, wir werden sie schon bald gesund und wohlbehalten wiederbekommen.«

»Wie bald?« Verzweifelt schluchzend sank Gerda an seine Brust.

Torben brachte seine Frau zurück ins Bett, gab ihr ein Beruhigungsmittel und ging dann zurück, um das Kindermädchen zu befragen. Es hatte nichts gesehen und gehört.

Torben lief in sein Arbeitszimmer, ließ sich auf den Ledersessel hinter seinem Schreibtisch fallen und starrte den Umschlag an, den Alice' Entführer hinterlassen hatte. Zitternd riss er ihn auf und las:

Ihre Tochter ist sicher und in guter Obhut. Sie ist unsere Versicherung dafür, dass Sie das Vertrauen, das wir in Sie gesetzt haben, nicht enttäuschen werden. Wie werden Ihr Baby zu gegebener Zeit zurückbringen. Wenden Sie sich unter keinen Umständen an die Polizei, sonst …

Die Drohung blieb unausgesprochen.

Angestrengt nachdenkend lehnte Torben sich zurück. Seine Beschatter gehörten dem *Broederbond* an, daran gab es nun keinen Zweifel mehr. Erst gestern hatte die Polizei mit ihm gesprochen. Er hatte ihnen nichts gesagt, aber war es überhaupt die Polizei gewesen? Die unbeantwortete Frage beunruhigte Torben noch mehr. Es gab nur eine Möglichkeit, das herauszufinden. Das Wichtigste war im Moment jedoch, seine Tochter zurückzubekommen. Reichtum bedeutete ihm plötzlich kaum noch etwas – er hatte ihn sein Baby gekostet.

Er hörte Hilda weinen. Das würde nicht dazu beitragen, Gerda zu trösten, und er hoffte, dass das Laudanum, das sie genommen hatte, bald wirkte. An diesem Morgen blieb Torben nichts anderes übrig, als seine Frau der Dienerschaft anzuvertrauen. Die Suche nach Alice hatte oberste Priorität. Er hatte keine Ahnung, wo er damit anfangen sollte. Warum um alles in der Welt sollte er die Bruderschaft verraten? Das wäre doch völliger Wahnsinn. Konnte es sein, dass man ihn nicht mehr brauchte? Wenn das der Fall war, waren die Leute, für die er arbeitete, gnadenloser, als er gedacht hatte. Die Vorstellung war beängstigend.

Völlig verstört ging Torben ins Ankleidezimmer, dann hinunter. Er befahl Sixpence, sich um Gerda zu kümmern, solange er unterwegs war. Die Kutsche stand bereit. Heute würde er nicht zu Fuß gehen.

Wenig später lief er nervös im Büro seines Anwalts hin und her. Er erfuhr ziemlich rasch, dass für zehn Uhr kein Termin vereinbart worden war. Torben bedankte sich bei seinem Anwalt für seine Hilfe und hastete zurück nach Hause.

Gerda schlief tief und fest, das Beruhigungsmittel wirkte. Was sollte er nun tun? Torben überlegte angestrengt, wie er seine Auftraggeber davon überzeugen konnte, dass er sie niemals verraten würde. Ihr Verhalten ergab keinen Sinn für ihn. Es ging längst nicht mehr nur um Geld – seine Freiheit stand auf dem Spiel, womöglich sogar sein Leben – und das seiner kleinen Familie.

Ganz plötzlich musste Torben an die andere Familie denken, die Familie, in der er aufgewachsen war. Mit kristallklarer Schärfe erkannte er, dass Robert und Lorna die einzigen Menschen waren, denen er wirklich vertrauen konnte. Mehr als je zuvor brauchte er nun seinen Vater. Wenn irgendjemand ihm dabei helfen konnte, Alice aus den Händen des *Broederbonds* zu befreien, dann war es Robert. Torben konnte Durban nicht verlassen, zumindest noch nicht, aber er wusste, dass er herausfinden musste, wo sich sein Vater aufhielt, um ein Treffen mit ihm zu arrangieren.

Robert war kein Mann, der gut mit Krankheiten umgehen konnte – schon gar nicht, wenn er selbst betroffen war. Nach drei Wochen erzwungener Ruhe und wiederholter Untersuchungen fand er, es sei genug, entließ sich von der Krankenstation und kehrte zurück zu den Fairfax Scouts. Er wusste, dass er noch nicht gesund war – zu häufig bekam er heftige Hustenanfälle –, war aber davon überzeugt, dass frische Luft und Bewegung ihn am ehesten heilten. Außerdem war er sich sicher, dass Tanith mittlerweile ihr Baby bekommen hatte, und er wollte unbedingt von Duncan hören, ob es ein Mädchen oder Junge geworden war. Als er von dem stolzen Vater erfuhr, dass sein erstes Enkelkind Frazer Dalrymple hieß, war Robert zutiefst gerührt.

Es war Ende November, und der Krieg war in eine monotone Phase getreten. Die Soldaten saßen lange Tage frustriert im Sattel, auf der Suche nach einer Armee, die sich in Luft aufgelöst zu haben schien. Das Niederbrennen von Farmen hielt nach wie vor an, und es ging das Gerücht, dass Präsident Steyn und Louis Botha planten, in der Kapkolonie und in Natal zuzuschlagen, wo diese Form der Abschreckung nicht angewendet werden konnte.

Duncan war aufgefallen, dass sein Vater häufig teilnahmslos und wortkarg war. Die Veränderung besorgte ihn zutiefst, und eines Abends, als sie ihr Lager aufschlugen, sah er, dass Robert Schwierigkeiten hatte, seinen Sattel vom Pferd zu heben. Rasch lief er zu ihm.

»Kann ich dir helfen, Vater?«, fragte er und rechnete mit einer ungeduldigen Zurückweisung.

Robert sah seinen Sohn mit gläsernen Augen an. Schweißperlen standen auf seiner Stirn. »Danke«, murmelte er und lehnte sich an sein Pferd. »Mir geht es gleich wieder besser.« Im nächsten Moment rutschte ihm der Sattel aus den Händen.

Duncan sprang vor, fing seinen Vater auf und half ihm behutsam, sich auf die Erde zu setzen. »Warum hast du denn nichts gesagt? Du hast hohes Fieber und solltest nicht hier draußen sein.« Robert gab keine Antwort. Er fühlte sich schwächer als je zuvor in seinem Leben und brachte keinen Ton mehr heraus. Duncan legte ihn auf den Rücken, der Sattel diente Robert als Kopfstütze. »Warte hier. Ich werde Fairy holen.«

»Ich hatte nicht vor wegzulaufen.« Robert hustete. Sein Versuch, Duncans Sorge mit einer Handbewegung abzutun, scheiterte. Er hatte große Mühe, seinen Arm zu heben.

Fairy Fairfax kniete sich neben seinen Freund. »Ich bestelle Ihnen einen Krankenwagen, alter Junge.« Zu Duncan gewandt fügte er hinzu: »Je eher er hier wegkommt, desto besser. Wir sollten keine Zeit verlieren. Ich weiß gar nicht, warum der sture alte Esel aus dem Lazarett verschwunden ist, bevor sie herausfinden konnten, was er hat. Das habe ich ihm auch gesagt, aber er hat mir gar nicht zugehört. In seinem Zustand kann er unmöglich hier bleiben.«

Robert versuchte sich aufzusetzen, um seinem befehlshabenden Offizier zu beweisen, dass er durchaus in der Lage war, zu reiten und zu kämpfen, aber er merkte, dass er nicht einmal genug Kraft hatte, um zu protestieren.

Duncan und Sergeant Sims hoben Robert auf eine Trage und trugen ihn zu einem Ambulanzwagen, in dem bereits ein anderes Truppenmitglied lag. Der Mann hatte eine vermeintlich harmlose Wunde so lange ignoriert, bis sie sich infiziert hatte. Er stank, sein ganzer Körper schien vergiftet. Im Delirium redete er wirr mit den Geistern der Dunkelheit. Auch Robert konnte sie sehen, als er in der Welt zwischen Leben und Tod versank.

Der Mond schien nicht, und so war es zu dunkel, um vor Anbruch des nächsten Tages aufzubrechen. Duncan saß die ganze Nacht bei seinem Vater, bis zum Morgen hatte sich sein Zustand nicht gebessert. Kurz vor Sonnenaufgang rumpelte der Pferdewagen, dessen Verdeck auf beiden Seiten ein großes rotes Kreuz trug, zum nächstgelegenen Feldlazarett.

»Es ist das Beste«, sagte Fairy, als er und Duncan ihm nachschauten. »Sehen Sie es so: Er hat im Grunde Glück. Vielleicht kann er rechtzeitig zu Weihnachten auf Morningside sein.«

Duncan war davon nicht überzeugt. So krank und hilflos hatte er seinen Vater noch nie erlebt. Krankheiten wie Typhus, Cholera und Diarrhö schienen wesentlich mehr Opfer zu fordern als die Waffen der Buren. Er wandte sich ab und betete schweigend, dass sein Vater überleben möge. Es war falsch, das

Schlimmste anzunehmen, aber Duncan hätte es nicht ertragen, seiner Mutter noch mehr schlechte Nachrichten überbringen zu müssen – sie hatte schon genug gelitten.

Lorna stand am Küchenfenster auf Morningside und schaute hinaus. Meggie drehte sich gerade herum, um ihr etwas zu sagen, als ihre Mutter auf einmal schwankte und zu Boden zu stürzen drohte.

»Mutter!«, rief sie und fing sie im letzten Moment auf.

»Tut mir leid, Liebes.« Lorna schüttelte den Kopf, um wieder klar zu werden.

»Komm, setz dich.« Meggie half ihr auf einen Stuhl. »Wie konnte das passieren? Ich hoffe, es ist nichts Ernstes.«

»Wahrscheinlich die Wechseljahre«, sagte Lorna, glaubte es jedoch selbst nicht. Von der schrecklichen Vorahnung, die sie ganz plötzlich überfiel, verriet sie nichts.

Meggie blickte in das blasse Gesicht ihrer Mutter und kam zu dem Schluss, dass sie ins Bett gehörte. Lorna willigte sofort ein. Sie musste jetzt allein sein.

»Ich hole dir etwas Wasser«, sagte Meggie, als ihre Mutter unter der Decke lag. »Du solltest so viel wie möglich trinken.«

»Danke, Liebes.« Lorna schloss die Augen. Was war nur geschehen? Es hatte nichts damit zu tun, dass ihr Körper erste Alterserscheinungen zeigte. Es war eher so etwas wie eine Vision gewesen, etwas ganz Unerklärliches. Sie hatte etwas Bedrohliches gespürt. Und in diesem Moment begriff Lorna, was es war. Jemand, den sie liebte, ein ihr wichtiger Mensch, musste sich in tödlicher Gefahr befinden. Es war eine Intuition, sie konnte es nicht erklären, warum sie sich so sicher war. Mühsam kämpfte Lorna gegen das überwältigende Bedürfnis an, laut aufzuschreien.

Als Meggie das Wasser brachte, fand sie ihre Mutter in Tränen aufgelöst vor. Ihr Gesicht war aschfahl. Meggie stellte das Tablett auf den Nachttisch, dann zog sie sich einen Stuhl heran, setzte sich und nahm Lornas Hand. Ein leichter Druck zeigte ihr, dass sie da war, mehr nicht. Wenn es am kommenden Tag nicht besser war, würde sie Doktor Parry rufen.

Meggie hoffte, dass der Zustand ihrer Mutter eher psychischen als physischen Ursprungs war. Ein kleiner Junge war neu in die Familie hineingeboren worden, und die Männer, die ihn eigentlich hätten willkommen heißen müssen, befanden sich Hunderte von Meilen entfernt in einer Welt des Todes und der Vernichtung. Ihr Platz war zu Hause, um das Land zu bearbeiten und sich um die Frauen zu kümmern, die Gott ihnen gegeben hatte.

Lorna fiel in einen unruhigen, von Albträumen unterbrochenen Schlaf. Meggie blieb an der Seite ihrer Mutter, um ihr Kraft zu geben, wenn die Träume kamen. Es war eine lange Nacht, und sie döste häufig ein. Durch die Nebelwand des Schlafs hörte sie einen Schakal, der laut in den Nachthimmel heulte. Es war kein beruhigendes Geräusch.

Der Ambulanzwagen rumpelte langsam über den schmalen Weg. Er war völlig aufgeweicht vom Regen und von den endlosen Versorgungskolonnen. Sie hielten eine Armee am Leben, die Lord Roberts in Kürze in die Hände seines Stabschefs, des Sehr Ehrenwerten Generals Horatio Herbert Lord Kitchener, Erster Baron von Khartum, legen würde. Als der Wagen schließlich vor einem Krankenhaus hielt, hob ein Sanitäter die Plane und blickte ins Innere des Wagens. Er schüttelte frustriert den Kopf. Einer der Männer war tot.

»Bringt den anderen ins Untersuchungszimmer.« Er winkte zwei indische Träger heran, die den Überlebenden heraushoben. »Der Arzt soll ihn sich einmal anschauen.«

Der bewusstlose Mann wurde in einen weiß gefliesten Raum getragen, wo sie warten mussten, bis eine Krankenschwester das

Blut des letzten Patienten vom Untersuchungstisch gewischt hatte. Karbolsäure hing in der Luft und brannte in ihren Augen. Lindsay Mayer stand am Becken und wusch sich die Hände. Er hatte soeben bei einem Marinekanonier, der am frühen Morgen eingeliefert worden war, eine Blinddarmoperation durchgeführt. Jetzt wandte er sich dem Neuzugang zu, und sein Unterkiefer klappte herunter. Es war sein Schwiegervater.

»Robert?« Lindsay musste wissen, ob er bei Bewusstsein war, aber er bekam keine Antwort. Der Mann atmete kaum noch und hatte eine schweißnasse Stirn. Er hustete. Es war ein grässliches Geräusch, das Lindsay dazu bewog, zuerst die Lungen seines Patienten abzuhorchen. Nacheinander führte er weitere Untersuchungen durch, jede neue brachte ihn der Diagnose näher. Die Schwester blieb bei ihm und half, wo sie konnte.

Schließlich war er fertig. »Bringen Sie diesen Mann auf die Station«, wies Lindsay die Träger an. »Schwester, bitte sorgen Sie dafür, dass er gewaschen wird und etwas Ordentliches zum Anziehen bekommt. Das, was er am Körper trägt, kann in die Wäscherei.«

Oder in den Verbrennungsofen, dachte die Schwester bei sich.

»Danach suchen Sie meine Frau. Sie möchte bitte zu mir ins Zimmer kommen.«

Ellie war gerade bei ihrer Nachmittagsvisite, als sie die Nachricht von Lindsay erhielt. »Danke, Schwester. Sagen Sie ihm, ich komme so schnell es geht.«

Sie benötigte eine Viertelstunde. »Sie haben eben deinen Vater hergebracht«, sagte Lindsay, ohne lange um den heißen Brei herumzureden.

Ellie schlug eine Hand vor den Mund. »Ist ... ist er ...?« Sie war aschfahl geworden, ihre Augen blickten Lindsay erschrocken an.

»Er ist nicht verwundet. Ich bin mir ziemlich sicher, dass er eine Lungenentzündung im fortgeschrittenen Stadium hat.

Wenn es dir möglich ist, hätte ich gern deine Meinung dazu.«

»Natürlich. Wo ist er?«

Lindsay sagte es ihr und fügte hinzu: »Ich finde, du solltest deiner Mutter ein Telegramm schicken.«

Ellie nickte stumm und ging hinaus. Lindsay schaute ihr nach. Sie nahm die grausame Nachricht sehr gefasst auf. Dabei wusste sie nur zu gut, dass eine Lungenentzündung in den wärmeren Monaten meist tödlich verlief. Sie würden kaum etwas dagegen tun können, nur zusehen und beten, dass Robert genügend Kraft hatte, sie lebend zu überstehen. Hilflosigkeit war oft das Schlimmste an ihrem Beruf. Verletzungen konnten durch Operationen und mit Hilfe von Verbänden und Schienen behoben werden, aber bei einer Lungenentzündung oder einer Infektion, die aufgrund von unzureichenden hygienischen Bedingungen entstanden war, war dies leider nicht möglich. Ellie wusste, dass sie ihren Vater vielleicht zum letzten Mal sah.

Lindsay seufzte. Er versuchte die Anspannung loszuwerden. Er hatte seine Frau mit Absicht allein gehen lassen. Die Familie Granger-Acheson war sehr stark, und wenn jemand darauf hoffen konnte, selbst die Hölle zu überleben, war es Robert.

Als Lorna das Telegramm erhielt, zögerte sie keine Sekunde. Sie hatte so etwas erwartet.

Mister David bereitete die Kutsche für die Fahrt zum Bahnhof von Thukela vor, während sie ein paar wesentliche Dinge einpackte und dafür sorgte, dass alle wussten, was während ihrer Abwesenheit zu tun war. Meggie sollte sich mit Cameron und Torben in Verbindung setzen und dann zusammen mit Mister Davids Hilfe auf Morningside die Stellung halten, bis ihre Mutter mit ihrem Vater zurückkehrte. Das bedeutete keine weiteren Besuche auf Kingsway.

Lorna hatte keine Ahnung, wie lange sie fort sein würde. Klar war nur, dass sie ihren Mann nach Hause holte, ganz gleich was oder wer versuchte, sie daran zu hindern. Wenn es zum Schlimmsten kam, würde Robert in ihren Armen sterben, auf dem Stück Land, das sie gemeinsam urbar gemacht hatten.

Die gemächliche Zugreise zurück nach Morningside gab Lorna endlich Gelegenheit, in Ruhe mit ihrer ältesten Tochter zu sprechen. Ellie hatte die nötigen Reisevorbereitungen getroffen, während Lorna an Roberts Bett wachte. In einem der Lazarettzüge, die Verwundete zur Küste transportierten, hatte sie für alle drei Plätze organisiert.

»Ich weiß nicht, wie ich das alles ohne deine Hilfe geschafft hätte«, sagte Lorna dankbar. »Es war naiv von mir zu glauben, ich hätte es allein bewältigen können.«

»Unsinn, Mutter. Du hättest das alles auch ohne mich hingekriegt, wie sonst.«

Lorna lächelte. »War Lindsay damit einverstanden, dass du mit uns nach Hause fährst? Ich habe gar nicht daran gedacht, den armen Mann zu fragen.«

»Natürlich. Wir sind doch eine Familie.«

»Sie haben Recht, Mrs. Mayer, oder soll ich lieber Doktor Mayer sagen?« Abgesehen von ihren Briefen war es das erste Mal, dass Lorna den neuen Namen und den Titel ihrer Tochter benutzte.

Ellie lachte. »Das klingt aus deinem Mund so ungewohnt, Mutter.«

»Und wie ist das Eheleben?«

»In vieler Hinsicht nicht anders als das Leben vorher, andererseits ist es so viel mehr, dass ich es gar nicht beschreiben kann. Wie soll ich es erklären? Es ist, als hätte mir immer etwas Wesentliches gefehlt, ohne dass ich es wusste. Mutter, ich war noch nie in meinem Leben so glücklich, und Lindsay empfindet genauso.«

»Ich freue mich für euch beide. Ist dir eigentlich klar, dass es in dieser Familie bisher keine Hochzeit gegeben hat, bei der dein Vater und ich ein anständiges Hochzeitsfest ausrichten konnten?«

»Du hast Recht. Darüber habe ich noch gar nicht nachgedacht. Aber Cams Hochzeit ist doch sicher nicht mehr fern, und außerdem ist da noch Meggie.«

Lorna hatte eigentlich nichts von Meggies Beziehung zu Stan King erzählen wollen. Aber Ellie war die einzige Person, der sie sich zurzeit anvertrauen konnte. Als alles ausgesprochen war, erschien Lorna die Situation plötzlich gar nicht mehr so schlimm.

»Dann hat Vater also keine Ahnung?«

»Absolut nicht.«

»Wirst du es ihm sagen, oder überlässt du das Meggie?«

»Ich kann es ihm nicht ewig vorenthalten.«

»Nein. Aber lass mich zuerst mit meiner Schwester reden. Es geht nicht darum, Partei zu ergreifen. Schließlich ist es Meggies Leben, über das wir hier reden.« Ellie lächelte ihrer Mutter aufmunternd zu, dann wechselte sie das Thema. »Hast du etwas von Cecily und Stephen gehört?«

»Nein, kein Wort, und ich habe keine Ahnung, wie ich Kontakt zu ihnen aufnehmen könnte.«

»Ich auch nicht. Wenn wir in Durban genügend Zeit haben, werde ich kurz bei ihnen vorbeischauen. Wenn nicht, kann ich es auf dem Rückweg immer noch versuchen.«

»Wie lange wirst du bleiben können, Liebes?«

»Das hängt von Vater ab. Eine Woche. Zehn Tage höchstens.«

»Dann bist du also Weihnachten nicht zu Hause?«

»Tut mir leid, Mutter. Nächstes Jahr kommen wir bestimmt alle beide. Vielleicht bitten wir dich dann, nachträglich eine Hochzeitsfeier für uns auszurichten – es sei denn, es gibt bis dahin etwas anderes zu feiern.«

Lorna lächelte. »Natürlich.«

Sie schwiegen eine Weile und blickten nachdenklich aus dem Fenster. Das Schweigen dauerte nicht lange.

»Siehst du Torben und Gerda manchmal?«, fragte Lorna.

»Das letzte Mal kurz nach Alice' Geburt. Ich bin Patin geworden, weißt du.«

»Ja, und Duncan ist der Pate.«

»Jetzt kann ich es kaum erwarten, Frazer zu sehen. Gott, wie seltsam das klingt. Wie entwickelt sich der Kleine?«

»Prächtig. Ihm und Tanith geht es gut. Aminta kümmert sich viel um ihn. Sie trägt ihn ständig auf dem Rücken mit sich herum. Wenn die beiden nach Morningside kommen, sitzt Aminta oft stundenlang am Grab von Katie und seinem Namensvetter, und Suza legt sich zu ihnen. Ist das nicht seltsam?«

Ellie nickte. »Was ist mit Tanith' Familie? Gibt es dort etwas Neues?«

»Wie du ja weißt, sind sie nicht zur Hochzeit gekommen. Tanith' Mutter hat Frazer schon gesehen, aber Mr. Taylor ist noch genauso verbohrt wie früher.«

»Hoffen wir, dass er irgendwann zur Vernunft kommt«, meinte Ellie. »Das Leben ist zu kurz, um sich dem Glück anderer in den Weg zu stellen.«

Lorna stellte plötzlich fest, dass sie an Meggie und Stan dachte und nicht an Tanith und Duncan. Ob Ellie das beabsichtigt hatte?

Robert stöhnte leise, was in der Regel bedeutete, dass er etwas Wasser wollte. Die beiden Frauen kümmerten sich sofort um ihren Patienten.

22

Captain Cameron Granger-Acheson saß in seinem Zelt und schwitzte in der Dezemberhitze. Der Eingang war weit geöffnet, aber trotzdem war es zu heiß, um sich zu bewegen. Der Schweiß lief ihm über das Gesicht, als er auf die Papiere blickte, die vor ihm auf dem Klapptisch ausgebreitet waren. Sein augenblickliches Problem bestand darin, sich einen glaubhaften Grund auszudenken, warum einem seiner Männer zwei Gewehrmagazine aus dem Besitz Ihrer Majestät abhanden gekommen waren. Er und seine Männer hatten sich zu einer längst überfälligen Erholungspause zurückgezogen, aber dem Lagerleben fehlten die Aufregungen und Gefahren, an die sie sich gewöhnt hatten.

»Mist«, schimpfte er, als ein dicker Schweißtropfen von seiner Nase tropfte und einen dicken Tintenklecks auf seinem Bericht hinterließ. Die Administration gehörte zu den Aufgaben eines Offiziers, aber Cameron war dafür nicht zu begeistern.

»Besser als da draußen im Busch zu sein, finden Sie nicht auch?« Captain Sam Snellings massige Gestalt füllte den gesamten Zelteingang. Er lächelte. »Drei Mahlzeiten am Tag und die Offiziersmesse, in der man sich bis zur Besinnungslosigkeit betrinken kann. Nicht schlecht, oder? Hätten Sie Zeit für einen Drink?«

Cameron sah den Quartiermeister an, der den Ruf hatte, die Messe jede Nacht als Letzter zu verlassen. Er war Berufssoldat, viel zu dick und schätzte das angenehme Lagerleben. In seiner

Nähe fand sich immer etwas Essbares. Die Tatsache, dass er von Natur aus fröhlich war und ungewöhnlich großzügig mit den Vorräten des Regiments umging, machte ihn bei allen beliebt.

»Leider nicht, fürchte ich. Ich muss diesen albernen Bericht fertig machen, und das nur wegen zwei verdammten Magazinen«, antwortete Cameron. »Danach steht mir noch eine Waffeninspektion bevor.«

»Vergessen Sie den Bericht«, bot der Quartiermeister an. »Ich schreibe die Magazine einfach ab und besorge Ihnen noch ein paar zusätzliche.«

»Sehr gern.« Cameron zerknüllte das Blatt, an dem er gearbeitet hatte. »Ich muss mich zwar immer noch um die Waffen kümmern, aber Sie haben mir eine Menge Papierkram erspart. Das Mindeste, was ich tun kann, ist, Sie heute Abend zu ein oder zwei Drinks einzuladen.«

»Klingt gut.« Snelling grinste. »Heute Abend gibt es in der Messe Roastbeef und Yorkshire Pudding. Wir sollten rechtzeitig dort sein, bevor es nichts mehr gibt.«

Cameron lächelte und schüttelte den Kopf, als der beleibte Soldat davontrottete. Er stand auf, um seine vom langen Sitzen steif gewordenen Beine zu dehnen, trat hinaus und betrachtete die vielen Reihen weißer Zelte, die ordentlich in Reih und Glied nebeneinander standen. Er hörte die lauten Befehle der Unteroffiziere, die ihre Männer drillten, und den Hammer eines Schmieds, der auf einen Amboss schlug, um eine scheinbar endlose Reihe von Pferden zu behufen. Dann drehte Cameron sich um und blickte in das Zelt, das ihm als Arbeits- und Schlafstätte diente. Zum wiederholten Mal fiel ihm auf, dass er keinerlei persönlichen Besitz hatte. Ein Klapptisch, ein Stuhl aus Segeltuch, eine Liege und eine Petroleumlampe – alles war genau inventarisiert, nichts gehörte ihm. Auch die Decke, ein Spiegel, eine Uniform zum Wechseln und der Webley-Revolver, der an einem Nagel hing, gehörten Königin Victoria. Diese Dinge hatte er wenigstens immer bei sich, wenn er ihr Empire verteidigte und sich auf Patrouille in dem riesigen Land befand, das niemand zu beherrschen schien. Der Himmel möge mir beistehen, dachte er, wenn etwas verloren gehen sollte.

Der Brief von Virginia verfolgte ihn noch immer, aber er hatte außer Henry niemandem davon erzählt. Es war ihm gelungen, die Gedanken an sie zu verdrängen und sich gänzlich in die Welt des Tötens oder Getötetwerdens zurückzuziehen. Nur die Nächte waren schlimm, wenn sie ungebeten in seinen Träumen auftauchte. Weihnachten war nicht mehr weit entfernt, und Cameron hoffte, dass er nach Hause fahren konnte. Dann würde er eine Chance haben, mit Ginnie zu sprechen und sich für ihre gemeinsame Zukunft stark zu machen.

»Captain, Sir?« Eine vertraute Stimme riss ihn in die Wirklichkeit zurück.

Cameron schaute auf. Sergeant-Major Mulligan stand im Zelteingang. »Ja, bitte?«

»Sie werden gebeten, in die Kommandozentrale zu kommen, Sir.«

»Haben Sie eine Ahnung, um was es geht?«

»Nein, Sir.«

Froh über diese Ablenkung und die Gelegenheit, endlich wieder etwas tun zu können, griff Cameron nach Hut und Waffenrock, schnallte sich den Revolver um und ging mit schnellen Schritten zu dem Zelt, das seiner Kompanie als Kommunikations- und Verwaltungshauptquartier diente. Dort wartete der Regimentsadjutant auf ihn, der wie er selber Captain war.

»Ah, Cameron.« Er trat hinaus, um sich von dem lauten Geratter des Telegraphen zu entfernen. Zwei Soldaten saßen davor, deren Aufgabe es war, die Berge an Papier zu sortieren, die die Heeresleitung schickte. »Ich fürchte, ich habe schlechte Nachrichten für Sie.«

Damit hatte Cameron nicht gerechnet. Er machte sich auf das Schlimmste gefasst. Irgendwer aus der Familie war tot oder lag im Sterben. Er sagte nichts, aber sämtliche Farbe wich aus seinem Gesicht.

Der Captain fuhr fort: »Es scheint aus irgendeinem Grund eine Verzögerung in der Übermittlung gegeben zu haben, aber wir haben soeben die Nachricht erhalten, dass Ihr Vater ernstlich erkrankt ist. Er ist nicht verwundet, falls Sie das beruhigt, es handelt sich offenbar um eine Lungenentzündung. Ihre Mutter scheint den Militärlazaretten nicht zu vertrauen und nahm ihn mit nach Hause, um ihn dort pflegen zu lassen. Das liegt nun schon einige Tage zurück. Der Kommandeur hat Ihrer sofortigen Beurlaubung bereits zugestimmt.«

»Danke, Tom.« Cameron schluckte. »Haben Sie eine Ahnung, wie schlimm es ist?«

»Tut mir leid, alter Junge. Ihre Beurlaubung ist bis Neujahr befristet. Machen Sie sich keine Sorgen um Ihre Truppe. Ich werde mich darum kümmern, dass ein Ersatzmann für Sie gefunden wird, solange Sie zu Hause sind.«

Cameron nahm das wichtige Dokument in Empfang und ging zurück in sein Zelt. Was hatte das Schicksal ihm für einen Streich gespielt. Er hatte gehofft, Weihnachten zu Hause sein zu können, aber nicht unter diesen Umständen. Seine Familie würde womöglich den Menschen verlieren – und der Himmel wusste, ob sie ihn nicht bereits verloren hatte –, der wie ein Fels in der Brandung ihres Lebens stand.

Der Mann hatte sich Torben als Inspektor Wild vorgestellt. In Wahrheit war er ein gebildeter Holländer namens Klaas. Er war in England aufgewachsen, daher sein Londoner Akzent. Die Jahre des erzwungenen Exils waren es gewesen, die ihn zu einem leidenschaftlichen Verfechter für die Interessen der Buren gemacht hatten. Klaas sah seine Rolle in diesem Krieg als die eines Verbindungsmanns. Präziser gesagt, er war sowohl ein Spion als auch Mitglied des *Broederbonds.* Nun stand er in dem einzigen Raum eines burischen Farmhauses und hielt ein winziges Bündel in den Armen. »Das Baby heißt Alice Petersen«, erklärte er. »Sie werden bis auf Weiteres seine Mutter sein.«

Die Frau war um die vierzig, ihr Gesicht von Sorge und Entbehrung gezeichnet. Vorsichtig nahm sie dem Mann das Bündel ab. Heidi van der Merwe hatte wenige Monate zuvor ein Kind verloren, und nun war auch noch ihr Mann fort, unterwegs im Busch mit Jan Smuts. Der Tod ihres eigenen Babys war beinahe unerträglich gewesen, dann hatte Klaas Kontakt zu ihr aufgenommen und ihr erklärt, dass er eine Aufgabe für sie hätte, für die sie bezahlt würde – die Pflege eines gut sechs Monate alten kleinen Mädchens. Heidi hätte das auch ohne Geld getan. Sie hätte alles getan, was die ungeheure Leere in ihrem Leben ein wenig gefüllt hätte. Sie hob die Decke ein Stück hoch und schaute in ein lächelndes kleines Gesicht. »Sie ist wunderhübsch«, flüsterte Heidi gerührt. »Und sie gehört jetzt mir.«

»Nur solange ich es sage«, erinnerte Klaas sie. »Bis dahin werden Sie für Ihre Arbeit gut bezahlt werden.«

Heidi sah den Mann an, von dem sie annahm, dass er zu der Geheimorganisation gehörte, die *Broederbond* genannt wurde. Es stand einer Frau nicht zu, Fragen zu stellen, auch wenn sie wusste, dass ihr Ehemann ebenfalls Mitglied war. Sie hatte diesen Klaas bereits ein Jahr zuvor kennen gelernt, als ihr Mann ihn eines Abends mit nach Hause gebracht hatte. Damals hatte Heidi ihn nicht gemocht, und sie mochte ihn auch jetzt nicht. Er roch nach Verrat und Betrug. *Nur solange ich es sage* – mit Worten stimmte sie ihm zu, aber nicht mit ihrem Herzen.

Alice Petersen war gut versorgt, auch wenn sie mehr als zweihundert Meilen von ihrem Zuhause in Durban entfernt war. Klaas legte ein kleines Säckchen mit Münzen auf den Tisch, nahm seinen Hut und ging, ohne ein weiteres Wort zu sagen. Heidi blieb zurück, das Baby in den Armen wiegend und das einzige Lied summend, das sie kannte: *Sarie Marais*.

Lorna saß neben dem Bett, das sie und Robert so lange geteilt hatten. Es gab Augenblicke, in denen ihr Mann fast klar war und sein Atem wesentlich ruhiger ging. Auf dem Weg nach Morningside hatten sie eine Nacht im Addington Hospital in Durban verbracht. Ellie war es gelungen, Meggie ein Telegramm zu schicken und ihr mitzuteilen, wann sie sie am Bahnhof in Thukela erwarten konnte. Es war keine Zeit geblieben, Kontakt zu Torben aufzunehmen. Die Reise von Durban hatte zwei ganze Tage in Anspruch genommen.

Meggie war entsetzt über den Zustand ihres Vaters. Er sah eingefallen aus – was nicht verwunderlich war, schließlich hatte er fast sieben Kilo an Gewicht verloren – und schien sie nicht zu erkennen.

Es hatte Ellie einige Mühe gekostet, Mister David davon zu überzeugen, dass Ruhe und viel Flüssigkeit Robert mehr helfen würden als seine *muthi.* Dennoch fand sie, nachdem sie ihn endlich in sein eigenes Bett legen konnten, ein kleines, sehr altes Stück Schlangenhaut auf seiner Brust. Seltsame Kratzspuren waren darauf zu erkennen, und Ellie beschloss, sie liegen zu lassen. Ein bisschen Magie konnte nicht schaden; vielleicht half es sogar. Ihr war bewusst, wie kostbar der Talisman Mister David sein musste und wie glücklich ihr Vater sich schätzen konnte, einen solchen Freund zu haben.

»Mein Liebes«, stieß Robert zwischen seinen rauen Lippen hervor. »Warum schläfst du nicht ein wenig?«

Lorna hatte vor sich hingedöst und war sofort hellwach, als sie die Stimme ihres Mannes vernahm. Sie waren vor fast drei Tagen nach Hause gekommen, und es waren die ersten zusammenhängenden Worte, die er gesprochen hatte. Sie griff nach seiner Hand. »Es ist alles in Ordnung. Ich habe auf dem Stuhl geschlafen.«

»Du solltest im Bett liegen und nicht hier sitzen.«

»Ich bin da, wo ich sein möchte«, antwortete Lorna lächelnd. »An deiner Seite, sonst nirgends.«

Als sie aufstand und ihm ein Glas Wasser an die Lippen hielt, schaute Robert in das vertraute Gesicht über sich. »Mein Engel«, flüsterte er. »Wo bist du die ganze Zeit gewesen?«

»Hier, mein Liebling. Ganz nah bei dir.«

Wie auf ein Stichwort kamen Ellie und Meggie auf Zehenspitzen ins Zimmer. Robert streckte den Arm aus und winkte sie zu sich. Beide umarmten ihren Vater, und Tränen rannen über ihre Wangen.

»Seid ganz ruhig«, versicherte er seinen Frauen. »Ich werde nicht sterben. Ehe ihr euch verseht, werde ich wieder auf den Beinen sein und zu Duncan zurückkehren.«

»Nur über meine Leiche«, protestierte Lorna. »Für dich ist der Krieg vorbei, damit solltest du dich jetzt allmählich abfinden. Ich brauche dich hier.«

Der autoritäre Ton seiner Frau ließ Robert zusammenzucken. Er wusste, dass sie Recht hatte. Einen Moment überlegte er tatsächlich, welche Aufgaben es auf der Farm für ihn geben könnte. Mit Gottes Willen war der Krieg bald zu Ende, und dann würden, wie es in der Bibel hieß, die Schwerter zu Pflugscharen. Sie hatten einen Sohn verloren, und zwei andere befanden sich weiterhin in Gefahr. Es war genug. Mehr als genug.

Robert erinnerte sich plötzlich daran, dass er auch noch ein Enkelkind hatte, das er noch nicht gesehen hatte. Frazer, Duncans Sohn.

Draußen bellte ein Hund. Saba. Camerons Hund bellte nie, es sei denn ...?

»Cam!«, schrie Lorna. Innerhalb von Sekunden eilte sie die Treppe hinunter, um ihren ältesten Sohn zu begrüßen. Saba sprang neben dem Pferd auf und ab. »Was für eine wunderbare Überraschung, Liebes. Wir waren nicht sicher, ob du kommen würdest. Weiß Ginnie Bescheid?«

»Mutter«, antwortete Cameron. Er ignorierte die Frage und beugte sich vor, um sie auf sie Wange zu küssen. »Wie geht es

Vater?« Er stieg ab und redete beruhigend auf den Hund ein, der wie aufgedreht mit dem Schwanz wedelte.

»Er wird wieder ganz gesund, mein Lieber. Dein Timing hätte nicht besser sein können. Das Fieber ist zurückgegangen, und er spricht wieder. Meggie und Ellie sind bei ihm.«

»Wer ist sonst noch hier?«

»Niemand.«

»Was ist mit Torben und Gerda?«

»Wir haben sie und Alice seit Ewigkeiten nicht gesehen.«

Cameron zuckte mit den Schultern. »Das muss eine Erleichterung gewesen sein.«

Lorna überging die Bemerkung. »Warte, bis du den kleinen Frazer siehst. Das heißt, eigentlich ist er gar nicht mehr klein, sondern schon richtig groß. Hast du etwas von Duncan gehört?« Lorna redete ununterbrochen, während Cameron sein Pferd an einen scheuen *umfana* übergab.

»In letzter Zeit nicht. Fairfax könnte überall sein.«

Als Lorna ihrem Sohn ins Gesicht schaute, sah sie eine Kälte in seinen blauen Augen, die es früher nicht gegeben hatte. Er wirkte plötzlich so distanziert. Der Krieg, dachte sie traurig. Er hat uns alle verändert. »Ich kann es kaum erwarten, alle Neuigkeiten von dir zu erfahren.« Lorna war fest entschlossen, gelassen zu bleiben, auch wenn ihr mütterlicher Instinkt ihr sagte, dass irgendetwas nicht in Ordnung war.

»Es gibt nicht viel Neues.« Cameron zuckte mit den Schultern, löste seine Satteltaschen und zog sein Gewehr aus der Lederhalterung. »Du kannst mein Pferd mitnehmen«, sagte er zu dem jungen Zulu. »Sorg dafür, dass es trocken gerieben wird und etwas zu fressen kriegt.«

»*Yebo, nkosi.*« Der Junge führte das erschöpfte Tier zu den Ställen und ließ Lorna, Cameron und den sabbernden Saba vor dem Haus zurück. Meggie und Ellie warteten auf der Veranda. Ehe Cameron Hallo sagen konnte, wurde er mit Umarmungen und Küssen überhäuft.

Mister David hielt sich respektvoll zurück, ein breites Grinsen auf dem dunklen Gesicht. »Ich sehe Sie, *nkosi*«, sagte er.

»Und ich sehe dich, *madala*. Deinem Sohn geht es gut, er lässt dich grüßen.«

Mister David nickte und wäre fast über Suza gestolpert, die sich tatsächlich bewegt hatte, um zu sehen, was los war.

»Komm mit zu Vater«, meinte Ellie und zog ihren Bruder am Arm.

»Sicher fühlt er sich verlassen«, fügte Meggie hinzu und zerrte an dem anderen.

Als sich Lorna an diesem Abend zurückzog, brach sie plötzlich in Tränen aus. Zu viel hatte sich angestaut, aber jetzt, da war sie sich sicher, würde alles gut. Es würde ein schönes Weihnachtsfest geben.

In jener Nacht kam der Regen. Unaufhörlich prasselte er auf das Blechdach. Es war ein Geräusch, das Robert fast vergessen hatte. Es sagte ihm, dass er zu Hause war.

Cameron hatte nie auf Ginnies Brief geantwortet. Er trug ihn in der Tasche seines Waffenrocks, in der Nähe des Herzens, das sie gebrochen hatte. Er konnte den Inhalt Wort für Wort wiederholen, aber das brachte nur die Erinnerungen zurück. Heute würde er feststellen, ob die Frau, die er liebte, ihm das alles auch ins Gesicht sagen würde.

Sie war immer da gewesen, und als aus ihrer Kinderfreundschaft mehr geworden war, hatte Ginnie ihm die Zeit gegeben, die er benötigt hatte, um zu verstehen, was geschehen war. Das alles hatte seine Liebe zu ihr nur verstärkt. Sie hatten sich nie körperlich geliebt. Virginia Waring-Jones war die Frau, mit der Cameron den Rest seines Lebens verbringen wollte, und der Respekt vor ihrer Jungfräulichkeit war seine Art, ihr das zu zeigen.

Ginnie verstand ihn besser als seine Eltern. Cameron erinnerte sich daran, dass sie beide stundenlang über ihre Familie, die Farm und ihre gemeinsame Zukunft gesprochen hatten. Dann war der Krieg gekommen. Und als Kevin verwundet worden war, hatte sich alles verändert. Cameron wünschte sich manchmal, er wäre derjenige, der niemals mehr würde laufen können.

Offenbar war Ginnie seit August nicht mehr auf Morningside gewesen. Das war nun vier Monate her. Ihr Brief hatte ihn im Oktober erreicht. Hatte er zu lange gewartet?

Ginnies Vater öffnete die Tür und bat Cameron in den Wohnraum. Er war überrascht, wie sehr der Mann gealtert war. Von Kevin und den anderen Frauen war nichts zu sehen.

»Ich werde Virginia rufen«, sagte er. Camerons unerwarteter Besuch war ihm offensichtlich unangenehm.

Als sie wenige Minuten später erschien, erstarrte Cameron. Er hatte geplant, die Frau, die er liebte, in seine Arme zu nehmen, sie mit Küssen zu bedecken und alles wieder gutzumachen, aber ihr reserviertes Verhalten machte sein Vorhaben zunichte. Er stand unbeholfen da, mit dem Hut in der Hand, während sie sich setzte und das lange dunkle Kleid, das sie trug, sorgfältig glatt strich.

»Bitte, Cameron, möchtest du dich nicht setzen?«, fragte sie förmlich. »Du siehst gut aus. Bist du über Weihnachten nach Hause gekommen? Wie geht es deiner Familie?« Die Worte klangen wie von einer Person, die er kaum kannte.

»Liebes, die letzten Wochen waren das Schlimmste, was ich je erlebt habe. Wie konntest du plötzlich behaupten, dass du mich nicht mehr liebst? Das ist doch nicht möglich.«

Ginnie hatte die Hände in den Schoß gelegt, die Knöchel traten weiß hervor, so sehr presste sie sie zusammen. Sie trug einen Ring, den sie ununterbrochen drehte. Er war nicht von ihm.

»Es war keine gute Idee hierher zu kommen«, antwortete Ginnie leise. »Ich hatte nie die Absicht, dir wehzutun. Aber mir blieb keine andere Wahl.«

»Keine andere Wahl? Aber Ginnie, du liebst mich doch. Wie kannst du da von einer Wahl sprechen?«

»Du hast Vater gesehen. Kevin ... nun, du kannst dir vorstellen, was es hier zu tun gibt ... Ich kann meine Familie nicht im Stich lassen. Jemand muss sich um die Farm kümmern. Sie brauchen mich hier mehr, als du mich brauchst.«

»Wir können doch eine Lösung finden«, antwortete Cameron und lief im Zimmer hin und her. »Natürlich ist deine Familie wichtig, aber ich glaube nicht, dass sich deine Gefühle für mich verändert haben. Unsere Liebe gründet auf einer langen Zeit, die wir zusammen verbracht haben. So etwas hört nicht einfach auf.«

»Cameron, ich wäre dir wirklich dankbar, wenn du dich setzen würdest«, sagte Virginia leise. »Du regst dich viel zu sehr auf.«

»Ich rege mich auf?« Entrüstet wiederholte Cameron ihre Worte. »Ich hänge seit Monaten da draußen im Busch und kämpfe, um diesem Land eine Zukunft zu geben, und alles, was du zu sagen hast, ist, dass ich mich aufrege? Das ist ja fantastisch.«

»Setz dich«, wiederholte Ginnie, diesmal energischer. »Ich muss dir etwas sagen, was dich noch mehr verletzen wird. Aber ich muss es trotzdem tun.«

»Was könnte mich mehr verletzen als deine Behauptung, dass du mich nicht mehr liebst?« Cameron sank Ginnie gegenüber auf einen Stuhl. »Es kann auf dieser Welt nichts Schlimmeres geben als das.«

»Ich denke nicht, dass du noch einmal herkommen solltest«, sagte Ginnie mit gesenktem Kopf. »Ich werde in drei Monaten heiraten.«

Der Satz traf Cameron härter als ein Dumdumgeschoss aus einer feindlichen Waffe. Einen Moment lang war er unfähig zu begreifen, was Ginnie da gerade gesagt hatte. »Wen?«, stieß er schließlich hervor. Seine Stimme war kaum mehr als ein Flüstern.

»Paul Norman«, antwortete sie, ohne ihm in die Augen zu schauen.

»Norman!« Cameron sprang von seinem Stuhl auf. »Das kannst du nicht ernst meinen. Diesen kleinen Wichtigtuer von nebenan?«

»Ich wusste, dass du es nicht verstehen würdest. Paul hat um meine Hand angehalten, und ich habe Ja gesagt. Das ist alles, was es dazu zu sagen gibt.«

»Wann hat das alles stattgefunden?«, fragte Cameron und baute sich drohend vor Ginnie auf.

Sie antwortete nicht. »Paul war sehr nett zu uns. Vielleicht legen wir unsere beiden Farmen sogar zusammen.«

»Schau mir in die Augen, und sag, dass du ihn liebst«, verlangte Cameron. »Oder ist dies eher ein Zweckbündnis?«

»Ich liebe Paul«, sagte Ginnie, auch wenn ihre Stimme nicht so überzeugend klang, wie sie beabsichtigt hatte. »Es tut mir leid, Cameron«, fuhr sie fort. »Der Hochzeitstermin steht bereits fest, daher wäre es mir lieber, wenn du jetzt nichts weiter sagen und unser Haus verlassen würdest.«

»Das Einzige, was mir da draußen Kraft gegeben hat, war der Gedanke an unsere Liebe ...« Cameron erstickte fast an seinen Worten, während er sich mit aller Macht zwang, nicht in Tränen auszubrechen. »Jeden Abend habe ich mich damit getröstet, dass unser Wiedersehen erneut einen Tag näher gerückt war. Dann kam dein Brief. Ich hätte meine Männer am liebsten im Stich gelassen, um sofort zu dir zu kommen. Du warst alles, woran ich denken konnte, Ginnie. Ich werde nicht – nein, ich kann nicht – akzeptieren, dass es einen anderen gibt, den du mehr liebst als mich.«

»Was geschehen ist, ist geschehen«, antwortete Ginnie und hielt ihm den Ring hin, den er ihr geschenkt hatte. »Nimm ihn zurück, und glaub mir, dass es keinen anderen Weg gab.«

Cameron trat zurück, das Gesicht vor Wut verzerrt. »Behalte ihn. Nimm das verdammte Ding als Hochzeitsgeschenk. Ich hoffe, du wirst glücklich.« Mit diesen Worten stürmte er aus dem Haus.

Draußen griff er nach den Zügeln seines Pferdes und schwang sich in den Sattel. In der nächsten Sekunde trieb er es in den Galopp und ritt davon, ohne sich noch einmal umzuschauen. Tränen strömten über sein Gesicht, aber er ignorierte sie. Es war vorbei.

Ginnie regte sich nicht. Sie saß auf dem Stuhl und weinte hemmungslos. Wie hatte ihr Leben nur so kompliziert werden können? Wie kam es, dass sie Trost in den Armen eines anderen Mannes gefunden hatte, ihr Herz aber nicht von Cameron loskam? Sie hatte fest geglaubt, sie sei über ihn hinweg, bis er gekommen war und vor ihr gestanden hatte. »O Cam«, schluchzte sie und wusste genau, dass ohne diesen Krieg ihre Zukunft so verlaufen wäre, wie sie sie geplant hatten. Das Leben war so ungerecht.

Als Cameron nach Morningside zurückkehrte, sah man seinem zornigen Gesicht an, dass er keinerlei Fragen gestatten würde. Alle wussten, wo er gewesen war. Selbst Saba spürte, dass etwas ernsthaft schief gegangen war, und beschloss, einen großen Bogen um ihr Herrchen zu machen.

Robert saß auf seinem Lieblingsplatz auf der Veranda, schaute hinab auf die üppig grünen Zuckerrohrstauden, die am Ufer des Mhlathuze-Flusses standen, und dachte darüber nach, wie knapp er dem Tode entkommen war. Schon häufig in seinem Leben hatte er dem Tod ins Angesicht geblickt, aber meist konnte er die instinktive Entscheidung, die ihn am Leben hielt, selbst treffen. Bei der Lungenentzündung war das anders gewesen. Über die tückische Krankheit hatte er keine Macht besessen. Er hatte ihr nichts weiter entgegenzusetzen gehabt als seinen unbedingten Lebenswillen und die Gewissheit, dass seine Familie, vor allem Lorna, ihn brauchte.

Nein, er würde nicht in den Krieg zurückkehren. Das medizinische Gutachten von Doktor Parry und Ellie würde ihn für den Rest seines Lebens davon befreien. In vielerlei Hinsicht war Robert froh darüber. Er hatte seinen Dienst für die Königin geleistet, und nun war es an der Zeit, an die Zukunft zu denken – vielleicht sogar, sich einige Fehler einzugestehen.

Dies hier war kein Weideland. Robert hatte es akzeptiert, auch wenn er hartnäckig geblieben war und mehr Erfolg mit der Viehzucht gehabt hatte als andere. Der Anbau von Zucker war zweifellos ideal, die Erträge in Zululand waren um einiges höher als im übrigen Natal. Es war nur eine Frage der Zeit, bis die Eisenbahnlinie von Durban bis Empangeni reichen würde. Dann benötigte man eine weitere Mühle. Was, wenn sie vor seiner Tür stände? Er musste dringend mit der Familie darüber sprechen. Aber da bald Weihnachten war, musste er noch warten. Außerdem war Ellie schon wieder fort, und Cameron plagten andere Sorgen.

Es gab keine Möglichkeit, ihm über die Trennung von Ginnie hinwegzuhelfen. Selbst auf die Nachricht, dass Caroline Hammond ihm Wakefield zur Verfügung stellen wollte, hatte er nur eine barsche Antwort gehabt. »Was soll ich da?« hatte er ausgestoßen. »Ein verdammter Einsiedler werden?« Niemand kam an ihn heran. Tanith hatte es mit dem kleinen Frazer versucht, aber das hatte seine Niedergeschlagenheit nur noch gesteigert. Mister David hatte es versucht, indem er ihn nach Henry gefragt hatte. Cameron hatte sich wenigstens die Zeit genommen, ihm von der Tapferkeit seines Sohnes zu berichten, worauf das Herz des Zulu vor Stolz angeschwollen war.

Saba wich ihrem Herrn nicht von der Seite. Häufig nahm Cam ein Gewehr, und dann waren sie stundenlang fort, irgendwo verschwunden in den feuchten Schilfsümpfen um die Mhlathuze-Lagune. Robert vermutete, dass er auf der Jagd nach einem alten Krokodil war, das dort lebte. Aber das Tier war gut geschützt. Die Regenpfeifer, denen das Krokodil gestattete, sich in und um seine mächtigen Kiefer zu ernähren, fungierten für ihn bei Gefahr wie eine Art Frühwarnsystem. Robert erinnerte sich kurz daran, wie sein alter Freund John Dunn ein Riesenexemplar in der Lagune erschossen hatte, dann kehrten seine Gedanken in die Gegenwart zurück.

Wenigstens würde ein Teil seiner Familie über Weihnachten zu Hause sein. Cameron, Meggie und natürlich Tanith und Frazer – das Enkelkind, das er gerade erst kennen gelernt hatte. Torben und Gerda wurden ebenfalls erwartet, allerdings hatten sie noch immer nichts von ihnen gehört. Robert freute sich darauf zu sehen, wie Alice sich entwickelt hatte, auch wenn ihm die Vorstellung, Gerda um sich zu haben, nicht sonderlich behagte. Torben schien erfolgreich zu sein. Nach allem, was Robert gesehen hatte, liefen seine Geschäfte gut, und er hatte es diesmal ganz allein geschafft.

»Ich wüsste gern, woran du denkst.« Lorna trat zu ihrem Mann auf die Veranda und legte liebevoll eine Hand auf seine Schulter.

»Ich habe über unsere Farm und unsere Familie nachgedacht«, antwortete Robert und legte seine Hand auf ihre. »Beides macht uns ab und zu Sorgen, aber im Großen und Ganzen können wir uns doch sehr glücklich schätzen.«

Lorna setzte sich auf den Stuhl neben ihn. »Trotz der Schicksalsschläge, die wir erlitten haben?«, fragte sie, ohne dass es wirklich als Frage gemeint war.

»Gott hat Pläne, auf die wir keinen Einfluss haben«, sagte Robert, was ein erstauntes Lächeln in ihr Gesicht brachte.

»Das bezweifle ich nicht, mein Lieber, aber ich habe nie erlebt, dass du das zugibst. Erzähl mir nicht, dass mein Mann im Alter noch religiös wird.«

Robert sah sie an. »Ich glaube nicht«, antwortete er ernst, »auch wenn wir uns mit dem, was wir in unserem Leben verloren haben, so leichter abfinden können.«

Lorna nickte und schwieg.

Robert kannte sie so gut, um zu spüren, dass sie etwas

auf dem Herzen hatte. »Du wirkst so abwesend. Stimmt etwas nicht?«

Lorna zögerte kurz, ehe sie antwortete. »Es gibt da etwas, das du wissen solltest«, begann sie schließlich. »Aber zuerst musst du mir versprechen, dass du nicht böse wirst.«

»Wie kannst du das von mir verlangen, wenn ich nicht die geringste Ahnung habe, worüber ich böse werden könnte.« Robert sah sie gespannt an. »Gib mir wenigstens einen Hinweis. Sonst ist es unfair.«

»Es geht um Meggie«, sagte Lorna. »Und ich brauche dein Wort.«

Robert war sofort hellwach, als der Name seiner jüngsten Tochter fiel, der Person, die in seinem Herzen gleich nach Lorna kam. Er hatte sich immer bemüht, keine Unterschiede zwischen seinen Kindern zu machen, aber Meggie war für ihn von jeher etwas Besonderes gewesen. Lorna wusste das und akzeptierte es. Und er wusste auch, dass sie nicht locker lassen würde.

»Du hast mein Wort, dass ich über das, was du mir sagen willst, nicht ärgerlich werde.«

»Meggie trifft sich mit Stanley King.«

»Sie tut was?«

»Erinnere dich an dein Versprechen, mein Lieber«, mahnte Lorna.

»Stan King«, donnerte Robert. »Er ist ein alter Mann. Ungefähr in meinem Alter.«

»Nein, ist er nicht.« Lorna legte beschwichtigend die Hand auf den Arm ihres Mannes, um ihn daran zu hindern, aufzuspringen und erregt hin und her zu laufen, wie er es sonst immer tat, wenn er in Rage war. »Es hat Meggie fast das Herz gebrochen, dir nichts davon erzählen zu können. Zugleich kann sie den Gedanken, dir wehzutun, nicht ertragen.«

Lornas geschickt gewählte Worte besänftigten Robert etwas. »Wer weiß sonst noch davon?«, fragte er.

»Nur Ellie. Sie hat versucht Meggie dazu zu überreden, es dir zu sagen, aber sie konnte sie nicht überzeugen.«

»Das erklärt wenigstens, warum sie mir in letzter Zeit aus dem Weg geht.« Robert schüttelte den Kopf. Die Vorstellung seiner kleinen Tochter in den Armen eines doppelt so alten Mannes war ihm unerträglich. Sobald er wieder bei Kräften war, würde er mit einem *sjambok* nach Kingsway reiten und dem alten Lüstling eine Lehre erteilen ... »Ich denke, ich sollte einmal mit Meggie reden«, sagte er jedoch. »Und ihr erklären, dass es nicht funktionieren kann.«

»Warum nicht?« Lorna sah ihn herausfordernd an.

Robert schaute ungläubig zurück. »Warum nicht? Ich dachte, das wäre klar.«

»Es mag dich vielleicht schockieren, mein lieber Mann, aber das kleine Mädchen, das du früher auf den Schultern herumgetragen und dem du abends Gutenachtgeschichten erzählt hast, ist erwachsen geworden. Sie ist nun eine junge Frau, bereit, unser Haus zu verlassen, um ihr eigenes Leben zu leben. Sei nicht so erstaunt. Mir ist klar geworden, dass Stan King dir in vielen Dingen sehr ähnlich ist. Es mag Meggie nicht klar sein, aber in gewisser Weise macht sie dir ein großes Kompliment.«

Lornas Worte überraschten Robert. »Das ist mir gleichgültig«, sagte er. »Ich weiß nur, dass sie viel zu jung ist, um sich auf irgendeinen Mann einzulassen – ganz gleich ob er jung oder alt ist. Meggie ist noch ein Kind.«

»In deinen Augen wird sie immer das kleine Mädchen sein, das mit ihren Geschwistern Verstecken oder mit ihrem Puppenhaus spielt. Diese Zeiten sind vorbei, Robert. Unsere Familie hat sich weiterentwickelt. Unser kleines Mädchen in ein eigenes Leben zu entlassen ist für mich genauso schmerzhaft wie für dich, aber ich weiß eines ganz sicher: Wenn du dich deiner Tochter in den Weg stellst und verhinderst, dass sie mit dem Mann zusammen sein kann, den sie liebt, wird alles nur noch viel trauriger.«

»Sie muss auf mich hören«, brummte Robert. »Ich bin ihr Vater.«

»Überleg doch einmal.« Lorna lachte leise. »Ich habe damals für den Mann, den ich liebte, genau dasselbe getan. Stan King ist für unsere Tochter derselbe starke Mann, der du für mich warst.«

Lorna sah, dass Robert nachdenklich wurde. »Das ist völlig normal«, fuhr sie fort. »Wir Frauen suchen bei der ersten echten Liebe unseres Lebens häufig unseren Vater. Von unseren Vätern haben wir schließlich gelernt, was es heißt, beschützt und behütet zu sein. Ist es da so überraschend, dass wir uns unbewusst einen neuen Vater suchen, der uns dieselbe Liebe und Geborgenheit gibt? Ich glaube, das und noch mehr hat Meggie bei Stan King gefunden.«

Lornas Erklärungen klangen vernünftig, trotzdem konnte Robert sich noch nicht damit abfinden, dass sein kleines Mädchen sich einem anderen zugewandt hatte. Niemand war gut genug, um ihm Meggie zu nehmen. Allerdings musste er gestehen, dass er mit keinem Mann zufrieden sein würde, der im Leben seiner Tochter auftauchte. Im Falle Stan Kings war das Alter der einzige Makel, der ihm einfiel. Verdammt, er hatte den Mann immer gemocht und respektiert – bis jetzt.

»Robert?«

»Ja?«

»Geh zu deiner Tochter, und lass sie wissen, dass du noch der liebende Vater bist, der du immer für sie warst.«

»Wie kannst du von mir erwarten, dass ich über das, was sie tut, glücklich bin?«, fragte er leise.

»Das erwarte ich gar nicht. Aber du musst akzeptieren, dass Meggie kein kleines Mädchen mehr ist und eines Tages eine eigene Familie gründen wird. Robert, Liebe hat nichts mit Besitz zu tun, dafür umso mehr mit Vertrauen. Vielleicht ist es das, was sie oft so schwierig macht.«

Robert drehte sich zu Lorna um und dachte über ihre Worte

nach. Seine Liebe zu der Frau, die selbst so viel aufgegeben hatte, um in diesem fremden und so gefährlichen Land an seiner Seite sein zu können, war noch nie stärker gewesen. »Ich werde den Kerl trotzdem zur Rede stellen – ich werde von Mann zu Mann mit ihm sprechen«, sagte Robert, aber er lächelte dabei. »Das wird spannend.«

Lorna beugte sich zu ihm hinunter und lehnte den Kopf an seine Schulter. »Manchmal frage ich mich, wieso ich so einen sturen alten Bock liebe«, sagte sie mit Tränen in den Augen. »Aber ich tue es, Robert, und ich bin nicht die Einzige. Unsere Kinder lieben dich genauso, und nun kommt eine ganz neue Generation in die Familie, die mit Liebe zu ihrem brummigen alten Großvater heranwachsen wird. Wer weiß, vielleicht erleben wir eines Tages sogar noch unsere Urenkel.«

Robert hoffte, dass Lorna seine Tränen nicht sah. Ja, es wurde Zeit, dass er akzeptierte, dass Meggie eine Frau geworden war. Aber das würde ihn nicht davon abhalten, Stan King zu sagen, was er von ihm erwartete – das war schließlich die Pflicht eines Vaters.

23

Gerda verließ ihr Bett kaum noch und schien an nichts mehr Interesse zu haben. Auch das Kind, das in ihr heranwuchs, war ihr gleichgültig. Torben hatte versprochen, ihre Tochter zu finden und sicher nach Hause zurückzubringen, aber das schien leichter gesagt als getan. Er konnte Durban nicht verlassen. Ihm blieb keine andere Wahl, als das zu tun, was man ihm sagte, und zu hoffen, dass dieser Albtraum bald vorüber war.

Torben war aufs Ganze gegangen. Als ihm klar wurde, dass die Dienerschaft wusste, was geschehen war, hatte er ihnen erklärt, dass der *Broederbond* für Alice' Entführung verantwortlich war, und für jeden Hinweis, der zu ihrer Rückkehr beitrug, eine Belohung ausgesetzt. Es war ein sehr kluger Schachzug gewesen. Niemand würde davon etwas mitbekommen. Schwarze redeten nur selten mit Weißen – schon gar nicht mit Mitgliedern einer geheimen Buren-Vereinigung, die in ihnen lediglich billige Arbeitskräfte sahen.

Es war ein Versuch, und Torben musste alles versuchen, wenn er Alice je wiedersehen wollte. Inzwischen waren mehr als sechs Wochen vergangen, und er hatte kein Wort von ihren Entführern gehört. Die Vorstellung, seine Tochter könne bereits tot sein, verbat sich völlig – das war ganz und gar unmöglich.

Ohne Gerda etwas davon zu sagen, hatte Torben auch ihren Bruder darüber informiert, dass es eine nicht unerhebliche Belohung für Hinweise auf Alice' Aufenthaltsort geben würde. Es war riskant, das wusste er, aber Mark sprach Afrikaans und hatte Kontakt zu vielen zwielichtigen Gestalten, die vielleicht ab und zu für die Bruderschaft tätig waren.

Torben arbeitete, hoffte und wartete weiter. Er versuchte wenigstens im Geschäftsleben ein Stück Normalität aufrechtzuerhalten, aber selbst entfernte Bekannte spürten, dass er sich verändert hatte. Er verkehrte nicht länger in seinen Lieblingsclubs, und Gerda hatte sich sogar ganz aus dem gesellschaftlichen Leben Durbans zurückgezogen. Gerüchte verbreiteten sich, man erzählte sich, ihr Baby sei an einer rätselhaften Krankheit gestorben, die es sich bei seinem schwarzen Kindermädchen zugezogen hätte. Es gab Mitleidsbekundungen, aber niemand kümmerte sich wirklich um die Petersens. Sie lebten in völliger Zurückgezogenheit. Nur ein gut bezahlter Arzt, den Torben zum Stillschweigen verpflichtet hatte, kam regelmäßig zu ihnen ins Haus. Er versorgte Gerda mit Laudanum, damit sie ruhig blieb, warnte jedoch davor, dass die ständige Einnahme des Medikaments dem ungeborenen Baby schaden könne.

Auf seinem mit Lederintarsien versehenen Schreibtisch stapelten sich die Briefe der vergangenen Woche, die ein Bote aus Torbens Büro in der West Street zu ihnen ins Haus gebracht hatte. Sie waren unbeantwortet. Nachdem Torben sich vergewissert hatte, dass nichts darunter war, was ihm etwas über Alice' Verbleib sagte, hatte er rasch das Interesse an der Post verloren. Ein Umschlag jedoch fiel ihm ins Auge. Torben erkannte die gestochene Handschrift von Olaf Petersen, dem Bruder seiner längst verstorbenen dänischen Mutter Jette. Olaf war sein Geschäftspartner, ein Finanzexperte, der sich von seinem Büro in Kopenhagen um die europäische Seite seines lukrativen Waffenhandels sowie verschiedene andere Geschäfte kümmerte.

Torben nahm einen silbernen Brieföffner zur Hand und öffnete den Umschlag vorsichtig. Er war nicht in der Stimmung, den Brief seines Onkels zu lesen, der zweifellos die üblichen Analysen abgeschlossener Projekte und Ankündigungen neuer Unternehmungen enthielt.

Ganz plötzlich musste Torben an ein Weihnachtsfest denken, das er bei Olafs Familie in Dänemark verbracht hatte. Die Bilder von Schlittenfahrten, leise fallendem Schnee, Glück und Lachen tauchten vor seinem inneren Auge auf. Wie sehr hatten sie ihr Essen geliebt. *Tak for mad* pflegten die Dänen zu sagen – danke für das Essen, für *smorrebrod* und *frikadellers*, für mit Äpfeln und Pflaumen gefülltes Spanferkel und Blätterteig, der mit geschmolzener Butter beträufelt und mit gerösteten Mandeln bestreut war. Es war eine heile Welt gewesen, weit entfernt von dem Schmerz und dem Kummer, mit dem er nun leben musste. Vielleicht sollte ich Gerda nach Kopenhagen schicken, überlegte Torben. Dort wäre sie in bester Obhut, und die Seereise würde ihr gut tun. Dann fiel ihm ein, dass seine Frau im sechsten Monat schwanger war. Eine Reise nach Europa würde mindestens drei Monate in Anspruch nehmen. Seine Gedanken wanderten weiter, als er den Briefbogen aus dem Umschlag zog.

»Gütiger Himmel!«, entfuhr es Torben, als er zu lesen begann, und die Hand, in der er den Brief hielt, zitterte unkontrolliert. Wie lange hatte er auf seinem Schreibtisch gelegen? Tage. Er hatte seit Tagen dort gelegen, und er hatte sich nicht die Mühe gemacht, ihn zu öffnen. Olafs saubere Handschrift gab Torben endlich Hoffnung, dass er seine Tochter noch einmal wiedersehen würde.

... stimme ich den Methoden nicht zu, zu denen gewisse Kollegen von mir gegriffen haben, vor allem in Hinblick auf ein Mitglied deiner Familie. Daher erachte ich es als meine Pflicht, dir Informationen zu übermitteln, die helfen könnten, diese Angelegenheit zu einem zufrieden stellenden Ende zu bringen.

Torben las weiter, klammerte sich an jedes Wort. Der Brief schloss mit den Sätzen: *Solltest du herausfinden, woher diese Fakten stammen, würde dies zweifellos ernste Folgen nach sich ziehen. Daher bitte ich dich dringend, mit äußerster Vorsicht zu handeln.* Der Brief trug keine Unterschrift.

Torben lehnte sich zurück, legte das Schreiben auf seinen

Tisch und starrte verzweifelt auf die schweren Vorhänge vor dem Fenster. Gott, die Welt war so klein. Ein Wunder war geschehen, aber Torben wusste, dass er Hilfe benötigen würde, um das zu tun, was Onkel Olaf ihm aufgetragen hatte. Allein schaffte er es nicht. Vor einigen Wochen hatte er ein Telegramm von Meggie erhalten, in dem sie ihm mitgeteilt hatte, dass ihr Vater krank geworden und nach Hause zurückgekehrt sei. Auch die alljährliche Einladung zum Weihnachtsfest auf Morningside war eingetroffen, mit einer Notiz, dass Robert sich auf dem Weg der Besserung befände, aber nicht zu seiner Einheit zurückkehren würde. Torben hatte nicht geantwortet. Er hatte andere Sorgen gehabt, und wenn er die Einladung angenommen hätte, hätte er der Familie von Alice' Entführung erzählen müssen. Plötzlich hatten sich die Bedingungen geändert. Es war höchste Zeit zu verreisen.

Bis zum Weihnachtstag hatte Robert noch immer nicht mit Meggie über Stan King gesprochen. Er hoffte, seine Tochter würde es ihm von sich aus erzählen. Lorna hatte versprochen sich herauszuhalten, aber das bedeutete nicht, dass sie Meggie nicht einen Hinweis gegeben hatte, dass der Weg für ein solches Gespräch geebnet war.

Cameron hatte zwei Tage zuvor überraschend entschieden, nicht über Weihnachten zu bleiben. Zugegeben, seine Unzufriedenheit und seine Launen hatten allen das Leben schwer gemacht. Er war kaum ansprechbar gewesen, und es hatte keine Gelegenheit gegeben, ihn in seine Idee einzuweihen, Duncan und Tanith auf Morningside ein eigenes Zuhause zu errichten. Ohne die Zustimmung seines ältesten Sohnes brachte es nichts, die Möglichkeit auch nur anzudeuten.

Tanith lebte im Moment in einem Haus, um das sie sich kümmerte, während sich dessen eigentliche Besitzer für ein Jahr in Europa aufhielten. Das Ehepaar hatte seinen einzigen Diener

Caliph zurückgelassen, der ihr die schweren Arbeiten abnahm, und nach Frazers Geburt war Mister Davids Tochter Aminta als Kindermädchen eingezogen. Lorna respektierte die Unabhängigkeit ihrer Schwiegertochter, aber sie bedauerte es, dass sie das Angebot abgelehnt hatte, in eines der Gästezimmer auf Morningside zu ziehen. Natürlich hatte diese Einladung nichts damit zu tun, dass sie ihrem Enkel gern näher sein wollte! Wenigstens verschaffte der neue Einspänner, das Hochzeitsgeschenk, Tanith Mobilität. Sie und Frazer konnten nun jederzeit nach Morningside kommen.

Tanith, Frazer und Aminta kamen am Weihnachtstag kurz vor Mittag. Lorna und Meggie waren ab sofort nur noch damit beschäftigt, den lautstark krähenden Frazer zu unterhalten, dessen Vater Hunderte von Meilen entfernt war. Robert verstand die Welt nicht mehr. Da war er umgeben von Frauen, und keine von ihnen schenkte ihm die geringste Aufmerksamkeit!

Der Tisch war auch für Torben und Gerda gedeckt – für den Fall, dass sie doch noch kamen –, aber in diesem Jahr saßen nur vier Familienmitglieder beim Weihnachtsessen. Wie immer hatte Mister David sich selbst übertroffen. Das Familiensilber war frisch geputzt, die Kristallgläser funkelten, und es gab eine verlockende Auswahl festlicher Köstlichkeiten. Eine reichhaltige Perlhuhnsuppe wurde serviert, dann sprach Robert ein kurzes Tischgebet und segnete die Speisen. Er nutzte die Gelegenheit, Gott zu bitten, auch die zu beschützen, die nicht bei ihnen sein konnten, und ihm für seine eigene Genesung zu danken. Für Robert und Lorna war die afrikanische Weihnacht in der sengenden Dezemberhitze nicht vergleichbar mit dem traditionellen Fest, das sie aus Schottland kannten – Schnee und ein knisterndes Kaminfeuer gegen die Kälte –, aber es war trotzdem immer etwas Besonderes. Zeit für und mit der Familie.

Mit kundigem Blick überprüfte Robert das Tranchiermesser und ließ die rasiermesserscharfe Klinge noch einmal kurz über einen Schleifstein gleiten, ehe er sich an die saftige Keule einer gut abgehangenen Antilope machte, die drei Tage lang in Rotwein mariniert worden war. Er musste kaum Druck ausüben, um das zarte Fleisch zu zerteilen. Für die, die nicht gern Wild aßen, gab es gegrilltes Schweinfeleisch mit Griebenschmalz und Apfelmus, dazu verschiedene Gemüse, kalten Schinken, Presskopf und Ochsenzunge, alles selbst gemacht. Die Abenteuerlustigen erwartete ein scharfes Rinder-Curry und gelber Safran-Reis mit knusprigem, hauchdünnem Fladenbrot und einer Auswahl süßer und pikanter Saucen.

»Du meine Güte!«, rief Tanith. »Davon wird ja eine ganze Armee satt.« Der Vergleich war ihr ganz unbeabsichtigt über die Lippen gekommen, und glücklicherweise ging niemand darauf ein. Für eine Weile war der Krieg weit entfernt.

Robert schenkte allen Wein ein und sprach einen Toast aus. »Auf die, die heute nicht hier sein können!« Alle stimmten ein. »Auf die, die heute nicht hier sein können!« Es trieb Lorna die Tränen in die Augen, aber sie tupfte sie hastig mit ihrer Serviette fort.

Frischer Obstsalat mit Sahne beendete das Festmahl, und ganz zum Schluss gab es noch schwarzen türkischen Mokka. Nach diesem großartigen Mahl waren alle satt und zufrieden.

Tanith entschuldigte sich, um Frazer zu stillen, während Lorna in die Küche ging, wo sie dafür sorgte, dass auch die Dienstboten ihren Anteil am Festessen erhielten.

Arm in Arm traten Robert und Meggie auf die Veranda hinaus; eine Karaffe mit Portwein stand dort bereit. Robert suchte nach seiner Pfeife.

»Bitte nicht rauchen, Vater. Nicht, bis sich deine Lunge vollständig erholt hat.«

»Wie du meinst. Dann mach stattdessen einen kleinen Spaziergang mit mir.«

Meggie zögerte, aber Robert nahm ihren Arm, und dann begrüßten sie gemeinsam die Nachmittagssonne.

»Warnt ihr Grangers eine Frau nie vor, ehe ihr vor ihrer Tür auftaucht?« Sie benutzte den Namen, den ihr Halbbruder Robert angenommen hatte, als er damals nach Südafrika gekommen war.

»Tut mir leid. Vater hat mir erzählt, was du mit Wakefield vorhast, und ich bin gekommen, um abzulehnen. Ginnie und ich werden nicht heiraten.«

»Und um mir das zu sagen, hast du beschlossen, das Weihnachtsfest mit der Familie ausfallen zu lassen? Das war nicht sehr klug.« Caroline Hammond schaute in Camerons ernstes Gesicht. »Ich vermute, du bleibst eine Weile. Da du nun einmal hier bist, schlage ich vor, du steigst von dem alten Gaul und besorgst uns etwas zum Abendessen. In der Speisekammer ist nicht mehr viel.«

»Danke. Wenn du nichts dagegen hast, würde ich mich gern erst um mein Pferd kümmern. Es ist bei Fremden manchmal etwas temperamentvoll.« Cameron schwang ein Bein über den Sattel und glitt zu Boden.

Klipklop kauerte in einigen Metern Entfernung, die Augen konzentriert auf den rotbraunen Wallach gerichtet. Jetzt erhob er sich und ging auf das Pferd zu. Er murmelte etwas Unverständliches. Das Tier senkte den Kopf und schien aufmerksam zuzuhören. Der kleine Buschmann redete eine Zeit lang weiter, drehte sich dann um und entfernte sich wieder. Ungläubig sah Cameron zu, wie sein Pferd lammfromm folgte.

»Ich glaube nicht, dass du dir Sorgen um dein Pferd machen musst«, sagte Caroline.

Cameron schaute in Richtung der fernen Berggipfel, dann drehte er sich um und sah zum Inhluzan hinunter. Er hatte das seltsame Gefühl, beobachtet zu werden. Caroline war bereits auf dem Weg ins Haus, als sein Blick auf einen einsamen Bateleur-Adler fiel, der am Sommerhimmel mühelos seine Kreise zog. Er folgte Caroline, die jetzt am Haus stehen blieb und eine sicherlich drei Meter lange Angelrute von zwei hölzernen Haken nahm, die außen an der Hauswand befestigt waren.

»Ich habe sie letzte Woche noch benutzt«, sagte sie und reichte sie ihm.

Die sechseckige Rute war federleicht, die gewachste Schnur auf eine Rolle gedreht, deren Kugellager von Alex Martin aus Edinburgh gefertigt worden war. Nur das Allerfeinste, dachte Cameron. Eine einfache Fliege hing an einer speziellen Öse, die direkt oberhalb eines Korkgriffs an dem lackierten Holz befestigt war.

»Das ist eine March Brown«, erklärte Caroline. »Vielleicht kommst du besser mit einer Zulu oder einer Coachman zurecht. Probier es einfach aus.« Sie reichte ihm einen Kescher und eine ziemlich zerbeulte Dose mit verschiedenen Fliegen. »Geh auf nichts, was größer ist als fünfundzwanzig Zentimeter. Der Fluss führt im Moment ziemlich viel Wasser und wurde letztes Jahr mit neuen Forellen besetzt. Regenbogenforellen. Alle unter zwanzig Zentimeter wirfst du wieder hinein.« Sie lachte. »Damit ist die Lehrstunde beendet.«

»An welcher Stelle soll ich es versuchen?«

»Das liegt bei dir, mein Junge. Der Fluss ist meine Grenze. Ich meine, deine Grenze. Viel Spaß, ich habe zu tun.« Sie lachte wieder. »Außerdem muss ich mich noch ein bisschen zurechtmachen. Du solltest jetzt besser gehen, es ist ein gutes Stück. Bis später.« Caroline drehte sich um und verschwand im Haus. Vom Fenster aus sah sie zu, wie er sich entfernte – der Mann, der nun im Besitz von Wakefield war. Sie hatte nicht viele Worte gemacht, aber die Übergabe war deutlich gewesen. Gut, dachte sie, er sieht genauso aus wie mein Vater.

Es war Sommer, aber die Luft schien nicht so feucht und drückend zu sein wie auf Morningside. Cameron dachte kurz daran, dass Heiligabend war, und er stellte fest, dass seine Gedanken nicht bei seiner Familie waren, sondern hier. Und er war unterwegs zu einem der Flüsse, die aus den Drakensbergen kamen, um ein oder zwei Forellen zu überlisten. Da er nicht viel Erfahrung im Fliegenfischen hatte, war er froh, dass er allein war und niemand ihm bei seinen Versuchen, die flinken Tiere anzulocken, zusehen konnte.

Der Fluss führte tatsächlich viel Wasser. Es war schlammig und keineswegs so kristallklar, wie er es erwartet hatte. Es gurgelte und schäumte, floss an großen Felsen vorbei, hinter denen sich tiefe, überraschend ruhige Pools verbargen. Cameron fand eine Stelle, die er für ideal hielt, und spulte ein Stück Schnur ab, die er vor seinen Füßen vorsichtig zu Boden gleiten ließ, damit sie sich nicht verhedderte. Dann warf er die Angel weit nach hinten, hielt sie für den Bruchteil einer Sekunde senkrecht in der Luft, während sich die Schnur hinter ihm straff zog, schleuderte sie nach vorn und gab mit der linken Hand weiter Schnur nach. Es misslang. Also wieder zurück und wieder vor. Nichts. Die Fliege war heruntergefallen und hatte sich im Gras verheddert. Er löste sie und begann von neuem. Schon besser. Aber er bekam nicht die Entfernung hin, die er haben wollte. Sein Vater hatte eine Fliege mühelos in der Luft halten und mit sanften Bewegungen vor- und zurückbewegen können, bis er die richtige Stelle gefunden hatte, wo sie ins Wasser eintauchen sollte.

Platsch! Die Strömung trug die Fliege rasch flussabwärts. So ging es nicht. Mit der linken Hand spulte Cameron zurück, bis er den Köder herausheben und erneut auswerfen konnte. Ein paar weitere Versuche, dann wurde er allmählich etwas zuversichtlicher. Aber warum bissen die Fische nicht an? Vielleicht war das Wasser zu schlammig. Vielleicht sollte er eine andere Fliege ausprobieren, eine, die etwas heller war.

Ein neuer Versuch. Die Fliege trieb wieder flussabwärts, diesmal in die Nähe des Ufers. Cam wollte sie gerade wieder einziehen und einen neuen Wurf wagen, da wurde die Angel in seiner Hand plötzlich lebendig. Sie bog sich, hüpfte heftig auf und ab und berührte fast das Wasser. Er hob sie leicht an, um die Schnur in Spannung zu halten. Ein bisschen einziehen, ein bisschen nachlassen. Verdammt! Wo war der Kescher? Cameron hatte nicht genügend Halt und verlor fast das Gleichgewicht, als er sich danach reckte. Spannung. Die Spannung halten. Er hielt die rechte Hand hoch, das Netz in der Linken. Innerhalb von Sekunden war der Fisch gefangen. Eine wunderbar schimmernde Regenbogenforelle, aber höchstens fünfzehn Zentimeter lang.

Vorsichtig löste Cameron den Haken und ließ den zappelnden Fisch wieder frei. So ging es einige Male. Dann wurde es Zeit, sich ernstlich um das Abendessen zu kümmern.

Als Cameron drei Stunden später zur Farm zurückkehrte, präsentierte er Caroline zwei schöne Forellen, jede gut ein Pfund schwer. Sie brieten sie in einer Pfanne über einem rot glühenden Kohlenfeuer und aßen sie nur mit etwas Zitrone und Butter. Es war das beste Heiligabend-Essen, an das Cameron sich erinnern konnte.

»Wie steht es an der Front?«, fragte Caroline und trank von ihrem süßen Tee.

»Die Buren sind auf der Flucht, aber das hält sie nicht davon ab, uns weiter zum Narren zu halten.«

Sie schwieg.

»Je schneller wir die Häuser dieser Schweine niederbrennen und ihre Familien in Lager schaffen, desto besser.«

»Das ist keine Lösung«, antwortete Caroline leise. »Wir werden miteinander leben müssen, wenn dieser Krieg vorbei ist. Unschuldige Frauen und Kinder zu bestrafen hilft nichts.«

Cameron wirbelte zu seiner Gastgeberin herum. »Bist du etwa eine Burenfreundin?«, fragte er und sah sie herausfordernd an. »Diese Buren-*Meisjes* sind nicht besser als ihre Männer. Also hör auf mit diesem Unsinn.«

Caroline schaute ihn an. Sie hatte vom ersten Moment an gespürt, dass er kurz vor dem Zusammenbruch stand. Sie wusste nur nicht warum.

Eine Zeit lang schwieg Cam. Caroline wartete geduldig.

»Mein Bruder ist von den Buren getötet worden.«

»Ich weiß. So ist der Krieg.«

Schließlich seufzte er und kramte in der Tasche seines Waffenrocks. »Lies das«, sagte Cameron und reichte ihr einen zerknitterten Brief.

»Es wäre mir lieber, du würdest darüber sprechen.«

Cameron ließ die Hand sinken, und dann sprudelten die Worte nur so aus seinem Mund. Caroline hörte geduldig zu. Er erzählte so lange, bis schließlich alles heraus war. »Ich war mit den Gedanken woanders. Andere mussten sterben, weil ich in Selbstmitleid versunken war – Männer, die mir anvertraut waren.«

In diesem Augenblick wurde ihr klar, dass Cameron wütender auf sich und seine mangelnde Selbstbeherrschung war als auf irgendeine andere Person – Ginnie eingeschlossen. »Ich habe dies deinem Vater gesagt, und ich sage es dir. Sich in der Vergangenheit zu verlieren ist häufig einfacher, als sich der Zukunft zu stellen. Erinnerungen sind die Meilensteine unseres Lebens, aber wenn wir uns nicht mehr vorwärts bewegen, verliert das Leben seinen Reiz. Die Straße vor uns mag uns steinig erscheinen, aber wenigstens geht sie in die richtige Richtung. Wo sie letztlich hinführt, ist etwas, das wir Sterblichen nie im Voraus wissen werden.«

Cameron sah Caroline im Schein des Feuers an, während sie die Kohlen umdrehte und neues Holz auflegte. Funken flogen auf, dann beruhigten sich die Flammen wieder.

»Entschuldige meinen Ausbruch. Du hättest Anstoß daran nehmen können, aber das hast du nicht getan. Ich fühle mich jetzt viel besser. Danke.«

»Wofür? Es ist Weihnachten. Ach, übrigens betrachte ich den Handel als abgeschlossen. Wakefield gehört jetzt dir.«

Camerons Unterkiefer fiel herab.

»Schau mich nicht so überrascht an. Das heißt ja nicht, dass du hier wohnen musst.«

»Aber Ginnie und ich werden nicht heiraten.«

»Wer ist Ginnie? Ich dachte, die Welt sei größer. Wie auch immer, du tust das, was du tun willst. Im Moment wäre eine Flasche Champagner zu öffnen. Würdest du das bitte übernehmen?«

»Meilensteine«, murmelte er. »Du bist eine ganz erstaunliche Frau.« Cameron ließ den Brief ins Feuer flattern und sah zu, wie das Papier erst schwarz wurde und dann verbrannte.

»Du sagst es. Meilensteine.«

Sie lächelten beide.

Es schien so natürlich, unter den Sternen zu sitzen und gemeinsam eine Flasche Champagner zu trinken.

»Vater hat mir erklärt, du seiest seine Halbschwester. Ich kann das nicht glauben. Damit bist du meine Tante. Darf ich dich trotzdem weiter Caroline nennen?«

»Natürlich, aber lieber wäre mir Caro. Hat Robert dir auch von meinem Löwen erzählt?«

»Witzigerweise ja.«

Sie plauderten angeregt über dies und das, wie alte Freunde.

»Ach, und noch etwas. Ich muss morgen früh zu Guy, also fühl dich ganz wie zu Hause. Popeti ist über Weihnachten in Durban, und Moses kommt auch erst nach den Feiertagen zurück.«

Cameron nickte. »Danke, Caro. Für alles.«

Als die Kohlen zu Asche zerfallen waren, gingen sie Arm in Arm ins Haus. In zwei Zimmern, die sich an den schlichten Wohnraum anschlossen, brannten Kerzen. »Schlaf gut«, sagte Caro und küsste Cameron auf die Wange, bevor sie in einem der Zimmer verschwand.

Wenig später lag er in der Dunkelheit und fühlte sich so entspannt wie seit Monaten nicht mehr. Die Stille war so intensiv, dass sie einen eigenen Klang zu haben schien. Er hörte sie nicht kommen, aber plötzlich war sie da. »Niemand sollte an Weihnachten allein sein«, sagte Caro.

Meggie sah ihn zuerst. Er kam langsam auf ihr Haus zugeritten, das Gesicht halb unter einem breitkrempigen, etwas zerbeulten Hut verborgen. Die Größe des unerwarteten Besuchers ließ jedoch keinen Zweifel zu.

»Stanley King, wenn ich mich nicht irre.« Robert ließ den Namen in der Luft hängen. »Was mag ihn an Weihnachten zu uns führen?«

Lorna, die mit Tanith unter der Kassie saß, war rasch auf den Beinen. Aufmunternd drückte sie Meggies Arm. Tanith hatte Frazer gerade gefüttert und blieb sitzen. Sie rechnete mit dem Schlimmsten.

Meggie regte sich nicht; das Herz klopfte ihr bis zum Hals. Alle wussten von ihrer Beziehung zu Stan, aber Robert hatte darauf gewartet, dass seine Tochter es ihm erzählte. Heute Nachmittag war sie dicht davor gewesen; sie hatte versucht ihren ganzen Mut zusammenzunehmen. Ellie und ihre Mutter hatten ihr gesagt, dass sie selbst mit ihrem Vater sprechen müsse. In Meggies Leben gab es zwei Männer, die sie niemals würde verletzen können. Robert war einer von ihnen. Nun tauchte plötzlich auch der andere auf. Es war zu spät.

Obwohl Meggies Vater ihre Beziehung zu seinem alten Freund nie erwähnt hatte, schloss sie aus Bemerkungen ihrer Mutter, dass er Bescheid wusste. Stan stieg vor dem Haus ab, grüßte Mister David – der gerade auf der Veranda den Tisch zum Nachmittagstee deckte –, drehte sich dann um und ging mit großen Schritten auf die Kassie zu. Auf seinem braungebrannten Gesicht lag eine gewisse Zuversicht, als er sich mit dem Hut in der Hand näherte.

»Guten Tag, Robert«, sagte er, als er nahe genug war. »Ladys.« Er nickte den anderen zu. »Frohe Weihnachten euch allen.«

»Dreh um, und kehre nach Hause zurück«, sagte Robert mit fester Stimme. »Du bist hier nicht willkommen.«

Meggies schlimmster Albtraum war wahr geworden. Sie warf ihrer Mutter einen verzweifelten Blick zu, der um Unterstützung flehte. Sie kam nicht. Dies war eine Angelegenheit zwischen ihrem Vater und dem Mann, mit dem Meggie ihr künftiges Leben teilen wollte.

»Hallo, Meggie.« Stan ignorierte Roberts Worte und kam auf sie zu. »Ich wollte gern mit deinem Vater sprechen.«

»Nun, hier bin ich.« Robert trat vor und sah ihn herausfordernd an. Die beiden Männer standen sich gegenüber, und die anderen warteten gespannt darauf, wie diese Konfrontation zwischen David und Goliath ausgehen würde.

»Robert«, begann der größere der beiden Männer mit müder Stimme. »Wir sind nun schon so viele Jahre befreundet, dass wir ehrlich zueinander sein sollten. Ich bin gekommen, weil ich um die Hand deiner Tochter anhalten möchte.«

»Du hast ein verdammt dickes Fell«, antwortete Robert und sah den ruhigen Engländer an. »Und du hast genau zehn Sekunden, um dich auf dein Pferd zu schwingen und davonzureiten.«

Stan rührte sich nicht. »Komm schon, Robert«, meinte er. »Wenn du dich danach besser fühlst, verpass mir einen Schlag ins Gesicht. Ich werde nicht eher von hier wegreiten, bis ich eine Antwort auf meinen Antrag bekommen habe.«

Der Schlag kam wie aus dem Nichts – hart und präzise. Stans Kopf flog zur Seite. Meggie schrie, riss die Hände an den Mund, aber niemand unternahm etwas. Lorna packte ihre Tochter am Arm, ehe sie auf Stan zulaufen konnte, der ins Gras gesunken war und sich das Kinn hielt. Langsam erhob er sich und baute sich erneut vor Robert auf.

»Mach nur weiter, wenn du dich dann besser fühlst«, forderte Stan ihn auf. »Ich liebe deine Tochter. Ich bin vielleicht älter als sie, aber ich kann nichts gegen meine Gefühle tun – so wenig wie du etwas gegen das Bedürfnis, sie zu beschützen, tun kannst. Ich schwöre dir an diesem heiligen Tag, Robert, dass ich diese Frau lieben und schützen werde, wie kein anderer es je könnte. Ich würde eher sterben als zuzulassen, dass Meggie ein Leid geschieht.«

Robert starrte seinen unerschrockenen Freund an. Er wusste, dass er jedes seiner Worte ernst gemeint hatte.

Stan wappnete sich innerlich gegen einen weiteren Schlag, aber er kam nicht. Roberts Ärger war plötzlich verflogen. Er schüttelte den Kopf. »Du weißt, dass ich das tun musste«, sagte er mit ruhiger Stimme. »Mir mag das, was sich zwischen dir und meiner Tochter abspielt, nicht gefallen, aber ich weiß, dass du ein mutiger und ehrlicher Mann bist, der zu seinem Wort steht. Mehr kann ich nicht verlangen – auch wenn es mir schwer fällt, mir dich als meinen Schwiegersohn vorzustellen.« Robert streckte die rechte Hand aus, und Stan ergriff sie. Erleichterung und Dankbarkeit standen ihm im Gesicht geschrieben. »Im Übrigen finde ich, du solltest erst Meggie fragen, ob sie dich heiraten möchte.«

Stan grinste und rieb sich das Kinn. »Ich hoffe nur, sie hat nicht die Linke ihres Vaters geerbt«, meinte er.

»Nein«, antwortete Robert. »Meggie ist wie ihre Mutter. Sie bevorzugt einen Haken mit der Rechten.«

Die Männer lächelten.

Stan drehte sich zu Meggie um und fiel auf die Knie. »Margaret Maud Granger-Acheson, erweist du mir die Ehre und willigst ein, meine Frau zu werden?«

»Ja, du alberner Narr. Ja, ja, ja.« Eigentlich waren diese Worte gar nicht nötig, denn Meggie flog in seine offenen Arme und bedeckte ihn mit Küssen.

Lorna gratulierte ihnen glücklich, dann machte sie Stan mit Tanith und Frazer bekannt. Sogar Mister David hatte sich zu ihnen gesellt. Er grinste von einem Ohr bis zum anderen.

Meggie löste sich von Stan und lief zu Robert. Sie schlang die Arme um seinen Hals, und Freudentränen liefen ihr über die Wangen. »Danke, Vater. Ich werde dich immer lieben.«

Robert umarmte sein kleines Mädchen und zog es an sich. Seine jüngste Tochter in die Hände eines anderen Mannes zu geben war in vieler Hinsicht genauso schwer, wie einen Sohn in den Krieg zu schicken.

Stan King war akzeptiert. Der Tee war vergessen, als Lorna eine von Ellies Champagnerflaschen hervorzauberte. »Ich bin mir sicher, dass es Ellie recht ist«, sagte sie und reichte Robert die Flasche zum Öffnen.

Tanith, Frazer und Aminta verließen das Haus gegen Abend und machten sich auf den Rückweg nach Empangeni. Ehe am Weihnachtstag des Jahres 1900 die Sonne unterging, sollte noch ein weiterer unerwarteter Besucher in Morningside auftauchen. Müde und staubig stand Torben Petersen um kurz nach sechs vor der Tür.

Fassungslos saßen Lorna und Robert im Arbeitszimmer und hörten Torben zu, als er ihnen von der Entführung seiner Tochter erzählte. Den Brief seines Onkels aus Dänemark zeigte er ihnen nicht, aber er berichtete ihnen teilweise, was darin stand. Torben wagte es nicht zu gestehen, welchen Anteil er an der Finanzierung der militärischen und politischen Ziele seiner burischen Auftraggeber hatte. Er gab vor, Alice' Entführung habe etwas damit zu tun, dass er den Briten Artilleriegeschosse verschafft hatte. Ein Racheakt des *Broederbonds.*

Torben hatte Gerda allein in ihrem Haus an der Barea in Durban gelassen. Ihre Schwester Lanice freute sich glücklicherweise über jede Gelegenheit, dort sein zu können, und hatte daher ohne zu zögern der Bitte, länger zu bleiben, nachgegeben.

»Es läuft also alles darauf hinaus, diesen Klaas zu finden«, beendete Torben seine Enthüllungen mit gesenktem Kopf.

»Der Mann, der sich bei euch zu Hause als Polizist ausgegeben hat«, folgerte Robert.

»Warum um alles in der Welt hast du uns das alles nicht schon viel eher erzählt?« Lorna sah ihren Stiefsohn vorwurfsvoll an.

Mit geröteten Augen schaute Torben auf. »Ich hatte zu viel Angst. Die Bruderschaft hat mir verboten, darüber zu sprechen. Sie haben ihre Augen und Ohren überall, selbst in Durban. Ich wäre nicht überrascht, wenn die örtliche Polizei tatsächlich in Alice' Verschwinden verwickelt wäre.«

»Nun, es gibt nur eine einzige Möglichkeit«, erklärte Lorna entschieden. »Wir werden unsere Enkeltochter zurückholen – ganz gleich, was es kostet.«

Zum ersten Mal seit Wochen fühlte Torben sich erleichtert. Die Tatsache, dass seine Stiefmutter Alice Enkeltochter genannt hatte, trug viel dazu bei. Es hatte Zeiten gegeben, in denen er sich in seiner Familie wie ein Fremder vorgekommen war.

»Würde es dir etwas ausmachen, wenn Stan King von der Sache erfährt?«, fragte Robert plötzlich. »Schließlich gehört er nun praktisch zur Familie.«

Torben nickte zustimmend. Er hatte bereits von Meggies Verlobung erfahren. »Klaas zu finden ist vielleicht gar nicht so schwierig, wie ich zunächst befürchtet habe«, sagte er. »Es ist schließlich kein Geheimnis, dass der Krieg so gut wie vorbei ist.«

»Glaub nicht alles, was du hörst«, warnte Robert. »Das ist nur das Gerede der Politiker. Die Buren sind noch längst nicht geschlagen. Nicht einmal Kitchener ahnt, womit er zu tun hat. Botha, de Wet, Smuts und die anderen wissen, dass sie den Krieg nicht gewinnen können, aber ihre *komandos* können die Sache weitertreiben, bis die britische Öffentlichkeit irgendwann genug hat und zu fragen beginnt, warum dieser Krieg nicht zu Ende geht. Es ist Politik, ganz einfach. Die Buren beherrschen das Spiel verdammt gut.«

»Ich neige dazu, Robert zuzustimmen«, unterstützte Lorna ihren Mann. »Der Krieg könnte sich noch Jahre hinziehen.«

Robert fuhr fort: »Hör zu, dein Onkel hat dir doch geschrieben, dass Klaas ein Buren-Sympathisant ist – ein Spion, um es ganz präzise auszudrücken –, der eine Menge seiner Zeit in Pretoria verbringt. Hat er auch gesagt warum?«

»Weil es ihm leichten Zugang nach Portugiesisch-Ostafrika verschafft. Das ist neutrales Gebiet. Ideal für Kontakte mit nichtafrikanischen Agenten«, antwortete Torben. »Klaas ist eigentlich holländischer Staatsbürger.«

Lorna sprach aus, was ihr Mann dachte. »Duncan hat sich um einen Posten beim Heeresnachrichtendienst in Pretoria beworben. Er will mit dem Niederbrennen von Farmen nichts mehr zu tun haben. Vielleicht könnte er uns helfen, den Mann zu finden.«

»Das hängt davon ab, was er sonst so treibt«, antwortete Robert. »Notfalls kann ich auch selbst nach Pretoria fahren.«

»Überlass das Duncan«, protestierte Lorna. »Du wirst hier gebraucht.«

»Du bist doch diejenige, die gesagt hat, dass wir Alice zurückhaben müssen, ganz gleich was es kostet. Außerdem habe ich in diesem Teil der Welt durchaus Kontakte. Als Erstes werde ich aber Duncan schreiben.«

Lorna ließ das Thema auf sich beruhen. Wenn es nötig war, würde ihr Mann in die Hauptstadt Transvaals fahren. Sie würde ihn nicht davon abhalten können. Seine Gesundheit hatte Fortschritte gemacht, aber er war noch längst nicht wieder vollständig bei Kräften.

»Ich könnte mitkommen«, bot Torben an.

»Nein«, entgegnete Robert. »Es ist besser, wenn du nach Durban zurückkehrst. Gerda braucht dich, vor allem in ihrem gegenwärtigen Zustand. Außerdem wollen wir kein unnötiges Risiko eingehen. Wenn man dich dabei sieht, wie du diesen Klaas bedrohst, könnte die Bruderschaft auf die Idee kommen, Alice etwas anzutun. Fahr nach Hause, und kümmere dich um dein Geschäft. Das scheint ja sehr gut zu laufen.«

Torben sah ein, dass sein Vater Recht hatte – aber ihm war auch die Ironie seiner Worte nicht entgangen.

An diesem Abend konnten sie nichts weiter tun. Lorna zog sich zurück. Es war ein langer Tag gewesen. Robert bot Torben eine Zigarre an, die er bereitwillig annahm. Anschließend nahm er sich selbst eine Pfeife und goss ihnen beiden einen Brandy ein. »Wir werden sie schon finden, mein Sohn«, versicherte er. »Mach dir keine Sorgen.«

Stan blieb über Nacht auf Morningside, er schlief in Camerons Zimmer. Torben bekam die Gästesuite.

Am Frühstückstisch berichtete Robert Stan und Meggie, worüber sie am Vorabend gesprochen hatten. Stan fühlte sich geehrt, dass auch er eingeweiht wurde, und bot jede erdenkliche Hilfe an. Torben mochte ihn auf Anhieb – auch wenn er nicht verstehen konnte, wieso der Mann einen Armreif trug.

Nachdem er auch den zweiten Weihnachtstag auf Morningside verbracht hatte, befolgte Torben den Rat seines Vaters und kehrte nach Durban zu Gerda zurück. Zur Überraschung aller bedauerte er, fortfahren zu müssen, und schien ernsthaft enttäuscht, Tanith und Frazer nicht gesehen zu haben. Lorna versprach, seine guten Wünsche zu übermitteln.

Hogmanay, das schottische Fest, das am 31. Dezember gefeiert wurde, hatte diesmal nichts von seinem üblichen Reiz. Robert blieb wach, um das neue Jahr willkommen zu heißen, aber seine Gedanken wanderten immer wieder zu Alice, und er grübelte darüber nach, ob es ihnen gelingen würde, sie zu finden. Er hatte bereits an Duncan geschrieben und ihm alles erläutert, was Torben erzählt hatte. Ob es reichen würde?

Lorna sorgte sich mehr und mehr um Cameron. Sie hoffte inständig, dass die Zeit seinen Herzschmerz irgendwann linderte. Als er Morningside verlassen hatte, hatte sie in seinem Gesicht den Ausdruck eines Mannes gesehen, dem das Leben gleichgültig geworden war. Das konnte fatale Folgen haben. Aber sie konnte nichts anderes tun als warten.

Lorna spürte auch die Frustration ihres Mannes darüber, dass er nichts tun konnte, während Alice weiter in Gefahr schwebte. Er stürzte sich in das Vorhaben, neue Anbauflächen für Zuckerrohr zu gewinnen, steckte das Gelände ab und überwachte das Graben von Bewässerungskanälen, aber das war ihm nicht genug. Er war zwar Farmer, doch seine Familie stand an erster Stelle. Auf eine Antwort von Duncan zu warten entsprach nicht seiner Vorstellung von entschlossenem Handeln.

Jeden Tag kehrte Robert schmutzig von den Feldern zurück. Ehe er sich wusch und saubere Kleidung anzog, schaute er als Erstes auf dem Tisch nach, ob Post gekommen war.

Die meisten Briefe, die kamen, stammten von Ellie. In einem, den sie kurz nach ihrer Rückkehr ins Krankenhaus geschrieben hatte, berichtete sie, dass sie Cecilys und Stephens Haus in Durban leer vorgefunden habe. Die beiden schienen noch immer nicht aus Betschuanaland zurückgekehrt zu sein. Sie erwähnte, dass die Eisenbahn in Dargle Road liegen geblieben sei und sie sechs Stunden lang auf eine Ersatzlokomotive gewartet hätten. Robert erinnerte sich gut an den kleinen Bahnhof und dachte an seine Halbschwester und daran, was sie wohl an Weihnachten gemacht hatte.

Allein zu sein konnte für Caro nicht besonders schön gewesen sein. Wir hätten sie nach Morningside einladen sollen, überlegte er. Vielleicht im nächsten Jahr.

Dann endlich kam die Antwort von Duncan, in der er bestätigte, dass er zum Stabshauptquartier in Pretoria versetzt worden sei. Er habe Roberts Brief mit der schrecklichen Entführungsnachricht erhalten und versprach, alles zu tun, um Klaas ausfindig zu machen. Er schrieb weiter, dass Cameron zum Captain befördert worden und mit einer neuen Einheit auf der Jagd nach Buren-*komandos* sei. Offenbar standen sie in dem unrühmlichen Ruf, ihre Arbeit mit gandenloser Konsequenz durchzuführen und nur wenig oder gar kein Mitleid mit denen zu zeigen, die sie aus ihren Häusern vertrieben.

Von Cameron selbst gab es keine Nachricht.

Es war an einem Tag Ende März, als Robert einen Brief erhielt, der eine ihm unbekannte Handschrift trug. Neugierig riss er den Umschlag auf.

»Von wem ist er?«, fragte Lorna, die zu ihm getreten war und versuchte, ihm über die Schulter zu spähen. »Das ist ganz offensichtlich die Handschrift einer Frau.«

»Caro«, antwortete Robert und las erstaunt, was sie schrieb. »Sie erinnert mich an etwas, was ich letztes Jahr zu ihr gesagt habe.«

»Tatsächlich?« Lornas Ton war anzuhören, dass sie eine genauere Erklärung verlangte.

»Ich habe versprochen, ihr beim Erschießen eines Löwen zu helfen«, antwortete er. »Aber dafür ist im Moment wirklich nicht der geeignete Zeitpunkt. Es wird noch etwas warten müssen. Ich werde zurückschreiben, um es ihr mitzuteilen.«

»Gut.« Lorna nickte. »Schreibt sie etwas darüber, dass sie Cam Wakefield als ...« Ihre Frage blieb unausgesprochen. Es wird keine Hochzeit geben, dachte sie betrübt. Sie wusste, dass dies der Grund für den Schmerz und die Wut ihres Sohnes war.

»Nein. Aber ich glaube nicht, dass Caro ihren Entschluss geändert hat. Sie ist Cam sehr zugetan.«

Robert sagte nichts, aber ihm war ganz plötzlich ein Gedanke gekommen. Woher wusste seine Schwester, dass er auf Morningside war?

Die Fairfax Scouts waren immer häufiger mit der Ausführung von Befehlen beschäftigt, die das Zusammentreiben von Frauen und Kindern – selbst schwarzen Dienstboten – und das anschließende Niederbrennen ihrer Häuser vorsahen. Duncans neue Position im Stabshauptquartier in Pretoria zog die Beförderung zum Captain nach sich und hielt ihn von diesen Handlungen fern, die er als völlig ungerechtfertigt erachtete. Seine neuen Aufgaben betrafen den Heeresnachrichtendienst. Auch wenn ihm die endlosen Besprechungen und der ganze Papierkram bald langweilig wurden – er hatte die ideale Position, um zu versuchen, den schwer fassbaren *Meneer* Klaas ausfindig zu machen.

Die Offiziersmesse befand sich in einem Gebäude aus Sandstein, nicht weit vom Parlament entfernt. Dort hatte Duncan Major Scott kennen gelernt, den Kommandeur der Einheit des Heeresnachrichtendienstes, die dafür verantwortlich war herauszufinden, wem man in der vorwiegend burischen Bevölkerung trauen konnte und wem nicht.

Major John Scott war ein schlanker, arroganter Engländer, der recht unbeliebt war – was er sich selbst zuzuschreiben hatte. Seine hochnäsige Art hatte den jungen Captain nicht davon abgehalten, ihn in einer ganz besonderen Angelegenheit um Hilfe zu bitten.

»Habe heute Informationen über diesen Klaas erhalten«, sagte Scott eines Tages um die Mittagszeit, als er Duncan traf, der mit einer alten Ausgabe der *Times* in einem abgenutzten Ledersessel saß. »Sieht so aus, als sei Ihr Mann wieder in unserem Aktionsradius aufgetaucht.«

Duncan ließ die Zeitung sinken und sah den Offizier, der mit einem Gin Tonic in der Hand vor ihm stand, interessiert an. »Sie haben mir soeben den Tag gerettet, John. Sind die Informationen zuverlässig?« Duncan versuchte seine Aufregung zu verbergen. Es war das Erste, was er von dem Mann hörte, seit er im Januar den Brief seines Vaters erhalten hatte. Bis zu diesem Augenblick hatte Duncan die Behauptungen von Torbens Onkel aus Dänemark angezweifelt.

»Zu sechzig Prozent«, antwortete der Major und ließ sich

neben Duncan in einen leeren Sessel fallen. »Es scheint, als sei Klaas auch für uns von Interesse«, fuhr er fort und beobachtete die Reaktion seines Kollegen ganz genau. »Er steht auf unserer Liste und gilt als einer der gesuchtesten Ausländer, die für die Buren arbeiten. Ein ziemlich durchtriebener Mensch, wie es aussieht. Schleicht sich durch portugiesisches Territorium ununterbrochen ins Land und wieder heraus. Gerüchten zufolge soll er eine enge Verbindung zu den Agenten des deutschen Kaisers haben.«

»Sie haben mir noch nicht gesagt, wo ich ihn finden kann«, drängte Duncan und erntete dafür einen kühlen Seitenblick von Scott.

»Und Sie haben mir noch nicht gesagt, warum dieser Klaas für Sie von Interesse sein könnte«, antwortete er.

»Eine Familienangelegenheit«, antwortete Duncan ausweichend. »Etwas, worüber ich lieber nicht sprechen würde.«

»Würde es einen Unterschied für Sie machen, ob der Mann tot oder lebendig ist?«, forschte der Major weiter.

»Ja«, erwiderte Duncan. »Tote Männer können keine Fragen beantworten.«

Scott nickte. »Das ist wahr. Aber ich kann nicht versprechen, dass wir ihn lebendig kriegen. Es wäre das Beste für uns, wenn Klaas einfach verschwände. Das würde uns keine Verwicklungen mit der holländischen oder der deutschen Regierung bringen. Wir haben schon so genug Probleme mit ihnen. Sie beklagen sich ständig darüber, wie wir ihre Staatsangehörigen behandeln. Diese *uitlanders* sind wirklich nervend. Klaas würde behaupten, neutral zu sein, wenn wir versuchten, ihn im Gefängnis zu halten. Sehen Sie mein Problem, alter Junge?«

Duncan verstand voll und ganz, worauf der britische Major anspielte. »Ich verlange ja nur ein paar Minuten mit ihm.«

»Ich sehe keinen Grund, warum das nicht möglich sein sollte. Aber zuerst müssen wir den Kerl schnappen. In den letzten achtundvierzig Stunden ist er zweimal gesehen worden.

Hier in Pretoria. Das heißt natürlich nicht, dass er sich nicht längst wieder aus dem Staub gemacht hat.«

Mehr wollte Duncan nicht wissen. Heute Abend würde er Cameron treffen. Auch wenn ihm sein Bruder nicht weiterhelfen konnte – Henry verfügte häufig über die erstaunlichsten Informationen. Es war einen Versuch wert.

24

Duncan war zu Recht nervös, als er sich den Slums vor der Hauptstadt näherte. Hier hausten hauptsächlich vertriebene Afrikaner, die zu arm oder zu träge waren, nach Hause zurückzukehren, sowie der Abschaum europäischer und einheimischer Verbindungen. Er band sein Pferd vor einer kleinen Gemischtwarenhandlung an und versprach dem Besitzer ein oder zwei Pennys, wenn er ein Auge darauf hielt. Dann machte er sich zu Fuß auf die Suche nach dem Mann, den Henry ihm genannt hatte. Henry zufolge war er gut informiert, wenn es darum ging, welche Leute in Pretorias krimineller Unterwelt ein und aus gingen.

In Zivilkleidung und seinem abgetragenen Armeemantel, der ihm viel zu warm war, sah Duncan aus wie jeder andere heruntergekommene *uitlander*. In einer der Innentaschen jedoch trug er seine Webley. Ihm war bewusst, dass es gefährlich werden konnte, Fragen zu stellen. Trotzdem sprach er einen Zulu an und erklärte, dass er auf der Suche nach einem Portugiesen namens Ramos sei. Der arbeitslose Minenarbeiter dachte kurz nach, nickte dann und bot sich an, ihm die Absteige zu zeigen, in der der Mann regelmäßig verkehrte. Duncan drückte ihm ein paar Münzen in die ausgestreckte Hand, dann folgte er dem Zulu zu einer notdürftig aus verrosteten Eisenteilen und alten Planen zusammengebauten Behausung.

Duncan ging durch die schmale Tür und fand sich in einem unbeleuchteten, verrauchten Raum wieder. Männer saßen auf nackten Bänken oder lehnten an der Wand und tranken warmes Hirsebier aus Flaschen und anderen obskuren Gefäßen. Die Kundschaft setzte sich hauptsächlich aus Schwarzen oder Mischlingen zusammen, aber es gab auch ein paar Weiße. Afrikanische Prostituierte boten ihren Körper zum Preis eines Getränks an. Es war die Welt, in der sich vor allem diejenigen tummelten, die sämtliche Hoffnung verloren hatten.

»Das ist der Mann, den Sie suchen«, sagte der Zulu leise und machte eine leichte Kopfbewegung.

Duncan spürte, dass alle Blicke auf ihn gerichtet waren, als er sich einen Weg zu einem der Tische bahnte, an dem ein Dunkelhäutiger mit kahl rasiertem Kopf saß, eine halb leere Flasche vor sich. Er trug einen goldenen Ohrring und war im Gegensatz zu den meisten anderen anständig gekleidet. Neben ihm saß eine Prostituierte. Duncan schätzte den Mann auf ungefähr dreißig Jahre. Die Narben in seinem Gesicht zeugten von einem nicht einfachen Leben.

»Ramos?«, fragte Duncan.

»Wer will das wissen?« Der Mann wirkte plötzlich angespannt. Er sah, dass Duncan seine Hand in der Manteltasche behielt.

»Ich bin ein Freund des Zulu, der Ihnen als Henry bekannt ist. Ich stamme von Morningside in Natal.«

»Und was will dieser Freund von Henry von mir?«

»Nur ein paar Informationen«, antwortete Duncan. Die Prostituierte stand auf und ging, aber ihm wurde kein Platz angeboten. »Über einen Holländer namens Klaas, der sich regelmäßig in Pretoria aufhalten soll.«

»Ich bin äußerst durstig, mein Freund«, sagte Ramos und zog ein langes Messer hervor, das er unter dem Tisch versteckt gehalten hatte. »Ich vermute, die Hand in Ihrer Tasche umklammert das Geld, um mir einen Drink zu besorgen?«

Duncan zog die Hand heraus und legte eine Zehn-Schilling-Münze vor Ramos auf den Tisch. Der Mann sah ihn verächtlich an. Duncan verstand den Hinweis und verdoppelte die Summe.

»Derjenige, von dem Sie sprechen, ist gerade hier«, erklärte Ramos und steckte das Geld ein. »Aber es wäre gefährlich, jetzt zu ihm zu gehen.«

»Sie könnten mir erklären, wer genau es ist«, schlug Duncan vor.

»Sie wissen nicht mal, wie er aussieht?«, fragte Ramos.

Duncan runzelte die Stirn.

»Das dachte ich mir«, fuhr Ramos fort. »Sie müssen mir mehr zahlen, wenn ich Sie zu ihm bringen soll.«

»Mir bleibt wohl keine andere Wahl. Wie viel wollen Sie?«

»Noch einmal dieselbe Summe, mein Freund«, antwortete Ramos.

Duncan zählte weitere zehn Schillinge auf den Tisch, diesmal in kleineren Münzen. »Den Rest zahle ich bei Lieferung«, sagte er.

Ramos nickte und sammelte das Geld ein. »Kommen Sie morgen früh um vier Uhr wieder, dann werde ich Sie zu ihm bringen. Wir treffen uns an dem großen Baum draußen auf der Straße.«

»Warum nicht sofort?« Duncan klang misstrauisch.

»Weil ich noch andere Dinge zu erledigen habe«, erwiderte Ramos. »Deshalb.«

Duncan seufzte. Er war frustriert über die Verzögerung, aber der Portugiese war vermutlich seine einzige Chance, Klaas zu finden. Er nickte. »In Ordnung. Ich werde pünktlich da sein.«

»Sorgen Sie dafür, dass Sie das restliche Geld dabeihaben.« Ramos lachte und setzte die Flasche an.

Als Duncan die Kaschemme verlassen wollte, flüsterte eine vertraute Stimme hinter ihm: »Seien Sie vorsichtig bei diesem Mann. Er genießt keinen guten Ruf.« Duncan drehte sich um, aber der Zulu war bereits im hinteren Teil des nach Rauch, schalem Bier und ungewaschenen Körpern riechenden Raums verschwunden.

Er kehrte ans Tageslicht zurück und holte, als er sicher war, dass niemand ihm folgte, sein Pferd ab. Duncan bezahlte den Ladenbesitzer wie versprochen. Er vermutete, dass es mehr war, als der Mann den ganzen Tag über verdient hatte. Bei einem letzten Blick auf das Elendsviertel fragte Duncan sich, was die Zukunft seinen Bewohnern wohl bringen würde.

Es war leicht, den Baum ausfindig zu machen, an dem er Ramos treffen sollte. Ob es ihm gefiel oder nicht, er musste dem Portugiesen vertrauen.

Duncan wartete. In diesem tristen Vorstadt-Slum gab es keine Geräusche, wie sie in Afrika typisch waren. Alles was er in dieser Zeit vor Sonnenaufgang hörte, war das hysterische Geschrei zweier vermutlich betrunkener Frauen, Hundegebell und ein brüllendes Kind.

Ramos entschuldigte sich nicht für seine Verspätung und hielt sich auch nicht lange mit einer Begrüßung auf. »Der Mann, den Sie suchen, hält sich in einer Pension in der Stadt auf«, sagte er. »Folgen Sie mir.«

Duncan ritt hinter seinem Informanten her in einen weiteren Vorort Pretorias und folgte ihm dort zu einem großen Haus.

»Ihr Mann wohnt hier«, sagte Ramos leise. »Zimmer drei. Klaas ist groß, Mitte vierzig, trägt keinen Bart und hat kaum mehr Haar als ich.« Er rieb sich seinen kahlen Kopf. Seine Bemerkung schien er witzig zu finden. »Und er hat einen englischen Akzent. Jetzt mein Geld, bitte.«

»Bringen Sie mich erst zu seinem Zimmer«, erklärte Duncan bestimmt.

Ramos zog die ausgestreckte Hand zurück. »Das war nicht unsere Abmachung.«

Duncan nahm den Revolver aus der Tasche.

»Wie Sie wünschen.« Ramos zuckte mit den Schultern und sprang von seinem Pferd.

Duncan stieg ebenfalls ab. Er band die Zügel an einen zerbrochenen Zaun und folgte dann dem Portugiesen durch einen von Unkraut überwucherten Garten auf die Veranda. Schließlich erreichten sie ein Fenster, das einen Spalt offen stand.

»Zimmer drei«, zischte Ramos und schob das Fenster so weit auf, dass eine Person hindurchklettern konnte.

Duncan trat an das Fenster und horchte. Von drinnen kam kein Laut. Vorsichtig spähte er in das unbeleuchtete Zimmer. Er konnte nichts erkennen. Plötzlich spürte er die rasiermesserscharfe Klinge eines Messers an seiner Kehle. Er erstarrte.

»Ich sehe ihn«, ertönte eine leise Stimme aus dem Zimmer. »Geben Sie Ramos den Revolver, wenn Sie nicht wollen, dass er Ihnen die Kehle durchschneidet. Es ist so ein schmutziger Tod.«

Duncan überließ ihm die Webley.

»Warum kommen Sie nicht herein?«, fragte der Unsichtbare. Dem Londoner Akzent nach musste es Klaas sein. Duncan kletterte durch das Fenster, als ein Streichholz aufflammte. Sekunden später erhellte eine Petroleumlampe den Raum. Ramos kam ebenfalls hinein und schloss das Fenster.

Klaas war vollständig bekleidet und hielt eine versilberte Smith & Wesson in der Hand. »Wer sind Sie, und was wollen Sie von mir?«, fragte er und hielt den Revolver auf Duncans Brust gerichtet.

»Mister Klaas, wenn ich mich nicht irre?«

»Das dürfte Sie nicht überraschen. Sie waren schließlich dumm genug, mich auf ziemlich ungeschickte Art und Weise zu suchen. Also: Muss ich meine Frage wiederholen?«

»Mein Name ist Duncan Granger-Acheson. Ich bin Captain im britischen Stabshauptquartier.«

»Granger-Acheson, soso.« Klaas nickte. »Und was führt Sie zu einer so unchristlichen Stunde hierher?«

»Ich glaube, dass Sie den Aufenthaltsort von etwas kennen, das meinem Bruder vor einigen Monaten entwendet wurde.

Sagen Sie mir, wo ich es finde, und ich werde Sie nicht weiter belästigen.«

»Ihre Familie ist mir gut bekannt. Sie sind mit Torben Petersen verwandt, nicht wahr?«

»So ist es«, bestätigte Duncan. »Dann wissen Sie also auch, warum ich Sie gesucht habe.«

»Im Augenblick interessiert mich viel mehr, wer Ihnen meinen Namen verraten hat.« Klaas lächelte kalt.

»Sagen Sie mir, wo meine Nichte ist, und ich werde gehen«, antwortete Duncan mit trockener Kehle.

»Ich wünschte, das wäre möglich.« Klaas schüttelte bedauernd den Kopf. »Sie wissen ebenso gut wie ich, dass Ihre Leute mich suchen. Nachdem Sie mich nun aufgespürt haben, kann ich Sie leider nicht mehr so einfach laufen lassen.«

Duncan spürte, wie sich die ersten Anzeichen der Angst in nackte Panik verwandelten. Er würde diesen Raum vermutlich nicht lebend verlassen. Plötzlich wünschte er sich, er hätte den Zulu, der ihn vor Ramos gewarnt hatte, ernster genommen. Dummerweise hatte er niemandem von seinem Vorhaben erzählt. Es war unwahrscheinlich, dass seine Leiche je gefunden würde, wenn Klaas beschloss, ihn zu töten. Am schlimmsten war für ihn die Vorstellung, seinen kleinen Sohn nie sehen zu können. »Ich gebe Ihnen mein Wort als Offizier und Gentleman, Sie nicht an die Behörden zu verraten«, sagte Duncan. Er versuchte Ruhe zu bewahren. Sein Instinkt sagte ihm, dass er den Mann am Reden halten musste, wenn er auch nur die geringste Überlebenschance haben wollte.

»Es tut mir leid, Captain«, sagte Klaas. »Jetzt ist nicht die Gelegenheit für sinnloses Geplauder.«

Duncan registrierte, dass der Holländer eine kurze Kopfbewegung machte. Sogleich schnellte Ramos' Hand vor. Er umfasste seinen Mund und seine Nase und zwang seinen Kopf in den Nacken. Mit aller Kraft, die Duncan aufbringen konnte, packte er Ramos am Handgelenk. Er wand sich, als er kalten

Stahl an seiner Kehle spürte. Ein gezielter Tritt traf die Petroleumlampe und schleuderte sie gegen die Wand. Die plötzliche Dunkelheit hielt kaum eine Sekunde an, dann züngelten Flammen durch den Raum.

Sein unerwarteter Widerstand überraschte seine Angreifer, aber sie machten keinen Gebrauch von ihren Schusswaffen. Duncan hatte richtig erraten, dass Klaas ihn so geräuschlos wie möglich töten wollte. Er durfte keine unnötige Aufmerksamkeit auf sich ziehen. Duncan wirbelte auf dem Absatz herum, aber es gelang ihm nicht, dem Holländer auszuweichen. Klaas schmetterte ihm den Revolver gegen den Hinterkopf, und er stürzte zu Boden.

»Genug«, hörte er Klaas von weit her sagen. »Die Flammen werden den Rest erledigen. Lass uns rasch durchs Fenster verschwinden.«

Halb bewusstlos fragte Duncan sich, wovon sie redeten. Er öffnete die Augen und sah, dass sich die Flammen rasch im Zimmer ausbreiteten. Sie krochen über den Teppich und züngelten gierig an den Holzwänden. Duncan spürte ein taubes Gefühl an seiner Kehle. Sofort wusste er, dass das Feuer nicht sein einziges Problem war. Vorsichtig hob er die Hand. Als er sie zurücknahm, sah er, dass sie blutbeschmiert war. Mit letzter Kraft kämpfte er gegen eine jäh aufkommende überwältigende Müdigkeit an, rappelte sich auf und schwankte zur Tür. Sie war verschlossen, aber der Schlüssel steckte. Es gelang Duncan, ihn umzudrehen und sich auf den Korridor zu schleppen, dann brach er zusammen.

Die giftigen Dämpfe und die knisternden Flammen hatten bereits andere Pensionsgäste alarmiert. Laute Schreie lockten halb bekleidete Menschen in Panik aus ihren Zimmern. Irgendwer packte Duncan unter den Armen und zog ihn ins Freie, kurz bevor sich das Haus in einen Glutofen aus Flammen und dichtem schwarzem Rauch verwandelte.

»Alles klar, Junge?« Duncan vernahm von irgendwo eine

Stimme mit, wie er vermutete, australischem Akzent. »Mein Gott, diesem Typen hat jemand die Kehle durchgeschnitten.«

Das war es also, dachte Duncan, bevor es um ihn herum gänzlich dunkel wurde.

»Du hattest verdammt viel Glück, Kleiner«, sagte Cameron. Er stand an Duncans Krankenbett und sah seinen Bruder an.

Duncan sah mitleiderregend aus. Ein Kornsacknäher hatte ihn aus dem brennenden Haus gezerrt und mit seinem Werkzeug die glücklicherweise nur oberflächliche Halswunde kurz entschlossen zugenäht. Der Militärarzt, der den verwundeten Captain später untersuchte und die hässliche Verletzung an seinem Kopf verband, bescheinigte seinem Retter jedenfalls gute Arbeit. Duncan würde in ein oder zwei Tagen wieder auf den Beinen sein. Er hatte wirklich großes Glück gehabt.

»Du kannst Henry sagen, dass seine Information über Ramos richtig gewesen ist. Er hat mich direkt zu Klaas geführt, aber nur weil dieser holländische Bastard wissen wollte, von wem ich seinen Namen habe. Glücklicherweise ist er immer noch nicht klüger. Er wird glauben, ich sei tot, daher ist wenigstens Alice nicht in Gefahr.«

»Vielleicht ist die Sache nicht so einfach«, warnte Cameron. »Sobald du wieder auf den Beinen bist, wird man dir ein paar Fragen stellen wollen. Die Behörden werden wissen wollen, warum man einen Offizier vom Stabshauptquartier mit durchgeschnittener Kehle aus einer brennenden Pension geholt hat.«

»Ich werde mir etwas einfallen lassen. Unser unmittelbares Problem ist noch immer Klaas. Ich hätte ihn fast gehabt, Cam.« Duncan setzte sich stöhnend auf. »Nun sind er und Ramos wahrscheinlich auf dem Weg nach Portugiesisch-Ostafrika.«

»Wie kommst du darauf?«, fragte Cameron.

»Es ist eine Vermutung«, antwortete Duncan. »Sie haben

Pferde mitgenommen, und Klaas weiß, dass er vom Heeresnachrichtendienst gesucht wird. Dieser Brand in der Pension wird eine Menge Aufmerksamkeit erregt haben. Wenn ich an seiner Stelle wäre, würde ich das Land verlassen, bis sich die Lage ein wenig beruhigt hat.«

»Du könntest Recht haben«, stimmte Cameron ihm zu. »Die Grenze wird von Steinackers Kavallerie bewacht, aber es ist ein verdammt großes Gebiet. Ich habe gerade die Anweisung erhalten, ›Stinky‹ ein wenig zur Hand zu gehen.«

Duncan hatte von dem selbst ernannten Baron – Colonel Ludwig Steinacker – gehört, der im östlichen Transvaal legendär geworden war. »Vielleicht ist er uns ja doch noch nicht entwischt.« Er lehnte sich zurück in die Kissen und seufzte. »Sei vorsichtig, Cam. Dieser Mann ist viel gefährlicher, als Torben und Vater denken – vor allem, wenn er zusammen mit Ramos unterwegs ist.«

»Dann erzählst du mir jetzt am besten alles, was du weißt.« Cameron setzte sich auf die Bettkante und hörte aufmerksam zu, bis eine äußerst resolute Krankenschwester kam und ihn vom Krankenbett seines Bruders vertrieb.

In Gedanken war Cameron noch immer bei dem, was er soeben erfahren hatte, als er zurück zu seiner neuen Truppe vor den Toren Pretorias ritt, wo er von Sergeant-Major Mulligan empfangen wurde.

»Alle Männer und die gesamte Ausrüstung sind genauestens kontrolliert«, meldete er stolz.

»Danke, Sergeant-Major.« Cameron sah sich zwischen den weißen Zelten um und erblickte Henry, der sein Pferd striegelte. »Bitte, informieren Sie die Offiziere, dass heute Nachmittag um fünf Uhr in meinem Zelt eine kurze Lagebesprechung stattfinden wird.«

»Sergeant!« Mulligan grüßte militärisch. Sie befanden sich

nicht auf dem Feld, daher erachtete er ein solches Verhalten als angemessen.

Cameron sah zu, wie sein Unteroffizier davonging, um den entsprechenden Männern mitzuteilen, dass die Lagebesprechung an diesem Nachmittag später als üblich stattfinden würde. Er hatte sich schon häufig gefragt, warum Mulligan weiter unter seinem Kommando geblieben war, schließlich hätte er sich bei ihrer vorherigen Einheit mit Leichtigkeit einen höheren Rang sichern können. Der Ire war nicht sehr redselig – erst recht nicht, was seine Gefühle betraf –, aber die Tatsache, dass er eine Beförderung ablehnte, um bei Cameron zu bleiben, sagte mehr als Worte über seine Loyalität und seinen Respekt. Es war eine Geste gewesen, die Cameron sehr berührt und die ihm geholfen hatte, mit früheren Fehlern zurechtzukommen.

Er lief zu Henry. Sein Freund blickte auf und nahm Haltung an, wie es das militärische Protokoll verlangte.

»Ich sehe dich, mein Freund«, sagte Cameron auf Zulu – der Sprache, die sie bei Privatgesprächen benutzten. »Ich komme gerade von einem Krankenhausbesuch bei Duncan zurück. Der Mann, den du ihm als Informationsquelle empfohlen hast, hat versucht, ihm die Kehle durchzuschneiden.«

Der Zulu erschrak. »Was ist geschehen? Ist er schwer verletzt?«

»Seine Verletzungen sind nicht ernst.« Cameron erklärte Henry, was er von Duncan in Erfahrung gebracht hatte, dann sagte er: »Ich möchte gern mehr über den Mann wissen, der versucht hat, meinen Bruder umzubringen. Komm mit mir.«

Henry folgte Cameron in sein Zelt, wo dieser eine Karte auf dem Klapptisch ausbreitete. »Hast du eine Vorstellung, wo wir Ramos finden können?«, fragte er.

Nach kurzem Nachdenken folgte Henrys Finger der Eisenbahnlinie bis zu ihrem Ende in Pietersburg, weit im Norden von Pretoria. »Er hat hier eine Frau«, sagte Henry. »Ich habe gehört, dass er sie oft besucht.«

Cameron studierte die Karte und überlegte kurz, welche Optionen Klaas hatte. Vermutlich würden er und Ramos nicht den direkten Weg zur Grenze nehmen. Östlich von Pretoria gab es zu viele Patrouillen und Grenzkontrollen, während er weiter im Norden, oberhalb des Olifant's River, vor Briten sicher sein würde.

»Wer ist dieser Klaas?«, fragte Henry, der spürte, dass sein Freund ihm etwas vorenthielt.

»Der Mann, den wir eigentlich suchen«, antwortete Cameron. »Wir müssen ihn unbedingt ausfindig machen.«

Henry runzelte die Stirn. »Warum hast du mir das nicht eher gesagt?«, fragte er. »Vertraust du mir nicht?«

Cameron war erstaunt über den Vorwurf, und nach kurzem Zögern beschloss er, seinen Freund in die gesamte Geschichte einzuweihen.

Henry hörte schweigend zu. Bis zu diesem Nachmittag hatte er nichts von Alice' Entführung gewusst. Er war wütend und verletzt. Duncan hatte den wahren Grund verschwiegen, weshalb er einen Kontaktmann benötigte.

Cameron wirkte zerknirscht. »Es tut mir leid, wir hätten es dir schon früher sagen sollen.«

»Du brauchst dich nicht zu entschuldigen«, antwortete Henry kühl. »Ich bin schließlich nur ein Schwarzer«, fügte er nach kurzem Schweigen hinzu. Er wartete nicht auf die Erlaubnis, wegtreten zu dürfen.

Cameron dachte lange über die Worte des Mannes nach, mit dem er aufgewachsen war. Es hatte keinen Grund gegeben, die Sache vor Henry geheim zu halten, aber nun war es zu spät.

Das Bellen der Hunde machte Heidi van der Merwe darauf aufmerksam, dass sich Besuch ankündigte. Rasch legte sie Alice in ihre Wiege und eilte zur Eingangstür, um nachzuschauen, wer es war. Was sie sah, ließ ihr einen Schauer über den Rücken laufen. Eine berittene Patrouille mit einem offenen Pferdewagen näherte sich der Farm.

»*Kak*«, fluchte sie leise, als die Männer sich verteilten, um das verfallene Haus zu umzingeln. Herausfordernd trat Heidi vor und stellte sich dem befehlshabenden Offizier entgegen. Er war in Begleitung eines zivilen Dolmetschers mit langem dunklem Bart. Heidi konnte sich nicht an seinen Namen erinnern, aber sie wusste, dass er einer der Männer war, die sich von der Sache der Buren in verräterischer Weise abgewandt hatten.

»Heidi van der Merwe«, sagte er auf Afrikaans, obwohl er genau wusste, dass sie Englisch verstand. »Packen Sie die persönlichen Dinge zusammen, die Sie tragen können, und steigen Sie in den Wagen.«

»Was soll das, Verräter?«, zischte sie in derselben Sprache. »Führt ihr jetzt Krieg gegen hilflose Frauen und Kinder? Hier gibt es keine Männer.«

»Das liegt nicht in meiner Hand, Frau«, antwortete der Bure. »Ich führe nur meine Befehle aus.«

Heidi dachte an das Baby, und ihr wurde klar, dass sie und nur sie für seine Sicherheit verantwortlich war. Widerstand wäre zwecklos. Mit hängenden Schultern ging sie zurück ins Haus, um ein paar Kleidungs- und Erinnerungsstücke zusammenzusuchen und Alice zu holen. Noch ehe sie zur Tür zurückkam, hörte sie das Gebrüll der Kühe, die aus dem Melkschuppen getrieben wurden.

Mit Alice im Arm trat Heidi in die Sonne.

»Wessen Baby ist das?«, fragte der Bure. »Auf meiner Liste steht, dass Sie Ihr einziges Kind verloren haben.«

Einen Moment verspürte Heidi Panik. Ganz gleich, aus welchen Gründen sie das Baby bekommen hatte, sie liebte es inzwischen wie ihr eigenes. »Es gehört meiner Schwester«, log sie.

Der Bure zuckte mit den Schultern. Es war ihm gleichgültig. Er sprach kurz mit dem Offizier auf dem Pferd neben sich und wandte sich dann wieder an Heidi. »Steigen Sie in den Wagen. Beide.«

Heidi gehorchte. Sie hätte keinen weiteren Fragen zu Alice standgehalten. »Wohin bringen Sie uns?«, fragte sie den schwarzen Kutscher.

»Ich weiß nicht«, antwortete er auf Afrikaans.

Der Soldat mit dem Bart hörte es. Er hatte Mitleid mit der Frau und ihrem Kind. »Sie werden nach Transvaal ins Lager Middelburg gebracht«, erklärte er Heidi. »Das haben sie mir zumindest gesagt.«

Sie hatte den Namen schon einmal gehört, wusste aber nicht mehr, in welchem Zusammenhang. Sie hatte keine Ahnung, wie weit das von ihrem Zuhause entfernt war, das sich für sie noch immer im Oranje-Freistaat befand.

»Ist es weit?«, fragte sie.

»Keine Ahnung«, antwortete der Mann. »Ich war noch nie in Transvaal.«

Mit Alice im Arm sah Heidi zu, wie die Flammen aus dem Dach ihres Hauses schlugen. Sie schloss die Augen und versuchte nicht zu weinen. Das Leben, das sie gekannt hatte, seit sie als junge Braut auf diese Farm gekommen war, war nun jäh beendet. Wenn ihr Mann noch am Leben war, wie sollte er sie je wiederfinden? Alles, was sie nun hatte, war das winzige Wesen, das friedlich in ihren Armen schlief. Vor ihr lag nichts als Verzweiflung.

25

Captain Granger-Achesons neue Einheit sollte unabhängig von Steinackers Kavallerie agieren, die sich hauptsächlich im Süden aufhielt, zwischen Komatipoort und ihrem Basislager bei Sabi Bridge – eine Gegend, die Cameron von früher kannte. Seine Aufgabe bestand in der Bewachung des flachen, häufig überfluteten Gebiets weiter nördlich in der Nähe des Olifant's River. Im Westen lagen die nördlichen Ausläufer der Drakensberge, im Osten bildete die Hügelkette der Lebombo Hills eine natürliche Grenze zum neutralen Territorium von Portugiesisch-Ostafrika. Es war Tsetsefliegen-Gebiet. Pferde überlebten gewöhnlich nur ein paar Wochen. Die sengende Sommerhitze war vorüber, aber die bevorstehenden heftigen Regenfälle brachten die Gefahr von Malaria mit sich.

Camerons Männer waren fast alle auf afrikanischem Grund und Boden geboren. Einige von ihnen, wie Sergeant-Major Mulligan und Henry, stammten aus seiner alten Truppe, aber es gab auch neue Gesichter: freiwillige Kolonialisten – hauptsächlich Kanadier, Neuseeländer und Australier –, die hart und kriegserfahren waren.

Die Buren-*komandos* konnten sich in dieser Gegend nach Belieben bewegen; noch hinderten sie keine Blockhäuser und Stacheldrahtzäune, die Kitchener schon bald errichten würde, um ihre Freiheit in Transvaal und der Oranje-Kolonie einzuschränken. Viehdiebstahl und kleinere Scharmützel waren häufig, aber für Cameron unbedeutend. Sein Auftrag war es, dem Feind den Zugang zur Außenwelt zu verwehren.

Wenn Klaas und Ramos vorhatten, was Duncan vermutete, war dies für ihn die ideale Gegend, um sie an der Flucht zu hindern. Außer Henry wusste niemand von den persönlichen Interessen, die Cameron trieben. Henry hatte sich wieder beruhigt und entschuldigt und war nun ebenso entschlossen wie sein alter Freund, alles dafür zu tun, Alice zu finden. Zulu führten keine Kriege gegen Frauen und Kinder; seiner Ansicht nach waren diejenigen, die Torben und Gerda ihr Baby weggenommen hatten, es nicht wert, Männer genannt zu werden.

Cameron trieb seine Männer erbarmungslos voran. Sie waren nun drei Tage unterwegs, waren von Sonnenaufgang bis Sonnenuntergang in nordöstliche Richtung geritten, ehe sie den Olifant's River erreichten. Sie folgten ihm von den Drakensbergen hinab in die stickige Hitze der ebenen, mit Akazien und Mopane-Bäumen bestandenen Savanne. Oberhalb einer Schlucht, in der Nähe der Stelle, wo der Olifant's River mit einem anderen aus dem Norden kommenden Fluss zusammentraf, errichteten sie ihr Lager. Die leichte Erhöhung sorgte für eine angenehme Brise und gab ihnen die Gelegenheit, das umliegende Land im Auge zu behalten. Portugiesisch-Ostafrika lag nur etwas über fünf Meilen entfernt.

Ihr Hauptauftrag bestand darin, Pfosten entlang der Grenze zu befestigen, aber die Tatsache, dass Klaas vom Heeresnachrichtendienst in Pretoria gesucht wurde, bot Cameron einen legitimen Vorwand, Erkundigungen über ihn einzuziehen. Er informierte Henry unter vier Augen. »Ich möchte, dass du den jungen Pickstone begleitest. Versuch, den Buren-*komandos* aus dem Weg zu gehen und bring über jeden Weißen, der in dieser Gegend fremd ist, so viel in Erfahrung wie möglich. Einer von denen, die wir suchen, hat einen englischen Akzent, der andere ist Portugiese, das weißt du ja.«

»Was ist, wenn wir sie finden?«, fragte Henry.

»Klaas darf unter keinen Umständen etwas zustoßen. Ich möchte ihn lebendig haben.« Cameron war todernst. »Sollte

Ramos etwas passieren, wäre das nicht so schlimm. Ich setze mein ganzes Vertrauen in dich, alter Freund.«

Henry hatte verstanden, was von ihm verlangt wurde. »Danke, Cam«, antwortete er. »Ich nehme diese Verantwortung für deine Familie auf mich. Deine Familie ist auch meine Familie.«

Cameron streckte die Hand aus, und Henry drückte sie fest. »Ich bin es, der zu danken hat, Henry.« Cameron sprach Zulu. »Denn wir sind Brüder, ungeachtet unserer Hautfarbe.«

Es war ein besonderer Augenblick zwischen zwei Menschen von unterschiedlicher Rasse und Herkunft. Henry zweifelte nicht daran, dass Cameron, der in dem Ruf stand, unabhängig zu sein und eigenverantwortlich zu handeln, ihn als wahrhaft gleichberechtigt akzeptierte. Wenn so etwas doch nur in Zeiten des Friedens möglich wäre, dachte er im Stillen, als er das Zelt verließ.

Die Suche nach Klaas würde wie die Suche nach einer Nadel im Heuhaufen sein. Während sein Pferd das trübe Wasser des Flusses trank, ließ Henry den Blick durch den Busch schweifen. Konzentriert schaute er, ob er etwas Ungewöhnliches entdeckte – irgendeine Gestalt oder Bewegung, die nicht hierher gehörte. Auch er wurde beobachtet. Ein Nilpferd gähnte, entblößte seine gebogenen Fang- und die langen spitzen Schneidezähne. Ein weiteres Tier aus dem Rudel ließ sein eigentümliches Schnaufen ertönen. Henry hatte schon viele dieser mächtigen Tiere gesehen und auch ihr Fleisch gegessen. Ansonsten war um ihn herum alles still. Henry sah sich weiter um. Plötzlich stand ein Fels vor ihm, dort, wo zuvor nichts gewesen war. Dann ein zweiter. Elefanten, die grauen Riesen Afrikas, die sein und Camerons Vater schon vor ihrer Geburt wegen ihres Elfenbeins gejagt hatten. Eines der Tiere schien mit seinen Stoßzähnen im Gehen den Boden umzupflügen. Es waren die ersten Elefanten, die Henry je gesehen hatte. An diesem Tag hatte er auch zum ersten Mal einen Löwen gesehen.

»Hast du etwas entdeckt?«, flüsterte eine Stimme hinter ihm und brach den Zauber des Augenblicks.

»Nein, Sir«, antwortete Henry auf Lieutenant Pickstones Frage. »Nur Afrika.«

»Ich weiß, was du meinst«, sagte der andere mit einem Lächeln im Gesicht. »Als Junge habe ich ein Buch von Frederick Selous gelesen. *Die Irrfahrten eines Jägers in Afrika*, so hieß es. Ich hätte nie gedacht, dass ich das einmal mit eigenen Augen sehen würde.«

Henry schaute den jungen Mann aus Kapstadt an. Sein Geständnis überraschte ihn nicht. Sie waren beide in diesem Land geboren, aber bis heute hatte keiner von ihnen seine wilde Schönheit auf eine Weise erlebt, die die Seele eines Menschen in ihren Bann ziehen konnte.

»Sir, hier herüber.« Einer der berittenen Soldaten zeigte auf etwas und richtete die Aufmerksamkeit des Lieutenants auf eine dünne Rauchsäule, die von einer Baumgruppe östlich von ihnen aufstieg.

»Das sehen wir uns einmal an«, meinte Pickstone.

Vorsichtig näherte sich die fünfköpfige Patrouille dem, was offensichtlich das Lager von Jägern war. Sie trafen auf einen weißbärtigen Mann, der ein großes Doppelgewehr in den Händen hielt. Es war auf kein besonderes Ziel gerichtet, aber Pickstone bemerkte, dass beide Abzüge gespannt waren, bereit zum jederzeitigen Einsatz. Ein paar Schwarze, die mit einer bunten Mischung aus Gewehren und alten Vorderladern ausgestattet waren, schauten die Soldaten misstrauisch an.

Pickstone hatte angenommen, es handele sich um burische Wilderer, aber als sie näher kamen, flüsterte Henry ihm mit breitem Grinsen zu: »Ich kenne den Mann. Sein Name ist Will Green.«

»Mister Green, nehme ich an?« Der Soldat ging auf Will zu.

Will starrte ihn mit offenem Mund an. Er war völlig überrascht, dass ihn hier, mitten im Nirgendwo, jemand kannte. Er hatte den Soldaten, der ihn angesprochen hatte, ganz sicher noch nie gesehen – auch wenn ihm der Zulu an seiner Seite bekannt vorkam. »Meine Güte, ich glaube, das ist der junge Henry, der Sohn von Mister David. Was führt dich hierher, Junge?«

Ehe er antworten konnte, fragte Pickstone: »Woher kennst du diesen Mann?«

»Er ist der Pate des Captains, ein alter Freund seiner Familie«, antwortete Henry und stieg ab, während Will sein Gewehr sicherte. Die beiden Männer begrüßten sich herzlich.

»Was zum Teufel machst du hier?«, fragte Will auf Zulu. »Das Letzte, was ich gehört habe, war, dass du auf Morningside wärst, um ein Auge auf deinen Vater zu halten.«

»Ich bin inzwischen als Späher für *nkosi* Cameron unterwegs«, erklärte Henry stolz. »Er ist nicht weit entfernt von hier. Mein Vater hat mir gesagt, dass Sie wieder in Nsoko sind.«

»Das ist lange her. Zumindest kommt es mir so vor.«

»Wir sind auf der Suche nach einem *umlungu* namens Klaas. Haben Sie von dem weißen Mann gehört?«

»Tut mir leid, Henry.« Will schüttelte den Kopf. »Dieser Name sagt mir nichts.«

»Es ist möglich, dass er mit einem Portugiesen namens Ramos zusammen unterwegs ist.«

»Den kenne ich«, zischte Will. »Wir sind alte Feinde. Er ist vor weniger als einem Tag an unserem Lager vorbeigekommen. Ich kann gar nicht sagen, wer mehr überrascht war, er oder ich. Ein zweiter Mann war bei ihm, aber sie sind nicht lange genug geblieben, um sich vorzustellen – wenn du verstehst, was ich meine. Ein käsiges Gesicht und wenig Haare. Könnte er das sein?«

»Das klingt nach dem, den wir suchen. Wissen Sie zufällig, wo sie hinwollen?«

»Wahrscheinlich über die Grenze, aber da drüben gibt es nicht viel, wenn man nicht weiter in den Süden reitet.«

Lieutenant Pickstone hatte nicht die geringste Ahnung, worüber die beiden Männer sprachen, auch wenn er einige

Namen erkannte. Aber das, was Henry herausgefunden hatte, schien wichtig zu sein, denn er schickte sofort einen der Männer zurück, um den Captain zu informieren. Die Nadel im Heuhaufen war gefunden.

Als Cameron die Nachricht erhielt, brach er in lautes Gelächter aus. »Es gibt einen Gott!«, rief er, in der Gewissheit, dass Will außer Hörweite war. Sie benötigten weniger als eine Stunde, um das Lager der Jäger zu erreichen.

Will begrüßte seinen Patensohn mit großer Herzlichkeit. »Wie geht es deinem Vater?«, fragte er, als sie sich in den Armen lagen. »Kämpft er noch immer für Vaterland und Königin?«

»Nicht mehr. Er hatte eine Lungenentzündung und wäre fast gestorben. Mutter und Ellie haben ihm wahrscheinlich das Leben gerettet. Er ist nun wieder auf Morningside und stürzt sich in den Farmalltag. Was ist mit dir? Als ich dich das letzte Mal gesehen habe, wartete Buller noch darauf, sich in Richtung Norden zu bewegen.«

»Ich bin mit ihm durch Transvaal gezogen. Als Roberts beschloss, dass er nicht länger gebraucht würde, war es das auch für mich.«

»Dann bist du also nach Swasiland zurückgekehrt?«

»Für eine Weile. Wenn du meinen Rat hören willst, heirate nie. Ich habe sieben Frauen, und das Leben zu Hause bringt ein Problem nach dem anderen.«

Cameron lachte, sagte aber nichts. Der Schmerz über die Trennung von Ginnie war inzwischen nicht mehr so heftig, aber er wollte trotzdem nicht darüber reden. Ganz kurz tauchte das Bild einer anderen Frau und einer Farm tief unten im Süden vor ihm auf. Er hatte niemandem erzählt, wo er Weihnachten verbracht hatte. »Dann bist du wieder unterwegs?«

»Ich habe einige Zeit mit der Goldsuche in der Nähe von Piggs Peak verbracht, aber das war Zeitverschwendung. Weißes

Gold ist leichter zu finden.« Will zeigte zum Feuer, über dem ein rußgeschwärzter Topf hing. »Es ist genug da. Henry und du, ihr könnt mit uns essen.«

Während Will seinen Begleitern erklärte, wer die Besucher waren, sorgte Cameron dafür, dass seine Männer versorgt waren. Zu den Stoßzähnen, die sich neben einem Wagen stapelten, der schon bessere Tage erlebt hatte, sagte er nichts.

Wenig später genossen sie ein scharfes Gulasch undefinierbaren Ursprungs und handgemachte Klöße aus Maismehl. Sie spülten alles mit exzellentem portugiesischem Rotwein herunter.

»Das ist um einiges besser als die braune Brühe, die in der Messe Rum genannt wird«, begeisterte sich Cameron.

Das heisere Gebrüll von Löwen, die auf der Suche nach einer Mahlzeit waren, drang durch die warme Nachtluft. Ihr Gespräch drehte sich hauptsächlich um Morningside. Sie redeten über Robert und Lorna, über Duncan, Tanith und den kleinen Frazer – den Camerons Bruder noch immer nicht gesehen hatte. Über Lindsay und Ellie, die Will besonders gern mochte. Über Meggie. Und als es sich nicht mehr länger vermeiden ließ, über Camerons aufgelöste Verlobung mit Ginnie. Merkwürdigerweise konnte er über sie sprechen, als würde sie nicht mehr existieren. Schließlich kehrten sie zu der Angelegenheit zurück, die sie im Augenblick am meisten beschäftigte. Cameron berichtete Will, warum sie Klaas suchten.

Der alte Händler hatte bisher weder von Alice' Entführung noch von Duncans gefährlichen Erlebnissen in Pretoria gehört. Als alles ausgesprochen war, klopfte er die Asche aus seiner Pfeife und spuckte ins Feuer. »Euer Mann könnte überall die Grenze überqueren. Ramos besitzt auf der anderen Seite eine Menge Kontakte, aber um irgendwohin zu gelangen, müssen sie in Richtung Süden reiten.«

»Das habe ich befürchtet«, antwortete Cameron und starrte wie hypnotisiert in die Flammen. »Wir müssen sie unbedingt finden.«

»Weiße auf neutralem Boden zu jagen, vor allem wenn einer von ihnen Portugiese ist, ist gefährlich.« Will schüttelte den Kopf. »Wenn sie euch schnappen, sperren sie euch ein und werfen den Schlüssel weg.«

»Das mag für einen Soldaten gelten, aber doch nicht für einen Zivilisten. Korrigiere mich, wenn ich mich irre, aber alle scheinen nach Belieben über die Grenze hin und her zu gehen. Niemand weiß, wo sie sich genau befindet.«

»Und wie willst du dich von deiner Truppe entfernen? Schließlich bist du für all die netten Jungs hier verantwortlich.« Will kicherte. Er verstand, was der älteste Sohn seines alten Freunds und Partners vorhatte. »Du müsstest verdammt vorsichtig sein.«

»Nicht, wenn ich mit einem alten Wilderer unterwegs wäre, der die Gegend wie seine Westentasche kennt«, meinte Cam.

»Und der rein zufällig den besten Spurenleser dieses Teils Afrikas bei sich hat«, fuhr Will fort. »Der auch noch einer meiner Söhne ist.«

Cameron fragte sich, wie viele Söhne der alte Tunichtgut wohl in die Welt gesetzt hatte. Will war sein Pate, und sie hatten schon viel Zeit miteinander verbracht. Trotzdem wusste er nur wenig über die Kinder des Mannes, der aus freien Stücken ein Stammesleben führte und dafür von anderen verachtet wurde. Will kümmerte es nicht. »Wärst du bereit, mich auf deinem Rückweg nach Swasiland durch portugiesisches Gebiet zu führen?«, fragte Cameron und sah Will bittend an. »Ich würde dich dafür bezahlen.«

Der alte Mann runzelte die Stirn. »Ich werde dir helfen, aber nicht für Geld«, erklärte er. »Betrachte es als einen Gefallen für deinen Vater.«

»Dann schlage ich vor, dass wir bei Sonnenaufgang aufbrechen. Wenn Klaas und Ramos erst die Delagoa-Bucht erreichen, werden wir sie nie mehr erwischen.«

Will kratzte sich den Bart und schniefte. »Fast wie in alten

Zeiten«, sagte er, und ein fast zahnloses Grinsen trat in sein Gesicht.

Cameron rief seine Offiziere und Sergeant-Major Mulligan zusammen. Lieutenant Pickstone sollte das Kommando übernehmen, die Patrouille Richtung Süden führen und an jeder Stelle der Grenze, wo sie Spuren jüngerer Aktivitäten fanden, Grenzpflöcke errichten. Sie legten die Koordinaten eines Treffpunkts in drei Tagen fest. Länger konnte Cameron sich nicht von seinen offiziellen Pflichten fern halten.

»Was haben Sie vor, Sir?«, fragte Lieutenant Pickstone, als alle anderen gegangen waren.

»Das kann ich Ihnen leider nicht sagen«, antwortete Cameron. Im flackernden Schein des Feuers faltete er eine Karte zusammen, die auf dem Boden lag. »Ich kann nur so viel verraten: Ich habe Informationen erhalten, die für den Heeresnachrichtendienst von großem Interesse sind. Henry wird mich begleiten. Wir brechen bei Sonnenaufgang mit einer Gruppe von Jägern auf.«

Lieutenant Pickstone sah keinen Grund, Camerons Anordnungen in Frage zu stellen. Er wusste, dass er durchaus in der Lage war, während dessen Abwesenheit das Kommando zu übernehmen.

In der afrikanischen Savanne brach der Morgen zügig herein. Der Himmel war klar und wolkenlos und veränderte rasch seine Farbe, während Mensch und Tier einem neuen Tag entgegensahen. Die Geräusche des erwachenden Lagers ersetzten die der nächtlichen Jäger, die nun in den Schlaf sanken.

Das Frühstück war bescheiden, es bestand nur aus Kaffee und Keksen. Will ließ seine Männer aufbrechen, noch ehe die Sonne ganz aufgegangen war. Das Gras war noch feucht vom Tau. Cameron ließ seine Uniform und seinen Lee-Metford-Karabiner bei Lieutenant Pickstone zurück, nur sein Pferd und seinen Armeesattel nahm er mit – und ein Kap-Gewehr, das Will ihm geliehen hatte. Er trug die Kleidung eines Mannes, der im Busch zu Hause war.

Henry hatte ein Gewehr dabei, das schwer genug war für alle Fälle. Er ritt an Camerons Seite. Diejenigen, die ihnen begegneten, würden ihn für einen Gewehrträger halten.

Wills Sohn Eli – ein stiller Mischlingsjunge von etwa fünfzehn Jahren – fand rasch die Spuren der beiden Männer und die ihres Lastpferdes. »Sie scheinen es nicht eilig zu haben«, berichtete er seinem Vater, nachdem er in dem verwirrenden Durcheinander von Tierspuren die Abdrücke von Hufeisen ausgemacht hatte.

Cameron wandte sich an Will. »Wenn du an Stelle dieser Männer wärst und nach Lourenco Marques wolltest, würdest du dich in Richtung Küste halten und dann den Hafen ansteuern oder im Landesinnern bleiben und dich von dort in Richtung Eisenbahn bewegen?«

»Keine Frage«, antwortete er. »Ich würde mich in Richtung Ressano Garcia halten.«

»Über die Grenze von Komatipoort. Dann also ins Landesinnere.« Cameron nickte. Er freute sich, dass seine Gedanken bestätigt worden waren.

Die Stunden vergingen nur langsam, und meist schwiegen sie. »Was glaubst du, wie weit sie uns voraus sind?«, fragte Henry den jungen Spurenleser schließlich.

»Vielleicht einen halben Tag«, antwortete Eli und kaute nachdenklich auf einem Grashalm. »Im Moment kommen wir nicht näher an sie heran.«

Cameron hatte die Unterhaltung mit angehört. Ihm wurde klar, dass Wills Wagen sie aufhielt. Er zügelte sein Pferd und ließ sich zurückfallen, um mit seinem Paten zu reden.

»Gibt es ein Problem?«, fragte Will.

»Du kannst stolz auf deinen Sohn sein«, antwortete Cameron. »Aber wir können den Abstand zu den beiden Männern nicht verringern.«

»Dann muss Eli mit dir voranreiten«, sagte Will sofort. »Er ist sogar zu Fuß schneller als die, die ihr verfolgt.«

Es waren genau die Worte, auf die Cameron gehofft hatte.

»Ich werde weiter nach Swasiland reiten. Pass auf meinen Sohn auf, Cam. Gott sei mit dir.«

Sie verabschiedeten sich und ließen Will zurück, der sich langsam Richtung Süden weiterbewegte. Cameron, Henry und Eli ritten in raschem Tempo, von Wills Sohn kundig geführt. Er war extrem trainiert, und sie kamen schnell voran – bis ihn kurz vor Sonnenuntergang ein Schuss erstarren ließ.

Heidi und Alice waren zusammen mit Dutzenden anderer Frauen und Kinder, die ein ähnliches Schicksal ereilt hatte, in einem offenen Frachtwaggon von Standerton nach Pretoria gebracht worden. Dort trafen sie auf weitere Gruppen und wurden erneut in Waggons getrieben, um die Reise fortzusetzen. Middelburg las Heidi auf einem Hinweisschild, als sie ihr Ziel endlich erreichten. Plötzlich erinnerte Heidi sich wieder an den Namen: Es war der Ort, an dem Louis Botha und dieser grausame Kitchener vom Frieden gesprochen hatten. Das war erst wenige Woche her. Milner und die britische Regierung hatten neue Forderungen gestellt und die Gespräche zum Erliegen gebracht. Seither hatten die Farmbrände und die Zwangszusammentreibungen, die sie an diesen fremden, schrecklichen Ort gebracht hatten, noch zugenommen.

Der Käse und das Brot, das Heidi zusammen mit ihrem spärlichen Besitz eingepackt hatte, waren längst verzehrt. Bei einer der häufigen Fahrtunterbrechungen hatten die Briten ihnen Wasser gegeben, aber nichts zu essen. Vom Bahnhof mussten die verängstigten Passagiere entweder zu Fuß laufen oder wurden mit Pferdewagen zu einem verlassenen Farmgelände gebracht.

Das Konzentrationslager Middelburg bestand aus endlosen weißen Zeltreihen. Staub wehte über die öde Steppenlandschaft. Der Gestank von Latrinen raubte Heidi fast den Atem, während sie in der Sonne stand und auf ihre Registrierung wartete. Wo sie auch hinschaute, sah sie Menschen in zerschlissener Arbeitskleidung. Mit leeren Gesichtern starrten sie die Neuankömmlinge an. Es gab kein Lächeln zur Begrüßung, nur Niedergeschlagenheit und Apathie. Heidi verspürte einen Anflug von Panik und umklammerte Alice noch fester.

Nachdem die Registrierung erfolgt war, untersuchte ein gelangweilter britischer Arzt Heidi und Alice flüchtig. Anschließend übergab er sie einem Buren, der sie zu einem Zelt brachte und der erschöpften Frau erklärte, dass dies ab sofort ihr Zuhause sei. Ehe er ging, informierte er Heidi noch über alles, was im Lager erlaubt und nicht erlaubt war.

Heidi drückte Alice an ihre Brust und sank auf das Feldbett, das bis auf zwei gefaltete zerschlissene Decken das Einzige war, was sich in dem Zelt befand. »Psst«, flüsterte sie und wiegte Alice, die unruhig wurde, weil sie Hunger hatte. »Bald wird Hilfe kommen, mein Kleines. Der liebe Gott wird für uns sorgen.« Heidi hatte keine Ahnung, warum sie das gesagt hatte. Welche Hoffnung bleibt uns wohl noch?, dachte sie. Sie waren Gefangene, fern von ihrem Zuhause, das jetzt in Schutt und Asche lag.

In jenem Moment der Verzweiflung wäre Heidi am liebsten gestorben, aber sie wusste, dass sie das nicht tun konnte. Das Baby in ihrem Arm brauchte sie zum Überleben. In den letzten Monaten hatte sie den Kummer um ihr eigenes Kind ein wenig vergessen können. Ob sie ihren Mann, der nichts von Alice ahnte, an dieses gnadenlose Land, das sie so sehr liebte, verloren hatte, wusste sie nicht. Irgendwo da draußen kämpften er und seine beiden Brüder hoffentlich noch für das, woran sie glaubten.

Heidi wiegte das Baby in ihren Armen und summte ein

Kinderlied. Alice schloss beruhigt die Augen. Heidi überlegte krampfhaft, woher sie wohl ihre nächste Mahlzeit bekommen würden. Sie schaute in das schlafende kleine Gesicht, und ihr wurde klar, dass sich nichts verändert hatte. Ihr Leben würde auf ewig ein Kampf ums Überleben sein.

»Sind Sie gerade erst angekommen?« Eine weibliche Stimme vom Zelteingang riss Heidi aus ihren Gedanken. »Haben Sie vielleicht etwas Essbares, das ich Ihnen abkaufen könnte?«

Heidi schaute die Fremde an und erschrak. Die Frau war vermutlich in ihrem Alter, aber der grauenvolle Krieg hatte sie um Jahre altern lassen. Sie sah grau und eingefallen aus.

»Es tut mir leid. Wir haben nichts«, antwortete sie. »Sie werden uns hier doch sicher etwas geben, oder?«, sagte sie. »Das müssen sie doch!«

Die Frau trat ganz ins Zelt und blickte auf Alice hinab. »Wie alt ist Ihr Baby?«, fragte sie mit matter Stimme.

»Elf Monate«, antwortete Heidi.

»Es ist sehr hübsch«, sagte die Frau, und in ihren Augen schimmerten Tränen. »Ich bete zu Gott, dass es ein glückliches Leben haben wird.«

Irritiert legte Heidi Alice aufs Bett und wickelte eine Decke um sie. »Warum sagen Sie das?«, fragte sie und erhob sich.

Die Frau gab keine Antwort. Sie schüttelte bloß den Kopf und ging aus dem Zelt. Dann drehte sie sich noch einmal um. »Dies ist ein Ort des Todes für so junge Menschen. Ich habe erst letzte Woche ein Kind verloren.« Sie ließ den Kopf sinken und eilte fort, und Heidi blieb entsetzt zurück. Sie hatte das gleiche Schicksal erlitten und wusste, was Trauer aus einem Menschen machen konnte. Aber sie hatte jetzt ja Alice.

26

Ungefähr ein Dutzend aufgescheuchter Antilopen brachen vor ihnen aus dem Busch und blieben dann stehen, um sich in die Richtung umzudrehen, aus der sie gerade gekommen waren. Perlhühner stießen ihre markerschütternden Alarmschreie aus und suchten Schutz in den Bäumen. Eli sprach leise. »Die, die ihr sucht, sind nicht weit von hier. Sie haben soeben eine jener Impalas geschossen, um sie zu essen. Das ist gut. Dann wissen sie nicht, dass wir hier sind.«

»Was sollen wir tun?«, fragte Henry.

Cameron blickte auf die länger werdenden Schatten. »Es wird bald dunkel sein«, flüsterte er. »Lassen wir sie ihr Nachtlager aufschlagen. Wir werden sie vor Tagesanbruch überraschen, wenn sie noch schlaftrunken sind.«

Henry nickte. Der Plan gefiel ihm.

Elis Aufgabe war nun erledigt; er hatte seine Sache gut gemacht. Am nächsten Morgen würde er zurück zu seinem Vater reiten. Die Angelegenheit mit Klaas und Ramos ging ihn nichts an.

Aus einer Satteltasche zog Cameron drei Stücke Biltong, die Will ihm mitgegeben hatte. Das dunkle, in der Sonne getrocknete Fleisch, eingelegt in Essig, Salz und Kräutern, war innen noch roh. Sie hatten seit heute Morgen nichts gegessen, und es stillte wenigstens den schlimmsten Hunger.

Henry band die beiden Pferde an, nahm die Gewehre aus den Satteltaschen und legte sie in greifbare Nähe. Es war zu riskant, ein Feuer zu entzünden, auch wenn es sie vor den Löwen geschützt hätte. Sie würden abwechselnd Wache halten, erst Eli, danach Henry, dann Cameron. Als sich die Dunkelheit über sie senkte, erkannten sie in der Ferne einen rot glühenden Punkt. Das mussten Klaas und Ramos sein. Später hörten sie Stimmen und Gelächter. In der afrikanischen Nacht legten Geräusche weite Strecken zurück.

Kurz vor Sonnenaufgang bedankte sich Cameron noch einmal bei Eli und wünschte ihm eine sichere Rückkehr zu seinem Vater. Wills Sohn trug außer einem Messer keine Waffe bei sich, als er in der Dämmerung verschwand.

»Zeit aufzubrechen«, sagte Cam leise zu Henry, der sich die Augen rieb und die vom Tau feuchte Decke zurückwarf.

Das Gras unter ihren Füßen war nass, und kein Windhauch regte sich im allmählich erwachenden Busch. Irgendwo in der Ferne tat ein Löwe kund, dass er gut gegessen hatte. Vorsichtig näherten sie sich dem noch immer glühenden Feuer, das weiter entfernt war, als Cameron angenommen hatte. Sie waren nun ganz nah. So nah, dass sie zwei Gestalten unter einer Decke erkennen konnten, die ausgestreckt neben dem Feuer lagen. Offenbar hatten die Männer es nicht für nötig erachtet, Wache zu halten. Sie hatten sich darauf verlassen, dass das Feuer sie schützen würde. Irrtum, dachte Cam, während sie näher schlichen.

Plötzlich schnaubte ein Pferd. Sein nervöses Wiehern ließ die beiden Männer aus dem Schlaf schrecken. Unwillkürlich griffen sie nach ihren Waffen. Klaas hielt etwas in der Hand, das aussah wie ein Revolver Kaliber 38, während Ramos eine Winchester entsicherte und in die Dunkelheit richtete.

»Wer ist da?«, rief Klaas auf Afrikaans.

»Lasst die Gewehre fallen!«, rief Cameron auf Englisch zurück.

»Oder ihr seid auf der Stelle tot!«, drohte eine zweite Stimme aus einer anderen Richtung.

Klaas und Ramos hatten keine Ahnung, wie viele Männer sich da draußen versteckten, also blieb ihnen nicht viel anderes übrig, als das zu tun, was man von ihnen verlangte. Cameron trat vor und hielt den Doppellauf seines Kap-Gewehrs drohend auf Klaas gerichtet. Henry kam von der anderen Seite des Feuers und hielt Ramos in Schach.

»Wer zum Teufel seid ihr?«, fragte Klaas jetzt auf Englisch. »Und was wollt ihr von uns?«

»Es spielt keine Rolle, wer wir sind«, erwiderte Camerom. »Wir wollen eine Antwort auf eine einfache Frage. Geben Sie sie uns, dann lassen wir Sie laufen.«

»Sie sind keine Portugiesen«, stellte Klaas fest. »Wenn dieser Überfall etwas mit dem zu tun hat, was sich hinter der Grenze abspielt, verstoßen Sie gegen die Neutralität dieses Gebietes. Das würden nicht einmal die Buren riskieren.«

»Wie ich bereits sagte«, wiederholte Cameron. »Ich möchte nicht mehr als die Antwort auf eine einfache Frage.«

Irritiert sah der Holländer ihn an. »Was ist es denn, was Sie wissen wollen?«, fragte er.

»Den Aufenthaltsort eines kleinen Mädchens, das Sie meinem Bruder in Durban weggenommen haben.« Camerons Ton ließ keine Zweifel daran, dass er es ernst meinte. »Sie sind für ihre Entführung verantwortlich.«

Einen Moment lang schien Klaas verwirrt. Dann begriff er plötzlich. »Das Kind von Petersen«, sagte er schließlich. »Wenn ich Ihnen sage, wo sie ist, woher wollen Sie wissen, dass es die Wahrheit ist?«

Cameron verstand. »Weil mein Bruder und ich Sie weiter jagen werden, wenn Sie gelogen haben, und dann haben Sie keine zweite Chance.«

Der Holländer nickte langsam. Er begriff, dass Duncan bei dem Feuer in der Pension nicht ums Leben gekommen war.

»Ich verliere schnell die Geduld«, sagte Cameron. »Sagen Sie es mir jetzt oder, bei Gott, ich werde Sie dem Heeresnachrichtendienst in Pretoria vorführen. Dort würde man zu gern ein wenig mit Ihnen plaudern.«

Was dann folgte, passierte so schnell, dass Cameron nicht rechtzeitig reagieren konnte. Ramos hatte Henry genau beobachtet und gesehen, dass er seine Aufmerksamkeit einen winzigen Moment auf Klaas richtete. Das war die Zeit, die er benötigte. Er riss eine Pistole aus seinem Stiefel und feuerte. Nur um den Bruchteil eines Zentimeters verfehlte er sein Ziel. Cameron drehte sich genau in dem Moment um, als Ramos zu Boden geschleudert wurde. Henry hatte nur einen Schuss gehabt, und der traf Ramos mitten in die Brust. Sofort witterte er erneut Gefahr. Er wirbelte zu Klaas herum, der sich mit gezücktem Messer auf ihn stürzte. Instinktiv feuerte Cameron aus der Hüfte.

Die nachfolgende Explosion war ohrenbetäubend. Sie riss Cameron das Gewehr aus der Hand und schleuderte ihn zu Boden. Als er abgezogen hatte, war die Patrone in ein getrocknetes Wespennest gedrückt worden, das im linken Lauf steckte. Es hatte den Lauf der Länge nach aufgerissen und unzählige Metallsplitter durch die Luft gejagt. Cameron wurde im Gesicht verletzt, fast wäre ihm ein Ohr abgetrennt worden. Etliche Splitter hatten seinen Bauchraum getroffen.

Er lag auf der Erde und bekam nur am Rande mit, dass Henry Klaas sein Gewehr seitlich gegen den Kopf schmetterte. Der Holländer brach zusammen. Henry trat ihm das Messer aus der Hand. Ehe er sich um Cameron kümmerte, sammelte er sämtliche Waffen ein und tauschte seine eigene gegen einen 11-Schuss-Karabiner ein.

Cameron spürte, wie der Schmerz in Wellen heranrollte. Auch mit seinem Gehör schien irgendetwas nicht zu stimmen. Henry kniete neben ihm und untersuchte seine Verletzungen. Die Wunden an Wange und Ohr hatten aufgehört zu bluten, sie waren nicht lebensbedrohlich. Der Metallsplitter, der in seinen Bauchraum eingedrungen war, war wesentlich ernster zu nehmen. »Klaas?«, fragte er mit zusammengebissenen Zähnen.

Henry schüttelte den Kopf. Sein Schlag war tödlich gewesen.

Resigniert schloss Cameron die Augen. Es war riskant gewesen, dem Holländer auf portugiesisches Gebiet zu folgen. Nun war ihre einzige Hoffnung, das Baby seines Halbbruders zu finden, zerstört, und auch sein eigenes Überleben war mehr als fraglich. Eine weitere Schmerzattacke überkam ihn, und er schrie laut auf.

Die Sonne ging auf, die Zeit blieb nicht stehen. Henry durchsuchte die Sachen, die Klaas und Ramos bei sich gehabt hatten, fand jedoch nichts Nützliches. Er improvisierte eine Art Verband und sagte dann, dass er eine Trage bauen werde.

Es war nicht leicht, die richtigen Bäume zu finden, aber mit Hilfe von Klaas' Messer, den Decken und den Lederzügeln konnte Henry etwas konstruieren, von dem er hoffte, dass es hielt. Zufrieden nahm er eines der Pferde und ritt zurück, um ihre eigenen Pferde zu holen. Als er wiederkam, hatte Cameron das Bewusstsein verloren.

Henry benötigte eine weitere Stunde, eher er bereit war zum Aufbruch. Er hatte die Pferde losgebunden, die sie nicht brauchten, und alles andere so belassen, wie es war. Die Sonne stand inzwischen hoch am Himmel, über ihnen kreisten Geier. Afrika würde sich um die Leichen der beiden Männer kümmern, die keines natürlichen Todes gestorben waren. Henry hatte keine Ahnung, wohin sie gehen sollten, aber es schien sinnvoll, sich in Richtung Westen zu halten und zu versuchen, zurück über die Grenze zu gelangen.

Besorgt blickte er auf Cameron, dessen gebräuntes Gesicht eine gräuliche Farbe angenommen hatte. Er fragte sich, ob sein Freund überleben konnte. Ohne medizinische Hilfe würde er vermutlich keinen weiteren Sonnenaufgang mehr erleben. »Trink wenigstens etwas«, flüsterte er und tröpfelte ihm etwas Wasser zwischen die geöffneten Lippen.

»Wie lange sind wir unterwegs?«, krächzte Cameron mit schwacher Stimme, als Henry noch einmal nach ihm sah.

»Einen halben Tag«, antwortete er. »Wir kommen gut voran.«

»Du brauchst mir nichts vorzumachen. Die Hand des Todes ist nah, und ich muss dir eine Frage stellen, ehe es zu spät ist. Es ist sehr wichtig. Ich habe eine Farm in der Nähe von Dargle, unterhalb des Inhluzan ...«

Henry hörte nicht zu. Er hatte in der gleißenden Nachmittagssonne eine Kolonne berittener Männer auf sie zukommen sehen. Es waren mindestens zehn; sie waren bewaffnet und trugen die Uniformen portugiesischer Soldaten. Cameron konnte den Hufschlag ihrer Pferde hören. Wenigstens schienen seine Ohren wieder zu funktionieren.

»Ich fürchte, wir kriegen ein Problem«, sagte Henry.

Als sie näher kamen, formierten sich die Reiter in einem Halbkreis und ritten mit gezogenen Karabinern im Schritttempo auf sie zu. Ein Mann in prächtiger Offiziersuniform kam Henry und Cameron als Erster entgegen. Er sprach sie an, aber keiner von ihnen verstand, was er gesagt hatte.

»Portugiesisch?«

Cameron schaute von der Trage auf und schüttelte den Kopf.

»Englisch?«, fragte der Offizier.

Cameron nickte.

»Ich spreche ein wenig. Was tun Sie hier?«

»Jagen«, log Cameron. »Ich hatte einen Unfall.«

»Haben Sie eine Erlaubnis?« Ohne eine Antwort abzuwarten, stieg der Offizier ab und zog seine Reithandschuhe aus. Er war überraschend jung. Kopfschüttelnd betrachtete er die blutigen Verbände. »Sie brauchen dringend einen Arzt«, sagte er. »Glücklicherweise haben wir einen unter uns. Sagen Sie Ihrem Boy, dass er uns folgen soll.«

Henry schaute Cameron an, der auf Zulu antwortete: »So weit, so gut.«

Der portugiesische Soldat schwang sich wieder in den Sattel, gab seiner Truppe ein Zeichen und ritt los. Henry folgte. Er führte Camerons Pferd und die Trage hinter sich her. Eine gute

Stunde später hatten sie ihr Ziel erreicht. Aus der Anzahl der Zelte, Pferdewagen und Pferde schloss Henry, dass das Lager eine Kavallerieeinheit in Regimentsgröße beherbergte. Die portugiesische Flagge hing in der Hitze des windstillen Nachmittags schlaff von einem weiß gestrichenen Mast herab.

Kurze Zeit später lag Cameron auf dem Tisch eines Zelts, das an den Seiten offen war und auf dessen Dach das international anerkannte Rote Kreuz prangte. Ein kleiner Mann im weißen Kittel mit kahlem Kopf und dicken Brillengläsern untersuchte sorgfältig seine Verletzungen. Als der Arzt ihm einen Lappen über Mund und Nase legte, registrierte Cameron kurz den durchdringenden Geruch von Chloroform. Dann versank die Welt um ihn herum. Der junge Offizier stand draußen und sah dem Vorgang mit unverhohlenem Interesse zu.

Als Cameron wieder zu sich kam, lag er auf einem Feldbett in einem Zelt, das von einer einzigen flackernden Lampe beleuchtet war. Henry saß bei ihm, sein Kopf war ihm auf die Brust gefallen, und er atmete tief im Schlaf.

»*Amanzi*«, stöhnte Cameron. Der Zulu war sofort wach.

Henry nahm eine Karaffe, goss ein wenig von ihrem Inhalt in einen Emaille-Becher und hielt ihn an Camerons Mund. Das lauwarme Wasser tröpfelte langsam zwischen seine aufgesprungenen Lippen.

»Besser«, antwortete Cameron krächzend, nachdem er seinen Durst gestillt hatte. »Wie geht es mir?«

Sanft bettete Henry den Kopf seines Freundes in das Kissen. »Der Doktor hat dir das hier entfernt.« Er hielt einen fünf Zentimeter langen Metallsplitter in die Höhe. »Und er hat getan, was er konnte, um deinem grässlich weißen Gesicht wieder etwas mehr Farbe zu geben.«

Cameron grinste schief.

»Ich glaube, ohne sein Können wärst du nicht mehr hier«, fuhr Henry fort.

»Das habe ich auch dir zu verdanken.« Cameron zweifelte nicht daran, dass Henry ihm das Leben gerettet hatte.

Ein bewaffneter Wachposten stand draußen vor dem Zelt. Henry beugte sich vor und sprach leise in Camerons Ohr. »Wir sind Gefangene der Portugiesen. Es sieht so aus, als hätten sie unsere beiden Freunde gefunden.«

Cameron fluchte leise. Er fragte sich, ob sie die, die sich eines Mordes schuldig gemacht hatten, hängen würden. »Der gute Doktor hat mir vielleicht doch keinen so großen Gefallen getan. Wir dürfen nicht vergessen, dass Ramos Portugiese war.«

»Er hat versucht uns zu töten«, sagte Henry. »Du bist am Leben, das ist alles, was wichtig ist.«

Cameron war sich nicht sicher, ob er diese Zuversicht teilen sollte. Er starrte an die Zeltplane über ihm und spürte, wie der Schmerz langsam stärker wurde als das Morphium, das man ihm bei seiner Ankunft verabreicht hatte. Irgendwie war Henrys Anwesenheit beruhigend. Es war vermutlich das erste Mal in seinem Leben, dass Cameron den Zulu tatsächlich als eine Person wahrnahm. Henry war immer nur einfach da gewesen – solange er sich erinnern konnte. Sein Freund, ja. Die Hautfarbe spielte keine Rolle, aber er entstammte einer anderen Klasse, er war ein Diener. Dieser Mann hatte ihm soeben das Leben gerettet und keine Gegenleistung dafür verlangt. Das machte ihn wahrhaftig ebenbürtig.

Nur wenige Meilen vom Lager der Portugiesen entfernt stocherte Will Green mit einem Stock im Feuer herum und versuchte nachzudenken. Er hatte soeben erfahren, was seit Sonnenaufgang alles geschehen war.

Kurz nachdem er Cameron und Henry verlassen hatte, hatte Eli etwas vernommen, das sich wie Schüsse angehört hatte. Schulterzuckend hatte er seinen Weg fortgesetzt, doch nach etwa einer Stunde war ihm klar geworden, dass sein Vater vermutlich genau wissen wollte, was geschehen war. Ihm war nichts anderes übrig geblieben, als noch einmal umzukehren.

Irgendetwas war getötet worden. Das sagten ihm die Geier. Diese hatten sich schon über die beiden Leichen hergemacht, aber Eli konnte noch erkennen, dass nur einer von ihnen erschossen worden war. Beide waren weiß, und keiner von ihnen war der, der Cameron genannt wurde. Als er sich umschaute, fand Eli das Gewehr seines Vaters und begriff, welchen Schaden es bei demjenigen angerichtet haben musste, der es benutzt hatte. Was er nicht wusste, war, ob diese Person nun ebenfalls tot war. Weitere Spuren ließen darauf schließen, dass zwei Pferde – eines, das eine Trage hinter sich herzog – in Richtung Grenze geritten waren. Eli hatte sie fast eingeholt, als er die herannahenden Soldaten sah. Er hatte sich rasch versteckt und war ihnen dann bis in ihr Lager gefolgt.

»Das klingt nicht gut«, sagte Will und beobachtete einen Skorpion, der sich unter einem Holzscheit versteckt hatte, um sich vor den Flammen zu schützen. »Und du bist sicher, dass Cameron verletzt ist?«

»Gewiss, Vater.«

Will schüttelte den Kopf, als der Skorpion den Kampf ums Überleben verlor. »Wenn er sagt, er habe ohne Erlaubnis gejagt, ist das kein Problem. Er zahlt ein paar Münzen Schmiergeld, dann lassen sie ihn wieder laufen. Das ist es nicht, was mich beunruhigt.« Will überlegte angestrengt, wie er seinem Patenkind helfen konnte. Dabei beherrschte ihn nur ein einziger Gedanke: Wenn diese verdammten Portugiesen die beiden Leichen entdeckten, konnte sich Cam am Galgen wiederfinden.

Es war kurz vor Sonnenaufgang. Es war kühl, die Zelte waren feucht, und im hohen Gras regten sich winzige Zecken, die auf die ersten Strahlen der Morgensonne warteten. Eli ließ den Blick über das schlafende Lager schweifen – mit den wachsamen Augen eines Servals, seines Stammes-Totems. Es gab keine Wachposten, nur vor einem Zelteingang saß ein schwarz gekleideter Soldat auf einem Hocker. Er schien zu schlafen. Das musste das Zelt sein, in dem sie den Captain und Henry festhielten. Vorsichtig schlich Eli näher, bis er nur noch wenige Meter entfernt war. Er blieb stehen, lauschte auf Geräusche, die möglicherweise Gefahr brachten, aber alles, was er hörte, war ein rhythmisches Schnarchen aus einem der anderen Zelte. Wills Sohn zog das Messer aus seinem Gürtel, ging auf das Zelt zu und schlitzte die Plane auf.

Henry erwachte, als jemand eine Hand auf seinen Mund legte. Im düsteren Licht konnte er nur einen Schatten ausmachen, der neben ihm stand, und einen Finger, der absolutes Schweigen verlangte. Er nickte und stand auf, um zu Camerons Trage zu gehen. Vorsichtig weckte er ihn und flüsterte ihm zu, dass Hilfe gekommen sei. Cameron gelang es, sich aufzusetzen. Rasch streifte Eli ihm ein Paar weiche *veldschoons* über die nackten Füße, dann halfen ihm die beiden Männer aus dem Zelt in den dahinterliegenden Busch.

Camerons Bauchwunde schmerzte höllisch. Sie liefen über Pfade, die so schmal waren, dass ihnen kein Pferd würde folgen können. Jeder Schritt schien die Arbeit des portugiesischen Arztes einer harten Belastungsprobe zu unterziehen, aber Cameron biss die Zähne zusammen und humpelte weiter. Sie kamen nur langsam voran, erst gegen Mittag erreichten sie ein Lager, das aussah, als befände es sich seit Tagen dort und nicht erst seit wenigen Stunden. Alle Wagenspuren waren sorgfältig verwischt worden.

Will begrüßte sie mit deutlicher Erleichterung.

Wie befürchtet dauerte es nicht lange, bis eine portugiesische Patrouille von mindestens dreißig Männern – angeführt von dem Englisch sprechenden Offizier – auf das Lager stieß.

Will lief ihnen entgegen, winkend und gestikulierend und scheinbar am ganzen Körper zitternd. »Ich bin ja so froh, Sie zu sehen«, rief er. »Ich brauche ganz dringend Chinin und Phenaticin. Wie weit ist Ihr Lager entfernt? Gibt es dort einen Arzt?«

Der junge Soldat hielt sein Pferd an, unsicher, wie er sich verhalten sollte. Das Pflichtgefühl siegte. »Wir sind auf der Suche nach entflohenen Gefangenen. Ein Weißer und ein Schwarzer. Ich muss Ihren Wagen durchsuchen.«

»Um Himmels willen, Colonel.« Will schmeichelte dem Mann, indem er ihn mit einem höheren Rang ansprach, als ihm zustand. »Die meisten meiner Männer sind an Schwarzwasserfieber erkrankt. Zwei sind erst heute Morgen gestorben. In dem verdammten Fluss liegt ein totes Pferd, und wir haben eine Woche daraus getrunken. Beeilen Sie sich, und besorgen Sie mir *muthi.* Und Whisky brauche ich auch.«

Der Offizier sah ihn misstrauisch an. »Besitzen Sie irgendwelche Papiere, Senhor?«

Will kramte in seiner Tasche und zog ein zerknittertes Papier heraus, das ihm den Handel auf portugiesischem Gebiet gestattete. Er reichte es dem Soldaten mit zitternden Händen.

»Das scheint in Ordnung zu sein, Senhor Green, aber ich muss auf einer Durchsuchung bestehen.«

»Dann, um alles in der Welt, Colonel, bitte beeilen Sie sich.«

Der Soldat ritt voran, zügelte jedoch beim Anblick des Lagers sein Pferd. Alles war schmutzig und unordentlich. Neben einem Fuhrwagen lagen drei schweißgebadete Afrikaner, die stöhnend um Wasser flehten. Ein weiterer schien bereits tot zu sein. Zwei Gräber waren erst vor kurzem ausgehoben worden und mit groben Holzkreuzen geschmückt. Der junge Mann bekreuzigte sich. Er hörte nicht, dass Will zu ihm trat.

»Jetzt verstehen Sie, warum wir dringend Hilfe benötigen. Ich kann hier nicht fort. Bitte, Colonel, Sie sind unsere einzige Hoffnung.«

Kopfschüttelnd wendete er sein Pferd. »Ich werde Ihnen die Medikamente, nach denen Sie verlangen, schicken. Es gibt keinen Grund, Sie länger zu belästigen. Guten Tag, Senhor Green.« Mit diesen Worten gab er seinem Pferd die Sporen und ritt zu seiner Kolonne zurück.

»Und sagen Sie, dass es eilig ist«, rief Will dem davonreitenden Offizier mit zitternder Stimme nach. Sobald die Truppe außer Sichtweite war, wischte er sich den Schweiß von der Stirn und rief. »Okay, Jungs, jetzt lasst uns schleunigst von hier verschwinden.«

Sofort waren Eli und die vermeintlich kranken Schwarzen auf den Beinen und schoben rasch die Erde von den beiden Gräbern. Dort, wo die Leiche hätte sein sollen, bewegte sich der Grund. Henry richtete sich auf und spuckte einen Grashalm aus dem Mund. Cameron mussten sie behilflich sein.

»Das war verdammt knapp«, brummte Will und ging zurück zum Wagen. »Für solche Spielchen werde ich allmählich zu alt.«

»Danke, Will«, sagte Cameron. »Wir verdanken dir und Eli unser Leben.«

»Nun, ihr solltet jetzt besser machen, dass ihr zurück über die Grenze kommt, bevor noch mehr passiert. Diese ganze Aufregung ist nicht gut für mein Herz.«

»Genau das haben wir vor«, erklärte Cameron und schüttelte Will die Hand. »Ich möchte schließlich nicht für deinen Tod verantwortlich sein.«

Sein Pate grinste. »Klaas und dieser andere Typ tun mir trotzdem leid. Was passiert als Nächstes? Ihr seid eurem Ziel, Torbens Tochter zu finden, immer noch nicht viel näher gekommen.«

»Ich weiß nicht, Will. Ich weiß es ehrlich nicht.«

27

Der schneidend kalte Wind bedeckte alles mit einer feinen Staubschicht. Das Zelt gab nur wenig Schutz, und Heidi tat, was in ihrer Macht stand, um Alice sauber und warm zu halten. Das Wasser war streng rationiert, es gab keine Garantie, dass es durch die völlig unzureichenden hygienischen Bedingungen im Lager nicht stark verunreinigt war. Das Kind weinte. Heidi fühlte sich hilflos.

Heute Morgen hatte es bereits zwei Beerdigungen gegeben, zelebriert von einem bärtigen Prediger der holländischen *Nederduits Gereformeede Kerk* oder *NGK*, wie sie meist genannt wurde. Er hatte einen zerschlissenen schwarzen Anzug und einen Hut getragen und mit bebender Stimme verkündet, dass die zornige Hand Gottes die Verantwortlichen treffen würde. Heidi hätte gern gewusst, warum das so lange dauerte.

Einer der Toten war das Kind der Frau, mit der Heidi sich ein wenig angefreundet hatte. Wie sie hatte auch Marie Burger bis auf ihre kleine Tochter nichts mehr auf der Welt gehabt. Jetzt war ihr das Mädchen genommen worden. Der Lagerarzt hatte Masern diagnostiziert, aber er hatte nichts tun können, um es zu retten.

Heidi saß an dem Bettchen, das sie aus einer alten Kiste gebaut hatte, und versuchte Alice zu beruhigen. Ihre Temperatur schien leicht erhöht zu sein, und das bereitete Heidi Sorgen – dabei fühlte sie sich selbst kaum besser. Als sie an diesem Morgen erwacht war, hatte sie einen seltsamen Schmerz in der Bauchgegend verspürt und sich fiebrig gefühlt. Es war rasch wieder vergangen, und sie hoffte inständig, dass die Symptome nichts Ernsthaftes bedeuteten. Ihre größte Angst war, dass ihr etwas zustoßen und Alice allein und ungeliebt zurückblieb.

Heidi hob die Kleine aus der Holzkiste und wickelte die fadenscheinige Decke so gut es ging um ihren Körper. Dann drückte sie das Kind dicht an sich und ging zu Maries Zelt. Sie fand die Freundin auf dem Feldbett sitzend, in den Händen hielt sie ein gerahmtes Foto. Sie weinte und schaute nicht auf, als Heidi eintrat.

»Kann ich irgendetwas für dich tun?«, fragte Heidi. Sie konnte den Schmerz der Freundin so gut nachfühlen.

Mit roten Augen sah Marie sie an. Sie war erst zwanzig, aber sie war in der kurzen Zeit, die Heidi sie nun kannte, sehr gealtert.

Sie legte Alice auf das Bett und schlang die Arme um die jüngere Frau. »Sie ist beim lieben Gott«, versuchte sie sie zu trösten. »Dort hat sie es besser als hier.« Auf dem Foto waren ein Mann und ein winziges Baby zu erkennen. Die stolzen Eltern trugen ihre beste Sonntagskleidung, das Kind ein langes Taufkleid. Nun kamen auch Heidi die Tränen. Marie begann wieder zu schluchzen. »Wir müssen jetzt stark sein«, sagte Heidi und drückte sie fester an sich. »Das erwarten Gott und unsere Männer von uns.«

»Mein Baby hat den Briten doch nichts Böses getan.« Marie zuckte resigniert die Schultern. »Warum hat Gott ausgerechnet sie genommen?«

Heidi wusste keine Antwort. Ihr wurde plötzlich übel, als sie eine neue Schmerzattacke durchfuhr.

Will Greens Wagen rumpelte der Grenze entgegen. Cameron lag auf der Ladefläche, inmitten von Fellen, Stoßzähnen und allem möglichen Kram. Henry ritt neben dem Kutscher, einem Zulu, der seinen Vater kannte, weil er früher auf Morningside gearbeitet hatte.

»Soldaten!«, rief Eli plötzlich warnend. Will drehte sich im Sattel um und erkannte, dass sie verfolgt wurden. Er konnte auf die große Entfernung nicht gut sehen, aber die Staubwolke ließ keinen Zweifel zu.

»Wie viele?«, rief er zurück.

»Ich glaube, es sind dieselben wie gestern.«

Will drehte sich der Magen. Er hatte angenommen, sie hätten nach der Überquerung der Lebombo Hills die schlecht markierte Grenze zwischen Portugiesisch-Ostafrika und Transvaal überquert. Wo genau sie verlief, war gleichgültig angesichts der Tatsache, dass sie zahlenmäßig hoffnungslos unterlegen waren. Selbst wenn sie Cameron und Henry versteckt halten konnten, würde den Portugiesen die rasche Genesung seiner Männer mehr als verdächtig vorkommen, da war sich Will sicher. Und mit ihrem schwer beladenen Wagen hatten sie keine Chance, den sich rasch nähernden Reitern zu entkommen. Widerstrebend hob er die Hand und gab seinem Kutscher das Zeichen anzuhalten, um auf die portugiesische Patrouille zu warten. Eli hatte Recht – es war der junge Offizier, den sie am Tag zuvor an der Nase herumgeführt hatten.

»Wie ich sehe, gibt es immer wieder Wunder, Senhor«, meinte er sarkastisch und lächelte böse. »Und ich stelle auch fest, dass Sie einen zusätzlichen Begleiter gefunden haben. Vielleicht befindet sich hinten im Wagen ja noch einer.«

Wills Herz klopfte bis zum Hals. »Wir haben ihn vor ein paar Meilen aufgenommen.« Er hoffte, dass für den aristokratischen Soldaten ein Schwarzer wie der andere aussah.

»Dann, kann ich nur annehmen, Senhor, dass Sie diesem Mann bei der Flucht vor der Justiz helfen. Ich sehe mich gezwungen, Sie und Ihre Begleiter zu verhaften. Bitte, ich würde gern einen Blick in den Wagen werfen.«

»Capitano!« Der Schrei kam von einem der anderen Portugiesen.

Der Offizier schaute in die Richtung, in die der Mann zeigte, und stellte überrascht fest, dass eine Kolonne abgerissen gekleideter Individuen aus dem Westen auf sie zukam – aller Wahrscheinlichkeit nach ein Buren-*komando*. Was als Nächstes geschehen würde, war völlig offen.Cameron und Henry würde man zum Glück nicht ansehen, dass sie irgendetwas mit der britischen Armee zu tun hatten.

Die Männer bewegten sich mit geübter Präzision und verteilten sich geschickt über die Flanken, um sich den berittenen Portugiesen entgegenzustellen. Will zählte etwa zwanzig Mann. Einer kam auf sie zugeritten. Er war klein – was man erkannte, obwohl er auf einem Pferderücken saß –, hatte einen riesigen geschwungenen Schnäuzer, buschige Augenbrauen und stechende schwarze Augen. Er sprach Englisch mit hartem Akzent und entblößte dabei ein paar gelbe Stumpen. »Was tut ihr auf britischem Gebiet? Spricht einer von euch Gaunern Englisch?«

Der portugiesische Offizier warf seinem Gegenüber einen geringschätzigen Blick zu. Was ihm jedoch gefiel, waren die kniehohen Lederstiefel des Mannes und die kunstvoll gearbeiteten Silbersporen. »Ich, Senhor. Und wer bitte sind Sie, und was fällt Ihnen ein, meine Autorität auf portugiesischem Grund und Boden in Frage zu stellen?«

»Ich bin Colonel Ludwig Steinacker«, antwortete er. »Wer zum Teufel sind Sie?«

»Captain Ferdinand da Gama. Im Namen Seiner Majestät König Carlos von Portugal muss ich darauf bestehen, dass Sie und Ihre Männer sich sofort meiner Autorität unterwerfen.«

»Es ist genau umgekehrt. Sie sind in das Empire Seiner Majestät König Edward VII. von Großbritannien eingedrungen. Ich kann Ihnen das beweisen, wenn Sie es wünschen.«

»Und wie wollen Sie das machen?«

»Mit Karte und Kompass – vorausgesetzt, Sie sind in der Nutzung dieser Dinge kundig.«

Da Gama ignorierte den bissigen Kommentar. »Einverstanden. Ich habe eine Karte. Haben Sie einen Kompass?«

»Und ob.« Steinacker schwang sich von seinem Pferd.

Der portugiesische Offizier stieg ebenfalls ab, zog eine Karte aus seinem Waffenrock und breitete sie auf der Erde aus. Ihre Männer warteten und beobachteten sich gegenseitig misstrauisch auf irgendein Anzeichen für Aggression.

Steinacker sah sich um und zeigte dann auf drei leicht zu identifizierbare geographische Merkmale. »Würden Sie zustimmen, dass diese drei Hügel die hier sind?« Jetzt wies er auf die Karte.

Da Gama schaute hin und her und biss sich dabei auf die Lippe. »Ja.«

Dann zog Steinacker seinen Kompass hervor, richtete die Karte nach dem geographischen Nordpol aus und nannte den Kompassstrich, den der Captain niederschrieb. Dies wurde noch zweimal wiederholt, um ihre Position mit Hilfe eines Dreiecks genau festzulegen. Die Linien führten sie fast genau auf die Grenze zu – zu nah, um exakt zu bestimmen, um wessen Gebiet es sich handelte.

»Sieht so aus, als hätten wir beide Recht und Unrecht«, meinte Steinacker. Die Männer richteten sich auf. »Wenn wir internationale Verwicklungen vermeiden wollen, wäre es das Beste, wenn wir uns beide zurückzögen.«

»Einverstanden, Colonel. Aber ich werde meine Gefangenen mitnehmen.«

»Damit bin ich nicht einverstanden«, sagte der drahtige kleine Mann und sah Captain da Gama an. »Da keiner von uns sicher sein kann, wo wir uns befinden, darf ich vorschlagen, dass man diesen Männern gestattet, ihres Weges zu ziehen?«

Der portugiesische Offizier sah Will scharf an. Er wusste, dass die Männer, die er suchte, zwei britische Armeepferde in seinem Lager zurückgelassen hatten. Von dem, dem er höchstwahrscheinlich das Leben gerettet hatte, gab es keine Spur. Schließlich zuckte er die Achseln. »Also gut«, meinte er gutmütig. »Ich habe meine Pflicht getan.«

»Danke, Captain.« Steinacker streckte die Hand aus. »Ich weiß Ihre großzügige Geste sehr zu schätzen.«

Da Gama schlug ein. »Wenn alle Streitereien zwischen Männern so vernünftig geregelt werden könnten, gäbe es keine Kriege mehr.«

»Eine gute Beobachtung, Sir. Wirklich sehr gut. Ich wünsche Ihnen einen schönen Tag, Sir.«

Der junge Offizier grüßte kurz, und Steinacker erwiderte die Geste. Auf Kommando drehte sich die portugiesische Kolonne um und ritt zurück in die Richtung, aus der sie gekommen war.

Will stieg mit steifen Beinen von seinem Pferd und stellte sich vor.

»Ich habe schon von Ihnen gehört, Mr. Green«, sagte Steinacker. »Sagen Sie, ist Ihnen in letzter Zeit vielleicht ein britischer Captain begegnet?«

»Seltsam, dass Sie danach fragen.« Will grinste. »Zufällig habe ich einen namens Granger-Acheson in meinem Wagen. Offenbar hatte er auf der falschen Seite der Grenze einen kleinen Unfall.«

»Verstehe. Dann kann er von Glück reden, dass ein gewisser Lieutenant Pickstone mir sagte, der Captain und ein afrikanischer Scout hätten einen kleinen Umweg durch portugiesisches Gebiet gemacht. Das Lager der Portugiesen befindet sich noch nicht lange an diesem Ort; als die beiden also nicht wie geplant zurückkehrten, wollte ich lieber einmal nachsehen. Sie hatten wirklich großes Glück. In welche Richtung reiten Sie, Mr. Green?«

»Nach Süden. In Richtung Swasiland.«

»Dann werden wir eine *machila* für den Captain bauen, damit wir ihn mitnehmen können. Seine Männer befinden sich knapp zehn Meilen westlich von hier. Ich nehme an, ihre Mission war erfolgreich.«

Will schüttelte den Kopf. »Der britische Heeresnachrichtendienst mag das so sehen, aber der Captain hatte persönliche Gründe herzukommen. Und ich fürchte, in dieser Hinsicht war es kein Erfolg.«

Marie Burger murmelte im flackernden gelben Licht der Lampe Gebete vor sich hin und tupfte Heidis schweißnasse Stirn ab. Das Fieber war nun sehr hoch, sie fantasierte. Erinnerungen tauchten vor ihr auf wie die Bilder einer Zaubershow. Es gab nichts mehr, was der englische Lagerarzt tun konnte. Marie sah die Zeichen des Todes im Gesicht ihrer neuen Freundin. In einer mit einer Decke ausgelegten Holzkiste neben dem Bett, in dem Heidi im Delirium lag, schrie Alice vor Hunger, und niemand konnte ihr helfen.

Plötzlich schlug Heidi die Augen auf. »Mein Baby heißt Alice Petersen«, flüsterte sie. »Ihre Familie ist aus Durban.«

Marie starrte Heidi an. Sie fantasiert, dachte sie. Doch Heidi umklammerte jäh ihr Handgelenk und versuchte sich aufzusetzen. Augen, glühend vor Fieber, bohrten sich in ihre.

»Sie gehört mir nicht«, stieß Heidi kaum hörbar aus. »Der *Broederbond*. Sie haben Alice ihrer wahren Mutter weggenommen. Du musst mir versprechen, sie zurückzubringen, wenn ...« Heidi ließ Maries Hand los. Sie stöhnte und sank zurück auf das schweißnasse Laken. »Versprich es mir!«, forderte sie mit letzter Kraft. »Du bist ihre einzige Hoffnung!«

»Ich verspreche es«, antwortete Marie halbherzig, um die sterbende Frau zu beruhigen. »Petersen – in Durban. Ich werde es mir merken.«

Ehe die Sonne aufging, starb Heidi van der Merwe an Typhus. Marie hob Alice vorsichtig aus ihrem improvisierten Bettchen und wiegte sie in ihren Armen. Sie hatte noch Milch, da sie ihr eigenes Baby erst vor so kurzer Zeit verloren hatte. Zaghaft hielt sie Alice eine Brust hin. Die Kleine begann sofort, gierig zu trinken.

Mutterinstinkte überkamen Marie, ihr Verlangen, Mutter zu sein, hatte eine zweite Chance bekommen. Die Wege unseres Herrn sind oft seltsam, dachte sie bei sich und begann zu summen.

Lieutenant Pickstone vollendete seine Aufgabe, Grenzpflöcke zwischen dem vierundzwanzigsten und dem fünfundzwanzigsten südlichen Längengrad zu errichten, während Cameron, der zu krank war, sich zu rühren, in Sabi Bridge blieb. Henry saß Tag und Nacht bei ihm und beschwor seinen Freund, am Leben festzuhalten, während die Fieberschübe kamen und gingen.

Die Infektion war heftig gewesen, aber durch das Einbringen von Maden, die das abgestorbene Fleisch fraßen, wurde die Wunde sauber gehalten und begann schließlich zu heilen. Als es ihm so gut ging, dass er reisetauglich war, traf Steinacker Vorkehrungen für seinen Eisenbahntransport von Komatipoort nach Pretoria.

Duncan war der Erste, der ihn im Militärlazarett besuchte. Cameron berichtete seinem Bruder alles, was sich ereignet hatte. Es gab nichts Neues von Alice, sie mussten sich damit abfinden, dass die Spur im Sande verlaufen war. Cameron erfuhr, dass Major John Scott sich bei den Ermittlungen über den Brand in der Pension vor Duncan gestellt und erklärt hatte, dass es sich um eine Angelegenheit des Heeresnachrichtendienstes handele, die der Schweigepflicht unterliege. Scott würde froh sein, dass wenigstens Klaas aus dem Weg geräumt war. Duncans Wunde am Hals war zu einer interessanten Narbe verheilt; später würde er seinen Kindern eine spannende Geschichte erzählen können. Tanith hatte er sie bisher verschwiegen.

Lindsay hatte Cameron im Krankenhaus erwartet, gründlich untersucht und Ellie anschließend versichert, dass alles in Ordnung sei. Sie versprach, so schnell wie möglich zu kommen, und schickte sofort ein Telegramm nach Morningside.

Innerhalb weniger Wochen war Cameron imstande, sein Bett zu verlassen und mit Hilfe eines Stocks über das Krankenhausgelände zu laufen. Es war früh Winter geworden, und an den meisten Tagen war es zu kalt, um lange draußen zu bleiben. Er war noch immer nicht gesund genug, um seinen Militärdienst wieder aufzunehmen, daher stellte Lindsay ihm ein Attest aus, das es ihm gestattete, sich noch einige Zeit auf Morningside zu erholen.

Im Bahnhof von Durban traf Cameron sich mit Torben. Als Torben ihn sah, konnte er kaum glauben, wie sehr Cameron sich verändert hatte. Der Soldat, der zögernd auf den Bahnsteig trat, war nur noch der Schatten des Mannes, den er sein Leben lang kannte. Torben wusste, dass Cameron sein Leben aufs Spiel gesetzt hatte, um Klaas an der Flucht zu hindern. Die Tatsache, dass der Holländer getötet worden war, ohne ihnen einen Hinweis auf Alice' Aufenthaltsort zu geben, war für Cameron ebenso schmerzhaft wie seine Verwundung.

Die beiden Männer wussten nicht, was sie sagen sollten. Cameron hatte Torben und Gerda lange nicht gesehen, zuletzt vor Alice' Geburt. Seine Nichte hatte er nie kennen gelernt. Als er irgendwann erfuhr, dass Gerda eine Fehlgeburt erlitten und einen kleinen Jungen verloren hatte, war Cameron so sehr mit seinem eigenen Leben beschäftigt gewesen, dass er nicht einmal schrieb.

»Es tut mir leid, Torben«, sagte er nun. »Alles.« Die beiden Männer fielen sich auf dem Bahnsteig in die Arme, sie schämten sich nicht ihrer Tränen.

Cameron verbrachte die Nacht in dem Haus an der Musgrave Road. Gerda sprach kaum. Ihre Schwester Lanice war bei ihr, deshalb konnten Torben und Cameron am nächsten Morgen gemeinsam in Richtung Zululand aufbrechen.

Lorna, Robert und Mister David sahen, wie sich die Pferdekutsche den Weg zum Haus hinaufwand. Lange bevor sie hielt, war Saba schwanzwedelnd auf die Veranda hinausgelaufen.

Lorna war schockiert über den Anblick ihres ältesten Sohnes. Eine feuerrote Narbe verlief über eine Gesichtshälfte vom Auge bis zum Ohr, an dem sich dicker Schorf gebildet hatte. Er war abgemagert und ging leicht gebeugt mit Hilfe seines Stocks. Rasch richtete sie ihre Aufmerksamkeit auf Camerons Augen. Das, was sie dort sehen würde, konnte nur eine Mutter verstehen. Erleichtert stellte sie fest, dass die Verbitterung und der Zorn gewichen waren, nur die Traurigkeit war geblieben. Es wurde Zeit, dass Cameron auch davon geheilt würde.

Robert begrüßte seine beiden Söhne schweigend. Zeit zum Reden würde später noch sein. Mister David, der neben Robert stand, sah Cameron forschend an.

»Henry hat mir das Leben gerettet«, war alles, was der Freund seines Sohnes zu ihm sagte.

Auch Meggie kam an diesem Abend. Die Brüder wussten von ihrer Verlobung mit Stan King, aber bisher hatte sich noch keiner der beiden dazu geäußert. Cam konnte kaum glauben, wie sehr sich seine kleine Schwester verändert hatte. Über Nacht, so schien es, hatte sie sich in eine strahlende Frau verwandelt.

Cameron umarmte Meggie herzlich. »Zeig mir deinen Ring«, sagte er. Er musste an Ginnie denken, aber er lächelte tapfer. »Ich hoffe, dass du und Stan sehr glücklich werdet.«

Tanith konnte es kaum erwarten, alle Neuigkeiten über Duncan zu erfahren. Beim Abendessen an seinem zweiten Tag zu Hause entfuhr Cameron versehentlich, dass ein Mann namens Ramos versucht hatte, seinem Bruder die Kehle durchzuschneiden. Lorna und Tanith waren entsetzt.

Torben blieb drei Tage, ehe er nach Durban zurückkehrte. Trotz aller widrigen Umstände waren es drei der glücklichsten Tage, an die er sich erinnern konnte.

Die Zeit verging wie im Flug, und bald schon saß Cameron wieder auf seinem Pferd. Er sprach davon, zu seiner Einheit zurückkehren zu wollen.

»Warum lässt du dich nicht aus gesundheitlichen Gründen

entlassen, kommst zurück und kümmerst dich um die Farm?«, fragte Robert, während er ihm seine neue Zuckerrohrplantage zeigte. »Du hast genug für dein Land getan.«

Cameron staunte, wie sehr sich sein Vater verändert hatte. »Wenn ich das täte, würde ich meine Männer im Stich lassen«, antwortete er leise. »Ich muss zurück.«

»Weißt du«, erklärte Robert, »wenn du deine Hand in einen Eimer Wasser steckst, steigt der Wasserspiegel. Wenn du sie wieder herausziehst, sinkt er auf sein ursprüngliches Niveau zurück.«

»Du klingst fast wie Mister David.« Cameron lächelte. »Oder wirst du auf deine alten Tage verrückt?«

Lorna merkte, dass ihr Mann viel entspannter war, seit sein ältester Sohn nach Hause gekommen war. Cameron erholte sich von seiner Verletzung, und der Krieg beherrschte nicht länger sein Leben. Auch wenn er nie über Ginnie sprach, schien der Schmerz über ihren Verlust nachgelassen zu haben.

»Es ist Zeit, dass du und ich einen Ausflug nach Wakefield machen«, sagte Robert eines Abends nach dem Essen. »Ich vermute, das wird deine Entscheidung, zur Armee zurückzukehren, verändern. Schließlich hat Kitchener genug Truppen, um ganz Afrika zu versenken. Ein Mann mehr oder weniger macht nicht den geringsten Unterschied für den Ausgang des Krieges, aber ein Besuch bei meiner Halbschwester könnte dein Leben für immer verändern.«

Cameron sah Robert nachdenklich an. Wie sollte er seinem Vater beibringen, dass dies bereits geschehen war?

28

Duncan war sich nur allzu sehr bewusst, dass am kommenden Tag der erste Geburtstag seines Sohnes war, den er noch nie gesehen hatte. Er schrieb mindestens einmal in der Woche an Tanith, manchmal auch häufiger. Als Geschenk für Frazer hatte er sich in voller Uniform mit dem Hut unter dem Arm und in die Kamera lächelnd fotografieren lassen. Er stand so, dass man die Narbe an seinem Hals nicht sehen konnte. Bevor Duncan das Foto abschickte, schrieb er eine Widmung auf die Rückseite: *Für Frazer, mit der ganzen Liebe deines Vaters. November 1901*..

Es gab keine eigentliche Frontlinie mehr, und Meldungen aus allen Ecken des Landes landeten auf Duncans Schreibtisch. Seine Aufgabe war es, sie zusammenzufassen und das Oberkommando über den Fortgang des Krieges zu informieren. Dazu gehörte auch das Errichten befestigter Blockhäuser, die gebaut wurden, um Lord Kitcheners höchst gefährdete Nachrichten- und Nachschubverbindungen zu schützen.

Neben den Stapeln mit Berichten lag eine aufgeschlagene Ausgabe des *Spectator*, in dem Großbritanniens Oberbefehlshaber voller Zuversicht prophezeite, dass der Krieg bis April 1902 beendet sein würde. Er begründete seine Prognose damit, dass die Buren-*komandos* von der Steppe abhängig waren, um ihre Pferde zu ernähren. Im Winter würde das Gras absterben und ihnen somit das dringend benötigte Futter entzogen. Kitchener wusste, dass der Feind weder auf Heu- noch auf Kornvorräte zurückgreifen konnte. Dafür hatte die gnadenlose Strategie seines Vorgängers gesorgt.

Duncan saß hinter seinem Schreibtisch und lauschte auf das Klackern der beschlagenen Stiefel auf den Marmorfußböden der Korridore des Hauptquartiers. Bis auf dieses Geräusch war der Nachmittag ungewöhnlich ruhig. Er schaute von den ordentlich angehäuften Papierstapeln auf, und seine Gedanken wanderten hinaus in die unendliche Steppe. Duncan vermisste die Fairfax Scouts, den Lärm der Schlachten, das hektische Geschrei der Soldaten, das Getrampel einer Antilopenherde, die aufgeregt aus einem Gebüsch hervorbrach.

Mühsam riss er sich aus den schönen Erinnerungen und streckte die Hand erneut nach der Zeitung aus. Ein Artikel fiel ihm ins Auge, der sich über die Art und Weise erregte, wie Kitchener den Krieg führte. Jemand, der vermutlich noch nie einen Fuß nach Südafrika gesetzt hatte – schon gar nicht während des Krieges – ereiferte sich darüber, wie er das bestehende System der Blockhäuser ausbauen wollte. In der gesamten Oranje-Kolonie und in Transvaal sollten annähernd achttausend dieser Behausungen errichtet werden – einige sogar in der Kapkolonie. Sie boten jeweils Platz für mindestens zehn Mann, sollten an bereits existierenden Straßen liegen, im Schnitt etwa tausend Meter voneinander entfernt, und mit Stacheldrahtzäunen verbunden werden. Dadurch würde das gesamte Land in überschaubare Areale aufgeteilt werden. »Menschliche Gehege«, nannte der Verfasser des Artikels diese Unterkünfte und forderte, Kitchener zu entmachten.

Nicht nur die Blockhäuser wurden kritisiert. Vor einiger Zeit hatte eine Miss Emily Hobhouse eine Reihe so genannter Konzentrationslager besucht. Die Liberale Partei hatte ihre vernichtende Kritik in der britischen Presse und die anschließende Welle der öffentlichen Empörung genutzt, um das Kriegsministerium in Whitehall zu zwingen, eine Untersuchungskommission zu gründen. Alles in allem hatte Lord Kitchener es im Augenblick nicht leicht.

»Sind Sie da, alter Junge?« Duncan schaute von seiner Lektüre auf, als er die vertraute Stimme von Major John Scott an der Tür hörte.

»Kommen Sie herein.« Duncan erhob sich von seinem Stuhl und streckte sich. »Was kann ich für Sie tun, Sir?«

»Ich würde eher sagen, was kann ich für *Sie* tun«, antwortete Scott, hängte seinen Hut an den Haken hinter der Tür und strich sich eine blonde Locke aus dem Gesicht. »Ich komme gerade vom Kriegsgefangenen-Block, wo meine Jungs ein paar Neuankömmlinge verhört haben. Dabei kam das Gespräch auf diesen Klaas, den Ihr Bruder freundlicherweise für uns erledigt hat. Wir sind ihm dafür zutiefst dankbar. Verfolgen Sie diese Familienangelegenheit eigentlich immer noch?«

»Und ob wir das tun«, antwortete Duncan und sah sein Gegenüber interessiert an.

»Gehe ich recht in der Annahme, dass es sich dabei um ein vermisstes Kind handelt?«

»So ist es. Selbst die Kontakte meines Vaters haben bisher keine Spur ergeben. Ihr Name ist Alice Petersen.«

»Ich weiß. Und ihr Vater ist Ihr Halbbruder. Der Mann, mit dem wir uns vorhin unterhalten haben, hat in Durban für Klaas gearbeitet. Er sagt, das Baby sei zu einer Frau namens Heidi van der Merwe gebracht worden. Ihre Farm liegt in der Nähe von Standerton innerhalb der Grenzen des alten Freistaats. Angeblich sei sie dafür bezahlt worden, dass sie sich um das Kind kümmerte. Wie es aussieht, ist der *Broederbond* in die Sache verwickelt, aber fragen Sie mich nicht warum. Unser Mann hat uns alles erzählt, was er wusste, da bin ich mir ganz sicher.«

Ducan glaubte seinen Ohren nicht zu trauen. »Ich kann Ihnen nicht genug danken, John«, sagte er und hielt seinem Kollegen vom Heeresnachrichtendienst die Hand hin. »Ich werde Torben sofort ein Telegramm schicken und dann hören, ob wir irgendwo etwas über eine Person mit diesem Namen haben.«

»Es freut mich, wenn ich Ihnen helfen konnte, alter Junge«, sagte der Major und beugte sich über den Schreibtisch. »Wenn Sie mit diesem Papierkram fertig sind, können Sie mich auf einen Drink in die Messe einladen.«

Die Berichte werden warten müssen, dachte Duncan, als sein unerwarteter Besucher gegangen war. Er wandte sich einer großen Landkarte zu, die an der Wand hing, und sein Finger fand sehr rasch den Ort, den er suchte. Es war dort, wo die Eisenbahnlinie von Natal den Fluss Vaal überquerte. Die schraffierten Linien sagten ihm, dass die meisten Farmen in dieser Gegend geräumt worden waren. Aber es gab Daten von allen Personen, die in Konzentrationslager gebracht worden waren. Darauf hatte Duncan gehofft. Jetzt konnte er Torben wenigstens etwas Positives berichten.

Bereits nach vierundzwanzig Stunden hatte sein Halbbruder das Telegramm erhalten. Torben stand in seinem Arbeitszimmer und las Duncans Worte noch einmal. Er wagte kaum zu glauben, dass es plötzlich doch noch eine Chance gab, Alice zu finden. Im ersten Moment wollte er Gerda die Neuigkeit sofort berichten, aber dann zögerte er. Seit ihr zweites Kind gestorben war, schien sie das Interesse am Leben verloren zu haben. Gerda war davon überzeugt, es sei Gottes Wille, dass sie nie eine Familie haben würde. Sie ging nicht mehr aus dem Haus und verbrachte Stunden damit, in einer riesigen in Leder gebundenen Bibel Trost zu suchen.

Torben wusste, dass es nur eine Chance gab, seine Frau zu retten: Er musste Alice finden und nach Hause zurückbringen. Aber was war, wenn sich Duncans Information als falsch herausstellte? Es wäre grausam, ihr erst Hoffnungen zu machen und sie dann zu enttäuschen. Also blieb ihm nichts anderes übrig, als eine Entschuldigung zu finden und sich allein auf den

Weg nach Standerton zu machen. Torben steckte das Telegramm in die Tasche und ging zum Kinderzimmer. Mehr als ein Jahr war ihre Tochter nun fort. Er öffnete die Tür, betrachtete die Wiege und fragte sich, ob sie bereits zu klein sein würde, wenn er Alice nach Hause brachte.

Am nächsten Tag bestieg Torben in Durban einen Zug. Sein Ziel lag fast zweihundertfünfzig Meilen entfernt im Süden von Transvaal. Die Fahrt erschien ihm endlos; immer wieder hielt der Zug auf seinem Weg von der Küste hinauf in die Natal Midlands aus unerfindlichen Gründen an. Aber irgendwann hatte er sein Ziel erreicht. Torben trat auf den Bahnsteig hinaus, froh, seine Beine endlich wieder ausstrecken zu können. Ein warmer Wind zerzauste sein Haar, die trockene Luft war ganz anders, als er es aus seiner Heimat gewohnt war. Seit sie die Grenze überquert hatten, waren sie ununterbrochen an Blockhäusern und Stacheldrahtzäunen vorbeigekommen. Auch das war neu. Britische Soldaten dirigierten Dutzende Afrikaner, die sich bemühten, einen offenen Waggon zu entladen, der Stacheldrahtrollen, Eisenbleche und andere Baumaterialien transportiert hatte. Als Torben sich umschaute, sah er nur in apathische, leere Gesichter. Standerton war eine Stadt, die ihre Seele verloren hatte.

Torben war sich nicht sicher, wo er mit seiner Suche beginnen sollte, daher mietete er sich im einzigen Hotel ein und begann herumzufragen. Immer wieder stieß er auf Menschen, die ihn ausdruckslos anschauten, behaupteten, kein Englisch zu sprechen, oder einfach nur nicht bereit waren, einer Person zu helfen, die sie als Feind betrachteten. Die Tatsache, dass er Zivilist war, machte für sie keinen Unterschied.

Torben verfluchte sich für seine Dummheit, nicht eher daran gedacht zu haben, als ihm plötzlich einfiel, dass er wahrscheinlich mehr Erfolg hatte, wenn er mit dem Mann sprach, der für die britische Garnison verantwortlich war. Er ließ ein paar Namen fallen, und es dauerte nicht lange, bis er einem

Corporal gegenüberstand, der jeden Vorfall minutiös aufgezeichnet hatte und glücklich war, dass dies nun zu etwas nützlich war.

Die Farm, von der Heidi van der Merwe stammte, lag nicht in Transvaal, sondern etwas mehr südwestlich in der Oranje-Kolonie. Torben konnte seine Aufregung kaum verbergen. Er ließ sich sofort erklären, wie man dorthin gelangte.

»Das macht nicht viel Sinn, Sir«, antwortete der Offizier und zog einen weiteren Ordner hervor. »Wir haben diese Gegend vor mehr als sechs Monaten gesäubert.«

Torbens Herz sank.

»Lassen Sie mal sehen.« Der Soldat blätterte mit seinen vom Tabak vergilbten Fingern durch die Seiten. »Ich wünschte, Sie hätten sich einen selteneren Namen ausgesucht«, klagte er. Sein Finger stoppte plötzlich. »Aha – van der Merwe, H., mit einem weiblichen Kind. Das müssen sie sein. Sie wurden in eines der Lager gebracht.«

»In welches?«, fragte Torben aufgeregt.

»Nach meinen Akten wurden sie mit dem Zug nach Middelburg gebracht. Das ist alles, was ich Ihnen sagen kann.«

»Das genügt mir«, meinte Torben. »Sie waren äußerst hilfreich.«

Der nächste Zug fuhr erst am folgenden Tag, daher kehrte Torben gedankenverloren ins Hotel zurück. Er hatte die kritischen Zeitungsartikel von Emily Hobhouse gelesen. Der Name Middelburg war ihm vertraut, aber das bedeutete nichts. Es gab so viele Lager, in denen Unterernährung und Krankheiten grassierten. »Bitte, lieber Gott«, hörte er sich selbst flehen, »beschütz meinen kleinen Engel.«

Robert und Lorna saßen bei Torben und Gerda am Esstisch und hörten sich an, was Torben ihnen zu sagen hatte. Auf seine dringliche Bitte hatten sie alles stehen und liegen lassen und waren nach Durban gekommen, um ihm bei der Suche nach Alice zu helfen. Gerda kannte den wahren Grund für ihren Besuch nicht. Sie war nur im Morgenmantel bekleidet zum Abendessen erschienen, hatte teilnahmslos in ihrem Essen herumgestochert und war sofort wieder ins Bett gegangen. Die Neuigkeiten der Familie schienen sie nicht im Mindesten zu interessieren.

»Die Behörden, die für Middelburg zuständig sind, waren sehr unkooperativ, um es gelinde auszudrücken«, berichtete Torben. »Selbst Duncan ist es nicht gelungen, etwas über diese Frau van der Merwe herauszufinden. Das Einzige, was wir wissen, ist, dass sie vor einiger Zeit verstorben ist. Als er sich nach dem Baby erkundigte, das bei ihr war, behaupteten sie, nichts über ein Kind zu wissen.« Torben schüttelte den Kopf. »Sie sind entweder völlig unfähig, oder sie haben etwas zu verbergen.«

Robert lehnte sich auf seinem Stuhl zurück und seufzte tief. »Die britische Bürokratie erschlägt uns eines Tages noch«, sagte er. »Haben sie einen Grund genannt, warum man dir den Zutritt zum Lager verweigert hat?«

»Sie haben nur erklärt, es sei Sperrgebiet – was immer das heißen mag – und ich hätte keine Berechtigung, mich dort aufzuhalten.«

»Aber du hast ihnen doch sicher die Umstände erklärt«, meinte Lorna.

Torben drehte sich zu seiner Stiefmutter um. Erstaunt registrierte er, wie wütend sie war. »Das hat diese Bastarde nicht im Geringsten interessiert«, antwortete er, dankbar für ihre Fürsorge.

»Nun, das sollte es aber besser«, brummte Robert ungeduldig. »Schließlich geht es um meine Enkelin.«

»Unsere Enkelin«, verbesserte Lorna.

Robert nickte. »Das habe ich natürlich gemeint.«

»Hast du noch irgendeine Idee, wie wir uns Zugang in das

Lager verschaffen könnten?«, fragte Torben. »Wenn jemandem eine Lösung einfällt, dann dir, Vater.«

Robert dachte kurz nach, dann beugte er sich über den Tisch. Er schaute Lorna an und sagte: »Ellie und Lindsay sind doch neu stationiert worden. Wie weit sind sie von Middelburg entfernt?«

»Mit dem Zug ist es überhaupt keine Entfernung. Sie sind in der Nähe von Johannesburg, und als Ärzte der Sanitätstruppe hätten sie wahrscheinlich auch Zugang zum Lager.«

Torben sah Lorna an und erkannte die Entschlossenheit in ihrem Gesicht. Sie war nicht seine leibliche Mutter, aber sie war immer für ihn da gewesen. Und nicht nur sie. Kein Mitglied der Familie hatte gezögert, ihm bei der Suche nach Alice zu helfen – Duncan und Cameron hätten dabei sogar fast ihr Leben verloren. Seine Geheimbeziehungen zum *Broederbond* belasteten ihn unendlich. Torben wünschte sich nicht zum ersten Mal, dass es zwischen ihm und dieser gesichtslosen Vereinigung, die sein ganzes Leben zu beherrschen schien, nie eine Verbindung gegeben hätte. Die reine Gier hatte ihn getrieben. Und dann hatten ihm seine Auftraggeber aus Gründen, die er nicht verstand, etwas genommen, das kein Geld dieser Welt je ersetzen konnte – seine Tochter. Torben hatte sich längst geschworen, alle Verbindungen zur Bruderschaft zu lösen, wenn er Alice zurückbekommen und wieder in seinen Armen halten würde – auch wenn das bedeutete, Afrika für immer zu verlassen und mit seiner Familie nach Dänemark zu ziehen.

»Torben und ich sollten so schnell wie möglich aufbrechen«, erklärte Robert. »Wir werden nach Johannesburg reiten, um Ellie zu treffen.«

»Ich finde, diese Angelegenheit solltest du besser mir überlassen«, widersprach Lorna. »Ich bin diejenige, die mit Torben reist.«

Die Männer sahen Lorna an, als hätte sie den Verstand verloren.

»Nennt mir einen Grund, weshalb ich das nicht tun sollte«, fuhr Lorna an Torben gewandt fort. »Es gibt nichts, was dein Vater tun kann und ich nicht. Ich bin froh, endlich etwas dazu beitragen zu können, diese Familie wieder zu vereinen, und außerdem würde ich gern Ellie und Lindsay sehen, und einen Sohn, den ich wahrscheinlich nicht wiedererkennen werde.«

Als Torben seinen Vater fragend anschaute, zuckte dieser nur die Schultern. »Dann schlage ich vor, dass wir morgen früh aufbrechen«, sagte er zu Lorna. Die Angelegenheit war besiegelt.

Lorna war entsetzt über das, was sie während ihrer Reise von Durban nach Johannesburg sah. Bereits in Natal waren Spuren des Krieges zu erkennen, aber das wahre Ausmaß der Verwüstung zeigte sich erst, als sie nach Transvaal kamen. Endlose Blockhausketten und Stacheldrahtzäune säumten ihren Weg Richtung Norden. Einst fruchtbares Farmland lag brach, immer wieder sah man abgebrannte Häuser und Stallungen. In den Städten, die sie durchfuhren, waren die Zustände nicht viel besser. Bettler, schwarze wie weiße, bedrängten die Reisenden; ihre verzweifelten Gesichter flehten um nichts als das nackte Überleben. Wo sie auch hinschaute, sah Lorna Soldaten in khakifarbenen Uniformen. So etwas hatte sie nicht erwartet. Dies war nicht das Afrika, das sie kannte und liebte, es war eine vollkommen andere Welt.

Als könne er ihre Gedanken lesen, sagte Torben: »Dieser Krieg hat so viel Leid gebracht. Nenn mir eine einzige gute Sache, die er bewirkt hat.«

Lorna drehte sich zu ihm um. »Du scheinst eine Menge Geld verdient zu haben«, antwortete sie.

Es stimmte, aber Torben war diese Bemerkung höchst unangenehm. »Das werdet ihr auch, wenn Vaters neue Zuckerrohrplantagen den ersten Ertrag bringen«, antwortete er trotzig. »Im

Krieg gibt es immer Menschen, die Geld verdienen. Ist das etwas, weswegen man sich schämen müsste?«

»Ich will damit nicht andeuten, dass du irgendetwas anderes als ehrliche Geschäfte gemacht hast«, antwortete Lorna. »Es war nur eine Beobachtung.«

»Tut mir leid.« Torben merkte, dass er überreagiert hatte. Er versuchte, seine Reaktion zumindest teilweise zu erklären. »Es gibt Dinge, auf die ich nicht stolz bin, wenn es um das Geld geht, das ich verdient habe.«

Lorna drückte seine Hand. »Und mir tut es leid, dich in eine Lage gebracht zu haben, die dich glauben macht, ich könne an deiner Integrität zweifeln.«

»Mutter, ich . . .«, begann Torben, dann stockte er plötzlich.

Lorna sah ihren Stiefsohn überrascht an. Er hatte ein Wort benutzt, dass sie zuletzt von ihm gehört hatte, als er ein kleiner Junge war. Mit steigendem Alter hatte seine Distanziertheit zugenommen, und nun war er ganz plötzlich wieder der unsichere kleine Junge, den Robert vor langer Zeit in die Familie gebracht hatte.

»Was ist los?«, fragte sie, besorgt über seinen gequälten Gesichtsausdruck.

»Es gibt da etwas, das ich dir gern sagen würde«, antwortete er und wandte sich ab, um sich zu sammeln. Und dann plötzlich entblößte Torben seine Seele.Er erzählte Lorna alles – von seinen Verbindungen zum *Broederbond,* den damit verbundenen Geschäften, und wie diese zur Entführung seiner kleinen Tochter geführt hatten.

Lorna hörte zu, ohne Torben zu unterbrechen. Als er schließlich schwieg, strich sie ihm über die Hand und sagte: »Das, was du mir gerade gebeichtet hast, ist eine Angelegenheit, die nur zwischen uns beiden bleibt. Es gibt keinen Grund, sie irgendjemand anders zu erzählen.«

Impulsiv umarmte Torben Lorna. Die Last auf seinen Schultern war jäh viel leichter geworden. Seine Stiefmutter kannte die Wahrheit und hatte ihn nicht verurteilt. Das war ein Anfang. Jetzt mussten sie nur noch Alice finden.

Es war nicht einfach, in einer von Soldaten wimmelnden Stadt eine Unterkunft zu finden, aber Torben nutzte sein Geld und seine Beziehungen, um die richtigen Drähte zu ziehen. Nachdem sie sich in einem Hotel eingemietet hatten, schickte Lorna einen Boten in das Krankenhaus, in dem Ellie nun arbeitete. Nicht der Bote kam zurück, sondern Ellie selbst.

Lorna hatte ihre Tochter nicht mehr gesehen, seit sie Robert nach Morningside gebracht hatten. Sie bemerkte, wie müde und erschöpft Ellie aussah.

»Die Lager bereiten uns mehr Probleme als der Krieg selbst. Ich möchte euch nur ein Beispiel schildern«, sagte Ellie, als sie in der Hotellounge saßen. »Ehe die Fawcett-Kommission Milner zwang, sich um die Lager zu kümmern und dort für bessere Bedingungen zu sorgen, war die Kindersterblichkeit enorm hoch. Von tausend Kindern starben mehr als sechshundert – hauptsächlich an Masern. Lindsay setzte sich sehr für Veränderungen ein. Inzwischen verbringt er mehr Zeit mit Politikern als mit Patienten.«

Torben schluckte. Was, wenn auch Alice unter Ellies erschreckende Statistik fiel? Er erklärte Ellie, was sie nach Johannesburg führte.

»Dann glaubt ihr also, mein Patenkind könnte in Middelburg sein?«

»Nach allem, was ich in Erfahrung gebracht habe, kam diese Frau van der Merwe mit einem weiblichen Kind ins Lager«, fuhr Torben fort. »Sie starb an Typhus. Die Behörden weigern sich, Auskunft über das Kind zu geben. Alle Hinweise, die ich habe, deuten darauf hin, dass dieses Kind Alice sein muss.«

»Dann sollten wir sie da herausholen«, erklärte Ellie schlicht.

»Torben hat es versucht, aber er wurde abgewiesen«, antwortete Lorna. »Wir dachten, du als Ärztin hättest vielleicht größere Chancen, in das Lager zu gelangen.«

»Auch ich benötige eine Genehmigung der Armee«, meinte Ellie nachdenklich. »Duncan kann mir vielleicht ein offizielles Schreiben besorgen. Wie wäre es morgen mit einem Ausflug nach Pretoria?«

Lorna und Torben nickten erleichtert.

Das Klopfen an Duncans Tür im Stabshauptquartier riss ihn aus seiner Konzentration. Lorna vernahm deutlich die Ungeduld in der Stimme ihres Sohnes.

»Ja, bitte.«

Duncan schaute auf, als sich die Tür öffnete, und ungläubiges Erstaunen trat auf sein Gesicht. Er schüttelte den Kopf, dann sprang er auf, um seine Mutter und seine Geschwister zu begrüßen. »Mutter, Torben, was für eine wunderbare Überraschung. Hallo, Ellie.« Er zögerte plötzlich. »Ist etwas passiert? Was tut ihr in Pretoria?«

»Uns geht es allen gut«, versicherte Lorna und streckte die Arme aus.

Duncan umarmte seine Mutter, dann schüttelte er Torben die Hand und küsste Ellie auf beide Wangen.

»Lass mich dich ansehen«, sagte Lorna und hielt ihn auf Armeslänge von sich. Sie sah die Narbe an seinem Hals, sagte aber nichts. »Tanith und Frazer waren ganz begeistert von deinem Foto.«

»Wie geht es Tanith? Ich habe einen Urlaubsantrag gestellt, aber sie weiß noch nichts davon. Du darfst ihr nichts verraten, ich möchte sie gern überraschen. Sie sagt, Frazer sei schon so groß.«

Lorna öffnete ihre Handtasche. »Ich habe dir einen Brief mitgebracht – hier.«

Duncan streckte die Hand aus. »Und Vater? Wie geht es Vater? Was ist mit Cam?« Er wandte sich an Torben. »Gibt es etwas Neues von Alice? Hat meine Information euch weiterhelfen können?«

»Sie ist der Grund unseres Besuchs«, antwortete Torben.

Duncan zog Stühle für seine Mutter, seinen Halbbruder und seine Schwester heran und hörte zu, was Ellie ihm erklärte.

»Dann werden wir mal sehen, was wir tun können.« Er drückte auf einen Schalter an seinem Schreibtisch, und innerhalb weniger Sekunden erschien ein Adjutant. Duncan erklärte ihm, was er benötigte, und der Mann kehrte wenig später mit dem Formular zurück, um das Duncan gebeten hatte. Es war eine Vollmacht in dreifacher Ausfertigung, die für jede militärische Einrichtung gültig war. Obwohl Duncan nicht die Befugnis besaß, ein solches Dokument zu unterzeichnen, füllte er schulterzuckend eins für Ellie und eins für sich selbst aus, stempelte es ab und versah es mit einer Unterschrift. »Ich fürchte, Ellie und ich werden das allein machen müssen«, erklärte Duncan. »Wir sind beide uniformiert und kennen uns mit dem System aus.« Er lachte. »Ich glaube nicht, dass jemand an unserer Glaubwürdigkeit zweifelt.«

Ellie nahm eines der Dokumente und lächelte. Ein einziger Name stand darunter – Kitchener. »Gehst du nicht ein ziemlich großes Risiko ein?«, fragte sie.

»Ich habe nur die Originale unterzeichnet.« Duncan grinste. »Zur Not verlieren wir sie einfach. Die Kopien sind unausgefüllt.«

Seine Schwester schüttelte den Kopf. Es war typisch für Duncan, auf so eine Idee zu kommen.

Lorna und Torben kehrten nach Johannesburg zurück. Duncan hatte Recht: Ihr Aufenthalt als Zivilisten in einer militärischen

Einrichtung – vor allem einer, die so genau kontrolliert wurde – würde nur Verdacht erregen.

Aus familiären Gründen wurde Duncan eine achtundvierzigstündige Beurlaubung gewährt. Er sprach noch kurz mit John Scott und berichtete ihm, was er erfahren hatte. Der Offizier des Nachrichtendienstes nannte ihm den Namen eines Mannes, nach dem Duncan im Lager fragen sollte, und versprach, ihm zu helfen, wo er konnte.

Duncan und Ellie legten die etwa achtzig Meilen nach Middelburg in einem überfüllten Eisenbahnzug zurück und erreichten ihr Ziel am späten Nachmittag. Sie hatten keine Probleme, eine Unterkunft zu finden, und nach einer Mahlzeit, die man am besten schnell wieder vergaß, gingen beide früh zu Bett. Beim Essen hatte Ellie ihrem Bruder erzählt, dass sie und Lindsay sich für eine Missionarstätigkeit in Betschuanaland beworben hatten. Das war schon immer Lindsays Traum gewesen, und sie wollte ihn nicht allein gehen lassen. Ellie bat Duncan zu schwören, ihren Eltern nichts davon zu sagen.

Am nächsten Morgen standen sie früh auf. Es war ein sehr heißer Tag. Sie beschlossen, ohne Frühstück aufzubrechen. Duncan gelang es, vom Hotel einen Einspänner auszuleihen. Sie waren vor acht Uhr am Lager. Ein gelangweilt aussehender Corporal empfing sie am Tor. Er salutierte kurz, als er Duncans Dienstabzeichen erkannte, und ließ sie problemlos passieren.

»Ich bin auf der Suche nach Major Donovan«, erklärte Duncan.

»Dort entlang, Sir.« Der Corporal zeigte auf eine Wellblechbaracke mit einer selbst gezimmerten Holzveranda.

Duncan trieb das unwillige Pferd voran und band es an einen klapprigen Dachträger, ehe er seiner Schwester die Hand reichte. Er klopfte an die Tür, und sie wurden aufgefordert einzutreten. Der Raum hatte nur ein Fenster, von dem man eine Art Exerzierplatz sehen konnte.

Der Major erhob sich von seinem Stuhl. »Ich habe Sie bereits erwartet«, sagte er, nachdem Duncan zunächst seine Schwester und dann sich selbst vorgestellt hatte. »Was kann ich für Sie tun?«

Duncan hörte einen feindseligen Unterton in der Stimme des Kommandanten. Er war ein stämmiger Mann von Mitte vierzig, übergewichtig und mit einer schlecht sitzenden Uniform bekleidet. Die Bänder und Orden auf seiner Brust ließen jedoch auf viele große Verdienste in der Armee schließen. »Der Oberbefehlshaber hat mich gebeten, Doktor Mayer für eine Untersuchung in dieses Lager zu begleiten. Sie arbeitet an einem Bericht über Kinder unter fünf Jahren.«

»Diese verdammten Politiker«, schnaubte der Major verächtlich. »Ich stelle immer wieder Anträge für eine bessere Lebensmittelversorgung und medizinische Ausrüstung, aber die Antwort vom Stabshauptquartier ist immer dieselbe. Flüchtlinge kommen in der Rangfolge ganz hinten. Seit Kitchener von Milner unter Druck gesetzt wird, braucht er einen Sündenbock.«

Duncan nickte.

»Nun, Doktor«, fuhr der Major fort und wandte sich an Ellie, »wir haben nichts zu verbergen. Seien Sie mein Gast. Ich werde Sie mit dem Lagerarzt Doktor Kelly bekannt machen. Er kann Ihnen bestätigen, was ich gerade gesagt habe.«

Duncan hatte den Eindruck, dass sich die Feindseligkeit des Offiziers eher gegen Lord Kitchener richtete als gegen ihn oder Ellie. Es war nicht zu verkennen, dass er ein besonnener Mann war, frustriert über ein System, das ihn dazu verdammt hatte, sich um Frauen und Kinder zu kümmern, anstatt sich dem wahren Feind zu stellen.

Der Major begleitete Ellie und Duncan über einen von weiß gestrichenen Steinen gesäumten Weg zu einer niedrigen Baracke mit einem großen roten Kreuz. Obwohl es noch relativ früh war, war es in dem Holzbau heißer als draußen. Von einer Seite des Raums bis zur anderen standen dicht an dicht Betten mit gestärkter Leinenwäsche. Sie waren alle leer.

Ein schmaler Offizier mit Brille, der einen weißen Kittel über der Uniform trug, stand von einem Tisch auf, wo er die *Rand Daily Mail* gelesen hatte und grüßte. Major Donovan stellte ihn als Doktor Kelly vor und versicherte, dass er Ellies Fragen gern beantworten würde.

Sie nickte dem Major dankend zu. »Wo sind Ihre Patienten?«, fragte sie als Erstes. »Angesichts der vielen Menschen, die sich in diesem Lager befinden, überrascht es mich, dass die Krankenstation völlig leer ist.«

»Die Kranken ziehen es vor, in ihren Unterkünften zu bleiben«, antwortete Kelly. »Ich fürchte, diese Buren sind ein sehr rückständiges Volk. Sie vertrauen lieber auf Gott als auf die moderne Medizin und einen britischen Arzt. Davon können Sie sich gern selbst überzeugen, wenn Sie mir nicht glauben.«

»Ich zweifle nicht an dem, was Sie sagen.« Ellie lächelte honigsüß. »Ich möchte in der Tat mit Ihren Patienten sprechen, aber machen Sie sich keine Sorgen. Meine Forschungen betreffen nur Kinder, kleine Kinder. Ich muss wissen, wie viele seit Errichtung des Lagers im Februar gestorben sind und wie viele sich im Moment hier aufhalten. Alle Kinder unter drei würde ich mir gern selbst anschauen. Dies hier ist keine Hexenjagd, Doktor Kelly. Der Sinn dieser Maßnahme besteht allein darin, Informationen zu sammeln, sonst nichts.«

Der Arzt war offensichtlich erleichtert und schlug Ellie vor, sich die Berichte anzusehen, während sein Personal dafür sorgen würde, die betreffenden Kinder ins Krankenhaus zu bringen.

Major Donovan entschuldigte sich mit den Worten, dass er noch eine Menge Papierkram zu erledigen habe. Duncan versprach, sich noch einmal in seinem Büro zu melden, bevor sie das Lager verließen.

Sofort setzte Ellie sich an den Schreibtisch und begann, die gewissenhaft geführten Aufzeichnungen über die Internierten zu studieren. Namen waren zu Nummern reduziert, die Lagerinsassen nach den Daten ihrer Aufnahme im Lager sortiert. Ordentlich gezogene Linien trennten Erwachsene von Kindern unter fünfzehn, die wiederum jeweils getrennt nach Geschlechtern aufgelistet wurden. Alle Daten waren genau aufgeführt: Ankunft, Geburtstag, Todestag – selbst Eheschließungen waren darunter.

Sie hatten keine Ahnung, ob Alice noch am Leben war oder nicht. Ellie arbeitete sich über eine Stunde lang durch die Akten und machte sich zahlreiche Notizen. Zu ihrem Erstaunen kam sie bei den Kindern unter fünfzehn auf über tausend Todesfälle. Kein Wunder, dass sie das geheim halten wollen, dachte sie. Plötzlich erhellte sich ihr Gesicht. Sie hatte einen Neuzugang mit Namen Heidi van der Merwe gefunden. Die Frau war mit einem weiblichen Kind aufgenommen worden. Das passte zu Duncans Information. Ein Eintrag in roter Tinte war später ergänzt worden: *Verstorben 31. März 1901. Todesursache Typhus.* Ellie fand keinen Hinweis darauf, was mit dem Kind geschehen war. Das System hatte einige Mängel. Sie konnte nur hoffen, dass die Kleine sich noch im Lager befand. Die Todesfälle waren jedenfalls im Vergleich zum Jahresanfang deutlich zurückgegangen.

»Das wird nicht so einfach, wie wir geglaubt haben«, flüsterte Duncan in Ellies Ohr. »Es sind so viele. Wenn Alice dabei ist, wie um alles in der Welt sollen wir sie erkennen?«

Ellie wusste auch keine Antwort. Sie suchten nach einem kleinen Mädchen, das eineinhalb Jahre alt war und von einer Frau betreut wurde, die nicht seine leibliche Mutter war. Das war nicht viel an Informationen, aber es war immerhin etwas.

Eine Reihe Mütter, die ihre Babys im Arm und ihre Kleinkinder an der Hand hielten, hatten sich inzwischen vor der Krankenstation versammelt. Sie schauten die Personen darin misstrauisch an.

»Wir fangen am besten sofort an«, sagte Ellie zu Doktor Kelly. »Wie viele sind es?«

»Achtundsiebzig Mütter mit Kindern unter drei Jahren«, antwortete er. »Benötigen Sie einen Dolmetscher?«

»Das wird nicht notwendig sein«, erklärte Duncan. »Ich schätze, Sie sprechen Afrikaans, Doktor?«

»Leider nicht«, gestand er. »Ebenso wenig wie die Krankenschwestern.«

Duncan war erleichtert. Seine eigenen Kenntnisse waren zwar auch nur begrenzt, aber Ellie sprach fließend Afrikaans und würde offen sprechen können, ohne befürchten zu müssen, dass sie der Arzt oder einer der Angestellten verstand.

Doktor Kelly nahm ein Klemmbrett zur Hand und rief einen Namen auf. Zögernd trat eine Frau vor, die Hand eines ungefähr dreijährigen Jungen fest umklammernd.

Ellie schaute in die Augen der Mutter. »Ich bin Ärztin, Sie brauchen keine Angst zu haben«, sagte sie auf Afrikaans. »Ich bin hier, um Ihren kleinen Jungen zu untersuchen und ihm Medikamente zu verschreiben, falls er welche benötigt.« Die Frau sah die Ärztin, die ihre Muttersprache beherrschte, erstaunt an, ihr Misstrauen verschwand sofort.

Im Laufe des Tages wurde ein Name nach dem anderen verlesen. Ellie sprach mit allen Müttern und untersuchte jedes kleine Kind oder Baby, verschrieb Therapien oder Medikamente, wenn nötig. Doktor Kelly protokollierte alles. Als sie eine kurze Mittagspause machten, sagte er: »Das, was Sie für diese Leute tun, ist schön und gut, aber wir verfügen nicht über die Hälfte der Medikamente, die Sie verschreiben.«

»Die Dinge bessern sich, Doktor.« Sie lächelte ihn an. »Das kann ich an Ihren Statistiken ablesen. Lord Kitchener hat begriffen, dass er eine angemessene medizinische Versorgung der Lager gewährleisten muss. Sir Ian Hamilton sieht darin eine seiner Hauptaufgaben, seit er das Amt des Stabschefs übernommen hat. Stellen Sie einen Antrag, und schauen Sie, was passiert. Ich bin sicher, Sie werden angenehm überrascht sein.« Ellie warf einen Blick auf ihren Bruder, der unruhig auf seinem Stuhl herumrutschte.

Sie benötigten noch den ganzen Nachmittag, um die Untersuchungen abzuschließen. Am Ende des Tages hatte Ellie eine Liste mit acht kleinen Mädchen in der richtigen Altersgruppe. Sie hatte jeder Mutter eine Reihe von Fragen gestellt und genau auf ihre Antworten und Reaktionen geachtet. Nicht eine einzige hatte einen Hinweis darauf gegeben, dass das Kind neben ihr nicht ihr eigenes sein könnte.

Als sie fertig war, wandte sich Ellie an Doktor Kelly. »Waren das alle?«, fragte sie.

Er überprüfte die Namensliste und fand noch ein paar, die er nicht abgehakt hatte. »Zwei haben sich nicht wie verlangt gemeldet«, stellte er fest. »Wenn Sie die Kinder ebenfalls sehen möchten, müssen wir zu ihren Zelten gehen.«

Eine Krankenschwester kam und sprach mit dem Arzt. Es schien etwas Wichtiges zu sein.

Ellie wandte sich um und flüsterte leise mit Duncan. »Vielleicht haben wir Alice gesehen, ohne es gemerkt zu haben, aber mein Instinkt sagt mir, dass das nicht der Fall ist.«

»Natürlich könnte es sein, dass sie bereits verstorben ist«, meinte ihr Bruder.

Ellie schüttelte den Kopf. »Irgendwie kann ich das nicht glauben.« Sie nahm ihre Brille ab und fuhr sich mit der Hand durch die kurzen blonden Haare. »Unsere Suche ist noch nicht abgeschlossen.«

Sie wandte sich wieder an Doktor Kelly, der geduldig wartete, nachdem er die Angelegenheit mit der Krankenschwester erledigt hatte. »Die beiden Mütter, die wir nicht gesehen haben, was für Kinder haben sie?«

Kelly konsultierte seine Liste. »Eine hat einen dreijährigen Jungen.« Sein Zeigefinger glitt über das Blatt. »Die andere ein Mädchen von ungefähr achtzehn Monaten.«

Ellie nickte. »Wir werden uns das Mädchen zuerst anschauen«, sagte sie mit müder Stimme. »Wie lautet der Name der Frau?«

»Burger. Marie Burger«, antwortete der Arzt. »Nach meinen Aufzeichnungen handelt es sich nicht um ihr leibliches Kind. Sie kümmert sich um das Waisenkind einer Frau, die vor einigen Monaten verstorben ist.«

»Ihr Name?«, fragte Ellie.

»Van der Merwe«, antwortete der Arzt, ohne noch einmal auf seine Liste zu blicken.

Ellie spürte, wie ihr Herz aussetzte. Duncan warf seiner Schwester einen kurzen Blick zu. Sie lächelten sich an, und alle Müdigkeit war mit einem Mal verflogen. Es sah so aus, als sei ihre Suche zu Ende.

Marie Burger hatte immer gewusst, dass der Tag kommen würde, an dem irgendein Fremder ihr den Sinn ihres Lebens nehmen würde. Daher war sie nicht zur Krankenstation gegangen. Sie brauchte der englischen Ärztin den Namen ihres Kindes nicht zu nennen; sie schien besser informiert über Alice als sie selbst. Es war der Anfang vom Ende.

Zwei Tage später erschien Major John Scott mit einem offiziellen Schreiben im Lager. Es war ironischerweise unterzeichnet von Sir Alfred Milner, inzwischen Baron Milner von St. James und Kapstadt, dem gewieften Politiker, dessen Unterstützung von Cecil Rhodes und Alfred Beit Hauptursache für den Ausbruch des Krieges in Südafrika gewesen war. In Begleitung des Majors waren zwei Zivilisten, die, wie er erklärte, gekommen waren, das Kleinkind abzuholen, das sich in Marie Burgers Obhut befand. Er stellte sie als Mr. Petersen, den leiblichen Vater des Kindes, sowie dessen Mutter aus Natal vor.

Da Major Scott bekannt war und die Papiere in Ordnung zu sein schienen, war die Auslieferung einer verwirrten und weinenden Alice reine Formsache, nicht mehr als ein weiterer Vermerk in der Statistik. Niemand verschwendete einen einzigen Gedanken an Marie Burger, die man später an diesem Tag erhängt in ihrem Zelt fand. Der Lagerbericht wies ihren Tod als Unfall aus. Wichtig war nur, dass die Nummern übereinstimmten.

Torben würde nie erfahren, dass die Frau, die in den letzten Monaten für seine Tochter die Mutter gewesen war, sich das Leben genommen hatte.

29

Robert befand sich nun seit fünf Tagen in Durban. Es war heiß und drückend, und er hatte das Gefühl, fast verrückt zu werden. Die Zeit schleppte sich endlos dahin, und noch immer hatte er nichts von Lorna oder Torben gehört.

Gerda zog sich zurück, was vermutlich gut so war. Sie glaubte, Torben befände sich erneut auf einer Geschäftsreise; sie schien sich nicht darüber zu wundern, dass Lorna ihn begleitete. Lanice kam jeden Tag zu ihr, und das gab Robert die Möglichkeit, wenigstens eine Zeit lang herauszukommen und sich mit anderen Dingen zu beschäftigen. Er hatte Lanice nie zuvor kennen gelernt, aber er mochte sie auf Anhieb. Sie war aufrichtig besorgt um ihre Schwester, und es gelang ihr, sie so abzulenken, dass Gerda kaum noch Medikamente benötigte. Die beiden Frauen spielten zusammen Karten oder Krocket, steckten Blumengebinde und unterhielten sich unermüdlich. Solange Gerda etwas zu tun hatte, ging es ihr einigermaßen gut.

Roberts geschäftliche Termine nahmen nicht annähernd so viel Zeit in Anspruch, wie er geglaubt hatte. Es gab seit einer Weile Gerüchte, dass die Regierung Farmern, die sich bereit erklärten, Zuckerrohr anzupflanzen, neues Land zur Verfügung stellen würde. Die Sache war zwar noch nicht beschlossen, aber Robert konnte nicht glauben, dass sich irgendjemand das Recht herausnahm zu bestimmen, was mit dem Land der Zulu geschah. Die Zeiten schienen sich zu ändern – zum Nachteil der Zulu.

Sir Liege Hulett prognostizierte für die nahe Zukunft allein in

Zululand eine Zuckerproduktion von dreißigtausend Tonnen. Um eine Tonne Zucker zu gewinnen, mussten fast fünfzehn Tonnen Zuckerrohr verarbeitet werden. Bei einem Ertrag von dreißig Tonnen pro Hektar – was im Vergleich zu Natal hoch war – würde dies also bedeuten, dass über fünfzehntausend Hektar bepflanzt werden mussten. Robert hatte neue Absatzquoten beantragt und stellte zu seiner Überraschung fest, dass sie ihm ohne die üblichen bürokratischen Verzögerungen bedingungslos gewährt wurden.

Er saß im Durban Club und blätterte im *Natal Mercury*, um das Neueste über den Krieg zu erfahren. Es schien ruhiger geworden zu sein. Als er einen Artikel über Lindley las, musste er plötzlich an Frazer denken, der nicht weit von dort ums Leben gekommen war. Es schien alles so lange her zu sein. Robert rief sich den Ort noch einmal vor Augen, dann fiel ihm wieder ein, dass er Lorna versprochen hatte, ihren Sohn nach Hause zu bringen. Irgendwie war *ihm* dies nie so wichtig gewesen. Frazer war auch so immer bei ihnen. Aber ob Lorna das genauso sah?

Robert hatte sich für den Nachmittag vorgenommen, Stephen und Cecily zu besuchen. Er wusste nicht, ob sie inzwischen aus Betschuanaland zurückgekehrt waren, und es gab nur eine Möglichkeit, es herauszufinden. Torbens Kutscher brachte ihn zu ihrem Haus.

Ein Zulu, den Robert nicht kannte, öffnete die Tür und bat ihn zu warten, während er den Besucher anmeldete. Die Tatsache, dass jemand zu Hause war, freute Robert. Mit dem Hut in der Hand stand er in der Eingangshalle und sah sich um. Stephen und Cecily schienen erst vor kurzem zurückgekehrt zu sein. Die Vorhänge waren zugezogen, und einige Möbelstücke waren noch abgedeckt. Es war dunkel und zum Glück viel kühler als draußen, wo sich gerade ein Nachmittagsgewitter zusammenbraute. Der Diener kehrte zurück und bat Robert, ihm zu folgen.

Stephen Holgate war zwei Jahre jünger als Robert, aber die abgemagerte Gestalt, die ihn begrüßte, war nicht der Mann, den er kannte. »Hallo, Robert, was für eine angenehme Überraschung!«, rief er. »Entschuldige die Unordnung, alter Junge. Neues Personal, du verstehst. Ich muss mich unbedingt darum kümmern.«

»Schön, dich zu sehen, Stephen. Seit wann bist du zurück? Und wo ist Cecily?« Robert bemerkte, wie abwesend Stephen war, und irgendwie ahnte er die Antwort.

Stephen zuckte mit den Schultern und machte eine abwehrende Handbewegung. »Letzte Woche, um deine erste Frage zu beantworten. Ich fürchte, du triffst mich zu einem sehr ungünstigen Zeitpunkt an.«

Stephen und Robert hatten sich fast dreißig Jahre zuvor kennen gelernt. Lorna war es gewesen, die Stephen damals mit Cecily Jerome bekannt gemacht hatte, einer Frau, die fünfzehn Jahre jünger gewesen war als er und eine Cousine ersten Grades von Randolph Churchills verstorbener Frau Jennie. Die beiden hatten sich ineinander verliebt, aber nie geheiratet; viele hatten über ihr Verhältnis die Stirn gerunzelt. Cecily und Stephen hatte das wenig gekümmert. Ellie hatte ein besonders enges Verhältnis zu Cecily entwickelt, die sowohl ihre Patentante als auch ihre Mentorin gewesen war. Während ihres Medizinstudiums war das Haus in Durban zu ihrem zweiten Zuhause geworden.

Robert bewegte sich auf die fast geschlossenen Vorhänge zu. »Darf ich?«, fragte er, ehe er begann sie aufzuziehen.

Stephen nickte. Er blinzelte, als das helle Licht in den Raum drang. Es gab so viel, was Robert seinem alten Freund zu erzählen hatte, aber instinktiv spürte er, dass jetzt nicht die Zeit dazu war.

Ein Blitz zuckte, und ein Donnerschlag ließ kurze Zeit später die Fenster erzittern. Innerhalb von Sekunden öffnete der Himmel seine Schleusen, und der Regen prasselte an die Scheiben.

»Es ist eine wunderschöne Gegend, Robert.« Stephen schien

mit den Gedanken weit weg zu sein. »Es gibt Tiere dort, die wir nie zuvor gesehen hatten. Der Spießbock – *Ko*, nennen ihn die Buschmänner – mit ganz geraden, nadelspitzen Hörnern. Wasserkudus, seltsame Antilopen, die auf dem Wasser zu laufen scheinen, aber sofort untertauchen und sich verstecken, wenn Gefahr droht. Unser Lager war in Totin, neben dem Ngami-See. Er wird vom Okavango gespeist, der südöstlich den Botletle-Fluss hinab zum Xau-See fließt. Das Wasser ist kristallklar, und im Oktober, vor der Regenzeit, kommen die Tiere zu Tausenden. Wir lagen oft unter dem Sternenhimmel, um den Löwen zuzuhören. Manchmal führten ihre Fußspuren direkt durch unser Lager.« Er zögerte. »Dort ist sie nun, nicht weit von einem Dorf namens Xhumaga. Ich habe zusehen müssen, wie sie starb, Robert, und es gab nichts, was ich für sie tun konnte.«

Robert legte eine Hand auf die Schulter seines Freundes.

Stephen starrte in den Regen, der an den Fensterscheiben herablief. »Zuerst kam das Fieber. Wir dachten an Malaria und glaubten, die Krankheit würde nun ihren Gang nehmen. So war es nicht. Sie wurde schwächer und schwächer und siechte vor meinen Augen dahin. Und weißt du was, Robert, Cecily hatte mehr Angst um mich als um sich selbst. ›*Tsamaya sentle*, Stephen‹, das waren ihre letzten Worte. Ihre Reise war länger gewesen als meine, und sie hat jede einzelne Meile genossen.« Er hob die Hand und berührte Roberts, die noch immer auf seiner Schulter lag. »Es ist das Schicksal, das dich heute hierher geführt hat, Robert.«

Sie redeten stundenlang, noch als das Gewitter längst vorbei und in einen warmen Sommerregen übergegangen war. Robert erzählte Stephen alles, was seit ihrem letzten Treffen geschehen war. Er versprach ihm, noch einmal mit Lorna zu kommen, sobald sie und Torben aus Johannesburg zurück waren – ganz gleich wie ihr Vorhaben dort ausgegangen war. Und Stephen willigte ein, Weihnachten auf Morningside zu verbringen.

Als Robert an die Berea zurückkehrte, war Gerda bereits ins Bett gegangen. Auf dem Tisch in der Eingangshalle lag ein Telegramm, auf dem sein Name stand. Die Botschaft war kurz: MISSION ERFÜLLT. RÜCKKEHR MORGEN. Sie war unterzeichnet mit TORBEN.

Cameron hatte versprochen, auf Morningside die Stellung zu halten, solange Robert und Lorna in Durban waren. Wie sich herausstellte, gab es nicht viel zu tun. Meggie war die meiste Zeit nicht da, und ein Besuch bei Tanith und Frazer war mehr als genug. Cam mochte seine Schwägerin sehr, aber sie hatten nicht viel gemeinsam, und so beließ er es dabei.

Er und Saba verbrachten viele Stunden mit dem Versuch, die alte Echse in der Mhlathuze-Lagune zu überlisten, wie auch an diesem Tag. Cameron hatte das Krokodil schon häufig gesehen, war ihm jedoch nie wirklich nahe gekommen. Mister David hatte ihm erzählt, dass der alte Junge in der Lagune mittlerweile über fünf Meter lang war. Cameron ging seinen Gedanken nach, während er dasaß und darauf wartete, dass das Krokodil auftauchte.

Immer wieder ging ihm Ginnie durch den Kopf. Cameron wusste, dass Ginnies Hochzeit mit Paul Norman verschoben worden war – angeblich bereits zum zweiten Mal –, aber er hatte sie trotzdem nie mehr besucht. Der Traum eines gemeinsamen Lebens gehörte der Vergangenheit an. Jetzt zählte nur die Zukunft. Er dachte unwillkürlich an Caro und die Farm, die sie ihm ein Jahr zuvor überschrieben hatte, aber schnell verjagte er die trübsinnigen Gedanken wieder.

Fast eine Stunde war vergangen, und noch immer gab es keine Spur des alten Monsters. Cameron wollte gerade aufgeben, da starrte ihn plötzlich ein Augenpaar an. Das Maul des Tieres ragte höchstens einen halben Meter vor ihm aus dem Wasser. Schnell spannte er den Abzug des Gewehrs seines Vaters und fokussierte das Tier, doch bevor er abdrücken konnte, versank es erneut im Wasser und verschwand.

Zur Hölle damit, dachte Cameron, soll es bleiben, wo es ist. Der Tag neigte sich dem Ende zu, und er hatte keinen Erfolg bei der Jagd gehabt. Aber er hatte einen Entschluss gefasst. Sobald seine Eltern zurückkamen, würde er nach Wakefield reiten. Und er würde allein reiten, nicht mit seinem Vater.

Es dauerte weitere fünf Tage, bis Robert und Lorna nach Morningside zurückkehrten – mit der Nachricht, dass Alice gefunden und wohlbehalten bei ihren Eltern in Durban sei. Die Veränderungen, die die Rückkehr ihres Kindes bei Gerda ausgelöst hätten, seien unglaublich gewesen.

Alice hatte sie nicht wiedererkannt und war sehr misstrauisch gewesen. Aber zur Freude aller gewöhnte sie sich rasch ein. Anblicke und Geräusche, die sie seit mehr als einem Jahr nicht gesehen und gehört hatte, schienen tief schlummernde Erinnerungen in ihr aufzuwecken. Der Geruch ihrer Mutter, das unveränderte Kinderzimmer, Hildas zahnloses Lächeln. Als Gerda ihr das Lied vorsang, das sie immer gesungen hatte, um ihre Tochter zu beruhigen, fing Alice an zu weinen.

Lorna war so euphorisch gewesen, als sie mit Torben und Alice nach Durban zurückgekommen war, dass sie die Nachricht von Cecilys Tod besonders hart getroffen hatte. Sie und Robert verbrachten zwei Tage damit, Stephen zu helfen, sich einigermaßen im Alltag zurechtzufinden, und ihm klar zu machen, dass es eine Zukunft gab – ganz gleich wie düster sie im Augenblick aussehen mochte. Er lehnte ihre Einladung, sie nach Morningside zu begleiten, ab, bekräftigte jedoch sein Versprechen, Weihnachten zu kommen.

Robert war nicht traurig, als Cameron ihm mitteilte, dass er beabsichtige, allein nach Wakefield zu reiten. Zu Hause gab es unzählige Dinge zu tun. »Vielleicht hat Caro Lust, Weihnachten zu uns zu kommen. Warum fragst du sie nicht? Torben und Gerda kommen auch, dann sind wir alle zusammen«, schlug er vor und hielt Saba fest, um den Hund daran zu hindern, hinter Camerons Pferd herzulaufen.

Lorna hatte Robert unter strengster Geheimhaltung anvertraut, dass Duncan aus dem Kriegsdienst entlassen worden war und seine Familie damit überraschen wollte. Er hatte sich schon etwas Ähnliches gedacht, zumal Cameron es für eine ausgezeichnete Idee hielt, dass Tanith und Duncan sich auf dem Farmgelände ein eigenes Haus bauen wollten.

Cameron unterbrach seine Reise in Durban, um eine ganz besondere junge Lady, seine kleine Nichte, zu treffen. Er war überrascht, wie groß sie geworden war. Sie verstand zwar kein Wort Englisch, jauchzte aber jedes Mal, wenn Gerda Afrikaans mit ihr sprach. Alice' Mutter war tatsächlich nicht mehr wiederzuerkennen.

Auch Torben war ein vollkommen anderer Mensch geworden. Cam hatte seinen Halbbruder noch nie so entspannt erlebt und fühlte sich ihm näher als je zuvor. Er wusste von Robert, dass Caroline Cameron ihre Farm überlassen hatte. Anstatt wie sonst eifersüchtig zu sein, zeigte er aufrichtige Freude. Beruhigt über die Reaktion seines Bruders, ritt Cameron weiter nach Wakefield.

»Es wird verdammt noch mal Zeit, dass du hier auftauchst«, rief Caro, die Hände in die Hüften gestemmt. »Glaubst du, ich habe nichts Besseres zu tun, als auf dich zu warten?« Caroline registrierte, dass Cam etwas steif von seinem Pferd stieg. Der breitkrempige Hut verdeckte sein Gesicht, sodass sie nicht direkt sehen konnte, in welcher Stimmung er war. Er band sein Pferd fest und kam auf sie zugelaufen.

»Immerhin habe ich geschrieben; das hätten viele Leute, die ich dir jetzt alle aufzählen könnte, nicht getan«, antwortete Cameron und zog seinen Hut ab.

»Mein Gott«, rief Caro erschrocken. Rasch lief sie ihm entgegen, um ihn näher anzuschauen. »Wie ist das geschehen? Davon hast du gar nichts geschrieben.«

Cameron war sich nicht sicher, wie er seine Tante begrüßen sollte. »Das ist eine lange Geschichte«, murmelte er und küsste sie dann etwas unbeholfen auf die Wange. »Ich habe meinen Dienst gekündigt.«

Caroline bemerkte, dass er hinkte. »Aus gesundheitlichen Gründen, schätze ich. Wie geht es deinem Vater?«

»Er ist wieder ganz gesund, danke. Er und Mutter möchten gern, dass du Weihnachten auf Morningside verbringst.«

»Das ist nett von ihnen. Was hast du vor, Cameron?«

Er zögerte. »Ich wäre lieber hier, aber nicht, wenn du da bist. Das ergäbe kaum Sinn.«

»Mit deiner Familie Weihnachten zu feiern erscheint mir sehr verlockend. Wir reden später darüber. Klipklop soll sich nun erst einmal um dein Pferd kümmern.«

Eine Inderin war mit einem Tablett aus dem Haus gekommen, auf dem Getränke standen. »Ah, Popeti, da bist du ja. Das hier ist der Sohn meines Bruders – Cameron. Ich habe dir von ihm erzählt. Wie du weißt, ist er nun der Besitzer von Wakefield.«

Popeti stellte das Tablett ab und musterte den blonden jungen Mann mit dem vernarbten Gesicht. Dann faltete sie die Hände und verbeugte sich. »*Namaste.*«

»Ich freue mich, dich zu sehen«, antwortete Cameron.

»Popeti, bitte sorg dafür, dass das Gästezimmer hergerichtet wird«, instruierte Caro. »Cameron wird ein paar Tage bleiben. Das hoffe ich jedenfalls.«

»Und wie geht es dir, Caro?«, erkundigte sich Cameron und sah seine Tante an.

»*Nimbo paani* oder Scotch?«, antwortete sie.

Cameron redete die meiste Zeit. Er erzählte von Duncans Erlebnissen mit Klaas und Ramos und davon, wie sie beide in

Portugiesisch-Ostafrika getötet worden waren. Es war ihm fast peinlich zu berichten, dass seine eigenen Wunden von einem Unfall stammten.

Caro freute sich zu hören, dass Alice wieder bei ihren Eltern war. Meggies Verlobung mit Stan interessierte sie nicht so sehr. Sie kannte die beiden nicht, erinnerte sich jedoch, dass Robert immer eine besondere Beziehung zu seiner jüngsten Tochter hatte. Ellie und Lindsay waren für sie ebenfalls nichts weiter als Namen.

An jenem Abend aßen sie Corned Beef mit Kartoffeln, Blumenkohl und einer weißen Sauce. »Alles selbst gemacht«, betonte Caro und tupfte sich den Mund mit einer Serviette ab. »Ich hoffe, du hast nichts dagegen, dass Moses eins von deinen Rindern geschlachtet hat«, fügte sie hinzu. Es war eher eine Anmerkung als eine Frage.

Sie aßen auf der Veranda im Schein einer Petroleumlampe, dann löschten sie sie, um die Sterne besser sehen zu können. Caro brachte eine Flasche portugiesischen Rotwein. Cameron fühlte sich völlig entspannt und wie zu Hause.

»Morgen müssen wir über die Übergabe der Farm reden. Mich drängt es allmählich.«

»Was ist mit dem Löwen?«

»Steht auf der Liste der zu erledigenden Dinge, kann aber warten.«

»Vater vertritt die Theorie, dass es sicherer ist, sich einem Löwen auf allen vieren zu nähern.«

Caro sah ihn ungläubig an. »Kriechend, meinst du?«

»Ja. Er sagt, dann finden sie einen nicht so bedrohlich.«

»Nun, dein Vater ist verrückt. Du und ich, wir werden diesen Löwen allein erledigen. Ich möchte nicht für den Tod meines Halbbruders verantwortlich sein.«

Der Abend verging. Zeit spielte keine Rolle. Sie öffneten eine zweite Flasche Wein. Als auch die geleert war, wurde es Zeit, ins Bett zu gehen.

»Dein Zimmer.« Caro zeigte auf eine geöffnete Tür.

Cameron nickte. »Mein Zimmer.«

»Ich habe den Abend sehr genossen, Cam. Weihnachten auf Morningside wäre wunderbar.«

Sie gaben sich einen Gutenachtkuss, dann war sie fort.

Er blies die Kerze neben seinem Bett aus und war innerhalb von Sekunden fest eingeschlafen.

Cameron wusste erst nicht, wo er war, als das Feuer ihn weckte. Der Raum hatte sich mit beißendem Rauch gefüllt. Instinktiv sprang er zur Tür und riss sie auf. Lodernde Flammen schlugen ihm entgegen. »Caro!«, schrie Cam. Er bekam keine Antwort.

Die Flammen züngelten gierig am Strohdach über ihm. Es gab nur einen Weg hinaus: durch das Fenster. Sekunden nachdem seine nackten Füße draußen den sicheren Erdboden berührt hatten, stand das Zimmer hinter ihm in Flammen. Mit einem lauten Krachen brach das Dach zusammen, brennendes Stroh stob funkensprühend in den Nachthimmel. Cam wich vor der Hitze zurück. Es gab keine Chance, noch einmal ins Innere des Hauses zu gelangen. »Caro!«, rief er erneut, in der vagen Hoffnung, sie könne vielleicht entkommen sein.

Er rannte ums Haus herum, rief wieder und wieder ihren Namen. Plötzlich kam eine Gestalt aus dem Inferno auf ihn zugerannt. Cameron sah, dass es Moses war. Er brach vor seinen Füßen zusammen. Seine Hände krampften sich um ein Fell. Rasch hob Cameron den Afrikaner auf den Arm, trug ihn an eine sichere Stelle und legte ihn vorsichtig auf den Boden.

Klipklop und ein paar andere kamen mit Eimern voll Wasser angerannt, aber es war zu spät. Verzweifelt blickte Cameron sich um. Popeti stand auf einmal neben ihm, im Morgenmantel und mit offenem Haar. Sie kniete neben Moses nieder, nahm das Fell, das er immer noch in den Händen hielt, und bedeckte sein Gesicht. Es war Carolines Leopardenfell.

»Madam Caroline ist von uns gegangen«, sagte sie schlicht. »Moses wird von nun an auf sie aufpassen.«

Es gab keine andere Möglichkeit, als das Feuer ausbrennen zu lassen. Am nächsten Morgen war vom Haus nicht mehr als ein qualmender Haufen Asche übrig, nur ein paar Dachstützen waren wie durch ein Wunder stehen geblieben.

Cameron wusste was er jetzt zu tun hatte. Ein einfacher Melkeimer war alles, was er finden konnte, Klipklop brachte ihm eine Schaufel und einige andere Dinge, nach denen er verlangt hatte.

An dem verbogenen Metallrahmen ihres Betts erkannte er, dass er am richtigen Ort war. Cameron füllte den Eimer bis zur Hälfte mit Asche. Der kleine Buschmann wartete schon mit seinem Pferd auf ihn.

Cam benötigte eine Stunde, um Guys Grab zu finden. Als er die Stelle hoch auf dem Inhluzan verließ, gab es dort zwei Steinhügel.

Cameron befand sich im Schockzustand. Er zweifelte nicht daran, dass es sich bei der Tragödie um einen Unfall gehandelt hatte – vermutlich verursacht durch eine Kerze in Caros Schlafzimmer –, aber die Polizei musste verständigt werden. Das Schwerste würde sein, es seinem Vater zu sagen.

Als er zu der noch rauchenden Ruine zurückkehrte, sah Cameron, dass Moses' Leiche nicht mehr da war. Er wusste, dass die Zulu sich ihrer verstorbenen Stammesangehörigen annahmen; darum musste er sich also nicht mehr kümmern.

Ehe er irgendetwas anderes tat, sagte Cameron den Farmarbeitern, dass ihre Anstellung gesichert war und sie ihre tägliche Arbeit auf der Farm in gewohnter Weise fortführen konnten. Er erfuhr, dass Moses einen Sohn hatte, und übertrug ihm die Verantwortung über alle Angestellten außer Popeti. Sie würde zu ihrer Familie nach Durban fahren, Weihnachten dort verbringen und Anfang des neuen Jahres zurückkehren. Dann würde man weitersehen. Camerons Tatendrang half ihm, den Verlust zu bewältigen.

Die Polizei in Howick nahm zu Protokoll, dass Cameron Keith Adair Kingholm, der Besitzer der Farm namens Wakefield in der Nähe von Dargle, einen Hausbrand angezeigt hatte, bei dem seine verwitwete Tante, Caroline Hammond, zu Tode gekommen war. Ihr nächster Verwandter war Robert Granger-Acheson; er stammte von einem Anwesen mit dem Namen Morningside in Zululand. Es gab keinerlei Hinweise auf außergewöhnliche Umstände.

Wie Cameron erwartet hatte, zeigten sie kein Interesse an dem Zulu, der versucht hatte, Caroline zu retten.

Saba lag schon seit geraumer Zeit an der östlichen Verandaecke. Ihre Augen waren geschlossen, aber sie spürte, dass er kommen würde. Als sie Cameron sah, begann sie zu bellen.

Lorna blickte von ihrem Buch auf und nahm ihre Brille ab. Sie sah einen einzelnen Reiter auf das Haus zukommen, der es nicht eilig zu haben schien. Cameron wurde erst in einigen Tagen erwartet, aber Saba ließ keinen Zweifel daran, dass es ihr Herrchen war.

Er stieg nicht ab. »Mutter, ist Vater im Haus?«

Irgendetwas stimmte nicht, das spürte sie. Was war geschehen? »Er ist in der Werkstatt.« Sollte sie ihn fragen?

»Caro ist tot«, war alles, was er sagte.

Lorna riss die Hand an den Mund, aber Cameron hatte schon sein Pferd gewendet, um seinen Vater zu suchen.

Robert war ebenso überrascht wie Lorna, dass Cam schon zurück war.

»Nun, das ist ja eine Überraschung!«, rief er, wischte sich das Öl von den Händen und lächelte erfreut. »Bist du zurückgekommen, um mir ein wenig zu helfen?«

Es war nicht einfach, die richtigen Worte zu finden. Cameron wusste, dass die Emotionen, die er seit fast drei Tagen mühsam zurückhielt, ihn überwältigten, sobald er zu sprechen begann. Er schwang sich aus dem Sattel und ging zu seinem Vater. Die Worte kamen ihm nicht über die Lippen, aber die Dämme brachen trotzdem. Tränenüberströmt klammerte er sich an Robert. Sie blieben lange so stehen, bis er sich ein wenig beruhigt hatte.

»Was ist mit Caro? Ist etwas passiert?«, fragte Robert leise. Er hielt seinen Sohn fest an sich gedrückt und versuchte, stark zu sein, auch wenn er sich vor der Antwort fürchtete.

Schluchzend berichtete Cam, was geschehen war. Zum ersten Mal in seinem Leben waren ihre Rollen vertauscht.

Als er wieder sprechen konnte, fragte Robert: »Ist alles zerstört?«

»Moses ist es gelungen, das Leopardenfell zu retten«, antwortete Cameron.

»Du hast letztes Jahr Weihnachten dort verbracht, nicht wahr?«

Cameron nickte, sagte aber nichts. Robert hatte also herausgefunden, wieso Caro damals wusste, dass er wieder auf Morningside war.

»Ich werde es wieder aufbauen, Vater. Auch wenn ich dort als Einsiedler lebe, Wakefield wird mein neues Zuhause.«

Die Dämme brachen erneut.

30

Cameron und Robert ritten Mitte Dezember nach Wakefield. Auch Torben begleitete sie; Lanice blieb solange bei Gerda und Alice. Alle drei mussten ihr Leben neu ordnen, sich vorwärts bewegen und von Dingen lösen, die Caro ›Meilensteine‹ in ihren Leben genannt hätte.

Moses' Sohn Nelson begrüßte sie und zeigte Cameron stolz, dass er alles gut unter Kontrolle hatte. Er ließ sich die Trauer über den Tod seines Vaters nicht anmerken. Nelson erzählte Cam von seinen Plänen. Er schlug vor, das steinerne Fundament des abgebrannten Hauses zu räumen und zu vergrößern, um zu Anfang des neuen Jahres mit dem Wiederaufbau beginnen zu können. Er markierte den Grundriss mit Holzpfosten. Cameron war sehr zufrieden.

Während sein Sohn die Arbeiter bezahlte und sich mit ihnen besprach, stieg Robert auf sein Pferd und folgte dem schmalen Pfad, der hinter der Farm den Berg hinaufführte. Caro war die letzte Verbindung zu seinem Vater gewesen, und er bedauerte, sie nicht besser gekannt zu haben. Möglichst bald würde er Lorna mit hierher nehmen. Sie hatte seine Halbschwester nie kennen gelernt, ahnte jedoch, was ihr Mann verloren hatte.

Cameron hatte gute Arbeit geleistet. Das überraschte Robert nicht. Er legte noch ein paar mehr Steine auf das Grab, ehe er sich setzte und in der Tasche nach seiner Pfeife suchte. Caro hatte das Aroma des Tabaks geliebt.

Torben half Cameron, wo er nur konnte; die beiden Brüder unterhielten sich angeregt.

»Ich werde nach Weihnachten hierher ziehen«, erklärte Cam ihm. »Der Bau des Hauses wird eine Weile in Anspruch nehmen. Wenn es dir nichts ausmacht, dass nicht alles perfekt ist, komm doch für ein paar Tage mit Gerda und Alice her.«

»Das würde ich gern tun, Cameron. Ehrlich.«

In dieser Nacht schliefen sie unter dem Sternenhimmel am Fluss. Torben fing zum ersten Mal in seinem Leben einen Fisch, den sie über dem Feuer brieten.

In der Nacht wachte Robert plötzlich auf. Er hätte schwören können, dass er einen Löwen gehört hatte, aber er wusste, dass es in dieser Gegend seit vermutlich hundert Jahren keine Löwen mehr gegeben hatte.

Nach zwei Tagen kehrten die drei Männer nach Durban zurück. Im Haus an der Berea trafen sie Duncan, der an diesem Nachmittag gekommen war, weil er gehofft hatte, die Nacht dort verbringen zu können, ehe er seine Reise nach Empangeni fortsetzte.

Gerda hatte ihre alte Liebe mit offenen Armen empfangen. Als die anderen kamen, tranken sie Tee im Garten und sahen dem kleinen Mädchen mit dem Lockenkopf beim Spielen zu. Duncan trug Zivilkleidung, und niemand sprach über den Krieg.

Duncan hatte seinen Vater nicht gesehen, seit er damals die Fairfax Scouts verlassen hatte. Das war mehr als ein Jahr her. »Du trägst etwas mehr Gewicht mit dir herum, seit ich dich zuletzt gesehen habe.« Duncan lächelte, als sie sich in die Arme fielen.

»Schön, dich zu sehen, mein Sohn, das ist wirklich eine Überraschung.« Robert hielt Duncan auf Armlänge von sich, um seine Narbe anzuschauen. »Du hast verdammtes Glück gehabt – aber das hast du ja immer.«

»Die Person, die das zusammengeflickt hat, kann mir jederzeit bei meinen Näharbeiten behilflich sein«, witzelte Gerda.

Alle lachten.

Am nächsten Morgen lieh Torben Duncan ein Pferd und sah zu, wie sein Vater und seine beiden Brüder Richtung Zululand aufbrachen. Er und seine Familie würden in wenigen Tagen mit der Eisenbahn folgen. Bis Weihnachten gab es noch einiges zu erledigen.

Duncan nahm nicht die Abzweigung nach Morningside, er hatte etwas anderes vor.

Als Aminta ihm öffnete, lief sie rasch zu Tanith. »Madam, es steht jemand an der Tür, der Sie sprechen möchte.«

»Wer ist es, Aminta?«, fragte Tanith zurück. Sie fütterte gerade Frazer.

»Ein Mann in Uniform, Madam.«

Tanith war ein wenig ungehalten über die Störung. »Bitte füttere Frazer weiter, ich schaue nach, was er will.«

Mister Davids Tochter setzte sich lächelnd neben den kleinen Jungen und flüsterte ihm ins Ohr: »Dein Vater ist nach Hause gekommen.«

Tanith' Freudenschrei hallte durch das ganze Haus. »Duncan! Warum hast du uns nicht Bescheid gegeben? Schau mich nur an – ich sehe furchtbar aus.«

Duncan breitete die Arme aus, und sie fiel ihm lachend und gleichzeitig weinend hinein.

Er drückte sie fest an sich. »Ich schaue dich an, Tanith, und für mich bist du wunderschön«, flüsterte er.

Es bedurfte keiner weiteren Worte.

Lorna schaffte es, zum Weihnachtsfest alle Gäste zu deren Zufriedenheit auf Morningside unterzubringen – mit Ausnahme von Meggie vermutlich. Stan wurde an diesem Abend erwartet und sollte in Torbens altem Zimmer schlafen, das inzwischen in ein Gästezimmer umgewandelt worden war. Ellie und Lindsay, die drei Tage zuvor zusammen mit Stephen gekommen waren, hatten Ellies ehemaliges Zimmer bekommen, während Stephen in Duncans untergebracht worden war. Torben, Gerda und Alice bewohnten die Gäste-Suite. Sie waren gerade von Mister David mit dem Einspänner vom Bahnhof abgeholt worden. Aminta, Duncan, Tanith und Klein-Frazer, wie Lorna ihn nannte, wurden erst am ersten Weihnachtstag erwartet, da Tanith' Eltern sich zu einem Besuch angemeldet hatten. Sie würden zum Übernachten nach Hause zurückkehren. Mister David freute sich, seine Tochter zu sehen. Von Henry hatte er noch immer nichts gehört. Das betrübte ihn, aber schließlich wusste er, dass der Krieg nicht nur ein Krieg der Weißen war.

Robert und Cameron hielten sich aus Lornas häuslicher Organisation heraus. Sie taten einfach, was sie ihnen sagte. So waren alle glücklich. Jetzt saßen sie auf der Veranda und arbeiteten an Camerons Plänen für Wakefield.

»Da kommt jemand!«, sagte Robert plötzlich. Ein Reiter kam auf das Haus zu. Zunächst glaubte er, es sei Stan, aber als er genauer hinschaute, sah er, dass es jemand anderes war.

»Meine verdammten Augen«, rief Robert ungehalten, nahm sein altes Fernglas vom Tisch neben sich und richtete es auf den Mann. In diesem Moment erkannte er, dass es gar kein Mann war.

Cameron konzentrierte sich so auf seine Zahlen, dass er nicht auf das achtete, was um ihn herum geschah. Erst als Saba aufstand und ein leises Winseln von sich gab, merkte ihr Herrchen, dass sie versuchte, ihm etwas mitzuteilen. Cam blickte auf, um zu sehen, was der Hund hatte. Überrascht ließ er den Bleistift aus der Hand fallen und sprang auf. Es war Ginnie, die direkt auf das Haus zugeritten kam.

Als Cameron auf sie zulief, hörte er, wie sie tief Luft holte. Er hob eine Hand, tastete nach der Narbe in seinem Gesicht und bedeckte sie instinktiv.

»Cameron, ich habe sicher nicht das Recht herzukommen, aber ...«

»Das kann man wohl sagen«, antwortete er.

»Cam.« Die Stimme kam von der Veranda. »Darf ich vorschlagen, dass du Ginnie erst die Gelegenheit gibst zu sagen, was sie herführt?« Robert zögerte, dann fügte er hinzu: »Mister David pflegte immer zu sagen: Ein Strauß kann nicht viel sehen, solange er den Kopf in den Sand steckt.« Er stand auf und nickte Ginnie zu. »Es hat sicherlich einiges an Mut erfordert, hierher zu kommen. Ich entschuldige mich für die Unhöflichkeit meines Sohnes.«

Verlegen erkannte Cameron, dass sein Vater Recht hatte. Er murmelte eine Entschuldigung und half Ginnie abzusteigen. Plötzlich wünschte er sich nichts sehnlicher, als sie in seinen Armen zu halten. Die Zügel glitten ihm aus den Händen, als sie ihm schluchzend entgegensank.

»O Cam. Ich habe dir so wehgetan. Kannst du mir je verzeihen?«

Er war noch nicht über sie hinweg, das hatte er immer gewusst. Und nun war es Ginnie, die zu ihm zurückkam. »Ich liebe dich, Ginnie. Ich habe nie aufgehört, dich zu lieben«, flüsterte er.

»Ich habe dich auch immer geliebt. O Gott, was war ich für eine Närrin.«

Robert beeilte sich, ins Haus zu gehen, um Lorna zu suchen. Zuversichtlich lächelnd berichtete er, was draußen vor sich ging. Sie konnten nicht widerstehen und riskierten einen kurzen Blick aus dem Fenster. Lorna kreuzte die Finger.

»Lass sie«, flüsterte sie.

Dieses Mal würde sie dafür sorgen, dass es ein richtiges Fest gab.

Cameron und Ginnie saßen auf der Veranda, hielten sich an den Händen und redeten ohne Unterlass. So vieles war geschehen, seit sie das letzte Mal miteinander gesprochen hatten. Cam schenkte ihnen einen Drink ein.

»Paul wusste von Anfang an, dass ich ihn nicht liebte. Er ist so verständnisvoll, Cam. Er hat die Farm von meinen Eltern gekauft und Kevin eine Stelle als Buchhalter gegeben.«

Cameron sah sie skeptisch an. »Ich dachte, er ... nun ... glaubst du, er schafft das?«

»Wegen des Trinkens meinst du?« Sie verstand genau, was er sagen wollte. »Es hat eine Menge mit Selbstmitleid zu tun. Paul vertraut Kevin, und wie du vielleicht weißt oder auch nicht, ist mein Bruder ein wahrer Zahlenkünstler. Cam, er ist schon jetzt ein ganz anderer Mensch geworden.«

»Und deine Eltern? Was wird aus ihnen?«

»Paul benötigt das Haus nicht. Es gehört ihm zwar, aber Mutter und Vater werden, solange sie leben, in ihrem Haus bleiben können. Kevin und seine Familie auch.«

Cam schüttelte den Kopf über die offenbar so einfache Lösung, die alle zufrieden gestellt hatte. »Ich habe auch Neuigkeiten für dich.«

Ginnie leerte ihr Glas. »Hm, das war köstlich. Bevor du mir von deinen Neuigkeiten erzählst, sag mir, was das war!«

»*Nimbo paani*«, antwortete Cameron und lächelte.

Ginnie blieb nicht über Nacht. Sie ritt früh zurück, um vor Anbruch der Dunkelheit zu Hause zu sein. Den Ring, den Cam ihr zur Verlobung geschenkt hatte, hatte sie an einem ganz besonderen Platz verwahrt. Jetzt trug sie ihn wieder. Es war eines der Schmuckstücke, die Roberts leiblicher Vater seiner Mutter geschenkt hatte. Cameron würde am Heiligen Abend allein sein, aber das spielte keine Rolle mehr. Sie hatten ihr ganzes Leben vor sich.

Bei einem späten Dinner verkündeten Ellie und Lindsay ihre Absicht, nach Kriegsende als Missionsärzte nach Betschuanaland zu gehen. Lorna war nicht überrascht. Cecilys Tod hatte ihre Tochter tief berührt. Als die Mahlzeit vorüber war, ging Lorna hinaus, um in Ruhe ein paar Worte an Frazer und Katie zu richten. Sie roch den Zigarrenrauch, noch ehe sie Torben sah.

»Ich dachte mir, dass du hierher kommen würdest«, sagte er und legte den Arm um seine Stiefmutter. »Ich würde dir gern etwas sagen. Die Angelegenheit, über die wir gesprochen haben, ist aus der Welt geschafft. Ein Mann namens Deventer war vorgestern in meinem Büro. Es war wirklich sehr seltsam. Er entschuldigte sich und sagte, die Dinge seien ihm aus den Händen geglitten. Er meinte, er habe großes Verständnis dafür, dass ich nichts mehr mit der Organisation zu tun haben wolle.«

»Du meinst den *Broederbond?*«, fragte Lorna.

»Genau. Er sagte, es seien bereits Vorkehrungen getroffen worden, dass jemand anderes meine Anteile an unseren verschiedenen Unternehmen übernimmt.«

»Hat er zufällig auch gesagt, wer das ist?«

»Ja, das hat er. De Beers.«

Lorna nickte nur. Die Räder der Politik und der Macht würden sich weiterdrehen, ganz gleich, wer das Land regierte oder wie viele leiden mussten, um die Wünsche und Ziele einiger weniger zu befriedigen. Verdammt, dachte sie, man könnte sie vermutlich an den Fingern einer Hand abzählen.

Torben wertete Lornas Schweigen als Zeichen dafür, dass sie gern allein sein wollte. »Ich sehe dich morgen früh, Mutter«, sagte er.

Sie lehnte den Kopf an seine Schulter. »Tut mir leid, mein Lieber. Ich war in Gedanken. Es ist verrückt, wie Dinge, die einst wichtig erschienen, plötzlich völlig unbedeutend werden können.«

Er war sich nicht ganz sicher, was Lorna damit meinte. »Wenn du von meinen Geschäften sprichst, das wird schon in Ordnung gehen. Meine Investitionen in die Kohleindustrie sind viel versprechend, und Olaf hat eine Menge neuer Ideen. Im Augenblick denken wir über die Gründung einer Reederei nach. Wie findest du, klingt ›Petersen Line‹?«

Lorna lächelte. »Das gefällt mir.«

»Es sollen vor allem Frachtschiffe sein, mit ein paar wenigen Erste-Klasse-Kabinen für Passagiere. Wenn du mit Vater noch einmal nach Europa reisen möchtest, würde euch die Kabine des Eigners immer zur Verfügung stehen.«

»Das ist ein sehr nettes Angebot, danke. Es ist schon spät, daher schlage ich vor, du gehst jetzt schlafen. Der morgige Tag wird sicherlich anstrengend werden.«

Torben drückte seine Stiefmutter noch einmal, dann küsste er sie auf die Wangen. »Ich freue mich schon darauf.«

Als Lorna schließlich allein unter der Kassie stand, legte sie die Hand auf Katies marmornen Grabstein. Es war nun fast zehn Jahre her, seit sie ihre Tochter verloren hatten, und mehr als zwei waren vergangen, seit Frazer getötet worden war. Es gab nur wenig, worauf die Sterblichen keinen Einfluss hatten. Die Zeit gehörte dazu. Die Zeit bestimmt ihr Tempo selbst, dachte Lorna. Und sie bringt Veränderungen, ob wir bereit dazu sind oder nicht.

»Ich muss mit euch reden«, sagte sie leise. »Wie soll ich eurem Vater erklären, dass ihr *beide* hier seid? Wird er verstehen, dass der Körper, den du, Frazer, in einem früheren Leben benutzt hast, nun nicht mehr wichtig für dich ist und dort bleiben sollte, wo er ist?«

Vom Baum über ihr erklang der heisere Ruf einer Eule.

»Es ist nicht nötig, mir das zu erklären, mein Liebes, ich habe es bereits verstanden«, kam da eine Stimme aus der Dunkelheit, und Robert schlang die Arme um sie. »Frohe Weihnachten.«

In diesem Augenblick empfand Lorna ein Gefühl der Ruhe und Zufriedenheit, wie sie es lange nicht empfunden hatte. Zeit, dachte sie. Es ist Zeit, nach vorn zu schauen.

Anmerkungen der Autorin

Lord Kitcheners Prophezeiung erwies sich als richtig. Am 31. Mai 1902 markierte der Vereinigungs-Vertrag das Ende einer Epoche in der afrikanischen Geschichte, in der beide Seiten, Buren und Briten, hohe Verluste zu beklagen hatten. Unzureichende medizinische Versorgung und tödliche Krankheiten hatten fast dreimal so viele Opfer gefordert wie die kriegerischen Auseinandersetzungen selbst.

Über zwanzigtausend, hauptsächlich Frauen und Kinder, starben in den Konzentrationslagern.

Es gibt keine genauen Angaben über die Anzahl der getöteten Afrikaner – sie liegt irgendwo zwischen fünfzehn- und zwanzigtausend. Der Friedensvertrag, der in Pretoria unterzeichnet wurde, erkannte dieses Opfer nicht an. Der afrikanischen Bevölkerung des Landes wurde jegliche Mitbestimmung über die Zukunft Südafrikas verweigert.

Über vierhunderttausend Pferde, Esel und Maultiere hatten sich entweder zu Tode gearbeitet oder waren Bedingungen zum Opfer gefallen, auf die sie nicht vorbereitet gewesen waren.

Großbritanniens Politik der Verbrannten Erde verhinderte die wichtige Versorgung der Buren-*komandos* auf dem Schlachtfeld, zerstörte jedoch auch die Landwirtschaft des Landes. Ungefähr sieben Millionen Rinder, Schafe und Pferde wurden entweder getötet oder ihren rechtmäßigen Besitzern genommen.

Nach dem Krieg machten Robert und Duncan aus Morningside eine der größten Zuckerrohrplantagen Zululands. Will Green kam regelmäßig zu Besuch, hauptsächlich allerdings, um vor seinen vielen Frauen zu flüchten. Duncan und Tanith bauten ihr Haus, und Frazer bekam schon bald eine kleine Schwester, Gwen. Lorna richtete auf der Farm ein Krankenhaus ein und gründete eine Schule für die Kinder ihrer Zulu-Angestellten.

Ginnie und Cameron heirateten im Mai 1902 auf Morningside. Das neue Haus auf Wakefield wurde noch im selben Jahr fertig gestellt. Sie bekamen keine Kinder, die Pferde ersetzten ihnen die Familie. Klipklop kam und ging, aber Popeti lebte bis zu ihrem Tod 1924 bei ihnen. Am Heiligen Abend 1902 erschoss Cameron in der Nähe von Lindley einen Löwen.

Torben und Gerda bekamen eine weitere Tochter. Sie nannten sie Marie, ohne besonderen Grund. Vielleicht gefiel ihnen einfach nur der Name. Die Kohleindustrie blühte und somit auch Torbens Geschäfte. Alle zwei Jahre machte die Familie Ferien in Dänemark.

Ellie und Lindsay verbrachten zwei Jahre in Betschuanaland, ehe sie weiter in den Norden zogen und sich in der Nähe von Blantryre im damaligen Britisch-Zentralafrika schottischen Missionaren anschlossen. Sie bekamen ein Kind, einen Jungen. Er hieß David.

Stephen Holgate ertrank, so vermutete man, beim Schwimmen im Indischen Ozean. Er war zu Besuch bei Robert und Lorna in deren Strandhaus in Umdhloti gewesen. Seine Leiche wurde nie gefunden.

Lorna erlebte eine weitere Familienhochzeit auf der Farm. Im September 1904 heirateten Meggie und Stan. Sie liebten sich trotz des großen Altersunterschiedes so innig, wie es nur möglich war. Stan kaufte den größten Teil des Viehs von Morningside und brachte es nach Kingsway. Die Farm blühte. Als die Eisenbahnlinie endlich bis Empangeni führte, waren viele ihrer früheren Transportprobleme gelöst. Im Juli 1905 bekamen

Meggie und Stan einen Sohn namens Colin. Robert – den sie Bob nannten, außer wenn er ungehorsam war – wurde im darauf folgenden Jahr geboren. Noel folgte im Februar 1908. Sie wollten keine weiteren Kinder. Leider kam es anders. Im August 1913 brachte Meggie noch einen Nachzügler zur Welt. Sein Name war Joe. Seine Geburt kostete Meggie das Leben. Stan heiratete kein zweites Mal. Er starb 1935 im Alter von einundsiebzig Jahren. Zwei ihrer vier Söhne kamen während des Zweiten Weltkriegs ums Leben.

Mister David, so erzählte man sich, fiel einem Krokodil in der Mhlathuze-Lagune zum Opfer. Es wurde nie bewiesen. Sein Sohn Henry kehrte nicht nach Morningside zurück.

Danksagung

Um diesen Roman zu schreiben, habe ich mich vieler realer Personen bedient, die, auf welche Weise auch immer, einen Teil zu der sich ständig verändernden Saga Afrikas beigetragen haben. Einige von ihnen hatten Einfluss auf Ereignisse, die sich weit entfernt von den Küsten jenes Kontinents abgespielt haben. Es ist nicht meine Absicht, den Lauf der Geschichte zu beurteilen – oder in irgendeiner Weise dokumentierte Fakten zu verfälschen –, doch Afrika steckt voller Überraschungen. Sollte der Zufall oder die von mir erfundene Handlung die feine Grenze zwischen Realität und Fiktion verwischen, bin ich zufrieden.

Mein Dank gilt all jenen Menschen, lebend oder längst verstorben, die eine Rolle in dem dicht gewebten Stoff gespielt haben, der Zululand ausmacht. Es sind zu viele, um sie hier alle aufzuzählen, aber jeder Einzelne von ihnen hat Anteil an diesem Zauber.

Ich danke den Tieren Afrikas – wild, häufig bedroht und dennoch fähig, sich an die gnadenlosen Veränderungen anzupassen. Sie überleben mit kompromissloser Würde.

Wie immer Piers, Miles und Adam – Söhnen Afrikas. Mögen die Erinnerungen ein Lächeln auf eure Gesichter zaubern.

Danke auch Heidi und Steve in Botswana. Ihr seid Meilensteine in meinem Leben.

Cate Paterson und Selwa Anthony danke ich für ihr Vertrauen, ebenso Sarina Rowell und Jo Jarrah – den außergewöhnlichen Lektoren.

Außerdem danke Lindsay Christison in Pietermaritzburg,

Quelle für Nachschlagematerial über Vergangenes und Gegenwärtiges. Ian und Anne, Keyboard-Zauberern.

Und ganz besonders gilt mein Dank Peter Watt, Freund, Geschichtenerzähler und Geistesverwandter, ohne dessen Input niemand diese Seiten umblättern würde.

Dies ist Beverleys Geschichte – sie war Afrika, wo alles begann. Sie fehlt mir.

Euch allen *hamba kahle.*

Robert Harper
Barooga 2004

Beverley Harper starb am 9. August 2002 an Krebs. Sie ruht in Frieden in Afrika, das sie so sehr liebte.

Ihre Asche ist in der Nähe des Boteti-Flusses in Botswana begraben, unterhalb einer Lodge, die den Namen Leroo-la-Tau trägt – *Fußspuren von Löwen*.

Es ist ein ganz besonderer Ort.

Folgende schlichte Gedenktafel erinnert an sie:

BEVERLEY ANN HARPER
AUTORIN, EHEFRAU, MUTTER UND FREUNDIN
BRACH AUF ZU IHRER GRÖSSTEN SAFARI

AM 9. AUGUST 2002
IM ALTER VON NUR 58 JAHREN

SIE HINTERLÄSST EWIGE SPUREN
UND EINEN LANGEN SCHATTEN

»TSAMAYA SENTLE TATTY HEAD«

»Beverley Harpers Romane sind ate[illegible] beraubend und zu Herzen gehend. Der Le[illegible] spürt ihre Liebe zu Afrika in jeder Zeile.«

SYDNEY POST

Beverley Harper
IM LETZTEN SCHEIN
DER STERNE
Roman
656 Seiten
ISBN-10: 3-404-15486-X
ISBN-13: 978-3-404-15486-9

Schottland, 1871: Weil er fälschlicherweise eines schrecklichen Verbrechens verdächtigt wird, ist Robert Acheson gezwungen, seine Heimat und seine große Liebe Lorna zu verlassen. Er flieht nach Afrika und lässt sich in der Kolonie Natal nieder. Doch trotz der Liebe zu seiner neuen Heimat, kann er nicht vergessen, was er hinter sich lassen musste. Als ein Krieg zwischen den Briten und den Zulu um das Land entbrennt, muss er sich entscheiden, ob er auf der Seite seiner alten Heimat oder seiner neuen steht. Wird Lorna ihm dann überhaupt noch nach Afrika folgen können? Das Schicksal scheint die Karten wieder neu zu mischen …

mantische Komödie,
chen übrig lässt!

Katie Fforde
EINE KOSTBARE AFFÄRE
Roman
480 Seiten
ISBN 978-3-404-15651-1

Eine überraschenende Erbschaft verspricht Floras bisheriges (Großstadt-)Leben komplett auf den Kopf zu stellen: Gemeinsam mit Charles, einem entfernten Cousin, ist sie fortan Eigentümerin eines idyllisch gelegenen Anwesens. Als sie vor Ort auftaucht, lassen Charles und dessen Verlobte Annabel zunächst keinen Zweifel daran aufkommen, dass sie sich als die wahren Herren des Hauses fühlen. Doch glücklicherweise erhält Flora schon bald von unerwarteter Seite sehr charmante Hilfe ...

Bastei Lübbe Taschenbuch